走·近·巴·金

纪念巴金诞辰 120 周年

巴金祖上诗文汇校

第二册

李治墨 编纂

四川人民出版社

目 录

序　诗　吴　虞　/001
序　联　魏明伦　/002

前　言　李治墨　/003
凡　例　/005

第一册

第一编　李寅熙《秋门草堂诗钞》

李寅熙　/003
　　秋门草堂诗钞　/004
　　　　附：灵芬馆诗话卷十　郭　麐　/063

第二编　李璠《醉墨山房仅存稿》

李　璠　/067
　　醉墨山房文集　/069
　　醉墨山房诗稿　/082

醉墨山房诗话　　/089
醉墨山房外集　　/106

|第三编　李镛《秋棠山馆诗钞》|

李　镛　/145
　　秋棠山馆诗钞　　/146
　　秋棠山馆词钞　　/164

|第四编　汤淑清《晚香楼集》|

汤淑清　/169
　　晚香楼诗稿　　/170
　　晚香楼词稿　　/233

|第五编　濮贤娜《意眉阁集》|

濮贤娜　/253
　　意眉阁诗稿　　/254
　　意眉阁词稿　　/256

|第六编　李道漪《霞绮楼仅存稿》|

李道漪　/265
　　霞绮楼仅存稿　　/266

|第七编　赵书卿《绿窗藏稿》《澹音阁诗词》《澹音阁词》|

赵书卿　/273
　　绿窗藏稿　　/275
　　澹音阁诗词　　/289

澹音阁词　　/295

诗补遗二首　　/299

第二册

第八编　李氏诗文补遗

李氏家系　　/303

李文熙　　/304

李忠清　　/306

　　公牍四篇　　/307

李道江　　/311

　　重修重阳亭碑　　/312

　　信函三扎　　/313

李道溥　　/314

　　致三侄四侄信残稿　　/316

　　章仪庆诗稿款识　　/317

　　《箱根室集》佚诗一首　　/318

李道洋　　/319

　　章仪庆诗稿款识　　/320

　　《惜影龛集》佚诗二首　　/321

李道沅　　/322

　　《花影楼集》佚诗一首　　/323

第九编　西营汤氏诗文

汤氏家系　　/327

汤　沐　　/328

　　诗八首　　/329

汤日跻　/331
　　琴川公遗嘱　/332
汤元衡　/333
　　思琴公遗训　/334
汤健业　/335
　　《红杏山房》佚诗四首及联句诗　/336
　　毗陵见闻录　/338
　　考妣行状　/397
　　　　附：《萱庭爱日图》题诗　/401
汤世椙　/407
　　诗一首　/408

第十编　武进庄氏诗文

庄氏家系　/411
庄　柽　/412
　　鹤溪公遗嘱　/414
　　鹤溪公自铭　/415
　　疏四篇　/416
　　《宝坻县志》原序　/428
　　祭神文二篇　/429
　　记三篇　/430
　　铭二篇　/432
　　诗四十二首　/433
庄廷臣　/439
　　《明吴长卿募刻手纂宋相眼册》题记　/440
　　诗一首　/441
庄鼎铉　/442
　　庄凝宇公年谱　/443
庄　绛　/448
　　词三首　/449

丹吉公（绛）家训　/451
董太夫人（绛继室）家训　/458
　附：董太夫人纪述家事训言　/463
《庄凝宇公年谱》跋　/466

第十一编　闻湖盛氏诗文

盛氏家系　/469
盛　周　/470
　诗二首　/471
盛万年　/472
　岭西水陆兵纪　/473
　拙政编　/496
　诗二首　/513
盛以约　/514
　诗一首　/515
盛民誉　/516
　庐阳残稿　/517
　庐阳残稿补遗　/536
盛　枫　/543
　江北均丁说　/544
　龚公祠祭田碑记　/546
　述盛周、盛万年、盛士元　/547
　丹山草　/551
　梨雨选声　/614
　诗词补遗二首　/632

第十二编　溧水濮氏诗文

濮氏家系　/635
濮　瑗　/636
　重修《安岳县志》叙　/637

署四川嘉定府犍为县事濮瑗告示　　/638
　　重修《简州志》序　　/639
　　书李毅庵先生守岳城事　　/640
　　《重修普照寺》序　　/642
　　江母陈宜人传　　/643
　　观风谕　　/644
　　州中八景　　/645

濮文昇　　/648
　　重修营山县城碑记　　/650
　　重修骆市桥碑记　　/652
　　丁长英碑文　　/653
　　涪邑文峰塔记　　/654
　　涪邑文峰塔联匾　　/656
　　白鹤梁题记　　/657

｜编外　昆明张氏诗文｜

张氏家系　　/661
张　涛　　/662
　　滇乱纪略　　/663
　　三辨　　/673
　　《勉行录纪略》选　　/675
　　《南川公业图说》选　　/720
　　重刊《王畸五文稿》序　　/730
　　《念香馆遗稿》序　　/731
　　珙县诗存二首　　/732
　　南川诗存七首　　/733
张景仓　　/736
　　题汉源罗度祠联　　/737

| 图　录 |

赵书卿《澹音阁》存画二十三幅　　/741
汤世楫扇面二幅　/763
濮贤娜《意眉阁》存画　/764

| 附　录 |

巴金家族历史简述　李治墨　/767

后　记 /788

李氏诗文补遗

第八编

李氏家系

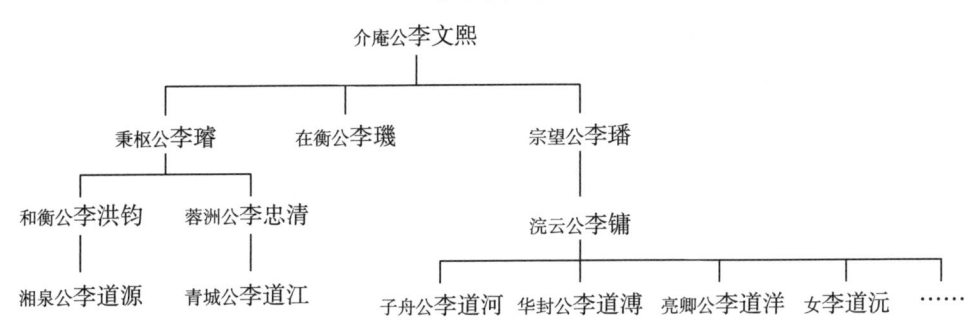

```
                    介庵公李文熙
        ┌──────────────┼──────────────┐
    秉枢公李璿      在衡公李璣       宗望公李璠
    ┌─────┴─────┐                    │
和衡公李洪钧  蓉洲公李忠清          浣云公李镛
    │           │        ┌──────┬──────┼──────┬──────┐
湘泉公李道源  青城公李道江  子舟公李道河  华封公李道溥  亮卿公李道洋  女李道沅  ……
```

李文熙

李文熙（1766—1839），巴金之高祖父，字坤五，号介盦，小字阿伦。清乾隆三十一年（1766）七月生于浙江嘉兴，三岁丧父。李文熙自幼与其他几个兄弟一起，在长兄李寅熙的教导下读书。乾隆五十一年丧母后，李文熙到北京投奔李寅熙，从此开始了他的游历生涯。在北京李文熙得交吴锡麒（谷人）、梁同书（山舟）、汪如洋（云壑）、张问陶（船山）等当朝名士，这对他的视野和经历都有很大的益处。李寅熙去世后，李文熙应聘到山西马氏家族做塾师十余年，多次带着马氏子弟去应顺天乡试（清时北京的乡试有条件地不限考生籍贯），门人一个个中举，可是他本人的命运却像他的大哥一样，屡试不第。这期间，李文熙"颠倒京兆，奔驰南北"，往返于故乡和京晋之间。后来马氏家族感谢李寅熙的教育之恩，为他捐了布政司照磨（从八品），分发到四川。

嘉庆二十三年（1818），年逾半百的李文熙举家来到了四川，先后任（射洪县）青堤渡盐场大使、崇庆州同、射洪县巡检、屏山县（驻石角营）巡检，并于道光十九年（1839）三月卒于任上。李文熙一生著述丰富，可是漂泊动荡的生涯使这些著述未能保存下来，唯有他所校注的嘉庆戊寅版《鉴撮》（旷敏本编）至今可见。李文熙对这本书情有独钟，应当是对其"以史为鉴，撮其要义"宗旨的认同。李文熙也有诗作，晚清巴蜀才子王侃（号迟士）称其为"里中诗人"，今佚。

李文熙曾祖父李玉傳（号扬曾），曾祖母吴氏；祖父李澅（号虞樽），祖母崔氏，继祖母孙氏；父李南棠（号兰陔），母聂氏；妻张氏。子三，以《尚书·舜典》中的"在璿玑玉衡，以齐七政"命名，分别为长子璿号秉枢、次子玑号在衡、幼子璠号宗望。因大哥李寅熙无子，且早年所嗣三兄之子李甄也早夭，所以李文熙把次子李玑过继给秋门公李寅熙。女三。孙子孙女各三。

文有《秋门草堂诗钞》后序二，见本书第一编。

李忠清

李忠清（1827—1885），巴金的二伯祖，号蓉洲，浙江嘉兴人。生于道光七年（1827）四月，光绪十一年（1885）六月卒于任上。李忠清的父亲李璿任甘肃清水县典史，卒于任上。时年七岁的李忠清奉母从甘肃来到四川，投奔祖父李文熙。入赀为通判，咸丰五年（1855）起署理番厅同知、松潘厅同知、庆符县知县、城口厅通判、新宁县知县、越西厅同知、合州知州、邻水县知县、铜梁县知县、忠州知州等职，后升补打箭炉同知署泸州直隶州事。其间（光绪初年）丁宝桢在四川开办洋务，李忠清曾兼任机器局委员。李忠清先后参加平定川滇边乱，剿灭石达开、处理藏务、处理教务、兴办洋务等多项历史事件，因此三代追赠一品。曾祖父李南棠（号兰陔），曾祖母聂氏；祖父李文熙（字坤五，号介盫），祖母张氏；父李璿，母陆氏，江苏苏州府元和县人；妻孙氏，继王氏；子道江，女适张氏。

附

李忠清，号蓉洲，江西人[①]，任庆府令，咸丰十年正月，巴夷由庆属之玉皇楼窜入县境，令带团跟追到巡司场，枪毙夷匪无数，救出难民一千余人，邑人德之，为泐石纪其功绩焉。

录自《筠连县武功志列传》

李忠清，浙江人，咸丰九年任县令，练团御贼创，修城垣，民咸德之，县东门外建有德政坊，各场立有德政碑。

录自《叙州府志庆符县列传》

[①] 原文此处有误，应为浙江人。

公牍四篇

各城门伏碑记

知县 **李忠清**

庆符自有明天顺八年初筑土城，成化五年始易丛石圮；自何时乘志，无可考。地处偏隅，守土因之无计及者。我朝乾隆三十一年，邑令九格，拟修未果。咸丰己未秋，滇匪之乱，以无城故，仓猝失守，武令死焉。以忠清权县事，询之绅民，佥曰城不可少。乃为之倡，邑之人从而和之，镶金万余，凿石鸠工，于咸丰庚申夏五月，合力修筑。司其事者，为绅粮樊嵩龄、胡行达、李元端、胡锡祜、严都旭、何国俊、李大成、扶永清、李文绚、何济林、简照颜、吴怒宗、严锡琪、陈国明、李培芳、张步瀛、樊肇奎、王士元、杨秉乾、黄行达、郑均等，率皆好义急公者。爰志颠末，以垂于无穷。此碑存于各门内拱石下右手第一块。

《庆符县志》卷一〇《城池》

对谕修城序 咸丰十年

邑令 **李忠清**

尝闻楚有方城之险，吴恃天堑之雄，地利之占，古今同尚。而况值四冲之地，当多垒之秋，钱室为防，犹伺千钧之弩，金城自慎，宜崇百堵之封。此庆邑修城之举，所以不容或缓矣！今夫石门幽阻，天柱雄奇，本戎僰之藩离，为滇川之屏障；只以地当重镇，县乏崇墉，故往者滇匪鸱张群奴，豕突兵兴仓猝修战守，而不遑势少凭依，致沦亡而莫救。宰官殉节，士庶覆家；非卫社之乏人，实守阵阵之无所。然而逆氛虽炽，士气犹存，义愤同伸。歼双河之支匪，军威卒振。复全县之故疆，咸怀砺石之心，不挫轨迹之志。假使凭高有守，何难荡秽无遗？事后追思尤为明证。今忠清仰承宪檄，来牧此邦。景前令之遗徽，弥殷保艾；抚故城之余址，欲事补苴。更念大寇当前，妖气未扫，图之不早，病已成于养痈。剿不容宽窜，或回其逸足。抑且滇边余匪，不无蠢动之形；徼外诸夷，时有狼奔之志。跋前跋后，事更多艰；退守进攻，策宜早定。爰集合县绅耆，共议拟就，旧诚基址，重加修筑。忠清先捐廉银五百两为倡，并派公正殷实绅粮，董司出纳；因山筑石，属役赋工。有赖众擎，宜申诞告。伏愿急公之士，好义之家，礼体朝廷保卫之心，念乡党守望之谊。捐金输粟，细大同收；注数题名，锱铢必载。务期同功作茧，众志成城。则他日者，百雉周环表里，壮河山之色；六龙御诏丝纶，承雨露之恩。

岂不美哉！岂不懿哉！

《庆符县志》卷四九《艺文·序》

邑令李公节略
李忠清

已未季秋，奉委署庆符县事，县为古僰道曲州地，自元以来无城池。时李蓝张周各匪蜂起，加以散勇恣肆，猓夷出巢，旬日间筠连、高县、庆符同陷，前任武公殉。叠委诸君皆畏难缴札。予念地方多难，宜分上官忧，且致身之谓何？即奉札东下至宜宾，侦知贼踞吊黄楼及真武山，大兵远隔观望，提督万、按察使蒋并驻高家场。入见，按察使即拨勇三百人，饷五百两，冒险直趋叙城。时贼攻城急，逾堞见本府知即存库，即领下绕道前进，昼夜奔驰。沿途搜捕余匪，至冬月七日，抵任视事。官署毁几尽，荒凉满目。武公及同殉难之妾，枢停未葬。仓谷仅百石，以赈难民之贫者。乃赴四乡，劝捐军械，操练团丁；五里一哨楼，以炮为号。布置甫毕，匪徒马源盛等，掠劫筠连，血书告警。派典史苏宝林、委员钱庆遣、军功汪玉龙等，带勇二百赴授。正月二十七八两日，连获胜仗。次日贼匪大集，典史苏宝林与筠连典史陈国瑞、驻防马汛弁，同时阵亡。祥参将与筠连令，退驻高县之陈村、椒村。三县震动，逃民满途。予调集团勇，驰高县严堵。匪知有备窜去滇，因使人晓以祸福，遂皆投诚，川滇边境肃清。庆符屡遭兵燹，民困未苏，为之禀免十年津贴，县民大喜。因与议筑城事，予倡捐五百缗，绅粮踊跃。石城三里，估计四万余金，捐数有盈无绌。及予交卸时，工已将竣。同治元年，发逆两次入川，连陷长宁、筠、高；庆符之得保全者，城之力也。散勇姜承恩拥众，以投效为名，突入筠连城，县令为所制。擅拆官文书，更肆悖言，予集团丁分扼高县要隘。五月承恩与党六人，乘势闯入。予即系之狱，限其党尽离川境，乃得免死，众因解散。六月，张五麻子由井研窜入黄沙河观音铺。予不分疆域，驰赴南广严防，别遣勇击之于黄沙河，不敢入境。九月，周跸子拦入宜宾，掠舟欲渡，予堵击于小沱子。冬月，屏山贼邱联三，窜至福延溪楼东安边一带，予击之于小岸。贼窜马边，因赴嘉定投诚。任事一年，凡谕降马源盛，缚获姜承恩，击退张周两逆，追降邱联三。本府因是禀留接署。十一年正月，雷波夷自滇扰及筠高，直逼庆城。予率勇击之，穷追三百余里，救出难民二千余，获牛马器械无数，筠高围解。高县何金泷合滇匪李三等，聚众数千，声言投效，直逼府城。予带勇沿路设防，胁以兵威，亦即解散。滇匪卯德兴攻府城，予奉调堵剿于南岸风洞，城围立解。追之于牛喜埔、高家场，贼众奔溃。八月，郭逆窜踞南溪天成寨，分股扰及挂弓山。予带炮船堵剿，逆夜遁。新选庆符王君将抵任，值张四黄地拦入长宁桥，逼近庆符界。予不敢以受代在即坐视，因乘夜击之于沙河驿，逆败逃。随于冬月杪卸事。承乏两载，战胜者六，追散者四，险阻艰难备尝之矣！回念武公捐躯，苏陈两少尉赴义，武弁及军功团勇阵亡，虽请立武公专祠，各颁恤典，而哀悼之隐，刻不能忘。况绎络烽烟犹然心悸，只以致身白矢，他顾不遑，征衣甫卸，又复执殳前驱矣！

《庆符县志》卷四十九《艺文·文》

重修东门大桥记

同知　**李忠清**

尝闻徒杠舆梁告成，功于晚岁。鸿形雁齿，状野渡之宏观。东门外旧有大桥，跨越长川。河东要道，以岁久梁折，往来行人，褰裳濡足，每多苦之。而河水涨发之时，激流巨浪，民尤病涉，甚有为洪涛冲没者。只以桥长工钜，无力培修。于是鼍梁久断，叹飞渡之无人；鸿愿谁施，使大川之可涉。余守是邦，于修碉筑堡之次，窃念成梁之政，利济为先。惟是伐木之歌，呦嗟难办。适值武字大营议修顶山桥，乃婉商之，乘其便，饬令部勇入山采干之际，分得大木数十株，成此钜举。余乃庀材鸠工，并请陆君惕人督率经营。匝月间，大功告竣。不特飞梁卧水，恢复旧规。而陆君不辞劳瘁，复于桥之两旁施以栏楣，桥梁之上铺以板片。一时村夫牧竖、过客行人，佥以为便。是役也，支非一木，举赖众擎。余虽筹资创义，而非武字营众勇之力，得木未必如是之易；非陆君督修之力，成功未必如是之速也。若谓予之为政，心在济人，则吾岂敢第功。必期其可久事，有望于将来。今日者，石杠榷杓，稳渡同歌；人迹马蹄，临深无虑。后之人，随时保之、护之、修之、葺之。庶几征夫，行路永无赋，深则厉而浅则揭也，利涉之功大矣。爰于落成之日，勒石记之，以垂久远。

        同治八年□月□日从《艺文志》移入
        录自《越嶲厅志》卷二之八《津梁》

李道江

　　李道江（1866—1927），巴金的二堂伯，号青城，浙江嘉兴人。生于同治年五年（1866）九月，卒于民国十六年（1927）五月。光绪十四年（1888）赴顺天乡试未举，次年捐郑州河工以振叙同知衔知县，分发四川候补。领省会成都东门保甲四载。光绪廿五年署四川剑州知州。光绪廿八年候补道员，实际退休。晚年在成都热心于工商与公益，光绪卅四年奉命与樊孔周主持兴建成都劝工场（后更名劝业场），为其最大股东之一。高祖父李南棠（号兰陔），高祖母聂氏；曾祖父李文熙（字坤五，号介盦），曾祖母张氏；祖父李璿（号秉枢）；祖母陆氏，江苏苏州府元和县人；父李忠清（号蓉洲），母孙氏，继母王氏；妻邓氏，江苏无锡邓元锶（号奕潜女）；子四：尧楷、尧杜、尧楠、尧植；女一，早殇。

重修重阳亭碑

　　道江既□剑州之明年，民情既通，簿领□暇，遂集都人士而课之文艺，其褒然特出者，殆难其选，支离谫陋，不知所载。且□年以来，缀巍科者亦罕焉。剑州蜀之藩篱，山川雄秀甲于全蜀。其□秀之磅礴融结，当必有琦卡瑰士出乎其间，胡僻陋一至于斯？岂地灵人杰之语之不足信于兹土邪？乃属其耆老而询之。相传城东鹤鸣山旧有文峰塔，去塔数百步有重阳亭，为是州地脉所系。今塔存而亭久倾圮，文风之靡之故欤？亭始建于唐刺史蒋君侑，再建于宋通判马君渊。绍兴癸酉有复修之者，记刻不可考。明刺史杨君畏亭、李君璧，国朝剑州牧吕兆麟、张君钦祖，皆踵而修葺之。而张珑所书"古重阳亭"字及《中兴颂》摩崖遗迹俱在。回首俯瞰，凡堙堞高下，冈峦起伏从于目前。昔柳子厚零陵三亭记云：邑之有游观，或者以为兆政。是大不然。彼盖以游息之物，高明之具，使之清守平夷恒若有余，以期于理达而事成。兹之相□易而度泌泉者，故资以陪地脉、蔚文风，其有迄于是州者，尤非浅鲜夫！古迹零落芜型，云之守土之责也。岂前听其剥堕荒秽而不振兴乎？爰倡议重修之。盖经始于季夏，两越月而告竣。丹楹碧瓦，顿复旧观。继自今人文蔚起可拔而待也。且余之意犹有进焉者，方今海禁已弛，中外大通，游历通商相望于道，而蜀之屏蔽，惟剑阁是赖。所愿登斯亭者，览诸山要隘，相与讲求乎设险守固之道，不徒以便劳饯、醉风日，则昔贤之所谓真赏者，我思古人，俾无讥焉。是则道江之厚幸也。乃综颠末而记之。

署保宁府剑州知州嘉兴李道江撰
蓬溪康家渡大使石隶沈修贤书
学正张极超、训导张锡畴、把总宓崇勋、吏目黄钟声同立石
大清光绪二十有六年秋八月谷旦

录自鹤鸣山《重修重阳亭碑》

信函三扎

恩引睇

鸳翔，莫名雀忭。弟蠠负滋虞，驹阴倍惜。一年最好，曷禁同乐之怀，四境安常，幸托吉光之照。附呈节敬钱四千文，希查收。复贺

秋喜，敬请

升安。附璧

芳版不具

愚弟期李道江顿首

乍听蜩鸣，欣传鲤讯，亟浣蔷薇而捧诵，甚惭华藻之虚承。敬悉香荃仁兄乡大人，祥迎日午浴兰，则比德斯馨；福自天申缩符，则临民有耀。弟薪劳鲜补，蕢序空抛。丝宛转而倍觉牵情，镜团圞而窃希分照。复请

节安，谨璧

谦版不具

乡愚弟李道江顿首

香荃仁兄大人合下顷奉：

惠书并各信件领悉，一是藉稔履祉，便蕃升华卓越为颂。承嘱之件，当经传询夫头，据云张天元系昭化人，现不在州，刻已饬差上系跴缉。务获究追，以儆恶习，而副谆谕。此复，即请

升安不一

乡愚弟李道江顿首

李道溥

　　李道溥（1876—1925），巴金之二叔，号华封（又作华峰），光绪二年（1876）生于成都，祖籍浙江嘉兴。光绪三十二年（1906）游学东瀛，就读于日本东京的法政大学，毕业于著名的法政速成科第五期。光绪三十四年（1908）李道溥归国到北京，在朝廷里任度支部（原称户部）行走郎中（大概相当于现在的司局级巡视员），实际工作经"法部调派高等检察厅行走"。宣统元年（1909）中期李道溥回川省亲时，被四川总督赵尔巽看中，上奏朝廷调留李道溥回四川襄办新政。除了在司法、立法、自治方面襄办新政（坐办自治筹办处、参议审判庭筹备处，并兼任总督署会议厅审查科员等），他还执教于四川通省法政学堂，并向工商界讲授宪法草案。宣统二年（1910），李道溥曾奉委票捐（总）局总办。宣统三年（1911）上谕"李道溥以道员用"。辛亥革命后李道溥开始了完全的法律事务生涯。民国二年（1913）七月十八日李道溥取得了司法部发出的第一五七七号律师证书（见司法总长梁启超颁发的部令，中华民国司法部布告第二十号）。李道溥继续在四川法政学校执教，教授民法概论与民法继承。洪宪时期，法政协会曾一度遭到严禁。民国五年十月，四川法政协会重新开设，选举出李道溥为会长。李道溥同时又自己开办法律事务所，成为当时成都赫赫有名的挂牌大律师。与其同时，成都南门指挥街有律师叶大丰开业，与北门李道溥同享盛名，在民间素有"南北两峰"（谐音）之誉。民国十四年冬月李道溥在成都去世，享年五十岁（虚岁）。

李道溥擅长诗文,著有《箱根室集》,今佚。巴金早年把他写成小说《激流》(《家》最初连载时名《激流》)中的高克明,晚年曾撰文回忆(巴金《怀念二叔》)。高祖父李南棠(号兰陔),高祖母聂氏;曾祖父李文熙(字坤五,号介盦),曾祖母张氏;祖父李璠字鲁珍(号宗望),祖母盛氏,浙江秀水盛善沆女;父李镛(号浣云),生母汤淑清(号菊仙),江苏武进汤世楫女;继母配濮贤娜(号书华),江苏溧水濮文昇女;李道溥先娶妻吴氏,无出。吴氏故后继娶妻室也姓吴,子女多早夭。幸存的子女多为继室吴氏故后再续弦的刘氏所出。

致三侄四侄信残稿

三四侄①：

　　善盼。新年浔来书，悉一切。年前寄款，当早达矣！愚寒岁冬仲，忽病气喘。一月之中足未出户，近虽出外酬应，然体中犹未即安也。三婶腊初病殁，是亦家之不幸。现殡北城九曲宫，将卜葬于十字岭。省城马路虽。②

---

① 李道溥的三侄、四侄即李尧林和李尧棠（巴金），他们是家族大排行之三、四。
② 后页佚。

章仪庆诗稿款识

　　右诗十二篇，吾乡章勤生先生之所作也。先生尤邃律学，有闻当世。初，不以诗名。国变前为西昌令，以难死，生平著述荡佚无存。此帙则其手写示其公子亥白者，耐以守而无失。余从借观，为志崖略如此。呜呼！人孰不死？以视彼临难当免，又因其贤，不肖固何如也。无父，何以有亥白之贤且孝。仅识于此。所遗手泽以致其卜庐之思，则其哀恸岂何如也。

壬子十月五日嘉兴李道溥拜观并识

《箱根室集》佚诗一首

题赵书卿画①

桃柳参差入□迷，短筇杖我过桥西。旗亭画壁人初散，唯听泉声咽碧溪。

---

① 此画为大哥即卜贤所藏，请（道字辈）长辈吟诗。后为李道洋长子李西舲所藏。

李道洋

　　李道洋（1878—1932），巴金之三叔，号亮卿，光绪初年生于成都，祖籍浙江嘉兴。光绪三十二年（1906）随其二兄李道溥赴日本东京留学，就读学校和学历不详。次年李道洋独自回国，八月以试用知县分发湖北候补。宣统年间"署南充县知县朱庆年调省，遗缺详以试用知县李道洋署"（《政治官报》），"辛亥革命弃印而去"（《南充县志》）。候补期间曾在四川高等巡警学堂任民事诉讼法教员，民国初在其二兄的律师事务所里处理文书事务。李道洋擅长诗文，著有《惜影龛集》六卷，今佚。巴金写道："（《家》中高克安的若干故事）都是从我的三叔那里借来的……他写的一笔好字，又能诗能文，也熟悉法律，在二叔（李道溥）的事务所里还替当事人写过不少的上诉状子。"（巴金《谈〈春〉》）。高祖父李南棠（号兰陔），高祖母聂氏；曾祖父李文熙（字坤五，号介盦），曾祖母张氏；祖父李璠（字鲁珍，号宗望），祖母盛氏，浙江秀水盛善沆女；父李镛（号浣云），生母汤淑清（号菊仙），江苏武进汤世楫女；继母濮贤娜（号书华），江苏溧水濮文昇女；妻濮良容（号德华），江苏溧水濮文昇孙女，濮贤忱女。子女多人。

　　文另有《醉墨山房仅存稿》跋，见本书第二编。
　　文另有《霞绮楼仅存稿》叙，见本书第六编。

章仪庆诗稿款识

於呼！言为心声，讵不信哉。吾读勤生先生五十初度之作，乃知后之所以舍生而取义者，固本具爱国忘家之素志，初非激于一时之意突围，以一死为谢其责也。先生初不愿是诗以传，然后人欲想见其为人，则一颂是诗，吾知其必有感怆如吾今日者，况其友也耶，况其子也耶！

壬子九月晦日李道洋拜观识

《惜影龛集》佚诗二首

题赵书卿画

夹岸桃花红带雨,绕堤杨柳绿生烟。

杖藜缓步桥西去,刚有旗亭凭酒钱。

无尘以原韵见和①

廿年委巷一穷民,廉吏儿孙不讳贫。

齿久愁无禄相,丰髯原出自天亲。②

詠风童冠惊俱老,③ 傲雪梅花暗逗春,④

暖逐桑榆鳏亦好,天教留作太平人。

附

迁公⑤**诗"寿无尘"**

两髯端是两穷民,齿丰鬚未算贫。

老去生涯差自了,暮年情话倍相亲。

论交总角几同辈,介寿称觥又早春。

幸有耄期宁待祝,齑盐不放倦情人。

---

① 李亮卿(晚年)别号无尘。
② 先祖母盛太夫人为迁公之姑。
③ 迁公与余同受业黄秋农先生。
④ 落灯后尚遇微雪。
⑤ 迁公,即盛光倬,李道洋祖母盛太夫人之侄。

李道沅

李道沅（1880—1961），巴金之姑母，号芷卿，清光绪庚申年（1886）生于四川成都，祖籍浙江嘉兴，李镛之长女。道沅幼工女红，喜诗词，受教于其母汤淑清。室号花影楼，有诗集今佚。率其二子为其父母妹之《李氏诗词四种》录校。1961年故。曾祖父李文熙（字坤五，号介盦），曾祖母张氏；祖父李璠（字鲁珍，号宗望），祖母盛氏，浙江秀水盛善沅女；父李镛（号浣云），生母汤淑清，江苏武进汤世楫女，继母濮贤娜，江苏溧水濮文昇女。适江苏溧水濮良埙（字颂川）；子二：思弇、思祜；女思洭（字桐仙），被巴金等人称为凤表姐，小说《家》中梅表姐的原型。

《花影楼集》佚诗一首

题赵书卿画
杨柳千条绿，桃花两岸娇。幽人无所事，扶杖至蹊桥。

西营汤氏诗文

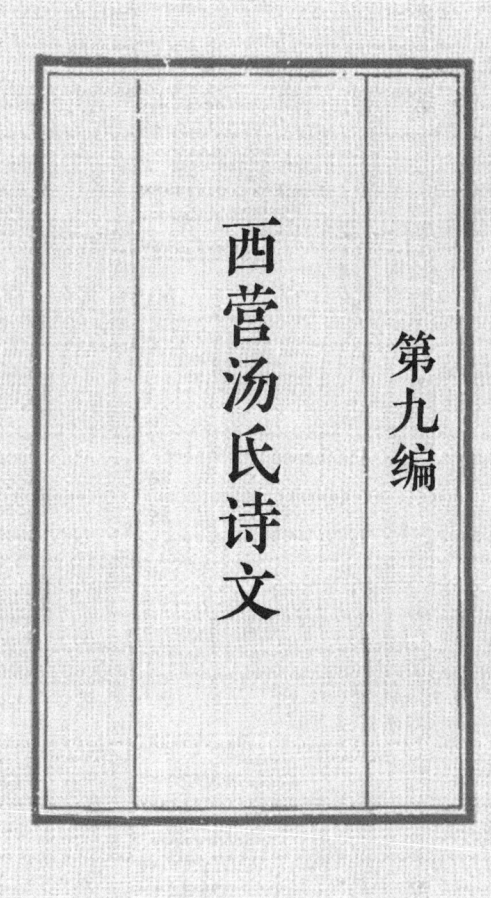

第九编

汤氏家系

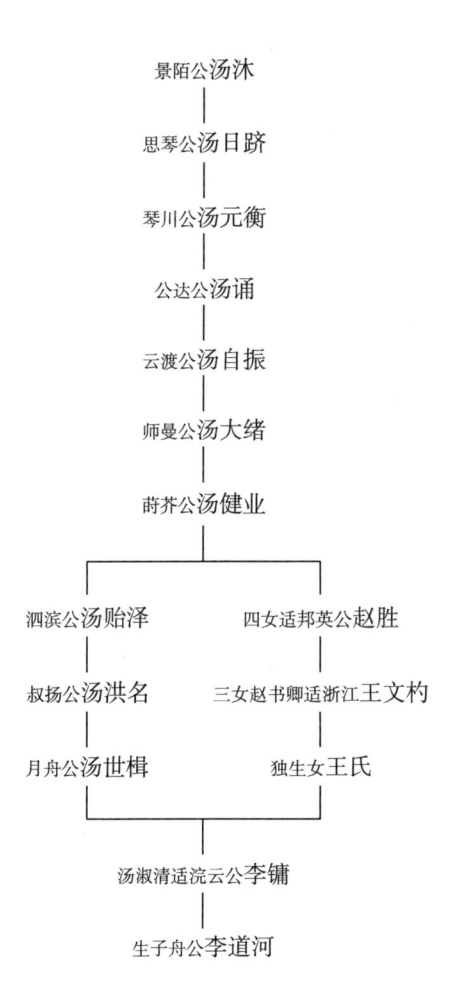

景陌公**汤沐**
|
思琴公**汤日跻**
|
琴川公**汤元衡**
|
公达公**汤诵**
|
云渡公**汤自振**
|
师曼公**汤大绪**
|
莳芥公**汤健业**
|
┌─────────────┴─────────────┐
泗滨公**汤贻泽**　　　　四女适邦英公**赵胜**
|　　　　　　　　　　　　　　|
叔扬公**汤洪名**　　三女赵书卿适浙江**王文杓**
|　　　　　　　　　　　　　　|
月舟公**汤世楫**　　　　　独生女**王氏**
　　　　　　　　|
　　汤淑清适浣云公**李镛**
　　　　　　　　|
　　　生子舟公**李道河**

汤沐

汤沐（1552—1619），字仰思，号景陌，江苏武进人，生于嘉靖三十一年（1552）九月，卒于万历四十七年（1619）九月。万历二十二年进士。任福建惠安县丞，升北京东城兵马司指挥副使（未赴任），卒于福建泉州府之永宁官舍，闽人崇祀报国寺。祖父汤冕，祖母杨氏，继祖母钱氏；父汤儒，母朱氏，庶唐氏、蒋氏；妻陈氏。汤沐有三子三女。

诗八首

宿清江口
故乡离别急如何,夜雨淮杭宿浪坡。旧径荒芜黄菊沙,新愁重叠白须多。
回瞻云树家何处,遥望皇都路更疏。笑叹世人甘碌碌,雁飞不到利名拖。

途中自叹
思乡千里信难通,几度回还在梦中。鸡唱频催归岫月,钟声迢递渡江风。
水云处处迷芜径,途路迢迢在玉宫。误逐微名心已碎,搔嗟两鬓雪蓬松。

白洋雨阻
萧萧风雨阻行程,客邸情怀愈不胜。黄菊半开含泪眼,白洋满处起愁声。
江空嘹呖南征雁,云暗迷漫北斗星。寒漏偏长归路杳,相思到此梦难成。

三返京途
三逐微名上九重,今朝方喜得乘龙。乌纱冠盖君恩重,白屋光辉祖荫浓。
不信穷官强富客,才知薄宦胜田翁。门庭改换人争羡,显有文章万倍功。

怀相知
客边感忆旧相知,始信相思无尽时。睡去全凭千里梦,醒来都付七言诗。
西风落叶庭台满,残月寒窗鼓漏迟。愧我功名还未遂,令人长夜叹分离。

舟泊临江有感
拭揭蓬窗纳晚凉,烟云何处自吾乡。乌鸦阵阵争归路,绿水滔滔入巨洋。
渔火江边明复灭,樵歌山曲短还长。何时得遂悬冠计,漫向东篱酒一觞。

万历壬寅之官有作

急呼小棹泛江滨,王事驱驰敢恤勤。残月影随乌叫冷,西风声落雁飞频。
故园情思浑成梦,薄宦风光已半尘。惭我巧才何足用,只将忠爱报君民。

勒马呼航促渡江,斜阳残步怯涂长。杜鹃悲咽乡心切,鸿雁分离客路忙。
山径迷人魂欲断,野花笑我鬓成霜。何时遂却悬冠计,漫对黄花酒一觞。

汤日跻

汤日跻（1577—1632），字汝敬，号琴川，江苏武进人，生于万历五年（1577）五月，卒于崇祯五年（1632）七月。著有《易象图说四卷》，画有《芝兰图》等，今均佚。曾祖父汤冕，曾祖母杨氏，继曾祖母钱氏；祖父汤儒，祖母朱氏，庶祖母唐氏、蒋氏；父汤沐，母陈氏；妻杨氏。汤日跻有三子。

琴川公遗嘱

　　吾家自曾祖菊隐公自苏迁常，虽非素封，尚可馕粥。自给青箱世守，四代于兹。吾父家业中落，勉力为吾娶妻杨氏入汤门，姑嫜勤励，日夜操作，上事翁姑，下育儿女。吾遭际不偶，砚田糊口，脩脯无多。万历壬寅岁，吾父始得一官，薄宦闽海一十八年，两袖清风，积劳殒命，赖同官助丧回籍。惨苦备尝，吾与汝母齑盐淡饭，稍资衣食，抚养汝辈成人。长、次二男俱已娶妻完聚，幼子元亮虽聘范氏，尚未完姻。更兼三姐未嫁，奈吾年未满五十而遘病奄缠，一生清苦，非惟无锱铢之积，并有负累未偿。今议所遗债务三十六两，除瓦房四间原价银十六两外，净欠人二十两。长、次二男两股均还，三男尚未成立，不令承任，遗存些零什物与三男作娶亲之费。嗣后汝兄弟三人各宜遵守父规，同心协力，创业兴家，不可以父无遗产，稍怠天伦。俟三男完娶后，轮流缮母。一应门户事，俱三分承当。倘有不孝不悌，隳败家风，冥必殛之。立此遗嘱为照。

天启五年七月　日立

按

　　琴川公卒于崇祯五年壬申，而此遗嘱立于天启五年乙丑，中隔七载，未审何故。遗纸断烂，稍为补缀阙略，录附家编，以见我祖宗积累艰难，为子孙者宜各思仰绍贻谋，恢宏前绪，而先世零丁之苦亦述祖德者所不讳云。

汤元衡

汤元衡（1602—1674），字希尹，号思琴，江苏武进人，生于万历三十年（1602）闰二月，卒于康熙十三年（1674）八月。汤元衡生值明清交替，外有倭患，科举无门，故"家贫早弃儒服。贩缯布为业，乘扁舟往来吴淞间"。"贾累至万金，使诸子各有宅田。又恐富而失教，其害更甚，使诸子各专一业而以耕读为本"，奠定了汤氏复兴的基础。祖父汤沐，祖母陈氏；父汤日跻，母杨氏；妻黄氏、吕氏。汤元衡有七子一女。

思琴公遗训

　　予家世业儒，相传清白。吾父琴川公教授一生，晚年家计日落，吾与二弟希传遂弃缥缃谋什一。虽早运未通，事多不偶，然生事葬祭，竭力支持，未尝缺礼。配黄氏生四子一女，勤俭起家，不幸早逝。继配吕氏，生三子，中年以后全赖持家。今六子一女俱已婚嫁，九郎亦聘过何氏，因年幼未娶。今吾年已七十矣，一生劳苦，至今未得息肩。幸赖天地祖宗之佑，薄有赀财地产，于吾年六十时业已一体均分，毫无偏向，惟九郎一分吾为权管，待其娶妻成立，即便付与。吾与汝母当七分轮养，以终余年。自分之后，吾愿诸儿存心以孝友为先，传家以忠厚为本，耕读经营，一惟勤俭，毋贪财以败名，毋小忿而争讼，毋交损友，毋听妇言，则门闾光大有期，汤氏宗支有庆矣。儿辈勉之，勿忘吾言也。

按

　　思琴公以赤手成家，累赀巨万，子七人，孙二十人，曾孙三十三人。实为吾长房开创之祖。右所录遗训，乃康熙十年分授诸子田宅时略述生平，俾知创业不易，非如颜子推、柳玭诸家煌煌著训也。今各房四分五析，并此失之，原谱旧登是篇，亟存之，以示后世。

汤健业

汤健业（1732—1798），字时偕，号蒔芥，江苏武进人，生于雍正十年（1732）。监生，历任四川龙安府经历（乾隆四十二年）、太平县知县（乾隆四十六年）、安县知县（乾隆四十九年）、南充知县（乾隆五十二年）、温江知县（乾隆五十四年）、新繁知县（乾隆五十五年），"大计卓异"升巴州知州（乾隆五十七年四月），因从征廓尔喀，旋升署石柱直隶同知（乾隆五十七年十月），后加署嘉定府通判仍署石柱厅（乾隆五十八年），嘉庆三年（1798）九月卒于任上。《嘉定府志》按云嘉定府通判总理、嘉定犍为并川西井研等州县盐务，督捕事务，实为盐官兼捕官，故《四川盐政史》又把汤健业记为犍为督捕通判。汤健业敕授文林郎，诰授奉政大夫。汤健业著述甚丰，其中《毗陵见闻录》广见著录，并有《红杏山房集》今佚。祖父汤自振，祖母庄氏，同邑庄纬女；父汤大绪，母杨氏，候选同知杨发祥女；妻庄氏，同邑庄贻艺之女；汤健业有六子五女。

《红杏山房》佚诗四首及联句诗

七绝　清明忆嘉阳

芙蓉九朵隔乌尤,远有蓬莱近十洲。千古长公名士业,何人更上读书楼。①

录于《嘉定府志·艺文志》

七绝二首　题隆昌石溪亭

寿世书成付汗青,循良应上御前屏。剧怜竹屋萧萧夜,撼拾残编道阮亭。

数株衰柳为谁青,栏外山光巴锦屏。为问西川于役者,几人曾说草元亭。

录于道光《隆昌县志·古迹》

五律　（新繁东湖）耸翠亭

翠柏老千古,新亭敞复幽。水深鱼暗度,风静鹊还啁。
星汉当窗列,芙蕖隔槛浮。此中有真趣,何必羡瀛洲。

录于《新繁县志·艺文志》

附

新繁和汤莳芥《耸翠亭》韵

李调元

卫公遗迹处,亭阁发其幽。大雅一龙啸,巴歌尽鸟啁。
荷翻鱼暗戏,萍动鸭初浮。窈窕人何处,关雎第一洲。

---

① 原注:予少时曾读书东坡楼故云。

联句诗

令尹悬弧日，新亭初构时。兰亭重有序，（雨村）莲幕尽能诗。
清白江无愧，（冶斋）龚黄政可媲。敢持山作寿，（谨堂）直指海为卮。
胜会延三益，（乐斋）冰渊凛四知。开筵争校射，（莳芥）虚牖听弹棋。
松老犀千甲，（仪甫）菱窥镜一池。蝉鸣疏欲断，（牧堂）燕舞合还离。
草阁横秋水，（泗滨）深林漏夕曦。荷香飘冉冉，（苏台）竹动影迟迟。
系马长堤外，（剑函）流觞曲水湄。嘉殽烹鹿脯，（雨村）野味荐蹲鸱。
坐待南薰拂，（冶斋）旁宜丝竹吹。金樽倾绿醑，（谨堂）玉树映丹枝。
绕屋云霞灿，（乐斋）临轩锦绣垂。堂前双凤舞，（仪甫）膝下六龙随。
客唱南飞鹤，（牧堂）星从北斗驰。双凫今可网，（泗滨）五马早相期。
天上开千叟，（苏台）人间介一眉。龟龄应不老，岂但祝期颐。（雨村）

编者按

  这首联句长诗，始于李调元，终于李调元，可见李调元与汤健业交情之深。乾隆五十五年（1790），乃汤健业（虚岁）花甲大寿。李调元是这样记述的："辛亥六月五日，新繁莳芥汤明府六十初度。是日宴集东湖耸翠亭，调适由濛趋祝，忝居座首。天光树影，清风徐来，荷气袭人，酒香扑鼻。咸曰：今日不可无诗，以畅雅怀。谬做首联，诸公依次秉笔，主人诗伯也，谊义不容辞。诗成，共得二十韵。主人郎婿皆能诗，例得备书。雨村、冶斋、谨堂、樂斋、莳芥、仪甫、牧堂、泗滨、苏台、剑函。"其中雨村为李调元，乐斋是司为善（巫山人。嘉庆七年进士），莳芥即汤健业，泗滨乃莳芥公汤健业之次子汤贻泽，其他人尚不可考。

毗陵见闻录

序一

毗陵为东南望郡，自宋元迄明名贤辈出。我朝统御中夏，列圣相承，摩义渐仁，百五十余载，其中宰执、卿尹，鼎科甲第，蝉联鹊起；诸巨公文章经济，彪炳寰区；懿行嘉言，久已上之国史，载之邑乘。余渺焉小子，何敢以后起之专蒙，妄谈往昔？顾念故老传闻，足资谈柄，间阎逸事，可广见闻。并有潜德幽光，隐而未发；金壬邪慝，伏而未彰。耳既有闻，目亦共见。阅时既久，所积较多。昔先世父山渔公晚年尝作《毗陵觚不觚》，因循未果。余学植荒落，何能仰望山渔公肩背？今亦老矣，浮沉西蜀，忽忽二十余年。乡里典型，半归物化，若不乘此耳目未衰，急为表白，恐致湮没无传。甲寅、乙卯间，适下榻节寓，公余之暇，爰摭垂髫及今之所见闻，并载籍之所流传，共得若干条，厘为八卷，名曰《毗陵见闻录》，命意事录以成帙，付儿辈收藏，庶几维桑之梓，必恭敬止之义。若云著述，则吾岂敢？乾隆六十年岁次乙卯仲夏，武进汤健业序。

序二

余与毗陵汤司马莳芥及令嗣葭村明府先生同服官于蜀中，纪群之交两世矣。司马闳览博物，有干济，以经术从政有声，余为牧令时，得瞻治谱久矣。明府以军功继起，克绍前徽，余亦以监司从戎，踪迹又相类。时明府宰璧山，余忝奉川东观察使檄，同舟共楫，交益亲。见其廉洁自守，勤于吏治，有先人遗风，弥慨想司马不置云。明府手一编示余曰："此先人所著毗陵见闻录也，皆一时文献之征，可备志乘所采择，乞弁数语于简端。"余受而读之，多识前言往行及山川风土、人情习伪,甚为赅洽。大率仿《西京杂记》《汝南先贤传》诸书体例而成,序事简核,谨严有法度,益叹司马之留心掌故,读其文可知其为政矣。因念司马仕蜀二十余年,明府继之又有年,两世相传,政绩勋名,卓卓有可纪,其所以增毗陵文献之光者尤多。后之人倘踵而辑之,不徒以广见闻也,则是编非无故而作矣。因述交谊始终,作书颠末如右。览者勿以琐言碎事视之,庶乎其可。道光辛巳阳月,南徐严士铉识。

| 卷一 |

状元宰相今古艳称。我朝自顺治丙戌至乾隆辛巳,百十六年中,已得七人,常郡居其一。顺治丙戌傅聊城以渐,丁亥吕武进宫、己亥徐昆山元文、乾隆丁巳于金坛敏中、己未庄番禺有恭、戊辰梁会稽国治、辛巳王韩城杰。嗣后由殿元而登宰辅者,正复不少。又父子前后入相者三,桐城张文端英、子文和廷玉,常熟蒋文肃廷锡、子文恪溥,无锡嵇文靖曾筠、子文恭璜,皆父子纶扉。三相国均江南人,常郡亦居其一,洵盛事也。

吾常科名之盛,至今上为最,有历代所未有者。三中表师生鼎甲,壬戌一甲第三为世父大绅,乙丑一甲第二为表叔庄存与,甲戌一甲第一为表叔庄培因,二庄均以中表执经于世父者。又一榜两鼎甲,壬戌榜眼杨述曾、探花世父大绅,乙丑殿撰钱维城司寇、榜眼庄存与侍郎,钱与庄亦系中表。又同怀兄弟鼎甲,甲戌殿撰庄培因系乙丑榜眼庄存与胞弟,而培因外舅彭芝亭尚书启丰亦丁未状元。兄弟鼎科,翁婿殿撰,同官于朝,尤为古今罕见。

圣祖稽古好文,孜孜不倦,万机之暇,即召阁部大臣及内直诸贰、翰詹试以诗、古文、词,而举人生监亦同被召试。如海宁查慎行(原名嗣琏),武进钱名世俱以举人,休宁汪灏、长洲何焯均以监生,汪、何旋特赐举人,准一体会试。寒畯遭际之隆,于斯特盛。康熙间诏修《明史》,徐东海尚书乾学领书局,延万季野斯同至京师主其事。时万老矣,两目尽废,而胸罗全史,信口衍说,贯串成章。吾乡钱亮工绹庵名世尚未达,亦客东海门下,才思敏捷,博闻强记,昼则征朋斗酒，夕则晋谒要津，夜半始归静室中。季野踞高足胡床上座，钱就炕几前，执笔随问随答，如瓶泻水，钱据纸捷笔，笔不停辍，十行并下，略无隙漏。史稿之成，虽经数十人手，而万与钱实尸之。噫！万以老诸生系国史绝续，洵非偶然。若钱之才，亦曷可少哉！万，浙之鄞人，与其兄斯大字充宗，同游黄太冲之门。充宗除夕书联送王文简云："尚书天北斗，司寇鲁东家。"由是知名。后入翰林，官侍讲，以送阃帅诗有"分陕旌旆周太保、从天钟鼓汉将军"等句，因之罢官。

科场旧例，凡作五经文字者，以违例贴出。惟顺治乙酉龙飞首科胶州法若真黄石以五经疏请上裁，世祖章皇帝特恩准作举人，仍授中书舍人。丙戌成进士，入翰林。此后至康熙戊辰，始有查嗣韩、林文英二人亦经御史疏请，特赐进士。查榜眼及第，林选庶吉士。壬午京闱又有武进庄令舆、桐乡俞长策二人，亦以五经被贴，监临疏请，奉旨特赐举人，一体会试，并有嗣后愿作五经者，听，不必禁止，作何定例，九卿详议具奏。因有五经中式之条自康熙壬午，迄今上壬午，六十年中以五经弋获者不知凡几。今则停止五经，每科各出一经为题，俟诸经轮遍后，复以五经命题一次，较前更为周密。

圣祖于机务之暇留心经史，尝御制宋高宗《父母之仇终身不报论》，命大学士熊赐履、礼部尚书韩菼、内直吏部尚书陈廷敬、右谕德查升同作。又命研精经学，而季野长于史，于明代三百年典故如指诸掌，史馆诸公咸取衷焉。其所撰《宋季忠义录》十二卷，一卷载恭帝、端宗、末帝本纪，陈仲微二王始末，二卷迄末自江万里、文天祥而下，逮至刘辰翁，凡四百六人，皆向来纪载所未备也。又著有《南宋六陵遗事》一卷、《庚申君遗事》一卷、《历代史表》六十卷、《历代宰辅汇考》八卷、《庙制图考》四卷、《河渠考》十二卷、《昆仑河源考》二卷、《儒林宗派》二卷、《群疑书辨》十二卷、《书学汇编》二十四卷，可谓通儒。康熙壬午四月殁于京邸，甚可惜也。

前辈名公巨卿汲引后进，加意寒畯，有出人意表者。王渔洋尝言，李高阳之于曹颂嘉禾、梁正定之于汪蛟门懋麟、冯益都之于陈舍人赓明玉璂、魏柏乡之于董秀才文友以宁，服膺赞叹不啻，若自其口出。诸君皆相国及门士，而柏乡与文友未尝识面也，是之谓真知己。陈、董，武进人，曹，江阴人。

殷彦来庆誉颂王文简一联云："天下文章莫大乎是，一时贤士皆从其游。"钱亮功名世为诸生时，客游京师。浙江举人查慎行、武进举人钱名世同作进呈，仰见睿鉴高深，鄙斥南宋君臣忘仇窃位之义。国初浙江省闱乡试同考官只十三人，试卷多，而校阅者少，每致遗珠。康熙壬午乡闱，赵恭毅申乔抚浙，疏称浙省每科试卷一万二千有奇。旧例同考官仅十三人，不能遍阅，请增三员。礼部覆允，并通行各直省，如有试卷数多，房考不足者，题明量行加增，得俞旨。是科浙闱解额视江南之数，并著为令。圣祖加惠士林，于斯可见。

邹衣白臣虎之麟，国初进士，官御史，工书画，能诗，士林推重。公居乡时，有以"邹与鲁哄书"一节嘲之。曰：战国时，鲁小而弱，邹复时时侵陵。鲁死亡殆，众谋所以御之而无策。有献计者曰："吾闻君子斗智，不斗力。今邹强而鲁弱，安可与战？不如炫奇以慑敌。"鲁君问计。答曰："昔年孔某所获之麟尚在，可试也。"公从之，致意于邹，亦出麟以斗。邹无以为计，不得已绘牛为麟以诳焉。翌日，两军相遇，各驱麟而出。邹麟一见，骇走，合军惊溃。邹惧，遣使修好于鲁，而密询其故于孔子。孔子曰："鲁之麟，麟也；邹之麟，牛也，安得不败？"闻者无不捧腹。邹书画绝佳，吾乡近日罕有收藏者，而著作亦不传，惜哉！（王新城有《题邹衣白画诗》，载《精华录》）

董观察玉虬文骥，顺治进士，官御史，时屡上封事，颇著风节。外转陇右监司，年未五十，乞休里居。笺注《三礼》及诸经，暇则与文人学士作诗酒之会，备极林下风趣。所居在县学左，颇幽静，颜其阁曰"微泉"，即以名集。诗文、经义共十六卷，镂板行世。今阁已属他人，镂刻亦复散失，仅存《微泉阁诗》四本而已。又其侄舜民孝廉元恺工乐府，自成一家，洞庭、阳羡、西泠诸山水，居庸关、白阳城、虎牢关诸边塞之作，尤为奇特，其内子亦有易安风调。所著《苍梧词》十二卷，阳羡陈迦陵检讨序而行成。

邹进士程村订士祗谟工诗词，康熙庚子、辛丑间王阮亭司理扬州，与之撰《倚声集》，起万历末，迄顺治初，以继卓月珂、徐野君《词统》之后嗣。宜兴蒋京少景祁复编《瑶华集》二十卷，搜采国朝名家填词甚富，起顺治，迄于康熙，以继《倚声集》之后。合观三集三百二十年间，作者略备矣。近日吾郡填词既鲜，专家搜辑更无巨眼，即邹、蒋二公所刻之《倚声》《瑶华集》亦未知尚有流传否？抚今追昔，感慨系之。京少著有《梧月词》，秀水朱竹垞检讨序而镂板。

邵青门子湘长蘅，国初名宿，学问渊博，倾倒公卿。康熙间商邱宋太宰抚吴，延致幕中，刊修《施注苏诗》。太宰喜汲引后进，一时东南文士尽为网罗，而青门复从而奖借之，以故江左十五子中掇巍科、膺膴仕者十居九，诸公咸以师礼事青门焉。青门美须髯，性豪迈，每与诸名士论文角饮，动辄数十觞，而诗亦洒洒数百言立就，其文采英发如此。惜以诸生终老，其后起亦鲜有能继之者。所著有《青门诗文集》行世，近时知者亦复寥寥。因录陈迦陵《两髯行》及吴、李诸公酬赠之什，以志一时钦仰之盛。

陈诗："我髯冗似绿坡竹，汝髯卷若猬毛磔。两髯意外一握手，熟视无端笑哑哑。家乡流浪不见面，见面乃在长安陌。感激聊为肝胆言，欢谑互诩文章伯。忆昔兰陵数邹（訏士）董（文友），贱子结交真莫逆。可怜为人好心事，拉我谈诗妙风格。花天同饮百罚杯，月地共枕千人石。鹅官三更每换吹，鹍弦半撚偏低擘。一尺红衫不自惜，直向盘中裹鱼炙。故将恶语恼蛮腰，顿使春腮晕微赤。迩来踪迹顿错落，当日欢娱太狼藉。晚岁交君才更健，出手诗压群儿百。词场虎跳或龙掀，笔阵银钩兼铁画。长安雪片大如席，我今误作长安客。底事青门淡荡人，也挽马挝随老草。君家水上几间阁，君家烟际一区宅。畦蔬差足媚盘餐，园果粗能饾盘核。噫嘘唏！得归且种东村麦。"

吴廷桢①《读〈青门集〉奉赠邵丈子湘》："我读《青门集》，未识青门翁。翁名昔震耳，使我三日聋。乃于卷帙内，忽觉形神通。幽觊韩杜室，高蹑班马踪。诗文开奥窔，万象何春容。清秋幕府静，绿水依芙蓉。绵津提诗律，旗鼓中原逢。郎君好整暇，伺间偏师攻。先生真强对，酒槊争豪雄。建安父子间，风骨相磨砻。新编名井梧，叩角来商风。夔州老去后，刊落春华丛。往闻陈检讨，两髯嘲咏工。不须更缠帛，绝倒陆士龙。惜哉阳羡生，幻化随鹅笼。桢也生较晚，垂胡亦当胸。虎贲貌似耳，敢比中郎邕。低头钻故纸，掇拾惟鱼虫。先生谓可教，惠问勤邮筒。得非事皮相，猥及吴下蒙。作诗谢不敏，犹以筳撞钟。何时对尊酒，一笑掀髯同。"

吴士玉《赠邵②丈子湘》："青门先生吾所师，诗笔两绝真瑰奇。盛名耳震三十载，鲁灵光殿神扶持。布衣之雄文场帅，侯（朝宗）魏（叔子）不作谁肩随？

---

① "桢"原为"正"，避雍正讳改，下同，不再注明。
② 原文为"部"，当误，径改。

先生弱龄负壮思，鸾凤堕地非凡姿。长益沉酣讨典坟，得其精粹遗糟醨。追古作者惟所向，撞金击石相娱嬉。中岁骑驴上京辇，公卿折节如等夷。文才脱口已传众，词伯避席常嗟咨。掉头忽去寻海市，蓬莱东望腾蛟螭。绛阙群仙渺何处，苍茫万里天风吹。南抵炎荒度大庾，吊古日落千崖危。雪披滕阁寒光廓，六月匡顶迎凉飔。梅花好伴孤山隐，钓竿欲拂严陵矶（并注：以上纪实）。山水文章两勃郁，震奇发秀何蕤蕤。竭来使院俄十春，元公宿昔同襟期。我亦荷公致幕下，小才自愧国士知。先生一见谓可教，忘年托契勤箴规。旷怀豁达扫形迹，微言珍重抽肝脾。喟息俗学寡根柢，花叶妆点奚以为？耳佣目僦日凋耗，八家秦汉同毛皮。诗家坐病亦尔尔，滔滔浮滥将安归？但办读书万卷破，万丈光焰无时衰。我聆其语铭佩牢，敬奉瓣香成歌诗。"

李百药必恒《赠毗陵邵子湘先生》："千古史笔推龙门，班范继起体制仍。后来八家渐纷纭，或取其貌追其神。逮明二川（震川、荆川）亦斌斌，廓庑唐肆各有臻。青门髯公才绝群，九龙毓秀珠孕渊。十龄思壮赋采芹，舞勺即充观国宾。摆脱掷却头上巾，钻研经史穿典坟。变化陈腐生鲜新，大放厥词浩无垠。雄深简洁理则醇，诛奸发潜功不泯。金华昆山维弟昆，近今作者无比伦。诗溯大历追开元，调高法老韩杜均。谁其赏者风雅亲，宣城（施）渔洋（王）共绵津（宋）。好奇远涉济与洹，要观沧海扶桑暾。绛宫明灭幻金银，幡幢羽葆排群仙。三神山近如可扪，掉头忽往招匡君。一技笑折罗浮春，岁在己未辟贤关。金台千尺高嶙峋，挟其所有谒帝阍。宸居森严虎豹蹲，百僚衮衮鱼贯屯。目视心嫉嚛不言，坐令此老归丘樊①。拂衣长啸行踆踆，身则否矣名益震。四方贽币填门闉，乞其只字宾屿璠，碑版赑屃蛟暾蟠。商邱中丞今大贤，以礼招致佐雄藩。联吟道古古处敦，上床不怕严武嗔。先生其家故不贫，章湟旧业蓉湖滨。洞庭遥指马迹（山名）邻，湖光潋滟波生鳞。凫鹭灭没鹄鹭喧，原田每每粳稻翻。瓜壶菘韭芥菔蘩，前堂后寝疏以轩。中置几杖书琴尊，杷秠簺笠杂钓轮。受经有子子有孙，兴来行药或灌园。笑看世事如浮云，先生自谓羲皇人。世味淡泊天趣真，长身丰颐髯且卷。先生著述高等身，名山大业斯焉存。岂与芝菌争朝昏，百千万祀贻后昆。"

---

① 原文自"宸居森严"至"归丘樊"缺，今据《江左十五子诗》卷一〇补。

郭元钎《寄答邵子湘》："芙蓉湖上邵髯翁，名位玄真桑苎中。京洛声华怀漫刺，江湖思绪趁归鸿。春田一顷豆花雨，晴屋三间梅子风。老却谢敷星下客，鹤书何日两轮红。"

徐永宣《青门邵先生六十初度》："群山如玦抱毗陵，远江如带围城郭。清淑之气于焉穷，盛而不过乃磅礴。青门先生生其间，上应列宿光砾砾。少小即擅神童称，稍长读书愈该博。诗似神鹰乍脱鞲，文如天马初卸络。长安道上诸公卿，观者一一骇以愕。岂知屡困烛三条，绝意进取寻邱壑。乘风南上潇湘船，只壶买醉滕王阁。访友东看钱塘潮，一帆欲践林逋约。北征帝里登燕山，翩翩裘马携籐箬。西过任城吟酒楼，村村花柳遮帘箔。无何游倦赋归来，独抱遗经卧寂寞。春云霭霭月溶溶，秋空凌凌烟漠漠。著书味道春复秋，神如龙马姿海鹤。商邱夫子镇抚吴，为遣长须款门钥。相邀文酒过笴斋，一似开堂一行脚。有如乌公镇河阳，水南水北为所攫。后生考德将于何？一时猿鸟皆惊玃。先生客冬返章湟（地名），小子初旋自京洛。执手慰劳情话长，心路于此快一瀹。灯落重过云溪头，细雨檐花动春酌。示我新编名井梧，色正芒寒刮眼膜。矧乃严诗附杜编，望洋益觉难为度。衔卮顾我为我言，与子两世称逆莫。先公与我偕采芹，追念夙昔犹如昨。吾儿与子同释菜，两家情意罗浮若。我今甲子及一周，索诗于子忍弗诺。小子闻言泪湿衣，先生怀抱亦不乐。先生岿然鲁灵光，先子九京不可作。风木悲填胸臆间，赋诗心手颇格格。颂扬讵当万一分，要为抑止抒大略。牵连世好告先生，敢以巴歌侑三爵。"① 此外尚有王新城《题两髯行诗》，已刻本集，不复赘。

---

① 徐永宣《茶坪诗钞》卷二《青门邵先生六十》与此不同，诗云："群山入障围毗陵，远江如带束城郭。清淑之气于焉穷，盛而不过乃磅礴。青门先生其间，上应奎宿光砾砾。少小即擅神童称，稍长观书益该博。人同鲁望文柳州，鞲鹰秋鹰马辞络。长安道上诸公卿，见者一一骇以愕。讵知屡困烛三条，绝意进取寻邱壑。乘风南上潇湘船，只壶买醉滕王阁。访友东看钱塘潮，一帆欲践林逋约。北征帝里登燕山，裘马翩翩携籐箬。西过任城吟酒楼，花柳村村卷帘箔。无何游倦赋归来，独抱遗经卧寂寞。春云霭霭月溶溶，秋空凌凌烟漠漠。著书味道春复秋，精神龙马姿海鹤。商邱夫子镇抚吴，为遣长须款门钥。相邀文酒过笴斋，一似开堂一行脚。有如马向抵嵩邱，水南水北甘受攫。后生考德将于何？草堂猿鸟皆惊玃。先生客冬返章湟（地名），小子初旋自京洛。执手慰劳情话长，心路于此快疏瀹。落灯重过云溪头，细雨檐花动春酌。井梧诗价埒琼瑛，色正芒寒刮眼膜。矧乃严诗附杜编，望洋益觉难忖度。须臾顾我为我言，与子两世称逆莫。先公与我偕采芹，追念夙昔犹在昨。吾儿与子同释菜，两家情意罗浮若。我今甲子及一周，索诗于子忍弗诺。小子闻言泪湿衣，先生怀抱亦不乐。先生岿然鲁灵光，先子九京不可作。风树悲填胸臆间，赋诗心手颇格格。颂扬讵当万一分，要为抑止抒大略。牵连世好告先生，敢以巴歌侑三爵。"

宜兴陈迦陵检讨维嵩为名公子定生冢嗣，擅高才，弱冠即与江左诸遗老争标夺帜，群公咸推让焉。诗极雄伟，尤工词，曾写《迦陵填词图卷》，名流题咏甚夥。吴庆伯农祥尤多，洪昉思昇题北曲一套，极风流蕴藉。

彭羡门孙遹寄调《浣溪纱》云："一曲乌丝绝代工，碧纱声里见惊鸿。红么小玉拨玲珑。几度牵萦蘅浦梦，半生消受桂堂东。教人妒杀画图中。"卷尾裘文达日修题句云："少年曾检花间集，最爱迦陵绝妙词。今日丹青初识面，瓣香真欲奉吾师。文如徐庾当时体，诗是苏黄一辈贤。却被晓风残月误，头衔甘署柳屯田。百年名辈风流尽，髯也疏狂古丈夫。尔日侍香何女使，惊鸿五瞥世间无。卷中诗伯首渔洋，诸子飞腾各擅长。一事难忘惆怅处，不将徐沈视云郎。戴笠图成并轶伦，断缣随手逐风尘。中郎莫抱无儿恨，世守芸香大有人。"以卷藏陈望之中丞家故也。

迦陵夙以骈体著名，诗篇遂为所掩。然其《遥和王新城秋柳四律》似较原唱为优。诗曰："暮霭荒原镇断魂，枝枝瘦影锁横门。依然和月多眉抚，何处临风少泪痕。千尺苹花流水岸，几家枫树夕阳村。江南子弟都头白，青眼窥人忍再论。""平明帘幙落青霜，剩得轻阴满曲塘。似尔陌头还拂地，有人楼上怕开箱。可怜古戍苏兼李，不见朱门谢与王。若问一春攀折处，钿辕斜过善和坊。""尽日邮亭挽客衣，风流放诞是耶非。将军营里年光换，京兆街前信息稀。愁黛忍令秋水见，柔条任与夜乌飞。舞腰女伴如相忆，为报飘零愿已违。""鹅黄搓就便相怜，记得金城几树烟。未到阿那先丽歠，任为抛掷也缠绵。由来春好惟三月，待得花开又一年。此日秋山太迢递，株株遥落尽楼边。"

康熙初，士人挟诗文游京师，必首谒龚合肥鼎孳，次长洲汪苕文琬，颍川刘公勋体仁及王新城尚书士正数人而已。王好奖励后学，得卷必摘其警策而揄扬之，汪得卷必摘瑕疵而訾议之，刘则一览辄掷去，无所可否。人皆喜王而惮汪，然以其负盛名，不敢不去也。宜兴陈纬云维岳，其年检讨之弟，初入都，写行卷三通，置案上。友人问所诣，曰："吏部刘公，户部汪公，礼部王公。"友人曰："吾为子卜之，汪必驳摘，刘必弃掷，惟王则善诱耳。"已而果然。故当时门墙之盛，首推新城。施愚山尝谓渔洋曰："公好奖引人物，自是盛德。然后进之士学未有成，得公一言，自诩名士，不复虚怀请益，非公误之耶？"其言亦大有理。

科名盛事，无过父子同登甲榜，同列清华。雍正间吾常刘文恪官九列，子复中丁未进士，由庶常授编修，迁侍读，历监司。吴葵斋方伯官侍御，子祖修中癸丑进士，改庶常。乾隆年间，蒋晴崖中丞官京兆尹，子麟昌中己未进士，改庶吉士，授职编修。庄养恬侍郎子通敏，中戊戌进士，由庶常授职编修，迁中允。季子逢原亦以进士，特选中书。刘文定官本兵部，子跃云中丙戌探花，入词垣。又刘圃三侍郎长子谨之己卯举人，由中书历官科道。次子种之登丙戌进士，选庶常，授编修，选中允，皆同官禁近，洵盛事。蒋中丞虽起家不由甲第，亦以孝廉入中书，实清华之选。

卷二

赵恭毅申乔，康熙庚戌进士，由河南商邱令内擢刑部主事，自豫入都。中途劾罢河北镇帅，直声大振。后擢员外郎，引疾归，杜门不出者数年。岁乙卯，圣祖巡幸江浙，申乔偕在籍绅士道左迎銮。适天雨，着木屐而行。圣祖于舟中窥见，询知其为赵，宣名御舟，奏对称旨。旋以安溪相国荐，即家起浙江藩司，逾年擢抚两浙，旋调偏沅。陛辞赴任，与一仆跨两卫而行，无人知为偏抚也。中途遇新任湖南粮道孔挚眷赴任，车骑络绎，仆从如云。而赵主仆或前或后，频为孔纪所呵。孔有老仆，颇解者，告其主曰："闻偏抚赵已出都，日来策蹇道旁者，状貌相似，盍往探之？"孔诺，发偕仆亦策蹇而行。至前途，赵已憩逆旅。孔投刺谒见，赵颇喜，留之同宿，诲勉谆切，次早随挈孔而行。抵任日，百官郊迎，赵谕以明日五鼓朝服诣署。众虽唯唯，咸尽怀疑，即孔亦不知所以也。次日五更，诸官入署，赵已朝服立于庭。百官向北叩头毕，于怀中探囊以示，即圣祖御书"立除火耗，革尽私征"八大字也。众官骇愕，不敢发声。赵曰："诸公其共见乎？"众曰："诺。"公曰："自今以往，敢有私取民一钱者，杀无赦。"抚沅数载，纲纪肃清，颂声载道。后以事去[①]官，士民号泣，追送于数千百里外。圣祖廉得其情，仍起为大司农焉。孔在楚南，亦以赵荐，历官至两广总制。

---

① 原文为"云"，当误，径改。

恽南田寿平父巽庵先生遭国变，父子相失。寿平流入杭州阃帅署①，已隶旗籍。其故人谛晖和尚在灵隐坐方丈，苦无救策。会二月十九观音诞辰，天竺烧香，过灵隐必拜方丈。谛晖道行高贵，官男女来膜拜者以万数，从容答礼。阃帅夫人从苍头婢仆数十人来拜谛晖，谛晖探知顾而暂者恽氏儿也，瞿然起跪儿前，膜拜不止，曰："罪过，罪过。"夫人惊问故，曰："此地藏王菩萨也。托生人间，访人善恶，夫人奴畜之，无礼已甚。闻又鞭扑之，从此罪孽深重，奈何？"夫人惶恐，归告阃帅。次早帅来，长跪不起，求开一线佛门之路。谛晖曰："非特公有罪，僧亦有罪。地藏王来寺，而僧不知迎，僧罪大矣。请以香花清水供养地藏王入寺，缓缓为公夫妇忏悔，并为僧忏悔。"帅大喜，布施盈万，以儿付谛晖。谛晖教之读书习字。稍长，巽庵携之以归，遁迹僻壤，授以诗古文词，不令习举子业，暇则临池渲染。弱冠声名大起，为东南诸巨公所推重。平生诗篇甚富，不自爱惜。其选入《六逸集》中者，直太羹之一脔耳。书宗虞褚，画法徐熙、王筌，而能运以己意，往往突过前人。当时得先生半缣尺幅，珍若拱璧，今则搜罗殆尽矣。

附徐永宣挽诗："丁年最小便伶俜，国恤家忧早备经。兵燹谁怜生病死，梵钟独吊影神形。旋抛禅衲更菜服，只摘园葵供鲤庭。留取黍离无限意，白云深巷写丹青。""卜居长傍敝庐东，只隔溪湾四五弓。曝画湖州真草草，赋楼天上太匆匆。书签零落晨烟白，门巷荒凉晚照红。检点永和残墨沉，几番青泪洒西风。"②

宜兴储氏六子悉一代之彦，惟经畲先生在文制义雄魄，深得龙门笔意。常语门人曰：陆士衡《五等诸侯论》、苏廷硕《东封朝觐坛颂》、独孤至之《远游赋》、韩退之《进学解》《毛颖传》、孙可之《大明宫赋》、欧阳永叔《王镕传》《王淑妃传》《伶官传》、苏子瞻《十八罗汉赞》《战国养士论》、陈同甫《上孝宗书》皆得

---

① 杭州阃师，指时任闽浙总督陈锦，顺治五年，陈锦率兵攻克建宁，恽格被俘，为陈锦妻所喜，收为养子。顺治九年，陈锦在军中被家丁所杀，恽格随陈锦妻扶柩归杭州，遂至灵隐。此事应发生在顺治九年下半年，故此处叙述乃讹传。参见恽敬《大云山房文稿初集》卷三《南田先生家传》《瓯香馆集》卷首恽鹤生《南田翁家传》等。
② 今徐永宣《茶坪诗钞》卷一《挽恽南田先生二首》与此不同，附全诗如下："丁年最小便伶俜，海国弓刀惨独经。骨肉不知生病死，泣囚犹吊影神形。旋褫革带更禅衲，只摘园葵供鲤庭。和了月泉吟社句，瓯香孤馆写丹青。""卜居近傍敝庐东，只隔唐湾四五弓。曝画花枝都草草，记楼车管太匆匆。蟪蛄声断晨烟白，枫树条枯晚照红。留赠兰亭蝉翼本，书窗到眼泪迎风。"

太史公之神，与《项羽本纪》同读，初学必解，得此意，方可作文字。

青果巷总司徒庙旁塑有神医刘先生像，不载名氏，而灵异特甚。居民染危症，诸医不能奏效者，其亲属赴祠祈请，门书"刘先生请进"字样红帖以志。如病者或家属梦先生至，病即愈，屡请不来，病必殆，屡试不爽，故至今香火特甚。按刘名云山，郡人，业医（没于有明万历间，迟至三十七年后）。浙杭富商子患瘵将殆，诸医束手，刘至，一剂而愈。商德之，欲厚赠，询其里居，曰："我武进刘云山也，异日觅我于总司徒庙左。"不受其酬而去。后商挈子携赀来常，遍询无有知者。最后至总司徒巷询之，知云山死已久。入庙，见塑像，壮貌宛然。父子大哭，即以携赀饰祠宇焉。岂先生生时不能行其道，郁郁以终，故死后炫其术以补平生之不逮耶？然以鬼而济人，心亦善矣，宜其香火之盛。

唐蓟门司寇执玉起家县令，敭历中外，颇称强项。制直隶时，尝勘一杀人案，狱具矣。一夜秉烛独坐，微闻泣声，似渐近窗户。命小婢出视，噭然而仆。公自启帘，则一鬼浴血跪阶下，厉声叱之。稽颡曰："杀我者，某也。县官乃误坐。某仇不雪，目不瞑也。"公曰："知之矣。"鬼乃去。翌日亲自提鞫。众供死者衣履与所见合，信益坚，竟如鬼言，改坐某。问官申辩百端，终以南山可移，此案不动。幕友疑有他故，微叩公，始具言始末，亦无可如之。一夕，幕友见曰："鬼从何来？"曰："至自阶下。""鬼从何去？""欻然越墙去。"幕友曰："凡鬼有形而无质。当奄然而隐，不当越墙。"因即越墙处寻视，虽甓瓦不动，而新雨之后，数重屋上皆隐隐有泥迹，直至垣外而下。指以视公曰："此必囚贿捷盗所为也。"公沉思恍然。乃从原谳，讳其事，亦不深究。

周少司空芙湖青原未遇时，梦人召至一处，金字榜云："九天元[①]女之府。"周入拜见元女，霞帔珠冠，南面坐。以手平扶之，曰："无他相属。因小女有像求先生诗。"出一卷，汉魏名人笔墨俱在，淮南王刘安隶书最工，自曹子建以下稍近钟王风格。周题五律四，元女喜，命女出拜，神光照耀，周不敢仰视。女曰："周先生富贵中人，何以身带暗疾？我为君除之，作润笔资。"解裙带授药一丸。周幼时误吞铁针，着肠胃间，时作隐痛。服后霍然醒来，诗不能忆，惟记一联云"冰雪消无质，星辰系满头"而已。周后以鸿词入翰林，历官少司空，殁后

[①] 当为"玄"，避康熙讳为"元"，下同，不再注明。

恩赐祭葬。神女称富贵，信不谬云。

陈椒峰舍人、周蓉湖少司空皆许青屿侍御婿。陈少年早达，声望颇著。周虽名公子，尚落魄，许氏仆婢咸轻之。每僚婿公集，陈则启门入，周则令由后户而行。周虽衔之，亦无可如何而已。迄周入翰林，以春坊督学两浙，经里门，盛陈仪卫。坐四人肩舆鸣驺，直达岳氏，启中门而入。许心知其故，不能禁也①。然当时即有"徐荆山死后竖旗杆，周青原回家抬显轿"之语，荐绅②举动，致为里井所嗤，殊可惜也。

本朝鸿词之科，举行者再。康熙己未，同郡预选者三人，武进周蓉湖青原、宜兴陈迦陵、无锡严藕渔绳荪。乾隆丙辰丁巳，同郡选者二人，武进刘文定相国纶、宜兴万检讨星钟松龄。周、刘皆许氏先后僚婿，陈与万均储氏馆甥。周、刘名位俱显，陈、万皆以检讨终，前后如同一辙。

本朝黄裓③花翎最贵重，非戚畹功勋，即阁部诸臣亦不能仰邀懋赏。近则殊恩遍及，内而宰执卿贰，外而督抚藩臬，凡从戎塞外，各有劳勚者，咸蒙宠锡。吾常自雍正间高保臣世定任镶红旗汉军副都统，赏戴花翎后，乾隆五十四年漕帅管干贞在山左迎銮，黄裓花翎同时并赐。又是秋，再从弟雄业以左江道带领阮藩光平、从子阮光显赴山庄朝觐，蒙恩赏戴翎，尤异数也。

饰终之典，易名最重，必人品学问高出群流，而功业昭著，位列一二品者，始援例题请，所以昭异数也。康熙间，吾常④赵申乔以户部尚书薨，赐谥恭毅。乾隆戊辰，刘於义以协办大学士、吏部尚书薨，赐谥文恪。壬申春，闽抚潘思榘薨，赐谥敏惠，以遗疏请，四代均赠一品。壬辰冬，刑部侍郎钱维城居忧卒，特加尚书，赐谥文敏。相国刘纶、程景伊先后薨，刘赐谥文定，程赐谥文恭，均循名责实也。又膺赐祭葬，而未赐谥者三人。康熙间，左副都御史徐元珙居忧在籍，赴京哭孝庄文皇后临，卒于邸，恩许驰驿归里，赐祭葬。工部侍郎周青原薨，亦赐祭葬。乾隆初，刑部尚书唐执玉薨，只赐祭葬，而未易名。又乾隆癸巳，金川木果木之变，新繁令徐瓒殁于阵，恤荫祭葬如例。丙午岁，福建台湾逆

---

① 此事可参看《守一斋笔记》卷三所记周延儒事，当同一母题的民间故事流传的不同版本。
② 原文为"声"，当误，径改。
③ 原文为"挂"，当误，径改。
④ 原文为"当"，当误，径改。

匪林爽文作乱，从叔大奎任凤山县，偕子荀业以杀贼被戕，闽浙总督李侍尧查实具奏，奉旨准予恤荫祭葬。

三代词垣前明间有，惟四世词臣往代希闻。我朝文运天开，名贤郁起，如静海励氏、桐城张氏、无锡秦氏、武进杨氏皆四世词垣。杨氏四代，虽属两朝，而企山侍讲实静山殿撰之曾孙，故有四世词垣，双鼎甲之联。

乾隆丙子丁丑间，常郡八属同时为京八座者十有余人，无锡稽相国文恭[①]官工侍，秦司寇蕙田、王少宰会汾、邹阁学一桂、武进刘文定纶、程文恭景伊时皆官侍郎，钱文敏少司寇、庄少宗伯存与、蒋抚军炳。蒋殁后，刘少司空星炜继之。宜兴则储宗臣麟趾也。三十余年来，老成凋谢，继起无人，不胜今昔之感。

常郡殿元居忧后，无不告殂，历有明征。康熙己丑殿选赵厚敩熊诏，以大臣子请从戎，恭毅薨，诏许奔丧，抵家后，不逾年而殁。乾隆乙丑，殿撰钱文敏维城丁铸庵太翁艰，归不半年而卒。甲戌殿撰庄学士培因督学八闽，奔南村先生丧，中途遘疾，到家半日而逝。惟顺治丙戌殿撰吕相国宫自登第迄入阁，不阅廿年，告归乡里，享林泉之福，寿亦七旬，较诸公为胜。

有明嘉隆间，制举之业有王、唐、瞿、薛四大家。国初以书名者，亦有薛、白、杨、唐四家。唐云客宇昭、薛若昧奕、白筠心铭，杨则余外高祖驭初羲[②]。四家中，杨声华尤著。春秋佳日，门悬粉牌，大书冻香阁会课，招集四方知名之士为文社，征歌角饮，夜分不倦，迨晓则已。裒集课艺，刊刻成帙，丹黄甲乙，不爽丝毫，其豪迈如此。至临之工，直追大令，近今罕见。家藏彝鼎图书、唐宋碑版书画极夥，后渐散失。惟宋拓《圣教序》一帙，至今现存先世父山渔公处。缘昔年先大夫于外家借阅，存吾家经年。迨雍正戊申，外祖源长公谢世，诸舅氏析箸，遂归还。乾隆庚午，适有客下榻世父寓斋，案置此帖。先世父一见，即告余曰："此汝外祖家旧物，三十年前因汝父借观，不意此日犹及见之，如睹珍宝。惜汝父早逝，不及同观耳。"噉噫者久之。友人初不信，及细阅图记，则驭初公印志存焉。友即持以赠世父，今为从兄汤宾鹭收存。物之去来，亦有数耶！

云溪水木清华，为一郡名胜，居其地者，宰辅鼎科后先辈出。有孙氏宅，为

---

① "恭"字原缺。
② 此处薛奕、白铭字号原缺，补。另据《毗陵名人小传》，"杨"当为杨二浦希之，与此不同。

东坡先生僦居，后为吾曾大父所有。宅既轩敞，饶竹木之胜。内有东坡读书楼、洗砚池、香海棠等故迹。先大父实产是屋，故号云渡，志不忘旧也。厥后宅转属他人，百有余载，今归于吾家毅堂方伯。台榭犹存，香海棠久已枯朽，池则移置东郊外报恩亭。以辛未岁，翠华巡幸，经过郡邑，采访故迹。地方大吏以池在城中，难邀睿鉴，故迁焉。是春蒙赐"玉局风流"匾额，摹悬梵宇，仰见圣主崇重儒林，不遗往哲之至意。

附徐永宣《洗砚池》《悼香海棠》二诗：

《洗砚池》："屋西洗砚池，水石千年寒。不知始何年，截取青巑岏。猛哉石匠氏，尽力为剞劂。广近二尺奇，高乃并药栏。质从朴夫朴，品比端人端。春波绿似染，侧漾竹数竿。秋纹净于冰，倒浸月一丸。象离虚其中，习坎洄厥湍。当时玉局翁，龙尾裹绮纨。贪泼莘老墨，爱弹管城冠。砚生岭外云，池带紫海澜。疑有蛟龙潜，光怪发夜阑。只今鯈鱼乐，不较洄水宽。百五莳藕苗，花叶擢锦攒。一从出污泥，松心汁为餐。剩沉两余溢，还润湘江兰。好事曷弗攫，移置千牛难。君看昆岗玉，美好犹焚残。砚池卧云溪，乃以顽自完。齐物物不齐，喟焉起长叹。"[①]

《悼香海棠》："蜀花花种来江东，不斗李白争桃红。天教鸿鹄衔子到，万里远伴东坡翁。坡翁去今六百载，三十年前树犹在。青城白云呼翁归，香魂冉冉疑追配。缘悭奚自识仙苑，枉然弃掷西邻家。小溪夕照人影乱，往往故老交惊夸。春兰秋菊竞秀发，菁华凉薄旋销歇。此花空谷倍嫣然，四时长似春三月。恍如梦入芙蓉城，翠屏珠箔千娉婷。风轻日暖香漠漠，酒潮灯晕光冥冥。鹃泪怕染冬青血，燕泥愁污胭脂雪。定惠无人怅独吟，柯邱有句从谁说。无端劫火与花仇，肠断夜壑追亡舟。蜂愁怨蝶销不得，五更怪鸟鸣啾啾。我闻斯语重太息，直欲穷搜众香国。乱洒猩红碎锦鲜，远捎鱼尾残霞色。只恐峨眉归路长，海南杳杳无真

---

① 徐永宣《茶坪诗钞》卷四与本诗略有不同，附诗如下："屋西洗砚池，水石千年寒。不知始何年，截取青巑岏。猛哉匠石氏，尽力为剞劂。广仅三尺奇，高故并药栏。质从朴夫朴，品比端人端。春波绿堪染，侧漾竹数竿。秋纹净于冰，倒浸月一丸。象离虚其中，习坎洄厥湍。当时玉局翁，龙尾裹绮纨。贪泼莘老墨，爱弹管城冠。砚生岭外云，池带紫海澜。得毋蛟龙潜，光怪发夜阑。鯈鱼恣游泳，何音濠梁宽。五百莳藕枝，花叶擢锦攒。泥滓尽脱落，松心汁为餐。剩沉两余溢，还润湘江兰。好事曷弗攫，移置三牛难。君看平泉石，裙襵多摧残。砚池卧云溪，乃以顽自完。齐物物不齐，喟焉起长叹。"

351

香。魂招坡翁或来格，海棠魂返终渺茫。江南花信番番有，绝艳一株重到否？来朝笺语祀花神，阳羡秋茶惠泉酒。"①

郡城内外名园有四，城东北隅为杨园，北郊外为青山庄，小南门外为蒹葭、来鹤，皆前明北渠吴氏别墅。四园以青山庄为最，后归京江相国孙适，经营渲染，较前更胜，余幼时屡随诸尊长游览焉。亭沼楼台悉臻幽胜，而联额碑版尤极古今之选。庄门额为"三山在望"，联则"山公自是园林主，懒性从来水竹居"，华亭董尚书文敏笔，二门隶书"衡门之下"四字。厅事为敬思堂，圣祖御题，以赐天门学士者。后为内户，最后楼九楹，供奉列圣赐书及收藏宋元明诸名公书画之所。旁为园，由新月廊而达翡翠堂、乐是轩，伍客社、麦浪轩、静香亭、观稼亭、睡足轩，指不胜屈，处处引人入胜。最妙为群玉山头，建高阁于土阜之巅，四围绕以梅花数百，阁旁有小塔。冬春之交，群梅舒萼，红白相间，香闻远近，风清月朗，铃铎丁当，如坐空山中，令人有出尘之想。主人能诗善书画，雅喜笙歌，每逢良辰美景，珠履盈庭，金钗屏列，声色之乐，蔑以加焉。丙寅、丁卯间，主人遘祸，园亦输官，日久倾颓，渐成瓦砾，长联短额，古版名碑不知消归于何所。最后园为侩父所得，伐木坏垣，填池毁榭，昔之方亭曲沼尽为秋陇夏畦。园林有知，亦当恸哭。追书数语，以记旧游。至亭名有不能尽忆者，俟归而访诸父老再续。

附袁简斋《青山庄诗》②："笙歌声断水云寒，草草亡家瞑目难。我与主人曾有旧，青山不忍上楼看。"

雍正间，常郡析武进为阳湖，另治公廨。新县尉某督修监狱，凡禁栅卧具，均亲身尝试，备极体恤。落成，囚德之。狱后小弄通局前街，为东西往来孔道。吾族有仆，母子僦居焉。仆业薙发，一日负担外出，适遇阳尉肩舆，怒其冲突，

---

① 徐永宣《茶坪诗钞》卷四与本诗略有不同，附诗如下："蜀花花种来江东，不斗李白争桃红。天教鸿鹄衔子到，万里远伴东坡翁。坡翁去今六百载，卅年之前树犹在。青城白云呼翁归，香魂冉冉疑追配。缘悭无分拗仙葩，枉然弃掷西邻家。小溪夕照人影乱，故老三两交惊夸。春兰秋菊竞秀发，菁华凉薄旋销歇。此花空谷倍嫣然，四时长似春三月。梦游恍入芙蓉城，翠屏珠箔千婷婷。风颠烟软香漠漠，酒潮灯晕光冥冥。鹃啼怕染冬青血，燕泥愁污胭脂雪。定惠无人怅独吟，柯邱有句从谁说。无端劫火与花仇，肠断夜壑追亡舟。蜂愁怨蝶销不得，五更怪鸟鸣啾啾。我闻斯语重太息，直欲穷搜众香国。乱洒猩红碎锦鲜，远捎鱼尾残霞色。青鬟堆雪峨眉长，海南不寄旃檀香。魂招坡翁或来格，海棠魂返终渺茫。江南山塘号花薮，七七能教再开否？爇香重祀林花神，月兔团茶真一酒。"
② 诗题名《青山庄，张叔度方伯园名，家已籍没》，原缺，据《小仓山房诗集》卷七补。

呵斥欲责。仆自辨无罪,尉携扶手欲殴,仆再四恳求,即释。傍晚邻里喧传被责,赌钱聚饮,名曰"暖臀"。夜分人散,仆已入醉乡,犹负担回家。明午,门未启,邻人喊之,不应。撬门入,视仆已僵卧地上,胸有伤。其母归,悲号欲绝。询知昨日被殴事,更大不平。正喧嚷间,适郡伯经过,拦舆诉冤,情词悲切,邻里又从而指证之。檄县检验伤,与尉所携扶手相符,竟论抵。今上登极,始矜释焉。其实,仆之死由于醉后仆跌蓰发担之坐凳,其尺寸宛与扶手相类也。俗云"前世冤家",此之谓矣。书此,以为折狱者进一解。

庄赠公丹吉绎为先祖母世父,而余妇之曾大父也。宏才硕学,屡困场屋,艰窘特甚。尝于除夕醉书一联云:"再穷穷不去,一富富将来。"其肮脏抑郁已可概见。后五子俱以科目起家,两词林,一进士,一举人,一副贡。雍正丁未,南村先生廷试拟第一,进呈世宗,改二甲第一,选庶常,旋改京尹。时同卿官国子先生者戏粘一联于南村先生之门,曰:"几乎状元及第,也算五子登科。"虽征实,语颇儇薄。讵知不三十年,南村次君培因竟大魁天下乎?丹吉公两娶,五子十四孙,内鼎甲二,进士一,举人二,副贡二;曾孙登进士者三,举人二;玄孙亦登乡榜。积厚而流,其昌必大,信然。

恽南田寿平少受于王太仓相国,有监司某延之作画,不即赴,乃迫至苏州,拘官厅所,明旦将辱之,南田以急足驰赴娄水乞援。时已二更,相国急命呼舟将出,复击案曰:"马最速,舟不如。"遽跨马命仆以竹竿挑灯,缚背上,行几十里,抵郡城,尚未五鼓也。守门者知为相国,遽启门,直诣监司署门南田所在,携之以归。监司遂诣太仓谢过,乃释。前辈之爱才惜士,其真切若此。南田尝画《拙修堂燕集》以赠相国,并题诗云:"花残江国滞征缨,绿浦红潮柳岸平。芳草有心抽夜雨,东风无力转春晴。艰难抱子还乡国,落拓浮家仗友生。只为踌躇千里别,归期临发又重更。"盖记实也。

康熙间吾常有潘道士工敕勒之术,祷雨降魔颇灵验。道人头烂,浓血淋漓,相传少年时在厕,戏以指向空书符,忽有金甲神降,问:"师何事驱遣?"潘茫然无以对,遂以忘却手纸告。神怒,以指点潘额,因而肿溃,毕生医治不痊,然以额上浓血书符更灵。寓居东岳庙,门悬两竹筐,一贮水,点滴不漏,一贮火,毫不外灼。又书"出卖风云雷雨"六字于壁,乡人给一钱,令伸掌询所欲而书之,紧握捷行,至旷野舒掌,而风雷随之。并有买云以遮日者,远近视钱之多寡,其怪异若此，后终以亵神被谴。同时有陆子静在家学道术，与潘等，生数子，每祷雨一次，即丧一子，厥后仅存其一，遂不复理故业焉。此皆先大夫幼时所目击而告语者，可见艺术虽工，终不若顺天而行者之得安其素也。

卷三

无锡顾梁汾舍人贞观笃于友朋，虽古之管鲍无以过之。京师千佛寺尝于雪夜填《金缕曲》二阕寄吴汉槎宁古塔。"季子平安否。便归来，平生万事，那堪回首。行路悠悠谁慰藉，母老家贫子幼。记不起，从前杯酒。魑魅择人应见惯，总输他覆雨翻云手。冰与雪，周旋久。　泪痕莫滴牛衣透。数天涯，依然骨肉，几家能够。比视红颜多薄命，更不如今还有。只绝塞、苦寒难受。廿载包胥承一诺，盼乌头、马角终相救。置此札，兄怀袖。""我亦飘零久，十年来，深恩负尽，死生师友。凤昔齐名非忝窃，只看杜陵穷瘦。曾不减，夜郎僝愁。薄命长辞知己别，问人生至此凄凉否。千万恨，为兄剖。　兄生辛未吾丁丑。共些时，冰雪摧残，早衰蒲柳。词赋从今须少作，留取心魂相守。但愿得，河清人寿。归日急缮行成稿，把空名，料理传身后。言不尽，观顿首。"

成容若德见之，为泣下数行，曰："河梁生别之诗，山阳死友之传，得此而三。此事三千六百日中，弟当以身任之，不俟兄再嘱也。"梁汾曰："人寿几何，请以五载为期。"恳之太傅，亦复首肯，汉槎果以辛酉入关。呜呼！梁汾可谓不负友矣。然非太傅乔梓之怜才爱士，亦乌能起生死而骨肉哉。

杜云川太史紫纶《送周震夫之天长，仆马俱已戒途，口号》一首云："招寻有约竟何尝，判袂匆匆语未遑。半响花前嫌日短，一帆江上到天长。"真巧对也。

庄阮尊太史令舆康熙甲午典试浙闱，延戚蒋东委进士入而佽助。蒋系吾乡老名宿，学问赅博，屡为诸巨公延掌文衡，阮尊极倾倒，故强之就焉。榜发，所拨悉孤寒，士林交颂，而朝贵以不徇请托，心衔之。卒以榜首抄袭陈文，罢官家居二十余载。日与二三老友作文酒之会，暇则督课诸孙奖励后进，多所成就。乾隆丁巳，年届八旬，犹及见乃孙经畬成进士，恂盛德之报也。偶忆先生京师冬日诗云："磨来冻墨无浓色，典后朝衣有绉痕。"描写逼肖。

江阴翁明经朗夫照馆无锡稽相国文靖家，公待之之厚不减令狐相公之于玉溪生。相国非朗夫唱和，不吟诗，人呼为诗媒。雍正乙卯以鸿词荐，朗夫谢诗云："此生得遇裴中令，不向香山老一生。"一时传诵。朗夫有《春柳》云："千里因依惟夜月，一生消受是东风。迎来桃叶如相识，猜得杨枝是小名。"皆佳句也。因失血，未及廷试，惜哉！

锡山邹世楠《过孟庙》，梦悬对联云："战国趋风下，斯文日在中。"觉而异之，遍观廊庑，无此十字。后过苏州，得黄鸿野集读之，乃其集中句也。岂孟子爱之，而冥冥中书此以自娱乐耶？田实发《题孟庙》云："孔门功冠三千士，周室生虚五百年。"似逊黄作。

郡城东北五十里有芙蓉湖，为田三千六百余顷，士风淳朴，亦吾乡一小桃园。顺治甲申、乙酉间，高王父曾于此避兵，从曾祖湖逸公遂卜筑焉。迄今百五六十年，子姓能世守故业。余少时曾信宿其地，虾舍鱼庄，别有景象，迥非城市嚣尘可比。屡欲卜居，力有不逮。今老矣，乡园遥隔，回念村庄，宛如渔人迷洞。诵紫庭公《题赠湖逸公田庄诗》，更胜神往。曰："圩田割稻湖水平，万木落叶孤云生。小艇一竿放鹅鸭，浮鸥宿雁惊飞鸣。村村夜籁玉爪虾，个个晨煮红莲粳。不必移家卜邻比，舍南舍北弟昆情。淳风犹忆此乡人，往日兵戈避十旬。弋雁烹葵延野客，割鸡打鼓赛田神。乍逢人社心谁识，一笑传杯意自真。惭愧浮名尘扑面，输君居是武陵春。"

吴荻园司马本立，康熙庚戌庶常散馆，改部曹，归娶同邑吕氏。钱绁庵赠以《花烛词》十首，极清新。内有"檀郎谢女参家庙，各自堂前拜相公"之句，尤蕴藉贴切。盖荻园为青门相国裔孙，则吕亦相国宫后也。时绁庵年甫弱冠，而诗笔精妙若此，宜后日之掇巍科、享盛名者。今延陵后嗣式微，而彭城亦复寥落，又以故不能刊集，竟无人知之。从兄宾鹭为荻园外孙，录此诗藏于箧。

常郡东北五十里地名申浦，季子墓在焉。有夫子书《十字碑》云："呜呼！有吴延陵季子之墓。"籀体奇伟，冠绝古今，且石碣巨丽，足表圣谟。又华表镌有一联云："星斗夜寒君子墓，风雷时护圣人书。"圆润遒逸，辉映翠琰，《淳化阁帖》亦勒孔书，十字如小弹丸，不类丰碑之制。此必王著辈欲藉先圣之迹以重，阁本乃缩而小之，若《玉枕》《兰亭》耳。或谓孔子未尝至吴，是否俱不可考。夫岂其然？盖夫子于让国诸贤未尝不心仪神合，故称泰伯曰"至德"，夷齐曰"仁兹"，则称季札曰"君子"，因嗟悼其亡，而表扬其墓，夫复奚疑？今之人欲志圹石，尚不远千里而征文，岂秉笔者皆造墓门而染翰耶？唐李阳冰书篆，初学峄山碑，复见孔子书季札墓字，便变化开合，如龙如虎，劲利豪爽，风行雨集，知阳冰之篆法得所宗矣。又丹阳城外亦有吴季子墓，碑碣如前。岂吴人钦仰季札高徽，随处作冢，以志景行耶？请质之博雅君子。

附钱名世《题延陵季子庙碑后》诗："江皋遗庙郁嵯峨，词客吟诗柱道过。故园台荒唯见鹿，残碑字古尽成蚪。当年华衮垂青简，此地佳城掩绿莎。扪石细看重展拜，夕阳西畔冷风多。""逃位曾传泰伯风，那言高义子臧同。江山未改仍公子，人物无凭只上中。地僻似村烟月白，庙闲如社野花红。伤心窟室铍交后，断送亡王泣甬东。"

又，徐永宣《观延陵墓碑，用黄山谷磨崖碑韵》："江流泱泱回申溪，高原嵯峨延陵碑。东家十家重九鼎，东吴千乘轻一丝。古来酿祸原立爱，先王一念殃群儿。窟室血溅阶东西，人命轻尘弱草栖。尔杀王僚吾杀尔，骨肉搏击徒尔为。归来哭故奉新主，鲁哀十年犹率师。屈指春秋几百岁，救陈遏楚一指挥。延州来人皆安之，食租衣税身不危。历聘摩挲陇头剑，观风嗤点中州诗。有化无死古真人，后来知己苏轼辞。属镂绝脰抉两眼，鸱夷浮江国亦随。甬东寒食无麦饭，春风吹荡千年悲。"

元倪元镇瓒故居今为祇陀寺，在无锡县城东南二十里，所谓云林堂、清秘阁故址皆在，寺至今多梧桐。梁溪潘氏者，与元镇友善，家藏其真迹甚富，今亦流散人间。又秦翰林道然家亦藏有元镇写真，上有张伯雨、杨廉夫、柯敬仲辈题赞，今不知尚存否。元镇无嗣，今无锡之倪姓皆其旁枝。所著有《清秘阁集》，荆溪蹇朝阳所辑，其八世嗣孙珵重刻，而集首冠以族谱世系，且以倪宽为始祖，仳缪特甚，可鄙可笑！

无锡马翀字云翎，文肃公世奇之孙，起自孤露，中康熙壬子科江南乡试榜，诗有奇气，时仿李长吉，而未竟其才。游京师时，往来于王新城士正、叶文敏芳蔼家，他无所诣也。归未几而病，依灵严毅禅师于柏城庵，得领悟，一夕索笔书偈，曰："刀斫虚空于吾何，有十里桃花，千溪杨柳。"泊然而化，年才三十。

张秋绍夏，锡山老儒，以理学名东南，潜心经术，不求闻达。所著有《孝经问业》诸书，传播一时。同里如秦宫谕留仙辈，咸推让焉。迄今百有余年，不知其书尚有镂版否？晤梁溪士夫，当访求之。

康熙间，无锡侯氏新刊《十家乐府》，南唐二主（中主四首，后主三十二首），冯延巳《阳春集》（宋嘉祐陈世修序，谓"二冯远图长策，不矜不伐云云"），子野张先、东湖贺铸、信斋葛刿、竹洲吴儆、虚斋赵以夫①（以有淳熙已酉芝夫山老人自序）、松雪赵孟頫、天锡萨都剌、山古张野（邯郸人，有至治初元临川李皆翁序），皆在毛氏宗祠六十家外。商邱宋太宰家藏李长文昌垣学钞本数十家，不甚流传，尚多有之，恐不止此也。

河庄孙氏前明时人文辈出，家业丰裕，台榭园亭，图书彝鼎，极一时之盛。孙君石云好古博雅，藏秦时王印三十余言，铜印七十余方，其钮各异，有龟钮、驼钮、鼻钮，又有阴阳子母等印。石云于秦汉魏六朝篆文，类能辨识。后为上海顾氏购得，复次第购古印三千有奇，盖自孙氏始也。三百余年，孙氏子姓式微，不复知从前家有收藏古印事。即上海顾氏所聚古章，亦不知消归何所。聚散之感，今古同之。

颜鲁公《鹿脯帖》真迹在常州一旧家，后为王长安购得，纸墨如新，精神奕奕，能摄人于十步之外。康熙初年，颖川刘公勋在常时所目睹。闻长安收藏唐宋元名公画极夥，今不知流落何所矣。兰亭纸尚入昭陵，况其他哉！

毗陵城河上接京口，江流旁分丹阳、荆溪诸湖之水，汇入漕渠，而达城中，以通舟楫。每遇河水盛涨，流逆西行，主郡人大有喜庆。乾隆壬戌春，城河逆流，是科杨企山侍讲、世父山渔公同登鼎科，同里冯立朝、毛复亨均成进士。乙丑岁亦然，钱文敏司寇、庄养恬侍郎以一甲第一、第二及第。谚云："玉带通，出三公。"是其明验。岁久，河渐淤塞，而玉带桥左右濒河居民又多侵占，遂致不通舟楫。庚辰、辛巳之交，郡人谋所以浚之，适养恬侍郎居忧，与诸父老讲求水利，亲督畚插，疏淤瀹窄，尽返侵占，城河遂复故道。辛巳、丙戌，赵观察翼、刘侍郎跃云均以一甲第三人及第，丁未、庚戌，孙渊如星衍、洪稚存亮吉亦先后以榜眼胶第。而本朝诸鼎甲之宅第咸在城河及顾塘桥左右间，洵异事也。偶阅宋费补之衮《梁溪漫志》载邹道乡先生记州守、国子博士李公余庆开浚城河颠

---

① 原缺"以夫"。

末甚晰，形势之说自古已然。于今益信，常郡科名之盛有由来矣。因录道乡先生记，以资考证。

吾州道乡先生书郡中后河兴废曰：郡城中所谓后河者，乃旧守国子博士李公余庆开创。李公精地理，诱率上户，共成此河。且曰："自此文风浸盛，士人相继登高科，三十年当有魁天下者。尔之子孙，咸有望焉。"河成未几，学者果盛。而紫薇钱公公辅登第为第三，右丞胡公宗愈继为第二，吏部余公中遂魁天下。其去河成之日适三十年，盖熙宁癸丑也。自后濒河之民，多侵岸为屋，及弃物水中，由是堙塞，久不通舟。崇宁初年给事中朱公彦出守于此，询究利病，得其实，于是浚而通之，向之形胜复出矣。今给事中霍公端友遂于次年魁天下士。是岁，岁在癸未，去熙宁癸丑适又三十年。霍氏居河上游，河势曲折，朝揖其门，钟聚秀气，世有名人。今知太平州霍公汉英与其侄给事，数十年间相望起东南，为时显用。然则形胜之助，孰谓不可信乎？右①道乡所记详晰如此，盖有望于后之人。是河自罗城南水门分荆溪之流，经月斜、金斗、顾塘、葛桥至于土桥，以入于漕渠。近岁堙塞，将成通衢矣，至淳熙十四年林太守祖洽始复浚之。梁溪费衮志。

谨按，右城河系宋时故道也，明初郡城改建河道，亦较前少异。今则自大西水关分漕渠之流，经弋桥、新坊、元丰等桥，而出东水关，又从元丰桥分流，经八字桥、白云渡，出小北水关。又小西关亦分漕渠之水，经城隍庙河，由甘棠、惠民等桥绕而北，亦出小水北门，折而东流，经东门吊桥一带，汇入文城坝，而入大河，与费《志》各异。

常州郡庠从前颇褊小，不足以容师生。宋陈述古先生襄守郡时，扩而充之，经营缔造，不日落成。规模气象，冠于东南诸庠序。公晨入其中，坐诸生经义旁，决郡事暇，则督课诸生，由毗陵学者盛于二浙。今六百余年，科名文物，日新月盛，由公启之也。缅怀往哲，当以尸祝之。

建国靖国元年，东坡先生自儋耳北归，过仪征，得暑疾，止于毗陵顾塘桥孙氏之馆。气窒上逆，不能卧，邑大夫陆元光获侍疾，卧内辍所御懒版以献，纵横三尺，偃植以受背，公殊以为便，竟据是版以终。其后陆君之子属苍梧胡德辉为之铭，曰："参没易箦，由殪结缨，毙而得正，匪死得生。堂堂东坡，斯文栋梁，

---

① 原文为"又"，据费衮《梁溪漫志》改。

以正就木，犹不忍僵。昔我邑长，君先大夫，待闻梦奠，启手举扶，木君戚施，匪屏匪凡，贻万子孙。无曰不详之器。"是年先生年六十六岁。六月上表请老，以本官致仕。七月丁亥卒于常州，实七月二十八日。以次年闰六月葬于汝州郏城县钧台上瑞里。

东坡自黄移汝，上书乞居常，其后《谢表》有"买田阳羡，誓毕此生"之语。在禁林与胡完夫、蒋颖叔倡和，有云："惠山山下土如濡，阳羡溪头米胜珠。卖剑买牛吾欲老，杀鸡为黍子来无？"又云："雪芽为我求阳羡，乳水君应饷惠山。"晚自儋耳北归，崎岖万里，传染瘴毒，过真州，病大剧，止于毗陵以没，盖出处穷达三十年间，未尝一日忘吾州者。而郡无祠宇奠谒之所，邦人以为阙文。乾道壬辰，太守晁疆伯子健来，始筑祠于郡学之西，塑东坡像于其中。又于士大夫家广摹画像，或朝服，或野服，列于壁间。晁侍郎公武为之记。其略曰：

公武闻诸世父景迂曰：崇宁间，贼臣擅国，颠倒天下之是非，人皆畏祸，莫敢庄语。公之葬也，少公黄门铭其圹，亦非实录。其甚者，以赏罚不明罪元祐，以改法坏元丰，指温公才智不足，而谓公之斥逐出其遗意；蔡确谤讟可赦，而谓公之进用，自其迁擢；章子厚之贼害忠良，而谓公与之友善；林希之诬诋善类，而云公尝汲引之。呜呼！斯铭若然，则公之《上清储祥》《精忠粹德》二碑及诸奏议、著述皆诞慢欤？公武因子健之请，伏自思念，岁月滋久，耆旧日益沦丧，存者皆邈然，后进则绪言将零落不传。于是不敢以不能为辞①，而辄载其事。惟公当元祐时，起于谪籍，登金门玉堂，极礼乐文章之选。及章蔡鼠朋党于岭表，而公独先；朝廷追复党人官爵，而公独后。立朝本末彰明，较著如此，岂有他哉？昔陈仲弓送中常侍父之葬，非以为贤从者。晋楚公子曰："隶也，不力，非以为不肖。"皆有为而发。岂少公之意或出于此非耶？后世不知其然，惟斯言是信，则为盛德之累大矣。因述景迂生之语，俾刻之乐石，庶异日网罗旧闻者有考。"记成，疆伯刻石为二碑，一置之郡斋，一置之阳羡洞灵观，用杜元凯之法，盖欲俱传不朽，斯措意甚美，然东坡公之名节，固自万世不磨矣。

郡东门外太平寺为齐梁遗迹，寺有浮图塔，极高峻。后毁于火，仅存其半，颓废者数十年。乾隆甲子、乙丑间，有游僧某倡义兴修，苦志励精，殚心规画。

---

① 原文为"解"，据晁公武《东坡先生祠堂记》改。

十方善士见其诚恳，咸乐输金，不两年崇焕如故。寺旁一精舍，名塔影山房。每旭日高悬，现塔影于壁堵，而又非倒悬，洵创见也。寺壁旧有宋人徐友画《清济贯河图》，为千古绝笔。杨诚斋守郡时，曾赋七言长句，极形容画笔之妙。又天庆面壁有姑苏道士李怀仁所画墨龙，形势飞舞，若将挐攫，观者骇目惊心，传闻海内。凡四方来者，路出毗陵，必迂道而观焉。郡人胡德辉①亦有五言长歌一首，摹写绝伦。今太平寺画水久已无闻，而天庆观更不知消归于何有②，遑问画壁哉！

胡诗③曰："道人龙中来，醉与神物会。写兹蜿蜓质，日月为冥晦。崩翻江海姿，素壁起涛濑。呼吸见雌雄，抉石疑可碎。萧森殿阴古，众真俨飞斾。注观恐腾跃，夜半失像绘。飞光者明珠，灵秘一何怪。烂烂照薆栋，那得久在外。偷儿伺酣睡，不怕婴鳞害。愿言慎所托，未用期一快。"

杨诗④曰："太平古寺劫灰余，夕阳惟照一塔孤。得得来看还不乐，竹径荒处破殿虚。偶逢老僧听僧话，道是壁间留古画。徐生绝笔今百年，祖师相传妙天下。壁如雪色一丈许，徐生画水才盈堵。横看侧看只么是？分明是画不是水。中有清济一线波，横贯万里浊浪之黄河。雷奔电卷尽渠猛，独清元自不随他。波痕尽处忽掀怒，搅动一河秋水暮。分明是水不是画，老眼向来元自误。佛庐化作金栀楼，银山雪堆风打头。是身飘然在中流，夺得太乙莲叶舟。僧言此画难再觅，官归江西却相忆。并州剪刀剪不得，鹅溪匹绢官莫惜，貌取秋涛悬坐侧。"

元京口郭天锡畀《客杭日记》："至大戊申九月十七日，午前抵吕城坝下，倒换小舟，至奔牛镇。复唤小舟，晡至常州。入城元丰桥，见白湛渊提举，值出江阴，未回。乃子无咎、无华留饭。同白无咎到太平寺观壁上画水作，一笔绕之不断，立视久，若汹涌生动之意，奇笔也。"按，天锡工书，与赵子昂交好，尝书《松雪斋诗》一帙，遒逸精洁，宛入鸥波三昧。其他诗文题跋散见于卷册中，骎骎乎与松雪并驱，元季工赵体者未能或之先也。

---

① 原文为"吴德辉"，误，应为"胡德辉"，即上文苍梧胡德辉，即胡珵。
② 按天庆观即玄妙观，当时仍存。
③ 原诗题为《天庆观画龙》，见《全宋诗》卷一七八八及《咸淳毗陵志》卷二三，各版文字略有不同。
④ 原诗题为《太平寺画水》，见《全宋诗》卷二二八四及《咸淳毗陵志》卷二三，各版文字略有不同。

卷四

宋时江阴士人葛君强记绝人，尝谒郡守，至客次，一官人已先在，意象轩骜。葛敝子子，来揖之，殊不顾。心不平，坐良久，谓之曰："君谒太守，亦有衔袖之文乎？"其人曰："然。"葛请观之，其人素自负，出以示。葛疾读一过，即还之，曰："大好。"斯须见守，俱白事，毕，葛复前曰："某散骸之文，比官人窃为己有，适以为贽者是也。使君如不信，某请诵之。"即抗声朗诵其文，不差一字，四座皆愕视此人，且杂靳之。其人出不意，无以自明，仓皇却退，归而惭恚，得疾几危。葛浮沉闾里间，舍左有染肆，置簿书，识其目。葛尝披酒坐其肆，信手翻阅。一夕，居民失火，染肆被焚殆尽，其簿识已为祖龙收去，物主竞来责，数倍责债，无以质验，忧扰不知所出。其子谋诸父曰："闻里中葛秀才天性能记，昨渠过吾家，尝阅此籍，或能记忆，盍以请叩乎？"即日父子诣葛，言其故。葛笑曰："汝家张染肆，且吾何从知其数耶？"民拜且泣。葛又笑曰："汝以壶酒来，当能知之。"民喜归，携酒肴至。葛饮毕，命纸笔，为书某月某日某人染某物若干，某月某日某人染某物若干，凡此数百条，所书月日、姓氏、名色、丈尺，毫无差。民持归，呼物主读以示之，皆叩头骇伏。胡苍梧、张文定诸公取相国寺前染簿各记十版，彼或出于用意，故能默识。若葛之无心而然，信天禀记闻，不可及也。邦人至今尚能谈其事，惟葛名氏，即费补之亦不能得，惜哉！

东坡自儋耳北归，卜居阳羡，阳羡士大夫犹畏而不敢与之游，独士人邵民瞻从学于坡，坡亦喜其人，时时相与杖策，过长桥，访山水为乐。邵为坡买一宅，计钱五百缗，坡倾囊仅能偿之。卜吉入订报第，既得日矣。夜与邵步月，偶至一村落，闻妇人哭声极哀。坡倚徙听之，曰："异哉！何其悲也？岂有大难割之爱，伤于其心欤？吾将问之。"遂与邵推扉而入，则一老妪。见坡，泣自若。坡问："何为哀伤至是？"妪曰："吾家一宅，相传百年，保守不敢动，以至于我。吾子不肖，遂举以售诸人。吾今日迁徙来此，百年旧居，一旦诀别，宁不痛心？此吾之所以泣也。"坡亦为怆然。问其故居所在，则坡以五百缗所得者。坡因再三抚慰，徐谓之曰："妪之旧居，乃吾所售也。不必深悲，今当以是屋还妪。"即命取屋券对妪焚之，呼其子，命翌日迎母还旧第，竟不索其直。坡自是遂回毗陵，不复买宅，而借顾塘桥孙氏宅暂憩焉。是岁七月，坡竟没于借居。前辈所为如此，而世多不知，独吾州传其事云。(《梁溪漫志》)

谨按，先生年谱止载自儋耳还，路过真州遘疾，止于毗陵，僦居顾塘桥孙氏宅，遂以疾终。其于阳羡买屋焚券一节不载。或疑此说之诬，然费衮之《梁溪漫志》成于绍熙三年壬子，刻于嘉泰辛酉，距建中靖国元年不过九十余载，去古非远，文献犹存，故所言特详。或著年谱时，以为无关紧要，略而不论，亦未可知。且所载阳羡邵生名姓确凿，似非凭空结撰者。故并录之，以资参考。

太平寺有檐葡亭、净土院，院中牡丹极甚，颜色各异，而淡黄色者尤佳，东坡在常时，屡屡游赏。有诗云："醉中眼缬自阑斑，天南曼陀照玉盘。一朵淡黄微拂掠，鞓红魏紫不须看。"又一绝云："武林千叶照观空，别后湖山几信风。自笑眼花红绿眩，还将白眼看鞓红。"又《檐葡亭》一绝云："六花檐葡林间佛，九节菖蒲石上仙。何似东坡拄铁杖，一时惊起野狐禅。"

明胡忠端尚书濙，成祖朝屡奉命访张三丰，故吾乡口号有"胡老尚书赶张邋遢"之语，其实为跟寻建文踪迹也。然建文当时实未死，窜身滇黔西粤间，均有栖止，载在群书。丁亥夏，余下榻广西横州官舍，见大堂楹间绘以金龙，暖阁后竖以砖壁，州牧坐堂皇，则由旁而入，谒其故。云：昔时建文避迹横州，曾入署，故至今数百年不开暖阁也。城东二十里有桂香寺，极幽静。殿旁别辟一室，曰"潜龙"，殿中塑老僧像，即建文君，旁列亡臣像，并非世所谓程济等者。壁间砌嘉靖间巡方御史某碑一通，载出亡事甚晰。予与庄虚庵炘摩挲观之，假寺僧笔墨，录一纸携归，今则遗亡久矣。圣祖初年，诏修《明史》，编纂诸公于建文存没一节，纷纷辩论，谓稗官野史不足传信天下，大师之墓葬尤见荒唐，竟以金川门失守，宫中火起，帝不知所终定断。此史体宜然，然断简残碑，亦不可尽废。惜当时秉笔诸公未至粤西，亲睹是碑耳。倘目睹是碑，又将何词以说？又绵竹县小西门外祥符寺内有石刻胡忠端公访三丰诗碑："交情久已念离群，独向山中礼白云。龙送雨来留客住，鹤衔花至与僧分。疏星出竹昏时见，流水鸣渠静夜闻。却忆故人从此隐，题诗谁似鲍参军。"

薛方山应旂工制举文字，与王守溪、唐荆川、瞿师道昆湖为四大家，士子以举业就正者，一览即决其穷通，百不失一。官吏部考功司郎，以考察事忤分宜，谪建昌通判，旋提学两浙。时浙省京朝官有以山阴名士徐渭见嘱。先生久耳徐名，第未见其人文，遂颔之。及按部于越，徐竟更下等，浙东人士尽哗然，即诸京官亦大兴义愤，欲群起而攻之。旁有识者曰："方山眼识不应贸贸若是，或者别有故。姑俟其还，质之。"众皆唯唯。迨方山还京，浙省诸京官咸来问询，语意吞吐。言山曰："诸君得毋因徐某列下等乎？原卷具在，请质之高明。"遂于怀中出卷以示。其文亦浓圈密点，似无纰缪，诸人方窃讶之。阅至评语，则阐发精微，指示详晰，且有"此草野之才，非廊庙之器，勉其猛，改趋入正途，自当蹑足云霄"诸语，群公叹服。讵徐恃才恣肆，终不能悛，卒以诸生老，且不克令终，人愈服先生衡鉴之不爽。

唐襄文荆川顺之学问渊博，精工帖括，于天文地理，百家九流之书，靡不究心。由会元入词垣，改部曹，郁郁不乐，引疾归。后起翰林编修，擢宫僚，以言事削籍。读书于宜兴之龙池庵，足不出户者十年，著述等身。所刊有文武、前后、左右、儒稗等八编行世，海内咸以景星庆云目之。继倭犯浙，赵文华出而视师，荐于朝，起南后倍，旋转北，至京师，朝士争往候荆川阊门，谢客，客常不得见。及报谢，自九卿外，庶僚惟翰詹科道吏部而已。时分宜当国久，势倾中外，欲借荆川为名高，日令其子世蕃置酒款洽。荆川儒者，一见隆重，遂成莫逆，以为可附之行道，不知入其牢笼也。巡边之役，分宜饯之于西苑直庐，饮以苡薏酒，荆川以为佳。分宜曰："酒故蓟辽王总督忬馈予。酒则一年佳一年，官却一年不佳一年。"荆川领之。至蓟，欲驰总督甬道，王公自以带兵堂衔，难之，荆川怏怏还朝。先以巡边疏稿托白仪制启常呈世蕃，内参王公至数百言。世蕃览之，大惊，曰："此疏入，王公械逮矣。"乃以笔尽删去之，仅留"一卒不练，诚如圣谕"云云四句。忬等得镌级停俸。后边境屡失，京师王渐、方辂先后劾忬，遂械逮论死。朝议以"苡薏酒"之语，荆川为严氏报效，故不可知，然王司马思质之狱发指，虽由相嵩，而荆川实为搏击，何殊文华之媒孽张半洲耶？李中麓开先，荆川至交也，尝遗之书曰："此一起官，颇纷物议，出非其时，托非其人，将举平日所守而尽丧之矣。"又云："或佛肸欲往之意也，岂知其终是不可哉！"李公之言，无惭良友忠告，惜荆川之不能倾听耳。后荆川之巡抚凤阳，以御倭劳勋,卒于通州舟次,年不副学,朝野惜之。讣闻,赐祭葬。今荆川专祠在城南隅,与余老屋毗联。余自幼及壮,屡往瞻视。见祠门悬"大儒"祠额,心切非之。后与从兄宾鹭谈及此事,兄大惊:"何弟所见之确也?"遂将荆川毕生梗概详述之,并嘉余所见之不谬。嗣阅杭州孙宇台治《题荆川集后》,亦以曘分宜为非。人生出处之际,不可不慎如此。(启常,武进人,严党。)顺之罢官,家居著书,颇自特立。因赵文华以逢合严介溪嵩,遂得附职,升淮扬巡抚,殊失初心。

附《坚匏集》载乡人吊荆川诗,曰:"海门潮涌清淮水,燕塞云埋白羽旄。子美文章空寄世,孔明事业等轻毛。避人焚草宁辞谏,策马先师不惮劳。莫讶今朝归未得,出山何似在山高。"

又越中王龙溪《送行诗》云:"与君廿载卧云林,忽报征书思不禁。登阁固知非昔日,出山终是负初心。青春照眼行应好,黄鸟求朋意独深。默默囊琴且归去,古来流水几知音。"

吴学士复庵中行官编修时,值张江陵夺情视事,首起而劾之,继则赵检讨用贤、艾员外穆、沈主事思孝诸公疏先生入,江陵愤不欲生。马大宗伯自强、王相国锡爵[①]时为学士,曲为解脱,江陵怒终不解。翌日,四公均廷杖谴谪。复庵当受杖时,痛极而绝,魂飞九霄。适逢关圣降临,指以示从者曰:"此两间正气也,亟返其魂。"吴遂苏。今复庵祠中悬"两间正气"匾额,本此。其后人绘《廷杖图卷》,尽受杖情形及帝君指示,状貌甚晰。卷长数丈,名人题咏甚夥,余少时曾谛视焉。复庵声名藉藉,数百年来,无不钦仰。而近今袁简斋太史忽以为非,辩论再四。始则云:"师有过,当谏,谏而不听,则避位。"继则云:"使中行不廷争之,而私执门生之义,造膝婉陈,未必不动其天良,自行求去。及闻疏已上,则大名已裂,刚愎之性,倒行逆施,程子所谓'吾党激成之祸'。且中行为他人父母,忍使自己父母之遗体毁伤?廷杖尤为可嗤。"云云。所言似是而实非。独不思江陵当日势如骑虎,欲罢不能。即中行造膝密陈,能保其悔而去位乎?使中行因谏不听而避位,不竟以私情而负国恩乎?况中行为江陵门生有年,早知此老固宠忘亲,不可以口舌争者。特以夺情一举,事涉伦常,不得不大声疾呼,以明父子主恩之义,而又不敢卖师。于上疏后,即明告江陵,亦国有诤臣之意。岂

---

① "锡爵"原在"学士"后。

若势利小夫，瞻徇私情，陷座主于不义者所可同日而语哉？简斋之论，非特不知中行，并不知江陵，乌足以道古？

冯具区祭酒梦正跋孙尚书觌尺牍："阳羡孙老得东坡弃婢而生尚书，实东坡遗体。"王渔洋跋《鸿庆集》辨之甚明。嗣渔洋又考得一事，载之《香祖笔记》，云："东坡往阳羡，憩村舍，见一童子，甚聪慧，出对句云：'衡门稚子璠玙器。'童子应声曰：'翰苑仙人锦绣肠。'坡喜之。童子即觌也。"由此观之，遗体之说，固不足信，而买屋阳羡更觉可征。具区之跋，既失之诬，而年谱之作，恐亦失之漏也。

孙宗伯文介慎行书法苍古，有龙蛇飞舞气象，与华亭董宗伯齐名。然世之笃信者，终不若文敏也。当时曲阿姜二酉云："阮千里善弹琴，人闻其能，往求听，不问贵贱长幼，皆为之弹，神气冲和，不知向所在。此董文敏之书品也。戴安道亦善鼓琴，武陵王晞使人召之，安道对使者破琴曰：'戴安道不作王门伶人。'此孙文介书品也。安道之峻，不如千里之达。"斯语可谓形容酷肖。

明季阉寺之祸，惨毒酷烈，千古未闻。天启乙丑、丙寅间，缇骑四出，逮系纷纷，校尉所至，恣意逼索，百般凌虐，尤堪裂眦。东南士庶久怀愤激。江阴李侍御应昇就逮常州郡城，士民聚观者数万。方开读，时有发垂肩者十人，各持短棍直入宪署，口称"杀忠贤校尉"，士民呼号从之。诸尉踉跄走，越墙脱履，状甚狼狈。一卖蔗童子十余岁，抚髀曰："我恨极矣，杀却江南许多好人。"随从一肥尉后，举削蔗刀脔其片肉，掷阶前，狗食之。太守鲁樱素惠民，抚之而定。尉无死者，竟未上闻。是时苏州有颜、顾诸人殴杀校尉事，而嘉兴亦焚烧校尉船只，诸尉闻风敛息，不复从前之猖狂矣。时武进有特走武陵，馈千金于李实（杭州织造，亦魏实），求逮孙宗伯慎行、郑吉士鄤。会有言孙病废，郑已入道而免。然孙终不免于戍。又欲杀之淮上。呜呼！若而人者，与孙、郑两公有何夙怨，而必欲一网打尽耶？以视垂发人及卖蔗童子，不啻鸾凤之于枭獍矣，乃竟不传其姓氏，惜哉！

吴青门相国宗达未遇时，与同人作文字之会。时已夜分，户外适有鼓乐迎亲者过，青门偕众出视，见彩舆后有一披麻者尾随而行，迹甚诡秘。青门讶之，遂出而截阻，执其手而诘之。披麻者不言，惟思乘间免脱。青门持之愈坚，至鸡鸣，始吐实。曰："我披麻煞也，应祸婚家。今为君败乃事，罪当死，乞早释。"

青门见天色将曙,度无害,乃释之。遂谒婚家,询日者姓氏。主家答以张心浦。青门偕众人盛气达张,责其因何以凶日害人。张曰:"是日虽有披麻煞,却得文曲星化解,无碍。"返诘青门何以致询。青门具述所见。张曰:"是不诬矣。君必贵。"后青门果以一甲第三及第,入词垣,登政府。于是张心浦择日之名彻大江南北矣。迄今几二百年,子姓犹守是业,仍竖张心浦招牌。①

郑太初吉士郑传其前生为华山寺猪道人,每寺僧说法,猪必倾耳谛听,久之似有领会。一日,寺僧湛一欲他出,告其徒云:"猪道人死,必支分以惠邻母。"忽越数日,猪果死,徒不忍割,竟埋之。湛一还,询知,叹曰:"吾负彼矣。吾欲于彼死后割烹,以应其劫,讵知汝等之悖吾言乎?然我忽以事下山,亦数也。三十余年后,有贵人遭极刑者,方信吾言。"太息久之。是岁,适太初生,垂髫即喜谈禅,年长,文采高超,英华发起。馆选后,颇露风节,不谐于俗。以言事削籍,时有出世之想。是时直省议建魏庵生祠,有欲以太初宅改建者。太初遂称疾,闭户不出者半月。迨启门,则改为蓝若,额曰"太初庵",其亲笔也。时人益嫉之。有馈金于阉党李实,求以捕逮,闻其学道而免。后卒以忤乌程,诬以逼父、振先、杖母诸款,置极刑焉。当郑入狱时,其舅氏吴青门尚在,坐视其死而不救,亦以郑不党附舅氏也。覆盆之狱,历今几二百年,无人为之昭雪。冤哉!②

先贤邹道乡专祠在郡西门旧察院前,系宋时敕建,地势宏敞,祠宇巍峨,夙称巨丽。年久渐剥落,而祠旁隙地复为附近居民侵以盖屋,几成廛肆,无人过问。乾隆壬午,翠华南幸,遣官致祭,道卿后裔邹阁学一桂诣行在谢恩,面陈祠基被占原委。得旨,令地方官清厘,遂尽返侵地。小山阁学又念民间住居已久,无碍于观瞻者,仍议留,计屋输租,以资修葺。民既称便,而祠宇亦复焕然。且记载确凿,界址截然,数千百年后,无虞复侵矣。圣主省方问俗,泽及先臣,至深且渥者如此。邹氏子姓当世世守之。城内专祠尚多,如宋之杨龟山、元之谢龟巢,指不胜屈,岂无侵削?末闻有出而经理者,亦以后嗣式微耳。象贤之裔,虽先贤犹赖之,况其他乎?道乡遗集四十卷,其子柟、栩编辑。

---

① 此事可与下文《守一斋客窗笔记》卷三《十三阁老》、《翼駉稗编》卷一《披麻煞》参看,基本相同,唯《翼駉稗编》卷一主人公是赵申乔,由此可见民间故事流传之线索。
② 汤修业曾著《郑垦阳冤狱辨》,为郑鄤辩护,可与此条参看。

常郡龙城书院建自前明，为钱启薪先生与东林诸君子讲学之所。钱并捐腴田数十亩，以资膏火。厥后，讲学之风不竞，书院废为公廨，膳田亦为司事张姓侵蚀。康熙间，启新后裔钱硕斋先生济世出而控理，太守于右张而左钱。钱再三伸诉，守怒，欲绳以危法，钱惧而遁，事遂以废弃者垂七八十年。乾隆癸酉，汉阳宋公楚祖来守毗陵，谋所以复之，而虑事有不逮。适过街寺僧犯淫，宋公遂判其产于书院，并倡令合郡绅士捐输。不半载，落成，规模宏远，士风丕振，百余年之废坠，一朝复兴，洵盛举也。讲堂名经正，今尚存其旧。惟楹联"正则庶民，兴理无二致；化行斯俗，美心有同然"，明唐太常鹤徵与堂额同书者，今亡矣。硕斋先生系絅庵侍讲同怀兄，因讼不直，襆被走京师。后充同庭教习，出宰闽之惠安，年老引退，以寿考终，两子均登贤书，文孙文敏大魁天下。当时虽楚弓未返，而食报已在后人。若张氏子姓久已流为簿尉，署胥吏。天之报施，昭昭不爽如此。

《常州府志》修于有明万历间，秉笔者为唐太常鹤徵。唐家学渊源，人品端谨，考核严明，体例精当，凤称良史。余髫时曾于业师吴肇宇先生家见之，吴师奉为至宝，不肯轻与示人也。我朝康熙间，陈舍人玉璂继而修之。陈学问淹博，惜予夺未当，笔不副望。志成，即有"陈椒峰修府志，贼盗兼收"之语，流传至今。乾隆癸未、甲申之交，郡人复议修辑武阳两邑县志，适侍御某居忧，出而主其事，在籍进士某随而和之。虽延两朝贵为总裁，以乡先生为分纂，而予夺去取，惟侍御持其权。记载失实，黑白混淆，并有输金求入节孝，纳贿而删削寺院者，其污秽较陈志更甚。书未成，一总裁①卒于志馆，传闻为众鬼搏击而毙。次年，侍御服阕还朝，中途缘事褫职；后进士铨补县令，亦以贿夺官，作城旦春②，咸以为修志之报。近闻郡城有改修之举，执简者自必采集三长。而余眷念维桑，深戒往事，爰摭昔时闻见，启事当途，庶几少存奖善植忠之意云。

---

① 参照乾隆《武进县志》、《阳湖县志》题名录，卒于志馆之"一总裁"，当为董潮。"侍御"当为蒋和宁，"在籍进士"当为刘焕章。刘焕章后因失察事，遣戍云南，卒于腾越。然此事确否，不得而知。
② 城旦春，汉代罪名，是一种犯男筑城、犯妇春米的徒刑。旦城即筑城，春即春米。

卷五

江阴县治邻广福寺，令出入以寺钟为度。康熙初，钟忽累夕不鸣，令怪而诘之。僧对以楼有妖物，不可上。令怒，而笞之。县有杲禅师者，戒行甚高，寺僧试往求之。杲曰："此必狐也。狐性嗜鸡，而忌梧子油。可以梧子油炙鸡置楼下，彼来窃啖，必大吐，委顿，伺之可掩取也。"僧如教，果获一狐，色纯黑，而九尾。狐被缚，怒曰："吾千岁狐也，得道以来，横行大江南北，无敢撄者。所畏者，惟三人耳。若何斯人，而敢缚我？"僧诘三人为谁。狐曰："东郭单学究，城南剑庵杲和尚，靖江知县郑公重也。三人外，吾皆得而侮之。"僧曰："是即杲和尚也。"狐曰："然则吾当远避，且郑公将来摄此邑，吾从此逝矣。"僧释之，遂去。未几，令迁去，郑果至。郑起家靖江令，为政清惠平恕，入为行人，擢吏部，历掌考功、文选，有清望，洊历副宪、少司寇。矜慎庶狱，言无不尽，不肯妍阿诡随，虽和易近人，不立崖岸，而是非之介，砭然不可摇，真古名臣也。郑字山公，福建建安人，顺治戊戌进士，终刑部侍郎。

宜兴许生者，年十六七，居近村。一夕入城，玩月长桥。桥上先有二女子，皆媚丽，与许目成久之。是日宿于其亲某家，漏下二鼓，闻扣门声，启视之，即长桥所见侍婢也。曰："小姐申意与许，即有夙缘，明日归，当来议之。"许不知所谓，唯唯而已。明夕独坐村墅，婢果至，申前约。许曰："当告父母耳。"父怒："此非人也，何议姻之有？"叱婢去。又明日，婢再至，曰："小姐来矣。"言未既，女子已入室中，光艳照人，真绝色也。请见其母，母悦其美艳柔顺，许之。衾具帏帘之属，咄嗟备陈于室，多非人间所习见者。许乃与定情焉。逾月，其父往投诉于城隍之神。女已知之，谓许曰："翁疑问，我何面目居此？且与君夙缘止此，今当云矣。妾已妊，他日当使采苹来，邀君一至山中为别。"采苹，婢之名也。遂去，衾具之属亦不见。逾岁，采苹果来，邀许俱行。令闭目，顷之已至山中。峰峦秀丽，一洞嵯岈中启，采苹引许入。所见奇花异鸟，迥非人间有。美女数百人，皆鸣机，织作锦绮，炫目不可名状。女迎许入阁，设榻坐，视之则星冠霞帔，为女道士装。谓许曰："郎别来无恙，翁姑无恙？向所妊，今已生女，故欲君知之。然不可将归，且留山中，为择佳配。"因叩以夙缘之说。曰："妾前生唐开元宫人也，君前生亦为内侍。一夕偶语，有婚姻之约。为上所见，箠杀之。君投胎，已历数世。妾误托狐身，赖勤修炼，得证仙箓。以夙缘故，访君于阳羡，得遂昔盟，且为君生一女，夙愿毕矣。请从此辞。当令采苹时通消息，弗以为念。"因赠以二葛，奇妙光莹，云归献翁姑。许欲留，止寻伉俪之好。不可，曰："缘尽矣，虑有幽谴。"遂令采苹送归。后十三年，任少京兆宏嘉葵尊，亦县人也。一日同一士夫，访许之父。方饮酒，而采苹，曰："所生之女已能通五经，将适人矣，辄来相报闻。"坐客方谈易，采苹曰："诸君所说皆俗谛耳，经意殊不尔。"因请之讲乾卦，妙义出人意表。因言女子早通五经，此皆夙昔所闻，非以臆说。女子博通百家二氏之经，不仅诸经也。采苹于康熙三四十年间，尚往来许氏不绝，女子则不知所适矣。

陆竺僧度辛巳馆于俞容自家，好吐纳引导，从北地韩学道，未百日。晚坐院中，梨花甚开，一妇人倚垂杨，注视瞥见之。意谓容自家人，遂入户。转忆之，讶其非时世妆。自是数相见，偶违其意，辄见一蝶口入其口，若有物系其心者，遂觉，已委其身而去。至宫殿，见贵人侍者皆武，切责之，转屠其家。竺僧忽自念："予一心也，何事而为彼系？诸缘放休而已。"醒在床矣，如是数月乃灭。刘公勋谓竺僧曰："此已魔，非鬼物。"

毗陵大姓朱氏蓄一古大盘，盘中凹处有鸭形。或渔于湖，得一铜鸭。朱以贱直购，以合盘中鸭形，不爽铢黍。注水于盘，鸭辄浮起游泳而浴，始知宝之。（右见《庚巳编》及《香祖笔记》）

薛堆山谐孟寀，方山后裔，以名进士官河南归德知府，有惠政。与夏邑李为同年生，颇相善。鼎革后，薛披缁入道，不通音问者几二十余年。一日，李阍人忽报薛至，李惊喜逾望。整冠出迎，至厅事，寂无人。李疑阍人见罪致薛避去，切责之。阍人立辨，正喧嚷，而室报育子矣。李心动，遣人来常探视，则薛已示寂，遗言"赴中州故人李氏之约，令其子往视"诸语。仆归告李，遂厚恤薛氏，子姓两家往来如姻娅焉。即命其子曰薛，仍字谐孟，以志前因。薛中康熙庚辰进士，改庶常，丁母忧回，一恸而卒。李固庵光禄敏行，其裔也。轮回之说，谁谓不足信？

　　黄孝宽乃翁晖烈①登康熙壬戌进士，由广东阳江令擢粤西郁林州牧，所至均有惠政，年逾强仕，以疾卒于官。粤人传其为郁林城隍神云。黄未达时，家贫，母老而瞽，黄奉侍惟谨。每晚必洗溺器以进，以故常在左近训蒙，不敢远出。黄有族叔，家奔牛镇，延以课子，黄坚拒，而母夫人以修脯稍丰诺之。黄终以不克侍晨昏为虑，乃向叔告辞。黎明出西郭，待舟至玉露庵侧，忧疑满腹，顾影傍徨。忽有道士至，曰："居士不必不忧，竟践约。"黄惊异，叩所以。道士曰："若无非为太夫人计耶？我授子以诀，无虑远隔。"遂扯黄至庵后隙地，教之，举足而已至家。母夫人怪问，黄答以回家取伞，仍阖门而出，则身在庵后也。黄极喜，向道士叩谢。道士曰："有便舟至，可速附去。"回顾，失道士所在。遂达叔处，告以到馆后，傍晚须阖户静养片刻，不宜惊扰，能从则就，否则万金不易。其叔允诺，自启馆迄年终，黄日日侍母夫人寝后，方辟户，人不知之也。黄又异禀，能于黑暗中诵读，不假灯火，究亦不知其所以。宰阳江时，以勾当公事下乡，猝遇雷雨，避于村寮。有老妪延之入，见室停一棺，棺下燃一灯，光莹莹然。询之老妪，曰："故夫临终之言，欲于来生黑夜勤读，以毕夙愿。老妇不忍负也。"扣其夫姓氏生卒年月日，黄怦怦心动。问其夫手泽，老妪于尘封中出一册以示，则黄采芹及乡会试中式各卷咸在焉，因喟然而叹。妪问，黄曰："事涉怪异，且我系长官，本不应启齿。第事已此，不得不吐。我前生即汝夫也。文稿可验，毋以为戏。"妪大恸，黄亦泪下，许以葬夫，立后尽携其书籍而回，因厚恤之。迁郁林后，犹时时遣人问询。一日，谓僚友曰："阳江妪其已矣乎？何我黑夜之不能视也？"遣人视之，果然。黄自此忽忽一乐，不久亦告殂。遗孤觐王孝宽时尚髫龄，不能一一表彰。癸酉秋，余与钮右参从姑丈同客山阴客舍，为余缕述之，故备录以示后人，知三生因果之说为不罔。

　　家紫庭公《壬戌日记》：徐州汪司马扶九起鹏来拜，偶谈及家右君先生，不胜山阳之痛。先生讳调鼎，清河人，住清江浦。明登贤书，顺治丁亥成进士。博学能文，撰述甚富。通籍后，下帷若诸生，昼夜手一卷，倦则假寐，觉则吟诵，

---

① "晖烈"原缺，据补。

暮齿弥笃。与余订宗盟，十五年前舟车北南，过浦上必留信宿，相对一尊，商略千古，析疑赏奇，契好款洽，不啻竹林大小阮，西堂康乐惠连也。其嗣君圣昭讳濩，己亥进士，父子甲科，皆止五马，相继下世，门第零落，过者怆感云云。计自康熙壬戌，迄今以百十数年矣，汤氏子姓不知尚有后起否？王新城尚书亦称右君著《辨物志》，议论多发人神智。

录其《人参记》二则：隋高祖时，上党民宅后闻人呼声，求之，得人参一本，根五尺余，具体人状。占者谓晋王阴谋夺宗，故娇草生。予曰：非妖也。人参如人形者，食之得仙。根至五尺，而具人状，盖岁久神灵之物，而上党又人参之所出。惜时无张华其人，故其物不著，而以为阴谋夺宗之应。文帝以丞相僭帝位，何尝不以阴谋得哉？又《元览》云：人参千岁为小儿，枸杞千载为犬子。按参以人名，伏土岁久而具体人状，气类神应之感，无足怪者。枸杞字不从犬，何以岁久为犬？《广韵》云："春名天精，夏名枸杞，秋名却老根，冬名地骨皮。"是枸杞四名之一。考《山海经》，"建木上有九欘，下有九枸。枸，根盘错也。"与犬义绝不相涉。使枸杞而为犬，天精、却老、地骨皮又何化乎？（《人参谱》）

周大尹虎臣，蓉湖少司空子也。中年罢官，家业日落，抑郁以终。其子姓迁居娄东，久不与郡城诸亲串通问闻矣。传闻虎臣系螟蛉，故于司空身后一切从俭，然亦无从考证。惟伯祖述庭公《感事诗》十绝云："西洲遥望不胜悲，洞口珠门属阿谁？纵有墓田生宿草，年年寒食泪须垂。"注："赐茔不立片石数字。"又云："云阳一片帆如织，底事无恤曼卿。"末首云："营斋营醮总荒唐，谁荐南丰一瓣香。赖有莲池勾笔在，百般都是瓦沟霜。"述庭亦有隐痛，故末句及之。观此可知传闻之不谬。

邹琢其侍御光涛，道乡后裔，举雍正癸卯进士，选庶吉士，散馆授职，改御史。人品学问，颇有足称。时江省漕政废驰，浮收特甚。侍御抗疏，首劾大吏。有旨切责，并令明白覆奏。大吏窘甚，遂以邹向称贷不遂，挟嫌捏诬等词上覆。邹因而谴谪，家居授徒，后生颇多成就。庄仲雅刺史少年科第，即其及门受业者。邹罢官时，癸卯同谱共激义忿，誓不与大吏通往还，而于邹则订婚姻，助资斧，终始弗替，足征直道在人。惜邹后嗣不振，未免析薪之叹耳。自邹斥谪，江省大僚加意整饬，漕政肃清，除正供外，无颗粒之浮，而浙省亦仿而行之。数十年士民隐受其福，不知邹所以激而成之也。犹记邹《答庄晚菘托教子书》云："某学植荒落，比以谪居无事，亲课豚儿，乃有二三好事者相从于射湖烟水之滨，不揣荒芜，聊为品骘。政如下江故妓忘其老丑，犹复管领三五少年，傅粉调丹，教以旧样妆梳，不足方家一粲"云云。其笔墨淡雅，已可概见。

吴葵斋方伯龙应与钱星韶刺史标为姻娅，钱女系葵斋冢媳，平素尚敦戚谊。乾隆初年，钱任山西榆次令，吴由楚北臬司开潘三晋。钱前途迎谒，吴仆责以庭参礼见。钱曰："我辈至亲，应不拘官场俗套。"吴仆答以做此官，行此礼，钱不得已庭参焉。吴是时崖岸方峻，方欲籍此以著丰裁，初不以仆言为非也。逾年，吴适以前任楚臬事败，奉旨革职，解楚质讯。出榆次，钱仆咸以为此钦犯，当亲自点检。吴仆援情乞免，钱仆曰："做此官，行此礼。"吴仆语塞，卒听钱坐堂皇检点解。论者谓吴与钱两失之，殊不知启其端者，实吴葵斋方伯也。彼莅任时，以姻娅庭谒为荣，独不思转瞬作楚囚，不以为辱乎？经云："夫人必自侮，然后人侮之。"此之谓矣。吴一蹶不复起，钱仕至朔州牧而亡，子亦夭折。

乾隆戊午，武进邑宰赵锡礼由荆溪令调繁履任。时适天旱，民情皇皇，公捐廉赈抚，招集流亡，浚澡港河，资灌溉而代赈，劝民力穑，士民安之，不啻婴孩之哺乳。公宰荆溪时，邑有淫祠，名圣王庙，香火甚盛，举国若狂。公毅然毁之，虽有以危言劝阻，公夷然不屑也。厥后有狂生乘醉诣祠漫骂，神凭生降语云："我辈血食江左，百有余年。自遭汤都堂、赵侍郎先后斥逐，日渐凌替。然彼二公皆正人，尔何人？斯敢于无礼，当夺其魂。"语毕而死。自后荆宜一带淫祠复炽矣，安得有赵公者继而毁之哉！赵，浙之兰溪人，官至常镇观察。

郡小南门外有古蓝若，曰有崇胜庵。地势轩敞，而复幽寂。曾伯祖紫庭公少时曾读书其中，同游皆一时英俊。迨后，诸公尽飞腾，惟公独以诸生老。老年并有伯道之痛[①]，堪惋悼。有《题寺壁七律》一首："孤云独鹤若为朋，竹院茶窗一个僧。自信八山闲有味，却教住世老无能。晨耕破砚供官税，夜拥残书仗佛灯。施主有钱容度牒，也应挂衲拄古藤。"读之令人酸鼻。

隋司徒陈杲仁祠名曰西庙，地极阔敞，殿宇巍峨，有洗心池胜迹。明季有好

---

① 伯道之痛，即无子嗣。伯道，晋邓攸字，典出《晋书》卷九〇。

事者于殿旁隙地建都城隍行殿，以祀于忠肃，香火颇盛。殿后另辟祈梦楼三楹，以宿祷梦者，示兆极灵异。附近居民侯子玉，少年落泊，祷于神，梦畀以香橼四，醒而不解，后亦置之不论。一日，侯开张浴堂，置悬灯于市肆。问几元，侯茫然，因告以浴堂前所悬者肆曰四元，上写"香水浴堂"四字，始悟前梦之不爽。侯理是业，二十余年，颇获利，家亦小康，另张米肆于左侧，而税其堂于人。又有赴庙祈梦，梦脐生一紫芝，颇高大，当时亦无能解者，其后为郡伯执伞役。

蒋菱溪编修麟昌，晴崖少司马炳冢嗣。年十九举己未进士，改庶常。壬戌散馆，授职。文采发越，目空一世。尝作《七夕诗》，曰："一霎人间箫鼓收，羊灯无焰三更碧。"又作《中元诗》，曰："两岸红沙多旋舞，惊风不定到三更。"晴崖先生见之，愀然曰："何忽作鬼语？"不久，果下世。刘文定相国官编修，序其遗稿云："就河鼓以陈词，三更焰碧；会盂兰而说法，两岸红沙。诗谶先成，以君才过终军之岁；诔词安属，顾我适当骑省之年。"

庄本淳学士培因，少随父南村先生之官两浙。泊舟江岸，夜失足，落江中，舟中弗知也。漂荡间，人语曰："可救起，福建学院此有关系，弗草草。"不觉已还挂本舟柁尾上，呼救得免。戊寅春，果督学八闽。出都时，举是事以语同年生纪晓岚曰："吾其不返乎？"纪以立命之说勉之。后丁外艰归，中途遘疾，抵家一恸而绝。又其兄方耕少宗伯雍正戊己之交随任京邸，遇地震，压于小弄中，两墙对圮，相拄如人字帐形，庄坐其中一昼夜，乃得掘出。生死有命，信然！

宜兴储宗丞梅夫麟趾，己未迁庶常，散馆后改官侍御。因劾川学某，直声颇振，骎骎向用，由大鸿胪官宗丞。壬辰岁，奉命祭告岳渎，宿搜敦邮旅店。是夕，灯花散彩，倏忽变现，喷烟高二三尺，有风雾回旋。急呼家僮观之，共相诧异，戒弗动。俄就寝，梦群仙五六人，招至一所，上书"赤云冈"三字。呼储为云麾使者。诸仙列坐联句，有称海上神翁者，首唱曰："莲炬今宵献瑞芝。"次至五松丈人，续曰："群仙嘉会飘吟髭。"又次至东方青童，曰："春风欲换杨柳枝。"旁一女仙，曰："此云麾过凌河句也，汝何故窃之。"相与一笑。忽灯花作爆竹声，惊而醒。

业师吴肇宇兆埰家世通儒，人文谨饬，乡党推为祭酒。与先大夫凤称莫逆，余群从兄弟先后均执经焉。先生教读严明，督课恳挚，生徒小有过，扑责不少假，幼时颇惮之。先生晚岁神气和平，情好倍笃。余笔耕他省，询问频频。返至里门，握手慰劳，喜形于色。其休戚相关，无异家人骨肉。先生举丈夫子三，长申佑、季学瀛有文誉，皆年少游庠，仲松承亦贡入成均，诸孙林立，诗礼彬彬，咸谓飞腾可必。讵先生七旬后两痛西河①，兼丧长孙，抑郁以终，良深悲悼。近闻松承亦故，后起无人，尤为耿耿。为善不报，天道难明，安得启九阍而叩之？

壬戌二月，先大夫梦门榜一联，上为"十报全捷"，下联只见"及第"二字，上则为飞金飘荡，模糊不清。转瞬见"成仁取义"四字，朗朗照耀，与上联相映。醒而语太宜人曰："适才一梦甚奇。今科阿兄必得高第，第恐不能令终。"太宜人问故，先大夫详述所梦，而心甚怀忧。是年四月，世父果以一甲第三及第。始塘报误传第二，后改第三，两易报单，当时举室咸为应梦，先大夫亦不复置怀。讵知越四十五年，两叔大奎以台湾府凤山县殉逆匪林爽文之难，蒙恩恤荫，"成仁取义"之说始验焉。可见家有忠义、鼎科，冥冥中早已预定，特世人不能前知耳。维时预闻是梦者，惟余及刘氏伯姊存焉。因备录之，俾后人知事由前定如此。

储学博学坡师轼、李太史蠡塘英皆宜兴人，而侨寓武进者。学坡年较长，蠡塘差少，皆一时英俊。而蠡塘书法尤工，与先世父为金石交，咸以玉堂相期许。世父并为学坡执柯，续胶洗马桥吴氏，同为东婿。讵二公久困场屋，李以甲子、乙丑联捷入词垣，储则登壬申恩科顺天乡试榜，为蠡塘分校所得士，功名迟速之不可强如是。储终学正，李终检讨，寿皆七旬以外，而均无嗣。因壁间悬有蠡塘先生所书条幅，故连类及之。

古来高僧或戒行精严，或书画绝俗，均足以传世。如辨才惟演辈其尤彰彰表著者。吾郡天宁寺僧神凤法名能威，俗姓吴，旧家子。母恽氏，所称女史恽冰女弟恽玉。工设色写生，用代针指，以供饘粥。神凤幼孤，家贫，披缁入道。然不屑为梵诵，留心书画，笔墨秀雅，有南田遗意。年渐高，技亦渐老，颇高自位置。钱茶山少司寇供奉内廷，以俗家戚，延至京邸为捉刀。凡大内横帧巨幅，半出其手，名满长安。求者甚众，神凤亦不轻以与人也。司寇居忧作古，神凤不久

---

① 西河之痛：即丧子，西河，即子夏，时任西河教授，典出《史记·仲尼弟子列传》。

亦示寂，笔墨流传颇鲜。癸丑冬日，偶得神凤年景小幅，系在京师所画者。悬之书斋，仁和师相见之，大加赏鉴。因详述其平生，庶神凤之名籍师相以不朽云。

同里叶玉成幼孤，其母抚之成立，业缝纫，曾事世父于京邸。癸亥夏，世父假归，叶随侍而返，遂于是冬毕姻。乙丑，玉成以疾死，其妻陆氏年少色艾，诸恶少垂涎者众。氏矢志守节，百折不回。居虽蓬壁，而防闲甚密，无纤隙之可乘。久之，诸恶少亦尽知其贞，而不敢犯矣。氏有遗腹女，渐长，约束甚严，日课以女工，不少假。职是者二十余年，姑死，复竭力营葬，而氏亦将老，无子依婿以终焉。呜呼！氏一村妇耳。当玉成初死时，上有迈姑，下无子息，家徒壁立，饔飧莫给。而能饮茶茹蘗，奉养孀姑，抚育弱女，两世婺妇，同作完人。谁谓细民中无节义者哉！惜无人而出表扬，至羁旌典，扼腕再三。用是备述梗概，并以续闻之萧乔氏及朱汉龄妻氏附焉，俾后之作邑乘者知所考。

萧连科妻乔氏，茂才志霄女，年十九归萧，不一载而寡。乔誓死以守，迄今三十余年。又朱汉龄妻氏十九而寡，今亦三十余载，均应载入节孝者。又徐鹤岩母、嫂、妻，一门三节。

| 卷六 |

宜兴任葵尊宏嘉，康熙丙戌进士，以行人改授御史，上疏请定服色，于是三品以上始许衣貂及猞猁。命下，适届冬日，各官五鼓入朝，颇有寒色，而梅少廷绢为尤甚。王新城尚书口占一绝戏之，云："京堂詹翰两衙门，齐脱貂裘猞猁狲。昨夜五更寒彻骨，满朝谁不怨葵尊？"一时遍传辇毂。

定窑鼎乃宋器之最精者，明成、弘间藏于河庄孙氏曲水山房，有李西崖篆铭，镌于炉座。曲水七峰昆仲乃朱阳赏鉴家，与杨文襄文太史、祝京兆、唐解元称莫逆，西崖亦其友也。嘉靖间，孙氏值倭变，产日落，所蓄珍玩俱已转徙，兹鼎为京口靳尚宝伯龄所得。吾邑唐太常凝庵负博雅名，从靳购之，遂归唐。唐虽奇窑充牣，此鼎一至，诸器避席。自是海内评窑器，必首推唐氏之白定窑鼎矣。吴门周丹泉巧思过人，交于太常，每诣江西之景德镇仿古制器以眩耳食者，纹款色泽咄咄逼真，非精于鉴别，鲜不为鱼目所混。一日，从金阊买舟往江右，道经毗陵，晋谒太常，借阅此鼎，以手度其分寸，仍将片楮摹鼎纹，袖之，旁观者未识其故。解维以往，半载而旋，袖出一炉，云："君家白定炉，我又得其一矣。"唐大骇，以所藏较之，无纤毫疑义，盛以旧炉底，盖宛如辑瑞之合也。询所自来，曰："畴昔借观，以手度者，审其大小轻重耳。实仿为之，不相欺也。"太常叹服，以四十金蓄为副本，藏于家。万历末年，淮安杜九如贾而多资，以钩奇为名，高出累千金，购求奇玩。董元宰之汉玉章，刘海日之商金鼎，咸归之。浮慕唐氏之定炉，形于寤寐。太常之孙君俞豪华好客，杜赍千金为寿，求兹鼎一观，以慰平生。君俞出赝鼎戏之。杜谓得未曾见，如见帝青天宝，强纳千金，以二百金酬鼎间者，携鼎以去。君俞尚侠气，而居心颇厚，不忍欺。遣门下士告之，曰："吾子所取者，赝鼎也。真者尚在，遵太常公戒，不轻以示子。子既捐千金，而宝赝鼎，若虽不知，余宁不愧于心乎？"杜反护前以悔盟，持之愈坚。客曰："子如不信，请列二鼎并观，可乎？"杜犹疑信者半。唐出真鼎示之，若虬髯之遇文皇，虽各具龙凤之表，而精神焕发，自与常异也。由此知九如不过叶公之好，原非真赏，君俞襟度过人远矣。九如殁，传于伊子生之。有王廷珸者，字越石，惯居奇货，以博刀锥瞯。杜生游平康，以八百金供缠头费。逆料其无以偿，且示意不欲酬金，而欲得炉也。炉竟归之，诡称其直万金，求售于徐六岳。徐恶其谲，拒之不纳。乃转质于人，十余年间，旋质旋赎，纷如奕棋。又求其族属之相肖者方圆数种，并置箧中，多方垄断。泰兴季因是企慕唐炉，廷珸以一方者诳之，售直五百，季君以为名物而愉快焉。毗陵赵再思旧游于唐，稔知此鼎。偶过泰兴，晤季。季云："近得一奇器，乃唐氏名物。方期请政，而适来，诚良缘也。"赵生唯唯。季问："唐家定窑方鼎，君曾见否？"赵大笑曰："唐之定鼎体圆而足三，公云'方鼎'，何居？"季废然入内，久不出。赵生屏息以候，至暮乃出。谓生曰："此獠欺我，南科屈静源，吾中州所取士，今致书静源，道其事，当为我处之。"屈君属有司追理，廷珸抱头鼠窜。挽人讲解，另以伪物偿季，仅免犴狴焉。而黄石之事起。黄石者名正宾，以赀郎，建言廷杖，凭藉声气，游于缙绅，颇蓄鼎彝书画，与廷珸同籍徽州，称中表，互博易骨董以为娱。正宾有倪云林山水一幅，估价百廿金，托廷珸转售，仍暗记花押于隐处。廷珸心艳倪画，属高手临换，待正宾取时，即以摹本还之，殊不知其有默记也。正宾遣苍头王佛元取画装池，宛然惟失花押。元，黠人也，谬云主人不唯遣来取画，兼欲观定炉，且议价耳。廷珸方授炉佛元，而正宾亦至，谓廷珸曰："画久不售，应以原物归我，奈何作狡狯伎俩？"廷珸搏颡发誓。正宾诘之曰："吾有私记，今安在？"正诮让间，佛元从旁执鼎，兼以左右指抠鼎耳，以示无还理。廷珸夺之，鼎堕地如裂瓦。廷珸恨绝，头撞正宾，伤胸。时正宾方被逐于南都，郁郁不乐，又遭廷珸之侮，越夕奄逝。廷珸宵遁，潜踪于杭。尔时潞藩寓杭，闻定炉名，遣承奉俞启云咨访。遇廷珸于湖上，出赝鼎夸耀，把臂甚欢，恨相见晚。引谒潞藩，酬以二千金，承奉私得四百，以千六百金畀廷珸。潞藩时在播迁，乏主藏吏，命一厨役司其箧钥，兵入颇椎，卤居无何。王欲观鼎，厨役启匣取鼎，戛然有声，忽折一足。厨役惧，投水死。大兵入杭，潞王赴北承奉，沉废鼎于钱塘江中。

科名得失迟早高下，莫不有命。戊辰会试鄂虚亭司马容安阅江南卷，已中定三十卷，又选其次者十卷，暗藏枕下，以防意外更易。及进呈前十卷内，江南一卷后场犯讳，拨去，命小胥取床头十卷来。十卷固亦自别高下，而小胥抱卷急趋，逾阶而仆，仓皇甚，信手拾取以进。鄂公取最上一卷置十名进呈，钦定第一，即靖江郑忭也。郑入仪会，由郎中外转湖南永州府知府。

庄殿撰本淳培因官中翰时，偕某上舍自裘文达斋饮归，同诣千佛寺，访江西一相士。上舍即与庄易帽同车行，是时业有人报知相士矣。至寺，庄谓易帽恐涉轻薄，仍各冠进。相士遂言上舍当中状元，历巡抚、尚书，而诋庄贫贱，不列于仕籍。上舍与庄大笑而回，相士声名即日大损。

江阴是仲明镜诡诈诞妄人也。胸无点墨，好自矜饰，居之不疑。海宁陈文勤相国为其所惑，高东轩相国亦信之。尹健余侍郎会一督江学左，因两相国之言，造庐请谒，结布衣交。镜遂辟书院于舜过山下，招生徒，讲伪学，与当事守往还，冠盖络绎。常州守黄公静山永年亦与过从，其后因嘱托公事，不复往。镜于书院静室中供陈、高、尹、黄四木主，俗所谓长生禄位也。稍有识者，皆窃窃然非笑之。乾隆辛未，雷翠廷大银台铉督学至，广文以为言，先生贻书，令其来见，以觇其学。镜不往，而令广文通意于先生造庐，如尹故事。先生笑曰："吾固知贤士不可召见，但恐吾往见后，则四公木主外又增一人，故不为耳。"后数年，镜为乡人所告讦，亡介不知所终。镜居村去市数里有小路，逾沟而行，稍近十数步。镜平生必由正路过桥，不趋捷也。一日自市归，途遇雨，行至沟旁，四顾无人，一跃而过。有童子匿桥下避雨，惊曰："是先生，亦跳沟耶？"镜惧，饵以一钱，嘱勿言。童子归，其父诘钱所从来，童子以告，争传"是先生跳沟"云。①

常郡狱讼繁多，甲于他郡。而地方莠民操刀笔以谋生者，复从而起灭之不绝其欲，则讦控不已。故谚有"第一穷爱打官司占土风"之语。最盛者，无过乾隆五、六、七、八等年，四金刚、八小鬼，均博士弟子员，有声庠序，试辄高等。然甘心下流，日与吏胥为伍，居城市而垄断焉。土官虽有风闻，不过文檄告诫，列榜通衢，而彼操术如故。迨庚午、辛未，海阳胡偶韩抚军先后两守毗陵，桂林相国复抚吴下，金刚、小鬼斥逐殆尽，仅存瞎金刚一人，犹事捉刀，门庭如市。凡有控诉，抱牍而来，瞎金刚耳闻口授，如瓶泻水，略无隙漏。操纵在手，获利颇厚。地方亦颇知之，第念彼已成废疾，罪无可加，不过悬牌出结而已。三十余年间，席丰履厚，出入肩舆，两幼子皆游庠，长子亦议叙巡检，人咸以为恶人之有后。未几两采子先后夭亡，瞎金刚老病床褥，时作犬豕声，达于户外，并种种楚毒状。果报之说，不彰明较著者哉！有文无行，士林败类，吾愿世之读孔孟者，咸切戒之。

康熙间毗陵一士夫妻颇能诗，既而纳一姬，处之别馆。夫人侦知，将自往掩取之。仓皇无计，携姬渡江，假寓广陵。夫人追至京口江岸，不敢渡而归。一日，新城尚书宴客，座客述之。新城曰："所谓长江天堑，天所以限南北也。"一座大笑。乾隆庚辰，钮牧村孝思下榻江右抚署，因无子，遣仆密迓其如君赴署。夫人庄知之，愤不欲生。即日买舟，竟诣江右。牧村闻夫人至，仍将妾送回，而留夫人于邸。时有赠钮以号曰"泰庵"，初不解，叩其故。曰："此事甚明。牧村夫人来，而如君去，岂非小往大来乎？"闻者无不捧腹。然庄之竟达章江，较士夫妻之不敢渡扬子者，尤觉勇悍十倍。

常郡风俗淳厚，荐绅先生居乡，从不假细民以威福，即偶有干犯，或笑而遣

---

① 此条同阮葵生《茶余客话》卷九。

之，或其人悔而祈免，故小民亦咸知敬畏，不敢以横逆，千百余年如一日。近则习俗日偷，民情刁悍，荐绅中又不自爱惜，效平通侯故事，与齐民争什之利，遂为里党所轻。乾隆乙巳、丙午间，常郡岁祲，斗米青蚨五百，有持钱而难得食者，民情皇皇。富绅某时囤米数千石，尚居奇。众恳于官，出示平价，则米肆闭户，仅以升斗塞责，民更仓皇。有向绅家告籴者，复坚拒。众谩詈，豪奴竟系数人，欲鸣官惩治。于是群兴义愤，大起问罪之量。一夫攘臂，从者数万。环绕其宅前后，抄掠坏门，毁壁、裂器、焚书，无所不至。主人全家潜伏瓦沟，蛇行而匿于邻室，僮仆亲党，惊窜殆尽。乡邻不敢问，官司不能禁，大肆蹂躏，越一日夜而散，所失巨万。时郡伯适他出，闻信驰回，获知名者数人，荷校于通衢，而令绅粜米数百石，以寝事。论者谓郡伯勾当颇得大体，独不思朝廷法纪首严凶暴，彼富而牟利者，悖入悖出，固不足惜。其如风俗之不古何？《语》云："小惩大戒，为虺弗摧，为蛇将若何？"吾愿士夫之居乡者，当凛放利多怨为戒，为民上者，时严蚁穴溃堤之防，则两得之矣。①

前明江省直指行署在西门内，世所称察院前，今庄氏废圃，其故址也。万历间，巡方书吏张姓好道，与玄妙观两道人善。一日张侍直指秋录回，误挞毙一婢，因瞿然曰："以家人之近，而犹有屈。官民分隔，欲庶狱之无枉，其可得乎？"遂举众囚牍悉焚之，罪坐死。张素为巡方使所任，使竭力营救，始减戍粤东烟瘴。濒行，张偕两解役诣观，与两道人作别。道者曰："不烦远涉，有小技，请试之。"张与役俱恍忽若睡梦，觉身达粤东某县。当官交犯倒换：曰"牒折红梅一枝为信。"及醒，则身在观中，印牒现存。役骇异，询之。曰："我紫阳真人，彼许真君也。张前生为蓬莱散仙，因事谪籍。今当复归洞府，尔有回牒，可以上覆县公。"插梅于阶下，偕张而逝。役赴县投牒，令讶其速，具陈所以。令疑而亲往，至则院宇阒寂，仙踪杳然，惟红梅一枝，现插阶下，实是时江南所无者。因即其地，建楼三楹，绘仙像于其中，名曰"红梅阁"。植梅于阁下，日渐繁衍，高与檐齐。至本朝雍正初年，人犹及见其开花，今则枯槁久矣。

局前杨氏为吾常望族，富甲一郡。其始祖大化公由山西避荒来常，遂家无锡

---

① 被劫掠者当为赵翼，可见《瓯北先生年谱》"乾隆五十年"条，然年谱所说因由与此不同，可对照。

之阳山。大化公死有子二，贫无以葬。山有隙地一区，本某氏废壤，乙得之，将动土。有异僧至，指一穴，曰："葬此不特可巨富，即科第亦连绵。"其子曰："吾辈窭人，不饿死，填沟壑足矣，外此奚敢望？"从之。既葬，僧解所悬牟尼珠，散于手，谓二子曰："吾为尔卜。"遂撒其珠于坟四周，俯而拾之，或一两颗聚一处，或三四颗聚一处，其疏密不一。僧曰："杨氏科名视此。"忽不见。二十余年后，公之孙樵于山。其地为鼎革时群盗穴窟，官兵捕灭后，付之一炬。所掠金银镕结如邱垒，岁久渐露颜色。樵不识其何物，以瓦砾视之。一日，偶入城市，见有持银易钱者，骇而问之。人笑其痴，而以银告，且曰："可以易钱帛。"又问黄者为何物。曰："金也，价十倍于银。"樵曰："若是，则吾家两物颇多，何足异？"归急偕父子兄弟昼夜搬运，遂成巨富。再成为大化曾孙，号青岩①，由进士入词垣。至今百数十年，或十余岁发一二人，或两三十年发三四人②，悉如念珠之卜。

胡炳吾，明忠端尚书之后。业医而道不行，困苦特甚。生一子，年十九而夭亡。后十余日，忽见梦曰："儿转生颇近百日，期当报信，可得一面。"怪而志之。至期，炳吾为作佛事。午后，忽一弹唱盲妪至，携有果饵。询以得自何处？妪曰："某家生孩，庆百日，乞得者。"胡顿悟前梦。亟往访之，儿一见欣然投怀，若识父者。

无锡县役某夜静醉归，见一比丘尼更深独行。虽素识其为某庵尼，而疑有外遇，因尾随之。至僻壤，尼忽立道旁而溺。役大骇，上前执之，则伟然巨物也。扭赴县，一鞫尽吐。其实盖幼遭岁歉，逃亡于外。老尼怜其稚而蓄之，为之改装。及长，诸尼迭就淫之，近年渐及檀越。令怒其淫乱，欲置于法。郡守巴以事关风化，不欲追究，遂荷校死。

庄秋涛封翁，先大夫中表兄也，虔奉吕祖数十年不懈。将届七旬患疽，俗所谓落头疽也。势甚殆，诸医束手。同志友祷于祖师前，师忽降乩，曰："庄子命在旦夕，吾有一药丸，藏于红梅阁。三鼓时，令某独自进取。"其人拜诺。夜半，沐浴更衣，启城而出。至则见红光满阁，神案前有金色钟一，盖如胶粘，不可

---

① 青岩，即杨兆鲁（1618—1676），字泗生，号青岩，官至江西学政。
② 原为"两三年发二四人"，当不确。

启。某敬取而遗之。时将五鼓，庄睡而醒，曰："药来否？"家人启盖，果得红丸一，服之，疽遂愈。壬午秋，余自江右回，起居秋翁。见翁项创痕如刻画，因详告以起死之由。是时杯现存秋翁处，近闻已失矣。

山西沁州牧吴民望荫萱，初名邦达，年少游庠，屡试不售，祈梦于忠肃祠。梦神告曰："待令郎主试江南，郡即中。"觉而恶之，功名之念顿息。及甲午科，董蔗林侍郎典试江左，遂获隽。因原名与董太翁东山先生[①]讳同，遂改今名。

乾隆丙戌正月，玉带桥谢太恭人庄为逆仆高某所弑，合城惊骇。鸣于官，高寸磔，合门缘坐如律。时刘文定相国居忧，与谢为比邻。闻变往唁，众绅士启请代书门状。相国即援笔秉书，曰："某等罪孽深重，不自陨灭，祸延显妣庄太恭人于正月某日，惨遭异变。不孝等无以为人，无以为子，粉骨碎身，万死莫赎。谨此讣闻。"云云。命意老到，立言得体，众绅叹服。闻太恭人被祸前一日，有戚董耀曾起居，太恭人留饮于厅事。傍晚，两楹中声如爆竹，火光一点如豆，旋绕间，忽大如轮，照耀一室，群相惊顾。倏忽而灭，咸以为宝藏之征。讵次晚庄即遭奇变。又高氏家鬼哀号者数月，卒至灭门。夭孽之萌，信有预兆。奇哉！

郡城东三十里地名横林，阳湖一大村落也。土豪王某黠而好讼，虎据一方，乡里侧目。王死，其子复习父业。一日，于茶肆谈讼事，顾盼自雄，曰："此讼不胜，吾郎非王某之子。"忽隔席一人起而向王曰："王某系令尊耶？"王曰："然。"其人即握王手，曰："有一疑事，请假步相告。"随偕王至僻壤，谓王曰："某年某月，己舍间午产一犊，有白毛三块，宛成字迹，与令尊名姓相符。今令尊可康健否？"所言产犊之日，正王某死之时。王大骇，以实告，随往。看见犊腹下果有白毛三字，大如杯。谛视之，真其父姓名也。王恐传闻于外，为己玷辱，欲出金赎之。其人坚执不可，曰："果系令尊托生，必有灵性，其才智较常人十倍，当留以助己。"王再四哀恳，始则索千金。王复宛转请减，乃以六百金赎回，养于家，不令人见。数月后，则白毛脱落，字迹杳无。始悟为人绐，急踪迹之，已不知所之矣。

料丝灯之制，始于明弘治间。曲阿潘凤，号梧山，善丹青，有巧思。随杨文

---

① 董东山：即董邦达（1699—1769），字孚存，一字非闻，号东山，浙江富阳人，官至工部尚书，卒谥文恪，书画家。

襄一清至滇中，得其法，归而炼石成丝，如式制造，于是料丝灯遍于大江南北。皎洁晶莹，不啻明珠照乘，凡点缀上元者，必推料丝灯。即神祠佛舍，悬竖高屏，方广一二丈，俗名棚灯，皆料丝也。余幼时习见之。甲子春，世父假满还朝，曾觅以赠范芝岩太仆。其色红，尤夺目。维时太仆家未替，各种奇巧之灯，靡不备具，独少料丝一种，大加赏玩。迄今五十余年，不特他处不尚料丝灯，即吾常灯肆亦久不售此，竟无人知之。嗣江浙一带竟尚明角灯，亦皎洁可爱。近则踵事增华，诸贵人宅第咸以玻璃相尚，争奇角胜，日渐奢靡，视明角如尘土矣。安得挽回风气者，起而镇之？

同里毛卓人劭轩重倬，明诸生，学问赅博，性情恬淡。顺治乙酉登贤书，公车北上，旋以事罣误待质，数年昭雪。后东游两浙，与名下士吴锦雯、孙宇台、陆严京、毛稚黄辈联诗文社，分题拈韵，昕夕吟咏，声名籍籍。壬辰赴计，偕下第，就官太湖教谕。丁承重艰归，服阕，补太仓学正，与吴梅村先生联吟唱咏，所作尤多，梅村曾序其诗而梓之。后改江西赣州府，居数载，解组归，以诗文自娱。所著有《乐志堂》《修裕堂》诗文集、《易注二十名家评选》等书行世。同时有伊族毛客山子霞会建流寓东粤，亦中广东乙酉乡榜，以兵部武选司主事，知乐昌县事，转礼部仪制司员外郎。工诗文，善书，在京师与王渔洋、朱竹垞为文酒之会，二公亦极倾倒。弃官后，幕府争相延致，遍游三湘七泽间，有终焉之志，不复出山。有《五游诗》《百一诗》《字韵全集》行世。康熙庚戌，归修族谱，重梓《古庵文集》。徙居湖广安陆府，没葬大别山。

自题《大别山生圹诗》："读书学道复何求，消得浮生此浪游。五岳林峦随短杖，四溟烟水作轻舟。诗成更得江山助，酒醉安知天地愁。若问身心归著处，峨峨大别一荒邱。"子霞集海内词人投赠之作，题曰"清风集"，竹垞为序。

本朝开国时，江阴城最后降。有女子为兵卒所得，绐之曰："吾渴盛，幸取饮，可乎？"兵怜而许之，遂赴江死。时城中积尸满岸，秽不可闻。女子啮血题诗云："寄语行人休掩鼻，活人不及死人香。"

卷七

雍正初年，西林鄂文端公开藩吴下，招集江左文人于春风亭会课。无锡老翰林华豫原希闵时年已七十，犹入会作领袖，殿之者则十四龄秀才杨笠湖潮观，极东南文物之胜。文端公赠华一律，中四句云："谬以通家尊世讲，敢当老友列门生。文章报国科名重，洙泗寻源管乐轻。"其好贤礼士，情见乎词。嗣公由吴藩开府滇中，出将入相，垂二十年，经略七省，诸郎君两督两抚，故吏门生，遍满海内，而生平诗集散佚，数十年不绝如线。乾隆壬辰、癸巳间，杨官四川邛州牧。适顾晴沙观察光旭来川权臬事，遂序而梓之。诗文显晦，信有时耶！文端公好士之报，于此可验。

乾隆辛未，荐举经学，上命取各人生平著述其优异者以闻。后以吴鼎梁锡玛、顾栋高、陈祖范上，俱授司业，集议之。初，浙江胡天游、江南蔡寅斗亦在选中，而胡名尤重，举主凡七人。宣城梅文穆谷成奏："一人久居京师，声气广播，恐非真才。"遂不用。胡终副榜，蔡终助教，壬申恩科会试缢死号舍。吴，无锡人，官侍讲学士，蔡，江阴人。

辛未春，圣驾南巡，幸无锡之寄畅园，秦氏子姓迎銮。孝然年九十，实然年八十七，敬然年八十五，荣然年七十，寿然年六十六，芝男年七十六，瑞熙年六十一，莘田年六十，东田年六十二，九人共六百余岁，皆近族。御制有"近族九人六百岁"之语以赐之。上有仁寿之君，斯下多耆耋之老。圣寿无疆，四十余年前早已预卜，洵千古盛事。

供春壶式，茗具中逸品，其后有四家，董翰、赵良、袁锡，一则时鹏，大彬父也。大彬益擅长，其后有彭君实、龚春、陈用卿、徐氏，壶皆不及大彬。大彬弟子李仲芳小圆壶制造精绝，又在大彬之上，今不可得矣。陈迦陵诗云："宜兴作者推龚春，同时高手时大彬。碧山银槎濮谦竹，世间一艺皆通神。"高江村诗云："规制古朴复细腻，轻便堪入筠笼携。山家雅供称第一，清泉好瀹三泉荑。"近日，宜兴砂壶加以饶州鎏，光彩射入，却失本来面目。

东坡自海外归毗陵，病暑，着小冠，披半臂，坐舱中，夹岸万人随观之。先生顾坐客曰："莫看煞苏轼否？"盖用《世说》"看煞卫玠"之语为谑也。讵先生到常不久，即捐宾馆，谓非谶欤？吾常至今口号有"看煞苏东坡"之语。

董观察玉虬文骥饮馔最精，而所制风雨梅尤为独擅。董没后，乃郎起男携之京师，以遗王阮亭。阮亭爱甚名雅，倩赋诗报谢。云："吴中五月黄梅雨，想象千林舶趠风。珍重遗来香软齿，不须将醋浸遭公。"原注："韩致尧诗，'齿软越梅酸'。"每一讽咏，不觉口吻流涎。

常郡仓后有潭，深不可测，蛟潜为祟，人不敢行。嘉靖中妖人李福达亡命吴中，匿郡城杨七郎家，太守荆某请福达捕之。李约太守同往，作符，令守左右娈童持以入水。顷之，童子手握蛟出水面上矣。蛟甚巨，李咒之，仅可五尺许，乃步禹杀蛟，付厨作鲊，自是怪绝。李又客华亭朱尚书家。一日，告别云："将往京师。"且求二纪刚送之。既抵燕，令仆南归。归之明日，尚书方登台饮酒，李忽从天而下，复留经年而去。

圣祖时重京堂之选，每遇缺出，令九卿举司道可升京卿以闻。武进庄揩由庚戌进士任湖广武昌道参议，刑部尚书新城王公荐之于朝，寻擢通政司参政，而庄初不知为王公所荐也。名大臣公溥之心，于斯可见。

国初，郡城书画名家甚夥，其最著者，邹臣虎、庄淡庵、恽道生、恽南田辈均载入画谱。此外，尚有各擅一技，而姓名不甚表见者。如朱先之草虫、奚青度之牛。朱晚年画尽不用笔，断茎败筱，任意醮墨成之，无不跃跃欲动。奚本农家子，其画牛别有神韵，均可传世，惜收藏者鲜，无人知之。伯祖述庭公曾各赋一绝，以示表彰。

朱草虫："癖向荒畦为写生，喓喓如傍草间鸣。秋风满扇尤殊绝，拾取枯荽信手成。"

奚牛："不是庸心学戴嵩，习来耕牧自儿童。世间大武生何限，写照都须倩此翁。"

无锡浦源字长源，读书工诗。洪武中为晋王府引礼舍人，闻闽人林子羽老于诗学，欲往访之而无由。一日，以收买书籍至闽。时子羽方与某乡人郑宣、王元辈结社作诗，自以为天下无人。长源谒之，子羽欲闻其作，以观何如。长源乃诵《送人之荆门诗》，中有"云边路绕巴山色，树里河流汉水声"之句，子羽甚为叹赏，遂许入社，与之唱酬。

倪云林元镇本无锡大家，元季知天下将乱，尽散其家资，往来江湖，多寓琳宫梵刹。尝有《怀归诗》云："久客怀归思惘然，松间茅屋女萝牵。三杯桃李春风酒，一榻菰蒲夜雨船。鸿迹偶曾留雪渚，鹤情原只在芝田。他乡未若还家乐，绿树年年叫杜鹃。"洪武甲寅，元镇六十八，秋七月，始还乡里。时已无家，寓其姻邹维高所。是岁中秋，邹氏开宴赏月。元镇以脾泄戒饮，凄然不乐。乃赋诗曰："经旬卧病掩山扉，岩穴潜神似伏龟。身世浮云度流水，生涯煮豆爨枯萁。红蠡卷碧应无分，白发悲秋不自支。莫负尊前今夜月，长吟桂影一伸眉。"不久，竟以脾疾卒于邹氏。

明初郡城外漕渠自西徂东，顺流直注，旁无潴蓄，至无锡始分注惠山滨及邑城河，以故化、治间，锡山华氏科名特甚。堪舆家言，应于城东数里就势筑一湾堤，回环蓄水，以为形胜，郡城科名当盛，华氏当衰。郡人如其言，筑月堤于文成里，俾河流曲折，以迂其奔腾之势。时锡绅华某赴郡评控，以为郡人厌胜于毁而坏之，当事右绅而左郡，讼将负。一士人出而诉于官，有"身居一品，意欲何为"八字，华惧而返。① 郡人通力合作，一夕落成。迄今四百余年，郡城科名较无锡为盛。

靖江秀才某有事郡城，寓居东门外之东岳庙。盛夏酷暑，祖裼赴正殿纳凉。夜梦东岳升座，仪卫甚肃。呼生上殿，斥其无礼，欲责之。旁有判官，系靖邑已故县吏，素正直，与生有旧，因代恳曰："阴刑不可受，请发阳官代责。"东岳色稍霁，谕于某日发丹阳，令责三十。醒而辗转不安，欲归，苦事多纠结，不得行，疑虑特甚。至某日，果有丹阳令座船傍岸。生愈恐，因匿迹于薙发铺楼上。楼临街，闻丹阳令城谒客，心稍定，然终不敢下楼。坐至傍晚，闻鸣驺已过，喜其数之可逃，随于窗隙中窥之。甫近前，窗忽堕，适中舆顶。令大怒，遣役上楼擒而责于衢，数适三十。后询知其为生员，慰劳之。生亦以所梦告，相与叹神灵之赫奕。此乾隆五十三年事。

明季无锡马文肃世奇未第时，赴澄江岁试。题为"今""夫""天"三字，终日不成一句。天晚催卷者叫号不已，文肃书一诗于卷，曰："今夫天也好难题，

---

① 诉于官者为唐鹤徵，其有《议文成坝上当事书》，载《光绪武阳志余》卷二《桥闸》。

漫说常州马世奇。白卷便当交付你，状元归去马如飞。"竟列下等。次年，果大魁天下。又国朝乾隆乙丑，庄本淳官中书舍人。时会试不第，愤伊兄方耕中榜眼，作诗嘲之，曰："龙城自古无双眼，虎榜于今有二痴。他年令第魁天下，使信人间有宋祁。"到甲戌科，竟以一甲第一人及第。诗句成谶，前后若合符节。

崇祯①甲申春，闯贼入京，吾常王忠愍公章御贼于城南，被害。贼欲毁其尸，忽见有黑脸大汉负之归。置于庭，家人谢之，不答，仓猝中忽不见。群讶其面熟，后顿悟为关庙周将军也。忠烈之气，足以感动神明若此。王氏子姓至今虔奉周将军不替。

毛亶鞠端甫协恭，古庵先生裔孙。年十八始受书，半载而日成制艺三，塾师大骇，谢去。从诸老辈游，师事张清惠、孙文介，友事黄石斋、马素修、吴霞舟诸先生，名日起。举崇祯庚午乡榜，庚辰成进士。初任闽之宁德令，调候官，摄罗源，所至有政绩。癸未冬，擢内台，以京师戒严，偕巡抚张率兵勤王。还复偕张公督兵守杉关，以防流寇张献忠之侵。甲申春，燕都失守，协恭痛不欲生，而时事又不可为，时时与张公相对涕泣。嗣南都授公为陕西道监察御史兼督福建学政，遴拔孤寒，屏绝苞苴，南北诸要人有所干请尽却之。时郑芝龙擅威福，荐童子十人，对使裂其书。芝龙怒之，思有以中之，卒无隙可乘。厥后将由海趋广，八昼夜不得达，辗转建宁、泉州间，实郑氏故也。舟至万石滩，女夫刘元赵前行，适王师南下，死之。夫人周抱幼子，跃入水中，二女随之，相继死。公行将跃水，两卒突入舟，抱持之，并二子置河上。公遽挥二子去，大呼曰："若知有不怕死之毛掉学乎？杀我，速杀我！"乃被杀，投湍中，时丁亥七月十一日也。同死者，仆周良、王大，而王秀妇携幼子先从夫人赴水死。一门忠烈，日久不传。乾隆四十一年，诏旨，令直省督抚访查明季死难诸臣，闽省大吏以公名上，蒙恩赐，谥节愍。圣朝奖善植忠，不遗遐迩，洵千古旷典也。

宋邹忠公以谏立刘后，论章惇二事谪居衡阳，有零陵市户吕绚者，以钱二百万造大舟，以俟先生。后北归，吕以舟送至江南，先生谢以五绝句云："平生亲友漫纷纷，有几书来寂寞滨。二十万钱捐不惜，可怜湖外有期人。""潇湘起柁出江湖，日日乾坤展画图。白酒红鱼对妻子，鸱夷还似此行无。"其余诗三首载集

---

① 原为"正"，避雍正讳。

中，不具录。若绚者，何可使之无闻耶？

大觉禅师通琳字玉琳，江阴人，世祖时曾拜为宏觉国师。常云："吾心颇平等，然因指见箕尾，甚喜；观水中苻藻，亦喜；纵目碧空，亦喜；独坐清狂不慧人，刀刁鱼鲁，殊不耐。"其言颇有味。

南阳太守庄钧乃尊千里，刘文恪公婿，中年丧偶，寄子女于外家，而披缁于北郊外之石佛庵。始尚守禅戒，继渐染俗尘，日以饵金石为事，颇滋物议。因子钧贵，还族，膺封典，乡人称为太翁和尚。

宜兴储同人先生，一代名宿，驰声寰宇。为诸生时，携子授徒于外家，惟夫人及婢媪常制酱于庭院。夜半雷雨，夫人起而遮盖，拖先生旧履冒雨而行，返即置履而寝。明旦，先生自馆回，见有男子履迹，疑妻有外遇，遂屏迹不入室，并不与交言。妻初不解，后而悟，抑郁以终。临死，告先生曰："君之所以经年不入户者，不过因履迹之故耳。我此刻将死，不必辨。第汝自负才华，谓躐青云如拾芥。我死后，若许汝成名，即属不贞。"语讫而暝。嗣后，每遇乡闱无不被贴。同人心颇追悔，祈祷忏悔，终不能免，诸相好咸惋惜之。至某科，年已逾花甲矣。有友告之曰："君作文甚捷，何不于日中将七义书就，俟明日补稿，庶免夫人之挪揄？"同人领之。入场得题，即信笔直书，不半日，七义皆就，寄其卷于邻号。天将晚，夫人复来，见卷已收藏别舍，因曰："吾迟来半刻，让汝成名。若思会试，断断不能也。"次早，同人即索卷补稿而出，二三场亦如之，是科果获售。次年正月，计偕北上，甫达黄河，见伊夫人蓬首跣足，奔驰河岸，因大骇。即日转回，终身不赴礼闱。后文孙掌文少年登榜，公车一上报罢，后即以县令终，亦由乃祖母之为祟也。冤抑之气，积数十年不灭如此。

徐竹逸啮凤，宜兴人，戊戌进士，官司李，少负轶才，凌厉矫亢，慨然以古作者自命。与人交，谆谆恳款，动出肺腑相示。中年丧子，客有议之者，谓徐君必有隐恶，故罚及其子。竹逸闻之，曰："昔仲尼有何隐恶，而伯鱼夭乎？"客闻而谢之。按，竹逸居乡，逢歉岁，必倾囊赈饥，全活数万。客所云，毋乃狂悖。

无锡顾景范祖禹，沉敏有大略，奇贫而廉介，宽厚朴挚，不求名于时，独耽著述。凡山川险易、古今用兵战守攻取之宜，兴亡成败得失之迹，辑为一书，名《方舆纪要》，计一百二十卷。吴抚军刻其五卷行世者，谓《九州记》《一统志》诸书皆不能及。杭州孙宗台谓其书，若长河亘天，珠囊照地，古今兴亡，天下形势,了如指掌,真人间所未有。至今无有传之者①,惜哉!

陈椒峰舍人幼时读书至夜分,两眸欲合如线,辄用艾灼臂,久之成痏。每一顾,益自奋,不敢怠,以故天文、地志、兵刑、礼乐、河渠、赋役诸大事,莫不讲求烂熟,言之娓娓,宾客辐辏,应酬旁午,以至弹琴、投壶、嬉戏之乐,靡所不善。偶有触发,为诗文句,日之间,动至盈尺,见者逊其俊才,比于刘穆之云云。举丁未进士,官中书舍人。

钱础石润肃,无锡人,学博行方,严取予,重然诺,家居孝友,落落有古人之节。闭户传经,门下皆知名士。雅好著作,博综今古。柏乡魏相国推其理学为邹鲁干城。其论史诸文以为陈君举、何云非咸未逮也。王西樵曰:"础石诗高朗者譬诸星纬,浩瀚者乃若江河,有目共见,终古如新。"

邹程村讦士祗谟,戊戌进士,天资颖异,过目靡所遗忘,上自经史子集,下逮艺文杂著,旁及天文、宗教、百家之书及古今人爵里、姓氏、世次、年谱,无不悉记。至性沉挚,意气真笃,与人交久要不忘,而言语妙天下,小词单文,令人色飞神艳。程村为邑甲族,饶家财,曾有蜚语中之者,一日散万金,立书。邹四顾壁立,举酒自慰曰:"田园无存,幸宾客尚在耳。"又《今世说》云:"程村读书如汉主校猎,不至野尽山穷,囊括其雌雄不止。"

董文友以宁,武进人,善诗余,名与程村埒,有"邹董"之称,著《蓉渡集》行世。兼善古文,少负才望,豪迈感慨,不可一世。然当其恤次游,急然诺,复缠绵婉笃,比于胶漆。博览强识,著书满架,执经问难,弟子恒数百人。《今世语》谓其文如王谢家富贵子弟,便极奢华,无裘马纨绮气,又如渴虹饮水,霜隼摩天,变幻夭娇,令人睫惊。文友少时气勇神踔,视天下无人可交者。每朋聚,禽热手挥而已,如不相识。及合座,捉笔为文,独写数千言不休。文成,坐客不解一语,辄瞠目相视,人咸目摄之。

吴锡孺搢,宜兴人,壬辰进士,官司李。家居时,闾里失火。时夜阑,延烧将入宅。吴起,从容还内,取朝衣冠带,整束而出。光焰烛天中,鞠躬四顿首,火随熄。

---

① 《读史方舆纪要》一直存世,只不过自康熙五年刊本之后,因顾祖禹早亡,其子孙尊奉藏弆,故至嘉庆十六年龙万育成都刻印敷文阁本之前,一直未有刊本传世,本书作者当时未见诸本,故如此言之。

宜兴周立五启隽，弱冠时颧未高，两颐逼而秃，面有槁色，乡人窃笑之，曰："此黄冠相耳。"周闻之，若不知也。年三十二，犹困童子试。偕其父荆南旅，宿城外仓桥侧。梦中见一雉冠绛衣，右手操刀，左手提一人头，须髯如戟，至塌前，易头而去，以手所携头亟其颈。周大惊，持父足疾呼。及举手摩之，头如故。凛凛者累日。未几，颧渐高，两颐渐丰，须髯鬖然日益长。越年余，又梦一白须者，冠缁冠，执长尾麈，随一金甲人，语曰："吾来易尔腹。"语讫，金甲人抽所佩刀，启周腹出，涤其脏腑，而复纳之，以方竹笠覆腹上，取钉锥钉四角。梦中闻响声丁丁，而怪其无痛也。钉毕，白须者挥麈而祝曰："清尘似镜，原本无尘。"忽钉与笠豁然有声，周寤。自是文学日进，历试两闱，皆获售，历官侍讲学士。储同人尝曰："周立五其德足以敦天下鄙，其学足以正天下之诐，其文章足以起天下之衰。"其推重如此。

武进杨东起方荣，父以进士起家，累官至中丞。家多伎乐，率善歌舞。治园圃亭池之属，为里中冠。客至，命酒珍错叠陈。少醉，即欲赋诗。或召冶童歌，自吹箫以和之。又美丰姿，时比之潘、卫，以望见为幸。每一出游，至倾市观顾。好为文章，能学歌诗，猎传记，虽善谈笑，不为嫚戏。后赴省试，罢归，愈发愤力学。昔日所往还，率谢绝不为通，曰："使我读书三载，即不如古人，何至若庸妄人，徒逐若辈以为豪耶？"未几，以病卒，年二十有七，从游者无不涕泣。

近阅再从叔纬堂先生《炙研琐谈》载，客有善降乩之术者，偶焚符乩，忽震案，大书云："何来天籁啸高空，咫尺元穷气可通。世事乍经无量劫，男儿尽是可怜虫。饱看江国多烟景，久已荣枯付碧翁。读破离骚参一语，云将准拟觅鸿蒙。"书毕，竟去。符使云，此郑塋阳鄥也。塋阳以疑狱竟受惨戮，故愤懑之气，情见乎词云云。按塋阳之狱，乌城必欲置之死地，故不待法司谳鞠，即怂恿思索，立予典刑。此千古奇冤也。乾隆癸未、甲申间，乡人议修武阳两邑志，从兄宾鹭曾书其颠末，上之志馆，欲为表白。而秉笔者以正史不载，不敢附会为词见却。岂知千秋万世后，公论终在人口耶？纬堂以疑狱两字，称似犹未悉塋阳被诬遭祸底蕴，故并及之。

卷八

邱维正上仪，武进人，少攻举子业，好奇计，后去而应武试，遂成进士，累官至参将。每之官，肩襆被，一囊去来，不名俸外一钱。莅嘉湖，海贼蜂起，慴其威，咸帖服。守土吏毒民，邱峻节风之，士民守参戎门百人，谢之不内。树丰碑，署"天下第一清官"。过其下者，辄拜而去。鼎革后，隐武原秦驻山，舍茅篱槿，身率妻子，力作以食，恒业樵，间钓弋小贩，暇则说诗书，教二子以孝悌，不见衣冠客，田夫牧竖，相与尔汝欢甚。素与朱进修善，朱乘间访之，邱方负薪熟视曰："何愆矣。"出饭一盂，菜一对，食喋喋，竟日不离樵事。朱曰："能出信宿草堂中乎？"不答，抱稚孙以嬉。久之，曰："十年欲游洞庭山，无一贯钱而止。"朱遂去。

蒋驭鹿（玉渊）龖，武进人，镇国公开府奉天，礼聘天下名士，驭鹿首应其选，与金沙史远公同客幕府。史精绘事，镇国公属以缣素。时方初暑，史濡毫，脱冠于案。公来纵观，戒令弗起，史遂忘冠，坐为应对。驭鹿从旁笑曰："山野之士，疏放自然，若史某者真所谓脱帽露顶王公前矣。"公曰："君不见挥毫落纸如云烟耶？"相与大笑。毛稚黄云："驭鹿无干而好游，忘名而喜友。"

葛嵩，字钟甫，无锡人。弘治十二年进士，由行人擢礼科给事中。阅苏州军储，核贵戚所侵地归之民。正德初，以厘营弊，力抗权倖，请出先朝宫人谏射猎，劾魏国公徐俌，又偕九卿诛刘瑾，怒斥为奸党，罢归。

武进杨修撰廷鉴与弘文院大学士吕宫僚婿也。杨，明崇祯癸未状元及第，吕，顺治丁亥状元及第。廷鉴二子大鲲，己亥庶吉士，官按察；大鹤，乙未谕德。本朝一邑科第之盛者，无锡壬辰状元邹忠倚、乙未探秦鉽（长洲籍），秦又会元也。己亥榜眼华亦祥（榜姓鲍），甲辰探花周宏（榜姓秦）。

金忠节公铉，素精易理，读邵康节先生集，手书于后，曰："甲申之春，定我进退，虽荣遇外而勿内退，若苦衷远而勿滞外。止三时远，不卒岁，优哉游哉，庶毕吾世。"甲申三月，以兵部主事巡视皇城，尽节玉河。时有中官吕胖子同死，二公骨不可辨，其仆遂同葬玉河之岸焉。公少诵邹汝愚先生诗："龙泉山下一书生，偶占三吴第一名。世上许多难了事，乡人何用苦相惊。"后果十八岁领解顺天，忤珰削籍，大节视汝愚无愧云。

仪制郎中武进巢五一震林，顺治壬辰中会试第一百六十二名，以磨勘革去，中式乙未会试，复中第一百六十二名，毫厘不爽，信事有定数也。

顺治戊戌春，世祖亲覆试江南丁酉贡士，以古文诗赋拔武进吴珂鸣为第一。是年礼榜后，特赐珂鸣进士，与中式举人张贞生等一体殿试。寻改庶吉士，官侍讲，故其宅有"天子门生"匾额，余幼时犹及见之。孙祖留，字贻孙，亦中康熙丁酉科举人，雍正甲辰成进士，官宝坻县令。吾常科目自本朝丁亥吕阁老宫擢高第，后阅十二年而珂鸣又蒙恩拔置第一，足征熙朝右文之盛。

倪云林自题小画诗云："萧萧风雨麦秋寒，把笔临摹强自宽。赖有俞君相慰藉，松肪笋脯劝加餐。"又一诗云："梓树花开破屋东，邻墙花信几番风。闭门睡过兼旬雨，春事依依是梦中。"末题"至元癸卯，呈德机澂君"。右二诗皆佳。

邓耀字彰甫，江阴人也。其先世为唐宗人，罹武曌之乱，避地日南。迄宋大中时，遂君其国，凡八传至吴昌，无嗣。其女名昭圣，主国事，皆李姓也。闽奸人陈日煚以诡计入赘，袭取之，始以避女主而遘，终以立女主而亡，事亦奇矣。吴昌有遗腹子蓁，育于舅氏，冒姓邓，实虞祸也。三世以官显其国，至司空光远公曰明者，幼岐嶷，国王器之，妻以女，拜左参相，初不知其为李氏裔也。文皇帝时以伊国逆国黎季犛杀其主，司空举义伐之，竟以德报怨矣。寻奉其幼主，间道诉于阙廷。季犛伴服，恳请幼主归国。甫入境，伏发，复杀之，并及天使。天赫然震怒，遣成国公朱能、英国公张辅出师讨罪，三禽伪王，灭其国，悉郡县之。司空实先内附为向导，厥功懋焉，拜行在工部尚书。公先民以宗亲王异域，兹乃以陪臣蹜九卿，斯尤奇矣。子师晦任州守，以言事谪江阴尉，遂家焉。彰甫为司空九世孙，虬髯白皙，双眸炯然，细书绝技擅场。所书《洛神赋》，纵横仅寸余，竭目力始悉，其缕析丝分，毫芒彪炳，八法精劲，行伍井然。又能于粒米上书一绝句，异哉！按后汉师宜官能于方寸间书千言，颇自矜重。间挈空囊，过酒家，书其壁，观者云集，酒大售，宽其直。饮酣，辄削书而去。梁鹄受其法，魏武重之，可方驾矣。右李宗城汝藩所作邓彰甫传也。自唐及我朝几千载，代远时异，无论江阴人氏不知邓氏之底蕴耶，邓氏子姓亦不知其为唐李宗支矣。阅

《池北偶谈》载此一则，因录之，以为乡邦旧闻。

周砚农荣起，江阴老儒，工六书之学。尝手钞元席帽山人王逢《梧溪集》，凡七卷。有至正间新安汪泽民、鄱阳周伯琦二序，景泰中南康府知府陈敏政后序，细书工致，似钟太傅，终卷如一，洵足宝也。其子长源字邺侯，有父风，女禧、祐，皆工画，禧尤著，所画《楚辞①九歌九章图》，名传京洛。王新城尚书曾托江阴令陆次云访求，其见重公卿如此。周寿八十有七。

全州谢良琦，字石臞，能为古文。康熙初，以明经通判常州，恃才傲睨，意不可一世。莅官后，一切案牍，略不经意，日与二三诸生讲论诗文，刺刺不休。士大夫间有过从，亦不过茶罢而退，无酬酢语也。提学胡默斋在恪闻其名，过毗陵，因召见之。谢时适有母丧，要绖而往。甫登舟，胡望见之，怒甚，急使麾去，谢傲然不屑。此事与唐萧颖士见李林甫相类。读书守礼之士，宁失之傲，无失之谄。若谢通守者，庶几尚有古风欤？又良琦自常归，寄五笥于吾常徐荆山中丞家。归而无子，殁且久，嗣孙贫，无聊检计簿，姑来江南探取。时中丞宦京师，夫人潘守舍，廉簿合，喜甚，引视笥封宛然，谢嗣感泣。濒行，出笥中玛瑙杯为寿，夫人倍直赆焉。杯纹俨松竹梅，嗣君辛斋主事宝之，名曰"寒友"。同里诸荐绅作歌以颂，从祖述庭公长歌尤苍古，已刊入集中，不赘。当良琦判郡时，雅不喜与绅士往还，而独寄笥于中丞，早知南洲之必不负友。而潘夫人更能明大义，成夫志，全璧归赵，且厚赠之，视龌龊小夫忍心隐匿者，相去不啻霄壤。故连类及之，用表潘夫人尚义轻财之卓识。

武进诸生杨某馆于某氏，主人富而豪侈，每夜饮，必三鼓。一日醉归，见馆中灯火甚盛，从窗隙中窥之，见案边二烛卓立甚巨，有绯衣人据案观书，意为杨也。明日询之，杨实早寝，未尝夜读，然心怪之。至夜假寐以伺，近三鼓，忽有大声传呼，排户而入，随用二巨烛出地上，而红焰满室，仆隶杂沓，拥一绯衣人至，据案而取案上书册翻之。杨惧而叫，呼绯衣人，若不闻者。将五鼓，绯衣人徐起，径趋杨卧处，众皆从之。忽举床四角盘旋室中，复掷之空中者数四。天将曙，又闻传呼声，寂无所见矣。杨始苏，起视门户，扃钥如故。问院中人，毫无所闻也，因急谢主人归。归数日，火大作，所居皆烬，始悟所见乃火神耳。杨后

---

① 原作"词"。

中乡试。

宜兴陈其年维嵩年四十余，尚为诸生。一日过京口，有日者谓之曰："君年过五十，必入翰林。"宣城梅杓司磊因赠以诗曰："朝来日者桥边过，为许功名似马周。"至康熙己未，果以诸生应博学鸿词试，授翰林检讨，时陈年已五十六矣。又有范骕者，字文园，善相人，谓武进周蓉湖青原、吴江徐电发釚皆当不由科甲入翰林，己未皆授检讨，其言良验。范，海宁人，骧字文白之弟也。

庄太史阮尊令舆作京官时，僦居半截胡同，与熊太史本居相邻。每夜置酒，互相过从。八月十二夜，庄具酒饮，熊宾主共坐，适桐城相国遣人来，招庄去。熊知其即归，独酌待之。自斟一杯，置几上。未及饮，杯已空。初犹疑己之忘之也。又斟一杯，伺之，见有巨手蓝色，从几下伸出探杯。熊起立，蓝手者亦起立，其人头目面发无不蓝。熊大呼，两家奴悉至，烛照，并无一物。庄归问之，戏曰："君敢宿此乎？"熊少年气豪，即命僮取枕被置榻上，而麾童出，独持一剑，剑乃某将军所赠，平昔血人无算者。时秋风怒号，斜月冷照，榻施绿纱帐，空明澄沏，街鼓鸣三更，心怯此怪，终不能寐。忽几上铿然一酒杯，有顷复掷一杯，熊笑曰："偷酒者来矣。"俄而一腿自东窗进，一目、一耳、一手、半鼻、半口，似将人身中分锯作两半者，皆作蓝色。俄合为一，目光睒睒，帐中冷气渐逼。帐忽自开，熊起拔剑，斫之鬼臂，如着败絮，了无声响。奔窗逃去，迫至樱桃树下而灭。次早，主人起，见窗外有血痕，急来询问，熊告以故。乃斩樱桃树焚之，尚带酒气。而窗外有司阍奴老矣，既聋且瞽，所卧窗榻乃鬼出入经过处，杳无闻见，鼻声如雷。熊后年登八秩，长子官巡抚，次子官湖北监司。常笑谓人曰："余以胆气胜妖，终不如司阍之聋且瞽，尤胜妖也。"

杨笠乘大尹士凝，工诗文，为诸生时，入都应试，道过济南，赋感春四截于旅馆。曰："才名役我逐风尘，长短离亭送暮春。刺眼狂夫怜不语，转头风月属他人。""当窗多半十三余，一点狂情未破除。偷嫁东风毋太早，使君非是惜明珠。""无地寻芳也便休，十年心事在眉头。此时草长江南好，深巷莺花暗画楼。""乱蜂狂蝶系人思，浪说名花有几枝。庭院海棠春不管，悄无人处月明时。"书于壁间，署名而去。妓络珠见而和焉："千点杨花碾路尘，生来游冶不知春。从今省得魂归处，揉碎心肠结可人。""弃守春风十载余，旧愁新恨两消除。杜郎重过东山道，怜取吴儿是络珠。""生不相逢誓不休，可知红泪咽心头。凭谁为我埋香骨，静锁春风燕子楼。""劈头新句费相思，应向章台折一枝。今夜妾来君已去，误人偏是落花时。"时杨未知之也。越岁有余，有庄某①道经山左，忽逢一姝，屡向过客询毗陵杨郎不置。庄怪而诘之，姝具述所以，因诘庄，知为杨戚，遂嘱曰："妾与杨郎诗媒矣，经年物色，愈杳青鸾，终岁章台，自伤飘絮，风尘脱厄，杨郎其有意乎？君其为我达之。"探怀中笺示庄，则杨诗及珠所和也。庄抵都，传其事于诸巨公，且共挪揄笠乘。笠乘矢口自白，然颇为之心动。比归，信宿济南，访络珠，则已洞口云封矣。笠乘怏怏，再和前韵，曰："邮亭佳话委穷尘，传话天涯又几春。多事掀髯轻一笑，吾生惭负有心人。""吐辞妍妙转纡余，盻我无缘上玉除。入梦叮咛怜太苦，祝郎授璧妾衔珠。""他生未卜此生休，自古情痴几到头。俗煞销金窝子里，不知花冷月当楼。""洛川魂梦动陈思，刺骨酸风剪别枝。颜色未消心易死，好花何必半开时。"同时和者昆山徐尚书乾学②、武进庄大尹大椿、家述庭公。诸公诗多不能记忆，仅附数诗于左。

庄诗："方寸灵台不惹尘，含芽枯木又逢春，隔墙陡被钗声误，南国才郎赚玉人。""轻烟淡粉（原注：秦淮二楼名③）已无余，北里风流顿扫除。不信苓通车马地，娉婷十斛可量珠。""露珠摇荡几时休，遮莫词人叹白头。安得当年阎古古，千金为买顾眉楼"。（原注：用合肥龚尚书事。）"禅榻茶烟搅梦思，同心小结绿杨枝。爱才饶和诗千首，未抵萧娘醮笔时。"

述庭公诗："甸线韶光软陌尘，落花微雨不胜春。峭寒衾枕浑无赖，愁绝邮亭一夜人。""黄鸡喔喔酒醒余，扫壁翻疑怨未除。何物妖娆双慧眼，解从尘土辨明珠。""情缘莫道此生休，十五年华正上头。记取乞浆门巷在，桃花时节共登楼。""心情老去复何思，过眼空花处处枝。因读方回断肠句，鬓丝禅榻怅移时。"

江阴杨文定宾（实名）时湛深理学，毅然以道统自任。自诸生以迄通显，举

---

① 此处邓之诚先生有手批小注：笠乘《感春四首，题铜城驿店壁》在《芙航诗襭》《燕市西廊集》中，乃康熙丁酉年。下年归里，有《铜城驿店壁题句下，见女郎络珠和韵诗，感其意，续和四首》，载《待熄集》。至壬寅，有《再用〈感春〉诗韵酬庄五书年》载《后甲集》，附庄、汤和诗。庄诗有序云："辛丑夏，于蓉江见云阳贺生袖中出诗，传示同舍，乃妓络珠遥和杨三笠乘题壁句也。婉丽芊绵，清和哀怨，叩其所自，得之张君觐光，假道山左，遇珠，翠敛红销，若不自胜。指壁间诗访求杨郎，语絮甚。余录以调笠乘，遂次其韵，贻好事者。"云云。此系叙述多误，盖由未见。
② 此处邓之诚先生有手批小注：事在康熙五十五年以后，徐乾学死已二十年矣，安能和诗？
③ 此注原缺，据《芙航诗襭》补。

动张驰，无一不以孔孟为法，安溪李相国常荐为第一流。由词林任口北道，历迁云南巡抚、云贵总督，因事获谴。新抚朱纲奉命按狱，刻意吹求，毫无可间。朱，阴鸷人也，素有双料曹操之号。思周纳之，屡濒于危。公了不介意，寓居萧寺，治《诗》《礼》如平时。一日，梦群蜂攒啮，忽有天神手执尘尾一挥，蜂尽散。醒而异之。未几，西林鄂文端莅滇，狱遂解。嗣奉宣召，滇黔士民狂喜奔告，扶老挈幼，相率观瞻，填衢塞巷，欢声若雷。或张酒宴，罗拜于马前，马不得行。公温语劳，民尽感泣，家各设位以祀公。还朝，中途见文端措施偶有未协，即具疏上闻。其守道不阿如此。传闻公系天阉，故无子。然与夫子孙静好甚笃，晚而弥切，尤见修齐之道。

董观察玉虬作侍御时，常临《洛神》，十三行一卷，遗王新城尚书。自题后云："宋思陵十三行，贾似道所购，九行后，四行有'悦生小印'，此子敬真迹也。余从宋拓唐摹，力追而不得其形模。华亭公云：'赵松雪临之，少洛神疏隽之法。'当从悟入耳。"观此，其得力于临池者深矣。

小说有唐解元六如诡娶华学士家婢秋香事，随演为传奇。乾隆丙子、丁丑间，始自京师，后渐流传江浙。近日，蜀中昆班亦有演此剧者。描摹虽不及京城苏班，其形容华氏两儿之庸劣及秋香之特识，尚不失昆班本来面目。然此乃江阴吉道人，非伯虎也。吉父为御史，以建言谴戍于洞庭湖，遇异人，得道术，能役鬼神，常游虎邱。时有兄丧，上袭麻衣裳，而内著紫绫裤。适上海一大家携室亦游虎邱，其小婢秋香者，见吉衣紫，顾而一笑。吉以为悦己矣，诡装变姓名，投身为仆人，竟得秋香为室。一日遁去，大家迹之，知为吉，厚赠衾具，遂为翁婿。华则吉之本姓云。

江阴戚舍人勋奉怀宗命，出使海外。比反，而燕京失守，复命于留都诣阙，上数千言。疏入，不报，遂痛哭而归，阖室亲属十七人同时殉节。舍人故同邑漕储道张有誉之门人，张留恋家事，不肯捐躯，邑人以舍人《殉节图》请其题赞。张谊不得辞，其向尾书曰："愧捐躯之在君后，幸忠义之吾门。"

昔人云："得一知己，可以不憾。"乃有偃蹇于生前而振耀于身后者，如阳羡陈其年，诸生时老于场屋，厥后小试，亦多不利。己未，博学宏辞之举，以诗赋入翰林，为检讨。不数年，病卒京师，无子。其乡人蒋京少京祁刻其遗集，无只字轶失。皖人程叔才师恭又注释其四六文字，以行于世。此人不能得之于子孙者,而一以桑梓后进,一以平生未尝觌面之人,而收拾护惜其文章如此,亦奇矣。

《淳化阁帖》碑版不知何年入禁中。正德间,河庄孙七峰中翰好古博雅,游于京师,颇善内臣萧敬。武宗南巡,敬常居守。其时功令稍宽,敬引七峰观大内。至一小殿,见殿角堆积碑版,七峰谛视之,徘徊不去。敬曰:"内廷户万千门,即西苑一隅,非竟日可历。君津津于朽木,何谓者哉!"七峰曰:"此宋刻《淳化阁帖》也。余爱其结体清拔,转折飞动,有风旋电激之势,冠绝外廷诸本,是以观耳。"敬谓:"子欲之乎?当为图之。"孙谢不敢。敬有心人也,亦善草书。岁暮,大雪,传旨扫除。敬启御前云:"内廷有废材,并宜移出。"武宗可其奏。敬以帖版致之七峰。七峰惊喜过望,以锦囊密贮,携之归里。当时善书如文征仲、祝希哲诸公鉴之,为可与宋拓阁帖方驾,求者填门,吴中为之纸贵。京口杨文襄公与孙为姻家,戒之曰:"碑版出自禁廷,纷纷传拓,倘为人指摘,祸且叵测,窃为君危之。"七峰笃好此版,不忍付之水火。另以原拓另刻十卷以应求者,谓之"二号帖",宋帖则称"上号"焉。后因家僮夜博,不戒于火,两本俱失,流传人间者,真同吉光片羽,而上号尤为赏鉴家所重。

按,淳化间,太宗以前代墨迹,命王著镂板禁中,集为《阁帖》十卷,非登二府者不得赐。人间以官帖为难得,其拓用李廷珪,墨色浓而无银锭纹。

考妣行状

皇清敕赠文林郎，四川顺庆府南充县知县，晋赠奉政大夫，石柱直隶厅同知，显考师曼府君行略

先府君讳大绪，字师曼。先大父举丈夫子三，长世父山渔公，季父丞诘公，府君其仲也。世系具详先大父行述。府君生而岐嶷，性复颖悟，稍长偕世父出，就外傅切磋砥砺，未弱冠而学业大进，时人有轶辙之目。嗣遭先大父之变，府君哀毁骨立。服阕后屡试不利，而家渐中落。府君遂经理家务，具得堂上心。年二十，先太宜人来归，不数年先大母弃养。是时世父客京师，季父尚幼。府君当悲毁之际，于附身附棺，悉躬自经理，靡不周至。宗党咸推尽礼。后家贫困日甚，遂载笔四方，西穷邛筰，南达瓯越，北历燕山，沂大江，越彭蠡。所得馆谷，悉归世母，而太宜人不预焉。以世母吴太孺人，为先大母冢媳，自先大母殁后，一切家政，听命于冢妇也。壬子岁，不肖始生时，府君客蜀，越岁余始归。后时复外出，至辛酉秋，自楚返里。不肖年已十岁，府君督课最严，稍有违犯，夏楚随之，而属望甚切。每于灯下，令背诵诸课读，亲为指授。夜分始令就寝，不以一子而稍存姑息也。尝见府君告太宜人曰："子者己之镜也。人能宅心无愧，子嗣必昌。吾居心虽不敢上拟古人，然自返无惭衾影。异日此子或可望其有成乎。"时不肖虽童稚，中心志之，终身不敢忘。讵不自树立，未克以科名显，无以慰府君属望之怀，抱痛无极。壬戌春，世父掇高科入词垣，府君喜动颜色。谓自先大父母见背后，门衰祚薄，至此始克光显。可慰大父母于九泉。而诸亲党，咸以为家庭雍睦之效。甲子乙丑，家居督课，每日为不肖手抄明文数篇，不错落一字。乙丑春，不肖始应童子试。凡笔墨果饵，府君亲自检点。未午即率僮仆，候于棘门。归索阅试草，欣欣色喜，拟于八月中，携不肖赴澄江应院试。何期不肖罪孽深重，昊天不吊，七月中府君忽染痢症。一发而剧，百药罔效，阅一月，即弃不

肖而长逝矣。呜呼！恩勤鞠育，至于此极，而不肖未尽一日之养。鲜民之生，不如速死。尚何言哉，尚何言哉！府君重然诺，恤孤寒；与人交，推心以诚，始终如一。事上接下，不谄不傲，于亲党死丧急难，必匍匐周卫，久而不懈。忆不肖幼时，见府君甫出门，仓皇偕一老者归，问太宜人曰："盍有米乎？"太宜人答以尚存数升。府君悉持以□，未尝告人以姓名。又里人子，幼而失怙，溺于蒲博，为匪类株连，几入囹圄。府君百计经营，脱其缧绁，并为之料理丧事。府君殁，其人号泣于户，痛不欲生。后每谓不肖曰："君吾恩人之子也，当视如手足。"数十年如一日。丙戌冬，不肖为府君举襄，其人犹携冥资，哭奠于几筵。谓非盛德之感人，何能至此。府君生于康熙四十一年壬午九月十一日丑时，终于乾隆九年八月十五日丑时，享年四十有四。敕赠修职郎，四川龙安府经历勅赠文林郎，顺庆府南充县知县。诰赠奉政大夫，四川石柱直隶厅同知。

　　配吾母杨太宜人，生平另见事状。子一，即不肖健业，太学生，四川龙安府经历，累升南充县知县、巴州知州、石柱直隶厅同知。娶庄氏，雍正甲辰进士、西宁县知县、舅祖讳敦厚公，女孙，太学生讳贻苣公女。妾邹氏。女二，长适恩贡生刘讳宸，次适庄讳惠存。孙男六人：长贻铎，太学生，聘太仓王氏，四川黄螂巡检名锡圭女，娶祁门洪氏，江西南昌府吴城同知讳冕女孙，县丞借补直隶涞水县黄庄巡检名成龙女；次贻泽，太学生，候选州同知，娶无锡杜氏，貤封资政大夫刑部左侍郎讳膏女孙，四川安岳县尉名作霖女；三贻湄，太学生，娶湖北武昌张氏，四川成都县佐名心敬女；四贻珏，娶浙江萧山王氏，四川安县尉讳学瀚女；五贻模，聘同邑高氏太学生名敦厚女；六贻杰，聘同邑龚氏，敕赠文林郎四川华阳县知县讳宸聘女孙，合州知州名济美女。孙女五：长适候选县佐刘昕，诰赠奉政大夫直隶北岸同知讳遵履子；次适张谦六，候选吏目讳澴子；次字候选县佐张逢恩，四川合江县尉名心存子；次字王銮，即锡圭子[1]；五幼未字。曾孙四人：嘉名、锡名，俱贻铎出；英名、荣名，俱贻泽出。曾孙女二人：贻铎出者一，贻泽出者一。呜呼！府君弃不肖已五十年矣。自恨庸钝，不能有所表见。年逾耳顺，匏系西川；怀故土之松楸，缅仪容于髣髴，不禁黯然悲恸，嗒然神伤。因和泪濡墨，追述府君生平梗概。冀求当代大人先生，俯鉴哀忱，赐之铭

---

[1] 本句有误，应为"次字赵胜，赵遐龄子"。据《汤氏家乘》卷二《世表》更正。

讳。不肖健业子孙，世世感且不朽。

不孝孤哀子汤健业，泣血稽颡谨状。

赐进士出身，诰授奉直大夫，左春坊左右允，文渊阁校理，前翰林院编修，翰林院庶吉士，愚表侄庄通敏，顿首拜填讳。

本文取自《汤氏家乘》卷九《行略》

皇清敕赠太孺人，晋赠太宜人，显妣杨太宜人行述

先妣杨太宜人，先外祖邑庠生杨字元长公季女。外家累代簪缨，元长公犹席丰履厚，为乡曲之望。外祖妣恽孺人，得太宜人于中年，最爱怜。然太宜人自幼即习女红，勤操作。年未及笄，已具敬姜模范。嗣遭恽孺人丧，太宜人哀毁如成人。外祖元长公，晚年纳姬，能和顺以处，里党称贤。是时，余家业中落，先大母庄太孺人，恒虑太宜人生长富室，不宜寒门。及太宜人来归庙见后，先大母喜动于色，告太宜人曰：吾今而知，陈言之不足信也。太宜人跽请所以，先大母告以故。太宜人涕泗交下，誓所以尽妇职。先大母领之。自是太宜人荆钗布裙，昼则侍庭帏，夜则操女红，绝不类富室女。先大夫持家，每苦薪水不继。太宜人尽脱嫁资以助，后并鬻赠嫁婢。然终不敢令堂上知，恐伤老人意也。戊申秋，先大母患痢。太宜人衣不解带者匝月，药饵必亲自调治。迨庄太孺人谢世，哀毁如丧外祖妣时。又以一姑一叔尚幼，时时周卫，不令寒暖失调。是时刘氏姊生，已五岁，庄氏姊甫生期月。室有亲丧，家无担石，其经营惨淡，有非不肖所忍殚述者。迨先大夫作客四方，修脯悉归诸世母。针指所需尽由纺织，机杼之声自辰达戌，寒夜手常龟坼，绝不以穷约形于词色。壬子不肖健业生时，先大夫客蜀，馆谷稍丰。太宜人稍稍色动曰："或者此子，异日有成，使我得温饱乎？"不肖自幼，太宜人心虽怜爱，而约束甚严，不令少事戏游。七龄受经于季父，偶被斥责，太宜人必加痛惩。如季父稍奖励，亦必市果饼以赐。故先大夫虽常卒远游，而不肖能略识之无者，太宜人之教也。岁乙丑，先大夫遘疾，太宜人吁天默祷，祈以身代。迨先大夫弃世，太宜人悲恸欲绝，教不肖严于往昔。日则令出就塾师，夜则诵读于机杼之旁，三更为度，寒暑无间。戊辰春，不肖小试不利，太宜人亟摒当衣饰，令侍世父于京邸，以冀学业有成。太宜人在家，惟率婢媪，日事

纺绩而已。庚午冬，不肖归里。太宜人欣喜过望，而尤虑学植荒落，时时教诫。辛未壬申，不肖屡遭颠踬，太宜人口虽不言，背地时有泪痕。以为不肖之不克树立也。嗣不肖负米远出，太宜人仍纺绩如故。惟六十以后，望孙甚切。每见妇举一女，貌虽作喜，容而黯然神伤。尝语戚党曰："吾作未亡人二十余年，儿女已俱婚嫁，死亦无憾所；恨姑枢尚未归藏，及手抱一孙耳。"乙酉春，不肖客浔州叔氏署。斋心怦怦动，星驰归里。时太宜人已遘风疾，而精神尚固，谆谆以选箧室续蒸尝为谕。洎邹氏妾入门，太宜人一见欣喜，谓此女宜男，亲爱倍切。谁知数年后，嫡庶连举六子，而太宜人已早厌尘世，不及一睹矣！呜呼痛哉！呜呼痛哉！太宜人自归，我先大夫鸡鸣戒旦，琴瑟相庄，奉事先大母，孝养尤至。处娣姒间，愉悦柔和。与伯母共爨者二十年，相敬如初，无片语之拂。先大夫弃世，惟率二姊习针黹，教不肖勤诵读。十数年间两嫁一娶，皆太宜人一己操劳，躬执勤苦所致。然病亦从此深矣！太宜人性喜勤劳，惜物力手植瓜豆，清晨必掬水以灌。曰成实时，可代蔬食也。衣服敝坏不堪者，缝纫浣濯，以作里衣。曰妇人不出闺门，毋事华饰也。不肖归省时，每奉甘旨，太宜人曰，蔬水足矣。觅绵帛以进，则又曰布衣暖耳。其自安淡泊如此。然遇客至，则竭蹷酒肴，不令空返。逢先人生讳日，蔬菜皆手自烹饪，必敬必诚。不肖远出，遇岁时，必率童孙女以拜。曰聊代汝父。犹记丁巳夏，为先大母重绘冠佩影像，太宜人见而流涕者累日。厥后犹以鬻剩食田二区，易曾叔祖讱庵公祠田为先大父母丙舍。宗党尽称贤孝。而庄氏诸舅祖及诸表伯叔，尤赞不绝口。故令余妇来归，欲报太宜人之事先大母也。孰意不肖，赋命不辰，不能早有表见。年逾四十，始以赀入仕。遭逢盛世，忝窃禄位，屡遇覃恩叠膺翟茀而太宜人见背，已三十载矣！生不能亲奉盘匜，殁不能躬视含殓，尚何敢偷生视息于人世间耶？呜呼痛哉！呜呼痛哉！太宜人生于康熙四十年辛巳正月十七日巳时，终于乾隆丙戌年正月十九日申时，享年六十岁。与先大夫合葬于石塔之新阡，倘蒙当代大人先生鉴此哀忱，赐之铭诔，用光泉壤。不肖健业世世子孙感且不朽，不孝孤哀子汤健业泣血稽颡，谨状。

本文取自《汤氏家乘》卷九《行略》

附：《萱庭爱日图》题诗

汤健业工书画，《萱庭爱日图》今佚。《汤氏家乘》录有众友人为之题诗。附下。

题莳芥三兄萱庭爱日图

金匮　**顾光旭**　响泉

萱草朝欲开，谽然黄鹄觜。① 萱草儿女花，不解壮士忧。②

谽然黄鹄觜，不解壮士忧。爱日日以永，树萱萱草秋。

日落风吹无静树，白云绵连白云渡。中有春晖寸草心，哀鸣黄鹄孤飞去。

题莳芥三兄小照

南汇　**吴省钦**　白华

春萱本是宜男草，丹粉轻含态昵人。只为倚门忧不忘，看花有泪说慈亲。

桂岭归来鬓未残，北堂扶病坐承欢。十年废线抛针手，重为斑衣进一餐。

子舍萧萧丙舍阴，知君百里佐鸣琴。开图怅触平生感，列鼎何如负米心。

题莳芥三兄萱庭爱日图

仁和　**沈清任**　澹园

余亦棘人也。乾隆甲午之秋，出此图索句。不忍再展，藏之行箧者，殆经年矣。乙未荷月出题数语，适舍弟鲁泉得探花，泥金捷至。末句即以为兆可乎？

我不忍展斯图读众时，父兮母兮空自悲。二十年游踪复何似，嗟哉萱草霜风

---

① 原注：苏颖滨句也。
② 原注：孟东野句也。余窃取其语而连及之。

吹。霜风吹，肠欲断，旧时枝叶都零乱。尚有宜男几朵花，九天旭日乡云缦。

题莳芥三哥小照

金坛　段玉裁

汤子真奇士，驰驱已白头。平生将母意，独对书图愁。

寸草心空切，春晖不自由。与君同砥砺，毋使白华羞。

题莳翁三哥小照

金匮王　宫锡宫

此日真可爱，此草不可谖。当年堂下拜，春日照春萱。儿儿状，母犹忆，日日在怀抱。儿今自看图，泪洒堂前草。

题莳芥三哥萱庭爱日图

金匮　杨潮观 笠度

陟彼北山，山有嘉卉。瞻望母兮，我辰安在。

我生之初，旭日始旦。今我不乐，假寐永叹。

我生之后，日之方中。不遑将母，夙夜在公。

陟彼屺兮，哀我惮人。瞻望弗及，英英白云。

其何能淑，永言孝思。继嗣我日，寿考维祺。

心乎爱矣，如日之升。载色载笑，载寝载兴。

曾是不意，逝者其亡。山川悠远，白露为霜。

明发不寐，维忧用老。日之夕矣，焉得萱草。

裳裳者华，于彼原隰。睠言顾之，每怀靡及。

不敢怠遑，夙兴夜寐。所谓伊人，永锡尔类。

题莳芥三兄小照

仁和　徐观海 袖东

璨璨金萱花，初日媚迟影。伤哉孝子心，寸晖与之永。

年年绿逢春草，望望白迷远云。北堂笑口犹昨，南陔笙韵谁闻。

雄才跌宕叹蹉跎，呜咽常怀将母歌。我亦披图为酸鼻，绝怜同恨废吟莪。

题莳芥三侄小照

仁和　**叔世昌**　对松

吾家有至乐，寿萱开九袠。小阮随我拜，若喜又若失。
所居隔带水，萍踪苦未悉。再问泣且言，三年已衔恤。
草土有既时，追慕无休日。伊昔为此图，慈颜笑咥咥。
今来感回肠，墓木风瑟瑟。我云子克家，研田耕不律。
生时捧盘餐，奠时盛笾实。怀哉勗显扬，赠言非惭笔。

题莳翁表叔萱庭爱日图

庄纶渭　**对樵**

春晖逾恋落晖红，争奈残阳不复东。进食宛如茅季伟，忧心疑是贾黄中。
可堪陟屺空悲忆，惟自携图诉隐衷。我亦萱帏三十载，犹欣长伴紫芝翁。

题莳老三兄旧照

金匮　**朱云骏**　画庄

春晖空报答，寸草感弥深。将母欢承膝，披图泪满襟。
松楸游子梦，菽水毕生心。怕听鹃啼切，霜天月半沉。

题莳芥舅兄爱日图小照

刘宸　**大猷**

我闻古孝子，戒养谨晨夕。兰陔积寸阴，宝之同尺璧。
况逼桑榆景，惴惴驹过隙。所以菽水欢，三公不与易。
忆昔过谢庭，谢傅早捐宅。玉树虽孤单，萱荣幸加益。
所嗟为饥驱，有子苦行役。百粤及九江，十载诸侯客。
慈亲倚闾望，子心正煎迫。曩者岁旃蒙，归省谢行屐。
私念别离久，慈颜渐非昔。上堂具甘旨，此日弥足惜。

誓弗违寝门，绘图志无致。何期风不宁，庭树撼慽慽。
养薄胜祭丰，斯语同茹蘗。顾我念劬劳，涕陨涌潮汐。
往日不可追，一语一哽咽。嗟此罔极思，今古恨同积。
已矣旦莫哀，赠子以肝膈。男儿志显扬，来日岂虚掷。
所生贵无忝，诗辞好由绎。原持明发心，迈征从此适。

题莳翁三兄尊照

阳羡　　王溥泽周

松外斜阳松下石，松风萧萧石岌岌。流水盘回三百曲，虬龙下挂一千尺。若个攀松踞石面水云，中有萱庭爱日。西瀛客，西瀛之客天下士，北抵燕京南跨粤。群公坐啸待嘉宾，幕府筹边虚左席。危樯重碇渡洪波，平生忠信足自白。倚闾独念北堂人，日日占风问海舶。从来陟岵嗟行役，到处瞻云忆乡国。生时怅望犹相逢，百年御恤空独立。空独立，抱图泣。乔松挺秀黛参天，好作西瀛风木册。

题莳老三哥先生尊照

谢统翼　　溥德

高柯翻风红日淡，寸草含晖泣春岸。寸草无心人有心，追怀往昔空悲叹。
繄我余生生不辰，风摧霜折遭艰辛。童年哭父壮哭母，徒存六尺顽然身。
君家养志良不怍，频年奔走驱京洛。归来依膝觐慈颜，舞彩啼婴博娱乐。
天公何故吝人欢，寒夜林鸟啼寂寞。竭来重展旧时图，愉色苍黄自惊愕。
数行略述今昔情，使我闻之泪双落。
吁嗟！安得再见逐日夸，攀高涉险穷幽遐。长绳长系日杲杲，长使我亲长不老。邓林渴死我不懊，仰天三叹为谁道？

题莳翁襟丈萱庭爱日图

荆溪　　储绶书　玉佩

一庭萱草映春晖，游子年年欲赋归。何意蓼莪篇废后，空将色笑羡莱衣。
客里长吟寸草心，乡关极望白云深。每怀陟岵嗟行役，话到金萱泪满襟。

题莳翁表兄尊照
庄原　祁京少

有客怀将母，披图意黯然。曰归空丙舍，衔恤在丁年。
一卷姜肱传，三终束晳篇。庭柯侵雪色，愁绝讵能蠲。

题莳翁三兄尊照
徐鼎　亨南湖

南刊一水接君家，孝友昙恭戚里夸。负米涉江兼渡岭，归携春酒护萱花。
未报春晖幸假年，还惊暮景逼虞渊。满腔忧喜须眉现，一幅伊蒿伊蔚篇。

题莳芥世长父台旧照
绵州　李调元　雨村

我归于田几一年，布衣草屦游田园。杜门谢客百不问，惟闻人说安尹贤。
问尹何贤清且廉，听讼往往得平反。青天其号汤其姓，其名心知不忍言。
我闻君子居邦也，事其大夫之贤者。步屧寻花一登堂，乃知相知十年且。
世家鼎甲冠三江，独有刘□第竟下。平生至孝媲泷冈，我题爱日真堪诚。
我亦事行役，从此亦生戒。亲年易老人莫知，承欢菽水宜及时。
刻木即有古人心，徒贻后日空泪垂。持图一展一回首，握管茫茫多所思。
诗成愿寄天涯客，堂有双亲莫远离。

题莳芥三哥小照
桂林　俞廷举　介夫

列鼎承欢愿已非，寒烟古木澹春晖。而今皎日当头见，不向高堂照彩衣。
萱花零落冷慈帏，孝子思亲心事违。一片吴缣和泪写，不堪陟屺望云飞。

题莳芥老叔萱庭爱日图
巫山　司为善　乐斋

劝君莫赋游子吟，吟时四座皆酸心。劝君莫望白云飞，飞到人前泪满襟。

嗟哉天下远游子，倚门人望天涯深。请君试展画图看，萱庭爱日好承欢。
昔年孤苦早失怙，画荻相依形影单。弱冠奔驰走南北，慈亲堂上秋风寒。
一朝返棹来西粤，慈亲强笑为加餐。牵衣纳拜礼尤肃，春日刚逢萱草绿。
诗云萱草可忘忧，此日无忧乐事足。有客雅自擅丹青，为拂绢素传心曲。
北堂萱草爱日长，爱日愿得草长香。如何此日百犹在，萱草亡兮空北堂。

汤世楫

汤世楫（1832—1862），原名世杰，字子俊，号月舟，江苏武进人，生于道光十二年（1832）。林则徐《滇黔两省捐输各员请奖折》中有"汤世楫……祖籍江苏……请以从九品仍发四川遇缺即补"，对此道光皇帝的批复是"俊秀汤世楫者以从九品分发四川……"（其中"俊秀"指汉官吏中无出身者）。关于他的官宦经历志书记载不一，大致是咸丰元年（1851）任四川叙州府雷波厅黄螂分驻巡检，四川按察司司狱（任期不详），咸丰六年任富顺县丞（驻邓井关），咸丰十年任邓井关盐大使。卒于同治元年（1862）。曾祖父汤健业，曾祖母庄氏，同邑庄贻芑之女；祖父汤贻泽，祖母杜氏，四川安岳县任典史江苏无锡人杜作霖之女；父汤洪名，母谭氏，谭善橒女；妻王氏，在川任候选同知浙江山阴人王文杓之女，生有四子四女，其中长女汤淑清，适候补知县浙江嘉兴人李镛。

汤世楫工诗画，多佚，仅有工笔花卉扇面传世，见后"图录"。

诗一首

五绝　题画

泼墨写天香，弹毫饶古意。虽有绝世姿，更无脂粉气。

庚午春三月作于渝州，月舟汤世楫

武进庄氏诗文

第十编

庄氏家系

鹤溪公庄襗
|
静思公庄齐
|
古愚公庄宪
|
简斋公庄以莅
|
龙祥凝宇公庄廷臣
|
耳金公庄鼎铉
|
┌──────────┴──────────┐
丹吉公庄绛　　　　　　子达公庄纬
│　　　　　　　　　　　│
愚谷公庄敦厚　　　　（女适汤自振）
│　　　　　　　　　　　│
丰溪公庄贻苣　　　　　（汤大绪）
│　　　　　　　　　　　│
（女适汤健业）　　　　（汤健业）

庄㳟

庄㳟（1458—1528），字诚之，号鹤溪，江苏武进人，生于明天顺二年（1458）五月二十四日，卒于嘉靖七年（1528）正月十三日。弘治八年（1495）乙卯科江南省举人，九年丙辰科进士。十一年，庄㳟出任宝坻知县，筑砖城，修县志，十四年调升户部（贵州清吏司）先后任主事、员外郎、郎中，"有收解粮盐，查盘仓库之劳"（《明武宗实录》卷五五），十八年十一月升授承德郎。"出督徐仓，发粟赈荒，不待奏报，以忤刘瑾罢"（《江南通志》卷一四二）。被逐出京城，外放河涧任知府，"修举废坠，宿弊尽除"（《河间府志》卷之八·宦绩）。"有旨嘉其劳绩，特进山东布政司右参政，仍管府事"（《明武宗实录》卷五五）。庄㳟曾三次上书要求致仕（退休），从而再次得罪刘瑾，被贬谪到四川任顺庆知府。庄㳟不肯赴任，即遭刘瑾罢官归乡。权宦刘瑾专权时镇压异己，害人无数。所幸庄㳟未被害死，只遭罢官。刘瑾被诛后，庄㳟在家安享晚年。"嘉靖初，应诏陈江南十事，特命所司行之"（《江南通志》卷一四二）。庄㳟著述甚丰，有《梦溪遗稿》（今佚），刊《书经六卷》《周易四卷》。曾祖父庄秀九，曾祖母蒋氏；祖父庄林，祖母陆氏；父庄斌，母濮氏，继母汪氏、生母张氏；妻无锡杨氏，子四：整、齐、严、肃，女四。

庄㳟特别注重子女的品德教育，他和历代传人的遗嘱成了武进庄氏的家规家训。自从庄㳟得中进士以后，庄氏家族几百年来，人才辈出，其中状元一名、榜眼一名、传胪一名、翰林十一名、进士三十五名、举人八十二名、贡生五十四名，受皇帝诰敕者计二百一十四人次，被誉为"中国第一科举家族"。至今仍有院士或名家学者多位。庄氏历代为官者众，且都清正廉洁。武进庄氏家族荣耀绵延四五百年，此主要得益于庄氏家训家规的文脉相传。

鹤溪公遗嘱

夫遗嘱者，祖父为身后子孙息争虑也。今之不古若也，惟以财产是务，而仁义礼让之风于是乎熄矣。予虽忝科第，方居官也，贪贿之心绝无，天人共鉴。及居家也，谋利之心又拙，乡邦共知。以故薄田不过数亩，敝庐不过数椽，家口子孙衣食之需均此焉出。公艺九世同居，陈氏七百口共爨，世已绝闻。敢以是望吾子孙乎。然仁义礼让，人心固有，岂可厚诬。吾以此为吾子若孙再三嘱，所遗薄产，亦不得不开具于左，以分隶焉。不专为此物而专遗此嘱也。凡吾子若孙当思汝父汝祖创业艰难，各尽所成之力。毋听妇言以争些微之气，毋逞小忿以伤骨肉之情，毋好争讼而为吏胥之利，毋包揽钱粮而取顷覆之祸，毋恃勇斗狠而招刑宪之加。酒色，戕身之斧斤也。博弈，丧家之媒孽也。游庠校者，必检身力学，务底有成。业畎亩者，必勤耕慎获，务期于有秋。官租早轮，心自宽也。官差早赴，身自闲也。勉勉循循，各相砥砺，使人人见者，必称曰：庄氏有礼义之教，而出是贤子贤孙，庶免无赖子弟之消，则汝父汝祖今日所遗房产之薄，安知异日不至于丰厚哉。若曰克众以成家，损人而利己，吾见悖入悖出者接迹于世，此又绝非汝父汝祖之素心，吾子若孙当刻骨以为戒也。今将条件遂一开后云云。鸣呼！生老病死，如昼夜之必然。父祖子孙，犹春秋之代谢。言而至此，可为痛心，为子若孙能谨守吾言，则为孝子顺孙矣。

鹤溪公自铭

鹤溪庄诚之，讳襗，刚明有守，正直无私，慷慨丈夫也。一生遭三大不幸，何志焉。父母生，迟而弃，早不能尽孝于亲，大不幸一也。勉学取科第，中遭权奸斥逐，不能尽忠于君，大不幸二也。垂老四上章疏，冀得暴心事，以见父母于地下，又为当道所抑，大不幸三也。赍志以没，呜呼哀哉！呜呼痛哉！铭曰：

我之心如水之清，人不得而名。
我之志如矢之直，人不得而识。
忽焉而生，倏焉而没，命也。

嘉靖七年正月初八日疾甚自撰

疏四篇

和心弭变疏

奏为应制陈言和人心以弭天变事：

　　臣惟天人有感应之理，灾祥有消长之机，人心和悦则天心和畅，可以变灾为祥，人心乖阻则天心乖隔，必至转福为祸，此理之所必然，而机之不可失者也！伏惟皇上，圣由天纵，德与日新，修己切切于敬一之箴，爱民拳拳于宽恤之实。登极一诏，海宇肃清，临御六年，仁恩覃布，去声色游畋之好，屏异端方技之惑，诚可以继尧舜禹之为君，随汉唐宋之敷治也！夫何顷年以来，天垂星变，地产人妖，水旱相仍，灾异叠见，岂天心仁爱吾君，欲以坚修省之诚，以底于极治哉？抑亦人心未能和洽于下而天道有乖于上也！臣请姑以一事言之陛下：入继大统，尽孝先帝，大礼既定，追王之称至矣！世庙既建，崇祀之典备矣！奉养慈宫，孝敬之诚极矣！迩来众议皆谓陛下又将有事于山陵，而有迁移梓宫重建陵寝之举，中外汹汹，不谋同词，大臣不敢言，恐启陛下之衅端也！科道不敢言，未知陛下之所向也！窃惟圣心亦尝萌此念乎？圣谕亦尝及此言乎？臣愚以为此事重大，关系非小，陛下未可轻信而易举也！夫地道以阴为德，以静为安，先帝安厝山陵，迄今十有余年，陛下龙飞安陆，御极燕都，论风水，第一风水也！论荫庇，第一荫庇也！先帝之体魄安，则陛下之心安矣，陛下之心安，则太皇太后之心安，而宗庙社稷无有不安者矣！太皇太后万年宾天以阴从阳，以顺从健，矧义理之至，当至正者哉？或者以道理远隔为言，普天之下，莫非王土，天子以天下为家，泗州非陛下之祖陵？凤阳非陛下之皇陵？南京又非陛下之孝陵乎？泗州、凤阳为太祖高皇帝龙兴根本之地，则安陆者又为陛下中兴根本之地也！去安陆而就天寿，未必天寿胜安陆也！天寿自太宗文皇帝创建陵寝，五陵之外皆地之余气。孝宗皇帝已非正穴，不知本山尚有何穴为善也？安陆陵寝山川融结，钟灵毓秀，已为先帝体魄安全之所，此非人力所为，实天造地设，以为圣子神孙承统万年之根本也！倘或小有事焉，致泄元气，别生议端，况今皇上前星未耀，圣嗣未蕃，天寿新陵未及荫后，当此之时，陛下悔将何及哉？或者又以天寿造陵，近可省谒，自古魄归泉壤，神返室堂，故礼莫重于宗庙，而省墓之礼，在所缓矣！

况我朝天子无亲自谒陵之礼，非简也，重社稷也！陛下当断自宸衷，谋及元老，谋及卿士，三人占则从二人之言，好大喜功者不必听，市宠希恩者不必听。大计预定，大礼聿隆，守卫官军各照孝陵、长陵而有加，遣官祭谒，各照孝陵、长陵而无阙，待皇嗣既长，首封亲王，以主其地，则我天朝圣子神孙万万载无疆之休端在是矣！又或以为慈宫陛下母也，陛下慈宫子也，倘或惮于远从而乐于近迁，陛下将何以处之？慈宫万岁之后，遗诏一出，陛下当急遽之际，哀痛之极，欲南迁则不忍重违，欲北迁又事出仓卒，陛下又何以处之？不无又如议处大礼。众说纷纭而重麈陛下圣心哉？然此又在陛下早晚侍奉慈宫，乘喜悦之时，可进言之际，据道理之至正以开道之，陈时势之难易以劝喻之，愉色以言之，积诚以动之。先比之以泗州、凤阳龙飞根本之所系，次喻之以钟灵毓秀子孙蕃育之所由，再申之以立嗣继国世奉陵寝之所在，复广之以天寿诸陵正穴余气之所别。而再选别地，欲如孝陵、长陵者固难，能过安陆陵寝者亦少，且孝陵太祖得刘伯温而始定，长陵太宗得姚广孝而始成，今欲择地有如二臣者乎？以此开譬慈宫，慈宫圣哲慈祥，岂有不乐从而安且豫哉？慈宫之心和则陛下之心和矣，陛下之心和则举朝内外臣子之心以和，而天下臣民之心无有不和，是和气充塞于乾坤，灾异顿消，休祥叠至矣！万一慈宫不乐，必欲迁移附京近地，陛下亦当广求妙选天下名师如刘伯温、姚广孝者，统以正人，谕以正道，使之旁求曲览，择地果如孝陵、长陵之善，仍乞命诣安陆，以此较彼，孰优孰劣，毋容希求，毋容迁就，画图贴说，讲求正理，询之多方，然后可以徐议而不可以遽从也！臣又闻安陆之为州也，土地人民不过十有余里，赋税单弱，供给浩繁，不克支持，逃移相继，陛下为陵寝万年之计，可不为地方万年之备哉？乞敕所在抚按并二司守巡知州等官，备查一岁地方所出粮税几何，修寝祭享合用品物几何，守卫官军所用俸粮几何，修理备用夫役几何，量入为出。若有不敷，摘发附近州县应纳应解钱粮就于彼处，户部逐年差官以掌收支，如凤阳等处事例，严督所司用心招抚逃移，务复其旧。如更不足，分析附近州县人户，以补虚耗，务在充实，务加优恤，如此则军民之心安于地方，先帝之心安于陵寝矣！凡百规模，必从宽大，而严禁官豪之夺占；供亿必备盈余，而严禁有司之掊克，今日奉安陵寝之所，即后日分封亲藩之地方。臣伏思江南百金之产之家，必于二三十年之前预择善地，俟祖父之灵，以为子孙之计，岂有堂堂天朝万乘之尊，为臣子者顾忍，畏触忌讳，保全躯命，不为陛下言哉？是故山陵重事拟议实难，陛下不忍言，恐伤慈宫之心也！诸臣不敢言，恐伤陛下之心也！天下不敢言，恐触诸臣之怒也与！其必待临事侄偬而有言，孰若先事有备之无恙也？或者又以臣开事端以启陛下，而有希觊之心，不知微臣年已七十，例当引年半卧枕褥，不堪驱策，决无希觊。但抱冤积久，衡茅之下，饫闻皇上英明特达，文武圣神，真不世出之主也，故不远四千余里，三次具本赴诉阙廷，俱荷圣旨，吏部知道，钦此吏部不行查复。故臣卧病城下，窃闻道路籍籍，里巷嗷嗷，盖喜生事者将有进用之谋，备财赋者，虑有科征之扰故也！方当事体未见端倪，人心已生惶惑，若临时差遣烦劳，科敛促迫，又不知何如其怨且咨也！况今徐沛运河淤塞，百里不通舟楫，河水荡析民居，千里一望皆空，湖广江西直隶饥荒尤甚，民力又何以堪之。故臣甘先事妄言之诛，不忍为后事失言之悔也。夫舍胜地已成之实验，图他方未见之虚形，此智者所不为也！况我皇上大圣人，渊思睿智，出乎寻常万万者哉！伏望皇上轸念小民灾伤之后财力难支，朝廷修省之余，刍荛必采，乞敕礼部会集多官再加详议陵寝，必仍旧贯崇奉，当益新规，屏去异言，悉遵正论，使天下臣民了然，知我皇上之心，明白洞达，则私议自消，浮言自熄，人心和洽，天变不足弭矣！臣冒死进言，万罪万罪，伏乞怜臣老耄，鉴臣忠悃，矜宥幸甚，不胜感戴之至！

除害弭变疏

奏为应制陈言除民害以弭天变事：

臣闻和气致祥，乖气致异，妖由人作，变不虚生。朝廷政令，固天下安危之所系，郡县处置，实一方休戚之所关。故亲民莫切于守令，必择循良，总督莫重于抚巡，须求练达。姑以臣江南苏松常镇嘉湖杭七府言之，三分兑运京储，常居其二，两京内外供亿，独任其全。昔为禹贡扬州，涂泥沮洳之场，今为天朝东南，财赋渊薮之地。奈何官员升迁不一，事例更改靡常，科差日繁，钱粮日耗，民生日困，末流之弊，将有不可救药者矣！加以近年以来，水旱虫伤相继，是小民不免逃亡，粮差科派不停，虽大户亦难抵办。上司访察，混乱惶惑，民心刁奸，词讼繁兴，累害良善。设法赈济，多是虚文，蠲免钱粮，难沾实惠。间阎所闻，无非愁叹之声，道路所见，尽是哀苦之状。岂不上干天和，致生灾变，况久困于正德巡游之横征，已深疲弊，方苏于嘉靖发极之新政，未救凋残。所以然者，盖因地方弊政未除，贻患犹在，及今不加铲革，以后必至因循。历年既久，为害愈深，民命何时可苏，天意何时可转也？臣窃伏林下有年，今来京师奏雪冤状，伏睹皇上切切求言，孜孜图治，特谕大学士杨一清宽恤小民，以宣修省之泽，臣谓尧舜复生，雍熙立至矣！故不揣疏远，谨用条陈地方民害十事开呈具奏，伏望皇上悯念生灵，俯赐采择施行，臣不胜感戴陨越之至。

计开：

——救民患以崇宽恤之本。

江南财赋出于民田，民田资于水利。所谓水利者，旱有备，涝有泄，行于无事之先，以备有事之用也！旧有水利郎中，今已革去，止存府县治农，通判县丞又无统摄终任，不知水利民田何在。虽敕浙江佥事带管，一年一次经行地方尚且不周。方当冬末春初，高田蓄水，沟塘坝道低田备水，岸塍泄水，河道正当疏通修筑，略不问及。小有水旱，束手无策，百姓告灾，朝廷免税而已。若遇大水，不无又兴白茅之役，动用人夫二十余万，钱粮四十余万，不能救于既往，转眼土涨沙淤又无益于将来，民已告疲，财已告乏。自宏治至正德，三次兴工，半分无益，岂不为地方大害哉？书曰："三江既入，震泽底定"，盖江岸高耸于两涯，地势北高而南下，无水不入于震泽，震泽必入于三江，三江必入于海，此所以底定也！夫自溧阳五堰久废，宣歙九阳江之水不入芜湖，反东注于洮湖，而金坛受其害。洮湖由夹苎午等渎注于宜兴，东入滆湖。滆湖一支由大吴渎入常州运河，运河又兼受句容诸山入练湖之水，练湖旧有泾函地道入江，今废，运河亦有泄水一十四渎，今存无几。又一支由宜兴百渎入太湖，长即震泽也，百渎所存亦无几，此宜兴武进受其害。太湖由吴江下三泖，中为长堤所截，三泖下吴松江等处，分趋常熟二十四浦，昆山一十二浦，以入江海，亦多湮塞。杭湖诸山水下白岘安亭二江，至华亭青龙江泄水入海，青龙又塞其半。东江古道分为三汇亦废，而嘉湖苏松各受其害。以今观之，自宣歙五堰练湖泾函中及宜兴百渎诸港、吴江长堤下至三泖海口诸浦，皆泄水之要道，所当以渐修理。乞敕佥事春初督令各该府县治农官，照例不许谋委别差，专心圩岸陂塘，俱令佃户兴工，富家供给食米，其在官河道查理，历年道河。夫贮库银两，并圩岸椿草铜钱，及各府州县无碍赃罚银两，雇倩空闲人夫，农隙兴工，农忙则止。如此则月计不足，岁计有余，可以免白茅之重役，复神禹之故道，国赋民生皆有赖矣！

——便民运以布宽恤之泽。

六府白粮止系供给内府，每糙米一石五斗得白米一石，加耗五斗是小民折半赠纳矣。粮长雇倩民船载装至京，每石脚价二钱五分，部运帮部府县科索长例人事银两，每粮长一名多则五十两，少亦不下二三十两，粮长小民俱已受害矣。及至过江，仪真有闸，江高闸底，潮长可以过船。瓜州无闸，坝高江底，车坝实为费事。又被瓜州坝上积年光棍结党凑银买通仪真闸上官牌，咫尺四五十里之间不容过闸，务勒瓜州车坝，雇脚挑担，赁房贮米，船家脚夫房主通同偷盗，泼撒过坝之后，或损坏船只重加修艌，水湿粮米重要赔偿，其在船粮长多非正身，俱系揽头，或家人，或光棍，又预在前路馈送邀结，通同侵克。六府白粮船约有四千余只，仪真过闸不消十日，瓜州车坝动经三月有余，以致递年白粮到京迟误，坐此弊也。夫天下闸坐，俱朝廷设立以通船只之所，白粮糙粮皆军民起运京储之数，仪真乃独放糙粮军船而不放白粮民船何也？动辄推称恐泄闸上湖水以滞军船为言，不知每日潮长，江水入湖，潮落，湖水下江，就彼糙粮军船亦趁潮水过闸，白粮民船又何异也？管闸主事不肯容，避嫌疑也；闸上官牌不肯容，贪贿赂也；巡抚当言而不言，碍部属也。乞敕巡抚都御史转咨南京工部议定，每年差官管闸，劄付内写定有水开闸之时，不论糙粮白粮军船民船一体放过，止照钦依事例收取每船缆索铜钱之外，不许多科，仍敕巡抚预先出给告示于京口驿仪真瓜州等处，禁约光棍之徒，如有仍前通同邀截作弊，查照积年民害事例问发边远充军，闸官以赃罪，庶官民两便而粮运无误矣！

——纾民隐以宽恤之政。

江南钱粮俱系粮长收受，长年久役者挪前趱后，必至累于终；一年一换者家产凉薄，不能保其始；官户承当者虚张声势，是附虎以翼；串名朋党者心力不齐，是教人以偷。一有起解侵欺亏折，监追年久，俱称拖欠在民，以图宥免皆未为当。乞敕巡抚都御史查访先年周尚书事理，每区举保家道殷实行止端庄人民信服粮长一正一副，总掌数目；每图举囤户一名，收受本图钱粮。粮长监押囤户，一同下仓收粮，至晚，囤户报数于粮长，粮长报数于县官，不许在外专收，不许多收加增，事完囤户交盘粮长。凡兑运起解俱系粮长承当，官督其运，而囤户不与。拖欠者囤户呈县追征而粮长无干，其粮长无过则任其长，当有犯则当时问革。囤户或随粮头，或佥殷实，一年一换，如此庶互相钤制，不敢侵欺。就有亏折，数少易办，收粮既属囤户则有司难以科扰，粮长追粮不属粮长，则侵废起运钱粮，亦难混赖小民拖欠矣！

——省民财以务宽恤之实。

朝廷编造里甲，十年轮当，一年其末役，先当总甲，其初年则为见役，次年则为粮头，三年则审均徭，是十年役及四年矣！见役先年，认役之时，每里办上柜银五两，如武进县四百八十里，则是共银二千四百两矣。俱于河下买办答应往来，使客上柜前银不肯支给，复令里甲轮流逐日赔钱，答应役满支给既已，往往不得实惠。近年以来，去任知县俞濂以为里有大小，一概俱出五两似乎不均，却照每里丁田出办。田有多寡，每亩或一分二分，总计不出二千四百两之数是矣。奈何积久弊生，又分三等。正德六年，每亩尚科三分，今则田不加多，每亩科银一钱三四分矣。但闻征收在官，不见给散与民。不越一年，又要编审均徭，每亩又科银一钱三四者，则是十年之中应当两次均徭。况江南田地官民粮额俱重，每年每亩该粮四斗五升，少亦不下三斗，一年所收，牛犁埧本雇倩人工，男妇勤苦终岁方休，每亩所入厚者不过二石，值银六七钱，薄者三斗四斗，一遇水旱，子粒无收而千差万役俱从田办，民何力以堪之？乞敕巡抚按查算每年驿递答应合付几何，每年里甲合办只应几何，量入为出，节省民财，如里甲既已出银，免其重复买办，庶民病可瘳，民命可活矣！

——节民力以施宽恤之恩。

编佥民壮，大县及千，小者八百，仿古寓兵于农之意。三时务农，一时讲武，甚盛典也。奈何有司不体朝廷设法之心，顽民不体有司编佥之意，里书通同作弊，放富差贫。市民下乡包揽一身数役，每名按月出银八钱，一年四季并无歇役，跟随官府谋揽批文，勾摄公务吓诈财物，雇买义男答应点名，迎送使客，更换不一，岂识操备？一或地方有事，俱系脆弱老幼，岂堪赴敌？是盖徒设民壮之名，以费民财，绝无民壮之实，以防不测。乞敕巡抚重加佥点，数多者量减其半，务点殷实乡民，每民壮一名，用二名津贴，写立须知年貌，火烙印信牌面，常用悬带，不许更替，各认武艺。三时放回务农，至秋入城操备，分作两班轮流守城，不许一概羁留，跟官迎送使客往来，谋揽批文，勾摄公务，有误务农讲武。如有此等，官以故违制命论，民以久恋衙门论，如此庶民财可省，民力可纾，而缓急可得实用矣！

——顺民心以复宽恤之制。

天下户口食盐钞贯洪武旧制，俱系人丁出办，与秋粮夏税分为三项，绝不相干。近年以来，有等贪叶粮长，妄禀巡抚都御史，却于田上科征，每亩征米一升，其苏松常镇事体不一。如武进一县，盐钞该银二千五百两，一千二百五十两起运，一千二百五十两存留。一县民田共一万五千顷，则是每年征米一万五千石矣！米贱三石一两，卖银五千两；米贵，二石一两，卖银七千五百两，除盐钞二千五百两之正数，其余所剩银米作何支销，作何收贮，奸弊明白可查。且盐钞人丁该办以田代之，有人丁者三十五十口一文不出，有田一顷替人丁赔米一石，十顷赔米十石，假使丁田俱有，人户犹可支持，其逃亡死绝人户丁尽田存，正额钱粮且累里甲赔纳不敷，又令死者代生者出办盐钞，情法何居？乞敕巡抚都御史令有司与民分辖各府事体，务令归一，仍查递年克下钱粮作何下落，盐钞照旧人丁办纳，所加田粮尽行减去，出给由帖家至户到，明白晓谕通知，不为里书欺隐，庶钱粮清楚，民怨可消矣！

——苏民困以广宽恤之惠。

镇常苏三府递运所设造黑楼座船，每所一百五六十号，装载所辖上司，递送上京使客，固不可少，但近年以来差拨有多占之弊，修舱无一定之规。每船上京一遭，回所即欲修理，其水夫俱系积年包当久惯之徒，其行船也，恣意磕撞，吓诈民财；其回所也，即谋差遣，禀官修舱。该房金点义民，官名为监修，所给官钱不过数两。船头通同匠作如义官，用钱买求能足其欲，或可少赔，每次亦得银五七十两。一或不足其意，将板木尽行挑坏，什物尽行藏匿破损，每次赔银一二百两，罄家荡产，力不能堪，甚至逼迫不过有缢死以避其役者，情实可哀。乞敕巡抚御史通查各所合用船只几何，额定修造年岁，如三年一小修，合用银几何；六年一大修，合用银几何。修舱之后，如有磕坏，不及年限者，责令积年在船水夫出银修舱。其当年修舱船价俱于均徭水防夫等项名下，支剩官银逐年存积，以备公用。给拨少则再查赃罚等项补支，其义官先因畏避杂泛差徭应例纳银，许以冠带荣身。免其杂泛差役今反因名负累，岂人情所能堪，而亦国法之大不信也！如此，庶情法两尽，而水夫亦知所爱惜矣！

——惜民用以立宽恤之法。

《周官·九府圜法》："钱者，泉也"，所以流布天下，以资民用而为国计也！

故朝廷知重钱法，通融有常，私铸有禁，则天下悉知遵守矣！朝廷而或忽焉，则奸贪并兴，巧伪杂出，而民莫知所从矣！目今之弊，正坐于此。宏治年间，户部建义铸钱，各布政司俱设炉冶铸造，所用铜炭作料工匠食费，官司建造衙门会计每钱一文重一钱一二分者，已用六文之费方成一文，及至新钱一出，则又以两折一，当时识者已知其失计而有今日之弊也！朝廷开铸钱之端，天下开私铸之弊，盖官铸则纯用铜锡，私铸则侵铅侵锡以觅利，故有两折一不止，有三折一，四折一，五折一之数，有老瓜笔管醋炒酱炒之名。将如元魏鹅眼綖环之号，皮裁纸糊之制，千钱不满一掬，入水不沉之极弊矣！宏治以前所行唐宋开元皇宋祥通祥元等好钱不见一文，岂渗漏四彝，埋藏地窖，纳入内库哉？抑恐奸民销熔改铸低钱，侵铅侵锡以觅微利，而坏天下大计也！历举兹弊，苏常尤甚，物价腾涌，商货不行，小民携物入市，东边入手，西边不用矣！早晨入手，晚间不行矣！或一县一变，或百里一变，或一市而有两变者，大坏极弊，莫甚于此，其去元魏能几何哉？所以然者，皆因官不用而民不行也！如解纳钱粮文武百官折俸赏赐等项一例用钱，宏治新钱只以一文当一文，民间典卖田屋婚丧之用无不皆然。乞敕各处抚按等官督令有司严禁私铸之条，务行通融之法，必使千里同风，百郡同俗。其私铸者照依律例从重究治，立限一月之内，各将所铸私钱并知情行使俱令送官销熔，与减本罪，其市井买卖之徒亦各投首免罪，如违不恕，庶可熄弊风回至治矣！

——重民命以溥宽恤之化。

洪武旧制，司府州县各设惠民药局，选拔医生，官办药饵，以济往来使客、地方贫民，所以惠济苍生，仁恩与天地同流万年无替者也！近年所司大抵视为具文，至有地方行医祖父相传，专门名家者固有。其或不识药性，未审病原，七情四气，标本虚实，懵然不知，如伤寒阴阳不分，汗下皆误，内伤误为外感，气中误为风中，乱投汤剂，误害人命。甚至外郡奸盗之徒异言异服，浮荡不羁，得钱财毒药杀人，受贿赂伤胎堕孕，有司亦莫禁治。疫疠不治而连郡沦亡，疹痘不明而阖境夭札，其为伤天地之和，致水旱之灾者可胜言哉？虽曰天灾流行，自有大数，而术业精专者见之，早而疗之预，岂无小补周公制礼，惓惓医药之用心，即我朝圣祖惠民药局之用心也！乞敕各该巡抚巡按御史严督有司，将旧设药局通行查复，各该地方医官医生俱要考试。有术业精专出人头地者以礼起送，赴京听用；其余术业疏通者不拘名数，医官管束，医学内习学本业，有司仿儒学生员事例，案季考试，作养成材，以备选用。其药局官买药材，选拔医生，付药救济往来使客、地方贫民，备开用过药饵，愈过患者乡贯姓名，按季造册缴呈有司查考，年终考其勤惰而劝惩之。三年通计功积，听候礼部取用，则不谙术业用贿希恩贪缘谋进者无所容其身矣！朝廷药房皆得实用而天下生民皆有所赖矣！其外方游食光棍之徒，所在官司悉行查出，递还本土，各安本业，则天下大害可除，生灵不胜幸甚！

——安民生以垂宽恤之休。

民生日用一日不可少者，盐也！朝廷禁令一日不可废者，法也！法不立则盐不行，地方生民始困矣！江浙各府所食者浙盐，然浙盐官引南，止行于金衢严信，而嘉湖杭附近场所食皆私盐也！北止行于常州，又为太湖私盐搀其半，而镇江亦为淮盐透漏，官引不行，私贩甚盛，故朝廷独差御史以董其事。近年以来，运司称掣不时，以致官引不行而地方盐价腾涌。往年每银一钱买官盐二十余斤，今一钱止买四五斤矣。居民甚为所苦，而嘉杭军余海盐崇明太仓等处滨海盐徒兴贩得志，连艘并舫五六十只或一二百只聚集，盐徒多至千人，少亦不下五六百人，火箭响器，枪刀兵器，停泊太湖。地方贪利之徒替伊转贩，亦有先次掣过客商，通同牙行收买私盐，影射官引而贩卖者。盐徒卖毕回时，沿途打劫客商，掳掠居民，甚被其害。况江南地方广阔，江海湖泖相连，一望无际，盐徒出没不常，至为难禁。御史不能禁，地远也；府县不能禁，势弱也。因循不已，驯至大患。如先年崇明海贼刘通、施天泰、钮东山等作耗，杀戮居民，震动官府，兴兵剿而后已，不亦难哉？臣又访得盐场课额已定，近年海水咸淡变迁，浙东盐场煎办额课，不敷常年，追收折色；浙西盐场课额之外，尽有余盐，未免私卖。乞令客商当官告买，打包赴司，一例秤掣，领引官卖，则私盐可熄。伏望圣恩严敕巡盐御史并布按运司及府县官员务将盐斤秤掣有期，春正二月秤掣一次，以为居民下酱之用；七八月秤掣一次，以为居民腌菜之需。严并杭嘉太仓等卫并海盐崇明等县积年贩盐之徒尽行查出，重则发遣，轻则安抚，如此，则民无缺食之苦，地方免贻患之患矣！

乞修省宽恤疏

奏为应制陈言乞颁明诏以行修省宽恤条件事：

臣惟朝廷颁降德音，如时雨之活枯槁，早一刻则沾一刻之恩，军民仰承德意，如大旱之望云霓，迟一日犹坐一日之苦。孟子有言："德之流行，速于置邮。"而传命盖速，则民沾实惠，缓则法外生奸。故也伏惟皇上，遇灾修省，虚己求言，诸臣条列上闻，复荷亲赐采择。切切敬天之心，拳拳恤民之实，其与成汤六事自责，周宣侧身修行，异世同心者矣！近奉圣旨，令各衙门开具条件，降敕颁行，钦此钦遵。中外皆云不以诏书颁行天下，止以敕旨条件行于抚巡，臣愚窃所未喻。夫既行于抚巡，抚巡行于三司，三司行于府卫州县，上下文移动淹旬月，及至州县刊榜晓喻，又经月余。万一奸民有所窥避，铺舍邀截吏书，沉捺闾阎小民，边方军士欲知条件通行事例，不亦难哉？如钱粮，朝廷减免矣，追征如故；刑狱，朝廷宽宥矣，监禁如常。动称申请上司，俟候详允，拘比里排，再行体勘，小民困苦，挨日如年。吏书奸顽，乘机勒索，是朝廷宽恤之典，为奸徒局骗之资也！颁降诏书，则异于是。方今春和，顺时行令，纶音涣颁，一经开读，即日誊黄刊布，家传人诵。虽穷乡下邑无不周知，奸顽局骗之徒无所投其间隙。远近欢呼，声震天地，民心感激爱戴之诚，即天心感通斡旋之大机也！朝廷诏敕大事，疏远下贱之臣岂敢饶舌，自取罪戾？惟臣荷蒙朝廷养以学校，擢以贤科，任以郡县，虽常尽心民事，律己守廉，吏部抚巡屡加旌奖，通行天下，而臣补报之心万不及一。今臣年已七十，衰朽不堪驱策奏辩，致仕而忠君爱国之心老而弥坚。卧病林下，目击兹弊有年，今来京师，适逢其会，何忍畏罪不为陛下言之，使徒有宽恤之名，而无宽恤之实哉？臣又闻各官条陈事宜数多，但其间亦有琐碎事小，不堪采择。原其本意，无非为民或言不尽情，词不达意，以致不蒙收录。伏乞圣心再加详览，但有一言切于政体、一事合于民情者，仍希采择施行，所谓宽一分，民受一分之惠；除一害，民沾一事之利矣！倘得行臣之言，有益于民，有裨于政，臣虽万死亦所甘心。伏望皇上俯纳刍荛，乞敕礼部通将合行事宜，颁诏天下，庶不辜我皇上宵旰勤劳采择之心，而天下军民无有不沾实惠矣！或者以为差官赍诏,夫马廪给烦劳,夫驿递有司编佥已定,迎送为常,固不以应付一官而有增损于民也!若恐沿途生事,则国法具在,孰肯轻身犯禁。以负陛下差遣之意哉?是为惜小费,防小嫌,而妨恤民固国之大计也!臣冒死进言,不胜战栗陨越之至!

乞休疏

奏为辨明极冤乞恩准致仕事:

伏惟赏罚者,朝廷之大权;出处者,臣子之大节,故圣君必核功罪以行赏罚之公,臣子必明心迹以全出处之正,二者交相,须以成治化也!臣由进士任宝坻知县,户部主事员外郎中,正德四年七月,苏州盘米,逆瑾将臣罚米三百石,奏乞休致不准;十二月,以山东参政管河间府事又奏乞休致不行;正德五年五月,复奏乞休,致逆瑾怒,令科道劾臣二本,伪传旨意:庄禩才识短浅,不谙政体,弊滋民怨,难居近地,著吏部便查极边府,分调将去。当调四川顺庆府,不曾到任。八月内,逆瑾事败,原差广东盘粮给事中谢讷与同差御史孙迪奏臣弃差回部。臣已造册完缴,怪臣分辨无干,挟雠乘机劾臣,首开查盘,流毒天下,与尚书朱恩等七十二员概称交通逆瑾,致奉钦依将朱恩与臣等二十二员为民,余二十五员降调。臣思九科九道查盘边储起于成化年间,改差御史十四员查盘州县仓库亦起于成化年间,臣自宏治十八年户部差解银两陕西籴粮,中途又领箚付为清理盐法以足边储事,同差主事徐健、钟文杰、臣分差浙江、福建、广东。正德元年,未及到部,又差同主事王轨等分报查解各司府县银两,比臣接差广东等处前后三年,不曾回部,何年查盘是臣首开,何年受害是臣流毒?且查盘出自朝廷,臣未尝具本奏请,中途接领箚付,未尝在部谋差,臣何与于首开?广东库藏未明,正该问拟经管官吏,况俱贿买免罪,毒何流于天下?臣未差之前,已有御史孙迪等查盘,既差之后,复有主事丁致祥相继,况王轨与臣同差,自因朝廷大礼缺赏,查解赃罚等银应用,又非年例查盘,臣无纤芥之辜,独坐无名之罪。作县五年,弭盗造城,以安地方;部属八年,连差八次,程途数万;守郡一年,清理投献皇庄,释西府十年滞狱,奏除盗贼窝主家族两邻充军,救数万冤民,放滞囚,均徭役,省科敛,息刁讼,赈饥荒,清钱粮,禁奸弊,事当兴革,不顾身家,犬马微劳,固不足道,蚁蝼残生,亦有可矜。臣当逆瑾用事,接领外差,不曾在京，绝无门下往来之迹，累奏休致，欲求避害，反触罚米远谪，调极边，若以臣为结交，必遭覆庇，何乃罚米三百石？况臣家贫禄薄，并无金钱馈送；赋性迂拙，亦无简帖诗文往来。逆瑾抄没之时，有得金帖子者亦予致仕，赓诗献颂墨卷者亦止降官，后复升用，若臣果出入门下，何无片纸只字可查，若臣奔竞升官，历俸十有三年，何止带衔参政？瑾生既遭其摈罚之毒，瑾死复遭其贻祸之惨，七十二人之中，无如臣冤之极。即用伸诉，继以权奸接踵，货赂公行十余年间，天下臣民言出祸随，谁敢分辨？今臣年几七旬，半卧床榻，不堪驱策，例当引年，决无躁进，辄敢冒死烦渎天听者，痛念微臣怀忠报国，负屈终身，幸存衰朽垂尽之年，得遇圣主公道大行之日，生不伸冤，死不瞑目。臣闻近日被劾黜退官员如董本等，即蒙圣恩，奏复原职致仕，臣虽菲才，思得同沾一视之仁，终遂易箦之愿。虽死之日，犹生之年，感激天恩，万代不朽，为此激切，具本奏闻。

《宝坻县志》原序

宏治戊午夏，奉命承乏宝坻，夙夜殚心，求可以厘弊惠民者行之。材弗克逮，欲访旧志，以征文献于先哲，久而始获剩稿三十纸，乃前教谕高惠所撰，未克成书。欲纂修之，继有事于城池，未暇也。辛酉告成，因致教谕齐济周、训导钱冕，搜剔遗隐，哀辑散逸，编摩成帙。而义例去取，议论抑扬，则与闻焉。首卷起沿革，迄古迹，志之本意也；中卷录敕命，纪文词，志之通例也；末卷述题咏，附杂志，乃推广绪余而羽翼乎？斯志也，衍其目，五十有三；约其类，二十有二。若土宇离合之迹，户口登耗之由，风俗人才、美恶盛衰之实，与徭役所以昔寡而今多，庄田所以昔无而今有，建制所以昔废而今兴，必皆循例以定其名，立论以通其义，详不繁而欲明，简不遗而欲核，未敢自甚也。请之宪台，复命校正，事竣当序，以识其岁月。呜呼！志岂易言哉？缅惟兹土，在汉为州，在金为县，入我皇明因之，贤人君子宦辙亦多矣！尚缺而不为，或为而不传。何人，斯敢妄议耶？虽然，志即史也，志以纪郡县之事，史以纪天下之事。定是非，别善恶，以公劝惩者，史也；考俗尚，验政治，以备采摭者，志也。史以严万世之大闲，志以表一时之公论，大闲立而僭窃不敢逾，公论明而邪议不能惑，志实有资于史也大矣！欲为维持世道计者可无虑哉？此吾夫子不足征之，叹所以发也！此郡县之志，似缓而实急也，不敏，曷足以与于此夫？惟食其食而不敢怠其事，民之休戚实切于身，政之利弊亲系于目，既不忍以不言，又不能以为言，故不自知其言之憨且激也！取义获戾，乌可逭乎？昔李吉甫作《元和郡国志》，谓为政者执此，可以治天下。噫！是编也，后之君子恕其妄而察其愚，则于斯邑临政之始，或未必无小补云。

祭神文二篇

直隶宝坻城工祭神文

维宏治十四年岁次辛酉二月庚辰朔越十六日乙未，顺天府通州宝坻县知县庄襗等，谨以牲醴之仪，致祭于本县城隍之神：伏以设险守国，古人大戒，筑城凿池，智士深谋，山甫城齐，召伯营谢，盖欲保障境土，以翼戴宗周。切惟宝坻县之为邑，西拱京都，北迩边塞，东控海道，而南扼沧州，形势宛然掎角，乃捍边者良策之所当筹。奈自五季窃据之后，陵夷陧复，迄我朝六百余秋，总督者视为具文，分理者莫与同仇，乃今都宪洪公实有经国嘉猷，爰命襗等执事，聚材鸠工，固我城沟，筑土而外，加以坚甓，圈门而上，覆以重楼，工实艰于创造，事匪止于重修，经始于庚申夏孟，成功于辛酉春季。而岁已一周，兹涓二月之吉，率大众将有事于四陬，谨伸虔告，敢丐神休，以筑以削，以甓以救，凡百执事，惟无虞之是求。若襗等官吏管工人役于一夫一砖一灰一钱私为己有者，神必昭报，使阳诛阴谴，终身不得齿于士夫良民之流。尚飨！

建城楼祭神文

维宏治十三年十月初三日，顺天府通州宝坻县知县庄襗等，谨以少牢之仪，致祭于本县东西南北城楼之神：切惟国家保障，莫大于城守，城守壮观，莫大于城楼。斯楼之建，殆必有由，文事于斯而举，武备于此而修。于以登高望远，于以谨夏防秋，万民之所瞻仰，一邑之所庇周。爰因千古缺乏，故必一旦建求。东西耸立，冠云霄之渺渺；南北突起，矫翚翼之悠悠。维兹上梁之吉，宜有赖于神休，谨备牲醴，虔告冥幽，翼坚牢于万亿斯载，以翊戴国祚，与天地同侔。尚飨！

记三篇

新建拱都城图记

城高二丈六尺，周一千二十八丈，又厚与高等，池阔倍之。四城各立一门，高丈五，以砖圈之。门厚五寸，以铁裹之。东海滨、南广川、西望都、北渠阳，盖因四向而命名也。四门各覆以楼三楹，下倍其二，高三丈，广加其半，东观澜，南迎薰，西拱恩，北威远，盖因四门而取义也。水关二，枣木为椿，六十余根，砖石为圈，高广各丈五，深七尺，设栅启闭，北曰开源，南曰节流。咸水洞以铁为棂，砖石为圈，容三丈许，深七尺。角楼四，上一楹，下三楹，高广如门楼之制，东北为挹青，东南为环碧，西南为庆丰，西北为乐治。吊桥四，上架木，下垒石，深广如水关之制，名及闸同。铺舍四面，共一十二所。是役也，凡用夫役一万三千余名，工匠四百余名，砖五百余万，石脚三千余丈，石灰三万余石，木植三千余根，瓦七万余片，生熟铁一万余斤，钉一千五百余斤，劝义民纳冠带银一千零五十两，支领工匠食米三百一十一石五斗一升，余悉措置豫备。于是度地分工，民乐趋事，所以八日而土城立，十三日而砖城完矣！

济渡记

宝坻封疆，无高山大川之险；然有川有河以为之限。若潮河经其东，三岔纬其北，渠水绕西而络其南。白龙港自苏州，而通于天津桥头，由夏店而合于三岔。所称四水潆回是也。他如海潮溯于梁城，潞河限乎通州。或河势奔腾，或河流湍急，对岸千里。致奸宄之徒，乘时射利无异御。人民不堪其需索之烦，多由旁蹊徒涉；而风涛没溺之患，往往不免。噫嘻伤哉！爰因公材益以利募改舶为舫者一十艘，佥民执事者二十辈，复其徭役，禁其科取。始于弘治辛酉十月，迄壬戌五月告成焉。而徒涉之患，没溺之虞，庶几可逭矣！

义冢记

礼曰：掩骼埋胔，恶暴露也。盖自藁梩之俗，易棺椁之制，兴埋葬之礼重矣！我朝法古为治，申教令厚风俗。天下所司，皆即城堧，以为死无所归之葬地。仁之至也。夫人之生，虽有贵贱亲疏之殊；以乾父坤母视之，皆同胞耳。安忍坐视其死委沟壑，而恝然者哉！此义冢所由起也。予尹宝坻四载，昼夜靡遑。凡切于民情关乎世教者，皆欲勉强行之。每念贫民死无葬地，父子不能相救，夫妇不能相顾，兄弟不能相济；或无棺衣，或至焚毁。伦理伤残，风俗薄恶，莫兹为甚。噫！岂其本心哉？矧秽恶薰蒸，足以伤天地之和，召水旱之灾，致疫疠之疾又，司牧者所当究心欤！公暇因考古迹，于渠阳门外，得旧一区计六亩，年久为奸民囿。前令畏其豪侠，莫敢谁何。弘治庚申，予始复其地，仍以邑厉坛东隙地四亩，易其余东西沿长八十二步、南北口阔三十二步、总十亩零。庶使死无所归者，于此有归焉。苟无文以记之，则后日之废，将复有如前日者矣！故笔之于志，昭示吾民，深惩覆辙。是为记。

铭二篇

东寺钟铭

钟声夙而动兮，吾民其出作兮。钟声夜而静兮，吾民其入息兮。汝夙而兴持汝心于兢兢，汝夜而寐持汝心于瞿瞿，庶几无忝于所生，而各安于所遇，矧城池可为汝卫，食兵可为汝备，于以巩皇图于亿万斯年，以保汝子孙于绳绳勿替，此司牧者爱吾民之至心，吾民其亦有能体悉乎斯言之微意也耶？

四门楼铭

水有澜兮，惟海斯大。观其澜兮，知源之派。万壑东归，朝宗有在。（东观澜）
薰风时兮，民财以阜。薰风凯兮，民愠以解。本固邦宁，亿万斯哉。（南迎薰）
仰我王恩，天覆地载。万邦为臣，倾心爱戴。寿域同跻，唐虞三代。（西拱恩）
王仁同天，包含无外。王臣同心，敌王所忾。威德同施，单于款塞。（北威远）

诗四十二首

题温泉

石裂汤泉沸，乾坤信有炉。源头先自洁，尘垢岂能污？
殿阁云常满，潭心月更孤。夫人皆濯热，谁复问冰壶？

赵同寅饯行于后乐轩

清风来四座，良序及新秋。无酒问君取，有壶随我投。
政平词已简，盗息岁仍收。斯可乐民乐，难忘忧国忧。

寿仲和徐君母七十

慈亲寿七秩，令子念深恩。敬祝南山颂，宏开北海樽。
斑斓娱左右，甘旨奉晨昏。锡类应无极，行看在后昆。

中秋望月有怀六首

去年此际在姑苏，云掩姮娥影正孤。今岁今朝喜方霁，谁教宿霭更模糊？
长空万里净无云，皓魄清光已十分。满眼无人文字饮，笙歌何处醉红裙？
月筛清影满长空，桂吐天香散晚风。此夜秋闱谁氏子，一枝先折解元红？
秋来余暑尚蒸人，露气无如此夕新。明月满天光万里，始知玉宇本无尘。
缅想当年折桂时，凌云直取最高枝。今宵再睹庭前月，辜负胸中一段奇。
玉宇尘飞一鉴来，清光如水浸楼台。寒儒自叹无由赏，聊把新诗当酒杯。

433

题四隅城楼

春深静如染,秋半青可掬。明月在中天,四围湛寒玉。(环碧)

云去眼独明,云来衣欲湿。山色自青青,倚栏真可挹。(挹青)

题宝坻县治八景

一、东寺晓钟

镕金出冶范初成,隐隐华鲸动地鸣。百炼既精宜大扣,一团无衅有清声。
惊回客梦家千里,落遍霜华月五更。为勒新铭枕新德,谁当洗耳日醒醒。①

二、北潭秋月

泛泉滚滚有源头,直注回塘入海流。万古青天常对镜,四时明月独宜秋。
水晶帘卷微风动,琥珀盘空夕照收。歌罢濯缨清思逸,满襟凉露正飕飕。

三、夏雾银鲜

夏雾东头海有神,银鱼霜后贡时新。大庖止可供多品,薄味何由等八珍。
不惜微膏终润镬,独怜瘠土重编氓。年年数罟洿池下,一尾知偿几百缗。

四、晴楼障碧

天开形胜帝王都,万里青山豁壮图。沧海东来红日近,太行西去白云孤。
三关扼险鸣宵柝,九夏为霖活早枯。一度凭栏一回首,伊谁保障答宸谟。

五、芦台玉沙②

芦台极目际平沙,利博谁怜害亦赊。土面刮来淋玉液,鏊头沸尽结银花。
十年预借偿逋负,尺地堪耕属势家。安得调羹知此味,免教流殍到天涯。

---

① 原注:有东寺钟铭故云。
② 五百年前的唐山,芦台地近海口,煎沙成盐,白如玉屑。

六、石幢金顶

古人至此叹危哉，此石何年巧琢裁。惟有铁心中贯彻，不妨风雨外颠颓。
一轮耀日黄金顶，百尺擎天白玉台。若向中流为砥柱，狂澜万激亦东回。

七、秦城烟树柳①

何代英雄事已磨，尚遗废垒枕荒坡。几回隔陇闻樵唱，犹似当年奏凯歌。
漠漠淡烟秋色老，萧萧落木雨声多。行人不必重回首，渭水咸阳②更若何。

八、拱都池莲

公暇观莲豁倦怀，倦怀那更重徘徊。青山对面只如画，流水绕栏空泼醅。
今日根株亲手植，他年花萼为谁开？清芬不染真君子，千古濂溪独品栽。

谢齐掌教惠柑

别却江南又几霜，感君惠我洞庭黄。金梭饱蕴秋风味，玉甲轻分旧日香。
冷沁诗脾抽锦句，渴消酒吻溢琼浆。白云久绝孤飞望，对此令人愧陆郎。

与史黄门朱先生联句

客来花径本无期，秋到寻芳未当迟。一曲桂香风外酒，半山松影石边棋。
眼前得趣堪行乐，林下投闲脱宦羁。世事不禁回首处，野心端与白云宜。

石匣官舍作

五载驰驱未得闲，南逾海北渡边关。片帆宿雨云千里，走马西风日半山。
淬砺漫教心似铁，消磨争奈鬓成斑。有怀欲疏无由献，愁把新诗病里删。

---

① 原注：秦城烟柳：宝坻八景之一。《宝坻县志》（乾隆）卷二："在县南十里，秦始皇并燕，筑城置戍。唐太宗东征，东驻脾焉。旧志以太宗初封秦故名城，非也。"
② 咸阳：在渭水之北。秦始皇并六国后，建都于此。秦亡为项羽焚毁。

和贡月楼韵

仙翁逸兴付兰桡，漫逐东风过野桥。春意十分人意好，歌声长和鸟声娇。
桃花也笑归何急，竹叶频沽路匪遥。扶醉肩舆山下去，青帘城外又相招。

自笑儒冠误此身，功名富贵等浮尘。忙中逐物宁非假，醉里陶情却是真。
万卷诗书皆乐地，一腔生意即长春。同年乔梓应无恙，诗酒相过莫厌频。

旷怀

林下陶陶有七贤，怡情真是饮中仙。岁迁不必加三锡，日食何须费万钱。
驴背无心惊坠地，梦中有翼讶升天。古来英达皆如此，且守衡门听自然。

叠前韵

朝廷科第为求贤，恩宠频加半是仙。报国正宜勤尽职，营家何苦只论钱。
活埋冤狱死无地，下察欺心上有天。万木皆春枯一干，九重雨露岂其然。

自叹再叠前韵

口诵诗书心圣贤，功名唾手过升仙。既叨恩命加三锡，当效清修选一钱。
赫赫畏人非夏日，巍巍覆物是尧天。此心直养浑无害，方显吾儒气浩然。

叠前韵赠云卿郑先生

盛德如愚肯自贤，方书肘后系神仙。活人胜有君臣药，利己常余子母钱。
环棘暂时居画地，拨云指日见青天。古来贤母三投杼，谁信曾参必不然？

送陈民表北上应试

禹门东去浪如雷，鼓鬣飞腾在此回。江表久虚天下望，斗南今见万人魁。
文章信手皆名句，义理从心总俊才。老我尘途频拭目，剑光夜夜烛三台。

复生

沉疴脱却顿神怡，药力阴功总是奇。吕枕一呼人觉后，中山千日酒醒时。
流光到处皆余物，乐事从今再订期。直待偷儿三献果，与君重赋庆生诗。

望张公洞欲游不果而作

张公仙洞古名山，三十年来始一攀。处世真成长夜梦，浮生得有几人闲。
苍松白日消寒暑，野鹤孤云任往还。药灶丹田依旧在，可能为我驻衰颜？

梦中成梅花诗寄掌教齐济周

一枝天假玉为神，占断山居与水邻。冷淡自甘原宪味，清臞谁笑伯夷贫。
孤山有句能知己，明月无情为写真。不识东风佳丽地，几多红紫斗芳春。

喜雪堂诗

瑞气元从正气生，封章有感兆丰盈。清如夜雨敲窗急，细似春蚕食叶轻。
黎庶倾心咸仰德，江山纵目尽铺琼。衣薪蔀屋知多少，喜处还忧未慊情。

叠前韵

半旬瑞雪慰苍生，高下平施处处盈。随物赋形成大巧，与时含垢压群轻。
诗收屑玉人机锦，钓入寒江一片琼。咫尺浮云天万里，高堂翘首不胜情。

和李通府韵

三载区区一敝裘，新城公暇偶来游。雨余顿觉千林霁，霜后应知万壑秋。
尘莽满前皆浪迹，风波何处是安流。不堪回首青山外，几度烟霞带日收。

和赵别驾韵

一入渠阳二载来，不胜驱策困驽骀。萧萧邑里心劳字，扰扰科差政拙催。
就里薰莸千易别，满前荆棘道难开。十分春意回穷谷，端在黄堂酒一杯。

题都宪宁东潭

旸谷分来派汭清，源头混混壑常平。水晶帘动风初软，宝镜奁开月正明。
涓滴济时涵德泽，百花濯锦继芳名。个中应有潜龙在，只待春雷第一声。

437

寿虞布隐七十

先生真是地行仙，强健今逾七十年。半世徒劳惭我拙，一生清乐羡君贤。
番经可道非常道，理辙先天与后天。鹤发童颜应未艾，先生真是地行仙。

上白内相

国初水退滩洼地，听民开垦，永不起科。宏治间，司礼监欲专其利，请旨差官踏勘。时令宝坻，回文并上诗，事遂寝。

天使忠良辅圣朝，忍言微利及刍荛。虽云四六抽分去，其实毫厘不放饶。
此怨却从今日始，吾民痛苦几时消。老天若肯回恩旨，一任东风长绿条。

醉酒饱德复和忠义祠前韵

不易浮图作庙新，英雄何处可栖神。经营虽止一区地，名教应闻百世人。
古木号风悲往事，落花啼鸟记芳春。六龙城上中宵月，曾照扪心死难民。

答钱司训

忽得先生柬一封，久知世降有污隆。单辞自古难偏信，积弊于今要变通。
去地存粮贫愈困，坐钱收利富何雄。预将此意陈当道，国法人心有至公。

恕孙作论久不呈稿诗以促之

出题本命作乘桴，半月何如一句无？子建枉教称七步，左思未许擅三都。
任将雕琢成篇什，何似平通合范模。莫道而翁真潦倒，考评还可别精粗。

宪孙作论久不呈稿诗以勉之

浩气难言题不难，为文经月亦殊艰。光阴不惜驹过隙，学力恰如蚊负山。
雪案余经何日了，蟾宫仙桂几时攀？欲求跨灶绳而祖，只在心思一转间。

庄廷臣

庄廷臣（1559—1643），字龙翔，号凝宇，江苏武进人，生于嘉靖三十八年（1559）十一月二十五日，卒于崇祯十六年（1643）二月十日。万历三十一年（1603）乡魁，万历三十八年进士，吏部观政后，始任永嘉县知县，有惠政，卓异天下第一。历任礼部精膳司主事员外郎、祠祭司郎中、江西湖东道副使、湖广右参政分守下荆南道、广东按察使分守广南道、浙江右布政使分守金衢道、湖广右布政使分巡郧襄道、湖广左布政使。其分守郧阳时，纷纷议建魏珰生祠，廷臣独争之力，楚人重其气节。官至太仆少卿。著有《诗经逢源》八卷，并与其堂兄起蒙和起元同著《四书导窾》和《诗经导窾》。庄氏八世同祖兄弟庄起元和庄廷臣双双同科考中进士后，别徙居常州郡城西门织机坊和东门马山埠，人称"西庄"和"东庄"。曾祖父庄齐，曾祖母陈氏，兵部尚书陈洽曾孙女；祖父庄宪，祖母杨氏，无锡杨文晟女；父庄以莅，母张氏，弟廷弼。妻龚氏，继配孔氏、濮氏。子五：春先、瑞先、履丰、玉铉、鼎铉；女五。

《明吴长卿募刻手纂宋相眼册》题记

　　法眼、天眼、慧眼,诸眼能出世者,能济世,相亦若是焉,已矣。宋执政不知何以,然多名世,于今更切集,是眼者,其之眼者也。

庄廷臣题助刻二庄廷臣印

诗一首

家居作

四朝宣力终何补,中外驱驰白发侵。独履冰霜凛臣节,各从俎豆见人心。
瞻依有子惟勤学,俯仰无营只浩吟。钧党诸公先我去,寸丹差可答知音。

庄鼎铉

庄鼎铉（1624—1667），字耳金，江苏武进人，邑庠生，生于天启四年（1624）六月十三日，卒于康熙六年（1667）七月初四。著述甚丰，特别是与其兄庄履丰同撰《古音骈字续编》五卷（原编一卷为明杨慎撰）流传于世。曾祖父庄宪，曾祖母杨氏，无锡杨文晟女；祖父庄以蒞，祖母张氏；父庄廷臣，母龚氏，继母孔氏、濮氏。妻毛氏，陕西宁州知州毛斌然之女。子二：绛、纬。

录自《毗陵庄氏族谱》

庄凝宇公年谱[①]

凝宇公讳廷臣字龙祥年谱

秀九—林—斌—襗—齐—宪—以苣—廷臣（凝宇公）

嘉靖己未，大父赠参政公讳以苣号简斋、大母张太淑人以嘉靖己未十一月二十五日午时生府君于余宅横堰村，讳廷臣字龙祥号凝宇。

隆庆丁卯，九岁。

庚午，十二岁。曾祖赠大参古愚公有疾，伯父鹤坡公攜府君晨夕侍。伯父与府君同祖兄弟，皆以己未生，长府君数月，大参公时试以散破，喜甚，给以梨枣笔墨，谓人曰："吾两孙皆成大器，异日必以诗书光吾垄也。"天启丁卯，府君以三品遇覃恩赠曾祖大参焚黄先垄焉。

万历癸酉，十五岁。从同邑徐儆弦先生名常吉。

乙亥，十七岁。始应童子试，当江陵澄汰之令县取仅十七人，府君列第七名，文介孙公慎行第五，孙公为唐荆川之外孙，与府君中表兄弟也。

丁丑，十九岁。娶嫡母龚氏，同郡庠生龚公讳一教女，甲午解元、辛卯进士、左谕德龚兰谷公讳三益胞姐，累赠淑人。

辛巳，二十三岁。长姊生，后适观庄赵某孙赵起芳，中天启丁卯副榜，以岁贡任沭阳县教谕。自起芳游庠后，赵氏文学相继，其侄止菴先生讳继鼎登崇祯庚辰进士，为士林所推。

壬午，二十四岁。读书正觉寺，偕宜邑卢立之、同邑岳起蒙共相切磋。立之，建斗先生之祖；起蒙，舜收先生之祖也。

癸未，二十五岁。伯兄春先生，字茂实，附例监生，与长姊皆龚淑人出。淑

[①] 又名：先考通议大夫全楚大方伯年谱略。

人适府君十年，厄于试，艰于贫，遭大父丧，淑人止一婢，卖之始能殓，黾勉操作，不以家事撄府君心，得潜心经史，昼夜无间，志不少懈，后日学力之充，亦多由此。

丁亥，二十九岁。是年入武进县第一名，充戊子儒士入闱，自后遇试总不出三名。

戊子，三十岁。是科中副车给赏。嫡母龚氏淑人卒，葬龙游河祖茔。

己丑，三十一岁。是岁馆奔牛王氏门下，为王忠烈公亲叔王颖斋。

庚寅，三十二岁。娶继母孔氏，南畿开府少司马赵公可怀延师训子。

癸巳，三十五岁。赵公迁楚抚时，两淮盐商李鹤亭具书币聘府君至扬州设馆，从游者甚众。

戊戌，四十岁。结社嘉树园，与董寅谷、张九水、薛又损、张衡台辈会艺，时又损已成进士，诸公皆府君至契，性情道义交也。

庚子，四十二岁。九月，张太淑人弃世，太淑人张清惠公玮嫡姑，府君哀毁成疾，几成尪瘵，与赠大参公合葬龙游河之祖茔。

癸卯，四十五岁。是年自府县院录科暨各宪观风有司，季考月课，共取领批十七次。时知县晏公文辉、太守欧阳公东风录首题，是谓：拂人之性。院录首题：钻之弥坚。时试事严，府院俱锁院，竟日方出。呈文欧阳公，公曰："场中已见过子卷，独深入弥字，通场所无，学使深击节，领批又属子矣！"秋榜中第九名亚魁，本房何公庭魁几置副选，同考王季重先生、主考陶石篑先生亟为叹赏，拔冠本房，欲置正魁时，五魁已定，葩经第一，则张宾王年伯也。辛酉何公一门殉节，府君在礼曹，其建祠溢荫祭葬，皆府君手定，知己之感，深于存殁云。

甲辰，四十六年。偕邹景熙年伯同赴公车。

丙午，四十八岁。仲兄瑞先生，字尔霖，邑庠生，娶尹氏，己酉解元、学宪淡如公女。仲兄能文早逝，府君痛惜之，生一子，殇；一女适庠生吴守宏，吴文端公嫡侄孙。

丁未，四十九岁。偕杨公云门同赴公车。

戊申，五十岁。继母孔淑人七月十四日弃世，淑人于府君伉俪极笃，葬东门仓后坟。

己酉，五十一岁。娶继母濮氏，解元莲塘公曾孙女，生季兄玉铉，字柔节。两姊，一适阳羡生员曹先春，一适云阳贡生贺振基。是冬，将赴公车，昧爽起读，逾子夜方止。忽一夕晕去，少苏复起读，家仆曰："夜已深，请安置。"府君曰："吾不能为吏部乞恩人！"

庚戌，五十二岁。会试中式第四名，大主考吏部右侍郎萧云举号县圃、丙戌进士；吏部右侍郎王图号衷白、丙戌进士；本房师骆从宇号乾沙、甲辰进士。殿试三甲四十一名，六月选浙江温州府永嘉县知县，八月挈家赴任。

辛亥，五十三岁。府君以知命之年初筮县令，精神焕发，丰采异常。嘉邑倚山阻海，素为难治，先是里中群不逞之徒聚党劫良家子有艾姿者，为不肖相习成风，历任兹邑俱莫能治。府君初下车，廉得立擒其豪数人，毙之杖下，群奸慑服，至今嘉之绅士谓此风自庄父母肃清，盖实录也。山有虎，为暴甚，有樵子入山不出，母疑人置之死矣，控之府君，廉得死于虎，为二牒，一牒城隍，一牒山神，明日，虎伏死于路。诸祷雨、发粟、施药、掩骸种种善政，不可殚述。

壬子，五十四岁。秋聘同考入外帘，冬奏最入觐，从兄应德中式。

癸丑，五十五岁。时行久任法，复补原任。

甲寅，五十六岁。叔兄履丰生，字雷章，邑庠生，娶大宗伯兴化碧海李公讳思诚女。

乙卯，五十七岁。秋聘本省同考，取中六人，首卷沈翘楚，后魁己未乡会，俱第九名，仕至副宪；应喜臣，戊辰进士，仕至巡按御史；吴执御，壬戌进士，仕至给事中；陈启龙，戊辰进士，仕至提学御史；王如春，丙辰进士，仕至给事中；陈如益，未第，仕至县令。在县六年，凡季考月课，奖拔登第，如王公维夔辈不遗余力，前辈于文章一道其重如此。忆张掌霖业师向不肖言，见同门墨尊公先生取文甚奇，第一题：知者乐水，节前四卷为格四种，首卷即系散行，其精妙则不待言也。是冬，入觐，士民为立祠肖像，祈祝至今，香火不衰，求祷则应焉。

丙辰，五十八岁。卓异天下，清廉第一，留部考选，显皇帝倦勤，升迁淹滞，因给假归。

丁巳，五十九岁。奉部催入都，拟铨部，有欲自为地者，知府君不可干，以私改拟户科给事中，每谒诸垣中，即曰：旦晚同僚矣！府君从不附党，至风节相近，臭味相投，便成契合，非党也。选事将下时，朝局日更吏，掌垣将抑置工部，或曰：坏卓异体，前永嘉令陆向礼曾补礼部，盍以畀之？遂授礼部仪制司主事，而无锡贾公允元竟抑至工部矣。在礼曹之年，清介自持，绝党远嫌，于荫恤诸事，凡有权幸请托者，必严绝之，于逆阉尤慎，故诰命曰："杜当路之恤恩，丰裁特峻；守先儒之正谊，理学重光"云云。

庚申，六十二岁。季兄玉铉生，字柔节，邑庠生，娶大宗伯淇澳孙公女。

辛酉，六十三岁。从兄应会中式。娶不肖生母龚氏，癸未进士，户部郎中龚古恭公胞姊，二十年相庄如宾，从无诟谇，家居与嫡母处，绝无间言。府君每之任，必偕行调护，兼至生一子，即不肖；一女，适金沙史省愚公孙启基。

天启壬戌，六十四岁。冬奉差赴浙祭大宗伯薛三才。

癸亥，六十五岁。差竣归里，择地东仓后，葬前嫡母孔淑人。

甲子，六十六岁。三月赴京，升江西湖东道。是年六月，不孝生娶癸酉举人宁州知州毛均儒女。七月孙嵋生生。

丙寅，六十八岁。夏，升湖广右参政，分巡下荆南道，驻郧阳。八月，仲兄瑞先卒，九月，挈不肖母子赴任。

丁卯，六十九岁。冬升广东按察使，守广南道，驻省城。

崇祯，戊辰七十岁。从兄应会中式。春挈叔兄、不肖母子及姊赴任。

己巳，七十一岁。秋，升浙江右布政使，分守金衢道，驻金华。

庚午，七十二岁。是冬，升湖广右布政，分巡郧襄道，驻襄阳。

辛未，七十三岁。初夏，抵襄阳任，旧日子民重见慈父，百里欢迎。行麦城山中，见关帝遗刀插石间，为屋三楹覆之。是冬，转本省承宣左布政使。

壬申，七十四岁。二月，赴省，士民送者倾城，舟发两岸欢呼络绎。

癸酉，七十五岁。在任年余，皆戴星出烛，再跋始入。竭劳病生，即延武昌守李公吴兹入署，将所贮册用印讫，一留交盘，一贮库，以待达部。随申详抚院，乞为代题。抚台唐公晖、按台宋公贤谕武昌司李李公春并太守力留，嘱守道叶公有声、陆公怀玉劝勉。府君初志决，确然不回，日令不肖送印往叶公处，叶不敢收。府君旬日不出，诸事旁午，辞之益坚。唐公谕守道暂为代理，俾静摄，旬余徐起，视事楚藩终须此君，于是不肖送印往叶公处。叶公曰："事代理，印暂留，亦不敢启也。"印甫脱，不申抚按，不候代题，即束装登舟。除代前任杜公赔补，犹存积八千金贮库，留为代觐者费。抚院差官趣返署，府君竟令解维。止以任此二年，不名一钱，出纳钱谷百万，丝毫皆清，洒然自由，无所畏也。舟逾黄州，抚台始具疏差一守备率辰兵八十名护送到家。府君笑曰："盗有道焉，吾橐中何有？但唐公盛德，姑听送百里，即遣之。"抵家一月，疏方下，又以钱粮独清恩赐钱币异数也。尝粘堂联三事，一云：事使历四朝，独励冰霜凛臣节；中外阅五省，各从俎豆见人心。二云：有子瞻依皆孺慕，挂冠俯仰觉身轻。三云：明主未尝一日弃，香山已订百年盟。家居不面有司，不通宾客，披阅经史，日诵《金刚》《楞严》二经，手自楷蝇头楞严咒数十遍，至后日咕二经，不爽一字。闲则巍然独坐，间一看庭中花鹤，若啜茶观画焚香杂戏皆不屑，不跛立，不倚坐，无谑容，好友惟文介孙公、文端吴公一二人而已。每科新墨及房行出，必手自评点。至壬午五魁卷，掷笔奋然曰："文气尽矣！"其先见如此。

乙亥，七十七岁。十二月孙泰生生。

丙子，七十八岁。从兄应期中式，后改名恒。苏松巡按王一鹗特荐地方峻望。

戊寅，八十岁。九月孙贞生生。

己卯，八十一岁。伯兄、叔兄入闱，祈望尤切，俱下第，意甚悒悒。

庚辰，八十二岁。四月十五日，继母濮淑人弃世。二月孙豫生生。

辛巳，八十三岁。是冬，吏部题请耆旧才臣，奉旨起用天下第二人。

壬午，八十四岁。两兄录科俱遭，仅不肖一人入闱不利，府君怃然曰："汝兄弟尚年少，果肯日夜读书，当有发者，第我老矣，不能见矣。"书至此，进泪不成声，记除夕叔兄有句云：任人输我家庭乐，老父将来九十翁。府君见之忻然。

癸未，八十五岁。二月初十巳时，卒于太平仓前宅。

男：鼎铉谋述

庄绛

庄绛（1643—1710），号丹吉，江苏武进人。方志与家谱均有传，综述其要：邑增生，入太学。"幼颖异，读书五行俱下，试七艺，以高才生补博士弟子员，考授同知。本贵介，兵燹后，家业中落，游京师，称誉籍甚，以文章器量见重于王文靖公熙。平生肆力于古，参订经史，凡天文疆索、九流百家之书，靡不穿贯，尤明于国家掌故，文章不起草，散佚颇多，存若干卷"（《武进县志》文学传）。有《著存堂诗文稿》和《挽王文靖诗百首》（今均佚）。曾祖父庄以蒞，曾祖母张氏；祖父庄廷臣，祖母龚氏、继祖母孔氏、濮氏。父庄鼎铉，母毛氏，陕西宁州知州毛斌然之女。原配陆氏，举人陆琪之孙女；继配董氏讳银台，广西苍梧道参政董应旸之孙女、董复中之女，董氏贤淑，有纪述家事训言。五个儿子中，三进士、一举人、一副榜：楷（康熙癸巳进士，陆出，其余皆董出）、櫄（康熙庚子举人）、敦厚（雍正甲辰进士）、大椿（雍正己酉副榜）、柱（雍正丁未进士）。庄柱本已被殿试考官拟为状元，后被雍正皇帝调置二甲第二。故时有联戏云："几乎状元及第；也算五子登科。"庄绛孙多人，其中庄柱的两个儿子，一榜眼（庄存与，乾隆乙丑），一状元（庄培因，乾隆甲戌），人亦称其父子为"清代三苏"。庄存与的同榜状元是他的表兄弟钱维城，亦属罕见。重孙女之一适同邑汤健业（见本书第九编）。

词三首

点绛唇　鳏绪

冷雨疏窗，半床好梦凭愁做。钟声敲破，起拥寒衾坐。

酒醒更残，孤雁楼头过。真无那。和灯和我，和影才三个。①

点绛唇　忆旧

零落珠钿，菱花不对芙蓉影。绣床风凛，抛却红蕤枕。

燕叹花愁，人去南楼冷。难重省。月圆如镜，还照鸳鸯锦。②

南乡子　京口夜泊

江上系兰桡，曲曲寒湄冻未消。指点奚奴沽酒处，河桥。一幅青帘带雪飘。

烟树薄云高，极目寥天雁字遥。隐隐两峰相对峙，金焦。又听残钟送暮潮。③

录自《倚声初集》

编者按

余之高祖母出身于毗陵世家，其高祖母之曾祖父，乃丹吉公庄绛，至余已十一代之遥。有此渊源，余一直关注武阳先贤作品，但始终未见丹吉公之诗词。年前网间忽闻清初《倚声初集》有丹吉公小令，便匆匆去寻。及至找到该书，反复

---

① 原注：阮亭云：结句从坡老"明月清风我"脱化而此更极新婉。
② 原注：一二句抵得一篇恨赋。丹吉自注云：秋夜梦人赠诗，有"梁间燕子闻长叹，楼上花枝照独眠"之句。醒语内子，深叹其工，为余手书粘壁。明年内子疾困，指壁间联曰，燕子一联，见此非谶耶，遂绝。《杨升庵外集》
③ 原注：一幅营丘小景昆仑云：妙在一气呵就，风景逼真，其品格应在草堂之上。

阅读，仍然未见丹吉公之作。直到购得闵丰著《清初清词选本考论》（上海古籍出版社2008年版）方知《倚声初集》先后有几个刻本，台北中研院史语所傅斯年图书馆之藏本（又称傅本）的三张补刻书页才有庄词。研究院大师林玫仪教授所著《邹祗谟词评汇录》收录其二，可是在内地与海外都未见该书发行，真令余再次痛感山穷水尽。无奈中求助于台湾友人颜惠梓兄代寻此书，意外的是友人竟通过台湾史学家颜世铉先生找来林教授的电子邮箱。大喜之余，立即向林教授求教，却月余未见回音。及至余要放弃此念时，突然柳暗花明、收到回复，原来时值林教授游历非洲。林教授回到台北，不仅发来书内之两首小令，还将她手中的另外一首一并赐余。因为是刻本，值余打印时，林教授还不厌其烦，拨冗指教。区区三首小令，得余友颜惠梓兄、颜世铉教授、林玫仪教授三人倾心相助。实令余深感雅意，血浓于水，两岸（海峡，大洋）谊深。此段佳话，谨此志之。

2012年记

丹吉公（绛）家训

立心忠厚是大根本，然临事时，又不可不细心斟酌。事无大小，须从难处做起，偷安承便误了多少人。

少年人肯凡事思量，便限他不得格物穷理，充积日久，学问定有可观。即立身行己，定不至于孟浪。

不但圣经贤传细心体贴，方见好处；即寻常俚语，能一加理会，亦有妙义。人只因听惯说惯，便不觉耳！

安常处顺，乐天知命，受用此八字，自能不为富贵人所动，万钟千驷只似浮云一般。

人心常存一敬字，便能随地检饬，诗云："夙兴夜寐，洒扫庭内"，是也！凝尘满席，几榻纵横，便是精神不检点处，小者，近者，且然况远大者乎？

无论富贵贫贱，人须要爱惜体面。欲顾体面，须自己不处没理地步，若不循道理，何不至所谓无赖是也！

兄弟不和，只为期望太过。或见弟富兄贫，或见弟贫兄富，嫉妒参商，终身不解，若能返之于命，泯却了多少怨尤。

方伯公云：编户之家，住屋一间，亦必隔为两段。门首悬一帘，竹椅四张，亦收拾洁净。近内必贴"礼分内外"四字，小人家尚如此，今士大夫之家反不能然，殊可怪也！

旧家子弟，虽极寒苦，不可与市井为婚姻，彼所谓温饱俱从刻薄算计得来，一丝一粟其初心竟有不可闻者。若家事充裕，犹图体面，亦未免沐猴而冠，一至败落，手足皆见，不可复问矣！

汪蛟门尊人云："茔墓不得过十里外，恐子孙后日未必能以车马至吾墓也！"唐人诗云："择婿不出乡"，此两事皆可为法。

择婿须早，择妇不妨少迟，头角稍殊，读书明理，自能得妇，近有襁褓联姻者，多至不偶，可以为戒。

凡人说话，到尽头路，俱是火气未除。若说过之后，平心静气，一想岂不可悔。

忌刻之人，何尝自己讨分毫便宜，原只处得自己。

魁梧之人，生子短小瘦弱，其家必衰薄。若瘦之人，生子魁梧，其家必渐兴旺。所谓有开必先，气数使然也，非积善力行，不能挽回气数。

树木结果到梢头必细小，花朵亦然，故要培植根本。汉瞻兄云："一篇感应篇劝戒极严，最宜警省者是'辱人求胜'四字"，此语不但立心厚道，是亦深于世故之言。

勤则不贱，俭则不贫。

人生只为衣食二字，忙忙过了一生，不知古今多少豪杰，俱从饥寒困苦成就。无衣食，人犹可曰："我求衣食也"。若衣食既足，必定讲究衣必如何，食必如何，竟不知自己身心性命之事，有更重于此者。此真所谓下愚不移，已为饥寒播下种子矣！

精气神，人生至宝。无论读书登仕籍，此奋发有为，即玩家适情，亦必健旺，方能领略，全在少年时撙节。杜诗云："可惜欢娱地，都非少壮时"，读之当为猛省。

阅历世故四十余年，从未见有好便宜而不吃亏者。临场揣摹，此是不读书人说话，若平日工夫纯熟，只做自己文字，何尝不好？连科不中，一是不曾用工，再则临文时得失之念重，遂为之拘缚，所谓以金注者昏也。

君子待小人不恶而严，此是自己严。不是一味峻辞厉色，富贵人每日能将《太上感应篇》蚤起时庄诵一遍，临睡时庄诵一遍，则一生受用不尽。

天地间生物止有此数，此盈则彼歉，此丰则彼啬，乃确不可易者。惟意所欲，暴殄过度，禁不得天公通盘一算也！

"不敢妄为些子事，只因曾读数行书"，此真读书人语也！若不读书，则骄奢淫逸之事，何所不至？

天性莫切于父子，虎狼虽毒，不食其子，为人子而为父母所憎恶，至有不愿其富贵利达之事，人子至此，虽有面目，何以容于天地之间？

择婿固当，择妇尤不可草草。承先启后，所系匪轻，须看其祖父家教、女子性情，不在贫富。

子弟自孩提时，饮食衣服俱当菲陋，不可使逸乐惯，但令其无饥寒而已。

马吊新快，往往破家废时，失事极可痛恨。温饱之子以此而致饥寒者，指不胜屈，郡侯祖公禁之最严，此真第一善政。

士民公呈，禁例最严，切不可犯。若是干己之事，只须自己质对，何用多人？

僧道尼姑，四氏之中，有此一种，王政必不能除，乃天地间一大养济院，然亦须时加申饬，庶无伤风败俗酿祸倡乱之患，士大夫之家尤宜与此辈远绝。

童子到识字，切不可令看小说，居家几案间，亦不可有此物。

子弟断不可令带轻薄相，每见人为父兄，见子弟能说一二尖刻语，便以为佳。恐昔人所称，芝兰玉树，殆不如此。

凡果必有仁，树木种传皆由于此。以此训仁字，确不可易。须知天地间流行，全恃此一字，男大不娶，女大不嫁，不仁孰甚？且瓮闭其性，不令生育，此为逆天之民。

礼入国问禁，入门问讳，处世之法，莫过于此。今人动欲触讳，若有心为此者，取祸之道；若无心径犯，直以不解事目之矣！

贤士大夫于道理上未有不见得分明者，然此道理却为下根人说不得，故于小人女子亦只度外置之。今人每云："我知道理，此辈亦须知道理"，此亦相去不能以寸。

胚胎前先生长食息，不离典训之内，耳濡目染，不学以能千古妥帖，莫如严君平。虽隐于卜世，故精熟无比，与臣言忠，与子言孝，不特道理确不可易，即问底人，亦自怨他不得。

每见本朝人为人作志铭传序，官阶地名务用前代字样，欲学古博，先已失体。

顺治甲午年，余始进察院，宗师石申翰林院编修，乙未易为道缺。甲午年进学额数尚六十余，至顺治十七年始并岁科为一考，每县进十五人，进额既隘，考者亦寥寥矣！然府试尚有千八百人。

余目中见学差凡三易。顺治十年以前俱用御史，照明朝例。十一年改用词林，仅一录科，旋改用金事。至康熙二十三年，以江浙大省照顺天例俱用词林。

胡老师字在恪，号念蒿，湖广江陵人，乙未进士，顺治十八年督学。江南取余第一名，入学复试后，次日进谢，询问年齿家世甚悉，教以立品行文之法，自述当年为诸生事，孀母食贫，授书自给。又面新进前五名，每至开门，即令进见，陶成期望之意，不可忘也！癸未年，老师舟过毗陵，泊西水关，留饮舟中，三日始别，先辈于师友之谊敦笃如此。

余受业师得力者三人，一则吴无虚先生，中堂文端公子，举止大方，程课俱极严整。再则江都胡敏公先生，讲解甚力。再则江都金元亮先生，启发诱掖，使人自生鼓舞。吴有子为诸生，能文。金先生两世兄俱入学。惜胡先生无子，师母寡居，至不能自赡，言之恻然。余十四岁至扬州，舅祖目已病盲，不能见物，抚余甚至尤严。督课饮食，寝处不离左右。口授古文、通鉴诸书，每日必令诵邸抄一本，暇则述启祯遗事及本朝典故。余自童子略涉世务，凡年家故旧过扬，皆令送迎，诸先辈咸以成人目之，舅祖之力也！舅祖京师人，家中姬侍婢仆皆京师语音，余童而习之，故声音最近，初至京，京师皆以为讶，不知其有所自也！

高祖古愚公，生曾祖简斋公、曾伯祖好古公。简斋公生祖父方伯公，好古公生伯祖囧卿公，为同祖兄弟。先君与伯素鹤为同曾祖兄弟，余与慎庵辈为同高祖兄弟，所谓三从兄弟也！至书采辈，服属始尽，东西虽分，支派不远。余为童子时，壬辰年，余十岁，淡庵兄以湖广典试归里时，府君往吴门，淡庵兄必欲谒见祖母，铺毡行四拜礼。后十余年，余渐长，见淡庵两兄至府君处隅坐，惟诺惟谨，伯雷章公语少，不合至面责之。余同祖兄弟见声鹤伯亦然，今则不能如是矣！此亦元气衰飒之象，不可训也！

余伯父四人，惟及见三伯父雷章而已。闻大伯父茂实最能作家，自造惠民桥厅房一所。二伯父尔霖聪慧能文，方伯公最爱之，年二十病卒。三伯父雷章生于永嘉公署，为人抗直。四伯父柔节，为祖母濮淑人所生，怜爱最至，廿四病卒。府君生时，方伯公已六十四岁，生于广信公署，天性孝友，长患重听，晚益贫困，而生平立身行已，绝无一毫暧昧，慈心直道，乡曲皆敬之。博古好学，十三经、二十一史，皆手披数遍，至病革，未尝释卷。外祖毛均儒公居青墩乡，家世力耕，至外祖始预癸酉乡荐，癸未年，乞恩授昆山教谕，淹蹇苜蓿，始得一州，不久被论。祖母龚夫人别驾龚鉴轩讳天爵公女，太母李宜人。祖母明慧知大体，方伯公自监司至方伯俱从之任，相助有方。致政后家居，主持家务，内外井井，性严毅，有丈夫风，子侄皆庄惮之。舅祖榷关，橐金巨万，欲家于常，祖母拒勿许。余甫生三日，即抱抚焉，自孩提成人，鞠育备至。

余七八岁时，见家中燕客，但用冰碗，家常只用二号冰碗。至十三四岁，始见用宫碗，较冰碗倍之。近又用五簋等样，虽编氓之家，亦起而效之，闾阎安得不日就贫困也！

方伯公祖居佘宅村中，与鹤坡公同居屋，止三楹，贫苦殊甚。曾祖母张太淑人、曾伯祖母唐太宜人妯娌终身布素，求一彩衣不能得，每于衣带间悬一大红缬线以别吉凶。服子孙当念祖父时艰难如此。

静思公女归唐荆川公，与翁有怀公同居。居窄，翁出入必从妇门前经过，二十年未尝闻一謦咳声。生子凝庵公，娶宜兴万氏女入门，新妇递茶，闻衣上香气，荆川夫人问媵嫁者曰："小姐身上有何秽？"对曰："无有。"夫人曰："既无秽气，何必熏香？"即此便深合专静纯一之德，克称大儒佳耦，子孙屡至巍科，非偶然也！

辛丑正月二十日，府君同伯父雷章送余兄弟辈县考，风雪之中，厨薪告绝，分有竹书架一口，碎而燃之，炊粟取饱。余时年十九，以应考多年，恚愤之极，桌椅皆自肩负。是日雪甚，教场不能伫立，余从大雪中归，至尉司桥冻而仆地。时外祖父住弋桥下塘，叩门而入，沃以姜汤，进以温酒，次日雪霁，改在县学考试。迄今思之，如在目前也！

辛丑，余得进学，报人周宾，不索一钱，发送余分，此念迄今未忘。壬寅癸卯，家益苦，府君夏无帏帐，余与弟卧榻，俱以逋粮质典，日夕睡楼板上。乙巳年，婚有日矣，尚无卧榻，玉立兄有床一张，质于贾小麻子家，勉强赎归，以成嘉礼，诸事可内推矣，小子识之。

元配陆氏，性极温淑，姿容端好，结缡数载，从无一诟谇之言。余虽贫，同学过从，必留饮食，咄嗟立办，多极欢而去，盖皆典质为之，余时亦不深省。丙午未入闱，己酉以艰阻，庚戌年紫涵有讼事，夫家、母家俱不振，始郁郁成疾矣！殁后，老仆妇张郁妻言，每官人赴席，小姐深夜篝灯，饮泣不止，及官人归，拭泪欢笑如常，余亦未见有涕泣处。呜呼！其用心良苦矣！廿六岁病卒时，得参术尚可救，惜力不能也！元配殁之先一年，冬甚寒，周君显有增找数十金，每日早起候之。余时无棉裤,乃以己裤被余,云:"我虽病,尚在家可耐,若行风雪,不可受寒也!"

断弦后,卧榻亦不能留,虽馆于袁氏,顽童俗主,殊非所好。归即卧楼板上,冷风透户,皓月穿窗,酒醒梦回,嗟叹而已。卧无榻苦矣!木棉无袭,转侧败絮中,何可耐也!

庚戌正月八日,余梦床前多插秋葵,茎叶方长。次日,次子生,余因私念:葵者,暌也!虽名之曰葵寿,而意殊不乐,此儿两目有光,精神颇旺,方辅丰颐,体尤充伟。母卒日,以仆妇抱之,痛哭受惊。先以母克乳,后受惊恐至二十余日。每日昏沉,一针灸即哑然有声,寻复昏睡如故,伤心惨目,每一念及,为之痛心。家既贫苦,祖母篝灯相对,直至气绝,兴言及此,心愈悲而气愈结矣!

辛亥年,楷儿仅五岁,曾至南河袁氏住月余,祖母领归,提携鞠育,不啻当年之抚子也!壬子冬,祖母弃世,汉昭嫂挈之而去。癸丑新年,舅家领去时,楼房已典,一无所存。癸丑九月,余自当塗归,见楷儿衣一酱色布衣,独坐家门首,见余走匿。呼之出,单裤穿破,疥癞遍体,泪从胸臆间落,虽铁石人不自制也!是冬续弦,弥月后,室人迎归,母子聚首,寻即上学,始有生色矣!

继室,董通政司右参议天来公女,通政公以壬辰年卒,余时九岁,内人甫两岁耳!外祖母毛宜人卒,适通政公之丧归,公子仅七岁,一子一女,扶丧而南,乡人咸为叹息。丁未春,偕董文友至澄江道试,乘间为余言有妹,极贤淑,幸为择一佳偶,盖指内人也!余时元配正无恙。至辛亥元配卒,以慎庵嫂、淡庵兄两人怂恿,竟委禽焉,事之不可意料如此。

乙卯以前,从未远出,乙卯以后,始渡江而北。由邹鲁至京师,自十二月十五日离家,至丁巳年十一月十七日抵里,凡阅整二年零十一月。戊午六月廿六日离家至奉天,以庚申年十月廿五日抵里,凡阅整二年零四月。甲子年五月十三日离家,以丁卯年十一月廿二日抵里,凡阅三年零六月。庚午年二月廿四日出门,又未知何时得归也!白发倚闾,红颜望远,言之惟有流涕,贫之累人,一至于此。

香会最无益,地方有聚至千人者,极宜禁止。戊辰三月,镇江王公祖过常,招饮杨秋屏园内。席散后,家人惊报云:顷京口饷船过丹阳,与千人会争道,为其所殴,挤数人入水,丹阳令已擒数人,置之狱中。王公闻之默然,过丹阳召而贯之，戒饬领饷人不自敛，饬此最得体，非独安辑多人，而宽宏镇静，且有大臣度量也！若不解事者，则地方不得安靖矣！

歙中有一大老，闻人有奖己之语，辄鄙其人为小人。有一门客云："好谀恶直，人之常情，晚生阅人多矣！惟老先不如此耳！"老大喜以为知心之言，不知已入此人谀中矣！大老俱坐此病，但不自觉耳！

王公祖为京口五年，苞苴不入，京师翕然有清誉。宛平相公云："舍弟安能清，但胆小，不敢要钱耳！"此言安放得极好，不独免众人皆浊之忌，而隐然于清字之下，又加一慎矣！如此措辞，岂浅人所解？

汉阳相公之父为湖广布政司，知印汉阳。童子时，先方伯公召试而奇之，问其名，曰："吴为治"。为易今名，以戊子己丑联捷。丙辰，余至京师，款洽甚至，见其子揆俞，汉阳语之云："汝未识太老师，今世兄自眉目以下，无一不肖也。"

丁卯十月，余将南归，初三日，往别东海，已送赆矣！至初十日登程，早间敦促数四，余时方冒寒疾。至晚，又来趋晤，余往，已掌灯，立斋在坐，东海拉余至僻处，语云："在此数年，总未曾为老师叔效得分毫之力。归省后，明年须早来。"余未审所以，唯唯而出。后方知以丁卯闱事为东隅耳。余不觉失笑，使余肯如此，岂必在诸人之后耶？

董太夫人（绛继室）家训

董太夫人曰："吾见人能敬祀祖先，岁朝月节，亲戚礼数不缺者，人虽贫穷，后必发迹。若不知有祖先亲戚，一味节省自大，就苦挣起，终必贫落。"

今人动曰："做人家，须知家固要做，人亦不可不做。"勤俭节省，早起晏眠，做家之法；存心忠厚，礼节周旋，做人之法。二者不可阙一也！

闻人说他人好处，宁信其有；不好处，宁信其无。吾见轻易谈人隐恶及闺阃者，其子孙必有丑报。

穷亲知借贷，虽力有不能，不可不周旋一二，以负其来意。渠不向他人开口，而向我开口，此中实有不得已。若负心不还，下次决不好再来，否则有借有还，亦不甚讨汝便益。家主母持家，饭米不可不余剩一年，须度量家中人口，每日吃用多少，该若干石贮在一处，如有存余，方可籴去，此是作家第一要著。每见人家米一上场，便即籴用，年岁一荒，典衣鬻钗，以籴饭米，致债负累身者皆此故也！必须于熟年米贱时留贮数石，方能如此，若米本少，亦必预为算计，或吃粥面相间，以待接熟。有米在家，偶然吃粥，心亦甚宽，若待米完，方思吃粥，便觉窘迫。吾于十八十九两年奇荒，未尝籴米吃。

孩子小时，当使有怕惧。奴婢不可令乱打乱骂，同辈玩耍即吃小亏，为母者不可助之认真。从小折挫惯，大来尚要使性子，不由大人作主。若纵之不管，后来有室与父母日疏，自主自张，为父母者至此反不能忍耐，遂至骨肉渐生嫌隙，此皆自小误之也！

每见人家父母，说他儿子好则喜，说不好则怒，此最是恶病。人谁肯做冤家？谁不知父母望子心切，一分好尚要说做十分，十分不好，止说一分，此人若非关切，亦不肯说不好，若闻之而怒，谁向汝说？子弟肆无忌惮，直至败露，方觉已不可追。然人来说时，且留在肚内，不可遽然发作。须细加访察，见有小过，将前日所闻之事说明，一齐重责。亦不可说此人所说。渠见不好处，父母便得知，背后便不敢放肆，人知不取怨，亦肯来说。使当时发作，说者恐过于认真，亦不来说矣，待奴婢亦然。

大儿子不可不认真教训，底下兄弟皆要学他样子。哥子好处，弟未必肯学，哥子不好处，便与酷似。且弟见兄如此，渠便有得解说，哥子亦无颜禁约得他，便一齐都坏了。吾子四人稍能知书者，实因大儿子先通之故也！

子弟见尊长，须从小使之惟诺惟谨，进退恭敬，不可令放肆。家中伯叔兄长见不是处，须令其责罚惯，外家如母舅长亲，须令其呵斥惯，子弟便到处有约束，匪类不诱之矣！鬼神谁说不有？然祭祠以时不可，因偶一抱恙，便行烧纸，譬如人家时常唱戏，锣鼓一响，人未有不来看戏者，看戏者众，常至生事吵闹。吾见好烧纸家必多疾病，鬼亦灵验，盖好吃之鬼，视为食户，而常来生事耳！

人家兄弟妯娌不和，皆因奴婢造言，讨好自己，买弄护主。主母信之，以致骨肉成隙，渠即计便可偷益放肆。旁人虽知，皆冷眼不说，误事不浅。汝辈倘有人在汝前说是非，当即问确小事且忍耐些。若情理说不去者，即同此人三面将话说明，虚则重责之，自后便无人搬是非矣！

人不可有嫉妒心，亲戚富贵，是他命运好，与我无损。彼不能照拂，是他不是处，我亦不必生怨，譬彼不富贵，我面上反有光耶？

太夫人存日，第一最恨赌钱。常曰："人一好赌，便与盗贼相连，其设心不可问。见人便鼠目獐头，言语颠倒，神魂失据。日夜在外，则闺门不能整肃。兄赌弟必效尤，岳赌婿必效尤。不惟害一身一家，且能贻害亲戚诸儿，倘如此，吾刲刃其腹矣！"

兄弟不和，则外侮必至，亲戚莫不解体。盖待手足如此，旁人冷眼一看，令人心灰齿冷，面前不说，背后难免评论。况老兄弟如此，则子侄效尤，小兄弟辈争闹攘夺，有不忍言者，出尽祖宗丑，岂不可恨？

宴客必求精洁，客人尽欢，方尽主人之意。若苟简怠慢，令客怀恨而去，不如无请。

吾见近来妇女，动好拜人为父母及结姊妹，此为最可恶事。父母岂可乱认，姊妹自有亲疏嫌疑，不别使人生无数议论。吾幼失父，族叔为汉中太守，欲领吾为女，吾曰："若欲照管我，即侄女亦可照管。必欲吾为女，吾父母既殁，尚忍再叫人耶？"

三姑六婆，岂能不令入门？但妇人家须要有主意，其来不必峻拒，只淡淡待之，不与深言。彼见无想头，便不来走矣。人要有志气，有骨节。没志气皆因贪快活，没骨节只为爱便宜。没志气是饥寒胚子，没骨节是穷贱根苗。不爱便宜，不贪快活，自家立得脚跟定，即不富贵，亦无愧祖先。

家主母一定要早起迟睡，早起则奴婢有约束，迟睡则门户有照管。

女子在家，不可不使当家知甘苦。如写算之类，亦要略知一二。吃苦惯了，后来到人家便不贪逸乐，贫能耐富。能守大半女子作主，男子虽极筋节，终觉宽阔疏虞，若一味琐碎，便不成丈夫气概。全要为妻子者为之检点料理，承先启后，关系非轻。人皆知爱女，不知姑息既久，乍到人家，了无泾渭，伸头不直，见轻于丈夫，是害之也！

妇人家第一要别嫌疑，即至戚往来，亦要有礼节，不可太亵狎。人家闺门丑语，岂必真有此事，但嫌疑不别小人，遂得诬之也！

儿子结亲，不可不细访其岳父岳母及诸舅行止。于妻家父母虽严，有不能禁其往还者，气习好，儿子便思向上，外甥亦可学样。气习不好，渐染成风，子孙后来非复吾家本色矣！吾见人因妻家败者多矣！慎之，慎之。

儿子既大，不能无友，然必人品好者方可令相与。如人品不好，为父母者知之，即当拒绝。人见父母如此，自然不敢上门，亦不生怨。我子匪类，不同正人，方肯相与。若听其滥交，博弈饮酒，种种不肖，渐不可禁。

儿子未有室家，不可令有银钱在身边，无银钱则人不为算计。凡事要至父母前商酌，如有银钱，小人贪利，为之效奔走，遂可无事不为矣！

奴婢要用其力，饥寒饱暖不可不照管。破衣齷齪，向人面前行走，便见家主母懒惰无才。然又不可姑息，须时加约束察访，家主与人说话，不可令其插嘴。上人亲戚不论贫富，当使畏敬。奴仆放肆，便令亲戚衔怨主人。

妇人家切不可自大，妯娌中各人娘家贫贱富贵虽各不同，然我既为其兄弟妻小，妯娌便是我兄弟，有何高下？每见妇人自恃娘家富贵，轻慢妯娌，致生嫌怨，此小器没见识人，终身定无受用。吾见《世说》言：钟郝二夫人相为妯娌，钟为太傅之女，郝系小卒之女，贵贱天悬。然钟未尝以贵自矜，郝未尝以贱自贬，交相敬爱，故两人子孙贵盛无比，世称钟礼郝法，此等事妇人所当法也！

女子与丈夫合命，丈夫名节人品，关系自己名节。如有不合理处，断须苦口规谏，不可一味讨好，任其所为，坏了丈夫终身。

女子虽不可干预外事，然男子银钱来路不可不究其原故。如从艰难得来，便可劝其节俭，如从刻薄得来，便当劝其积德。吾见人家妇女不顾丈夫死活，拿来便用，真可恨事。

亲戚相好，固是好事，然有一定道理，不可虎头割耳，暴好六十日。吾见人始初相好，后来相恶，真可笑也！亲戚无礼，我且忍耐，不可便与翻恶。恐其气平自思，尚有相好日子，冤家怕多，亲戚怕多耶？

人最不可负心，得人恩惠，必思报效才是。吾见猫犬畜之既久，见主人必倍加驯扰，知受其豢养之恩也！若受人好处，转眼便忘，真畜生不如矣！

做小辈待尊长，每事肯自认一分不是，便省无数气恼，一生亦无大差错。

人家子弟读不成书，即当令习一业，以为养家之计，如医卜书画演算法之类，再下即手艺力田自食。可不至为非作歹，倘能借此成家，伊子读书起来，犹不失旧家体面。最恨不稂不莠，一无所能，行事奴才不如，开口说祖父家世，此种人不如无有。

请先生不可不恭敬，儿子一生功名学问，皆仗他教诲，我不敬他，他安肯尽心教训？饮食礼节，间有感动得他处方妙，先生不是处，切不可在学生面前说，彼见父母如此，便不肯虚心听受，子弟焉得有好日？

穷亲戚不可不加意周旋，伤心事最不可做。人于无可奈何时，我当曲为排解，即力不能，亦当有太息不忍意。若幸灾乐祸，雪上加霜，此人隐恨，必图报复。即不能报复，天亦放汝不过。

作家每事要思前算后，凡事预先打点料理，便不忙促吃亏。若只图眼下一味浪用，场面既大，便缩手不得，初时卖弄英雄，后则懊悔不及。

人家父母爱装饰小儿，乱剪绫缎，此最损孩子福气。儿子小时不常外出，何须华丽？但令布衣旧裳穿在身上，能洁净端正，来至人前拱揖有礼，而有文气，此便好看，何须装饰？吾见人生子，爱惜太过，尿布皆用绵绸，后此子二十年便衣不蔽体，岂非暴殄所致耶？

亲戚为吾料理事体，不可因偶然小失，便生怪头。但看此人立心若何？如有意坏事，便不可托。若出无心，当认作自家错处，不必形于口角，此人得知。将来有事，便可托胆相为矣！

好当当头，是败家一事。一当岂能即赎？日积月累，利钱太多，恐怕没去，只得又赎。下次再当，利钱算来，过于本矣！若欲当去，不如卖去，犹省得起利别人。

小说小唱，开口佳人才子，此最可厌。没见识女子看了，便信以为真。若女子能识字，如小通鉴白眉故事之类，时令看看，或与讲说，便可略知世事。胸有主意，不为此种书所哄。

附：董太夫人纪述家事训言

董太夫人为通政司右参议天来公女，祖寅谷公与方伯公同学相好，三世甲科。太夫人幼孤，与舅氏玉苍公友爱最笃，明慧贤淑，亲戚长幼，皆严惮之。康熙十二年冬十一月归我显考中翰公，时中翰公三丧之后，家业荡然，局前大屋典去，乃入赘于外家。弥月后即遣人领归，与同卧起，爱护弥至。祖母毛安人时在北门子达叔处，太夫人谓中翰公曰："今虽居母家，吾无父母，姑不可不奉侍也！且子为长兄，兄岂可令弟养母？"亦即迎归侍养。

尝忆幼时，祖母谓椿曰："今日家中请先生，汝等日得肉吃。当初住关帝庙前，汝大哥附学在外不归，二哥年幼，每倚槛望曰：'哥哥几时家来，我便有肉吃了！'盖家中常蔬食，大哥归，太夫人恒买肉食之，故其言如此"。又曰："汝大哥十八岁病弱症，二哥才生三岁，太夫人每日节自乳以饮大哥，董氏诸亲谓曰：'汝生三女，方得一子，何不自爱，反以乳与他人子耶？'太夫人曰：'是何言与？我尚能再养，陆氏姊止留此一点骨肉，倘有不测，空做人一世矣！吾儿有命，未必饥死。'噫！即一事思之，凡为继母者宜知所法矣！"

舅氏玉苍公没已数十年，椿未及见，然每见太夫人言及，未尝不唏嘘叹息，甚至流涕。没后数十年犹如此，生时复如何耶？

忆丙子丁丑年间，椿八九岁时，中翰公馆于宛平王相国处。家中请先生课读，至二鼓方许进内。太夫人率两姊及诸婢女共一室纺棉。见必问所读何书，曾读熟否，不熟则令立灯下复读，背出方睡。清早则唤起进书室，习以为常，不见其苦，亦不知其好处也。今观家中气象，此景岂可复得耶？

中翰公与大哥常远馆于外，兄弟皆年幼。门户内外大小诸事皆太夫人一人主持，如先生不在馆，太夫人必至外庭查看。见有不洁净，即令打扫桌椅，必令揩净，门庭肃然，男妇各有职业，无一人敢闲荡者。

中翰公存日，如在家，远客过，必进访，故车马之客时至。太夫人款待有礼，皆欢悦而去。犹忆石门吴青坛侍御谓中翰公曰："贵邑绅士虽多，然皆不好客。吾屡造尊府，长兄书生而饮馔丰洁，井井有条，从无厌倦之色。吾闻嫂夫人最贤，今益信矣！"

太夫人尝曰："自吾至汝家，迄今三十余年，岁时祭祀，春秋祭扫，皆独任之，未尝敢推诿各房也！"

太夫人年六十余岁，犹早起纺积。椿苦口阻之，曰："吾习劳惯，不耐闲坐，且吾不如是，叫诸媳妇，看谁样子？"

甲午岁偶旱，太夫人有忧色。椿宽之曰："兄弟数人，俱各有馆，即荒年未必就受困饿。"太夫人曰："吾家或可稍支，如亲戚某某辈，力不能赡，奈何？"

太夫人待师最敬，如时物出时，未供先生，不先入口。先生在书室，则供给丰盛，去则腐饭。先生不在馆，必至户外察听，如出位玩耍，则唤进责罚，虽放年学，不许时常进内。日课分外严紧，常曰："小孩子须令其知书房中乐，外边苦，则一心读书，不想白相。"

太夫人来吾家时，陆氏外祖祖母犹在。外祖家贫，太夫人问候不绝，待有加礼。周家母姨常曰："吾在家时，见姊姊处遣人问候，父亲必对天祝曰：'难得，难得，愿董家小姐生子聪明，易长易大。'"

太夫人好看书，闲则看《纲鉴》及《纪事本末》、《古今传记》，遇忠孝节烈处，未尝不兴慕叹息。忆幼时乘凉，每夜必说古事一两则与听，论古今成败，辄有断识。

中翰公诗文脱稿，未尝不与太夫人细阅，偶指摘微疵，中翰公每因之改削。然勤于女红纺织补纫无废事，未尝以此自夸，人亦不能知也！

大哥幼为艳体诗，太夫人见之，曰："坏心术诗不可做。"余幼学作闺诗数首，见之斥曰："吾家文友作此种词，以致绝嗣，汝为此，欲长进耶？"

太夫人于三党宗亲数十年来，从未见有与翻恶者，待穷亲知尤尽礼。亲属中有手足参商者或来告诉，太夫人于弟前必言其兄好处，责其不是处；于兄前必言其弟好处，责其不忍耐处。来诉者初时疑有偏向，后知无私，莫不称感，尝因此释然。

族中诸姊妹及舅氏诸表姊未出阁时，恒领归与两姊同习女红，教诲不异亲女。诸姊妹惟太夫人之言是听，未尝有违。终年在吾家，饮食虽菲薄，未尝不感悦，知太夫人待之以诚也！

董氏外孙女嫁于某，常率其孙至吾家，衣服褴缕，面目猥琐，人皆轻之。太夫人未尝不以礼相待。去则唤兄弟辈，谓曰："此子祖亦为进士，渠因不读书，以致如此，此乃汝辈榜样，不可轻忽也！"

太夫人自奉极菲薄，生平未尝为己特杀一生。后数年，兄弟辈供给以三簋为率，多则禁不许。待诸媳爱如亲女，均平无偏爱，尝谓诸媳曰："人家父母偏憎偏爱，致厚薄不均，兄弟姊娌各怀妒忌，遂致不和，此皆为大人者不是。汝等将来各皆有子女，切不可如此。"又曰："教小儿，须要为母者严加约束，不好处切不可替他在父亲跟前遮饰。儿子小时有时离父，无时离母，其言动举止，唯为母者知之最真。若一护痛，替他掩过，彼便放心不学好。子弟不肖，大半为母者护痛出来。"又曰："人之一身，须知上有祖宗，下有儿女，皆倚仗于我。不可时时忧惕，若只顾一身快活，不虑前后，与禽兽何异？"

大椿读《近思录》，见程夫子所作《侯太夫人行状》，味其行事教子，先太夫人深有与吻合者。而二程夫子以理学道德继往开来，真可谓克荷慈训之令子矣！大椿兄弟数人，行不过庸流，声不出里巷，年俱及壮，尚无一成。清夜偶思，心即悸焉震荡。今已蹉跌，不能及先儒之万一，使复怠惰放恣，不自检点，以致行败名辱，则大椿之罪又当何如也？每于平旦，追忆太夫人之遗言，及平日持家立心之事，录以时览，虽遗漏颇多，庶几夙兴夜寐，有以自警。而子侄辈观之，可凛慈训之一二云。

大椿谨记。

《庄凝宇公年谱》跋

　　先大父一生清节，不愧科名，事君使民，无一毫苟。先大人至性孝弟，立新行己，一出于正，虽数奇不遇，而天意迟迟，不无所待。固不欲朝荣夕悴，隳燕翼之谋也。

　　孙绛谨跋。

闻湖盛氏诗文

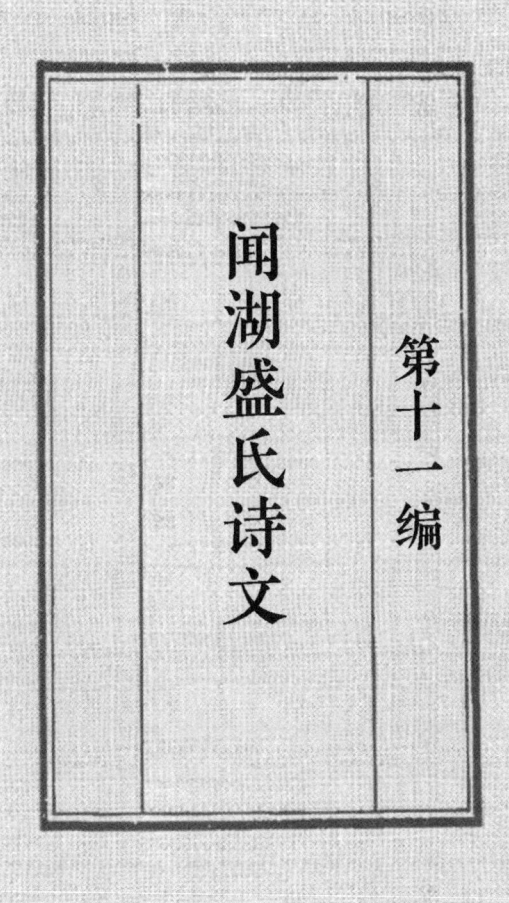

第十一编

盛氏家系

文湖公盛周
|
肖湖公盛惟谦
|
若华公盛万年
|
崑柱公盛士元
|
演仙公盛以约
|
容闾公盛民誉
|
丹山公盛枫
|
栖霞公盛支煜
|
雪泉公盛百穀
|
根斋公盛世组
|
餐霞公盛善沆
|
女适嘉兴李璠

盛周

盛周（1509—1563），字文郁，号文湖，浙江嘉兴秀水人。少从王龙溪游。嘉靖三十一年（1552），年已四十三，需次鹰贡，始举本省乡试第三名举人，三十二年进士。官都察院政，除知福建浦城县，补南刑部云南司主事，转本部山东司郎中，出知东昌府，时严嵩父子柄国，盛周不予趋谒，洁身自重，以劳卒于官，年五十四（《福建通志》《建宁府志》《东昌府志》各有传）。著有《滴露堂稿》《南曹唱和集》，尝与沈先生靖夫讲学于闻湖书院。高祖父盛敬，高祖母施氏；曾祖父盛景芳，曾祖母黄氏；祖父盛洪，祖母沈氏；父盛嵩，母沈氏；妻金氏、吴氏，副室文氏；子五：惟谦、惟传、惟德、惟勋、惟恒。

诗二首

蔡见麓过夜坐

周字文郁，（嘉兴）秀水人，嘉靖癸丑进士。除知浦城县，入为刑部主事，历郎中，出知东昌府。

《静志居诗话》：太守少从王龙溪游，与沈先生靖夫，讲学于闻湖书院；遗址在梅家荡水中央。其子姓至今聚族于斯。闻其报最日，忤分宜父子，不得台谏，盖庄士也。

南浦停车暝色催，故人相见且衔杯。
月明何处吹长笛，落尽空山几树梅。

录自《明诗综》

光岳楼诗

盛周字文郁，号闻湖，浙江秀水人。少从王龙溪游，登嘉靖三十二年进士第。初知浦城县，请托馈遗，一无所受。上官以其强直交荐之行，取至都工部尚书。赵文华本秀水项氏赘婿，与周有旧。谓曰东楼虚台省以待，君曷往过之？周曰：士所以望登台省者，上思匡君，下思利民耳。今先以身乞怜相府，异日何以自立？卒不顾。遂补南京刑部云南司主事，转山东司郎中。四十一年，出知东昌府。地为南北要津，挽漕乘传，疲于支给。乃详请济宛二府协济，并令刻期转解，遂以为例。卒于官。

开基屯卫重雄藩，创业鸿图杰阁尊。座上风烟收渤海，天边云树豁中原。
当时璧马当忧国，此日田畴自绕村。回首重霄迷紫极，孤臣徙倚独消魂。

录自《东昌府志》

盛万年

盛万年（1555—1628），字恭伯，一字叔永，号若华，浙江嘉兴秀水人。万历十一年（1583）进士，除刑部主事，历工部郎中。出为福建按察副使，历广东、贵州、江西按察使。迁云南布政使，未任卒。分守岭西期间，在雷州、高州、廉州等州县指挥军民，抗击倭寇，屡建战功。后设右江监司，署宾州，为平抚宾州、柳州等地扰乱，多有建树。著有《岭西水陆兵纪》（为中国古代兵书之一）和《拙政编》（附诗）等，诗多佚。高祖父盛洪，高祖母沈氏；曾祖父盛嵩，曾祖母沈氏；祖父盛周，祖母金氏、吴氏、文氏；父盛惟谦，母陶氏，处士陶楷女；妻吴氏，吴久恩女；副室吴氏；子二：士元、士表。

岭西水陆兵纪
序

不肖政，为南职方郎，蒿目兵政，深叹其敝窳不振，为戍留都者若干，卫卫若干，军岁所费若干，饷占籍者非不如林矣。嘉靖中，倭不盈百，长驱闽浙江淮之间，进薄都城，惟闭关以谢，竟无一矢加敌者。后始议募客兵，分水陆二营，迄今恃以为捍。然兵以久玩，按籍而呼则捷，负弩而驱则仆，汰之虞脱巾，振之易攘臂，岁所简阅，不啻孩戏。各省直诸边镇，其兵不留都者百一二。槜李盛公文经武纬，为宪万邦，胸中甲兵，并辔韩范，乃以起部郎出，备兵于闽，观察于粤，而复参藩于黔。不肖为字下编户，沐九里润者有日，一旦获靓公粤东水陆二兵纪，议周而核，严而可久，乃喟然曰持此主，天下兵何忧敝窳耶。广之电白、吴川，古高凉地，东南滨海，与暹罗、日本邻番，舶乘汛无深濠广堑之限，往往为中土孽。而电吴先受其锋，西北阻山，峻岭摩空，而复道蹑云，猺獞窟焉。诈顺者曰抚，民亦出没叵测，乘隙内讧，与海寇相煽为虐。海扬波而山亦警燧，故嘉隆有电白之祸，万历有吴川之危。虽旋乱旋夷，而征兵倥偬之际，无异顾犬补牢矣。及一底定，鲜有豫为绸缪之计者。公见之慄然，殷殷为桑土之谋。电白西五里为莲花寨，以扼其吭，吴川西六里为限门寨，以固其藩，各列海而为信地，以专责守。分总以下臂指相使，方舟连船宁于城堞，是为水兵。旧陆路止高凉阳电二营，而兵亦晨星，公为增饷而广其籍，至吴川距海，尤咽喉要地，特创一大营，营兵五百有奇，与高州阳电鼎足而峙。又分三营之什一以实阳电。黎戎之伍使得征发，以备不虞，是为陆兵。汛收则水陆犄角，汛发则水陆击应，制何周也。至于除器理饷训练，清勾设塘报严斥堠，新其雉堞而申其军法，一切钜细罔不悉备，意何核也。公尤虑乌合者之未易齐，一复撠其所建。梗概概括成帙，捕队而上家给而人谕之，于以一其耳目，齐其心志。翕肩累息，绳布丝联，故善驭者无逸马辔衔铬也。二编其公之謦欬，以善御三军之师者乎，又何严而可久也。

治广者能画一守之将,海永不波,陆永不燧,宁独高凉万世功哉。夫兵犹火也,薪尽而火传,以公之二编火传于天下,用之留都,用之各省直,用之九边诸镇,以及荒徼之域,无不为万世盘石之计,又何敝窳至此极乎。故试于广广之民户而祝之,试于天下则天下之民户而祝之,天下皆户祝公,而天下之兵政,庶亦周亦核亦严而可久。虽有留都嘉靖之变,百不为忧矣。

万历三十七年岁次己酉季春
赐进士第奉政大夫南京兵部职方清吏司郎中治下生喻政顿首拜撰

附录

《明诗综》:盛万年,字恭伯,秀水人,万历癸未进士,除刑部主事,历工部郎中,出为福建按察副使,历广东、贵州、江西按察使,迁云南布政使,未任卒。有《拙政编(附诗)》。

《静志居诗话》:盛公浮湛藩屏,扬历有年。当其参藩羊城,值倭人入寇,躬擐甲胄,乘城击破之。于锦囊所尝以一人摄五监司事,案无留牍,其还家诗云:"三黜已甘投岭外,一帆今喜到江乡。"所居梅湖,饶有鱼稻之利,筑场纳稼,专以宝啬训子孙。先畴至今未改云。

卷上

广东等处承宣布政使司分守岭西道右参政盛

为申严条约,以肃军威,以固海邦事。照得高凉之地,东南距海,绵亘六百余里,倭人乘东北风而来,信宿可至,电白、吴川为必犯之地;西北倚于博陆,山菁盘郁,獞猺错处于二广,为联络之处。万一中寇,则东西壤绝矣。其所系之重如此,乃承平日久,武备寖衰,尺籍空虚,兵防单弱。以故前有电白之祸,近有吴川之危,本道思为结网补牢之计,乃力请两院,再增水陆官兵九百三十七员名,幸蒙轸念时艰,俯赐批允,深为地方幸焉。故为之派守信地,为之酌用战船，为之增定名数，为之布立营垒，为之置造器药，为之料理钱粮。时其训练，稽其虚冒，申其号令，约其应援。雉堞之卑小者，撤而新之；池濠之湮没者，清而浚之；以至设塘报、谨斥堠、籍猺兵、慎城守、一切军中机宜，时与二三将领共申饬，彻土绸缪稍已具悉。惟是兵心未一，面命为难，时异事殊，善后不易，谬为掇拾条款，编列成书，水陆各自为帙，捕队而上，各给一帙，使与士卒习其耳目，齐其心志，且藉以垂永久，倘亦为高凉保障之一助乎。然本道猥以书生，鲜知兵事，区区臆说，无当于时。伏乞本部院、本院留神详阅。如有一二可行，特赐丁宁告戒，行回遵照刊发，仰藉宠灵，绥此海邦，本道幸甚，地方生灵幸甚。具由通详，随奉总督两广军门戴批：据详，水陆条约善后事宜，已极详悉。远猷石画，足为东海金汤，仰刊刻成书，分发大小将领，着实遵行。缴又蒙巡按广东监察御史李批：水陆兵防布置，悉中肯。綮信能行此。伫看溟渤波恬，寇盗喙息矣，尚何倭之足患哉？依议刊行颁布，严督将领着实遵行。有不如约者，以三尺从事。

此缴。

万历三十年正月□日刊行

北津寨右司信地，东界双鱼，西界白鸽，中以莲头、限门为寨。巨海茫洋，倭警叵测。以故嘉隆间电白城陷，受毒甚惨，前车为不远矣。事平而后，迄今三十余年，衣袽不戒，防御浸疏。至二十九年四月，倭奴突犯吴川，城几不保，旋事征兵，燃眉莫救，今详两院，处饷增兵，添设限门分总，领兵一寨，与莲头旧寨各派信地，互为犄角。至于器械火药，无者增之，坏者修之，更设塘报，严烽燧以便侦探，种种事宜，庶以补偏救弊。但立法之初，犹恐纪律未明，人心未肃。合申条约，辑汇成书，刊刻颁布，以永遵守。敢有不奉约束，军法具在，决不轻贷。

水寨条约

派守莲头限门二寨信地图说

莲头限门二寨信地，上自青洲港与双鱼所分界，下至碙州①与白鸽寨分界，

---

① 碙州：应为硇洲，岛名，位于广东。

沿海地方计六百九十里，其中青洲山、黄程山、莲头山、放鸡山、暗镜山、博茂湾、磊嘴门七处俱在外洋，乃贼船可泊之所。但恐风信不测，兵船难于久扎。至于青洲港、莲头港、赤水港、限门港、三合窝、新门港六处，可以泊船，即系防守要地。其青洲港在电白县城之东，距城八里，人烟稠集，甚为吃紧，应派七号船二只扎守，艟艚一只，专责巡哨港外青洲黄程前蓝海面。而莲头港系电白县咽喉，距城五里，应派左哨三号船二只，六号船一只扎守左港，右哨六号船一只，七号船一只扎守右港，艟艚一只专责巡哨莲头外洋接前蓝海面止。赤水港系电白县之西港，内通各乡村，距城四十里，应派三号船一只、六号船二只扎守，八号船一只专责自莲头海面巡至放鸡山止，又艟艚一只专责自放鸡海面巡至暗镜止。限门港系吴川县门户，离城六里，港内通梅菉化州达高州府，应派六号船二只、七号船五只扎守，八号船一只专责自暗镜海面巡至博茂止，又艟艚一只专责自博茂海面巡至限门止。三合窝系贼船往来入犯之区，窝有小港通限门内港，应派六号船一只、七号船二只扎守，东则策应限门，西可备御，新门八号船一只专责自限门海面巡至三合窝止，其新门港系石城县要地，离城八十里，应派七号船二只扎守，艟艚一只自三合窝海面巡至新门止，又艟艚一只专责自新门海面巡至硇州止，大船可恃攻击，艟艚以便侦探，走报军情。

　　青洲港至青洲山三十里
　　青洲至黄程山三十里
　　黄程至莲头山四十里
　　莲头至放鸡山五十里
　　放鸡至赤水港六十里
　　赤水至暗镜山四十里
　　暗镜至博茂湾六十里
　　博茂至限门港六十里
　　限门至磊嘴门八十里
　　磊嘴至三合窝四十里
　　三合至新门港八十里
　　新门至硇州一百二十里

第十一编

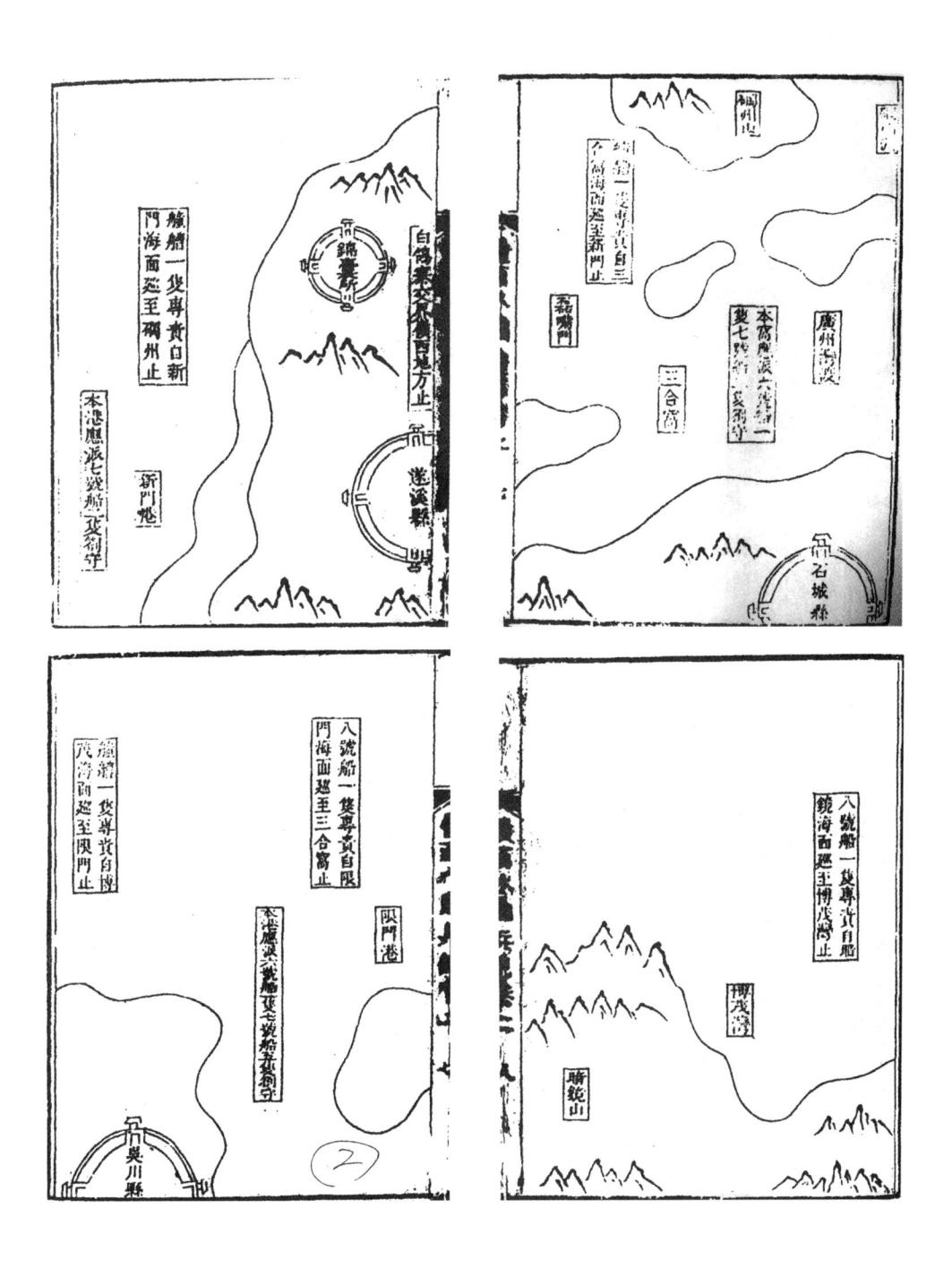

图一（右上）

銅州戍

廣州灣

汛船一隻專責自新
門海面起至碙州止

本窩應派六號船一
隻七號船一隻剷守

茅硤嘴門

三合窩

石城縣

图二（左上）

錦囊所

新門汛

汛船一隻專責自新
門海面起至碙州止

白鴿寨交汛處自此方止

逮溪縣

本港應派七號船二隻剷守

图三（右下）

博茂汛

騎鞍山

八號船一隻專責自
鏡海西起至博茂汛止

图四（左下）

限門港

吳川縣

八號船一隻專責自限
門海面起至三合窩止

汛船一隻專責自博
茂海面起至限門止

本港應派六號船一隻七號船一隻剷守

右上图

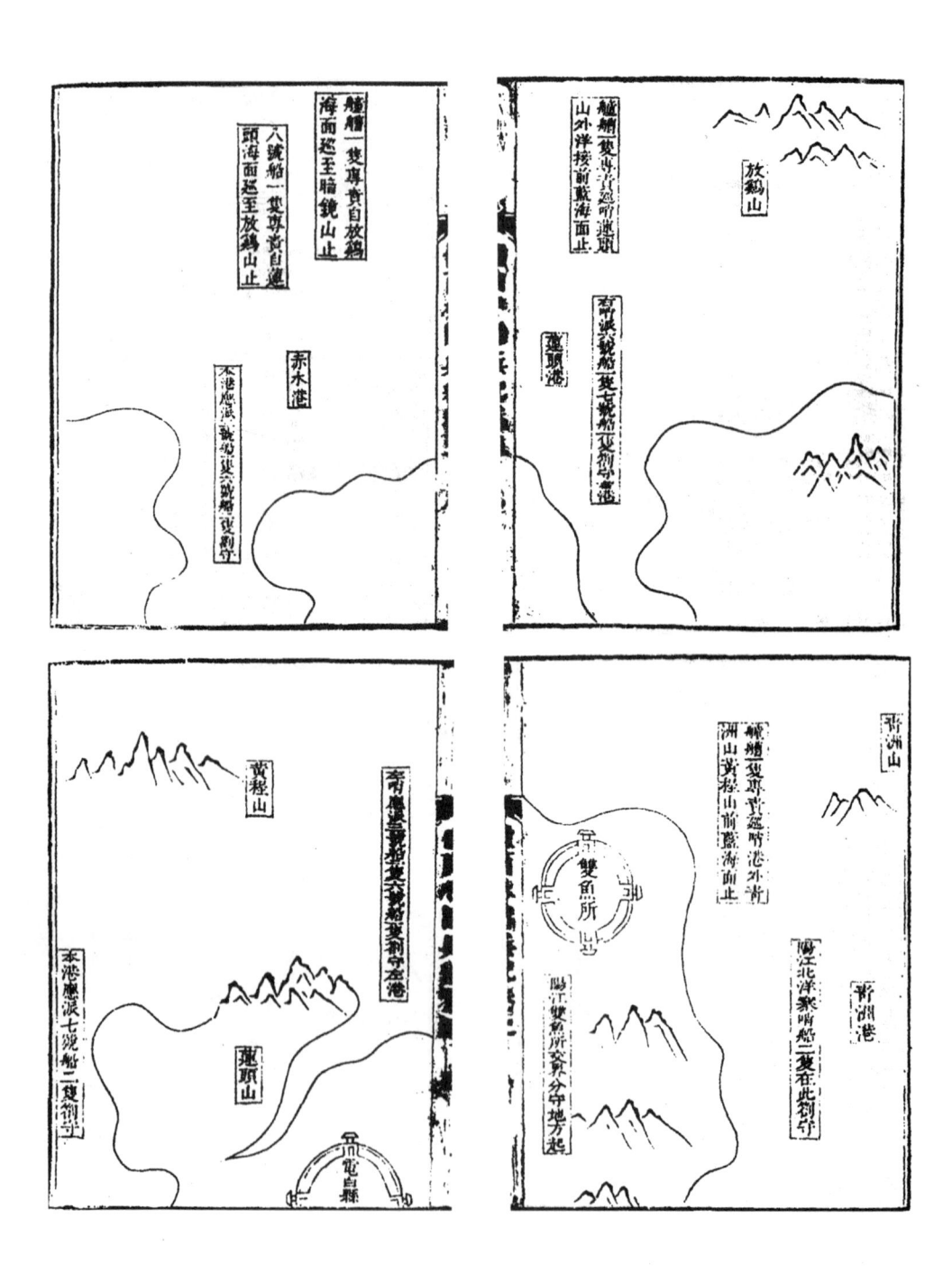

艍䑸一隻專責哨遞訊
山外洋接前戴海面止

哨汛䑸船一隻七號船一隻劄守港

放鷄山

蓮頭港

左上图

艍䑸一隻專責自放鷄
海面起至暗鏡止

八號船一隻專責自蓮
頭海面起至放鷄山止

赤水港

本港應派八號船一隻六號船一隻劄守

右下图

艍䑸一隻專責哨遞哨港外汛
洲山黃程山前藍海面止

晉洲山

雙魚所

陽江北洋繁哨䑸二隻在此劄守

晉洲港

陽江雙魚所交哨分中地方起

左下图

奉哨䑸三隻專哨䑸六號船一隻劄守左港

黃程山

蓮頭山

本港應派七號船二隻劄守

電白縣

478

旧分总一员，驻扎莲头，名曰莲头分总所，管信地自青洲起至暗镜止，计二百五十里，其中海港水深，堪泊大船，拨三号三只，六号四只，七号三只，八号一只，艟艚三只，照前列信地哨守。

新分总一员，驻扎限门，名曰限门分总所，管信地自暗镜起至碙州止，计四百四十里，其间海港水浅，两岸多石滩，扎大船且不便驾捕，拨旧设六号一只，七号三只，八号二只，艟艚三只，新设六号二只，七号四只，照前列信地哨守。

哨船图说

三号船三只，每只旧设捕盗一名，捕丁一名，舵工缭手椗手斗手各二名，队长三名，兵三十四名，船大兵少，实难驾捕。今议每只增队长一名，兵六名，没水兵一名，新旧共目兵五十五名，内莲头右哨官坐驾一只，增掌号兵一名，其各司技艺与执持器械悉依船式贴注遵守。

六号船七只，每只旧设捕盗一名，捕丁一名，舵工二名，缭手椗手斗手各一名，队长二名兵十九名。今议每只增队长一名，兵八名，又没水兵一名，新旧共目兵三十八名，内莲头左哨手限门左右二哨，官各坐驾一只，各增掌号兵一名，其各司技艺与执持器械悉依贴注船式遵守。

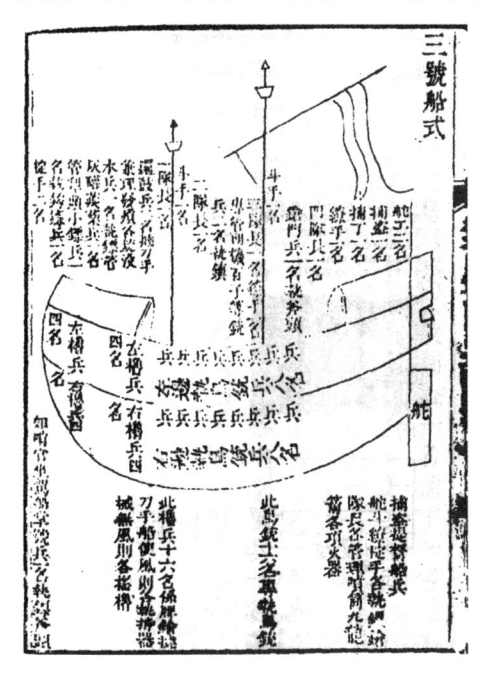

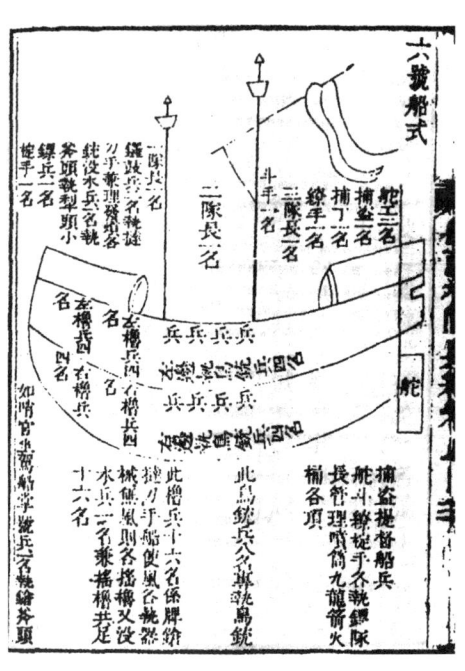

七号船十二只，每只旧设捕盗一名，捕丁一名，舵工一名，队长二名，共十九名。今议增每只缭手一名，椗手一名，兵六名，新旧共目兵三十二名，其各司技艺与执持器械悉依贴注船式遵守。

八号船三只，每只旧设舵工一名，队长一名，缭手一名，兵十一名。今议每只增兵六名，新旧共目兵二十名，各司技艺与执持器械悉依贴注船式遵守。

艟艚船六只，每只旧设舵工一名，队长一名，缭手一名，兵十一名。今议每只增兵二名，新旧共目兵一十六名，各司技艺与执持器械悉依贴注船式遵守。

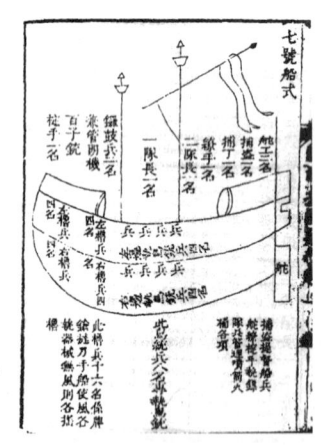

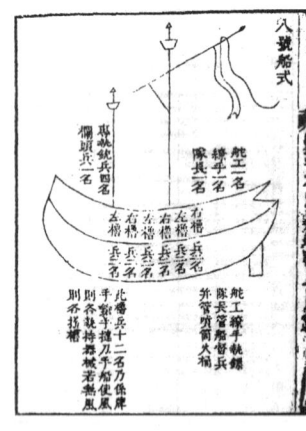

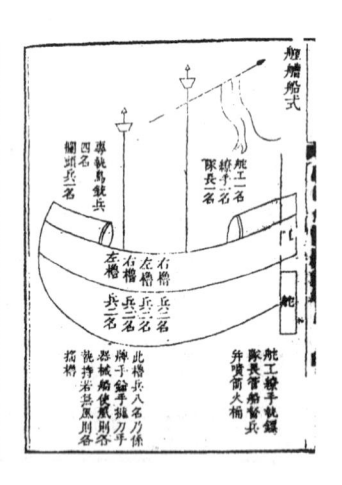

置造器药

哨船器药有日久坏烂者，有原置未备者，今已参旧制合众论随船大小修补派给，但久置船中，恐咸卤湿坏，凡春冬二汛，毕日莲头寨听参将，限门寨听海防官各逐件点验，谕令哨捕量留一二零碎者在船，以备缓急，其余喷筒火罐、九龙箭等项各就近送回。参将海防衙门督令人役善藏，各将收过数目，报道查考，候汛期将至，各哨捕照数赴领，具领报道。稽查官兵无事损失，人役收藏浥坏，责令赔补，若敌贼用去，查有实据，准与开销，缺少者详道发补。

三号船：

发熕铳一门子十五个　　朗机铳四门子十六个

百子铳四门　　　　　　鸟铳十六门

三管铳三把　　　　　　埋火药桶五个

喷筒二十个　　　　　　　　火罐二十个

火绳十六条铳兵自备　　　　九龙箭二十门

大斧头六把每把口阔六寸重三斤　挞刀十四把

长竹枪二十支　　　　　　　过船枪十支

钩镰刀二十把　　　　　　　缭钩四把

犁头镖三十杆　　　　　　　小铁镖三百支

每兵藤盔一顶自置　　　　　每兵绵甲一领自置

藤牌十四面　　　　　　　　铁蒺藜二百口

灰瓶二十个　　　　　　　　锣鼓二副

大旗一面　　　　　　　　　斗衣二副

罟网六十手　　　　　　　　发熕铳药三十斤

朗机铳药六十斤　　　　　　百子铳药六十斤

鸟铳药五十斤　　　　　　　朗机铁弹四十斤

百子铅弹四十斤　　　　　　鸟铳铅弹三十二斤

六号船：

朗机铳四门子十六个　　　　百子铳四门

鸟铳十二门　　　　　　　　三管铳二把

埋火药桶三个　　　　　　　起火十支

喷筒十二个　　　　　　　　火罐十二个

每兵藤盔一顶自置　　　　　每兵绵甲一领自置

藤牌十面　　　　　　　　　火绳十二条铳兵自备

九龙箭十二门　　　　　　　长竹枪十二支

过船枪八支　　　　　　　　钩镰刀十四把

大斧头四把每把口阔六寸重三斤　挞刀十把

钩镰二把　　　　　　　　　小镖二百支

犁头镖二十杆　　　　　　　铁蒺藜二百口

锣鼓二副　　　　　　　　　大旗一面

斗衣一副　　　　　　　　　罟网四十手

朗机铳药四十斤　　　　　　百子铳药四十斤

鸟铳药四十斤　　　　　　　朗机铁弹三十斤

百子铅弹四十斤　　　　　　鸟铳铅弹二十四斤

七号船：

朗机铳三门_{子九个}　　　　　百子铳四门

鸟铳十门　　　　　　　　　三管铳二把

藤牌八面　　　　　　　　　每兵藤盔一顶_{自置}

每兵绵甲一领_{自置}　　　　　火礶八个

火绳十条_{铳兵自备}　　　　　埋火药桶三个

喷筒八个　　　　　　　　　起火十支

九龙箭八门　　　　　　　　挞刀十把

大斧头三把_{每把口阔六寸重三斤}　长竹枪八支

过船枪六支　　　　　　　　钩镰刀十把

缭钩二把　　　　　　　　　小铁镖一百五十支

铁蒺藜一百五十口　　　　　锣鼓二副

大旗一面　　　　　　　　　罟网四十手

朗机铳药三十斤　　　　　　百子铳药四十斤

鸟铳药三十斤　　　　　　　朗机铁弹二十斤

百子铅弹二十斤　　　　　　鸟铳铅弹十五斤

八号船：

百子铳二门　　　　　　　　鸟铳六门

三管铳一把　　　　　　　　埋火药桶二个

起火十支　　　　　　　　　火礶四个

火绳六条_{铳兵自备}　　　　　钩镰刀六把

大斧头二把_{每把口阔六寸重三斤}　长竹枪四支

过船枪五支　　　　　　　　铁蒺藜一百口

挞刀八把　　　　　　　　　小镖枪六十支

喷筒四个　　　　　　　　　藤牌六面

每兵藤盔一顶_{自置}　　　　　每兵绵甲一领_{自置}

大旗一面　　　　　　　　　锣鼓一副

百子铳药三十斤　　　　　　鸟铳药二十斤

百子铅弹二十斤　　　　　　鸟铳铅弹十二斤

艟艚船器药与八号船同。

额设官兵

莲头旧设分总一员，家丁二名，健步二名，长夫二名，哨官二员，每员家丁一名，健步一名，捕盗十六名，每名捕丁一名，共十六名，舵工三十四名，缭手二十名，椗手十一名，斗手十一名，队长四十四名，兵四百五十名。兵稀海远，备御不周。今议增分总一员，书记一名，家丁二名，健步一名，长夫二名，哨官二员，每员家丁一名，健步一名，捕盗六名，每名捕丁一名，共六名，舵工八名，缭手一十四名，椗手一十四名，斗手二名，没水兵十名，塘兵十二名，掌号兵四名，队长二十二名，兵二百八十八名。又新添莲头分总书记一名，通融新旧，分派莲头分总部，领哨官二员，捕目兵丁五百名，限门分总部领哨官二员，捕目兵丁五百零九名。

额支兵饷

右司官兵月粮，向来取给司饷，上下半年请支，近议增兵，司饷难继，或搜括府库，或加派丁田，以足兵食。今通计新旧莲头限门二总官兵共岁支饷银，除收汛减支外，尚实支银一万六千一百九十六两零五分二厘六毫四丝。内旧额支一项，司饷银四千五百三十四两五钱八分三厘六毫四丝，一项高州府丁田及资守山西饷，余共二千三百零一两六钱。今新增支高州府库贮一项，扣存东安饷余银一千零二十九两六钱九分一项，留府备支岁存银一千二百七十六两九钱九分二厘五毫，一项加派化茂等六州县田粮银，内支一千四百七十三两三钱八分六厘六毫。

分总每员月支廪给银三两；

哨官每员月支粮银一两八钱；

总哨丁健长夫书记每名月支八钱；

塘报兵每名月支银一两；

若捕盗出汛，每名月支银一两三钱二分，收汛扣减月支银九钱；

舵工出汛，每名月支银一两二钱，收汛扣减月支银八钱；

斗缭手椗手出汛每名月支银九钱，收汛月支银六钱；

队目兵丁出汛，每名月支银八钱，收汛扣减月支银五钱三分三厘三毫；

没水兵每名月支银一两收汛不扣。

会哨

艟艚八号船兵，收汛不减月粮，盖为其常出外洋巡逻，会哨探报消息。迩来将领不加稽督，士卒相率偷安，以致贼入信地，官兵漫然不知，临事仓皇，甚非法纪。今本道派定后开信地，各要常川会哨遇有警息，星飞传报，毋得仍前怠玩，以干军法，每十日各该总哨将会哨队兵姓名日期具结报查，如有警失报者，即拿信地队兵捆打，若致失误军情者，以军法从事，总哨一体连坐究革。

莲头左哨管下：

艟艚兵船一只，上自青洲与左司兵船会哨，下至前蓝与本哨艟艚兵船会哨

艟艚兵船一只，上自前蓝与本哨青洲艟艚兵船会哨，下至莲头与右哨八号兵船会哨。

莲头右哨管下：

八号兵船一只，上自莲头与左哨艟艚兵船会哨，下至放鸡与本哨艟艚兵船会哨；

艟艚兵船一只，上自放鸡与本哨八号兵船会哨，下至暗镜与限门左哨八号兵船会哨。

限门左哨管下：

八号兵船一只，上自暗镜与莲头右哨艟艚兵船会哨，下至博茂与本哨艟艚兵船会哨；

艟艚兵船一只，上自博茂与本哨八号兵船会哨，下至限门与右哨八号兵船会哨。

限门右哨管下：

八号兵船一只，上自限门与左哨艟艚兵船会哨，下至三合窝与本哨艟艚兵船会哨；

艟艚兵船一只，上自三合窝与本哨八号兵船会哨，下至新门与本哨碙州艟艚

兵船会哨；

艟艚兵船一只，上自新门与本哨艟艚兵船会哨，下至碙州与白鸽寨兵船会哨。

修船

本寨兵船往年俱委官至省城打造，无从稽校，仕其冒破，如三号一只，估价七百余金，乃尚板薄钉稀，一驾出海，遂有风涛不测之患，陈洋之往事可鉴也。今查所属化州、电白、信宜、梅菉等处，地方产木虽不多，而本寨数船亦可先期采办，但向委州县佐领卫所武官督造然，船非此辈所用，惟利目前锚铢，苟且了事，积弊相沿，牢不可破。而捕盗则以船为家，通船性命所系，责之打造，利害切身，必能尽心竭力。今后春汛毕日，海防官选委廉干文官一员，酌量发银，就近采买停顿，俟冬汛毕日，将木料给发分总，转发哨官，督率各船捕盗，应修应造即日兴工，须坚固精致，可出大洋。如贼在远，则先迎之；贼在近，则须击之；贼退走，则必追之。风波震撼，进退无虞，斯有实用。若不能出洋，就系侵欺，使不致失事，捕盗止究追赔。倘临机有失，即系违误军情，捕盗以军法处斩。修造完日，海防官验过报道，亲临阅验，如有不如法，一体连坐。参将海防衙门设附，二寨信地，出入最为近便，修造之际，在莲头则听参将，在限门则听海防官，时常临厂逐件亲验，物料不堪即令另换，照本道近发稽料册式逐日填缴。若待船完验出，方行折改，则费力愈甚，必至因循苟且，监督者溺其职矣，咎将谁诿。

塘报

吴电海面距高州各几二百里，军情警报，急如星火，向因未设塘兵，俱差哨兵走报，多致违误。且总哨平日虚冒，一遇查点不到，辄藉口差遣。今设塘兵，沿海十二名，陆路十八名，照派定信地，遇有警息及兵务，各星驰传递。若平常公文，自有铺兵府县官，不得混差，以疲其力。自后总哨若复以差遣为词，虚兵冒饷者，从重究处。

青洲一塘二名，传至莲头；

莲头一塘二名，传至电白；

电白一塘二名，西路传至赤水，中路传至龙门；

西路赤水一塘二名，传至王村；

中路龙门一塘二名，传至三桥；

三桥一塘二名，传至赤泥铺。

以上电白营莲头寨，每塘各分派一名。

限门高山瞭望二名，凡有紧急事情报至总哨。

新门沿海一塘二名，传至限门吴川；

限门一塘二名，传至梅菉；

梅菉一塘二名，东路传至王村，北路传至王竹；

王竹一塘二名，传至石鼓；

王村一塘二名，传至赤水；

以上吴川营限门寨，每塘各分派一名。

高州一塘二名，西路传至石鼓，中路传至赤泥中火；

西路石鼓一塘二名，传至王竹；

中路赤泥中火一塘二名，传至三桥；

以上高州营，每塘分派二名。

沿海塘兵，议有工食，陆路塘兵，系于各营抽选精勇惯走者充之，不必更番。

稽查积饷

兵中侵冒沿袭为常，每遇查点，或托名差遣，或雇倩顶替，冷补热补之弊，不特九边为然，即沿海亦有之。本道设法清查，置簿印发总哨捕盗。遇有管下兵逃故及缘事奉提等项，即日填簿开除，截支粮食。如捕盗不即报哨官者，罪在捕盗，哨官不即报分总者，罪在哨官，分总不即报本道者，罪在分总，敢有通同隐匿冒粮，查出通提究革。又令各船置签一筒，每兵一签，上写年貌疤痣送道，置之堂右，遇便抽唤，如有不到，及到而年貌疤痣不同者，即以虚冒究罪，庶旷饷亦有所稽矣。

分总置簿二本，随到随填，即刻缴道查考，循去环来。

哨官置簿一本，捕盗一本，止照登填，不必呈缴，以备本道吊查。

支月粮

近访得各兵粮食有不待月终不候，详允辄先借支，乃类并三四月之久，始具空文请详，甚非法纪。今立为限期，两月一散，至期分总将各官兵历过前两月粮食造册。莲头寨限初二日，限门寨限初三日，各呈缴至参将衙门，该参将随具文移送，定以初七日到道即日核详。

军门批允行海防官支银，凿封公同参将临船，查点各兵腰牌，唱名给散取各兵的笔领给并，参将及海防官各结状，次日缴查，如有事故，扣还贮库。

以上条款俱参酌时宜，择其吃紧者刊为约法，以一耳目，其余明赏罚议追赔等款悉依原奉。

军门颁布条令施行。

| 卷下 |

陆路官兵原设阳电一营，派守要路、高州一营，团练府城而吴川边海最为险要，全无一兵护守，计之疏路，莫此为甚。今议增兵一营，专扎吴川教场，时当操演，汛期则派拨限门，协同水寨守把圻港，以重门庭之防。至于参将名下从无一兵，一遇警息则束手无策，惟有攫城自守而已，此标兵之不可不设也。必须五百一营，庶几少资策应，然而粮饷无措，事不得已，只于高州电吴三营之中各拨一哨，赴阳电参将标下，以为游兵，遇有警报随机赴剿。此陆路兵制然也。若夫郡县城垣，从无雉堞，不便防守，今已办料加增敌台，缺少今已酌议添建。濠堑皆为豪强占据造屋，今已清复疏浚，火药毫无储蓄，今已制造完整。至于吴川军士额数不过二百余名，向皆散处各乡，守城者不满十数人而已，此尤积弊从来已久。本道尽令搬住城中，给地造屋，仍督各置药弩，以备御敌，清查狼兵，以便调遣，申严保甲，以防奸细，防守之法似前较已略备，后列条款刊布遵行，其临时守城事宜。近奉两院颁布，条分缕析极为详密，是在有司卫所掌印官着实力行，兹不复赘。

陆营条约

高州营官兵额设五百四十二员名，团扎教场，护守城池，故各兵粮食月给六钱，哨官旗队一如士兵之例。嗣因地方多故，凡遇征调，皆与各官一体督发，夫用力既与相同，则饩廪岂宜独异，但遽增全给八钱，岁须加银一千七百余两，库储有限，措处为难。况该营扎城操练，调遣有时，自与电吴专戍滨海者不同，相应量增一半，庶为适中，业经详奉。

军门允行如议，支给本营系属高州府海防官与阳电参将管辖。

把总一员，月支廪粮银二两四钱，若选用武职者，自有本等俸粮，不支廪给。

家健长夫三名，每名月支银五钱，书记一名，月支银六钱。

哨官五员，每员月支银一两五钱，家健每员二名，各月支银五钱。

旗总十五名，每名月支银一两二钱。

队长四十五名，每名月支银九钱。

兵四百五十名，每名月支银七钱。

杂役，旧设高招手一名，月支银八钱；大铳手一名，塘报二名，蓝旗手四名，吹鼓、掌号手五名，五方旗手五名，每名月支银六钱。今议裁革、塘报、蓝旗手、五方旗手共十一名，剩银凑给本营增饷。

内拨哨官一员，家健二名，旗总三名，队长九名，兵九十名，赴参将标下充为游兵。

又拨一哨官兵，派守后开石城地方，如遇春冬二汛，听拨沿海哨守，汛毕各回信地。

县三门拨兵三队；烟楼拨兵一队；多浪拨兵一队；那腮拨兵一队；碌地拨兵一队；松明拨兵一队；白沙拨兵一队。

以上本营官兵，粮食于高州府库贮，土名饷及高阳吴三营旷饷并近议减存银内支给。

本营器械，除刀枪盔甲筤筅之类，系兵自备及见存不开外，今支官银添造充用，旧坏者详请官银修理，损失者责令经手赔补。

计发钩镰四十把；百子铳十个每个重二十五斤；铅弹一百斤。

阳电营官兵额设五百五十二员名，专为派守要路，自电白交界起，西至化州石城白藤营，北通信宜淋水，山地方六百余里，属高州府海防官并阳电参将恩阳守备管辖。

把总一员，原议月支廪粮银三两，今议照高营一例，每月减银六钱，实支二两四钱，若选用武职，自有本等俸粮，不支廪给，家丁健步长夫各二名，书记一名，每月支银八钱。

哨官五员，原议每员月支银一两八钱，今议照高营一例，每月减银三钱，实支一两五钱，每员旧设家丁健步长夫各一名，今议裁革长夫一名，每员只用家丁健步各一名，每名月支银八钱。

旗总十五名，每名月支银一两五钱。

队长四十五名，高招手一名，每名月支银一两二钱。

兵四百五十名，每名月支银八钱。

杂役，旧设医生一名，家丁一名，掌号手一名，大铳手一名，吹鼓手四名，五方旗手五名。今裁革、医生、家丁、五方旗手，共七名，余照存留，每月支银八钱。

本营前项存减银两已详允凑给高州营增饷之数。

内拨哨官一员，家丁健步各一名，旗总三名，队长九名，兵九十名赴参将标下充为游兵。

又拨三十四队，派守后开各处要路，其余俱扎电白教场，同参将标兵团练如遇春冬二汛，听拨沿海哨守汛毕各回信地。

五蓝营	夏蓝营	麻西营	乌石营	古藤营	观珠营
槌子营	新安营	谭逎营	走马山营	平冈营	官山营
黄竹营	东岸营	都和营	龙山营	石碌营	镇安营
白藤营	又黄营	兴乐营	根竹营	簕菜营	涩田营
登高营	石牛营	大桥营	樟木营	饭盖营	狂逻营
淋水营	龟子营	猺村营	咸水营		

以上本营官兵粮食于高州府库贮饷银内支给。

本营器械除刀枪盔甲筸笎之类系兵自备及见存不开外，今支官银添造充用，旧坏者详请官银修理，损失者责令经手赔补。

计发钩镰八十把；百子铳十个每个重二十五斤；铅弹一百斤。

吴川新设官兵一营，共五百三十六员名，属高州府海防官阳电参将管辖。

把总一员，原议月支廪粮银三两，今议照高营一例每月减银六钱，实月支银二两四钱，如选用武职，自有本等俸粮，不支廪给，家丁健步长夫各二名，书记一名，每名月支银八钱。

哨官五员，原议每员月支银一两八钱，今议照高营一例每员月减银三钱，实支银一两五钱，每员家丁健步各一名，每名月支银八钱。

本营二项减存银两已经详允，凑给高州营增饷之数。

旗总十五名每名月支银一两五钱。

队长四十五名，高招手一名，每名月支银一两二钱。

兵四百五十名，每名月支银八钱。

杂役、大铳、手掌号手各一名，每名月支银八钱。

内拨哨官一员，家丁健步各一名，旗总三名队长九名，兵九十名，赴参将标下充为游兵。

又拨兵十一队，派守后开地方，度其地之缓急酌派多寡，其余专扎吴川教场团练。如遇春冬二汛，听拨沿海哨守，汛毕各归营伍。

　　大坡营拨兵二队　　罗山营拨兵一队　　梅菉营拨兵三队
　　博茂营拨兵三队　　那碌营拨兵二队

以上本营官兵粮食岁支银五千五百七十八两八钱，于高州府库贮，一项留府备支，岁存银三百九十二两零七分一厘三毫，一项加派化茂等六州县，田米银内支一千七百九十八两七钱三分一厘，肇庆府库贮一项，裁减山东兵饷银一千五百一十六两八钱，布政司库贮一项，裁减山西兵饷银一千八百七十一两一钱九分七厘七毫凑给。

本营器械除刀枪盔甲筤筅之类系兵自备不开外，合支官银置造发用，旧坏者详请官银修理，损失者责令经手赔补。

计发钩镰八十把；百子铳十个每个重二十五斤；铅弹一百斤；鸟铳九十门；藤

牌九十面；钯锐九十把。

三营官兵固已各有专责，而缓急异用亦当权以时宜。高州、阳电、吴川三营之兵居常各司训练，据险守要，一遇春冬汛期，海上军情为重，内地圻堠稍轻，听本道临时调发守海，以保万全，汛毕之日仍旧各归营伍。

严烽堠

向来设有墩军，遇警即刻飞报，近因所官卖放军人，墩台圮坏，不行请修，烽烟报警，遂至废格。本道业将各处墩台修复，备倭官须督率军人常川在墩哨瞭，不许仍前卖放，擅离信地，遇有警息，昼则举火发烟，夜烧起火为号，敢有失误军情，定拿备倭官军各以军法处治。附近县官不时稽查，如有懈惰偷安，指名揭报本道拿究。

塘报

吴电海面距高州各几二百里，军情警报急如星火，向因未设塘兵，俱差哨兵走报，多致迟误。且总哨平日虚冒，一遇查点不到，辄借口差遣。今设塘兵，沿海十二名，陆路十八名，照派定信地，遇有警息及兵务各星驰传递，若平常公文自有铺兵，府县官不得混差，以疲其力，自后总哨若复以差遣为词，虚名冒饷者，定行从重究处。

青洲一塘二名传至莲头；

莲头一塘二名，传至电白；

电白一塘二名，西路传至赤水，中路传至龙门；

西路赤水一塘二名，传至王村；

中路龙门一塘二名，传至三桥；

三桥一塘二名，传至赤泥铺。

以上阳电营莲头寨每塘各分派一名。

限门高山瞭望二名，凡有警急事情报至总哨；

新门沿海一塘二名，传至限门吴川；

限门一塘二名，传至梅菉，梅菉一塘二名，东路传至王村，北路传至王竹；

王竹一塘二名，传至石鼓；

王村一塘二名，传至赤水；

以上吴川营限门寨，每塘各分派一名。

高州一塘二名，西路传至石鼓，中路传至赤泥中火；

西路石鼓一塘二名，传至王竹；

中路赤泥中火一塘二名，传至三桥；

以上高州营每塘分派二名。

沿海塘兵议有工食，陆路塘兵系于各营抽选精勇惯走者充之，不必更番。

稽查旷饷

兵中虚冒沿袭为常，每遇查点，或雇倩顶替或托名差遣，冷补热补之弊，不特九边为然，即沿海亦有之。本道设法清查，置簿印发总哨旗总，遇有管下兵逃故及缘事奉提等项，即日填簿开除，截支粮食。如捕盗不即报哨官者，罪在捕盗，哨官不即报把总者，罪在哨官，把总不即报本道者，罪在把总，敢有通同隐匿冒粮者查出，通提究革。又令各旗置签一筒，每兵一签，上写年貌疤痣送道，置之堂右，遇便抽唤，如有不到及到而年貌疤痣不同者，即以虚冒究罪，庶旷饷亦有所稽矣。

把总置簿二本，随到随填，即刻缴道查考，循去还来。

哨官置簿一本，捕盗一本，止照登填，不必呈缴，以备本道不时吊查。

支月粮

近访得各兵粮食有不待月终，不候详允辄先借支，乃类并三四月之久，始具空文请详，甚非法纪，今立为限期，两月一散，至期把总将各官兵历过前两月粮食造册，高州营、吴川营限初三日，阳电营限初二日各呈缴至参将衙门，该参将随具文移送，定以初七日到道，即日核详。

军门批允行海防官支银，凿封公同参将临船，查验各兵腰牌，唱名给散，取各兵的笔领给，并参将及海防官各结状，次日缴查如有事故，扣还贮库。

城池

高州府城，周围七百二十三丈，高二丈五尺，大小城楼九座，敌楼八座，其旧创规模俱已如法，唯通城垛眼窄小，不便瞭望，抛掷矢石。今已委官拆改高阔，城外一带濠池久为居民包筑园圃，或据为铺舍，业经清复疏浚，阔二三丈，深七八尺，缘池水未见源流。随查谢村岭下有泉可通，唯岩石阻隔，已督行该府县官鸠工并力穿石引流，阔六尺，深四尺，中有小河横隔，复造大水笕二条以接其源，池水泫满，环绕如带，匪特汤池增险，且能灌溉附近久旱之田万余亩，地方生民两有攸利矣。

守城器具

四门城下：

每门发熕铳一函子十五个；朗机铳二门子八个；铁弹二十斤；百子铳二门；铅弹二十斤。

四门城上：

每门鸟铳十门；铅弹二十斤；长柄斧头十把每把口阔六寸，重三斤半；藤牌四面。

每守城军一名，自置药弩一把，药箭二十支，刀枪钯镋各随带备用。

每二垛眼置油纸灯笼一盏，每三垛眼贮顿灰沙炮石，责令城军搬运。

电白县城，周围八百丈，高二丈，大小城楼八座，敌台十二座，间有圮坏，已修完固，濠池岁久湮塞，俱经疏浚通流，阔三丈五尺，深一丈五尺。

守城器具

四门城下：

每门发熕铳一函子十五个；朗机铳二门子八个；铁弹二十斤；百子铳二门；铅弹二十斤。

四门城上：

每门鸟铳二门；铅弹四十斤；长柄斧头二十把每把口阔六寸重三斤半；藤牌八面。

每守城军一名，自置药弩一把，药箭二十支，刀枪钯镋各随带备用。

每二垛眼置油纸灯笼一盏，每三垛眼贮顿灰沙炮石，责令城军搬运。

吴川县城，周围五百三十六丈，高一丈九尺，城楼四座，敌台四座，阅验垛眼窄矮，加筑高阔，濠堑平浅，疏浚深阔一丈五尺，遵奉军门明文添筑敌台四座，边海孤城庶为巩固。

守城器具

四门城下：

每门发煩铳一函子十五个；朗机铳二门子八个；铁弹二十斤；百子铳二门；铅弹二十斤。

四门城上：

每门鸟铳二十门；铅弹二十斤；长柄斧头二十把每把口阔六寸重三斤半；藤牌四面。

每守城军一名，自置药弩一把，药箭二十支，刀枪钯镋各随带备用。

每二垛眼置油纸灯笼一盏，每三垛眼贮顿灰沙炮石，责令城军搬运。

以上各城，器具凡有缺坏者，卫所掌印官及时呈请。系官置者，即行造补。系城军自备者，责令齐备。合用火药，县印官每年须多制造贮库，有警给发卫所官军应用。

狼兵

高州所属化州、茂名、信宜、电白、石城地方狼猺杂处，而茂名信宜狼人为多，先年捍御有功，定制给田耕守，复免丁差，专备调遣其来旧矣乃近日有司不遵成议令其与民一例当差。本道业已请详两院仍旧豁免，而豪强占夺田地，亦与通行清复，里长加收钱粮，又严谕州县听其自行赴纳，纷扰之害悉已除革，仰体国家优养之恩，可谓甚厚，查各狼猺年力精壮者，籍名在官，仍将花名年籍住址管领头目造册三本，一缴本道，一存该府，一存州县。以今三十年为始，此后但遇调过一次，即于名下填注某年调守或调征某处字样，周而复始，庶均劳逸。如中间的亲父子兄弟不得同时尽遣，致抛家业，但狼兵本处守城，向无资给官粮，然破格赏劝，是在临时权酌，至调征剿，则自与官兵一例，附此以永遵守。

申严保甲

保甲之法最为弭盗之要，缘有司奉行未力，视为故套，今应着实举行。十家甲内，互相稽察，有一不良，许甲长首官容隐，不举事发连坐，一家被盗，九家救护，坐视玩寇者，各治以罪。

大清雍正九年署高州府吴川县事来孙熙祚敬校

后序

盛若华公在明神宗时，历任藩屏，所在以功业显。予得读其《岭西水陆兵纪》规模宏远，布置周密，时有魏公长城、寇公锁钥之目，询不诬矣。惟窃慨公以如是之才识，乃屡斥不偶，令其终老梅湖，明之纪网可知矣。然按《东林盗伙诸录》，公在当时，固为逆珰之所指名，则公得以放志烟霞，逍遥终老，岂得为不幸乎。

顺治十七年庚子二月三日姻家后学谭瑄识

拙政编

秀水　**盛万年** 恭伯甫述

自序

不佞年赋性最愚，授才极拙，使居事简民淳之地，不亦庶可藏拙乎？奈何我生不辰，所至皆戎马之场。东粤以倭，黔南以苗仲，西粤以獐猺，而又旱暵为虐，民几孑遗。以至愚极拙之人，当师旅仇钟之会，诚岌岌乎殆矣！然而，凡可为地方区画者，何敢爱发肤，不竭其御灾捍患之力。卒徼有天，幸民离水火，乃动而得咎，绘弋随之，岂非拙之，彰明较著者哉？惟是不怨天、不尤人，此吾夫子家法也。柳下季至于三黜，犹曰"遗佚不怨，阨穷不悯"，且不以三公易其介。则其所重，可知矣！我何人斯，而敢怨尤乎哉？因为闭阁思过，追忆往事，得数十条此生平罪状也。援笔记之，以为殷鉴，并就正于有道君子。若曰千载而下，必有子云，则吾岂敢？

天启三年八月望日秀水盛万年自序

水部事实计一条

屯田司专管山陵事。有梁驸马之父，因公主薨逝，题请给领造坟价银三万两。部堂及本科皆首肯。余查国家典故，驸马先故，而公主造坟者有之；公主先故，而驸马造坟者有之。二百年来，从未有公主驸马皆故，而驸马之父，以庶人而领价造坟者。持弗许。有以居间至者，亦毅然以非制谢去。亟面白堂翁具疏稿止之。且云："必遴司官中刚介者，奉朝命董其事，庶为得体，乃以缮司贺主政往（名盛瑞，河南人），工成止费三千金，省二万七千之冒破，且著为例云。"

荆关事计四条

余在荆关时，巡道沈大若在坐，言及广元王为宗室所讼，人情汹汹不可不治。余曰："不然。广元王年少，其府中事或有不妥者，且分在侄辈，而掌亲王印务，诸王皆忌之。然而宗室素横，非可以官法禁约也。且宜培植广元，以为宗室领袖。若广元无力弹压，则庶宗必益放恣。官府无法可行，地方从此多事矣！今须存其大体。"大若恍然有悟，遂寝之。庶宗帖然。此语不识，何以闻于京师。后年友潘雪松细问其详，深为叹服。谓为"善处大事，当记之以垂于后"。余乃追思其语，笔之于此。

余于癸巳夏，将得代矣。忽焉江水大发，怒涛如雷，奔腾泛滥，势甚岌岌。余俯眺长堤为沿江州县一线之障，心为惕然。按关差故事，遇水则登舟避之。余谓虽无地方之责，而食土之毛，焉忍忘由溺。乃乘一骑，遍阅堤间。出金钱措置物料，雇夫修筑，捍御百方，昼夜亲为督率。洎旬日水势稍平，得救数万亩之田，存数千家之屋。士民歌舞于巷，相率致谢。且有怨言于当事者，余闻亟止之。然亦逢人之怒矣！余行后立有去思碑，中丞张公记其事。又十余年，而有六贤祠之举。愧非所敢当也！

天下事莫不有定数。余在荆关时，常梦修通济桥。或寐或寤，以此事回旋梦中者竟夜，心甚异之。及诘朝视事，有一人具呈，谓三义庙边为南北通衢，奈无桥梁，人难通济。余深契之，往视果然，遂采木石亟造一桥。阅四五月而桥成。自谓足了梦中事矣！及大水时，遍行堤上，见一卫中人。令唤卫官来问之，云水从此桥灌进，田庐皆扫荡矣！但本道往逍遥湖上救水，无人主张，不敢塞。因与之言我当任之板木人工，即时齐备，筑塞桥下之水。写数字留致道中，遂得救此一方。问之此桥亦名通济。

万历壬辰岁余，于榷务之暇时，潜心内典，大有契于净土之旨。因喜造接引弥陀像一尊，下有金莲宝座，发心欲送东林寺，以续远公灯火。天下名山多矣，自亦不知此意何从而来，必以东林为快也。及送至，盖在癸巳四月望日，陆地忽开青莲。人皆惊异，以为远公灭度时，遗谶云："一千四百二十年后，莲花再生，吾当出世。"今考其期，正在此岁，而陆地青莲适符远公之谶。彼时士大夫有歌咏其事者，余丞役还稔知其异。乃于二十年后，晤刘抑之问卿于武林云："彼时不独青莲之为异也，予以查盘之役，至九江目击之，更有大异者，其青莲花瓣数之多寡，形之大小，一一与弥陀莲座符合，应谶而生。诚为千古一大奇事。"抑之余年友也，托其为记。业已首肯，然竟不闻今世复有远公，岂铜像即远公耶？远公即弥陀耶？

建南事实计三条

　　建南，文献之区也。乃嘉靖乙卯丙辰之间，倭奴入寇，闽地多所残破。于时建宁守王公冲龄，谓环山而城，恐为贼所瞰，遂掘断后山，以为屏翰，而龙脉受伤，自是文运日衰。余以丙申之岁，受事于兹。偶有入官银几三百金，乃谋之郡邑当事者，运土培之。工甫完，而丁酉戊戌春秋两榜，科名遂盛。迄今益多名士。虽云人杰，亦属地灵。

　　邵武之建宁，乃僻邑也。忽有诸生数十人具呈，欲以后街居民屋地，开拓学宫。且云学道已批允。余谓学宫虽窄隘，业相传二百余年矣。褊小之邑，止有此一街，而人民相安，亦二百余年。即使先圣复生，欲夺民居以为己宅，必所不为。坚执不允。后居民告者纷纷，皆谓诸生谋倡此议，实欲索诈金钱，借学宫为名耳。士民交相诘讼，几以干戈相向。乃诸生怏怏，复呈之藩司。而大方伯则青螺郭先生也，其意与余同，亦不许。事乃寝。

　　抚台金省老有易知单，式行于八闽，而檄各道董其成。此则吏胥不能上下其手，而民有画一之规。诚良法也。余奉行之甚力，独寿宁一县大可异者。其名有田地山塘，而其高下之等，有十余则。耳目眩乱，令人不可究诘。此奸胥之宿弊，而相沿之陋规也。余特巡行其邑，躬为查核。而奸胥百计阻挠，势不得不以刑齐之。于是定为一则，刻成易知单，分授里甲，夙弊尽厘。小民据单完粮，二百年来困苦，得少苏矣！役法已定，虽至今存焉，可也。

东粤事实计十三条

　　余待罪东粤，代庖藩司。值税使李凤请之两台，欲借帑金六万两，已批允至司，索之甚迫。余知其借而不还，乃坚不与。彼一日至司，坐间即谓余抗旨，盛气相加。余云："明旨安在？但知差公抽税，不闻抽库藏也。谁为矫旨？我何抗焉？"彼亦语塞，随云："两院已许，何反勒掯？"余云："两院不得已而批，然而管钥之司，则在不佞。必不敢以库藏与人。彼亦词气渐缓，但云："缺银起解，暂借待补。"余答云："解期尚远，借去何用？库藏不当借，亦不必借。我为公计之。"彼词气更平。余云："各税未必能及时，当行文催之；若至起解时，万一缺少，当借与公。"彼遂欢然，唯唯而别。又数月移文司中，云："少税银八百两。"余乃借与之。较之原数，得省五万九千二百矣！以帑藏空虚之日，安足以填恶珰之豁壑耶？

李凤具题欲造衙门并兵船，及奉旨止许造屋，不及于兵。乃凤移文制台，混称俱奉圣旨。制台难其词，余云："税监所请，屋可造而兵不可许。近日陈奉弄兵于楚，激变地方，可为殷鉴。"制台云："止拨孟总兵兵船二只，只许其防护可也。"余云："彼有兵船之名，便自能造船，招集棍徒，投充名下，必横行生乱，此决不可。事关兵粮，老先生或下司议，本道当任之。"制台批司议，以未奉明旨，不敢擅与。事遂寝。

东粤兵粮，旧取诸各税。兹因税银十万，尽与税监征解，而沿海之兵无粮矣，且时迫岁除。制台谓余云："目今十万兵粮毫无措置，势必有脱巾之变事，在司中何以为计？"余亦茫然，未知所出。及查司中有各府县应解司饷者，行文免解该地方，径自给散各兵，而止以文书回报。其无有应解处所，则查库中堪动银两，暂借给兵，而亦以文书报。司应销者销，应补者补。乃通省各自区处，而沿海皆帖然无哗矣！

庚子八月，顾直指骧宇王方伯绩斋，大开棘闱。此二百年来未有之变也。余代庖藩司属勘此事。至腊月廿四日李方麓直指抵任。甫坐定，首问曰："闻得前院与王方伯打茶杯，这样话也有些影响儿么？"诸公皆不答。盖此言已达天听，直指乃以影响首问，意欲我辈承奉风旨，谓其乌有以为方伯罪也。余自量身亲勘事，岂容终默。即云："实有之。"直指艴然动色，睨手中茶瓯，不交一言而别。及新岁直指枉顾司中，止余一人接见。直指以勘事相托，谓须存本院之体，且闻打起原在方伯。至初三日，忽得直指书云："场中始末幸详教。"余具揭云："去秋本道不与帘事，不敢妄对。司中有徐大参一案，录以呈览。"此盖余硁硁之志，益深直指之怒矣！遂传檄按高凉为余所辖地，例宜辞篆陪巡。然不欲以难争贻后人，遂以身担之。即拉同官至贡院，集闱中官吏会审。余云："此事大关国体，岂可枉其是非之实。王绩齐已削籍，再以先打按院诬之，将更置之何地？惟有矢心天日，直道而行，宁为按院论劾而去，则此心亦安。"审毕，据情属草具文两台。其词详两台覆疏中，可按也。时直指怒甚，大为批驳，以勘事转行臬司，大都场事语塞，遂更端于税银之应解，拾前院唾余，冀重入方伯耳。其实兵饷与科场之费，皆取给税银，用有余剩，方行起解。方伯之言是也。臬司系余石竹署篆，迟迟未报。会长宪蔡念质入觐归，初见直指，亦以场事为问。且谓方伯先攘臂。蔡公问谁出此言，直指答以刘少参。蔡公云："当时本司与少参，同为解纷，乃尔变乱黑白，则令岁被察也不亏他。"直指默然。臬司即具文载余勘详，据报两台题覆，而场事始有结局。余虽力持于初，尤得蔡公侃侃数语，公论始定。不然，几何不倒翻清议也。后直指复命以歼倭功为余罪状，劾余调简，皆场事为之历阶。然场中是非，得从此大明。余亦庶无愧怍云尔。

蔡公念质，以臬长与余同事东粤。刚方而恬淡，超然风尘之外者，余谬承其臭味。撤棘后言及闱中事。余以公为风纪之司，目击此坏法乱纪，何不据实纠弹，以存国体。念老矍然起曰："老公祖言及此，却当我做个人。"与余数揖。余惶悚不自安，惟心服其谦光耳。既而念老以觐行，余承会勘之役，逢直指怒，俟念老觐还数语，公论始定。近樊孝介智品中，具载念老佳言，伍宁方《林居漫录》亦载余事。盖因宁老后入东粤，知其始末也。余被论家居，林公聚五按粤。念老时为左辖，闻按台勘明余歼倭事，发疏方数日，而先以论四明相公降五级。念老即虑该丞到京，必不敢上此疏，深为余患之。乃复选一才干赤心之吏，遣之行，厚其行资。此吏星夜入都门，前丞果坚决不许。而后吏以身担之，疏遂得达御前。余之被勘者始白。然余待罪之人，远在数千里，何求于念老，而用情笃挚如此。即自为计，亦未有逾此者，真非古人不能。记此以识感。

万历辛丑四月，忽报倭人入寇吴川。吴川滨海之地，水有限门，素凭天险。缘彼时有闽中白艚船籴粟，奸徒遂勾引倭人，即藏白艚船，闯入限门，遂放火焚贾舶七十余。其前锋执日本大军之旗攻剽；城下洒血，国门伤残最惨。余得报即图剪灭，而高州营兵甚少，甲仗一空。乃檄行府县，悬金购募义勇乡民，果俘贼三十余人，锢之狱。贼益悉力攻围，潜有奸细入城，夜间以鸰鸰为号，欲图里应外合。余择其最骁者八人，请详两台先行枭示，更招狼兵策应。于是贼之内应已绝，我之外援日增，倭遂宵遁而出。限门吴川之患解矣！不一月倭再讧于雷，居民被杀者千人，且盘踞锦囊所为巢穴。两台檄余兼摄岭北道务。窃意雷人方在水火，不敢辞。即移文郭参戎酉科、刘参戎宗汉讨此狂寇。且与二将计曰："高雷相距六百里，若兵从陆行，奸细满地，必豫以报贼；贼非拒战，则亦宵遁。须航海直捣，出其不意，可成擒耳。"二将以船少为辞，余即躬诣吴川，僦船六十余艘，俾二将星夜扬帆，衔枚而进。幸天心厌乱，顺风乘汐，即抵雷州。官民相骇，谓此兵从空而下也。即日登岸相视：贼巢乃踞陈秀才家，高堂崇埔，四面皆勒竹，茂密如城。倭方拥妇女轰饮，不知有兵。及火器齐发，破其门；贼势穷蹙，先杀妇女，掷首门外。诸军继鼓而进，倭犹力战。我兵阵亡数十人，继而转战益力。倭不能支，退守内房。各兵升屋，以长枪戳死四十余贼，一倭不留。计发兵以暨克捷，仅三辰耳。未尝食雷一粟，亡雷一镞也。又一月海外之倭，复讧于廉，啸聚劫杀。余檄润州黄遊戎剿之，追斩五十余颗，又火攻沉其船二只，溺死无算。倭既屡创，沿海获有宁居。余爰择要害、增戍守、缮垣城、整兵器、定营寨、益舟师。竭力绸缪，详载水陆条约，庶为高凉结网补牢之策。窃考世庙时真倭三十六人，挟中国奸徒骚动七省。竭天下之力，仅乃克之区区。守臣岂易为力哉！乃直指犹以吴川擅杀为罪，复命疏劾，不佞调简。铨部覆疏亦云："素负才名，堪为世用。"至癸卯岁，直指林公聚五，秉公勘覆，枢部覆疏："奉旨。盛万年升俸一级，赏银五十两。"以微劳获蒙恩赏，亦深幸矣！

东粤有狼兵，乃国初以归顺苗民，置之山谷间，复其家而用其力。有事则听调从征，最为骁勇可用。乃承平日久，有司遂入编氓。而其人竟如标枝野鹿，足迹不至官府。里胥征其粮，数倍于额。此兵遂大困，不复为国家用矣！余因倭寇猝至，无一兵可调，乃取狼兵御敌。劳以牛酒，行粮而往。倭闻风即遁去，畏其勇也。余因图善后计，免其徭役，使得力耕，而钱粮令其自行投纳，不入里胥之手。狼兵亦鼓舞，愿效力焉！不知今日，尚行此法否耳。

高州孤悬海上，屡有倭患，而城矮如墙，且无雉堞。余自造一式，檄府委官增高数尺，修其圮坏，而城始坚完。且沿城一带，皆为士民所占，竟成陆地，无复池濠。余为清复浚而深广。于是高城深池，有险足恃矣！至于城东高阜之乡，有田百余顷，苦于无水，一望荆榛。余访之居民云："前山有水，而石隔不通。"乃即亲为相视，石可凿而去也。亦委官特造数斤铁凿，用工四十余日，石始开，泉始通。而灌濡万余田，皆为沃壤矣！且其水自田入濠，遂成天堑。商贾云集，百货具备，高州可称富强，大异曩日。云彼时郡伯荆州杨君，逢时也欲为余立石，余辞之乃寝。至七年之后，不佞薄游贵竹，忽有持生祠碑记示余者，乃电白乡绅父老，追思海上平倭善后之微功，而有此举。余愧无遗爱于地方，而士民之厚道足以见矣！

李直指巡行至高凉，准一告珠监人役之害者。乃珠监闻之，即自省城而来，欲甘心于直指至时，日已晡矣。余与林公碧麓，及李还素年兄往拜之，竟固辞深拒。余意此番不相见，难以再来，而于直指扰嚷一番，有伤国体。乃呼其随行者与言，始燃烛出面，其言甚狂肆，欲于直指以无礼相加。我三人力解之，而其意亦稍解，许以明晨相晤。乃漏下三鼓入见直指。直指欲令守备田麟带兵以往。余为力止，而质明仍以兵行，乃此珰亦不复哓哓矣。及直指巡行之后，珠监人役益纵肆无忌。觇有饶裕之家，即以金屑撒地，指称其家私开金矿，遂械击之敲朴至尽。人之被害死者，非一矣！余廉其实，来诉者，即与准行，拘获者重为责治。乃珠监对两院大怒，欲即具疏参余。两院亦以书示，欲释其人以解，余随致一书与之，历指其人役肆害之状。此珰亦稍稍悟，始知随行者之罪也。会余以入贺，启行至省与面，乃云某人果生事，已逐之。一笑而释。李直指初已为其窘束，而既复与之交欢。且疏称李凤之恶，而极言李敬之美，人情有不可测者。人谓李敬近侍也，于内相通；而李凤为御马监，故轩轾如此。

余兼摄巡道时，驻肇庆府，忽有一生员状诉："税监差人索取其木，为大士殿，而家实无山无木，但欲索其二三百金而已。家人尽被凌轹，最为惨酷。"叩头流涕，情甚激迫。余问之曰："既有此事，今早何不诉之军门？"云："已诉矣，军门许写书与之。"余即准其词。欲拿其生事之人，而谓非府县差役可办也。遂邀郡伯陈邻松，问其衙官中谁可去者。乃推姚巡检之能，即委之行。一二日后，罪人斯得。时在元宵夕，适李公晴原在席间，甚为鼓掌大快。解至重责数十，欲置之重辟。而问官谓无此律，拟遣戍。抚按亦各责治，已几于死。乃李监知之，但责其诈害者，而不出一言。然后人知敛迹，而小民获免鱼肉矣！此事抚按不行，而余行之。至于遣戍及抚按招达部知缘，承问者谓与大辟之律不合，而非轻之也。乃李直指密有一疏，极言李监之害，而以遣戍为宽。似谓余不尽法者，不知何以留中不下，竟不发抄。次年余捧表入都，在银台相知，出其疏见示，始知其心口相违如此。

余自辛丑入贺，复抵岭西，阅一招云有强盗六十六人，于海上拿获，俱问大辟。细询其情，乃偷珠贼也。途中遇捕，即捆缚器械，跪献于船头，投降乞命。

乃闻之珠监，即具疏题请。彼时按君，承狗二监之意，而问官又承奉按君之意，遂一鞫而成此大狱，从未批驳再审。余骇而怜之。适遇恤刑王公止庵，乃海盐之旧父母也。余为言此事人众而情冤，与之开释，此大阴德。王公谓珠监会题请，今见在，恐难解。余云："事势似难，老父母亦自尽其心耳。然而，此珰近来舍棺修路，颇知向善。老父母修一书礼讯之，且称其善行，因求其宽释。余亦致书与林碧麓公祖，托其转言。倘彼肯回心，便可济事。不然，则老父母之心尽矣！"王公果差人至珠监，而彼竟欢然悉听钦恤，王公遂为开板。而诸囚复具呈于余云，各犯皆广州人，去此千余里，无人供饭，未及一年而死者，二十二人。今止有四十四人矣，若候京详，必尽死于狱，求发广州监候。余即移文臬司，吊至广州。而四十四人者，不至尽为犴狴之冤鬼矣！

余又阅一招，见一妇萧氏，以凌迟处死。其情起于一媳妇，止年十二岁，令其入山樵采，乃山僻之处，竟为强徒所奸，归而至死。地方人呈之官，以为翁之奸也，其母家又欲诘告。其翁无可解说，只求一死。乃令妻萧氏，采断肠草，擂酒与服，即死。地方人又具呈，谓萧氏药死亲夫。此妇到官亦无辞以解，遂服极刑。余谓此事起于不知姓名之强徒而杀其媳，又杀其翁，今又杀其姑。且闻其子年十二三岁，因无父母亦病死。无罪无辜，何受此灭门之祸，能不为之酸鼻？此妇之擂药是实。而不过愚夫愚妇以为夫死，可得平静无事，而非有别情药死亲夫也。置之极刑，非原情定罪之义矣！遂白之按君，复命开释。庶雪此妇之盆冤耳。

东粤有征黎之役，制府檄吴川县运粮往海南。吴川令乃江右周漳南也。周公铨部左迁，大有才略，每事必见访。谓制府转运军需甚急，限数日内完此事。而一为籴，谷价遂腾涌，增钱许一石矣。若再籴，恐民不堪。不籴则军令严甚，何以为计？余谓之曰："县中有仓谷否？"云有。"如有则亦何难，可星夜将仓谷砻米，速运军前。而以其价，候新谷籴，补入仓，则事可立办也。"周君恍然，即如所言行之。制府大为称赏叙功。

自阳江县至高州，数百里而遥，乃道无居民，行者苦之，巡道李还素议开阳春一路，从山谷中行，路近二百余里，甚便。乃具文按院，李公方麓即允行，随欲撤阳江各驿。余云："改驿地革驿官，必须上请。请而得旨，方可撤去。今初建议，尚未具题，何可遽革？且阳春山僻，从无往来，方欲迁徙居民，开山建驿，乃遽革之。行者趑趄不前，山民必多惊扰。事宜从容。"奈言微不足动听，力断必行。旬日间，地方忽有讹言，谓朝廷欲洗荡此一方。啼号奔窜，将鸡豚之类，极贱售卖，逃至陆山州，乃广西界也。纷纷不止，举国若狂。余亟持牌，遍历乡村谕之，而愈不止。谓道牌止，我欲留以应朝命耳。逃者更甚，若此四五日。方在惊扰，而吴川复被倭害，小民益甚风声鹤唳之惊。倭讧于外，民散于内。且当应朝之后，府县皆无正官。余以一人独力支持，苦莫可喻。乃因倭患，请兵制府。几二十余日。始得参戎郭西科兵至。余先期遣人，与郭君约云："地方大乱矣！若兵来，百姓以为洗荡之说是真，将不知所终。兵行之地，宜严号令，不许动民间一草一木，而饮食居处，更从宽厚。使民知兵为灭倭，以安民而非害民，方可勘定此乱。"郭君如约而行，民遂复业。

黔南新镇道事实计三条

余自丁未入黔中，守新镇道驻扎。平越乃苗仲盘踞之地，专以捉白拿黑为名，大肆劫杀。余到任两月余，严为防御，而又体访其情：大都汉人潜入其巢，教之作贼，而一与平人结怨，累世不可解。余遇有仇杀之事，以理谕之，为之申理冤抑，解纷息争，而诸苗渐渐悦服。至若麻哈江外之苗，有数十种名色，最为剽悍，肆行劫杀。余择一指挥能干者，令往谕之。而诸苗无不感激，以为向来唯要杀我们，故不得不如此，今见天日矣。遂相率归降。余衙门中甚贫，无一毫钱粮可用，只揣处红布红花及食盐赉赏之。诸苗各顶礼神前拜受，心悦诚服。于是道路肃清，承差二三辈人，亦可夜行。滇中士夫往来者，题诗驿中，谓从来未有此景象。闻之抚台郭公，谬誉以"寇公锁钥、魏公长城，兼而有之"，固非所敢当。而彼时苗仲情形，似无难处；不意未数年遂变，至今日贻祸若此。大率苗仲虽顽，亦自可感，不必专以兵威为快事也。

黔中僻远而偏小，士民与苗仲杂处，无兵力无器械。至于火药火器，了不知也。适滇南副总陈寅，以军政罢官，而归行至平越。余见其人颇精采可用，又专精火器，遂留之，彼亦欣然。揣处买铁及买硝黄于荆州，托其制造。而苗仲初不知火器为何物，及试与一看，无不吐舌，相戒不敢轻犯。乃制百余件分发各州县，令人仿习。故诸苗亦既心惕，而又以理以情为之处分，遂听约束归降。又岁余，而抚台瑞芝胡公至，与寅同征播素知之。遂留帐下为练兵官，大造火器。于是黔中始知兵间有火器一事，实余为之嚆矢也。

东粤浮西冯公按黔中，甚清严精敏。余最蒙其知爱，凡事皆细细商榷。有平越府清军厅某者，蜀人。颇有小才，向为上官所誉。余阅其报道库册二本，一系其交盘亲笔，一系其厅关防。对之各各不同，共侵欺五百余金。余以二册送按台查阅，不觉大骇。谓素为所欺，未知其不肖若此。遂提其库吏而具疏题参得，旨。巡按御史，严提究问。事未结而冯按君已离任，且物故矣！某益无忌惮，肆毒反噬。至癸丑大计时，吏垣都科，则该厅亲知也。为渠报复，且图为宽解。乃中余以拾遗诬索金，不遂而揭之。闻后来问官奉其风旨，止问公罪罢官。不然盗边储钱粮二百金，即当大辟矣。甚哉！执法之难也。

黔臬事实计四条

庚戌之岁，余初转黔臬，以九月至任。彼时决囚在即矣。因无按台，以抚台胡瑞翁代其事。谓余曰："秋将尽矣，而录囚尚未有旨。闻楚滇皆已决，恐黔中亦不可缓。"余云："秋后处决，虽系旧例，乃十年以来，圣主好生，嘉与恩宥。今未知今岁或决或否，何不奉明旨，一旦专决，须再候之。"及至冬至后，始奉决囚之旨，抚台复谓余言："旨意如此，将若之何？"余云："老先生，第具一疏，谓屡年奉旨免决，则停刑为近例矣。何敢不奉诏？令今候旨不至，且已过时，故不敢决。此不失臣子敬恭之道，且亦何妨于国体。若今冬至阳生之时，断无违天再杀之理矣！"抚台然之。即属余起稿，中有数语谓："代而生人，犹可言；也代而杀人，不可言也。"抚台即拜疏遣承差星夜至京。后于十二月尽，复得邸报，奉旨停刑。盖为皇太后以十一月十九日圣诞，更有此宽恩。抚台即令人邀余，示以新旨，谓余坚持不决之论，极有识见，前疏达御览，亦见我辈敬恭之义。与余数揖而别。至次年正月，见刑垣都科朱月樵具疏云："决狱大事，岂可不奉朝命，各省皆自专决，无人臣礼。独贵州不决为是。"疏中亦采司详数语，请著为令。余以书生，何知时事，惟以臣子自当奉行君命。即过时不杀，亦不失小心，未足为罪。若不奉旨而先行杀，即偶合亦未为得。故与抚台再四言之，宁自认失刑之罪，而不敢擅专，且死者不可复生，虽后悔不可追矣！

黔中各卫所皆有屯田，而久为有力者所占，十去八九，仅存虚名耳。乃各卫所军额，比国初亦十去其九。大可慨也。余白之抚台云："屯田虽非臬司之事，而本司目击时艰，愿担此任，清查以足军储。"抚台许之。乃择三四府佐有才略者，各分派卫所，托其查核。数月而报政清出占田各有米数百石，其不能查核者尚多也。具申抚台，抚台云："屯田虽少增益，而各军不服有司征粮，原属乌有。将若之何？"余默然思之，对云："此亦不难。见今各卫所官俸粮，仰给藩司。守候数月，尚不能得。若将屯田之米，照俸均派各官，令其自征。则以本官而征本军之粮，岂有不服？且省守候之苦，各官岂不乐从？如此而藩司俸米，便可扣留别用。何必付之有司，至属空名也。"抚台以为然，即行各卫所催征。无不感悦。以此推而行之，海内军储，不小补耶？

一日副总兵陈寅报称，某土司与仲家仇杀数次矣，死伤甚惨。今仲家更猖獗，乡塾小童二十余人，立被杀死，土司无可奈何。余即白抚台，求发兵救之。抚台谓土司之事不必与管。余云："土司供朝廷赋税，应朝廷征调，亦系王民，何得置之度外？纵不发兵，亦须宪牌一纸差官，往谕可也。"乃蒙见许。令陈副总差一部下名色把总，持牌往谕。而两家各奉为盟主，留之三月，惟恐其去。于是各释仇恨，不复相杀矣。

黔中各道常缺官，余以臬司带管安平道。见金筑土司申一详文，欲纳土归印。行府议之，而府详竟请注销。余谓纳土归印，乃土司归顺朝廷之美意，初非有所驱迫招徕也，府中乃请注销。堂堂天朝，岂可被其甘言而尝试乎？即为转详两台，议受其印，改土为流。金筑大司也，善地也。不烦兵革，坐而得之，何为失此机会，反为愚弄，非所以尊朝廷也。但当优其秩，厚其禄，以为降王长则可耳。两台允行，檄贵阳府推官经营。数月规模已定，具疏题请改为广顺州。百里封疆，一言而决，成功似为甚易。及闻后来有司，诛求太甚，民有离心。此非所以安新造之邦，而服远人之心也。惜哉！

粤西事实计十条

宾州柳之岩地也。以前拜官右江者，俱却步不前，往往挂冠神武。此道缺官六七年矣！丁巳秋，余赴补京师。适两广周制台疏题右江为边道，最难治，应选才望者为之。部议以余往。余不敢避难，叱驭而行，以戊午六月抵宾州。士民遮道，具诉划贼千万，张旗帜鸣金鼓，白昼行劫，焚杀最惨。私心欲为之计。而查核营兵不满二百，岂堪御侮，姑以文告谕之。有云："本道昔在东粤，倭人狡悍，则以武治之。继在贵州，苗仲听抚，则以文治之。此皆邻省之事，汝所共闻。今汝等或顺或逆，在本道，或文或武，必有处分。"谕令悔过，各贼亦敛迹月余。嗣见我兵力单弱，遂复披猖，杀人盈野，且劫及官役，抢夺公文。自宾至省，七八百里道路不通，铺递馆驿，虚无人矣。不得已，请兵请饷于抚台林公，至再至三，情迫而词戆。适逢抚台之怒，虽蒙复命荐剡，而遇事动多掣肘，卒以招尤。

戊午旱灾，赤地千里，流离遍野。斗米价至四钱，划贼益炽。仓库既无可发，坐视其死，则职守谓何？乃搜查三里兵饷，每年四千，皆仰给制台发自东粤。余详请那借明年之额饷，差官籴运于广东，而平粜于宾柳各属。所得米价，则照数贮库，以还兵粮。余米尽散饥民，即平民亦得减价之利。一转移间，而三善备焉。蒙制台俯允，即为领饷运籴。然巾车搬载，万倍艰辛，始得至宾。平粜每担一两五钱。粜价还兵饷，余米则煮粥于城，给散于乡，而孑遗之民，赖以少存矣！

残贼跳梁、种类非一，其肆毒于宾州者，则有石牌中埠岜、敲岜两等贼。余请之三院，令土官黄文辉等，各统精锐部兵，捣其巢穴。乃一举而斩级五十七颗，俘获贼属六十余名。余皆逃窜，而宾州之寇平。然而，不用粤西一兵，米一粒也。其肆毒于迁江者，则有洛春、感岸、中谢等贼。余请于许制台，差游击王选带兵二千，携两月粮而来，即同参将赵庭协剿。斩级二百余颗，俘获二百三十余名，招降三百三十余名。而迁江之寇始平，亦不用西粤一兵，米一粒也。至肆毒于柳州一路者，则刘天仙、陆大成等贼，肆行焚劫。余密谕土兵，计擒剧盗，请详三院枭斩十九人。而柳州至省之寇始平，亦不用西粤一兵，米一粒也。筹画苦心，寝食俱废。兹举其大略云耳。

群盗啸聚，不下万余。宾州为驻扎根本之地，全无兵力。余请详抚台林公，募二千兵，以便相机战守。有同官密揭抚台，云："止许以五百，看能灭此朝食否。"抚台如其言，以五百批允。然饷无所处，赖藩伯振方于公担任，发司帑四千金。贮柳州府库，备一年之饷。乃招募两月，而兵额始足。奈大荒之后继以大疫，兵之死者过半。余严行查核，不至虚冒。乃止用饷二千金，而以二千金，仍还司库。余身居盗贼之中，百死一生，而募兵不过五百，食饷不过二千，备兵之事如斯而已。

余兼摄守道移驻柳州，集本府绅士议，倡率施舍，以济饥民。乃捐任内俸薪百余金,亲为擘封。生员一名,面给银五钱。各生菜色可怜,至有今日领银,而明日物故者,余更助其买棺之资。又制台发镶金百两,与余薄俸凑给。又借府库银二百两,买谷于融县。卖价还库,而以余谷散贫民,沟瘠方稍有起色耳。

宾之兵饷皆出于条鞭。四十七年,饥民死者八九,兵死于疫,亦且过半。该州尚据兵额而取盈焉,真令靡有孑遗矣!余具详请蠲已前缺兵之额饷,止征现在之兵饷。以为虽有粮,亦不能起死者于九原也。即出示晓谕通知。又查宾之所军屯粮不足,兼食编粮。所军之疫死者亦多,而该州尚接籍征收。余亦具详请蠲故军之名粮,免至混征。俟勾补新军到日,报道方准开粮,亦出示晓谕。至于制台那饷运米后到六百石,原价银五百两。余平粜还银,发肇庆府收库,而尚有米银二百余金。即具详三院,以此余银,代宾民完纳四十八年分条鞭,使免催征。盖疮痍未起之时,征则病民,逋则病国。减一分则省一分民力。亦出示晓谕通知,以为地方善后之策耳。

己未之正月,余自宾至柳。有巡捕指挥禀称:"适探贼信,说今夜千余贼必渡江而来,欲破城劫掠,何以御之。"余云:"御之非难。即授以火器,令其舣舟,岩石间伺贼半渡击之,可无遗类也。"乃此弁止候于城下,二更时贼果渡江将登岸,势岌岌矣!忽火器一轰,而溺死者不知其数。质明捞获二十八人,登时为饥民啖尽。余贼宵遁,阖城缙绅士民,相率致贺,以为百年未有之快事。嗣今庶可安枕矣!

戊午之大荒,己未之大疫,宾民死者白骨成山。余设处银三十两,分发柳州府照磨汤一中、仓官滕元台,为建义冢三区;又发迁江宾州银十两,亦造义冢,掩埋饿殍尸骸。因劝士民,随处收埋;或经行道路间,常令土司带锄插相随,遇则以土掩之。三四百里经行之处,亦不至暴骸于莽,窜骨于渠者。然而不能使其不饿殍也。可悯孰甚焉,真是救荒无奇策耳。

宾州大荒,斗米四钱。而戊午新科举人某者,至乡间借谷于积谷之家。已应之,乃复至;再不得已,又应之。乃复至三,携其一婿生员及一罢吏同往。其家腐心切齿之甚,杀鸡为黍,甘言以从,留其夜宿。至夜睡熟,将三人皆杀之。举人之子,谓父带银二百两,往彼处籴谷,乃地方合谋其财,盗杀其父。控之抚按两台,蒙批审究。奉行者遍拿村人,以为强盗,欲为三人抵命。大为搜索,株连蔓引,逃窜者过半。余访其实,乃更为研审详两台。云:"举人之死,死于仇,非死于盗也。杀人者死，今同谋下手之人，俱毙于杖下。一家三人，亦足以偿矣！原非是盗，安得妄拿无罪之人，沿及村落，使鸡犬不宁如此？此狱可以不行矣，乃详申。"许制台甚以为当，将在监者尽释之，而地方相安无事矣！

宾州戊午之岁，旱燠为虐，赤地千里。民饥而死者大半。乃至次年己未，遗禾复生，遍于荒野。如长车渌里安城等处，余经行目击芃芃黍禾，实颖实栗，不种而获。此诚天降嘉祥，以救此遗黎，史册中所未睹者。敢不殚力图维，以仰承上天好生之意。乃行该州，遍为踏勘。其田有主者，自听收获。多有田在人亡者，造册类报。酌量分派贫民，以杜棍徒强割，反启争端。而又檄召土兵，为民防护，不使入于贼盗之手。孑遗赖以少苏。因记此奇异，以备载笔者采焉。

附

上许制台书

昨职所谋鹏剿之说，非敢孟浪。盖今日之贼，理不能谕，刑不能加。大剿既不能，而纵之又不可；且转眼秋冬，正其得志之日。地方岌岌乎殆矣！即今年二月间，突犯柳州城池，幸而觉察。更闻罗城县亦被攻围。跳梁若此，及今不可不为扑灭。然如大村五山马锣叠址，凉伞野鸭感岸，石牌中埠等数十村，皆为贼薮。合两江有名之贼，不下数万。乃大村五山贼势最大，系江左所辖，听其自为区处。若石牌中埠等村，则在迁江境内，孔道必由，去宾州三十里。而近察其情形，惟专倚大村为墙壁，而根基尚浅，相去亦遥，一时救援不及。盖贼近则不可不除，而攻瑕则自易为力。此今日之所当亟图者也，释此不图，势必纠结愈多。灭此一二，余必望风解散。迟速之间，难易天坏。职故敢为力请，倘蒙府允，伏望密示。若二千之兵未能卒办，查得梧州无事，兵亦甚闲。乞台台俯念边陲情切倒悬，暂拨数百名以资防御。职亦请抚台拨数百名凑用，自可备一时缓急。如并无之，则空拳而搏，职所不能。惟有束手待毙，地方亦立见溃败决裂。造次具呈，上请诸事，皆系目前急务。仰乞台台裁断，地方幸甚。

上林抚台三书

近奉台札，轸念右江时事艰难，深荷至仁曲体。更忆台台面谕，地方有事须报，西陲安攘计尤切切也。职敢不仰承。今于六月初三日到宾州矣。其在柳州旬日，各官惟云近来稍戢。及至来宾迁江，宾州则士民具诉。纷纷痛言，盗贼纵横，流毒至极，聚党日众。有数百为群者，有千余为群者，有三千余为群者。白昼出劫，殆无虚日。人情惶惶，职亦且骇且惧。谓何大异前闻？若此细问之，则云来迁之乡村劫掠已尽。今有一村，而被劫两三次者矣。宾州之乡村，则三分劫其二分，今并一分而不尽不止矣。且多买骏马，昔以十两一匹者，今出二十两。招纳亡命，教以制火器，造衣甲上。盗则张旗帜，鸣金鼓，大非昔时盗贼行径矣。意在劫尽村落，穷民必入其党，人马众多，因而攻城掠地。其志岂在小哉？又闻其密布私人于东西两广，各衙门俱有月报。其以机密事报者，尤重酬谢，人皆乐为之用。其奸狡更可虑也。且贼亦明言欲攻城郭，明言官兵有几，其奈我何？明言从来说剿，何曾能剿？若此肆志无忌。而吾民亦哭诉于官云："及今不救，不得不从盗矣！"大约情形如此。加以旱魃为灾，秋成无望。目今米价腾贵，民穷盗起，大乱将作。以职甫到，忽罹此景，日夜忧危。但欲为预备之谋，莫先于兵食之计。今三府州县未暇论也，即以宾州言，现在营兵戍卒，总不过五百名。如柳州军兵千余，而犹不免窥关之寇，则五百尚不及为城守，况欲调遣御寇乎！且据宾迁士民之诉，贼徒数万，势可立聚。而我以五百疲卒当之，战耶？守耶？必无幸矣！职以为须增兵数千，方可防备。但粤西处饷非易，今且增二千名，专付一将统领，以衣甲器药，时时操练，习于攻击，壮其胆勇，以备缓急。则随机应变，可静可动。先声所至，贼亦稍弭未可知也。其饷亦须加厚，方有精兵应募。近闻壮夫皆从盗矣。计二千之兵，岁得饷银一万五千金，以一万五千金而壮干城之气，销已萌之乱，全百万生灵之命，犹为事半功倍。及今不为，待贼乱形已成，仓皇扰攘，战守俱困。至有挫折，民命已残，国威已损。然后奏闻征兵请饷，何益？职今不敢隐忍，而以直陈。诚恐他日溃败决裂，至蒙斧钺之诛，治职欺妄之罪，而终无益于事，则悔亦晚矣！故万不得已，冒昧陈乞。具有详文，并将士民陈词，及各官公移，节录一二上呈状。伏惟宪台俯赐鉴察，允批二司，议处兵饷，急为整饬。庶地方得免荼毒，而职亦稍逭于旷瘝矣！

近来盗贼情形，日甚一日。纷纷申诉，但非关系重大者，不敢辄渎台听。惟迁江县连日告急，事干城池民命，安危在呼吸间，势不得不以转闻。若称黄梓一节，在六月初间，曾有二三所，官密与职言第，恐无接应。故欲待请兵至日，方次第具陈，以备采择。今请兵尚在筑舍，而贼已犯迁江。县官此禀，亦见事机危逼，非官兵杀贼，则必贼陷城池，势不两立。而当此人心共愤，有誓不俱生之意，故述黄梓请缨讨贼之词。料其不敢以身尝试，至称上怵一纸之语，更有后来其苏之望。且石牌、中埠有贼无良，告词山积，万口同声。更居卧榻之侧，而狂锋十倍昔时，必不可待其先发而受制也。倘蒙命将集兵，假以便宜，骤若风雨；如黄梓辈悉听驱使，则驾轻就熟，二村不足平也。二村既平，余则乘胜抚散，诚为事半功倍。闻此贼近与大村马叠，结为婚姻，势成犄角。各峒渐渐连合。此后亦难图矣！伏望台台早赐裁酌。

本职受事之始。业已广布文告。宣扬德威。警报暂息数日，未几猖獗如故节。据州县所申，焚掠杀掳，殆无虚日。未敢一一渎台听。乃七月初三日，有岜敌村贼，当官拥众立，杀失主。夫对敌追捕，操戈相向，此贼之常。今事隔三日，官以抚谕临其境，乃群起杀人，是何景象？此地为贼渊薮，此事尤所观望，何可缓于天诛。然其贼徒众多，必不能擒一二渠魁了事也。访得此贼，无别长技，惟跨壮马，挟一枪三镖，连辔横行，如入无人之境。各峒亦未甚联合，倘侦彼出劫，暗为张奇设伏，而攻以火器，自可得志。惟无一兵应手，故未敢请方略。兹具文上恳，伏乞台台留神主张。前日通详请兵，奉制台札谕，谓东粤可以自专，西方须仗台台定谋，然后会同计议。今事在燃眉，望惟台台毅然独断，以救西南半壁。此宾乡绅士庶喁喁引领，非职敢为烦聒也。宾州米价骤至一两，若更不雨，秋成绝望。贼讧于外，民溃于内，将奈之何？仰知远厪台念，敢以并闻。

跋

士君子策名王路，必实有补于职业，而后可以济时艰。期报称自古经世宏硕，往往以扬历中外得之。吾邑盛观察若华公，警敏绝人，其料事应变，辄仓卒中綮。以司空郎起家，历闽黔两广藩臬。所至有惠政，读其政略卒业，忾然而叹曰，国家当有事之秋，独不得斯才也而竟其用。乃使休沐田间，以其暇日，修泉石烟霞之事哉。其勾奸恤隐，平反捐糜，吏靡勿畏，民靡勿怀。而车盖所指，辄当戎马之郊。饥馑之岁，能出水火而衽席之，化桀黠而驯扰之。非识力有过人，岂其尝试辄效者。如疏止公主坟价勿给，抗抑税珰借帑勿与，省公家资且八九万。在楚则以便宜捍御江水，在黔则力请当事无专决录，囚全活不下数十万众。而造坟录囚两事且著为令甲，公实始昌言之。至于调服苗仲之心，惠威并行，经权互济，使得公数辈控制黔中，岂至蔓延贻祸如此烈哉！今公已致政归田，启备员铨曹力，未能荐公以急国家。姑书之册以俟秉轴者。

天启丙寅春日，年家侄朱大启拜书于燕台邸次

附记

《岭西水陆兵纪》二卷（浙江巡抚采进本）明盛万年撰。万年，字恭伯，秀水人。万历癸未进士，官至江西按察使，迁云南布政使，未任卒。是编乃万年官广西按察使时，值倭入寇，万年击破之。因增设战船，缮治营垒，益兵练卒，为善后计。以电白、吴川东南滨海，番舶内犯二地，先受其害。遂审度地势，布置堡寨，图其兵弁制度，及巡船款式，以成此书。其陆路则由电白、吴川至于高州，添置员弁，凡邮传之政，及攻守之器，悉载焉。岁久板佚，此本乃国朝雍正辛亥其裔孙熙祚，署吴川县知县即万年驻兵之地，因校其旧本重梓以行。

诗二首

万年字恭伯，（嘉兴）秀水人。万历癸未进士，除刑部主事，历工部郎中。出为福建按察副使，历广东、贵州、江西按察使，迁云南布政使，未任卒。[①] 有《拙政编》（附诗）。

《静志居诗话》：盛公浮湛藩屏，扬历有年。当其司臬羊城，值倭人入寇。躬擐介胄，乘城击破之于锦囊所。尝以一人摄五监司事，案无留牍。其还家诗云：三黜已甘投岭外，一帆今喜到江乡。所居梅湖，饶有鱼稻之利，筑场纳稼，专以宝啬训子孙，先畴至今未改云。

右江谣
昭江滟滟连邕管，千厓赭碧清霜满。竹鸡格格啼榕林，脩蛇毒雾愁浸淫。鸟言卉服绣项渠，荒茅丛箐山头居。时平莫负篚篓弩，夜雨丛祠赛铜鼓。

夜山小景
月明万象俱空，人静诸峰欲动。匆匆断却尘缘，寂寂唤向幽梦。

---

① 原注：录《明诗综》。

盛以约

盛以约（1596—1634），字孟将，一字彦修，号演仙。国子监生。高祖父盛周，高祖母金氏、吴氏、文氏；曾祖父盛惟谦，曾祖母陶氏；祖父盛万年，祖母吴氏；父盛士元字元长号崑柱，母陈氏，礼部员外郎陈泰来女，继母汤氏，福建按察司副使进士汤聘伊孙女、海州知州汤一龙女；妻徐氏，南京通政使徐申孙女、太学徐瀚女；子二：子邺、民誉。

诗一首

喜雨

好雨终朝遍，蓬门野兴繁。悯农劳苦日，植杖桔槔园。
急棹冲萍叶，深池浸竹根。怪来双屐健，散步上南原。

录自《明诗综》

盛民誉

盛民誉（1618—1699），字来初，一字仲来，号容闇，浙江嘉兴秀水人。顺治十七年（1660）顺天举人，十八年（1661）进士，康熙九年（1670）由推官改桂阳知县，捐俸劳军，使仓储足食，多惠政，擢提学佥事，十一年（1672）湖广同考官。著有《六谕诠释》等稿，多散失。《庐阳残稿》为其孙盛支焯从方志上收集的文十二篇、诗十四首，今虽存尚未见。本书收集若干诗文，应涵盖其大部分了。高祖父盛惟谦，高祖母陶氏；曾祖父盛万年，曾祖母吴氏；祖父盛士元，祖母陈氏；父盛以约，母徐氏；妻谭氏，同邑进士登莱兵备道谭昌言孙女、进士礼部主事谭贞良号筑岩女；继姚氏，进士工部尚书姚思仁孙女、曲靖知府姚以亨女；副室肖氏、张氏。六子四女。

庐阳残稿[①]

檇李盛民誉来初（一字仲来，号容闇），顺治辛丑进士

序

先大父令桂阳不满四年，距今且甲子一周矣。昨岁余内兄之婿尉于兹土，疏邑之绅士若范、若周、若朱数族者来告曰是皆邑之大姓，其祖父咸沐大父恩，至今感颂不去口。民之蕃庶虽倍于前，而问其学校犹昔时所丹腹而塗墍也，考其志乘犹昔时所参订而刊布也。元公之祠下濛之桥碑记犹新、题咏如昨。然则大父不大有惠（功）于桂邑哉？夫善政及人初不自觉，然大父里居良久，未始侈谈美绩夸耀于人，迨阅数十年而尸祝不衰于其邑，不谓之遗爱在民不可也。因检详稿碑记题咏之在邑志者撮而录之，以附谱后。至邑之感慕不喧，则纸上数言恐犹未可以概也。当俟他日至其地而质之若范、若周、若朱数族者。

乾隆元年六月朔日孙男支焊百拜谨述。

请增营兵月米价详文

先是营兵月米每石折价银四钱，辛亥夏旱蝗为灾，每石时价六钱。

详上，准增价五钱五分。

湖广直隶郴州桂阳县，为遍乡虫蝗四起，小民秋收无望，恳恩申详米价以苏民困事。据合县里民朱世永等一十七里呈前事，词称桂阳设立营兵以来，历年月米俱责里民采买，顺治年间，每斗米价折算正赋钱粮七分，民多乐应。比年丰稔，各县米价略平，复颁示照常宁县，则例每石降至四钱，虽与本县时价稍差，然亦亏陪无几，即如本年春间所发米银壹百玖拾两，蚁等遵上无异。不幸春末夏初天气亢阳，继以螟螣为害食苗过半。目今时价每石纹银六钱，将来禾稼不登，

[①] 钤印：秀水盛氏柚堂图书、梅湖。

其势有增无减，若仍定价四钱，一时供办不应，是必督责随之，哀此孑遗，何以堪命？窃思苍生既有不测之灾，父母岂无权宜之仁术？伏乞施恩转详，增价发买，庶民困苏而兵食足等情，到县据此。该知县盛民誉看得桂阳地瘠民贫，绝无他产，力田供赋专望秋成，不幸螟螣为灾损苗过半，士民连呈呼吁，欲求申宪上闻伏查，见行事例。凡夏秋灾伤六分以上，蠲免有差，五分以下，例不准免。卑职亲自四乡履亩踏勘，见虫伤遍野惨目惊心，但所伤不过四五分不等，不在蠲免之数，是以再四慰劳，令其安心刈获，未敢遽为申报。诚不欲以无益之陈情上渎各宪听闻而干誉百姓也。但禾稼不登，米价腾贵，若仍造额每石四钱则与时值为太悬矣。夫朝廷赋税既限于一成之规，而难邀蠲免，营兵供应复勒以一定之价而坐令输，将是天灾流行不特无以拯之，且重困之也。伏查颁敕预定征收等事，原行内开营兵月米照辰沅，奉旨之例每石折价四钱移解驻兵之县，买米发银，异时或以实价不足又听驻兵等县会同各该营因时酌，宜另文详夺。仰见各宪计深虑远，为民筹者备至是用，仰遵宪行，直陈民隐，但全照时价则益下未免损上，只遵定价，则养兵又虑病民，先移会驻防两桂营参将王舟四斟酌。王参将自以武职不便议增，卑职又在下僚，不敢专擅，伏乞轸念穷黎，稍增其价，不至与时值大悬，则虽蠲增未及而贫民之受赐实多矣。

劝民息讼条教

知县　**盛民誉**

　　照得。桂阳室庐鲜少，民户单寒，全赖族党亲睦，庶几间阎生聚。乃本县未入境时，即有纷纷控告。或事在十余载捏端奔诉者，或因债负些微欲求断□者。更有一等棍徒，凭虚架造，叠告各衙门，恐吓乡愚，借端索诈。种种刁诬，难以枚举。殊不知十余年前之事，朝廷已经恩赦，县令何可苛求？即使按律究，拟息在赦前。前官已结之案，文卷既已昭肰，是非终难颠倒。苟情理允协，虽百控何益。况小忿争角，原无积恨深仇。些微债负，不妨从容理讨。若匍匐公庭，候审之费用或多于追断之银钱，是求益而反损也。至于土豪积棍，动称奔告上司。岂知事情归结到底，不离本县听见。雪消水落石出，岂容听其横行，鱼肉愚懦。本县定当密访恶绩，申宪置法。国典具在，若辈亦何利而为此乎？本县忝司民牧，抚字为心。合先劝戒，为此通行晓谕。以后除人命盗情，事关紧急者，不时收状外，其余户婚田土，俟逢日期，方照本县刊颁状式投告。倘非放告日期叫喊渎扰者，一概责逐不准。其按期行者，并不差一皂快止，令原告自拘。一则绝需索酒食之弊，使两造赴审，毫无浮费。一则原被见面，数日之后，心平气和。或亲友处明便，可听其具息。此亦弭讼之一道也。倘有被告强梗，不服拘唤者，许原告禀明改换。签差息之事，到公门有差后需索之苦、有具才诲讼之苦、有往来盘费之苦、有早晚守候之苦、有道里跋涉之苦、有冒暑冲寒之苦。甚则解州解府路途辽远，举目无亲，有流离丐贷之苦。在己身则食不下咽，卧不安席；在举家则男不暇耕，女不暇织。胜则博一时之喜，追思从前劳费，未免悔心；败则贻终身之耻，还念鞭朴所加，孰非遗体。彼此求胜不已，必致两败俱伤。倾家失业，种种可怜。本县自愧德薄，无术化民。然一段至诚，息若化大事为小事，化小事为无事。使百姓享清宁之福，衙门消案牍之烦。敦睦成风，乡域乐业，此本县所厚望于尔百姓者也。谆谆告诫，并无套辞。凡尔小民，宜以情理自遣。无负本县苦心。如有捏造虚情，希图说准。及至审实毫无风影者，定依诬告律加等治罪。决不姑贷。

禁民溺女条教

知县　**盛民誉**

照得。故杀子孙律条有禁，骨肉相残，王教不容。男女虽有异形，慈爱总同一体。苟有人心，何忍伤害？乃尔邑生女，每多湮溺不举。无论士庶，习以成风。本县闻之，甚为恻怛。在尔等以为男人可以成家，女大便须出嫁。乳哺养育枉费心勤，衣饰妆奁反多拮据。不若忍心下手，省却纠缠。殊不知后来之事，每难逆料。生男未必尽孝，生女未必不贤。娶媳岂尽成家，半子常堪靠老。所见所闻，往往如此。勿谓养女必无益也。至于男婚女嫁，不妨称家有无荆钗布裙，亦可成礼，何必预虑赔钱辄杀其命。况溺女之时，其事虽成于男子，其毒实由于妇人。己亦女身，而反杀所生之女。尤情理之不可解者也。夫天地生育之理，有男女而后有夫妇，有夫妇而后有父子。大纲大常，皆本于此。若使有男无女，则夫妇何由配合？躯体何自生成？人苟读书识字，何忍灭绝伦理，伤天地之和气乎？且豺虎不食其子，鸟雀皆能护儿。赤子无辜，遽遭淹害，呀嚶宛转，情状堪怜。为人父母反异类之不若。揆之情理，实可痛恨。嗣后倘有仍前溺女者，定依故杀子孙律重责，枷号罚谷示警。如有首报者，即以所罚尽赏报人。如溺女之家果系赤贫，不堪罚赎，本县自赏银一两。其两邻不举告发，一并责治。凡尔士庶，各相劝戒。毋负本县一片婆心也。特示。

录自清康熙《桂阳县志》（盛民誉修）卷一六上《艺文》

劝农条教
知县　　**盛民誉**

照得。深耕易耨，始有望于丰年。旷土游民，固申戒于王制。故天有四时，一日荒而三时俱废。民惟八口，一夫惰而数口皆饥。惟春种乃有秋收，讵西成不先东作。方今时雨霡濡，土膏震动。依山带泽，岂忍听其污莱服贾。牵牛是取，给于稼穑，惟农功早竣，则旱潦可以无虞。且国课攸关，恐庚癸尤当预计。芟柞载启，治田之具，宜脩粮莠，弗锄仰屋之嗟何及。念尔民正当胼胝，耰锄之始，在本县敢惮躬亲劝课之劳。除一面停缓催征外，本县亲诸各乡劝劳，为此示谕里递保长耆老农民人等知悉。凡该乡田主耕户，齐集田畔乡保处所听候本县履亩按视。其有先耕早种畬种及期者，犒以酒食，奖其力穑之勤。倘有失业弃时荒芜不治者，查出姓名，惩以惰农之罚。冀获丰登之利，同为鼓腹之民，实出本县至情，毋得视为虚套。各宜尽力，莫负劳心。

又牌照得。本县停放农忙，躬亲劝课，以察勤惰。先经出示，遍行晓谕。今本县置备酒食，先于几日亲诸都市，西垣平政后坊津江等团，为此牌仰本役前去。各该团传知保甲长父老人等，转谕农民齐集，本县亲临处所，听候劝勉赏劳。无违。

录自清康熙《桂阳县志》（盛民誉修）卷一六上《艺文》

详复谘访利弊条议
邑令　　**盛民誉**

为谘访利弊事。该知县某查得，卑县僻处万山之中，自寇氛蹂躏之后，人民转徙，户口仳离。田园鞠为茂草，城市悉成邱墟。迩年以来，加意抚绥，已见哀鸿甫归，蒿莱渐辟，正骎骎有振起之色矣。乃昨岁旱荒，虫伤遍野；灾浸固是天行，补苴实需人事。谨将地方切要事宜，有关于生聚教训之大者，胪列数款上陈：

一曰浚溪流以导民利。窃卑县地方，四面皆崇山峻岭，舟楫难通。惟去城四十里，地名胡家坝及集龙等处一带，山溪八十余里，壤接江省。南赣上犹县地方，通小舟来往，可装载十数担者。前朝承平之际，人稠岁稔。民间种植蓝靛，多有邻境商贩开浚水道，前来贸易。钱币流通，小民赖以输将养赡。自经红寇焚劫居民，杀伤离散，竟过大半。耕户既少，贾客不前。此一线溪流，昔属通渠，今成绝地。闾阎之生计，于是乎拙阻矣！目今种蓝山地，虽未能一时垦辟，而畜牧产植之物，尚可营运资生。现据里民黄献策等具呈请示，自愿出力开浚。卑县缘未经请明，不敢擅便。但查此项开浚，地势所宜，人情所便。事无妨于国计，利有切于民生。伏候宪裁。

一曰辟荒莱以裕民生。窃照劝垦荒田为当。今首务屡经宪行申饬，期以实心举行。卑县乌容赘议，惟是湖南风土凋残，较之他省为甚。向者有司督垦，奉行不实，往往有捏报包赔之弊。前经抚宪清厘题蠲改正在案。然卑县土俗与他邑不同，地瘠民疲。供办正赋，犹恐维艰，委无包赔之累。第小民劝垦一分，即受一分之利。况生齿渐繁，尤当令其服田力穑，趋事赴功。查从前报垦起科外，尚有未垦荒田二百四十余顷。若任其芜秽不治，国赋何由复旧，民生何自饶裕？是所宜亟为区画，俾无土满人游之患者。卑职先经捐给牛种，劝谕招来。但愚民狃习故常，无一垦报。今请宪台严赐申饬，示以必行。庶国课赖以增益，而勤惰知所劝惩。伏候宪裁。

一曰修学校以励民风。窃惟庠序为育才之本，礼义为兴行之原。学宫之废兴，实关乎气运。桂阳自前朝成宏嘉隆之际，科甲蝉联，英才辈出。迨于季年，历今五纪，科第无闻。士风浸以衰微，文气日趋靡溺。间有一二砥砺好修者，亦为习俗所困，弗克自振。虽在劫灰之后，民气未复，难以骤语更新。而圣教所垂，万古为隆，桂阳虽偏隅小邑，宁当自外于同文之治，年来阖邑士子，曾经鸠工建立文庙，所苦物力艰难，诸务草创，未告成功。今春飓风大作，庙门及垣墙表柱，一旦摧颓。卑职睹之废坏，自应首倡捐资，率地方之绅士，共相劝输，重加修葺，以新庙貌。冀文教由是蔚兴，士心借此振厉。其关于政治民风，自非浅鲜。伏候宪裁。

一曰饬邻封以除民害。窃照桂阳南连东粤，东接西江，山深溪险，地瘠民贫，逼近峒猺。苦无土产，惟有东南一隅，薄产苎麻稻谷及养畜猪只。小民借此营生，变卖以为输课赡养之资。每遭隔省奸民，将低假银两，构售交易。山谷穷民负担而前欲卖，则竟受奸欺，不卖又难于回步。更有情势当无可奈何之时，不得不卖者，即明知其低假，亦只得隐忍成交。迨低铜入手，倾销亏折，饮泣莫伸。此种实为民害，卑职屡经出示严拿，奈行使奸徒，倏来倏往，踪迹无从。卑职末邑下僚，隔属尤难诘究。今乞宪台威灵，檄行邻近卑县之粤东韶州府仁化县之城口地方、乐昌县之唐村地方，及江西南安府崇义县之古亭地方，严加禁缉。不许刁奸银匠，及商贩棍徒，仍前低假市易。庶小民免欺骗之虞，而国课获供输之便。伏候宪裁。

一曰革疵政以恤民艰。窃照卑县署内，每日所需蔬菜油盐等物，皆见年里长输值供应，从来陋例相沿。卑职莅任之初，凛遵各宪禁示，不敢丝毫动扰民间。前项供应悉已革除，迄今一载有余。虽里民未臻乐利，而卑职区区朴诚，是在宪鉴。诚恐刁猾之徒，犹或循此旧例，欺骗乡愚。丛奸滋弊，卑职屡经晓谕，更乞宪台再赐饬示，永行禁革，使小民家喻户晓。庶刁奸技巧难施，而愚民获衽席之安。伏候宪裁。

录自清同治《桂阳县志》卷一九《艺文》

附

桂阳县重修濂溪书院记

嘉兴人　**高佑釲**　念祖

孔门高弟七十二人，俱不能得位以行其志，惟子路、子游、子夏、子贱、巫马、期季、子皋诸贤仅以邑宰小试其用，然学道爱人一言乃千古为治之准，后世莫易焉。孟子没而圣道寝衰，两程夫子出，续千四百年不传之绪。传及朱子，使圣学复昭而治术以正，皆濂溪先生承先启后之功也。先生得蕴奥于遗经，以穷理尽性之旨昭示来学，其阐图著述若太极通书皆以发明精义，上继孔孟之传，下开程朱之学，修己治人实本乎此。然先生遭盛时不为苟禄，一生仕宦都在州邑，未尝一日坐论庙堂，故其经纶设施亦未尽展布史官。黄鲁直称其人品甚高，胸怀洒落如光风霁月，锐于求志，厚于得民。朱子谓其博学力行，遇事刚果，为政精密严恕、务尽道理。南轩张氏亦谓先生仕不大显于时，其泽不得究施，然学者考论师友渊源，必本先生，是先生遗泽足使人仰止景行，况昔时过化之地哉！先生令桂阳在宋仁宗庆历元年，先是景祐中，先生尝为主簿，年弱冠，即能辨分宁狱，邑人叹为老吏不如。及为南安司理参军通判，程伯温先生珦知其为学而与之友，因命二子颢、颐从受业。转运使王逵入人死罪，先生争之不得，欲弃官，逵亦感悟，囚得不死，且贤先生而荐之。移郴令，重农劝学，寻调桂阳令，风节慈爱，吏治彰彰，后改大理寺丞，知南昌县，有神君之号。大姓黠吏皆相戒以污善政为耻，其在合州一郡之事皆决于先生，迁国子博士，判虔州，洁己爱民。时赵抃守虔叹知先生之晚，后以尚书虞部员外郎判永州士，率其教吏，畏其威，民怀其德，不期月大治。熙宁元年先生知郴州军，赵抃及吕公著荐为广南东路转运司判官，三年迁虞部郎中，提点广东刑狱，因疾求知南康军，且爱庐山之胜，移居莲花峰下，前有溪流合于湓江，因取道州故居濂溪以名之。先生既老，二程子再往问学焉，比赵清献再镇成都荐起先生，而先生已不逮矣。嘉定庚辰赐谥元公。淳祐初封汝南伯，从祀孔子庙。元祐间，封道国公。明景泰七年官其十二世孙冕为翰林院五经博士世袭，嘉靖九年诏称先生位号为先儒周子。先生浮沉仕路几四十年，前后凡十三转官，所在多仁政，令桂阳阅四载，时二程子亦来从学，郴守李初平知先生贤，问之曰，吾欲读书，何如？先生对曰，公老矣，无及也，某请得为公言之，初平遂日听先生语，盖二年而有得，大抵皆长育人才纲纪世道，倡绝学以正人心，崇教化而厚风俗之旨也。先生既去桂阳，士民思之不忘。宁宗嘉定十三年，邑令周思诚立先生祠于儒学大成殿右庑西南，复建光风堂于县之东，岁久并圮。理宗宝祐间，邑簿李劲请于邑令黄遂，又建祠学宫前颜曰：希濂堂，以祀先生而合祀邵程张朱诸子，名六君子祠。明太祖洪武六年癸丑，邑令李原复建濂溪阁于县厅之东，肖像祀之，阁前为堂，堂下有池，即先生所凿爱莲池遗址也。永乐间毁于寇。成化中邑令桂显即旧爱莲池浚深之，仍构楼于上，且迎学中所设先生像而祀之。正德间，邑人御史范辂白于巡按毛伯温发白金六十两，属邑令陈德本改建于县西南桂枝岭之麓，县西五里旧有予乐湾，相传程子从先生游此，有时人不识予心乐之句，后人因以名其乡且筑予乐亭为祠，是先生所凭依也，久而复圮。嘉靖丙午邑令刘翔以其远在郭外，仍筑迁于爱莲池上，岁癸丑兵使潘子正行县按视，复建于桂枝岭。每岁春秋仲月上丁之次日祭之。明年甲寅，邑令徐兆先奉督学林懋和檄增构讲堂学舍，名濂溪书院，吉水罗洪先为之记。国朝顺治辛卯为红寇所毁，康熙乙巳会上官檄修义学，邑令黄应庚就桂枝岭故址筑室三楹，仍以书院名其右，旧有大士庵亦遭焚毁，守僧请命于主者，迁佛像供祠中。庚戌冬盛君筮仕桂阳，蠲俸庀材，命僧别建大士庵，迁去佛像，特置先生木主奉于中堂而专祀焉，而属佑釲记之。佑釲尝读先生所著《拙赋》，有云：天下拙，刑政彻。上安下顺，风清弊绝。其《爱莲说》则云：中通外直，不蔓不支，香远益清，亭亭净植。先生又尝谓其友潘延之曰，可仕可止，古人无所，必束发为学，将有以设施泽于斯民，必不得已正未晚也。迄今诵其言，以思其学术治行俱粲然，如在目中。宜其去桂阳六百三十年，能使后人思之愈久而愈深，岂非学道爱人之明效耶？今盛君当兵火凋敝之余，惓惓以学宫书院为急务，可谓知为政之本矣。将使桂阳之人士过先生之祠者，悚然知敬，相与勉为忠孝，而耻为浮薄，日讲习于道德性命之说，以渐劙乎仁义，岂不彬彬乎圣人之徒，而先生之风流遗韵历久弥光也哉！

录自清同治《桂阳县志》卷二〇《艺文》

紫烟楼赋（并序）

桂阳城楼三座。其北拱朝阳二门久废，南门迎熏旧址犹存，然亦仅兵火之余。若串楼则屡筑屡毁，工费巨繁。当此疮痍甫起之时，整而葺之，非旦夕事也。壬子岁，城垣缮筑既竣，将次第复建三门鼓楼，先就迎熏经始。余捐俸为倡，而邑之绅士父老，众力共举，百堵皆兴，癸丑夏落成。颜之曰紫烟楼，而为之赋。

仰窥圜象，俯眴方舆。览云物于八表，辨星野于九区。惟鹑火之躔舍，乃祝融之故墟。邑在郴之东鄙，地属楚之南隅。山嵯峨以嶙峋，径窈窕而崎岖。登临者，既侧足而窘步；往来者，亦束马而悬车。势弥高而弥秀，土半瘠而半腴，山泽幽深，封疆阻僻。乡有五，而汝城处其中，门有四，而迎熏居其一。俯阛阓兮千家，倚层台兮百尺。延东岭之朝晖，送西峰之落日；面长湖之浮镜，背桂枝之文笔。形岩峣而蜿蜒，气萧森而葱郁。自夫烽燧多虞，干戈不息。闉阇飞尘，阪陂生棘。峻阁圮于蓬茨，高甍变为砂砾。抚濂溪过化之区，思旧宰经营之绩，畴革故以鼎新，爰伤今而感昔。岁维元默，月在敦牂；兵安其伍，人乐其乡。抚兹玉甸，顾彼金汤。怀睥睨而俯仰，瞻雉堞而彷徨。由是民谋于野，士议于庠，选材五岭，集技三湘。是断是斫，为栋为梁。驾云龙而成势，位星鸟以正方。梓人施其绳尺，圬者治其垣墙。加榱题之镂刻，见丹雘之炜煌。拱以官山，环以寿江。星河落槛，烟雾锁窗。金牛欲动，石鹤将翔。三重阶兮阿阁，四角垂兮珠珰。交疏兮结绮，散彩兮浮光，含曦景兮高朗，带林木兮青苍。尔乃川谷献奇，峰峦呈秀，轩前轾后，萦左拂右。轮奂美乎，从新规模，宛其如旧。晨浮万井之烟，夜滴三更之漏。至若陌柳飘丝，山花叠绣，日暮倚栏，春风拂袖。俄焉！长夏之更序，万物条达而畅茂。喜熏风之南来，谓虞弦之可奏。爽气徂秋，凉飙入牖。夜登楼兮举觞，爱月明兮如昼。忽霏雪而成冬，见玉龙之高斗，木脱声枯，山寒骨瘦。罗万象于檐楹，备四时之气候；似凌虚而御风，将目空乎宇宙。巍巍峻宇，灿灿飞檐；红尘满地，白云在天。睹时会兮触兴，变沧海兮桑田。怀坐镇之庚亮，感他乡之仲宣；观物华之消长，识人事之推迁。言登高也，爰作赋焉！于是乎，眺岑岭，俯晴川。飞野马，舞风鸢。念前芳兮，感慨留连；揽胜概兮，竞爽争妍。肇以嘉名兮，名之曰紫烟。踵遗迹以再造，庆落成而纪年。遡成绩之有自庶，盛事其可传。俾后之宰兹邑者，亦将凭高望远，而流览乎斯篇。

录自清同治《桂阳县志》卷二一《艺文》

重建下濛桥记（一）

邑令　**盛民誉**

今夫造物者，天地也。天地之气，摩荡郁勃，峙而为山，虚而为谷，流而为川，钟而为泽。与夫为动为植为虫为灵不可胜状也。夫物不能自造，而能受天地之气，以成其形，即天地能造物而不能尽物之数，以各致其用。若夫凭形藉势，作法施工，使功在一时，而有数十百年之利，且群然利之，而莫知其所以利者，则有待乎人。卢阳环拱皆山，中多溪谷，亦多桥梁，然或山高水清，形势具矣。而罕济于用，或桥梁是以济矣。而其形胜无足观，乃奇秀既以天成，而有人事焉。立成绩以为群物利，观之不尽，用之不穷，则永丰之下濛桥可述而志也。其山有东西两崖，皆高数十丈，中为涧道飞泉，一缕如线。发源于平阳，流经丰溪，合沅湘之水，归洞庭而入于江汉。其势自上趋下，怒湍吼瀑，出崖口而始大，是为濛江两岸，峭壁当空，各有石矶，形如断环，相对而不相接者，可六丈许。水至此则奔腾溯沆，若倒二川而倾三峡也；若鉴龙门而决金堤也；若雷电交作风雨忽至也。石矶之半横木为梁，以通往来，行道之人相与习而安焉，利而赖焉，已莫问其由来矣。成化间，尚义门周君如尧，字石舍，谋所以可大可久者，暨其子时美，先后经营，捐金数百，购大木，鸠良工，架木于石，钩心斗角，加以铁钮，贯而系之。设板广厚，犹履平地，横亘东西。而屋其上橡瓦鳞次，穹窿如鞝。两旁栏槛如舫，居者以通，行者以息。或坐或凭，可游可憩。左右顾盼间古杉垂萝，惊涛触石，爽籁徐发，清风自生。于以豁目洗耳，涤荡胸臆，岂非绝大胜事耶！历百余年，木腐屋圮。石舍裔孙正南绳祖武复遗规，会集左右居民，合力而再构焉。整饬所加，旧绩一新，至己丑被红寇之祸，又成焦烬。每当山雨春涨，狂澜漂激，既不可褰裳以涉，复不得一苇以航，临流浩叹，盖三十年无复问津者。乡贡士周君文龙名一锦，石舍十一世孙也，隐居不仕，习处其乡，目击而心恻之。慨然思继前人之志，为诸众倡率领袖。有僧慈玄，苦行募修，里中居人又协力助资，率作兴事。经始于庚戌之秋，而落成于癸丑之春，凡三阅岁，计费三百余金。桥之长短高下，悉如故制。而其坚致牢密，视昔有加焉。于是携屐之游人、负笈之学士、耰锄作息之农夫、荷担往来之商旅、通贸易输租税之乡民、扶杖牵车之父老子弟，络绎乎此桥之上，而不知受谁之力也。呜乎！物之成毁有数，虽造化亦莫能穷其变，是桥也。凡三废而三举焉，其间代天地设施而利赖无穷者，岂不以人哉！夫周氏世有明德，源远者流必长；而文龙好义乐善，有君子长者之风。余簿书之暇闲与过从，既得纵目于山川之奇胜，而又乐道其世泽之遐昌也。抑有说焉，山静近乎仁，水动近乎智，桥当山水之间，以人力补造化之阙，可不谓智乎？一人倡义，千百人享其利，可不谓仁乎？山水合而地乃灵，仁智合而德乃大，当必有伟人硕士生乎其中，待时而出。吾知灵秀所钟，将在周氏矣。文龙请予一言勒诸石，余弗获辞，故以前书所云，为成功者庆；以后之所云为居者致勉焉。因书以为之记。

录自清康熙《桂阳县志》（盛民誉修）卷一六上《艺文》

重建长湖桥记

邑之西南隅三四里许曰长湖，陂当来水之下流，溉田数十顷，其水泷泷而石粼粼，为四达之通津。每当淫潦江寒，则涨流急湍，凝冰积雪，人不可渡，此长湖桥之所由建也。其从来又远，自戊子岁圯于兵燹，迄今二十余年，往来之病涉者多矣！间有好义之人，眷顾心恻，思起而筑之。力不能举横木为梁，侧足窘步，复虞其踬而颠也。且不可以久，数年之间，木腐土崩，行者心战股栗，其苦殆又甚焉。癸丑秋七月，众志协同，群力并作，或捐资财，或出筋力，选材鸠工，而兴事焉。先是文学朱绍璞，倡义劝修志，未遂而身已殁。至是则机缘相值，好施乐善者不一其人，而朱生英隽亦能继前人之志，鼓舞踊跃，经营乎其间。乃偕其□之父老子弟以闻于余，余亦勉捐薄俸为之赞助，逾年而告厥成功，因请余言勒诸石。余维人苟存心于济物，则于物必有所济。寻丈之间，耳目之内，利病所系，经十数年而莫之能举，尚何事高谈博济为耶？盖凡事用众则易就，乘时则有功。向也，褰裳没胫，犹超趄而不前，今则坦坦焉若履平地，将功在一时而利及数世，是岂仅一手一足之力哉！使夫好义乐善者而皆如此举也，何患乎风俗之不敦厚也；使夫能继先志者而皆如此举也，何患乎子弟之不仁孝也。故余于此桥之成，而乐为称述之。纪其时，则甲寅夏六月之下弦日也。

录自清同治《桂阳县志》卷二〇《艺文》

附

二思斋记

桐乡人　颜鼎受

古之吏于土者，食其禄皆务尽其职，以报于上，无大小一也。故周书曰：罔曰弗克，惟既厥心；罔曰民寡，惟慎厥事，盖事或有逮有不逮，而心则可以自尽焉。自一命以上，要皆有以为进思尽忠退思补过者，吾闻其语矣，然而不数数见者，非限于时势之难为，则苦于才智之不足，吏道至于今日，盖难言之矣，若吾党盛子来初庶几得君子学道之意焉。来初令庐阳之明年，讲约读法，修复先贤祠宇，思以德化民，又明年筑室于听事之东偏以为宴息之所，颜之曰"二思斋"，深有取乎尽忠补过之义也。夫庐阳被兵日久，城郭空虚，即官舍已非其旧蒿莱枳棘中，谁能郁郁居此？来初以风流博雅之儒，使在当时必待诏金马门从容馆阁，今乃试之残邑，日以其所不堪者苦之，然而无几微不平之色，则所养者深也。使为长吏者能常存此二思而力行之，又安见时势之难为，而亦何患乎才智之不足哉？余乐其室之成而命名，甚善也，因记其事而为之。铭曰：屹屹桂城，实楚南陲。使君莅止，心劳抚绥。岁维壬子，筑室于兹。早作暮息，于焉燕私。念彼百堵，毋弃茅茨。虽有三英，勿忘素丝。祁寒暑雨，下民其咨。尽忠补过，进退是思。蔼蔼吉人，情见乎词。凡百君子，敬而听之。

录自清同治《桂阳县志》卷二〇《艺文》

《六谕诠释》自序
邑令　盛民誉

乡约者，欲民之为善于乡，而约之礼法之中，使不自弃于一王之治者也。盖自虞廷五教敬敷，而周制大司徒有六德六行之训。于是匹夫有善，可得而选举焉；匹夫有不善，可得而惩创焉。秀升朴处，国无莠民，则刑罪寡，而风俗正。近世以来，循名鲜实，目为具文。乡无典型，而败常乱俗，作奸犯科者，踵相接矣！岂惟民俗之不幸哉，亦宰化者所深忧也！兹蔡公奉命总督楚蜀，颁乡甲之书，行于郡县。桂阳邑虽小，亦声教所及也。民誉忝尹兹土，已期年矣。窃佩风草之义，未忍火烈之施，自惟凉德，不足以化民。祗承宪谕谆谆，行保甲以安民生，行乡约以复民性。虑远而防周，法良而意美，所当奉为模范，永行而无斁者。自今以往，申明乡约，遵守成规日与。残邑遗民，进其父兄，诏其子弟。渐摩乎长厚，砥砺乎廉隅，由是可以讲信修睦，可以型仁兴让，可以旌别淑慝，而树之风声。自乡而推之邑，自邑而推之国，使民习而安焉，不见异物而迁焉。则化导先于整齐，无忧斯民之不古若矣！倘仍视为故事也而忽之，及其陷于皋也而悔之，甚不愿有如是之民也已！

录自清同治《桂阳县志》卷一九《艺文》

劝修学序

乡国之有学也，所以教善育德。正人伦端风化，而为政治之本者也。故必崇其朝堂，修其庑序，陈其钟鼓图册，师儒董之章。甫缝掖之士，以时习礼而请业焉。夫是以孝秀贤良，于是乎出声名文物，于是乎兴藩。自上世以来迄于今日，虽荒陬僻壤，莫不知有庠序之义矣。桂邑自濂溪夫子过化之后，贤材辈出，弦诵之风不衰。乃历经兵燹，泮宫荒芜。朝貌倾颓几二十年，民誉待罪于兹。每一瞻仰，心窃疚焉。比以吏事旁午未遑议，葺然又惧夫旷日持久，后将尽废，而改作之则愈难为功也。而学博黄君一时共事，乃相与筹计。兴作之资，勉捐微俸，谬为创始。顾大厦非一木所成，盛事必共力襄举。每见鬼神之祠宇，道路之津梁。好善者不忍听其废坏，犹且劝募施舍，出其财力，以谋兴复。而况乎朝廷之所建立。大夫士庶人之所登降府，仰以奉至圣先师之祀之地哉，彼夫竭力淫祀，以期获福。而宫墙教育反若忘之，则惑之甚者矣。凡有血气莫不尊亲，又况乎生而诵诗读书，俨然冠带之伦，有文章华国之志者哉。继自今朴斫垣墉暨茨丹蒦并需，鸠集是用。告诸绅士相与协心勠力，计日观成。使千百世之俎豆一新，七十子之几筵如故。堂斋肃穆，轮奂增华。他日邑之人士，德业修明，出而用于朝，归而游于乡校。将见礼让兴行，风俗醇美。如欧阳子之所云，固诸君子兴复学校以食其报，而民誉亦与有光焉。则庶几乎彬彬文教之隆矣。谨书之以为劝。

录自清康熙《桂阳县志》（盛民誉修）卷一六上《艺文》

修复平政桥序

形家之谈祸福，辄如表建影随，其说多不可泥，而亦有不可废者。盖山有山脉，水有水脉。大地间灵秀所萃毓之处，固自然者为之。而聚泄开塞之，宜不无籍于人事焉。若桂之为邑，群山四面环拱，溪流襟带其间。结脉既奇，领秀亦异。是户口之所聚也，是食货之所殖也，是人文之所蔚而兴也。邑之南有二溪，随龙势旋转，汇而西流。其下有平政桥横跨溪上，乃二水之门户而一邑之关锁也。自桥之既废，水脉遂泄，地气浸衰。中更兵燹，日见凋敝。数年以来，虽稍稍生聚，而不及向之繁盛也远矣。里中绅士父老咸谓此桥之废兴，实盛衰利病所系也，殷然思修复之。释氏所谓津梁，儒生所谓利涉，志愿所矢而功集焉。其为利于时一也。第一木难支而众擎易举，所期有事兹土。暨生长其乡者，相与发欢喜之心，弘公普之愿。材与工并集，资与力兼施。将不日而观厥成，其利匪浅鲜矣。余愿与桂人共睹夫丰亨蕃殖之象，且甚爱乎此桥之名也。因书以为劝。

录自清康熙《桂阳县志》（盛民誉修）卷一六上《艺文》

祷雨告城隍文

维康熙十年、岁在辛亥、夏六月，具官敢昭告桂阳县城隍之神曰：上帝好生，能布崇朝之泽，下民艰食，惟坚望岁之心。有疾病而必呼，无至诚而勿感，矧民誉忝为司牧，忍见颠连。念兹螟螣为灾，加以雨旸愆候，上忧国课，下轸民生，维职司之有咎，致戾天和；乃亿兆之何辜，损其地宝。敬备禳祷，虔告洁斋。宁降责于备员，毋重困我黎庶。仰吁穹苍，早赐滂沱之甘雨；恭祈默佑，并施洒澹之神功。蟊贼消除，商羊鼓舞，明威不爽，幽赞在兹。庶俾三时无害，吏民遊丰乐之乡；百谷用成，老幼满箪车之愿。冒干神听，端赖洪慈。

谨告。

濂溪祠纪事诗并引

濂溪周子尝宰桂，有祠在城南。历着祀典，庚辛毁于兵燹。越十余年至乙巳，前令黄应庚，始建堂三楹。乃堂之右，旧有观音堂，亦经焚毁，寺僧遂迁大士像，供于祠中。名虽复而实失之矣！辛亥春，予捐俸命僧别构观音堂于旧址，而专奉先生木主于中，庶机于理为当。落成诗以纪之：

昨岁初捧檄，驾言至卢阳；停车询风土，怀古求善良。
行行出南郭，兀然见高冈；上有周子祠，松柏何青苍。
累朝着祀典，庙貌诚辉煌；庚辛变秦灰，一朝摧栋梁。
悠悠十余载，焦土历沧桑；残碑略可识，旧迹安能忘？
抠衣前再拜，瞻仰徒彷徨；肃肃神如在，耿耿心独伤。
真儒久不作，正学几沦亡；周行生荆棘，异说沸蜩螗。
时运有显晦，砥柱终回狂；我来思恢廓，逼侧犹未遑。
薄言捐微禄，努力期共襄；芟锄去芜蔓，洒扫及池塘。

迁彼梵释居，复此旧门墙；追维昔先正，道德化蛮方。
溪毛荐俎豆，椎髻知冠裳；音尘虽渺漠，典则岂遂荒？
吉蠲治苹藻，载登夫子堂；春风拂庭草，依然霁月光。
学古乃服官，于此得梯航；敢云惜名器，聊以存饩羊。
闻风争濯磨，流俗反淳庞；诗书发华采，田野无莠稂。
争讼远吏庭，孝友安其常；邈哉百世师，雅泽深以长。
高山共仰止，明德惟馨香；好歌勗同志，黾勉思无疆。

附

楚山歌　自郴州还桂阳作

桐乡人　**颜鼎受**

楚山高复高，楚水深复深。悠悠行路难，每伤游子心。
游子越险阻，往来桂与郴。郴江鸣湍急，桂岭秋夕阴。
西涉稚鸡岗，东眺龙虎岭。飘渺白云峰，萧疏黄叶林。
俯瞰金牛潭，泠泠泻寒音。草木渐摇落，猿鸟多悲吟。
纵观豁高目，长啸开幽襟。欲招苏耽鹤，且携宗炳琴。
岩城照霜月，四围鸣杵砧。酌酒聊自劝，慨然思难禁。

木栏隘

造物由来喜雕绘，南中山水成都会；木栏奇秀出天然，坵壑林泉此为最。
隘口两岸高插云，紫藤翠藓何缤纷；山花无数不可识，石壁皆成五色文。
曲涧飞涛散如雪，迸人肌骨多清冽；片时应接苦不胜，一步回头一叫绝。
微霜初降木叶稀，悠然山鸟傍林飞；忽过凉风逗秋雨，满山空翠湿人衣。
尘寰欲作仙家想，康乐以来谁共赏？恨不携琴就此弹，一曲能令众山响。

苏仙岭

昔日仙翁乘鹤去，药炉丹井知何处？轻身逍遥上太清，片石空遗两松树。

云深古洞流寒泉，历尽沧桑不记年；鹤留城门爪画字，至今异迹人相传。

我来览古一凭眺，惟见孤峰落残照；滚滚风尘知不知，闲情欲听苏门啸。

附

庐阳古松歌

孝嘉　颜鼎受

庐阳城南路，旁有古松昂。枝曲干如虬，龙根株合围。

高数丈苍然，特立当四冲。

亭亭碧云如车盖，拂雾横霜带烟霭。车马交驰往來多，孤生道左诚无赖。

有客行吟一见之，盘桓欲去意迟迟。井梧宫柳承恩泽，独惜此松不遇時。

万物由来观所托，荣华过处还萧索。若在深山历岁寒，根藏茯苓顶巢鹤。

无端寄迹向郊坰，纵不斧斤亦零落。在世若非为栋梁，宁甘老死归丘壑。

北邙古墓犁作田，松柏为薪事可怜。改柯易叶任时运，不才犹得终天年。

初至桂阳（邑令）

十室成孤邑，千山作宦游。秋尘连蔀屋，瘴雾隐城楼。

汤火怜新去，人烟散未稠。但令民俗好，宁惜此淹留。

附

钞本《闻湖盛氏诗钞》及其他刊处所附介绍与诗话。俞宝华曰：仲来为柚堂明府曾祖，以司李改官桂阳，有惠政，葺濂溪祠，延桐乡颜鼎受讲学署斋。未几，引疾归。诗稿散失，仅《庐阳草》一卷，皆宦游所作。

桂阳八景

一、君子朝阳

旭日升高岭，能开万象先。氤氲浮瑞气，睥睨接人烟。

雾敛山容澹，云移树色鲜。海隅同丕冒，长此睹光天。

二、大官夕照

僻署闲无事，西山看落晖。孤烟笼树出，倦鸟带云归。

碧岫衔红影，丹霞抹翠微。桑榆留好景，晚节愿无违。

三、苏山春色

东岭仙人迹，韶光每爱看。流莺啼绮树，走马耀银鞍。
酒向花前醉，琴宜竹里弹。明朝簿书暇，且作劝农官。

四、桂岭秋香

凉吹动幽林，清芬浣俗襟。一声歌碧玉，满树落黄金。
月露登台赋，风云报国心。小山谣不浅，留取入鸣琴。

五、寿江奇石

造物还因物，无情类有情。苍纹留片甲，素羽欲长鸣。
石磴斜连岸，江流曲绕城。臣心聊自问，得与水同清。

六、热水灵泉

石气生烟火，潭声若沸汤。淙淙流畎浍，滚滚到池塘。
地有温泉胜，人思化日长。春风沂可浴，归趁舞雩凉。

七、古寺钟声

化城犹咫尺，风送梵声遥。拙吏怀三径，残僧记六朝。
洪音传震旦，警梦入清宵。视息斋居久，还凭破寂寥。

八、长湖渔唱

乐子无家室，悠然寄水滨。乘时思结网，观世欲垂纶。
欸乃三更动，沧浪一曲新。桃花随处有，莫问武陵津。

以上均录自清同治《桂阳县志》卷二一《艺文》

附

庐阳即事

颜鼎受 初阳

熊绎开山后，依稀见土风。猺人能骥让，编户勉输供。

天柱斜阳外，春陵细雨中。只今戎马地，临眺感无穷。

题木兰隘
颜鼎受

怪石通泉曲，深松引径长。雨余宜著屐，春暮想流觞。
谷鸟时相应，林花不断香。若教康乐见，诗思更清狂。

桂阳县谒濂溪书院　时重建落成
嘉兴人　高佑釲

韶石详刑著①，庐阳政事闲。池莲遗所爱，庭草不容删。
文教施荆楚，心传乐孔颜。虚堂俨如见，长此仰高山。

重建濂溪书院落成纪事三十韵
颜鼎受

濂溪周夫子，当宋神宗时为桂阳令，后知郴州，故郴与桂皆立祠祀之。祠在桂阳城南数百步，土岗之上，岁久经兵火蹂躏，堂宇堙芜，寖成僧舍，人但称为濂溪祠云。吾友盛子来初以名进士来令桂阳，甫下车慨然思兴复之。越明年，遂捐奉量材鸠工芟平茨砾恢复故址，构堂筑氏而奉周夫子木主以妥神灵。是举也，可以见复古之义焉，可以识为政之体焉，并可以知所学之醇焉，一举而三善备矣！夫为吏者，方薄书奔命之不暇，乃能汲汲用心于此，此故先儒过化深长，自能使百世下闻者兴起，然苟非人，其亦未易言也。岁癸丑夏，书院落成，高子念祖详叙为之记，余因赋诗以美之，非私于来初也。

有宋真儒出，于今五百年。斯文犹未坠，吾道岂无传。
太极心能悟，通书手自编。不除窗外草，独爱沼中莲。
已任群生望，还行宰物权。冠裳开楚浴，声教入蛮天。
下邑祠堂旧，斜岗坠舍莲。神灵应有托，尸祝久相沿。
岘首碑初勒，汾阴鼎再迁。干戈横桂岭，井落变桑田。

---

① 原书注：先生后为韶州司理。

迹息秦灰后，名高洛党前。平台苍藓没，虚壁紫藤悬。
兴起谁当此，凭依尚俨然。使君非俗吏，师表在先贤。
俯仰劳三载，经纶寄一椽。颓垣披乱棘，傍涧引清泉。
束版鸠工作，倾囊出俸钱。斧斤随曲直，规矩称方圆。
栋宇欣重刱，丹青觉倍鲜。救时情愿切，复古志弥坚。
履近元公席，琴鸣单父弦。四封消寇祲，十室聚人烟。
地脉宜藏秀，溪毛欲告虔。庭除勤洒扫，礼让得周旋。
左右陈钟鼓，春秋执豆笾。光风仍拂座，霁月正临筵。
政暇堪游目，民劳辜息肩。禽鱼观化育，山水发……（以下缺）

庐阳残稿补遗

文八篇

《桂阳县志》国朝旧序

知县　盛民誉

志何昉乎？昉于夏书画九区以制，贡则三壤以定赋是也。昉于周礼司徒立法以辨土宜，职方掌图以知利害是也。古者一国有一国之志；太史采风，以观土俗之美恶，以考政治之得失，率于此取焉。今合天下十五国而计之，楚地最大，洞庭介其间。湖之南为郡，若州者九，惟郴在极南最高之地，所辖邑五，桂阳居一。然则志楚而郴在其中矣；志郴而桂在其中矣。楚有全志，郴有专志，桂奚必志。曰：非然也。惟楚与郴皆有志，而桂愈不可以无志。夫郴居楚之上游，凡隶于郴者，大抵皆边徼阨塞荒僻之邑耳；而桂则襟带粤东咽喉。江右蛮蜒瑶僮，实逼处此崇山峻岭，幽溪深谷。土地异宜，民生其间者异俗。且被兵日久，土著流亡，而异乡之民，错杂乎其中。为吏者抚此孑遗，其疾苦有不胜问者。方今国运恬熙，惟休戚生聚是图。为朝廷守土牧民，四境之内犹一家也。若者宜先，若者宜后，其设施之轻重次第，必周知而熟察焉。舍志何以考之？民誉承乏待罪兹邑，已历五载。足迹所经，山川几遍矣！心口所瘁，俗宜稍辨矣！兹当承平之会，土宇版章，职守系之，其何敢不按图以献，凛天威于咫尺乎？是志也，编始封域而星野系之，观天察地重所守也。临民出治，必先定其规模，故继之以营建。有土有民，则惟正之供国计所关，故继之以赋役。教不行，无以正人伦而励风俗，故学校与风土相次而志之。守斯土抚斯民，王臣蹇蹇所最重也，则志职官人才之生；系乎国运不可少也，则志选举名德之彦；实为地灵不易得也。则志人物；封疆险隘弗思固吾圉乎，则志武备。由是而人物风华，亦彬彬可睹矣！故以艺文终焉。计其类凡十为卷，六志止矣！非云记载既详，亦得其厓略云尔。若夫综贯条纲，兴起教化，成厥大观，请以俟后之君子。

录自清同治《桂阳县志》卷一《旧序》

重建下濛桥记（二）
邑令　盛民誉

永丰之山东西两岸，皆石壁陡绝。中为涧道，飞泉一缕如线，发源于平阳，流经丰溪；怒湍吼瀑出崖口而始大，是为濛江。两岸峭壁当空，各有石矶高数十丈，形如断环相对。江水中贯，惊涛冲激，声若万雷。石矶之半，横木为梁，以通往来。成化间，周君如尧，字石舍，暨其子时美，先后经营，捐金购大木，鸠良工；架木于石，加以铁钮，贯而系之。设板广厚，犹履平地，横亘东西。而屋其上椽瓦鳞次，穹窿如轿；两旁栏槛如舫，居者以通，行者以息。或坐或凭，可游可憩；左右顾盼，古杉垂萝，洪波回旋。爽籁徐发，清风自生。于以豁目洗耳，涤荡胸臆，非惟利行人，亦兹地胜观也。历百余年，木腐屋圮。石舍裔孙正南绳祖武复遗规，集左右居民，合力而再构焉。己丑被红寇之祸，又成焦烬。每当山雨春涨，狂澜漂激，临流浩叹。盖三十年无复问津者。乡贡士周君文龙名一锦，石舍十一世孙也；隐居不仕，习处其乡，目击而心恻之。慨然思继前人之志，为众善倡率，有僧慈元，苦行募修；里中居人，协力助资，率作兴事，经始庚戌之秋，落成于癸丑之春，凡三阅岁，计费三百余金。桥之长短高下，悉如故制。其坚致牢密，视昔有加焉。周氏世有明德，源远者流必长；文龙好义乐善，有君子长者之风。余簿书之暇闲与过从，既得纵目于山川之奇胜，而又乐道其世泽之遐昌也。文龙请予一言勒诸石，余弗获辞，因书以为之记。

录自清同治《桂阳县志》卷二〇《艺文》

选举志

盛民誉曰：自乡举里选之法废，而士皆以科目进矣。科目之盛衰，系乎人才。人才之盛衰，关乎气运。地以人灵，盖信然也。桂邑在曩时，为人才渊薮，科目烂然。迨历兵火干戈，抢攘之余。士失其职，而冠带之伦亦少概见。今疮痍渐起，文物振兴，使出潜之鳞甲鸣盛之羽仪。击水搏风，以应文明之运。且将旦暮遇之，爰举历代科甲贡选等序列其目，以为多士。劝作《选举志》。

录自清康熙《桂阳县志》（盛民誉修）卷一六上《艺文》

职官志

盛民誉曰：朝廷设官分职，必责其所有事焉。尽其事而谓之称职，崇卑大小谁或不肽。诗云：职思其居，居其职而弗之思也。可乎，有司职在牧民。今之州邑长，古之子男也，得百里而治之。志可行，泽可究也。桂阳固偏小邑，既僻且穷。安在克展，经纶底于成绩，然其称与不称，历历可考也。自令而下，为丞簿功曹之吏及司训之官。凡在兹土者，历序其时代，列其姓名，而详志之。盖不惟其官，惟其人焉。尔后之览者，一一指而称之曰。某也仁，某也廉，某也友。是吁！可畏哉。作《职官志》。

录自清康熙《桂阳县志》（盛民誉修）卷一六上《艺文》

循良传

盛民誉曰：子长氏之传，循吏也。极言其人之宽仁忠厚，公恕廉明而著。其为政之实，与夫朝廷所以待之者重，报之者隆。盖当时惩秦之弊，不尚文法。无诋诃督责之事。而有司身任地方，亦得尽志行义，以自表见。故称吏治者，莫盛于汉。桂阳良邑宰载，任旧志者。若而人皆几几，有西汉之风。而周子濂溪则百世之师，又非仅以循吏称也。然居是邑而称茂宰必首濂溪。自宋而下，以治行闻者，未有不淑于濂溪者也。著为列传表于职官之次，使士大夫仰止追踪，知所取法云。

录自清康熙《桂阳县志》（盛民誉修）卷一六上《艺文》

盐课

盛民誉曰：四民之中，商与农原两相裕而不相妨者也。为农者不知商，而资用于商。为商者未尝不知农，而反欲专利于商，以移害于农。可异也。桂邑民贫而鲁，固暗于殖货。而地居山僻，又非可立屯置埠。以居货而行商，明矣。若食盐一事，向派食于广东韶州府仁化县之城口埠。仅食埠商之盐，不闻销商之引也。乃近者粤商嫁祸于楚，谓楚省各州县行盐不力，致逋商税肆其黠狡诳上。当事不察，竟以粤埠之引，坐派于楚属州县。桂阳则坐派销引三百五十八道。殊不知粤商行盐，自有擅盐利之税。若令楚员认引，岂有代商税之民乎？其法必不可行。如巡抚周之疏最明晰详切，所谓不以人废言也。何奸商惟图利己不顾害民。屡有越卖滞引之渎，致粤省抚道频檄楚员销引。律以考成，夫累于官，则病于民矣。何可不为防微杜渐之虑，存此庶旧章可稽尔。各详文及题复各疏列于后。

录自清康熙《桂阳县志》（盛民誉修）卷一六上《艺文》

赋役志

盛民誉曰：赋出乎田，役编诸户。古者用一缓二，上下皆足，而民无所烦苦。司牧之吏抚字居先，催科居后。施之有轻重次第焉。近代多故征徭数起，其不能不汲汲于钱谷之谋者，亦势使然也。东南膏沃之壤，财耗于师，徒力罢于供亿无在不。然桂瘠邑也，自明正统以来，编列户籍，计万五千七百有奇，今不及其半。非死于寇，则流亡耳。虔刘之余招徕绥辑，自不一术。虽残丁剩口，稍稍复业。而旧畴之污莱瓯脱者，正复不少求。如当日之蕃庶，乌可得乎。但桂邑自经兵燹，陵谷云迁，鱼鳞莫辨。豪右或兼并连阡而隐粮逋税，穷民或户无尺土而栽籍代赔者，至不可究诘。苟非行清徼之法，则二月丝五月谷，宁有非地之产。征求之下，鬻子而偿。比比见告，所目击而心伤者也。履畎亩籍版章，岂曰劳民？剔蠹正所以安良尔。民誉虽不敏，将为民请命焉！若夫官有考成，民有疾苦，为人父母者，兰丝保障于彼乎。于此乎，又怃然念之矣。作《赋役志》。

录自清康熙《桂阳县志》（盛民誉修）卷一六上《艺文》

高太夫人六十征文启

盛民誉 仲来

宜人虞部寓公先生之哲配，茂才念祖汝揆更生之贤母也。诞自名宗，奕世勋猷彪炳；于归鼎族，累朝科第蝉联。性禀肃庸，不染绮纨之习；教娴淑慎，克修苹藻之诚。迨寓公先生矢志显亲，致身报父。蚤识仲卿尊贵，夙钦司隶清严。溉宗党以春温，而礼推德曜，饬家规以霜凛，而法比京陵。交谪不施，鸡鸣相儆，此阆苑所以搴桂一枝，上林所以看花三月也。于时岩疆捧檄，不胜陟屺之怀。官舍瞻云，犹慰倚闾之望。惟宜人能以妇代子，斯先生得移孝作忠。洎乎栗里深潜，遂乃鹿门偕隐。笄珈粲粲，宁矜象服之荣。春日迟迟，不废桑麻之课。今婺居已垂念载，而教子幸有三珠。嘉宾雪夜之留，何辞截发。哲胤斑衣之舞，犹有停机。岂止少君比德，安不忘危。文母同风，达而知礼。维丁未上元节后，届宜人六袠帨辰。毋膺鹤筭，声固彻乎九皋。子政鸿轩，和方闻于千里。芳兰满室，酿注麻姑。玉树盈阶，桃分王母。凡我金兰凤契，缟纻新交。久缔岁寒，能无华祝。伏望广贻珠玉，互绚云霞。或写松柏之操或绘萱芝之茂，乃斟紫茎之露，载进白凤之膏。称彼兕觥，此日群赓乎难老。纪诸彤管，千秋永播，夫徽音。

苹藻：于以采苹南涧之滨，于以采藻于彼行潦。

德曜：梁鸿妻孟光，字德曜，赁春皋伯通庑下举案齐眉。

京陵：东海家内则郝夫人之法；京陵家内，范钟夫人之礼。

交谪：我入自外，室人交徧谪我。

鸡鸣：女曰鸡鸣，士曰昧旦。子兴视夜，明星有烂。

一枝：上林无限树，聊借一枝栖。

看花：春风得意马蹄疾，一日看遍长安花。

捧檄：毛生捧檄而喜。

瞻云：狄仁杰任并州功曹，亲在河阳，每登泰山，友顾白云孤飞，谓左右曰：吾亲在其下，瞻望久之，云移始去。

鹿门：庞公偕隐鹿门山。

截发：湛母事。

少君：鲍宣妻桓少君，共挽鹿车归里，提瓮出汲，修行妇道。

鸿轩：交吕既鸿轩。

麻姑：七夕降蔡经家。

玉树：子弟如芝兰玉树，欲使之生于阶庭尔。

凤膏：汉武帝得丹豹髓，白凤膏，照于神坛，大风不灭。

咒觥：称彼咒觥，万寿无疆。徽音：太姒嗣徽音，则百斯男。

录自李渔《四六初征》卷之六《乞言部》

诗二十一首

午日王丰熙参戎招观骑射

将军才望夙称雄，令节张筵习武功。蒲叶暗侵营帐绿，榴花高映帅旗红。
雁翎欲堕双飞翼，猿臂能开五石弓。散骑从容归部曲，更夸河朔坐凉风。

飞云台　为袁氏山庄题

吏情久与素心违，欲陟高冈一振衣。化雨堂中时雨化①，飞云台上彩云飞。
何年巨手开丹嶂，曾说仙踪隐翠微。韫玉藏珠推景倩，只今山泽有光辉。

白石岩

松篁岩壑昼阴阴，异景天开古洞深。虚谷缓声山鸟应，寒潭幽咽水龙吟。
到来簪组何心系，归去烟霞有梦寻。几日吏庭无一事，正堪消暑涤尘襟。

登独秀峰

青冥缥缈接丹梯，北望浮云共树齐。勒石那知千载事，登峰自觉众山低。
苏耽化鹤亭犹在，谢朓惊人诗未携。极目长天飞鸟尽，孤城隐隐夕阳西。

劝农诗　国朝

良辰命驾出春城，分得公余好课畊。孑孑干旄风已动，匀匀原隰雨初晴。
林峦四面青山绕，烟火千村绿野平。为报农祥催力作，非因官拙学微行。

---

① 原注：化雨袁氏堂名。

遍看绣壤郊圻画，却喜流膏畎浍盈。民俗正须存朴野，天恩早已发勾萌。
阳和布暖鹰将化，旷达冲霄鹤自鸣。随意茅茨堪少憩，到来鸡犬不须惊。
五乡稼穑乘时好，百里疮痍望岁成。下舄从教亲色笑，荷锄几处听歌声。
车尘莫使儿童避，觞酒奚烦父老迎。每欲停骖询疾苦，谁当揽辔志澄清。
孤峰独秀朝霞起，一片长湖落日明。紫陌新畦争买犊，碧溪芳树待迁莺。
寻当吏牍劳人事，放浪鱼竿薄宦情。海内只今仍带甲，军中那得罢呼庚。
繁花满县侵帷幄，垂柳沿堤拂旆旌。纵有闲心能理剧，初无异绩敢沽名。
扁舟载石犹嫌重，高枕浮云自觉轻。久愧谢安疏懒甚，琴书何以答苍生。

登君子岭

篮舆欲上最高峰，君子清标未可攀。云树平分三楚色，风烟半入五溪蛮。
天低鹰隼摩空去，日落牛羊放牧还。夷险可知随境有，劳生得此片时闲。

录自清康熙《郴州总志》

滩行歌

豫章南来秋水多，船行日日愁风波。狂澜怪石不可计，辛苦畏年嗟奈何。
始知惶恐终天柱，铜盘锡洲开五处。大溜小溜经其中，棉津石灞滩无数。①
水底沉云水面山，船头船尾声潺潺。坐卧风波二百里，推篷远望回龙关。
双江驻节有古驿，向晚停桡一休息。极目凭栏天际看，可怜何处无秋色。
秋色长空雁一群，西风落叶不堪闻。明朝右上虔台去，回首江山但白云。

以上录自《赣县志》卷四十九之五《文征》（《诗续编》诗余赋附）

---

① 原注：皆滩名。

盛枫

盛枫（1661—1707），字黼辰，号丹山，浙江嘉兴秀水人。康熙二十年（1681）举人，官浙江安吉州学正。性孝友，尚风义。有《梨雨选声》二卷，与弟禾《稼村填词》和本楠《滴露堂小品》合刊名《棣华乐府》。著有《鞠业集》（桑弢甫有序，今未见）、《墨屑》《安吉耳闻录》（一卷）、《观澜录》（十卷），又集明代及清初地方文献为《嘉禾征献录》（又名《檇李先民录》）。雍正《浙江通志》卷二五一载，盛枫有《丹山草》十二卷，今存九卷，约康熙间刻。高祖父盛万年，高祖母吴氏；曾祖父盛士元，曾祖母陈氏、汤氏；祖父盛以约，祖母徐氏；父盛民誉，母谭氏；姚氏；妻吴氏，礼科给事中吴源起孙女，候选教谕吴端木女；继钟氏，钟彝宣女；副室杨氏；八子二女。

江北均丁说

经国之大计曰财赋，财赋之所出曰江淮。江淮之所以甲于天下者，土沃饶而人能尽地利也。人知尽地利之职在于农夫，而不知通催科之法在于富民。故天下之富民阴受其利，而阳辞其害，此其弊莫甚于丁。而丁之害莫甚于江以北淮以南，何者？区方百里以为县，户不下万余，丁不下三万，其间农夫十之五，庶人在官与士夫之无田及逐末者十之四，其十之一则坐拥一县之田，役农夫，尽地利，而安然其租衣税者也。今田税而外，举一县之丁课，征什一于富民，宽然而有余。其十之九非在官则士夫也，否则逐末者也。其最下则农夫之无田者也。彼既以身役于官，焉能复办一丁？士夫既委身朝廷，亦当不附此例。逐末者贸迁无定，且黠于法外以求幸免，势必以十九之丁，尽征之无田之贫民而止。贫民方寄食于富民之田，值丰岁，规其赢羡以给妻子，日给之外，已无余粒。设一遭旱潦，尽所有以供富民之租犹不能足。既无立锥以自存，又鬻妻子，为乞丐，以偿丁负。为吏者上格于国课，下迫于考成，且为剜肉补创之计，鞭棰囚系，忍见其转死流亡，故逋赋愈多，而贫民愈困。或曰：如子言，将令朝廷尽蠲丁课耶？曰：非也。今试总一县之田税，按亩为科，会要之得若干；又总一县之丁课，编户为籍，人赋之得若干，其丁课之数常不及田税三十分之一。又以一县之丁课均之田税中，常不及五厘。以上农夫一亩之所获，通丰耗而权之，富民之入恒不下一石。即于税外稍为溢额，不为大病。而使贫民尽免一切之供输，岂非穷变通久之道耶？

或曰：审尔，古之人何不为此？曰：晋时计丁户调并行者，以有限田之法，天下无无田之人，以丁耕田，即以田之所入输调，故两不相左。五季大乱，江淮以北，转徙而南者不知几千万户。故江南置侨郡甚多，而淮北、河南至数百里无人烟。此时患在土满。土满之患，惟恐愚民之为游惰。严其课，其赋自最。于是不得不行计丁之法，重口税以督其尽地力。强壮者或占田至一顷，而尚有污莱未辟者，乃盛开屯田，以兵为农。元魏由此法以致富强。开皇以后，生齿日增，人满之患甚于土满。其弊由于富民独居厚实，责课于旧籍之贫民，而赋益亏。田亩之在人者不能禁其卖易，而输调者多无田之人，乃按籍而征之，令其与豪强兼并者一例。今鼎建以来五十余年，自西蜀而外，户口皆有增无损。况在淮扬四达之都，既无尺寸之荒芜，人不勤则不得食。故不待教而自务农桑。此时贫民惟恐不得富民之田而耕之，故豪家之田不患无十五之税，而贫民丁课并不能办。当时户调二十分之一，此岂可与古同日而论乎？

或曰：是则然矣，何为江以南有丁课而不至大困？曰：江南之丁寓于田，卖田则丁随田去，故贫民之丁俱归于富民，是有丁之名，而无丁之实也，故不大困。或曰：子所为溢额于田税者，即是法耶？曰：善变法者，不若并丁之名而去之。条目归于一人，既易知而事不繁，何用巧立诸科以滋文案乎？且仍立丁名，则富民意中若代贫民偿丁课者，故去之善。或曰：若然，得无于古计口授田之义大相龃龉？且富民之兼并益甚矣。曰：此迂儒之谈也。今欲为井田可乎？欲官授田可乎？既不可而慕其名，是阳遵而阴违之，智者不为也。且田归于民久矣。三代以下无养民之权，而徒有取于民之名，亦既取于民矣，顾不取于富而取于贫。此经世者所宜熟审也。

龚公祠祭田碑记

龚公祠在南湖烟雨楼之侧，祀明万历间知府龚勉，后毁。国朝康熙间重建。（司志）

我禾为东南大郡，前明三百年来莅兹土者类多，良二千石。然德泽有久近，祠祀有废兴，其所最不能忘者，则惟阳城杨公、锡山龚公。二公之祠亦累圮，而士民辄新之。此岂独禾人不忘，抑亦二公之神灵，实凭依于此也。杨公之祠在城西，而龚公之祠在南湖之中央。盖以公先令嘉兴，在事时爱此湖之胜，时往憩焉。既即出守，规城内外水利，疏濬之而置其土石于钓鳌矶旁。芙蕖菱茨，界以为池，而构亭其上。自公之暇，多引名流歌咏于此。公之去，民攀号止公。公卒不可留，乃即公游观地创以为香火院，先达五台陆公碑以志之。复恐蒸尝之或缺，弗获妥侑，别置祠田若干亩，用供春秋祀事。募僧居之，年湮世远。又值明季兵燹，祠毁而田存。僧死，田复为他人所攘。十余年间，爱公慕公者，愿致甓石复构一堂于矶之东偏，更召老僧之徒，名石明者居其后。请于府县核其田而归之。凡自创始迄今十有五年，而祠与田乃复其故。议者咸谓不可以无记，将勒石于祠中。余乃慨然曰：龚公之遗爱于是乎真不朽矣！自有郡以来，且千年高曹两使君外，祠而祀者无几也。即有之，遭兵毁而废者亦多矣。因民之思慕集众力而更新之者，百不得一焉，而独于公祠获见之等祠也。而公祠幸存，且均是民也。而忍于忘他人，不忍忘公者。岂独怀公之恩，抑将使爱公慕公者效公之治，以治吾民也。然则何可不记乎？是祠之成，以庚申岁其归田也。以丙子先后主其事者：前同知府事泰兴季公讳舜有、前知府事三韩徐公讳崇礼、知嘉兴县事山阳许公讳肇起。创其事者，里人沈某、陈某，例得备书并记之。（今毁，许志）

述盛周、盛万年、盛士元

公讳周，字文郁号文湖，宋枢密使谥文肃讳度之后。靖康之难，司谏讳瑄扈跸南渡居临安。元初，八世祖讳辕赘朱张氏，徙秀水之墅泾，遂为秀水人。七世祖讳明德生可大，洪武间授省祭官，流寓北平。子宗恺，举税户人材，除太常典籍。家于燕，其在秀水者讳明德。次子讳可久之后也，曰誉为讳可久公长子。誉生琪字国珍，鸿胪寺主簿。瑢字国仪，历永安连城二县主簿。瑢子宪字君章，嘉靖壬子副榜，南京西城兵马司指挥。志字君成，祁门县丞，讳敬誉之弟，公之五世祖也。公弱冠为诸生，试辄居首，屡不第，益励志于学。以尚书授生徒，从游者不下数十人。及门如沈启原、项铜、马如麟、张大忠相继登第。所居梅湖，有朱张氏税暑亭遗址。给事沈谥构书院讲学其中，公亦与焉。嘉靖壬子，年已四十三。需次鹰贡，始举本省乡试第三人。癸丑成进士，初知浦城，请托馈遗一无所受。邑邻建昌吏胥率江右人窜籍，舞文骩法，择其尤者诛之。时以其暇，与邑士阐性命之旨，重建南浦桥。坑场案起，筑栅守御。以奇兵捣其穴，就擒惩豪富某甲不法事。建宁守潜入其贿，欲为之解，不听。怵以危言，亦不为动。卒论成上官以公强直交荐之。行取至京师工书，赵文华诣公曰："东楼虚台省待"公曷往过之。公毅然曰：士所以望登台省者，上思匡君，下思利民耳。先以身乞怜相府，异日何以自立？文华惭而去。仅补南刑部云南司主事，转本部山东司郎中，出知东昌府。郡故南北要津，挽漕乘传，疲于支给，乃请上官拨济南兖州二府协济。并令刻期转解，勿致稽延。遂以为例，以劳卒于官（《福建通志》《建宁府志》《东昌府志》各有传）。年五十四，著有《滴露堂稿》《南曹唱和集》《静志居诗话》。太守少从王龙溪游，与沈先生靖夫讲学于闻湖书院，遗址在梅家荡水中央。其子姓至今聚族于斯，闻其报最日。忤分宜父子，不得台谏，盖庄士也。子讳惟谦，诸生，任侠好义，生讳万年公。

公讳万年，字恭伯（一字叔永）号若华。少从同郡袁黄学及南昌万国钦馆于禾。复与相切劘，万历己卯举于乡，癸未与国钦同举进士。授刑部四川司主事，奉命更定律例，以外艰归。起补都水主事。历虞衡员外时，穆庙驸马梁邦瑞及永宁公主皆薨，驸马父请坟价银三万两。公谓驸马父庶人，而请坟价银令甲所不载，请择廉干曹郎董其坟。成费仅三千金。明年出督荆州关税。值有采大木造浅船二役，诸商裹足。公请稍宽。其科条课大最郡有大水，部使例得登舟以避，公独止署舍不去。相度水势知自通济桥啮堤入督，众塞之，全田庐无算。楚藩广元王为宗室所讼，监司欲抑广元。公曰：广元非有大过，年少分卑，署亲王篆，故诸王忌之。宗室素悍，有司不能制，不如植广元以压庶宗。如公言，宗室帖然。在事二年，还部，转屯田郎中，出为分巡建南道副使。建宁诸生请撤民居拓学宫，公谓非旧制，不许。无何居民果控诸生，借端索贿，遂慰遣之。调广东参政分守岭西。万历庚子乡试，巡按御史顾龙祯性很暴（《无锡志》龙祯性褊急，无贵贱。片言不合，裂眦攘臂。顷之，亦不宿怨），与布政使王泮议科场费不协（万历中《广东通志》载：税契银原无定额，内除一半充饷，留一半每年又除六千两贮备科举之用。余解部，先是每亩止税银三分。万历二十六年军兴，烦费户部题，凡契价一两、税银三分。时掌印右布政使梅淳稔知广俗。凡置业必写虚价。议以一亩为率，内将三两照部文全税。三分共银九分，余价折半计征。总督戴耀、巡按马文卿从之。嗣后巡按顾龙祯欲尽括解，且不准折。左布政使王泮虑科举充饷两无所资。因力请留，龙祯衔之。至李御史时华按粤署。藩事参政盛万年首以为言，乃复留二项。后左布政使陈性学极言东南民力竭矣，复折征便。于是仍原议），殴于闱中（《野获编》庚子秋试，王以提调偕顾入闱。偶以公事相争，遂诟詈。至以老奴才目王，王亦以恶声答之。两捽至公堂上，王奋拳击之。顾不能胜，堕冠弛带以吉服而盘旋于地。有顺德令倪尚忠者，司外帘力为解释。顾即揽其裾，痛殴之。令故羡须髯顷刻颐颔俱空。不知王出外久矣。王返藩司，即具疏言状。请罢。得旨，顾革任听勘，顾疏寻至，王亦去。如顾例）。事闻龙祯泮具解职公署藩篆，税珰李凤勒借司库银六万两。公不与，凤怒，谓公抗旨。公曰："但闻抽税，不闻抽库。何抗焉？"凤语塞。又请改建税署，并造兵船。公谓："署可建船不可造。近者陈奉激变于楚，其事可鉴。格不行。"粤饷十余万取给于各税，时税归珰。解军无粮，见事下公。公核各属应解司饷尽令于本地散给。士得宿饱。龙祯泮之解职也，当属公勘拟。巡按御史李时华继至，护同官欲宽龙祯。公不可，时华改属之臬长泮削籍。龙祯卒外谪。辛丑四月，倭寇吴川邑滨海。凭限门为天险，闽有海舶名曰艚者，往来贸易。奸徒勾倭藏其中，入限门登陆焚劫。高凉兵寡，公乃悬金购义勇配狼兵出战。俘贼三十余人，请于制府，斩八人。余以胁从纵之，贼知有备宵遁。五月，倭大举寇雷州。公在高州，闻谍报，召参将郭西科刘宗汉谓之曰：高雷相去六百里，从陆往，贼必知之，非拒则遁。若从海道，则一日可至。出其不意，必成擒矣。乃料战舰六十艘，扬帆抵雷。倭方踞民庐挟妇女轰饮，官军从市口拆屋焚之。贼奔突不得出，歼焉。六月，倭寇廉州。公又令游击黄某拒之。俘馘五十，沉其艨艟二，溺死无算。自是贼不敢复寇矣。公筹善后之计，益增戍守及战舰器械。自新门至青洲七百里，凡置十一戍。往来侦逻，粤赖以安。高州城卑且圮，城濠为闾阎占塞。公更筑之，又浚濠数尺。城东高阜有土百余顷，可耕无水荒芜废。公周览知前山有泉阻于石，乃令凿之。四十日而得泉，下坂如注，遂为腴壤。在粤七年，御史李时华以前嫌，诬公在吴川擅杀论调。高之士民立祠于电白城，勒石纪功（《广东通志》：祠在城内迎恩街）。后御史林秉汉至，追论平寇功，升俸一级，赐金五十两。（《明史稿·朱吾弼传》附：林秉汉字伯昭，长泰人，按广东。再疏劾李凤。寻移疾归，卒于家）。天启中，赠太仆少卿，补贵州新镇道参议。苗人出劫州郡，公廉知为土人勾引，选能吏告谕之，寇盗稍息。郡无兵械，云南副总兵陈寅解官归。道出平越，公邀之造火具鸟枪筒箭地雷飞砲大将军之属，分布各州县。小有窃发，于近苗山谷间。试之，苗大震。人皆夜行无虞。就迁贵州按察使时，巡抚胡桂芳新至官，谓公曰："秋行尽矣，而决囚之旨未下。闻楚滇皆已决。奈何？"公谓：处决虽有常期，然频年奉旨，免决则停刑，亦为近例。曷少待。"及至后决录下。公急白胡曰："黔本候旨决囚，而诏下已在长至后。阳气方长，不宜以肃杀伤天和。疏请为可。"胡乃以闻奉旨停刑。盖是年慈圣太后周甲也，得奏，褒嘉。丁内艰归，被逸。中外计复拟左调，服除。粤制府请添设右江监司，诏选才望夙著者。部议以公往，建署宾州。是时柳宾连岁大荒，残贼寇掠为暴。甫至，州人痛哭哀诉。及阅营兵不过二百人，库饷不满千斗，米钱四百。救饥不暇，重于用武。公乃檄邻省协济饷银，应给发者得先支一岁平籴，于东粤以赈之。煮粥贷牛种民始得耕，以待秋熟。贼复出剽掠，公度官军未可用，召土司黄文辉授以方略。出奇捣其巢，斩数十级，俘获六十余。攻破石牌中埠邑敲邑两等寨。宾州平惟迁江县洛春感岸中谢等贼桀骜难制，公请制府许弘纲调广东游击王选率其营兵二千会于宾，佐以本营参将赵庭分路搜贼寨。深入斩百余级，俘二百余人，招降者三百人。迁江亦平。柳州刘天仙陆大成等贼谓官军方注意宾，未暇及柳。公别檄土司，以计擒其渠魁十九人，斩于市。余遂溃散。一岁中三方晏然。明年公巡柳州，谍报，贼众数千将以夜半渡江。乃令移舟载火具，夜往伺贼，半渡击之。贼出不意，大溃，溺死无算，擒二十八人。自是遂无贼患。田州土司岑懋仁素不法，制府议剿之。公谓兵弱难制，先遣吏谕以祸福，懋仁悔悟。斩首恶以赎罪，归土还印，贡马如常。是年，所属岁大丰，野不种而获。下所司勘实户口，其田之有主者，听其收获。或有田在人亡者，酌给贫民，以疾乞休。不许（载《广西通志》）。迁江西按察使致仕归（盗柄东林伙一录。分初盛晚先公，列盛伙中注。入主出奴，渐移国柄。初以邹公元标为鼻祖，盛以杨公时乔为鼻祖，晚以刘公一燝为鼻祖。其云伙者即党也。《东林同志录·列藩臬中》）。林居十年，卒年七十有四（《静志居诗话》：盛公浮湛藩屏，敭历有年。当其司臬羊城，倭人入寇。躬擐介胄乘城击破之锦囊所。尝以一人摄五监司事，案无留牍。其还家诗云：“三黜已甘投岭外，一帆今喜到江乡。”所居梅湖，饶有鱼稻之利。筑场纳稼，以宝啬训子孙。先畴至今未改云）。子讳士元，字元长，号昆柱，诸生。入太学时，广宁失守，草疏陈固守山海保障京师之议，不报。授内阁中书舍人。在事一年卒。公一子讳以约字彦修号演仙，太学生。次子士表，字其仪，太学生。能书，国破死事，年三十六。

丹山草

卷一　江间集

巫山高

巫山何高高，蒙蒙但一气。瞳瞳紫崖巅，昏昏红日背。
老龙蜿蜒一千里，回作青蛇卧波底。凤有雏、鸾有子，阳台苍苍潜木魅。
瑶姬伐竹秋烟里，回乘鸾车裁横吹。上凝□□□□地，化为□□□□□。
□红纷纷逐流水，□□□□□□□。□□□□□□帝，露滴清宵万重泪。

立春

独客暮凭阑，梅花耐雪寒。东风初识面，已觉带围宽。

黔阳县晓发

桃花三万树，郭外双崖起。落红拥轻舟，倏忽二百里。
猿狖攀柔条，相呼未曾已。乍得清浅处，投竿儿渔子。
欲问避秦人，淼漫空烟水。

雉朝飞

犊牧犊牧，援琴中谷。泉水何清池水浊，高云垂天低压竹。
春草耀春日，莹莹如绿玉。篱边桃已落，陇上麦已熟。
野雉朝飞，声喔喔，影离离。百劳东去燕西飞，苍天冥冥。
物固难齐，人亦何伤，涕泪沾衣。

夏日长

桐槐沉沉阴□□，修竹翳日敲琅玕。□□□蝉声忽咽，却如越女□丝阑。

551

我坐空山□□□，□田炎毒焦禾黍。山前卓午无停车，挥汗皇皇忍行旅。
黑云如山势未开，殷殷忽作江上雷。烈风未见雨滂沱，且复滚滚生黄埃。
农夫不怪猛雨恶，手足沾濡有余乐。绳床竹几生新凉，几缕青烟漫林壑。
须臾羲和重整辔，中天似更澄光彩。峡下牛羊出草间，檐前鸟雀喧林外。
倦来午睡愁易醒，泠泠幽泉溢清听。尘襟偶得憩烟霞，结庐自谓非人境。
携琴出谷叩东篱，尚有酒伴堪追随。勿言夏日多郁蒸，秋风萧条使人悲。

秋霁

晴江好天气，万木试霜红。隼落秋云外，龙吟朝雾中。
牢愁惊物态，久客叹途穷。且复耽尊酒，飘飘随转蓬。

溪南

苍山碍空际，未□日已没。霞光映□□，□□亦倏忽。
幽岩缀明星，□惚逼天阙。稍出□□□，□见沙上月。
秋成罢农事，物情觉消歇。云中哀鸣雁，江外孤飞鹢。
南园数竿竹，清我寒士骨。

赋得青溪道士人不识

青溪道士人不识，朝乘紫霞弄白日。彩铅入鼎成黄金，服食久视与天毕。
枝头玄鹤化羽衣，庭前白虎摇宝瑟。年来我欲营河车，囊中未试餐玉术。
湘山高高入太清，云卧幽岩碧月明。翩然骑龙忽上征，携手便作升天行。
平临苍梧万里云，下视九疑愁皇英。独吹横管惊天籁，去和昆仑彩凤鸣。

霜溪

匹马下残阳，烟横楚水长。野田多粳稻，山径有桄榔。
树色阴岩口，溪流绕舍旁。暮云归鸟没，枯木古亭荒。
雾尽江逾白，霜清叶半黄。客行愁日晚，前路又苍茫。

枫门岭

商商飙飒飒吹中林，高崖日出山更□。□□□底生层阴，青鞋布袜愁寒侵。

上窥危磴犹千寻，下临幽溪多毒淫。络纬随风响沉沉，却如夜半闻秋砧。
杂以哀弹愁人心，仆夫饥疲力不任。攀萝扪葛势嵚崟，俯视万叶皆黄金。
中有倒挂非凡禽，为君一奏绿绮琴。行歌更作梁父吟，忧时郁郁思难禁，
重欷累叹声喑喑。

黔阳[①]

云压万峰低，秋江晚树迷。篮舆悬木杪，驿路挂城西。
有客停孤馆，无鸿下五溪。萧萧楼外雨，愁听晓寒鸡。

宿花药山寺

名山迹虽近，不与尘俗通。俯瞰杳冥冥，四谷多悲风。
泉流茅屋上，人在松涛中。群动游其下，乃识天府空。
日色偶到处，树影犹胧胧。老僧洞幽象，契此霞外踪。
淹留竟□月，昭然发我蒙。

山中

深山与鬼邻，闲处岸乌巾。醉卧抛书卷，行吟倚钓轮。
酿花崖上蜜，覆叶瓮头春。憔悴非吾愿，差堪绝世尘。

别意

二月下浔阳，相送临远道。远道绝音尘，离离覆秋草。

碧月虽常蒲，清光亦暂亏。犹胜远离别，万里无归期。

杜少陵墓

西京烽火久相寻，南剑东川岁月深。大将拥麾皆惜死，孤臣忧国独伤心。
梅花石上年年月，枫叶江头夜夜砧。词客有魂招不得，几回怅望一长吟。

---

① 此诗录入《晚晴簃诗汇》。

早起

早起揽秋衣，流□晓不飞。柳疏还见□，□□乍惊帏。
洲白群鸥起，□青一雁归。夜来乡□□，□思倍依依。

江亭

晓起上江亭，河源尚有星。抱枝猿未醒，穴壁虎曾经。
露压禾头白，烟含草脚青。倚檐寻旧梦，密竹正泠泠。

登楼

秋风吹长林，萧萧侵鬓发。登楼肆远目，旅愁滋结惛。
云随天末尽，鸟向寒空没。誓欲逐飞鸿，沧海杳难越。
晚钟鸣古寺，四壁蛩声歇。荒城哀柝起，坐听吟笳发。
寨帷延山光，江浦逗微月。故乡不可望，繁霜沁肌骨。

西阁

岭外云光丽夕晖，叶残秋树尚依稀。静看夜月沉寒罟，肯为山岚下薄帏。
欲破愁时聊问酒，不登楼处亦沾衣。岂因□阁留人住，东海而□□□归。

德山

回舟泊舸船，平沙落高鸟。鲸波委残日，赤霞争照耀。
云归远山口，路出长林杪。开襟延凉飙，明月何皎皎。
我来仰高风，梵宫拥危峤。人为帝者师，地拟神仙岛。
怀古心茫茫，感时忧悄悄。飘零未有极，离别那可道。
何当谢徒侣，诛茅卧江徼。

北园夜雪折竹歌

溪云冻彻寒塘流，空山无人得早休。敝裘委顿何足道，愁杀沧江旧狎鸥。
雪花如席茆堂静，独把残杯对孤影。白鸟相怜白屋贫，青灯却照青毡冷。
北园萧萧半亩竹，近碍高楼压山麓。垂头折节不可支，忽疑惊雷震穷谷。

大块噫气如奔涛，玄猿苍鹿走且号。卑枝匝地乱陨叶，坚冰触手撄霜刀。
琅玕阴翳无由见，当窗那更拈书卷。春月春风两寂寥，眼中生意流波转。
枯桐十丈倚前除，交柯结荫尝扶疏。纵悲凋落□冬尽，犹免樵苏泣□□。

梅花五首

春风慰愁客，迤逦到山庄。一夜惊寒萼，千林散晓霜。
只怜珠有泪，翻恨玉无霜。云外生涯拙，凭君入醉乡。

西海梦不到，东阁兴何如。酒浅愁无赖，诗成恨有余。
乡关从少隔，驿使近来疏。林下传芳信，匆匆腊又除。

残雪消难尽，层阴犹自深。一枝频暖眼，万里独伤心。
素艳欺红粉，寒香润玉琴。此中虽得地，延赏乏知音。

莫倚人如玉，应怜玉似花。君宜愁夜雪，我亦叹浮家。
却讶青毡冷，虚烧绛蜡斜。梦魂归不得，泪尽楚天涯。

独洗铅华尽，谁参造化工。疏枝难受月，乱蕊不禁风。
吹落惊横管，余香惜故丛。投壶多玉女，一笑彩云空。

赋得花近高楼伤客心

飘零何事不思家，日暖园林尽著花。红雨催成帘外绿，莺啼惊起夜栖鸦。
山童伐鼓冲朝雾，溪女湔裙就浅沙。举目易悲憔悴客，入云归梦绕天涯。

贾太傅祠

痛哭论时事，书生绛灌旁。所悲汉文帝，亦等楚怀王。
前席鬼神对，弱枝封建章。言言足千古，何必恨浮湘。

彭泽

漆园溷浊世，抱道如守愚。迄今读南华，犹与灏气俱。
千载得陶令，先后何同符。耽饮睨豪贵，挂冠归桑榆。
闭关尘事绝，未遣松菊芜。万钱置酒家，诗成对玉壶。

心苟为形役，茫然皆畏途。有儿不可教，安得问荣枯。
下士既龌龊，贤者亦拘迂。江流激清风，凭眺增踟蹰。

长干行

去年柳暗长干里，月落江桥送游子。今年长干照万花，眼看春半不还家。
东方风来吹素波，瞳瞳日暖金窗纱。欲凭双鱼去，缄愁寄天涯。
尺书已尽意不尽，别绪纷纷如乱麻。床头刀环盘赤螭，自言密约不相欺。
谁知一去音信绝，柔肠九回还百结。兽炭香消死作灰，罗巾泪尽啼成血。
妾愿随阳春，化为陌上尘。因风过浔阳，摇扬百草新。
有时忽相遇，飞去傍君身。沉魂不可化，镇日翠眉颦。
倡楼高高碍云日，少年豪贵无与匹。水精之盘鹦鹉杯，流苏帐前金屈戌。
娇小春心幸自持，繁华终道不相宜。箜篌试谱长干曲，弹作人间远别离。

估客

百丈冲岚雾，南行向广州。不嫌波浪恶，终日卧船头。

折柳送长干，罗衣怯早寒。明朝溢口宿，谁信别离难。

金山

百川既东注，吴会恐随流。一柱排银浪，千楹护蜃楼。
仙踪蹑方丈，僧定泛虚舟。霞外严城鼓，平分海国秋。

山豁东南陷，中流振地维。寺门舟去险，崖背月来迟。
塔碍鸿归影，钟沉龙起时。一苇休竞渡，波上掣灵旗。

渌水曲

碧月蒲城隅，轻舟隐绿芜。四山啼蜀魄，双桨唱吴歈。
翡翠萦裙带，芙蓉贮玉壶。露寒涓滴重，归晚倩人扶。

邻舟

江帆发何处，云是石城来。斫粟黄金钏，流霞绿玉杯。
声低春燕语，梦浅晓莺催。明日姑苏驿，愁云黯不开。

东归百韵

飘荡炎州久，晨昏万里途。佩觿惭卯角，振翮想搏扶。
跋涉防颠陟，周旋苦蹶嚅。未能胜褆襫，聊且效驰驱。
客至门题凤，人怜屋及乌。艰难随泛梗，踪迹混泥涂。
五斗辞荣后，千家遗爱俱。悠悠空日月，衮衮复江湖。
春涨鱼天阔，蛮烟鸟道纡。碧波浮唇蛤，青嶂走貊貙。
放鹢蒲帆峭，闻鸡茅店孤。盐车愁服骥，丹穴倦将雏。
卜宅沧浪曲，澄怀冰玉壶。草间停茧足，霞外闭绳枢。
来往苏兼郑，招邀屠与酤。间从携屦去，不乏过庭趋。
菽水恒相慰，琴尊好自娱。数编供诵读，一瓺泣莱芜。
偃卧频搔首，劳筋敢惜躯。临岐添惘惘，投谒抱区区。
仆仆胡为有，皇皇有以夫。生涯原潦倒，择木益拘迂。
薄劣贪株兔，萧条仰秣驹。谁堪任胼胝，只是叹头颅。
莨稗栽培易，驽骀鞭策殊。偶因曾蹑屩，于此学操觚。
篝下三冬火，胸中径寸珠。猥矜才浩博，那免气豪麤。
烂熳夸同志，猖狂笑大巫。叵罗浇傀儡，如意击珊瑚。
削迹无知己，忘机得故吾。始谙交贵淡，欲绝蔓难图。
峰顶俦鸣鹤，溪边狎野凫。土床延蟋蟀，网户遍蜘蛛。
衡麓烦刀种，龙阳少木奴。屏居甘寂寞，瞠目但睢盱。
蓣蓼惊时迈，冰霜念岁徂。斗枢回气象，物色变凋枯。
猎猎风初暖，亭亭日欲晡。秾华桃李发，俦侣燕莺呼。
新恨浓醪醴，萦愁转辘轳。蓝桥征玉杵，星渚隔黄姑。
照夜羞银烛，寻芳问酒垆。伤心听杜宇，抵死醉屠苏。
落魄虽留楚，沉魂却在吴。幽遐方悚息，扰攘更忧虞。
地险滋群盗，贴危困腐儒。曳衣穿肘腋，垂橐罄锱铢。
避地安容膝，焚巢怨卒瘏。形骸逾委顿，骨月重嗟吁。
可许嵇康懒，惟师宁武愚。行吟总憔悴，残喘愿须臾。
兽散悲羸角，猿号痛剥肤。高穹澄雾露，尘壤涤潢污。
累趼栖穷谷，躬耕乏上腴。南荒长已矣，越徼曷归乎。

命酌辞松菊，扃关谢竹梧。郊圻还筑垒，城郭镇援枹。
倒箧谋馔粥，倾装买舳舻。经营良惨淡，前却费踟蹰。
白槿舒云叶，红榴吐绛趺。商歌采兰芷，翘足望桑榆。
登眺怀遗迹，先型信合符。长沙哀鹏鸟，沅溆讶槃瓠。
汨水左徒庙，郴阳义帝都。昭潭劳击节，鄂渚似乘桴。
作息忘尧力，随刊悟禹谟。只今蒙奠定，何处缺沾濡。
九面湘帆影，千章夏木敷。参差分井落，潫潫浸萑苻。
赤岸饶鲭鳄，黄陵叫鹧鸪。夕岚飞狄子，深峡吼於菟。
溠漾喧秋濑，蕲黄接外郛。飘零才不偶，迍邅运难诬。
绝唱狂生祢，追踪学士苏。曹瞒犹尚尔，安石则何诛。
天意珍琲璧，人间重砆砆。鲁麟增愕眙，燕石尽胡卢。
淹滞随流览，跻攀苦瘠癯。九江天下险，一柱古来无。
篁箐汉东国，畲艎沔外租。咽喉束溢浦，襟带控濡须。
铁锁空镕铸，金陵绝觊觎。雀航凭阻隘，牛渚足华胐。
北固联三镇，秦淮洞九衢。戴渊曾暴劫，刘毅纵樗蒱。
荡检皆名士，乘时即丈夫。古坟存薜碣，废殿忆金铺。
下濑思萍漂，藏弓叹镯镂。包山逗云梦，震泽汇东娄。
远道沿江表，浮家返海隅。衣冠逢邑里，亲串忝葭莩。
门阀诚衰谢，埙篪快友于。楩楠偕杞梓，酥酪并醍醐。
爱巧匪遗拙，存瑕不掩瑜。锦衣休入暗，宝玉慎求沽。
把钓虚垂饵，裁书试截蒲。籓篱芟宿莽，丘陇荐生刍。
倏忽年加齿，依稀镜有须。云门肯招隐，行矣莫瞿瞿。

卷二 海隅集

范大夫祠

七策功成力有余，扁舟东海狎樵渔。藏弓数语悲文种，树槚孤忠笑伍胥。
相国衣冠犹庙貌，君王事业总丘墟。龙湫宿务漫漫白，空倚严城漾碧虚。

秋虫五咏

金风司律，玉露迎秋。松落寒涛，竹喧爽籁。望晴霞于极浦，散夕景于澄潭。虽虫鸟之无知，亦飞鸣而自喜。银床飒沓，影留重幕之间。苔径苍凉，声在钩栏之下。高致与闲云共赏，幽魂和晓月俱清。未谙泉石之盟，聊辨鸡虫之斗。

嗟乎。梦余蕉鹿。今时抱膝之吟。眼底菀鲈。昔日思乡之泪。隙驹已逝。枯树徒伤。抒其所怀。率焉成咏。是用托于玩物。无取博征。间有驰情不遗细响。敢云入彀。良愧师心。

晓起晨光白，随风过药栏。可怜双鬓薄，犹耐九秋寒。
落树惊螳臂，逢人笑鹬冠。终然成羽化，不惜柳条残。（蝉）

负荷真无力，趋炎愧夜光。居然知显晦，只是昧行藏。
溅血埋红粉，怜香宿紫囊。漫云非宵小，何事避朝阳。（蚊）

不知湖海意，亦自负龙名。浪作蛟螭舞，空令燕雀惊。
泥沙虚穴冷，蝌蚪夜窗明。向壁纵横处，微闻风雨声。（潜龙）

烛烬消红泪，灯花委翠钿。壁光难可借，膏火自相煎。
因尔惊新月，何人识断弦。空闺刀尺罢，应怨不成眠。（扑灯）

万卷供高卧，藤床老校书。羡君词采富，惊我岁时徂。
俛仰看今古，缥缃辨鲁鱼。生平青玉案，金紫定何如。（蠹鱼）

晚步

夕风摇断蓬，寒霞骨古树。戢翮思奋飞，独行念迟暮。
烦然百忧集，所至成岐路。榛莽何萧条，仄径容跬步。
板屋雨鸠鸣，肃肃上孤戍。霜林乱乌鹊，苍江没鸥鹭。
心息道为徒，俯仰觉成寓。云轻灭浮影，水静惊落羽。
冥鸿入天际，弋者不复顾。陶然归去来，沉醉卧荒圃。

夜寒

败壁蛰虫鸣，寒愁一夜生。霜中宿鸟定，波上戏鱼惊。
露白月欺昼，风高雁过城。江村闻爨箠，漏永益凄清。

白杨行

白杨萧萧枝欲折,老干嵯岈映寒月。日夕惟闻堕叶声,更遭岁暮寒风发。
楼头一夜惊繁霜,形神憔悴意惨伤。老乌剥啄空哑哑,摇落惊栖怨漏长。
晓逐晨风儿未哺,道旁得食行复顾。平沙斜睨朽株立,镇日仓皇伴渔父。
君不见鹤巢松巅紫霞盖,千丈危柯蔽烟霭。振羽不受鹰隼欺,入云或与蛟龙会。
鸟兮择木何不思,敛翮覆儿常苦饥。冰雪严威冻欲死,嗟哉老乌徒自悲。

登真如寺浮屠

日下海云沉,凭高寒色侵。五湖澄碧玉,万叶点黄金。
雾暗村村屋,风传处处砧。空濛千里目,茌苒百年心。

燕垒危檐回,鸦啼古树深。俯窥疑半岭,挥袖接平林。
竹径迷烟棹,松声韵玉琴。旧非作赋客,惭愧此登临。

秋尽

风雨闭门忘检历,不知物候与寒期。萧萧败叶鸣空岸,漠漠轻阴乱夕炊。
词赋较人工未得,穷愁何事日相随。黄花开后无尊酒,辜负秋光欲尽时。

江夜

昨夜西风急,霜花大似钱。江寒鱼入穴,闲杀钓翁船。

惜花

浓笑墙阴画不如,殷勤获取慰离居。东君不肯怜樊素,雨泣花愁恼读书。

赋得琴台日暮云

琴台月出陇云昏,旧日朱丝空泪痕。贵贱恩情终一绝,问君何事赋长门。

汉宫

主第何人不侍轩,子夫鬓发竟承恩。阿娇几日辞金屋,别殿重开尧母门。

迟友不至

载酒思随青翰舟,寻花旧约偶勾留。孤征偏值连朝雨,一叶还乘入海流。
不惜重过杨子宅,何堪独上仲宣楼。床头醽醁今初熟,莫信行踪去狎鸥。

杂感二首

相国有子孙,遗居在蒿莱。闭门谢徒侣,石径上莓苔。
荣禄甘屏绝,谋生无长才。萱草娱北堂,春风咏南陔。
岂知蓼莪废,转令兰蕙摧。庭前紫荆树,十年费栽培。
伯也怆肺肝,怀抱无时开。脊令不相保,枕杜空自哀。
穷愁何足道。嗟此旧三槐。

五羊有公子,翩翩旧乌衣。年少逢丧乱,顿令生事违。
飘蓬飞万里,冰雪生寒威。黄金中道尽,旅店掩荆扉。
故旧绝逢迎,何堪忍朝饥。晚林寒鸦集,游子独何依。
东隅叹途穷,南中无路归。回观市上儿,裘马尽轻肥。
薄俗苟如此。无劳问是非。

偶成

献岁劳人事,韶光又四旬。野花尝苦雨,池草漫矜春。
鲁酒冲寒得,江鱼入馔新。为儒经术浅,不敢恨平津。

社后十日忆燕

春社经旬春事赊,红襟偏自滞天涯。惊鸦落树疑归幕,浴鹭回塘忆掠沙。
王谢久应嫌寂寞,金张莫是斗繁华。只怜朝日墙东柳,舞影窥人获碧纱。

花朝

今日是花朝,江花太寂寥。烟云空目断,风雨总魂销。
雪影留寒树,春风入洞箫。新晴报鼍鼓,一拟泛阑桡。

小窗

小窗梅影尚扶疏,伴我闲吟半月余。病云已消三尺雪,醉来空拥一床书。
晓帘鸟雀频惊梦,石径蓬蒿久废锄。花意似怜贫士骨,常延春色到茅庐。

春阴

遥天云漠漠,隐见纸鸢飞。败柳初生叶,残花乱点衣。
烟青寒入幕,月白夜开扉。竹笋闻雷出,兰茝待雨肥。
酒阑诗思苦,灯暗玉绳稀。独鸟归何晚,春庭露已霏。

鸟啄花

空庭无人鸟啄花,花枝蒙雾暗檐牙。纷纷树莓下阶底,点点伤心春雨里。
开处常愁午夜风,朝来乱落东流水。劝君莫啄花,啄花落人衣。
奋翮君须万里去,安能常傍落花飞。回头已见花将老,柯叶飘摇实又稀。

并头兰

幽谷芳兰初破芽,眠云带露玉人家。忽惊连理迎风笑,却似双鬟背月斜。
绿鬓暗香侵宝髻,翠衣分影对窗纱。晚来好伴金钿宿,不数秋庭夜合花。

春晚

堤头新绿暗,点点乱归鸦。病里教栽菊,风前看落花。
薄帷语燕入,淡月密云遮。年少会为客,羁栖感岁华。

采桑谣

陌头桑叶小如钱,雨涨江南麦熟天。邻家少妇争出门,携筐曳苢蚕再眠。
桑叶曾无一春好,枯枝不待秋风扫。却似容颜十五余,铅华便向风中老。
溪边□□蔷薇春,浅亦自花艳冶胜。白雪烂熳如朝霞。道旁纷纷不知数。
繁枝密叶仍如故。

闲居

天青江白过云迟，几点戎葵掩竹篱。烂熳晴光劳蛱蝶，阑珊花事到荼蘼。
雉雏仄径迷双罟，麦秀平田失雨岐。闭户但知需斗酒，醉来拥枕独吟诗。

晓过峡石

鸡鸣村巷雨初收，隔浦渔人发棹讴。梦里不知山色好，数声莺语落孤舟。

舟晚

亟雨散平林，明霞霁夕阴。老翁荷锄去，堤上自行吟。

五日

今年花事晚，未见石榴红。抱石何堪吊，清樽幸不空。
轻风迥蛱蝶，疎影落梧桐。岸帻听歌鸟，开轩对晚虹。
残雷收远渚，流涔蒲芳丛。与会偶相惬，穷吟愧未工。

望月

排户看云夜已阑，高楼全浸月光寒。庭槐密叶藏花坞，山桂新枝隐药兰。
西阁遣愁诗酒得，北窗偃卧梦魂安。沧浪一曲歌何处，渔子乘舟下急湍。

名花

朝云舒绝艳，巧称阳春意。满目耀繁华，惊鸿浑欲坠。
未遣尹夫人，蛾眉苦相避。依他白玉栏，邀得青丝骑。
游子一年心，主人三日醉。宁知全盛处，翻是销魂地。
扫阶踏冷红，张幕延空翠。只将枝叶露，滴作穷泉泪。

娇女

璇珠媚重渊，澄波不堪剪。碧树获花铃，彩霞凝桂馆。
十二曲屏风，深深犹道浅。何处逗秋芳，空教忆人面。
秋霁月初圆，春明莺百啭。海枯石可烂，匪席心难卷。
一日犊车声，半生鸾镜掩。坯土埋幽光，千年香玉暖。

563

宝剑

采得赤堇铁，却泻红炉水。辛苦阴阳炭，陶镕欧冶髓。
指日为之昏，挥云散成绮。埋岳亦偶然，逝波长已矣。
一条飞白练，何人更遻视。提携忽悲歌，清商成变徵。
江阁寒烟青，山城西日紫。秋宵匣中吼，壮士肉生髀。

骏马

渥洼本龙种，长鬣如龙发。竹耳踏铁蹄，啮膝气坌发。
却辞槽枥来，英姿何咄咄。不惜障泥锦，关河坐超忽。
狭斜蹩躠去，寒空俄顷没。触热火山道，嚼雪青海窟。
珍重汗成血，辛苦髓欲竭。勿忧余齿暮，犹堪售死骨。

老僧

支撑髑髅骨，西来何太苦。枯髯雪一尺，破衲丝千缕。
石壁昼夜黑，鸣钟悟亭午。片雪出头上，钵中龙正怒。
曳得针孔牛，饿死崖下虎。元气文康亲，空花梵王雨。
皎皎有白日，营营任尘土。瞪目看人世，肯为聋与瞽。

空山

天地有息机，万物体其静。烟岚碧于黛，眼底辟荒梗。
有情鸟声悦，无碍云光永。寒雪肠可洗，大热骨独冷。
当其笙鹤来，下视直瞖井。划然长啸处，虚谷皆引领。
借君千尺瀑，照我心如镜。清籁时一闻，忘言但深省。

别

回首王孙白玉鞭，凄凉满目是寒烟。未曾分手争能那，任不关情亦黯然。
旅店梦魂清晓月，长亭去住夕阳天。年年血泪沉黄土，总在丝丝弱柳边。

方响

一片琳琅响易沉,微风相送出高林。似闻杂佩虚疑玉,解道繁弦不胜金。
辇路鸣銮空伫想,珠宫收钥漫惊心。石钟山下曾回首,仿佛清泠是此音。

破帘

朦胧何处逗芳菲,竹坞花房双燕飞。破梦不嫌香细细,有心巧露月辉辉。
藏娇只合遮人面,隔座纵令馗妓衣。最好高轩容一榻,茶烟几缕获岩扉。

桐乡夜泊

轻舟浑不系,寒色暮江头。旧雨怜同调,深杯减片愁。

渔灯还隐隐,萍泛任悠悠。散步空城曲,惊鸦上戍楼。

艾如张

泽中张罗,罗卑雀高。仰视翩翩,远随百劳。力虽不任,且免煎熬。

苍山非不远,八极荡无垠。尘沙暗秋空,张罗碍层云。
寒烟欲尽处,落日为之昏。鸿鹄已高飞,黄雀徒纷纷。

食君野田秋获余,此身已分终沮洳。克庖未足供俎醢,生计何堪误覆车。
成汤至仁安所恤,苍鹰黄犬意何如。

葛岭

仙翁此地炼丹砂,古灶依然覆紫霞。石径千回缘薜荔,山泉百道伏龙蛇。
下方城市迷烟霭,半岭楼台恋日华。眼底沧桑无限恨,闲愁分付隔篱花。

宫词四首

屈戌绣芙蓉,钿花试玉龙。小垂怜窄袖,凉吹入轻容。

白间残月去,金锁彻明开。妆罢浑无事,闲庭遍绿苔。

阶下梧桐影,门前杨柳丝。秋风一回换,何处不离披。

牡丹亦有种,百花徒自芳。谁将好颜色,抵死待君王。

九日

枫叶无多尽着霜，心情销得几重阳。黄花自老无人问，留伴东阳瘦沈郎。

卷三　北征集

夜泊隐山桥

落日野云黄，吴歌夜未央。天空浮碧色，水净蔚蓝光。
卷幔青楼女，鸣鞭白面郎。何缘知独客，沉醉卧横塘。

宿古城

兹辰始跋涉，畴昔亦间关。息影久违愿，逢人强破颜。
多惭老马智，翻羡野鸥闲。欲解沾衣处，金刀白玉环。

行路难三首

羊肠亦夷涂，纵畏犹可忍。涉险有所凭，忠孝得自准。
病则舍之去，遁世而无闷。人情耽耽视如虎，我独何为与之伍。
高天有鸿，大海有鱼。巢而处，穴而居。嗟尔劳生将焉如，听余藐藐祸不来。
祸机之发不可回，行路难，使心哀。

身隐不用文，绵上尤介子。哀哉堂上亲，相从与俱死。
壮士遭时有回旋，中夜抚膺坐长叹。努力勿为妻儿累，弃置出门无一言。
迢迢万里隔关河，相逢相识能几何。行路难，忧思多。

铦不持三尺剑，强不挽五石弓。雄心自有处，羞与下士同。
贪夫可为而不可为。
利如藏饵钩，吞饵将中之。戢我弱羽，守我故步。
水清勿游，水浊勿顾。黄鹄高飞，一举千里。
乘风追之，不可及矣。行路难，难如此。

元夜

百两香车九陌尘，笙歌如沸帝城春。垂楼云幕重重启，仰面羞为掷果人。

马上秧歌杂俳谐，烛龙衔照彻天街。合欢胜子泥金重，何处人投玉燕钗。

绿玉窗中白玉屏，夜光悬处是三星。华灯撤尽归华帐，天上箫韶唤酒醒。

春云烂熳好楼台，桃李阴阴一样栽。亦有孤鸾抱长恨，人间都指作蓬莱。

借得金樽浣客愁，柳枝桃叶忍勾留。多情别有文君在，泣向春风怨白头。

垂杨

藏烟蒙雾态初浓，冶叶倡条西复东。百里遥连河水绿，几行斜带夕阳红。

可怜折尽山阳笛，却忆歌残渭北风。昨夜画楼归好梦，低飞双燕入帘栊。

不与海会寺游

见说招提好，婆娑双树幽。小庭含宿雨，高阁枕平流。

春色来千里，黄云隔十洲。嵇生懒是癖，稳卧不成游。

客舍杏花盛开

草剪轻风柳带烟，一帘疏雨杏花天。愁多不为清明近，为忆槎头缩项鳊。

又

上策金门并马来，几人同待杏花开。岂知开后升沉异，满目春风独自哀。

落魄

落魄羁离日，穷途即畏途。感时豺獭祭，阋世马牛呼。

懒慢从人笑，行藏守我愚。排愁诗酒在，何用更嗟吁。

初夏

小麦初黄野雉稀，怯凉未解薄棉衣。可怜新月经时见，犹作飘蓬万里飞。

乍雨尚疑春涨急，晚晴遥指夏云微。故园何日青梅酒，取醉东邻白板扉。

舟行五首

石尤何太急，滞客日相遭。断岸维舟稳，回飙楚浪高。
暝烟笼野竹，过雨落残桃。好鸟归林早，应知惜羽毛。

麦秀野风香，披襟趁晚凉。半规沙际月，九折客中肠。
榆荚怜春尽，槐阴觉夏长。颇闻城郭近，一拟醉壶觞。

白雪山栀子，红云野石榴。树归新夏绿，河抱曲塘流。
滞客何多恨，新诗谩遣愁。脊令飞不远，随意没沙头。

日出野烟消，孤征转寂寥。只将杨子泪，减尽沈郎腰。
小草裁青锦，残虹曳绛绡。相思何所托，渠柳短长条。

短梦浑难续，深愁不易排。归欤未可卜，生也竟无涯。
襆被输高枕，罗帏忆断钗。何当吹短笛，一夜度长淮。

公无渡河

洪波西来雪作山，嵌空忽变为银屋。崩奔喧豗天欲动，复恐漂转南山麓。
北风更怒号，黄云覆水湄。刺船尚不可，负壶将安之。
鸿蒙颎洞，裂石轰雷。直下东海，何时可回。
天吴乘流，巨鳌贔屃。沉灵均，杀庆忌，狂夫披发从此逝。
老妻鹑衣中路啼，箜篌未绝身相随。纵为精卫衔山木，千载幽魂谁得知。

咏燕

小小红襟社日归，兽檐低掠傍人衣。亦知故主情难弃，营垒还来向翠帏。

雕甍曲槛女墙东，为尔频开碧玉栊。待得巢成归又近，可怜衔尽一春红。

极目长亭思黯然，江南二月杏花天。欲弹别鹤先垂泪，羡尔双双入画檐。

隔岸垂杨倒地垂，凭风直上最高枝。寒塘欲度原相逐，不解丝丝是别离。

抱儿正值长春蚕，江上孤飞食半含。浪子何缘得见此，空闺羞杀带宜男。

小池梅雨长青蒲，玳瑁梁前正哺雏。欲试轻盈还怯怯，恐惊新翼故瞿瞿。

落日亭亭向夕畦，灯前不见并头栖。侍儿今夜垂珠箔，莫是红楼归路迷。①
槐绿浓时杏子黄，杨花细落只颠狂。清晨交头梁间睡，似爱荷风一夜凉。
方塘云物已迎秋，欲别江城故驿楼。画栋无声明月蒲，教人冥漠对香篝。
紫袂何时近玉颜，海云今已隔江关。明春柳放还来此，好伴鸳帏镇日闲。

谒仲子庙

阙里徐关北，贤祠新甫东。音容劳想象，庙貌郁崇隆。
丹桷惊飞鸟，清江饮断虹。结缨怀劲节，毁费想丰功。
俎豆春秋列，公侯秩典同。斯文犹未坠，吾道不终穷。
苔藓侵碑绿，门墙映日红。何因得私淑，一为启童蒙。

师儒自古重，礼乐未全荒。耕凿云初远，衣冠世泽长。
山川并流峙，栋宇久堂皇。剑佩疑犹在，杉松亦自香。
明时叹城阙，小子睹宫墙。弱柳萦晴霭，修篁隐夕阳。
平生愧顽懦，瞻拜独彷徨。天爵今知贵，能争日月光。

望峄山河

宿雾隐朝暾，濛濛木气昏。浪浮山欲动，云拥岸无痕。
舟楫阴霾重，鼋鼍窟宅尊。风波天下蒲，孤客黯销魂。

无锡泊舟登龙珠禅院

孤亭四面拥回澜，树隐晴江六月寒。云外浮屠千尺影，倒垂螺黛入银盘。

午雨

微云过江渚，疏雨觉生凉。十里荷香远，千门柳带长。
轻阴散蝌蚪，残热病鸳鸯。蝉噪连芳树，朦胧辨夕阳。

---

① 此诗录入《晚晴簃诗汇》，首句为"落日亭亭向夕低"。

述古

毛义昔奉母，脱粟无朝餐。交毂罗宾从，列座盛衣冠。
良辰罄契阔，鸡酒从所欢。出门捧郡檄，意颇爱微官。
晚节一何峻，幽栖终考盘。始信达士怀，荣禄非苟安。
当时即见薄，谁为剖心肝。人固不易知，知人良亦难。

又

侯嬴天下士，七十老夷门。结友但屠沽，肉食安足论。
一朝遇公子，高谊溢乾坤。自识公子厚，宁知公子尊。
魏王既闭关，不得救平原。窃符杀晋鄙，秦卒如云奔。
全赵固奇策，偷生岂报恩。丈夫感意气，死尔亦何言。

无题

楼头少女十三强，新学修蛾半解妆。斜约臂环金倚玉，笑挼花蕊粉含香。
帘前舞罢看垂柳，月下诗成顾锦囊。寄语莫矜全盛日，悲秋宋玉在东墙。

溪桥

竹里溪桥人语声，闲敲石火隔林明。老渔结网依沙坐，理却青蓑爱晚晴。

休洗红

冰雪溶溶扬素空，他年曾记出鲛宫。如今血泪重重染，不许新泉浣旧红。

夏夜古意

月色当楼冰簟凉，飞云如绮乱星光。临轩小女垂明珰，斜倚金环双凤皇。
春雁迢迢去不返，碧树阴阴日将晚。水如宝镜荷芰香，秦筝促柱缘愁缓。

纱厨玉盘冰压鲙，高阁卷帘云不碍。半解罗衣粉汗光，花间风起紫裙带。
几度双鬟唤未回，参横月落银箭催。沉吟底事倚妆台，蝶舞摇摇茉莉开。

罗帐垂垂灯烬落，风静不嫌鸳被薄。孤眠却扇更已阑，误骨流苏坠玉环。
荡桨采莲歌远渚，竹声参差杂人语。枕上微闻鸠唤雨，今夜晚凉更何许。

太湖

震泽称绝险，簸荡东南天。弥茫极四望，纷纶汇百川。
左带沧溟波，右控牛斗躔。三吴雄地势，赤县何连绵。
子胥与少伯，当涂陁两贤。忆昔割据时，视此非石田。
曲者乃如钩，直者乃如弦。同资胜国规，成败则判焉。
扁舟计得矣，赐剑人争怜。远窥灵岩脚，山雨来蜿蜒。
相传响屧廊，遗迹犹宛然。越溪产夷光，是越得岁年。
阴谋用妇人，艳冶逞婵娟。乌喙卧薪时，君王方晏眠。
至今歌舞地，满目饶寒烟。危樯欹侧过，对之徒叩舷。
袭美天随子，高旷堪比肩。吟咏偶相许，倡和常百篇。
如何游宦子，幽栖爱地偏。渔具烦经理，茆屋营数廛。
菰芦间橘柚，秋色斗鲜妍。茶铛伴樵斧，事事辞尘缘。
千载怀高风，仿佛羲皇前。包山古福地，涛濑争喧阗。
群峰蔚螺黛，点缀直一拳。岂知烟霞窟，处处藏神仙。
龟山龙涎腥，林屋云窦穿。斗峭吴猛宅，鬵沸毛公泉。
大运有回斡，陵谷无变迁。始信孕灵奥，幽邃冠八埏。
浮生甘托迹，好觅买山钱。将寻三茅君，稽首问真诠。

纪梦吟

离家方百里，去住暂为客。寒钟落晚潮，零露濡我席。
下帘苦霜重，风便闻刀尺。僮沽浊酒至，愁深饮不择。
孤吟独无语，蛩声和檐隙。厄然拥余衾，魂飞向空碧。
回裾乘轻飙，密云当劲翻。吾师胡然来，殷勤问畴昔。
霞冠宫锦衣，饮之琼瑶液。挥刀理鲸鲵，列鼎成麟腊。
紫阁何崔嵬，氤氲耀金壁。提携铁如意，指点五苍石。
谭笑傲终古，宇宙犹局蹐。幽忧难可道，今夕复何夕。
龙虎互格斗，分手两辟易。烟水森空阔，苍茫杳何适。
音容亦犹是，生死既已隔。钁然觉吾庐，涕泪自狼籍。
索莫披衣起，残星向晓白。褰帷无所见，马印平沙迹。

晚归

暝色桥南路，溪光乱野凫。晚虹垂断影，斜照映东隅。
暂解冲泥屐，经过卖酒垆。渔人依水宿，浣女隔云呼。
散步寒阴敛，开襟爽气俱。秋砧寒落杵，荒棘露垂珠。
杂树喧乌鹊，钩栏泣蟪蛄。霜钟得深省，扃户著潜夫。

卷四　东行集

宿昭庆寺同二兄

寺外山光翠欲浮，一天寒雨拥危楼。壶觞旧地撩人恨，捣练新声助客愁。
牛马道途还浪迹，春令兄弟敢忘忧。可怜存殁十年事，相对凄然老贯休。

石门

云拥暮天低，孤篷下语溪。荒城严夜柝，鸣橹候寒鸡。
宿鹭拳沙静，饥乌向晓啼。繁霜侵襆被，月挂碧峰西。

湖心亭集唐

背日丹枫万木稠，江间亭下怅淹留。十千兑得余杭酒，与尔同销万古愁。
山头落日半轮明，野渡无人舟自横。谁为含愁独不见，故宫惟有树长生。

晓行

晓寒啼尽满林鸦，风卷蓬根雪漫沙。南浦怀人愁夜月，东桥问竹踏冰花。
湖云淰淰连千堞，江雾阴阴压万家。今岁颇闻农事稔，郊原犹未遍桑麻。

江上

江上无梅雪作花，风回高鸟落檐牙。出门日日逢人醉，只恐穷愁负岁华。

谷日
当日姜肱被，魂销骨已枯。玉楼人不见，犹忆紫荆无。

和孟浩然春晚
新晴江树空，历乱野棠红。被褐乘流客，收帆到面风。
花蹊烟草畔，柳苑市桥东。不尽娱春日，轻桡明镜中。

偶然作
古人贱词赋，述作无艳丽。欲习蛙黾声，恐失霄汉志。
读书窥气象，摘句羞芜秽。年少事讨论，掩卷俄失坠。
陈言役耳目，弃之若敝屣。

夜宿石门南寺
小憩云林鸟语稠，时时竹里见江流。山僧趺坐浑无事，方丈遥传钟磬幽。
独向空林待月来，妬他清影碍楼台。醉时仰见浮云净，天上繁星落酒杯。

晚霁
雨云晴未敛，斜带落鸦飞。竹藏将吐月，风引欲开扉。
远树蝉声断，高楼燕子归。炎蒸贪日暮，凉吹入绨衣。

赋得江上早来凉
小窗寒雨已惊秋，风卷飞云过北楼。梁上双双调乳燕，江间两两度轻鸥。
闭门差减相如渴，入世徒劳平子愁。阶下决明何烂熳，空令兰芷泣芳洲。

七夕
岁岁逢良夜，迢迢望女牛。彩云行处密，清露别时愁。
拜月辞罗幌，穿针上玉钩。更阑乌鹊静，寂寞掩红楼。

南湖水阁

百顷平湖漫漫流，烟光云影试新秋。乍来渔跃波难定，欲去莺声风暂留。
竹坞近从沽酒易，柳阴远促去帆收。侯家第宅蒿莱尽，一曲渔歌满目愁。

同人登高招饮不与柬答

招寻有约泛舟来，问菊陶家未遣回。风紧驿亭人渡急，雨横江郭雁声哀。
鱼龙寂寞还相讶，鸥鹭遭逢亦见猜。屐齿丁丁归已晚，薜萝门径掩荒台。

海甸烟云人暮秋，登临胜地暂淹留。蒙蒙白露迷回棹，点点清霜到敝裘。
归藉残杯酬短句，愁无明月上高楼。群公逸兴今何许，醉检牙签相意不。

桐乡县舟夜

乘兴扁舟逐断蓬，归云落尽见冥鸿。江头物色占寒气，眼底人情辨土风。
腊破只愁酒易醒，途穷深愧句难工。寸心每自惊迟暮，拥褐悲吟向夕终。

移居

卜筑近江村，先人旧筚门。诛茅开仄径，剪草覆颓垣。
皂帽添寒色，清樽漾月痕。兴酣歌杕杜，掩卷暗销魂。

渡头送客

醉里行吟踏月归，渡头相送掩荆扉。明朝寒意多应减，向晚还来坐落晖。

友人话及燕游口答

昨夜水澌解脉流，轻寒犹着紫茸裘。三江目送归鸿去，万里心伤浪子游。
强欲簪花无奈醉，未应分手莫先愁。丈夫飘荡浑闲事，身似春潮不系舟。

瓶梅

小苑花飞碧玉阑，殷勤折向胆瓶看。得辞划地东风恶，独对闲窗夜雨寒。
纸帐贪眠消渴减，镜台点额画眉难。楼头莫作山阳弄，惊落余香惹梦残。

江村春事

月上城东隅，村翁当路趋。儿童争击鼓，烧竹行相呼。
椎牛祀先农，再拜祈所需。去年粳稻熟，且幸足供输。
田家乐不浅，翻悔吾为儒。

柔条试新柳，垆头一斗酒。小妇下胡床，持盘荐春韭。
宿雨霁平原，万绿排枯朽。醉来开竹圃，纤月映窗牖。
白雪晚漠漠，无人问谷口。

卧病谢人事，穷愁百斛余。炙灯试春酌，翻然夜校书。
异时难论列，往迹亦丘墟。遭运有显晦，全生在卷舒。
贤哉张仲蔚，庭草不教锄。

东林茅屋近，幸得狎渔父。出门持丝网，前村月半吐。
吴歈发清商，荡桨下河渚。得鱼聊复醉，儿卧枕其股。
嗟彼行道人，营营尔何苦。

结交始龆龀，一身如转蓬。别离千万里，生死魂梦中。
尺书到东海，如得万户封。便欲傅两翅，入云随冥鸿。
耳目苟不接，安知志愿同。

值兹春雨后，种瓜盈半亩。清晨行灌溉，荄芽冒培塿。
一物荷生意，自知皇天厚。倚锄吟不辍，风清洗埃垢。
僮来命晚酌，踉跄卧溪口。

植桂北窗下，清影摇玉琴。微雨声自细，回风力不任。
尘外有余闲，契此廷赏心。今日且碍冠，他时好成林。
淮南无仙侣，千载谁知音。

访海棠已落

相如增渴疾，幽赏事多违。偶逐桃花浪，惊心燕子飞。
名园矜国色，昨夜委春晖。溅血西施泪，行云神女衣。
余红忆憔悴，新绿掩芳菲。迟暮销魂处，野烟成独归。

宿冯氏园林

乘月移归棹，荒园百亩苔。青青怜竹色，历历见花开。
药圃从人厮，泉声使我哀。殷勤问故主，垄上遍蒿莱。

石榻久生尘，藤梢落蕊新。农人传故事，二月赛花神。
梁燕喃喃语，如伤旧主人。

独鹤

独鹤归来夜正寒，空庭徙倚怨形单。当时不道人山好，今日何堪振羽难。
乍见客来聊起舞，似愁人去却回看。绿云红雨朝还暮，断送三春花柳残。

春半

卧病江村学避人，不知花事已经旬。梦中百过啼黄鸟，楼外双流长白苹。
著论潜夫甘自弃，思玄平子向谁陈。强因春色出门去，繁李夭桃慎莫嗔。

荒圃

腊尽忘栽竹，春深失看花。交柯惟密叶，隙岸接平沙。
倚树还开卷，肩锄学种瓜。无人堪笑语，携酒向田家。

海棠

轻寒时透薄罗裳，小立东风不耐凉。应是玉容春睡足，余红印枕尚含香。

雨后野步

积霖不可止，日夕闻愁声。好鸟避檐角，敛羽时自鸣。
行惜野花落，坐觉寒阴生。入林数归鸦，鸡栖亦喧争。
息机得玄悟，群动空营营。

小阁午睡

小阁俯江岸，松风五月寒。鹤归云不定，莺语日将阑。
永日幽期惬，秋花着意看。本无尘土梦，倾耳接鸣湍。

病起

懒性由来好僻居，近时消渴似相如。躭诗已抱杜陵癖，献赋依然杨子庐。
溪上闲逢枯树卧，墙东乞得老农书。丈夫不敢言憔悴，半亩瓜田学自锄。

苦雨欢

清晓启蓬门，浓云压江草。巢燕不出幕，人迹绝如扫。
骤涨拍隤岸，洪流漫浩浩。榆柳竟何托，鱼龙不自保。
负薪泥活活，东邻泣翁媪。乞米过桥西，里中贤父老。
落落村墟烟，荒荒獭行道。得食但闭户，不知日尚早。
平田为巨浸，喃喃怨滔潦。哀鸿不隔岁，使我心如捣。

长歌行

少年任侠游楚粤，迩复辞家事幽燕。穷荒万里曾托迹，身如胶辀势难旋。
半生牢落谁顾问，百岁流光恐易淹。群芳荣槁似转瞬，镜中应愁白发添。
少年近乃有妻子，形神翻为衣食使。畲田收得百斛稻，瓮中酿酒清且旨。
回头未见仓庾空，偶饷亲故及闾里。数日沃釜便不给，走觅刀布弃书史。
向来逸兴颇自坚，浩歌搔首聊问天。吾徒何为久困滞，却置钟鼎王公前。
使我昼行但匍匐，令我夜坐如针毡。逢人不敢开白眼，留客只患无青钱。
林中旧友偶相访，竹间笑坐溪石傍。床头一壶那可得，婵娟新月照衣上。
陈箧惟余敝裘在，东邻换酒敲白榜。当时不甚解物价，与人且复较铢两。
眼前犹未见秋霜，笑谓我友但举觞。纤绤嫌热玉山颓，长吁一声堪断肠。
闻昔子陵披羊皮，不知相如卖骗骊。江村鸡犬亦萧瑟，木寒云静天苍茫。
我家孟光不晓事，怨我落托弃生计。嵇康懒甚罢琴锻，日射西墙不肯起。
柴门昼掩儿童睡，榻间尘蒲乌皮几。世间荣禄皆纷纷，尔独何为若敝屣。
吁嗟乎！人生贵贱各有伦，因人热者徒苦辛。
回语闺中且莫嗔，庄周原宪自来贫。

湖心亭放生池观鱼歌

平波万顷漾空碧，池光溶溶耀白日。扁舟斜睨赤栏桥，明霞潋滟抛玉尺。

577

堤边青蒲大于剑，依蒲泼刺向人立。赤鳞掉尾喷琼珠，螺女持盘老鲛泣。
深蟠不厌泥沙污，岁久即成云雾窟。谓鱼慎勿乘风出，大泽蛟龙相遇恐辟易。
往来不敢撄其怒，强者称雄弱者食。渔人结网依沙渚，荡桨洪涛争出没。
竿头之饵甘如饴，中有铦锋入尔骨。卫生有术死亦得。

滥泥卡

忆昔来江东，我年始韶龀。云卧隔胜游，此心时殷殷。
十年万里外，生事如朝槿。三载归东隅，海徽迹颇近。
扁舟乘早潮，轻寒拥敝缊。孤琴当月落，朝霞蠲宿忿。
篷窗得斟酌，有客携佳酝。南行想金华，西顾怀赤堇。
原田多沃饶，爽垲绝尘坋。倘捐子平累，买山从此隐。

富春

乘潮不百里，遂之富春郭。沧江绕山市，白石何凿凿。
群峰转崔嵬，空翠入寥廓。沃土宜姜芋，平沙立鹳鹤。
秋花不辨名，宁论好与恶。临溪越女郎，颦眉不待学。
婆娑两老翁，应对亦落落。长揖问土风，但知有丘壑。
城头秋月明，城下江水清。因之七里濑，却忆严先生。
当时万乘主，咄咄呼子陵。故人不可屈，遂成千载名。

晓发鸬鹚门

晓发鸬鹚门，列星挂岩树。迴岗不辨色，仿佛子陵墓。
鹖旦鸣荒祠，惊鸦上孤戍。隔雾唤行舟，滩声如骤雨。
兀然见初旭，波光尚吞吐。须臾四山青，木杪见行路。
因得鸬鹚名，鸬鹚遂无数。得鱼不为福，翻令渔者捕。
与人作网罗，无乃世所恶。东皋鸣黄鹂，于物本无忤。
澄潭百丈清，多君惜毛羽。

宿乌石滩

白雾横山断，沧江带月流。怀归惟有梦，为客易悲秋。
露气惊寒雀，云光漾野鸥。峡深人不寐，击榜和箜篌。

桃花山

缥缈仙人宅，丹梯不可攀。晚云何历乱，秋涧自潺湲。
燕雀临风堕，藤萝蒲目斑。无因得真诀，坐惜此朱颜。

北虹桥

危桥背壑俯云松，对面青山一万重。是处奚囊堪问酒，到来倦足罢支筇。
岩花有鸟深知艳，溪碓无人亦自春。碉户枕鞍贪梦好，何缘惊起石林钟。

裕溪山行

十日看山犹未尽，篮舆一步一回头。峡深猿进征人泪，秋老莺如弃妇愁。
碧涧奔流寒似玉，浮槎逐浪急于舟。老僧岩下相逢语，笑我孤踪择木投。

卯山

金华东来山势高，危滩五百声嘈嘈。万石虎踞喷银涛，洄旋不得容双舠。
九月霜红烂锦袍，驿亭深扃鹿夜号。卯山明秀据神皋，昔时仙翁此游遨。
悬崖参差层构牢，长松俯干接猿猱。中有赤豹求其曹，锦驼珍禽集簨簴。
披襟对之绝烦嚣，摄衣再拜荐溪毛。岩幽却值千树桃，绿鬟玉女垂龙绦。
丹泉之粟瑶珉膏，任公持竿制巨鳌。上元弹彻云林璈，流波日下何滔滔。
平临城阙犹秋毫，笑指凡士等蛴螬。休惊云车建采旄，种药名山服食劳。

云和县

出谷得平野，沿溪一百家。道旁横杞棘，乱后失桑麻。
月黑闻街鼓，风鸣似塞笳。青山遮不断，归梦到天涯。

海徼无近地，千里逐宾鸿。过雨青莲黑，经霜乌桕红。

林中白日静，槛外碧流通。素爱溪山好，浑忘是路穷。

不寐
屋漏山光逼，溪喧虫语沉。灯分邻女绩，月倩旅人吟。
小睡嫌寒剧，深交有梦寻。只缘秋意苦，惊断捣衣砧。

云岩
松涛溪向午，步屐上苔阶。洞古寒阴积，山深气候乖。
有情怜物色，无句赋秋怀。逸兴群公剧，离愁强自排。

山葛行
野葛生于山阿。万木离立而反附短蓬，引蔓概不数尺。材不适用。人多弃之。久伤沦落。触景烦乱作《山葛行》。

山葛由来非凡质，幽蹊独秀寒潭色。三秋撷取供缔绩，机上玉纤当户织。
织成金铺耀白日，胡床竹几光如拭。天之生材各有处，乔松翠干亘千尺。
胡为延蔓逐断蓬，顿使华滋坐衰息。括苍山中叶落时，老农遭逢等萝薜。
敛艳黄芦不自由，委根宿草终何益。嗟君亦列廊庙器，筐篚固应矜什袭。
误向萑苻绝攀援，寂寥丘壑甘屏迹。君不见山间草木虽离披，因依绣石皆葳蕤。
有时剪拂能相及，杂陈缟纻生光辉。

兰溪
连山雨足暗斜阳，平野新收粳稻香。白面当垆年十五，手搓卢橘未全黄。

万松岭
芳桂蒲山香气侵，肩舆夜度万松林。掠沙雁阵连云没，近水钟声带雨沉。
灯火已残归野猎，征衣初敝听寒砧。城头画角风吹断，惊起栖乌入树深。

卷五 监车集

九日有辞家之感

登高怜暮景,溪口月纤纤。久畏风尘苦,新知霜气严。
断壶勤圃事,获稻罢农占。惜别易嫌醉,当杯不喜添。

宿垂虹亭

载酒红亭桔柚香,野烟秋水色苍凉。投芦宿雁眠沙嘴,落树寒鸦背夕阳。
万里一程踪迹近,半生几度别离忙。人间信有销魂地,不信销魂即故乡。

宝带桥

震泽界吴头,洪波落晚秋。犹疑铺巨浸,直欲荡神州。
宿草堆沙岸,危樯侧柁楼。奠鳌谁断足,驱石且安流。
饮水虹光彻,连山蜃气浮。怒涛因少杀,挂席复何忧。
白马翻高浪,苍龙挟去舟。提封联臂指,衣带控咽喉。
一线横天外,重关接上游。西南地势远,东北水痕收。
极浦层城迥,平林孤馆幽。人间弃砥柱,吾欲卧沧洲。

淮阴道中

黄云蒙浅草,一骑下寒空。晚树千重合,洪流万派通。
畏人狐入穴,归猎鸟惊风。昨夜还家梦,裁书寄北鸿。

行见月

行见月,江南客。一身非飘蓬,十载久行役。
长淮秋风桂子落,蓟门夜雪河冰坼。屈指清辉几圆缺,万感纷纷离思积。
举怀不能饮,仰望愁云深。拥衾不能寐,野外惊寒砧。
穿帘透幌光沉沉,起来搔首鸣素琴。

一弹复再鼓，繁霜彻尘襟。指间别鹤怨，波底老龙吟。
姮娥不识琴中意，辜负千年窃药心。

游峼山湖亭

我生本无涯，世路随泛梗。身如孤征鸿，空外逗寒影。
却辞太山麓，更淹三齐境。天霜摧落木，稍悟风日冷。
暂客居无定，倦游迹自屏。陆子山阴彦，一骑辱枉省。
相携向城阙，澄湖面西岭。孤亭木势宽，回顾失万井。
昔贤既已远，吾道非凤秉。忧时安税驾，汲古乏修绠。
残碑虽剥落，往事犹炳炳。情深迹可鉴，目寓心亦领。
人呼鸟声应，日晚林逾静。隔云觅归渡，新月已耿耿。
终吟少陵句，烦辞何敢骋。

趵突泉

造化周大运，百川有洄洑。孕灵忽喷薄，萦纡亘世轴。
侧闻济水源，东来发王屋。或溢为狂澜，或止为平陆。
断续倏异名，一气随往复。我来历城下，泉光炫人目。
三峰真玉立，撼泻珠千斛。林泉鉴澄澈，尘面疑新沐。
梨叶陨严霜，三秋令始肃。高阁寒逾峻，晚雨沾霡霂。
俯视奔湍驶，余声振万木。上有神仙踪，下有鱼龙伏。
所愧劳行役，踽踽怨穷独。流光掣飞电，寄生如信宿。
安能弃人事，挂瓢遂初服。

晓起

晓窗遥映西山雪，昨夜新知北地寒。检点敝裘劳补缀，徘徊旅路识艰难。
风扶横玉沉楼角，火断枯桑冻井干。壮志未应嫌脱粟，不缘高卧强加餐。

东邻翁

髡发蹉跎叹暮年，卖浆家在五陵前。北来公子无相识，日晚行吟大道边。

上巳

萧条旅食寄京华，长巷春深卖杏花。未有雄才惊艺苑，已拼沉醉是生涯。
月当良夜常为客，梦断寒砧不到家。小院钩帘河汉逼，片云低获玉绳斜。

病余抛卷向绳床，紫燕营巢有底忙。入手残杯贪鸭绿，碍冠新柳变鹅黄。
一双青怨随阳鸟，三五羁愁同舍郎。吴会故人音信绝，畏从来客问江乡。

夜雨

院外残香花事休，浓阴不散夜云流。寒窗几点萧萧雨，谙尽人间多少愁。

代题金陵餐胜楼

百尺楼成碍赤霄，回檐竹影乱红蕉。闲从黄卷评千古，卧看青山数六朝。
润色半分江上月，波澜欲动海门潮。西园公子南州客，风雅于今未寂寥。

对酒同既弟

万里飘蓬不住身，十年兄弟逐风尘。已嫌芳草伤心碧，何用繁花刺眼新。
失附青云成荡子，闲从紫陌趁游人。玉衔钿朵韶光好，未胜江南一树春。

病马

病马非凡骨，西来自大宛。临风思远道，背日下荒村。
骀驽行相笑，骁腾意尚存。凭谁乞偏秣，不复向横门。

芍药

卧病失花期，青春不相待。出门信步屧，忽惊榆火改。
街头卖红药，苦恨东风恶。向日已离披，辞根恐零落。
携归置玉壶，秀色蒲庭隅。朝光疑太逼，不复卷真珠。

曾无数日好，敛艳随芳草。翻羡柳绵飞，飘扬狭斜道。
残英莫漫悲，荣槁会有时。于今忍相弃，他日更相思。

南阳

邮签十日到南阳，渔市村村似越乡。归路人疑沧海近，望家山共白云长。
惊雷出峡寒原动，远浦回潮彻夜凉。尽道浸晨须放鹢，清风那得送栀榍。

篷窗竹影自摇摇，东海音书久寂寥。逆浪鱼虾声细细，偃风蒲苇夜萧萧。
还家旧约思菖叶，底事伤心在柳条。已是思归眠不得，更闻戍鼓彻中宵。

夜泊北固

一夜金风碧树生，更添枫叶乱江声。林间宿草烟光冷，岩下疏花露气清。
江外客槎浮瀚海，天边明月伴长庚。丽谯错道冯夷鼓，漏箭初传第二更。

虎丘

入山不必深，意静迹自远。上人邀我去，聊共登重巘。
新凉解炎毒，垂萝被长阪。清泉试沦茗，未羡青精饭。
飒然松风来，颓照委西堰。荒丘遗迹在，蔓草埋吴苑。
谁则使之然，波靡固难挽。世运有销歇，物情徒缱绻。
背郭沧波阔，大泽鱼龙混。长啸且归去，苍然秋林晚。

夜雨

茆斋闻夜雨，清响似哀弹。雅爱竹枝冷，差胜桐叶残。
排愁嫌酒浅，多病怯秋寒。坐惜闲花蕊，呼童整药阑。

溪行

今朝风日好，新雨一番凉。寒觉菰蒲飐，晴知桔柚香。
乐饥那易得，霖潦久相妨。偶共邻翁语，簪花笑我狂。

兴来寻酒伴，竹外叩柴关。通籍事多谬，穷愁身较闲。
花垂朝露重，鸟与暮云还。沉醉无过从，诗成手自删。

溪南竹数竿，清影自檀栾。葵槿终朝暗，芙蓉昨夜残。
露寒蜂翅冷，香晚蝶衣干。坐觉群芳歇，追游整鹖冠。

九日不见菊和大复韵

溪上荒林几夕凉，乍寒物色又重阳。燕归社后情何薄，虫语阶前梦正长。
黯黯阴云常作雨，泠泠修竹已经霜。佳时屡有寻芳约，触忤愁人花未黄。

秋晚杂兴

我爱秋光好，湖云冷似霜。出家新酒熟，粳稻蒲畦香。

鱼寒不跳波，莺老犹调舌。白鹭趁新晴，长空散云雪。

缺月射浮槎，筠笼唤蒋芽。晚归犹紫醉，去入卖浆家。

茅斋时卧病，微雨落新橙。渐觉过从懒，青苔处处生。

昨夜西风急，空堂幕燕归。邻姬呼阿姆，夜月捣寒衣。

秋阴覆草白，夜色上楼寒。旧日莎鸡泣，移来到井阑。

月华溪似练，露洗天如水。夜鹊稍难栖，飞鸣野烟里。

药栏半亩菊，晨朝犹未开。叩篱劳饷酒，知是为花来。

桑弓出林外，远渚落残星。忽觉惊弦响，因风坠鸽铃。

东家恶年少，葛屦太无聊。一掷千金尽，扬帆趁海潮。

落叶

庭柯振寒飙，陨叶盈前除。惨淡阴云色，三冬惊岁余。
南陆晷逾迅，北林寐无讹。抗怀念古人，古人亦已徂。
抚心追日月，日月亦居诸。人生世宙间，百年不须臾。
譬彼百尺条，方春自扶疏。严霜萎秀色，荒庭但枯株。
芜蔓既黄落，中材人所趋。造化齐万类，宁独栎与樗。
盛衰会有时，荣槁安能逾。敢以愚者言，永为达士模。

冬至后闻百舌

严冬寒气迸，犹作艳阳声。求友成孤翼，惊人在一鸣。
余音尚蹲噌，絮语太敧倾。眼底愁何限，忧时愁更生。

585

夜雪

宁散下庭树，雪鸟声转悲。律寒邹氏谷，絮散谢家池。
邻杵何曾断，严更未肯移。小童惊压竹，呓语惜残篱。

苦寒行

前林坠叶盈数尺，败干风摇如羃篥。雪粘鸱羽晚上屋，荒塚老狐曝残日。
健儿出野呼饥鹰，吻落冰花臂韛坼。驱犊小儿归整栏，指僵耳黑无人色。
草中潢污冻不裂，金乌沉光云脚赤。戍角罢吹篝火断，始觉道上少行迹。
床头倒瓮绿蚁干，生憎枕寒絮似铁。缲丝手涩灯昏昏，金刀无声机杼歇。
此时尚有征人度太行，马嘶欲喋须眉白。阴崖迭嶂排银墙，寒涧奔流截胫骨。
号饥乳虎常出穴，千岁猢狲归大窟。山城隐隐炊烟起，眼中斜见酒旗直。
举鞭遥指来时路，木杪悬丝透天阙。叩门一笑问主人，众寝已安炉火灭。
持刀屠羊唤桑落，拨炉不救毡裘湿。妖姬十五唱边声，云是当年古离别。
坐令听者酸心脾，仰视月落寒星没。人世百年瞬与息，一生辛苦何所得。
劝尔莫歌歌转哀，血泪已枯音亦绝。勿言行路无苦寒，我亦常为远行客。

谷日忆兄　是先兄诞辰

关山夭骨见无期，泪在遗编衣在笥。十载都逢豺虎乱，半生辜负春令诗。
沉魂楚塞连枝坼，覆土吴原宿草滋。江水东流空怅望，谁怜门户独离披。

辑稿

病去江邨绝往还，春来长是闭柴关。一杯妄想酒泉郡，百首愁吟饭颗山。
消渴文园书未上，悼亡潘令鬓初斑。牛衣未惜穷途泪，买得清斋尽日闲。

卷六　牛衣集

病中惊秋

不道开帘处，秋萤人夜堂。已流七月火，更断一年肠。
柳带牵云薄，花须隔雾香。盆鱼争出水，笼鸟倦调簧。
凉减今宵渴，愁添旧日狂。怀人凭尺素，哭友缺云章。
药尽题难却，灯残漏转长。候蛩吟薜壁，黠鼠上绳床。
败槲声初急，焦桐心自伤。坐来沉斗柄，梦去隔河梁。
抱瓮生涯拙，摊书痼疾强。交亲问憔悴，认取旧何郎。

雨霁

雨晴香径引相过，乍涨新泉颭绿荷。愁里诗肠多简弃，病中人事半消磨。
语来通籍升沉隔，泪尽知交死丧多。赢得频年憔悴影，坐看残月委金波。

秋雨

江云忽崩奔，凉飙起天末。零雨既总至，亩浍亦旁达。
戢羽鸡上时，啼饥犹聒聒。烦襟得沾洒，顾步觉轩豁。
持樽倚前楹，不复恋絺葛。转思寒色深，所谋在裋褐。
莱芜尘已蒲，生意难自拔。晚食不求甘，夙愿具粗粝。
病骥困槽枥，安能冀偏秣。朝华不可期，落英尚可掇。
世情终谬迷，天运苟回斡。揽衣中夜起，劳心恣忉怛。

白露

白露晨初降，高秋景物殊。横空迷斥鹦，密下湿雕胡。
巢燕嗔相逼，藤花倩尔扶。寻常沾洒处，俯首混泥涂。

丰草

丰草犹生意，朝光带露清。蔓藤扶架蒲，苔藓上阶平。

未得壶中隐，多惭谷口耕。凭君掩三径，江上谢逢迎。

白苎词

鸦飞出巢噪井桐，洞房昨夜悲秋风。蟾蜍光湿势欲堕，露华覆水陂塘空。

玉箫初寒声正涩，辘轳素绠何堪汲。社燕谋归正颉颃，幽魂独伴啼螀泣。

匣中白苎色如银，裁作君衣多苦辛。不道炎凉忽回换，终同纨扇委秋尘。

同人访桂秋水庵即事

苔井荒荒噪乱鸦，柴荆遥对夕阳斜。百重烟浪迷秋水，一路香风笑雨花。

雀啄平田争秕稻，雁归远浦宿蒹葭。旧谙白社招游地，来与山僧问鹿车。

自叹

君平弃世止一身，吾欲从之误他人。生来不读书生书，谁能不訾贫士贫。

眼中悠悠不称意，俛首向人长抑气。况复闭门遭疢疾，已分余生委憔悴。

白日东升忽西匿，寒者骛衣饥骛食。有心不能为世用，老死牖下安足惜。

丈夫措置会有宜，自恨摧残穷贱时。独持一杯对孤影，此生倘得少须臾。

有客过门向我笑，心知来者非同调。今日泥涂甘坎坷，语君莫便欺年少。

读曲歌

独宿亦有鸟，徘徊绕庭树。与君分暮愁，明旦君亦去。

落花莫落水，落水随水流。昔日河桥畔，明朝东海头。

东邻亦估客，前年别大堤。不知人归未，门外闻马嘶。

闻有外江船，试问远行客。去年曾相逢，今年不相值。

少女过十五，争上采莲舟。向人似有情，正视复佯羞。

高楼对酒家，相顾无私语。月转金钩斜，从欢自裁处。

寒鹊慎莫啼，月光才夜半。待欢常不来，送欢每缱绻。

籓间会有刺，语郎慎勿蹈。适来已匆匆，临去勿草草。

昔日同心人，忽觉心情改。妾心幸自保，君心何所爱。

赠欢双罗巾，上有鸳鸯纹。若留拭妾泪，是欢负妾恩。

病中对影

有神不守宅，形影空复存。谁将尊中酒，欲招楚客魂。
天地有郁结，云雷始成屯。吾生既犹是，安得置烦言。
福生亦何基，祸生亦何根。终随元化尽，乃验服食尊。
林卧长寂寂，霞举亦轩轩。造物运万汇，大道绝攀援。
有怀尚营营，凡士徒昏昏。

九日

灯青月白不成眠，纸帐秋深风悄然。今日黄花谁是主，此生绿蚁分无缘。
荒寒那觅茱萸佩，摇落空悲蒲柳年。好把尺书传吾友，谓言贫病久相煎。

又

木末芙蓉已着花，乱分寒色到人家。授衣未拟谋新絮，拨火空知煮旧茶。
万里弟兄都困顿，七龄儿女解咨嗟。此生屈指还无几，镜里星星鬓有华。

独坐

衾影非无惭，自顾惭者少。人来任将迎，事至绝机巧。
每与静气俱，乃知动中扰。厄然一身在，寄形等鱼鸟。
漆园养生处。幽踪竟谁绍。

茆堂

茆堂容膝只依然，眼底黄花忆隔年。江路晚云嘶病马，石池惊雨堕枯蝉。
王章未惜牛衣恶，毕卓从寻酒瓮眠。莫向高楼更凝望，断蓬衰柳锁寒烟。

蟋蟀

秋虫聒耳日纷纷，蟋蟀悲鸣最出群。马度阴陵迷玉帐，人辞金谷泣罗裙。
有情浪作沙中语，无梦愁为月下闻。林外晓风谁是伴，城乌啼断隔重云。

又

断桥衰柳幔亭荒，新雨才过趁夕凉。一片秋声沉夜漏，半规寒月照池塘。
生同蛙鼓甘黄壤，老愧蜗名人画堂。漫说草莱无骨鲠，眼前生死为君忙。

雁来

寒雁愁声蒲去津，岁寒情事黯相亲。幸非万里思归客，犹是三秋病肺人。
夜露濯残江上月，晓霜销尽陌头尘。年来无复云霄梦，甘与鸥盟卧海滨。

咏鼠

泥涂踪迹本无忧，仓粟聊共暮夜求。未肯刳肠思鹤驭，偏能惊梦乱鸡筹。
张公刀笔安辞死，李相功名实效尤。眼底任君营口腹，只应怜我敝貂裘。

午睡

枕上惊幽鸟，杯中见落花。小屏香不散，远浦日初斜。
病骨嫌残酒，支颐唤煮茶。年年新绿暗，梦到杳娘家。

春夜寒

茅斋无复故人来，门掩残红覆绿苔。掩卷牢愁思浊酒，拨炉心事付寒灰。
花光未减三冬雪，甲坼频惊二月雷。何事霜威尚相逼，敝裘缄箧更烦开。

寒食

舍烟消尽陇云残，雨打金樽酎酒寒。三月草长新冢没，好花留与路人看。

歌声

高楼本在宋家东，借得余情一振聋。横笛倚时才入破，飞尘起处不因风。
乍来花下人应醉，忽过松间韵未终。好与周郎销永漏，水沉香散莫匆匆。

雨声

桐叶初乾蕉叶稠,不宜人处是楼头。频来枕上催乡梦,更向窗间唤旧愁。
滴沥枯荷珠泪重,披靡衰草石泉流。铜壶铁马无多恨,助尔伤心入暮秋。

春半

溪上行吟日已西,望中秋绿草新齐。鱼天乍涨平湖浪,燕社重寻旧垒泥。
堤柳妨他嘶骑过,海棠消得乳莺啼。半春又是匆匆去,珍重韶光蒲纸题。

盆花

木性本条达,山翁乃多事。三春截附枝,屈作回蟠势。
蜿蜒蛟龙姿,扶疏岩壑意。小萼试嫣红,清阴播苍翠。
携出白云来,朱门特珍异。售之以兼金,闲庭巧位置。
叠石增磊砢,铺苔蔚鳞次。嘉招来上客,宴赏共嬉戏。
讵知荄干薄,未久倏憔悴。始信矫揉力,托根非其地。
供人耳目玩,终惭栋梁器。芸生各因依,长养视所寄。
赋质谅亦齐,岂乏干霄志。遭逢既错误,培覆从其类。
试看千寻松,直干无柔媚。

附

盆花①

木性本条达,山翁乃多事。三春截附枝,屈作回蟠势。
蜿蜒蛟龙形,扶疏岩壑意。小萼试嫣红,清阴逗苍翠。
携出白云来,朱门特珍异。售之以兼金,闲庭巧措置。
叠石增磊砢,铺苔蔚层次。杂莳松竹间,幽赏忍相弃。
新栽乍敷荣,倏忽更憔悴。始信矫揉力,托根非其地。
供人耳目玩,终惭栋梁器。芸生各因依,长养视所寄。

---

① 此诗录自《晚晴簃诗汇》,有按:"屈折求媚,岂栋梁之材乎?通幅比体,使人言外思之,主意在一结。"且与《丹山草》所录不一样。

赋质谅亦齐，岂乏干霄志。遭逢既错误，培覆从其类。
不见太行道，盐车服骐骥。健儿□上鹰，猛脑铄两翅。
达士矢此怀，尘外甘放废。萧散步兵尉，逍遥漆园吏。
凋枯与华秀，那免素丝泪。

春晚

病来花是伴，花落更无聊。已恐嫣香尽，还愁薄醉消。
扶篱芟剩笋，浇药长余苗。海鹤矜新羽，胡蜂逗细腰。
垄云连宿雾，帘雨接春潮。未免莱芜甑，难题司马桥。
多情甘寂寞，无计慰飘摇。赖有过从侣，芳辰数见招。

病后读书惟小园

地僻行踪少，苔钱蒲旧蹊。好花迎客至，野鸟背人啼。
新竹当檐长，疏桐入户低。嘉蔬烦小摘，芳草惬幽栖。
有梦忘蕉鹿，无言似木鸡。诗成了底事，赢得醉如泥。

雨

漏天如泪眼，春去不曾晴。饥燕巢中语，寒鸦枝上鸣。
已愁白石烂，更见黑云生。竹密声逾碎，松孤韵转清。
泞途烦蜡屐，冷舍获茶铛。豉吹蛙无为，网罗蛛自成。
伏阴波渐涨，内热酒频倾。萧散闲中得，幽忧气未平。
繁花自憔悴，因尔若为情。

夏晚

枕边香沁小梳寒，买得新冰称玉盘。露透纱厨花架冷，下阶自摘芷珠兰。

菜

床头置菜如醋瓮，下箸颇嫌酸且腐。老根坚强如踣铁，踞牙相磨亦太苦。
晚食当肉自古然，盘中了了月光吐。举杯已尽聊复眠，饭罢不劳更栎釜。

此生未合长寂寥,自笑乃与公等伍。君不见,西邻力田无丰岁,
强持畚钟伛而偻,和根烂煮充枵腹,小儿喧争呼阿姥。
又不见,东家豪贵罗钟鼎,珍错连连不可数。
措足误入寒士庐,檐庑相遭顾而唾。天道消长本无定,殷勤劝君勿见拒。
当时甲第与膏粱,年来历历委尘土。高明之家鬼瞰室,竖子语之若聋瞽。
呜呼,欲为眼前诸公疗俗肠,此物还应有小补。

杨白花

杨白花,东风恶,奈尔何。渡江不用楫,渺渺迷春波。
桃红斑斑李如雪,一隔春云永离别。飞光如驰不可追,日夕秋风陨残叶。
不知江上几多愁,暮闻吹角声啾啾。

溪南柳

永丰坊里曲江边,死别生离常黯然。争似溪南三五树,春来牵惹钓人船。

问卜

不分婴衰疾,幽忧卧石林。独将迟暮意,减尽少年心。
贫漫思荣禄,愁还得苦吟。君平帘未下,聊与问升沉。

兀坐

清斋惟兀坐,永日谢尘氛。鸟影阴阴见,渔歌面面闻。
曝龟勤望雨,驯鹤失摩云。池草怜生意,相看到夕曛。

卷七 下帷集

春半卧病口占

病去春将半,江花委暮云。寒犹依败絮,贫愿惜劳筋。
鹏赋怜生事,兰香隔旧熏。牢愁不可道,意绪日纷纷。

有僧投赠海棠诗盛称其香

旧识名花绝世姿，春风半面出琼枝。已知国色真难遇，漫说生香只自疑。
窃药姮娥宜子夜，沾衣韩寿恐经时。多缘不见西来种，赢得骚人肠断诗。

晴

竹阁净无暑，柴扉昼未开。都忘人语寂，翻厌鸟声来。
径藓成幽赏，山樗悟不材。息机如海客，鸥意尚相猜。

愁欢

愁欢无多日，人生仅百年。病添三径草，雨长一池莲。
蠹叶成蝌蚪，莺簧傲管弦。读书消鄙吝，不是爱陈编。

重午

莲叶池塘柳叶风，佳辰莫放酒杯空。榴花应傲红颜子，未必年年有底红。

不雨

轻雷不作雨，火云常在西。倚天如高岩，照耀难端倪。
下彻草树蕉，上碍颓阳低。鹪鹩纵无营，难为枳棘栖。
病热卧竹阁，阁下连町畦。颇闻老农愁，有田不可犁。
安得檄雨师，播惠彼穷黎。恩膏破土疆，耕垄灌涂泥。
劳劳终岁力，及此秧叶齐。谁能叩阊阖，瞻望常恓恓。

喜雨

暍人困愁坐，忽觉清风来。披襟延竹凉，心目为之开。
阴云覆茆屋，块独畏奔雷。雨龙乍奋怒，江波亦倒迴。
潜龟出荒井，鸣蛙上废台。农人庆沾涂，欢声恣喧豗。
江干非沃土，且得免草莱。吴歌侵晓闻，每将残梦催。
野蔬无佳味，芜菁杂云苔。聊遂鼓腹愿，长吟兴悠哉。

苦雨

江流忽瀑涨,猛雨尚连连。阴云镇凝晦,牛马埋野烟。
鄙人消酷热,水竹声涓涓。朝暮总昏昏,且得恣高眠。
插青犹未了,更愁霖潦偏。小人愿克腹,三时怨皇天。
父母怙骄儿,视儿性所便。儿意苟不惬,呼号忍叶捐。
彼望皇天慈,岂不如父焉。愚蒙昧真宰,元化洽自然。
多营逆大道,息机合幽玄。缅彼伐檀人,瘖歌世所贤。

题濯足图

大雅已颓废,逝川良悠悠。蕴真惬所适,心与孤云游。
澄目观物化,何用恣冥搜。辅汉讥四皓,逃尧笑许由。
嗟哉河上公,千载谁能俦。

遥夜

遥夜独不寐,灯昏月到床。萧疏木叶尽,点滴漏声长。
斗鼠穿窗纸,寒鸦上苑墙。枕边思好梦,无语恨悢悢。

庭前老松

气欲凌云骨似枯,寒涛落处剪寒芜。看君无复折腰意,不信秦王拜大夫。

雪意

海日忽成晕,江云亦不流。沙头迷戍火,浦外失行舟。
波峭鱼龙噤,烟寒鸟雀愁。已知高卧意,忍死傲王侯。

雪色

茫茫平野阔,何处辨遥天。云物已消尽,心胸还洞然。
都忘花历乱,虚拟月婵娟。剩有沧波好,悠悠欢逝川。

雪声

酒醒残梦破,碧瓦诉严威。浙浙红窗纸,萧萧白板扉。
邻舂喧夜漏,急杵着寒衣。玉碎惊湘竹,东林念尔稀。

励志

青春召阳和,朝曦上檐楹。旷望澄远目,思虑有余清。
好鸟声关关,相求如友生。流光易奄忽,物理信亏盈。
而我独何为,濩落徒营营。迈德岂无侣,放情敢自宁。
检身规前哲,举足恐祸婴。朝华尚夙陨,况乃夕秀倾。
誓将追迅晷,心与孤鸿征。士行亦有言,寸心甘服膺。

墙角

墙角桃花点点红,翻翻蝴蝶恋墙东。怜他占得倾城艳,输与南楼一夜风。

惜花

娟娟花萼小楼东,逸兴年年托故丛。雪后芳晨辜胜赏,酒边清泪泣残红。
已拚结子休嫌落,自不禁寒莫怨风。沉醉却忘愁有路,夜阑还憎月朦胧。

春晚

春烟上丛树,花意遂黯淡。渐见暝云飞,归鸟声犹缓。
昏钟出空外,催我柔肠断。东风自恼人,不为韶光晚。

春泛

不学南山豹,还随东海鸥。世情惭拙薄,野兴任彝犹。
妙舞空花落,寒声急雨愁。春江好颜色,终作断肠流。

落花

江上残花乱夕曛,飞来点点破苔纹。欲辞小院三珠树,却作阳台一段云。
蜡屐印泥香不散,罗裙窣地色平分。逢人莫道天台好,刘阮当时有泪痕。

晚步
东来江水去悠悠，身在南塘忆旧游。一树好花初落后，更无愁处不胜愁。

历历
历历时序改，残春行复夏。庭绿暗云幕，蔓藤始蒲架。
晴霞出远树，堕我层楼下。屏居爱永昼，好梦辞长夜。
劳生復几何，盛年亦已谢。念彼泉下人，永随尘壤化。
蓬庐偶相悭，此焉方息驾。良辰不努力，少壮宁久假。

霉雨
林木长修柯，方塘足芰荷。醉眠思滑簟，幽梦人烟萝。
苔蒲霉风熟，花残夜雨多。眼中无唳鹤，鸦鹊任搏摩。

秋来
秋来三十日，醉眼不曾醒。乱帙堆常蒲，风扉夜不扃。
沉沦海底石，零落水中萍。拟向商山去，松根好茯苓。

弄珠楼
胜日无诗不浪游，看云人到弄珠楼。数峯岚翠浮天外，一幅蒲帆落海头。
斜浸城壕波浩荡，高眠栏槛梦清幽。何人染得秋山色，万叶霜红卷地愁。

秋夜
薄醉不成眠，秋灯正悄然。堕楼孤月回，绕阁数星悬。
新露溥花架，飞云压树巅。哀蝉更清绝，嘶彻晓凉天。

赋得洲白芦花吐
秋江日下正潺潺，爽气西来好破颜。趁月却迷燕雁过，委波长伴海鸥闲。
夜霜冷逼红莲渚，晴雪光分黄叶山。野老扁舟频怅望，棹云应待鹤俱还。

秋柳

金堤立马忆残春,芳意销为陌上尘。张绪可怜霜鬓改,风流输与眼中人。

曾延胜赏卓金车,卷絮牵丝乱乳鸦。今日渡头频怅望,一枝寒绿卧枯槎。

惊飙初起月黄昏,赢得玄蝉诉断魂。商妇琵琶催白发,有人弹泪向秋原。

青门寂寞对离筵,日下寒潮万树烟。消得几番迟暮意,蹉跎人又一年年。

石瘦波寒独树横,槎枒始见月空明。晚芳不及陶家菊,翻道先生浪得名。

野外行

枯杨已脱叶,江上惊早寒。出门霜气重,晓烟增郁盘。

落实渐蒲野,始知秋景阑。乍喜秔稻熟,复恐衣裳单。

劳生愿息驾,所悲骨髓干。逝者不可追,来日诚大难。

蹈机罹密网,目击徒心酸。掉尾鱼避饵,侧身鸟避丸。

俯仰苟不容,矧矜宇宙宽。将随白云去,却上青冥端。

落叶

滚滚遂不歇,荒园一径深。挂枝余缺月,堆砌积寒阴。

剩翠邀青眼,凋黄逐素襟。夜来惊好梦,岂独怨清砧。

风日正凄然,闲齐独昼眠。旧愁添白发,冷韵入朱弦。

野烧嗔相逼,溪红去可怜。不材山木幸,摇落任年年。

九日

叶叶秋红树树残,谁言佳节易追欢。十年风雨凄凉尽,百尺楼台跨踱难。

发似绿杨丝渐短,心如白鹤夜初寒。当杯自是排愁处,又道霜前腊瓮干。

病桔用少陵韵

穷秋寒气至,百草委华滋。病桔旧憔悴,孤根稍难支。

寒飙撼叶尽,蠹实犹垒垒。主人珍重意,物色徒尔为。

终持归爨下,不材固共宜。绕篱散黄菊,沿阶倚露葵。

岂无繁霜虑，华实尚纷披。芸生苟有托，同荷皇天慈。
槁者亦何辜，荣者亦何私。苍茫尘壤中，谁免泣路岐。
心知形骸累，愿留萧艾姿。方长念摧残，遑为迟暮悲。

汪洞庵西老银杏

江村新霁四望空，遥天略辨烟朦胧。恍如薄雾获岩脚，霞外一点青螺峰。
绿水红桥闲信步，草间仿佛僧归路。尘襟沾洒衣露香，麦陇离离好场圃。
场下萧萧十亩竹，中有闲房枕溪曲。墙西老树更突兀，百尺清阴压茅屋。
老僧无事尝闭关，上有鹳鹤相往还。仰视交柯气溟洞，恨无巢父巢其间。
叩门问僧僧茫然，山房残碣至正年。屈指桑田几回换，此树犹居缔构前。
造化底应有神物，猛雨恶风摧不得。及今已属五百年，更五百年一瞬息。
山房几见老僧死，老僧又见百年事。大都人寿比山木，山木之寿何所至。
三春无花人不省，冒雪凝霜抱真性。未抵松柏孤直姿，亦许肮脏比贞劲。
老僧煮茗佐此游，村酤野蔌聊相酬。吾思树下一夕卧，恍惚可到扶桑洲。
老树托根吾邑里，十年不见吾之耻。老僧莫笑醉中吟，少陵古柏有深意。

梅湖旧居

湖外烟光覆白苹，颓垣老树绕荆榛。桑榆多愧承先业，枣栗从教饷野人。
草际黄蛇蟠石罅，松间苍鼠动梁尘。暂投荒圃翻疑客，亭午鸡声借比邻。

一院秋阴覆绿苔，风扉不掩若为开。青松已老年年在，白鸟多情夜夜来。
五世销沉君子泽，数厘零落路人哀。凄凉堂构凭谁是，滴泪寒芜心未灰。

秋半

蝉声出远林，夜色蒲庭荫。薄醉溪边月，新愁院外砧。
云松巢白鹤，珠树宿青禽。不是悲秋客，宁知秋思深。

卷八　蹑屐集

扬州

三日辞家六百里，布帆相送渡江来。天中塔畔秋云合，杨子桥头骇浪回。
照水萤光穿宿莽，上弦蟾影挂枯槐。迷楼旧事谁堪问，堤柳临风扫劫灰。

晓渡江至瓜步

孤篷犯晨露，月白众山晓。万顷荡寒光，天阔江城小。
溟海徒昏昏，明星犹了了。两峰出水面，突兀复缥缈。
禅磬沉雾中，浮图逗云表。渐觉子潮落，岩脚波声悄。
冷翠湿尘襟，初阳照林杪。蒲帆风侧注，截流如飞鸟。
只恐蛟龙惊，洪涛正浩漾。孤生多恻怆，逝川长淼淼。
朗吟悲秋句，芳洲满红蓼。

宿迁县是项王故里

全师百万压荥阳，衣锦何由恋故乡。湘水不教沉义帝，新城那得说高皇。
中分已卖鸿沟约，半壁羞称西楚王。千载乌江留涕泪，虞兮一曲断人肠。

舟夜

月中银浪净无尘，断梗浮沤寄此身。聒耳征鸿听不了，邻舟又有苦吟人。

九日客彭城洪福寺

渡江几日见秋风，又是黄花拔短丛。消得人间闲岁月，半酣高卧梵王宫。

食鱼

越乡归计定何如，白草霜寒十月初。好水好山都拼得，未能拼得吕梁鱼。

黄楼

坡公莅州时，河水大决。筑楼于北城之上。涂以赭。厌水祥云。

浑河失故道，簸荡盖自古。千里翻澜来，孤城兀相拒。
山豁巩洛门，势增濠梁怒。人传熙宁年，坡公莅兹土。
洪流忽泛滥，嗟彼商羊舞。蔀屋凡几家，所在倾百堵。
壅遏劳版筑，官胥日旁午。乃度高城北，下俯河之浒。
鸠工拘层楼，巀嶭碍天宇。污墁悉以赭，厌胜义有取。
我来拜公像，遗迹犹可睹。独愿公之灵，长为是州主。
三春风雨恶，蛟龙敛其部。盛德百世祀，何如射潮弩。

彭祖井

行行彭城北，访古名贤踪。依稀篯公宅，乃在城阙中。
颓垣覆碧藓，遗像俨神宫。深井干已断，灵泉何溶溶。
暗尘满座隅，斜日淡朦胧。鼠窜瓦上草，乌啄阶下虫。
车马如沸鼎，昼夜声隆隆。逝者既碌碌，来者亦梦梦。
何不一驻足，仰此仁寿风。几朝柱下史，千载河上公。
哲人亦云远，典刑何所宗。蹇步望逸骥，短丝弋高鸿。
视息肯相恋，朱颜如花红。苍凉古坛柏，寄慨良无穷。
长吟心中事，搔首问空濛。

挂剑台

延陵吴介弟，秉礼称良臣。历聘何雍容，车徒耀四邻。
徐君敬爱客，款洽意已申。剑佩诚光辉，心知属顾频。
所念无外交，私觊难遽陈。前驱驾言迈，别路感萧晨。
日月亦云逝，行行返故津。生死忽已隔，谁复能相亲。
荒冢乃宿草，松楸堪析薪。再拜脱剑去，涕泪洒征轮。
寸心会有托，一物宁足珍。千载慕遗躅，意气超等伦。
肝肠苟不惬，白首犹如新。不见浊世士，碌碌徒风尘。
论交若在久，倾盖是何人。

苏女墓

苏公昔丧女，窆穴临堂背。封植亦已非，半草犹菱苃。
孤亭妥灵爽，泛扫绝芜秽。高城顾公祠，体势兀相对。
神魂自依倚，风雨几明晦。此日念流芳，当时悲玉碎。
谁知不朽名，千古存遗爱。来司是州土，及今凡几辈。
独崇枢轴地，遭逢圣明代。销沉身世后，往迹竟何在。
巍然幼女墓，春秋荐荇菜。朝云绕晴树，遥山想眉黛。
铁马斗重檐，因风忆环佩。婵娟峨眉月，中天无隔阂。
坏土系人思，埋骨亦何悔。

寒

短发飕飕恋夕阳，半椽茅屋漏寒光。围炉拨得星星火，敝褐禁他点点霜。
荒冢老狸眠宿草，站崖高隼落枯杨。八行已误青笺约，独拥浓愁梦故乡。

河上晚渡

天阔水虚照，山空烧独明。扣舷迎浪稳，吹笛入云清。
地险诚雄峙，时危几变更。江河难洗恨，留作逝波声。

白日梁上没，秋河生夜烟。草荒归牧马，风紧堕高鸢。
漂转无长策，饥驱况早年。苍茫羁客意，心折暮山前。

歌风台

五载驱除帝业成，相逢父老庆休兵。风回戏马台前树，歌续阴陵帐下声。
竟使重瞳甘授首，可能隆准遂长生。当年原庙儿童舞，野草荒荒对古城。

白洋河阻风①

大河流日夜，噫气北风号。雾影霾渔市，寒威缩马毛。
云容千里暗，酒价一时高。欲作牛衣卧，终宵闻怒涛。

---

① 此诗录入《晚晴簃诗汇》，有按："刻写风寒，不留余力。"

杨子桥

空岸萧条乱叶鸣，霜钟初彻暮潮平。寒云雁过金山寺，夜雨人归铁瓮城。
歌板唤回尘土梦，晓风吹断竹枝声。车轮马迹年年见，几度催人白发生。

大风渡江

买得轻舟一叶同，半肩行笈向江东。报晴鼍鼓喧朝日，驾浪灵旗拥恶风。
漂泊孤踪今尚尔，招邀逆旅几相逢。乘流翻羡渔家子，白酒黄粱寒雾中。

丹阳道中

当年半壁称京辅，今日孤城峙海隅。沃野桑麻吴井甸，高原陵阙晋规模。
万家砧杵连门巷，千里车轮转辘轳。地险悠悠空注目，不堪潘鬓复江湖。

海烈妇祠

雕甍碧甃枕江边，鹃血啼魂三十年。表墓共寻青薜碣，何人不系绿杨船。
贞松岂得辞寒沍，宝玉安能计瓦全。留取千秋遗恨在，野花和露泣婵娟。

金刀落处念摧残，想见飞霜六月寒。亘古几人扶大义，中流一柱障狂澜。
五原从此羞青冢，三尺何须揆黑丸。莫向孤舟重洒泪，平沙鬼哭夜漫漫。

题画

芒鞋筇杖碧山翁，门径桃花万树红。须信人间无福地，逃名合向画图中。

人日

多病占人日，晴光倍可怜。开帘喧鸟雀，照水散云烟。
僻径过从少，幽居眺望偏。夕阳无个事，薄醉抱琴眠。

赋得月净鸳鸯水

缺月上青冥，池塘送夕曛。暗香吹不去，寒浪细生纹。
合有孤飞恨，先愁破镜分。狂蜂与野蝶，空自梦朝云。

春日

簿春懒嫚趁芳辰,满路香泥踏作尘。杏叶菁葱开雀舌,桃花零落散鱼鳞。
柳腰称得罗衣窄,蝉鬓拢来朗象新。不是十郎儇薄甚,自教鹦鹉解迎人。

春夜

向壁灯昏短焰青,平阶夜雨正泠泠。冷红好梦兰香径,浓绿初愁柳恽汀。
未许悲歌成楚些,更求佳句祝湘灵。枕边煮却春冰熟,买得三更醉眼醒。

春风上高楼

春风上高楼,下视浮云闲。门庭散罗绮,桃李何斑斑。
幽人正岑寂,偃卧扃松关。韶光迅驹驰,常恐来日悭。
肯将迟暮意,闲闲十亩间。邻姬倚短墙,折花相追攀。
血泪悲未嫁,翠袖增朱殷。伯劳既东飞,乳燕亦西还。
临风各惆怅,日夕凋红颜。

新绿

宿雨催成柳万条,颠狂合困舞儿腰。菖蒲叶短难胜恨,亦有春风为动摇。

放言

春风向荣态,眼底不胜数。同沾天上露,同栽地上土。
荠芹自甘滑,蓼荼偏辛苦。

引得山上泉,灌彼岩下田。朝朝枕石卧,日日祝丰年。
君不见,吴侬庌水野塘边。

牸犊蹄似铁,日日挽犁耕。画眉舌如簧,聒聒檐间鸣。
牛食场上刍,鸟啄田中禾。

采茶三月暮,采桑四月初。好树不惜叶,好叶满苦株。
不材合作薪,且得过三春。

高堂列钟鼎，啜羹乃得珠。脍炙既满口，狼籍犹满厨。
不将沟中粒，分减与饿夫。

贫女颜如花，得入豪贵家。寸心别有讬，白玉生疵瑕。
东邻嫁丑女，力穑庆桑麻。

小庭樱桃正熟值余有江东之行

蒲树珊瑚映夕阳，百花惭愧占年芳。养成药鼎丹砂色，滴破云岩荔子浆。
荐后不辞人共摘，熟来输与鸟先尝。风尘总乏幽栖分，不独朱明忆绿房。

冰

乍入瑶池路，游仙笑我侪。皇天巧雕琢，厚土聚阴霾。
丽物浑相肖，如山不易排。银花萦老树，珠颗缀枯荄。
重叠琼为馆，平铺月印阶。庭支白石柱，溜滴水晶钗。
历历光俱艳，泠泠韵正佳。冻梅寒愈冱，雨木气全乖。
鱼上迎春浪，蝇愁避暑斋。洁清谁愿饮，冷峭孰堪怀。
荐寝思餐玉，粘车想曳柴。冲澌竟残腊，夜夜梦长淮。

和韩致尧吴子华无题倡和诗

幽阁帘栊晓，兰缸暗惹尘。乌啼方彻夜，鸡唱始司晨。
约翠眉峰浅，娇红脸晕新。妒花愁比艳，梦雨却疑真。
强起浑无力，凝妆半是颦。晴霞初映鬓，旭日正扶轮。
香气笼云叶，平波皱玉鳞。一生闲白昼，百种怨青春。
赐枕新辞洛，回文尚滞秦。门开通德里，游遍小平津。
佩解临江恨，书成照乘珍。鸦黄宜约略，螺黛巧停匀。
月下思归客，水边称丽人。东家如有慕，宋玉愿为邻。

悄檐人徙倚，罗袜细生尘。静夜虚传漏，凌寒独向晨。
梨云香径冷，桂影月痕新。荐枕无神女，凭栏有太真。
波横聊顾步，眉好不成颦。琪树敷三秀，菱花掩半轮。

簪头金凤翅，钗股赤龙鳞。心弱犹容恨，愁多可奈春。
梅开传庾岭，草绿忆咸秦。地自矜丹穴，园应近玉津。
骊珠原有种，鱼目漫夸珍。重锦层霞烂，轻罗叠雪匀。
清歌初入破，娇态百宜人。莫更攀桃李，东墙亦有邻。
临镜娇红浅，清光不染尘。暗游怜杜牧，重访误刘晨。
罗带拢来窄，花枝摘得新。车中逢小小，画里唤真真。
香为生方艳，愁添别后颦。朝慵垂绣帐，薄醉倚藤轮。
筝柱调银甲，纱厨鲙紫鳞。婵娟百种态，偎倚满怀春。
长袖宁须楚，绕梁岂待秦。女床栖旧侣，星汉问迷津。
怯尽楼前舞，轻夸掌上珍。柳丝檐雨暗，桃竹簟光匀。
芳草思公子，迎风疑故人。寸心曾有托，越艳在西邻。

倒押原韵

漫说罗敷媚，明眸耀四邻。浮槎迷海客，织素炫鲛人。
芬郁兰膏腻，芳华蕙亩匀。猩猩开瑞锦，瑟瑟缀奇珍。
门掩章台路，家临浣女津。钗文镂故汉，书篆仿先秦。
柳拂眉间翠，花娇镜里春。恨无青鸟信，敲损玉鱼鳞。
低唤羞回烛，沉魂逐去轮。迷藏宣索笑，妩媚在微颦。
呖呖声难学，姗姗影似真。停梭吟处悄，度曲谱来新。
会少月难望，离多星散晨。薄情方燕尔，且莫盼征尘。

卷九 越山集

临平山寺

浮蓝凝黛郁青螺，颠倒烟峦照白波。松下涛澜喧雾霭，竹间竽籁近清和。
泉喷龙沫灵湫暗，草界羊肠岐路多。卓午钟声知出定，闲情无奈俗尘何。

出门

惘惘出门行，由来寡西笑。扁舟轻于叶，瞥若寒江鹚。
去住信孤帆，篷窗风料峭。颓阳蚤下来，西林委余照。
杪春月正黑，前溪何窈窕。投足竟茫茫，寄生如萝茑。
浓阴生肌粟，飕飕嘻众窍。方寸抱幽忧，周饥不可疗。
红楼醉丝管。仰面看年少。

闻家堰

晓雾众山昏，孤舟出石门。攀援辞仄径，樵牧散荒村。
鲑菜成新市，莺花遍广原。薄寒号麋鹿，旭日放鸡豚。
草际藏云窟，松根界瀑痕。江流清可鉴，山势走如奔。
茅舍疏疏树，蓬门短短藩。长来南涧竹，植得北堂萱。
芋栗皆园圃，桑麻贻子孙。自然招隐地，何必羡桃源。

重过富阳县

昔我来富阳，空江值早秋。霜红万木叶，石瘦波乱流。
山容如新沐，环绕城南楼。向晚延余凉，家家上帘钩。
坐月听龙吟，把剑睨灵湫。霜威不可敌，侧足重凝眸。
归卧短篷下，烟岩云气稠。梦入沉寥天，层台清且幽。
拍肩正长啸，适与洪崖游。惊人非在远，浦外起沙鸥。
惘惘意不惬，别路叹阻修。心魂一为爽，寤寐时相求。
踪迹难预期，肯忘东海头。今我来富阳，春江白浪浮。
绝壁疑绣屏，香红逞娇柔。落花不落水，点点随行舟。
此时三月暮，农人事西畴。野田播谷鸟，交交杂鸣鸠。
兰蕙既满谷，杜若亦满洲。浣女十三余，生来未解愁。
翠袖不胜春，相顾似含羞。蔷薇络高架，开窗对银篝。
隔树唤子规，带血露未收。到晓更哀怨，聒耳无时休。
如入天台路，凄惋不自由。因思刘阮辈，合有怀乡忧。
荒鸡鸣雾中，击楫还溯游。回首但乱峰，森矗如攒矛。

望极转惆怅，苦吟拥敝裘。小市有春酿，糟床试新篘。
沽得一千钱，放歌且夷犹。举杯向山灵，愿言乞一丘。
藏名友麋鹿，豪富等蚍蜉。山灵倘相许，斗酒日相酬。

入七里濑至冷水亭宿。大雨竟夕，晓行有作

空山一夜雨，幽泉晓泠泠。冷翠绕尘裾，双鬓沾星星。
娇花隔烟笑，秾艳插画屏。挂席去摇曳，兀然见孤亭。
凿石为栋梁，剥蚀苔藓青。悬瀑踞上头，其势若建瓴。
我思一憩卧，渴饮漱前汀。邮籤迫计日，征棹不得停。
览胜缺淹滞，忽忽更扬舲。

出濑

出濑江势宽，山豁见广野。巨灵劈群峰，辟土列桑柘。
怪石皆蹲踞，碁置如万马。峻流不受楫，喷浪足沾洒。
褰裳涉浅沙，复在重岩下。古树故多花，馨香动盈把。
欲持寄所思，幽怀向谁写。

严州

雨余凝望气氤氲，高岭重城总不分。严子羊裘存旧迹，方于兔缺载遗文。
浦沙胜雪溶银浪，石发如丝缭绿云。胜概芳名尽千古，夕阳春草拜孤坟。

由石壁山下步出大洋滩

落日剩半规，湿云沾我裳。携筇更呼侣，缓步登前冈。
石壁刓削成，千仞色苍苍。湍激奔怒雷，垒筑为危梁。
舟疾弦上矢，帆若云幕张。游鱼自浮跃，鹳雀相回翔。
疑此非人境，而复有蚕桑。扪萝绿鸟道，侧顾见大洋。
万缘尚囊括，虚峡藏堂皇。白涛如叠雪，隐隐颓洞光。
积砾无居人，大野偏荒荒。沙崩露树根，吟坐恣徜徉。
可惜百斛泉，喷薄无堤防。不得诛黄茅，引流直到床。
怅怅走穷岸，清赏萦回肠。

麻车埠

江东景物殊，别业尽通衢。下俯鲛宫险，高悬鸟道纡。
疏花穿凤子，密藻衬凫雏。莫向采桑陌，罗敷自有夫。

焦石

四山皆浓绿掩映。独北山石色如赭。故名。

曾被秦皇赭，嶕峣叠百层。凝霞逞姿态，醉眼豁曹腾。
黄石书谁受，赤城赋未能。恨无图画手，写取满吴绫。

乾溪

霞彩虹光触处迷，危樯几折上乾溪。老松不死千寻直，好鸟无名百种啼。
莎草平铺眠白鹳，云庄黯淡试红梨。眼中好景移时换，已弃闲吟满赫蹄。

戚戚

戚戚走江乡，辞春日正长。眼轻千里道，心愧一钱囊。
沙想淘金濑，星窥埋剑光。浮生付残梦，稳卧向沧浪。

兰溪县望金华诸峰不得一登

神仙之踪不可求，群峰苍翠如云浮。烟景迎人只咫尺，溪山无语空凝眸。
愧吾鼠伏愁孤舟，未得芒屦到上头。下视营营等蝇蚋，听来满耳斗殷牛。
岩中应有异人居，再拜愿登十二楼。试问洞天产何药，排岚蒙雾恣冥搜。
寸田尺宅何所治，赤神之子常优游。乘虚御风何所凭，往来万里得自由。
橐苍何须假外物，采铅餐玉苦不休。功成何不归天阙，却爱人间泉石幽。
年光一瞬随东流，此生安得当夷犹。红颜如花若可留，挥手我亦从兹游。

兰江诸滩

行人却背金华渡，滩势南来日渐高。老树欹斜横赤岸，飞流直下溅银涛。
喧阗上濑经千折，清浅迎船只半篙。见说武夷诸胜在，更从天外问神皋。

雨霁自龙游县南上至盈川，夹江皆山馆罗列

江行雨后静无尘，面面山光照眼新。鸂鶒困眠沙嘴暖，鹈鹕巧唤洞中春。
谢家吟入临池絮，陶令诗成漉酒巾。许我重来须卜宅，杜门长作一闲人。

渔父

一生踪迹任沉沦，底有江湖流浪身。漫道人间重经纬，溪头闲杀是丝纶。

宿安仁团　大雨破篷，彻夜淋漓

晴觉扁舟好，雨来悲漏天。拥衾寒似铁，瞪目夜如年。
身有孤生感，愁为百虑牵。此时思小阁，稳卧听新泉。

衢州寓楼雨后作

急雨过窗西，炊烟起林末。危楼人悄悄，独坐愁拥褐。
檐溜何琤琤，沟浍遂旁达。积水俄满野，稍知江势阔。
浓阴送轻寒，拨炉火犹活。旷望穷幽遐，俾我沉忧豁。
遥峰凝翠黛，化工巧涂抹。长啸发逸响，行云似可遏。
平生泉石癖，勤思正如渴。未觅买山钱，劳心终怛怛。

不寐

枕手背残焰，霏霏落烬销。苦心垂眼角，无计斩愁苗。
鬓发几茎白，柔肠一寸焦。才闻街鼓歇，细雨打红蕉。

午睡

夜睡不可得，翻成午睡浓。和衣虽潦倒，欹枕觉春容。
残日穿颓壁，晴霞倚乱峰。拂窗垂柳暗，心折是王恭。

物候

小园础润长莓苔，物候参差逼夏来。渐觉榴花迎火色，却从靡草见阴衰。
溪溶暖浪晴堪浴，山抹微云昼不开。最忆绿窗人絮语，吴盐糁雪试青梅。

阴晦

江馆浓阴峡雨来,陂塘四月试轻雷。霉风着树蒸成菌,檐溜冲泥渍作洺。
豹隐不须贪宿雾,蛙鸣直欲上层台。山翁此日浑无事,检点银缸更泼酷。

橘林

橘林浓绿正扶苏,想见霜红万颗珠。傲却封君千石禄,未须轻薄李家奴。

茶园

衢之山皆产茶而不解摘焙之法,但以铁甑炒熟碾碎,致香气尽失。
茗芽短短遍春畦,卢陆当年失品题。不遣山僧调火候,枉教村媪碾成泥。

旅况

柳丝沉沉扬天碧,江馆映波帘幕白。峡间时有奇云生,欲雨不雨常辉赫。
相看镇日成危坐,云树无声两默默。山光照我苦清赢,终岁劳劳赋行役。
饥驱出门不自料,大抵孤踪皆局蹐。头垢足胝少光泽,昼夜嚼肤王猛虱。
褐衣聊复觅逢迎,安邑猪肝慰朝夕。眼中迅晷愁驹隙,忍使年华暗抛掷。
东城日出乌乱啼,奔走营营更何适。

放溜

放溜下危湍,孤舟四月寒。谁知击汰者,仍作振衣看。
江转波潆汇,山回气郁盘。我心思止水,眼底尽狂澜。

晓

已觉凉宵尽,不眠频揽衣。墙乌惊月落,穴鼠怯霜威。
瘦骨虽支枕,凌寒独启扉。冲帘浑未觉,社燕引雏啼。

坠露滴瞀井,干桐碎我心。沸茶翻白浪,垂桔绽黄金。
未免干微禄,何当抛寸阴。空愁潘鬓改,洒泪与寒砧。

渡口晚望

秋望转萧骚，霾云出埃高。杜门忘节序，落实满林皋。
群动方游衍，孤生正郁陶。东家老嫠妇，傍夜亦哀号。

高氏荒园

杳杳江水阔，荒林鸦路岐。堕云似归鹤，落叶影参差。
跬步不觉远，独行安所之。藤萝蔓坏墙，欹侧何太危。
岂知缠绵意，别自相因依。车门亦已败，青草长离离。
眼中樵牧儿，行歌者为谁。似吊泉下人，一去无还期。
颓阳委西原，我亦归东篱。感叹永今夕，不知更漏移。

西邻索酤值

平生磊块多，不是耽沉湎。既乏种秫田，清樽日以浅。
初冬始薄寒，夜卧常辗转。向晓走市门，青钱用相选。
一壶慰馋渴，未胜家厨酽。西邻幸许我，香醪颇能办。
三时放饮处，特地资排遣。朝来征价值，有约未得践。
敝裘供御寒，春衣犹可典。持还更相贳，聊复苏残喘。
褊则尠于欢，徒劳自黾勉。

村夜

穷秋飒飒响枯桐，黄叶村边半亩宫。多病经时辞好月，不眠午夜听高风。
茆庵梵呗钟初动，绣阁歌喉曲未终。同在荒寒烟雾里，个中底事各匆匆。

菊影

灯下洗尘目，傍墙菊数枝。翩翩各有态，清影何离离。
掩映本无艳，林立互蔽亏。既如摩诘画，复载渊明诗。
匏尊命小酌，匕箸增幽姿。伊昔走湘岸，澄波漫演迤。
重岩敷奇卉，摇曳覆江澹。偶值回澜静，花与影相窥。
更兰草堂榭，隐几梦见之。因君写幽怀，商歌托楚辞。

九月十五夜坐月

本无最高楼,月色常在下。平林恍白昼,秋濑集虚瓦。
多病却寒早,衣露畏沾洒。独爱窗牖间,清影相陶写。
走移青毡来,就之苦难舍。视息能几何,尘事如野马。
萧然此良夜,身心暂宽假。朗咏少陵诗,斟酌姮娥寡。

初春

微霰夜来密,阴云荻短篱。残年迎腊久,寒谷占春迟。
多病烦亲串,长贫念岁时。何当江海外,更下董生帷。

曝背东牖下

虚堂何寂莫,东牖夕阳开。寒色添新雪,春风滋旧苔。
晚餐乌下食,小酌蚁浮杯。朋好天涯隔,相思日几回。

檐雀

檐雀报清晓,萧斋中薄寒。春阳满河外,残雪尚林端。
贱日衰颓易,贫交尔汝难。自应甘拙劣,拥褐坐蒲团。

城北观冻

坚冰阻行舟者半月,十年以来无此祁寒。
百舸喧喧小市东,舵楼晴雪飐高风。霜封赤县标红树,天接银沙偃白虹。
却羡酒帘迎估客,都忘丝网误渔翁。步兵不用厨头哭,眼底悠悠尽路穷。

夜起

寒宵不寐披衣起,举止萧然似老僧。点滴惊心愁里雨,苍黄眯目晓来灯。
无生未许顽根悟,尘事翻忧平旦增。羡杀蒙庄身世外,凭谁指点化鲲鹏。

灯

好月不相惜,燃来独□□。醉时嫌耿耿,梦后觉昏昏。
蕊飐临风影,珠啼□□□。□再犹道恶,何用九枝繁。

梨雨选声[①]

|上|

拜星月慢 芭蕉

瑶簟宜秋，碧城如梦，犹是昼长人倦。坠叶初残，镇重门深掩。最好是，闲伴一林风月，不受鸟书虫篆。漠漠阴阴，正凄凉庭院。　　小屏山、绿遍潇湘岸。浑无奈、思与塘蒲晚。秾芳已误佳期，怨韶光似电。更露珠、沾洒烟零乱。人如玉、小立钩栏畔。枉裁得、几页云笺。付伤心彤管。

鹧鸪天 晓梦

梦里分明在玉京。骖鸾拟驾紫云行。朦胧不记花间路，略认麻姑指爪轻。
惊落月，怨啼莺。欲将前事问君平。飞琼岂合人间有，浪向成都说姓名。

早梅芳 春雨

白玉钩，黄金镇。门巷萧萧雨。墙腰檐角，几点红英向人吐。绣床闲不整，象管寒相误。正博山香断，罗袖袅残炷。　　禁烟时，一百五。黯黯层城暮。回风过也，铁马丁冬应人语。露桃凝笑浅，丝柳紫愁住。数春来，眼看春又去。

散余霞 茉莉

绿绦鹦鹉衔笼语。道晚凉如许。佳人浴罢频来，把繁枝细数。
似悔铅华相误。抱满怀幽素。玉颜莫倚生香，怕秋娘犹妒。

[①] 选自盛枫与其弟禾《稼村填词》和本楠《滴露堂小品》合刻之《棣华乐府》，并与《全清词·顺康卷》中盛枫词百首校对。

念奴娇　垂丝海棠

青春满眼，裛晴丝扶起、念奴微醉。光射初阳娇欲滴，相倚珠帘玉砌。傅粉嫌肥，施朱太赤，解语何如此。年时潘鬓，为伊无限憔悴。　　已拼生别鸾胶，多情蕙帐，付与君为主。天肯容人依艳质，应禁朝来妒雨。楚梦云沉，蜀弦丝断，总是伤心处。土花空碧，东风还上庭树。

玉楼春　东风

落红满径凭君扫。卷地杨花吹古道。声沉河鼓晓来寒，绿扬春愁帘外草。
征人归梦知多少。千里布帆飞不到。楼前零乱碧桃枝，一夜风帏人便老。

水龙吟　西风

凉秋乍转金商，土囊欲起声初怒。长天黯黯，霜枫万叶。空江自舞。铎响雕檐，弦惊玉案，宿醒醒处。正晚潮欲下，估船才舣，浑不许，人高卧。　　傲菊已愁迟暮。更长堤、衰柳无主。前山凝紫，波明先见，雪翻鸥鹭。云散虹桥，沙平鸟篆，网穿蛛户。暂开帘偏喜，煞时消得，暗尘如许。

玉楼春　秋晚

葵花旋落沉金井。斗帐无人寒自省。晚鸦归树觉无情。搅碎半帘残日影。
离鸿声断秋云冷。莫向小楼高处听。夜灯照尽泪痕干，还怕霜鸡催睡醒。

沁园春　烟

何物居然，金管罗囊，人人自随。费星星石火，因人乍热，丝丝茧缕，使尔成灰。声价平平，面庞草草，漫厕椒兰未见遗。人间世，算寻常遭际，只合如斯。　　闻君解媚人兮。问嘘气、成云是也非。笑一番吐纳，不堪频恋，十年温饱，何处相思。海国槟榔，湘川濡渌。敌瘴冲寒似过之。风尘外，有无情姜桂。亦沁心脾。

西江月　新夏

楼外新粘弱絮，枝头尚有残花。一池过雨乱鸣蛙。卧稳重帘不下。

断送一春归也，空教梦绕天涯。强临鸾镜学宫鸦。只有眉山难画。

浪淘沙　夏日分韵得鸾字

槐影绿毵毵，午梦初残，北窗燕子自呢喃。楼外晚香人寂寂，月到阑干。
帐冷小双鸾，斜軃云鬟，黄鹂催起却无端。有意寻愁愁不见，镜里眉山。

满江红　莲花

旧日西湖，寻越艳、方舟画桨。浑不羡、身游绛阙，瑶华十丈。波面虚疑妃子步，云中枉置仙人掌。背危亭、几点乱红欹，惊渔唱。　烟未敛，迷青嶂。珠欲碎，摇银浪。伴鸳鸯暖浴，沙明两两。叶底露浓蟾作晕，枝头香重鱼争上。对孤山、何日制成衣，抛尘鞅。

菩萨蛮　萤

桃笙竹榻清无暑，楼头月暗穿花去。风起拍阑干，纱窗灯烬寒。
明河何皎皎，却喜繁星照。回首见繁星，流光入户庭。

望湘人　木芙蓉

渐霜红已老，雾隐南楼，澄江满眼空翠。越女湔裙，洛妃临镜，别是人间秋意。暖玉生烟，轻云压水，盈盈清泪。误芳时、嫁与西风，长伴萧萧芦苇。
不遣珠帘相倚。对商飙乍起，柔肠欲碎。但清怨浓愁，诉与寒波双鲤。前浦暗望，暮天无际。碧衬银钩如洗。有塞雁、万里归来，谙尽香魂憔悴。

浣溪沙　渔父

曲曲溪流浅浅沙，眠云弄月几渔家。夕阳衰柳数株斜。
卖得江鱼频换酒，移将小艇宿芦花。短篷吹笛堕归鸦。

南乡子　春雪

斗帐畏春寒，多少杨花扑晓帘。禁却野梅开不得，江干。望里青山是玉山。
漫说学袁安。曾记天涯行路难。家去日边云万叠，吟鞭。马踏冰花泪不干。

前调　柳

金缕扬长堤。系得愁肠千万丝。真似盈盈楼上女，腰肢。十五春情不自持。添个小黄鹂。共向人间管别离。只道春寒今已退，褰帷。几阵东风变雪飞。

满江红　春涨

江涨柴门，浑不记、旧时沙尾。爱巢燕、红襟相并，衔鱼来去，岸足湔裙连姊妹，浪头沉罟喧童稚。早山腰、一抹试晴虹，摇空翠。　波欲散，云衣碎。日欲下，烟光紫。傍小桥斜见，征帆十里。放棹直侵芳草去，孤舟竟就垂杨系。养花天、好趁眼明时，陶然醉。

扫地花　新夏

荼䕷谢了，正花事将阑，半窗秾绿。玉颜睡足。见余红数点，残香一簇。莺啭千回，已失巫山六六。怨相促。僝薄东风，轻弃金屋。　梁燕声断续。渐日落庭槐，月流池竹。阑干几曲。任兰缸明灭，伴人幽独。虚冷屏山，怯尽冰绡雾縠。成孤宿。展重衾、拥愁千斛。

浣溪沙　夏晚

竹叶敲凉月渐高，风扶柳困暑初消。微闻鱼唱出东桥。
倩得朱弦传凤怨，不知粉泪湿鲛绡。长亭目断更迢迢。

清平乐　又六月七日

迢迢银汉，犹在楼西畔。几寸残丝抛不断，月照流黄光满。
他时秋到珠宫，相逢玉露金风。何事佳期又误，年光直恁从容。

满庭芳　决明花

雨洗苔痕，风梳花脚，贫家满院金铺。翠翘初困，野蝶最能扶。朝下商飙乍紧，钩帘底、未整虾须。凝妆立，淡黄相映，羞杀锦襜褕。　文园多病后，匏尊藉草，自笑清癯。但把酒叮咛，臧获休锄。最是后时独立，馨香泣、生意怜渠。扃蓬户。菁莱犹在，留取伴吾庐。

惜分飞　芦花

沙外秋阴寒恻恻。飞破吴天空碧。似柳绵飘掷。弄晴远浦朝来急。惟有征鸿如旧识。同伴孤舟横笛。目断江南北。风波何处无踪迹。

西江月　晓行

飞霰惊眠未稳,晓来又促征鞍。饥鸢哀鹄唤吟鞭。马上还家梦短。碧树顿成玉树,泰山浑似冰山。东风催我改朱颜。无奈露寒人远。

浪淘沙　通明山

老衲向吴侬,笑指孤峰,月沉西影日升东。人到此间观日月,宛似壶中。碑字绿苔封,灵穴摩空,由来穿凿起天工。不是当年开混沌,谁判鸿蒙。

瑞鹧鸪　荼蘼

碧纱初起试晴薰。绿芜寒影乱朝云。小刺才成、惹破罗裙去,隔断莺娘步袜尘。　繁华欲去凭谁诉,子规声里沉魂。待他紫燕调雏、零落嫣香冷,独伤心。嫁得东风已暮春。

阳春　丁香

玉阑干,珠络索。碎影渐摇帘箔。柳外卷游丝,雏莺老、冷艳千点护云幄。垂垂枝弱。见叶底、繁英斜压。春意暗恼回肠聚,年时旧愁相托。　向十里紫丝、清泠池阁,鹦鹉睡、秋千未落。朝来烘晴蒙雾,困余酲、幽梦初觉。东风竟日作恶。做弄得、香埋残萼。怨芳草、碧衬氍毹满,沉沉密约。

满庭芳　新涨,从武林门出北关晚眺

白浪翻鸥,苍山送客,参差远树残阳。晴霞贴水,照眼总茫茫。到处罾船渔屋,波澜阔、全浸回塘。依稀见,瓜田芋棱,归客认江乡。　采莲时又近,罗裙叠雪,锦袜流黄。甚懊侬声苦,子夜歌长。消受三杯薄酒,江头卧、憔悴潘郎。闲吹笛,悲来入破,洒泪向沧浪。

菩萨蛮　秋晓

天边有月常愁缺，人间有会常愁别。枕上泪阑干，邀君入梦难。
晓寒还强起，检点闲花蕊。除却敛蛾眉，有愁人不知。

清平乐　别意

一声红豆，愁尽杯中酒。莽莽秋原秋雨后，着破征衫还又。
啼珠已满银盘，牵衣莫问刀环。拼得枕单人独，梦回万里江南。

浣溪沙　荒圃

荒圃残阳红乍收，归鸦几点度危楼。一番寒意入重裘。
隔院梅花传玉笛，破窗梨叶打银篝。梦随南雁到吴头。

解连环　秋海棠

一庭秋艳。是耶溪浣女，倾脂曾染。向清晓、露洗华桐，更月惨云愁，泪珠初泫。弱不禁风，怯朝霁、瑶环频颤。纵苍凉苔径，自是内家，娇宠难掩。
高楼尚通燕燕。记春回芳圃，琼树光烂。谁信律转金商，觉委地铅红，情似年远。眼底炎凉，但令我、惊心纨扇。更钩阑、困雨临池，为伊梦断。

减字木兰花　三月晦日

乱红堆碧，拟战东风无气力。九十韶光，别去教人欲断肠。
犹余今夜，莫把酒杯轻放下。明日回头，过眼莺花更不留。

浣溪沙　六桥观荷

罗袜临波别样妆，绿衣红袖俨分行。洛神只在水中央。
趁浪游鱼惊粉面，恋香野蝶舞横塘。行云何事隔河梁。

前调　病

梦到南园花事空，劳劳莺燕怨芳丛。醒来添得旧时慵。
碧瓦不教缘屋角，夜寒常是畏春风。枉垂帘幕一重重。

凤凰台上忆吹箫　本意

小径花残,重檐月满,依稀人在回廊。却玉箫尘锁,鼠打空床。回首夕阳流水,追欢处、底死参商。而今恨,寒灯寂寂,陈事茫茫。　　兰堂,昔从携手,叹鸾镜荧荧,无复余香。但蛛萦扃户,燕垒危梁。纵是三生杜牧,平生句、不到秋娘。清宵梦,天台旧路,重误刘郎。

夜飞鹊　秋夜

明河惊缺月,砧杵无声。高寒忽坠秋萤。遥天碧破江云淡,望中黯黯严城。空庭已嫌冷落,更露浮金井,尘镇银屏。篝灯无语,泪阑干、立尽残更。　　已分相思梦短,却方响钑铮,唤醒余酲。留取兰香剩炷,寒回玉箸,暖护钿筝。沈腰潘鬓,为多情、愁到而今。但林间别鹤,晓来清唳,时助哀吟。

太常引　怀张汉鸣下第

穷秋失路与谁同。空怅望、月明中。搔首问征鸿。但极目、江云万重。
海棠谢了,木樨开后,又是一番风。寒意莫匆匆。怕游子,征衣未缝。

忆秦娥　秋葵

情脉脉,绿衣初试鸦黄额。鸦黄额,浅颦轻笑,露华凝碧。
迎风小凭阑干立,向人似劝金杯侧。金杯侧,彩云已敛,满庭岑寂。

贺新郎　菊

摇落江邨暮。绕柴门、轻黄浅白,枝头尽吐。寒浪弥弥人悄悄,一片斜阳古树。但独鹤、孤云伴侣。自是君身有仙骨,辟寒犀、不受繁霜妒。宁甘与,铅华伍。　　荒城恼杀闲砧杵。乱鸦啼、一时憔悴,等闲羁旅。燕子楼中魂已断,好梦陌头尘土。偏不化、彩云飞去。还似周郎悲老大,杜秋娘、声价犹如故。珠泪滴,九秋露。

沁园春　秋江老枫

无实无花,以不材终,人无憾焉。算偏承雨露,寒香剥落,不胜梁栋,曲干连蜷。滚滚秋风，萧萧落日，潦倒江头绝可怜。严城晚，任饥乌野鹊，群噪寒烟。　供他词客吟笺。笑叶叶、犹争桃李妍。看霜华渐老，红来几日，碧城已杳，绿忆从前。形则摧颓，心犹崛强，留取春魂托杜鹃。沧江上，有羊裘老叟，系缆投竿。

海棠春　雨晴新绿

玉窗秾绿收残雨。任莺燕、催春归去。花砌上苔痕，冷落闲庭宇。
画桥流水萦朱户。又枝上、青梅如许。薄幸不归来，斗草无心绪。

柳梢青　立夏

蓦地云峰。一番过雨，收拾残红。芳草萦愁，丁香结恨，春去无踪。
数椽茅屋溪东。便整顿、诗肠酒筒。试白梨花，褪黄柳带，教见薰风。

沁园春　梅雨

病渴差强，试上高楼，澄江夏寒。正前溪云黑，奇峰隐隐，回檐溜下，杂佩珊珊。朝菌都倾，戎葵半坏，不许群芳占小园。蒿莱满，任绿苔痕遍，蝌蚪蹒跚。
幽人午梦初残。趁蜡屐、相扶到舍南。爱泥融燕口，归来画栋，絮粘莺翅，飞到阑干。玉碗双擎，瓷罂一架，差胜庐山百斛泉。萧然坐，笑清狂依旧，自擘龙团。

怨王孙　蜀葵

小院昼永，亭亭香径。掩映纱厨，朱朱粉粉。何年轻别西川，寄南天。
拣花风断群芳信，无人问。雨洗胭脂冷，调筝未褪，银甲摘挂金钩。打成球。

摸鱼儿　白蘋

爱溪光、溶溶似练。微波乍合还散。惊风欲动浑无主，一抹野云香乱。秋意浅。争道是、芙蓉不及新妆淡。凌波半面。问泛宅何来，五湖如梦，烟水渺空岸。　芭蕉雨，又值凄凉庭院。谢家双燕归晚。莫教江槛垂闲幔。六幅舞裙自暖。回望远。笑近日、感甄吊屈心情懒。桑田几变。记乱掷榆钱，落英如绣，醉眼怪清浅。

玉蝴蝶　题画

暖雪溶溶春晓，凝寒欲散，犹护重帏。宝鸭初销，残烬渐觉霜威。早鸦啼、空阶玉立，交鸯睡、小阁云飞。掩朱扉。朝光无赖，未整罗衣。　　颦眉。孤标差拟，生香真色，不倩人知。屈指春风，似嫌芳草误归期。影离离、回飙似舞，烟霭霭、向月还迷。镇相依。更牵别恨，暗着南枝。

鹧鸪天

乍涨横塘水满池。佳人春懒晓妆迟。烟含柳叶侵眉黛，雨浸桃花学口脂。红印枕，绿垂丝。双鬟斜堕压金猊。六花不识春归路，犹自穿帘度幕飞。

前调

荠菜花黄柳叶齐。漫天春涨拍长堤。当檐白鹢随风舞，隔岸青帘着雨迷。烟脉脉，草萋萋。寒鸦声里暮云低。离亭怨杀春归路，别恨绵绵到日西。

前调　送春

池上新晴长药苗。夜来酒困未全消。妒他日暖蔷薇架，却喜风回杨柳梢。辞绣幌，试鲛绡。年年到此一魂销。溪头水落鱼梁热，赢得春泥上燕巢。

绮罗香　秋色（一名汉官秋）

菡萏香残，蕙兰花谢，不遣秋庭闲却。揉碎轻纨，点缀朱阑画阁。是镜底、螺黛初消，嫌额上、鸦黄犹薄。但相逢、玉露凄清，只疑苔砌乱红药。　　阶前木叶初脱。飒沓成秋苑，难禁萧索。掩映银床，蜀锦吴绡相压。惊晓梦、神女行云，悲夜月、空闺罗袜。预愁他、欲寄寒衣、砧声楼外落。

临江仙　冬晚分得鱼字

家在鸳鸯矶上，楼前十里平湖。霜风一夜卷黄芦。浅沙难宿雁，寒浪欲沉鱼。堤畔暮云归也，乱鸦衰柳模糊。绣窗香暖博山炉。钩帘浑不定，一缕上虾须。

下

定风波　中秋渡河

十日扁舟又渡河。湾头却唱定风波。一色水云黄似赭,清夜,数行哀雁奈愁何。　击碎玻璃波面月,才缺,天边闲杀是姮娥。还有无情江外客,吹笛,繁霜一夜卧黄芦。

河传　京山口

平芜千里,青山界破,彭门近矣。溶溶烟雾濯尘襟,如洗。正高秋晚霁。中流一片鸣榔响,渔舟上,只欠吴娃唱。玉钩斜,照雁沙,天涯。梦魂疑到家。

高阳台　客寓洪福寺

落日镕金,凉云叠雪,新砧捣破愁肠。高浪崩奔,秋河一片寒光。凄凉未许寻归梦,背孤灯、蟋蟀吟床。悄风檐、独立津桥,遍倚危樯。　十年屈指参商,似枯莲脱菂,粉箨辞篁。道是离多,依然又客濠梁。衔杯任有心情在,也慵拈、宝鸭余香。尽更阑、山鸟呼风,木叶微霜。

金菊对芙蓉　徐州官舍

西岭云开,东城日出,陂塘一抹拖蓝。又黄花濯露,柿叶凝丹。输他塞雁归期定,耐秋河、万里荒寒。断蓬踪迹,悬旌心事,回首何堪。　虚堂午睡初酣。算风尘容易,尔许清闲。却授衣未得,频梦江南。起来愁坐愁吟处,正斜阳、牧笛声还。灯前银鹿,逢人笑我,拥褐蹒跚。

踏莎行

往在潭州过名姬兰叶,时方以盛年冠绝坊曲,幽斋小阁皆以斑竹为阑,颜曰湘筠。余戏谓之曰:群芳甚伙,何独名叶?笑应曰:花得几时好?十五年来,忽忽已成陈迹。适客彭城萧寺,夜梦旧游,霜钟初动,残月微白,依然醉卧尘榻也。

银叶薰香,金貂换酒。梦中只道人依旧。玉箫锦瑟已无踪,忽闻林外霜钟吼。十五年间,驹驰电走。泪凝湘竹重重透。红颜枉是傲花枝,算来只有花长久。

桂枝香　秋尽对酒

枫林如绮。又匆匆历尽,九秋天气。月冷烟寒,多少暮山凝紫。孤踪别有闲情绪,对高城、角声夜起。风灯袅袅,估帆肃肃,望中迤逦。　渐暝色、露华覆水。一杯斟酌,高阳旧侣。蓦听霜钟打破,狂奴心事。东西南北浑无据,笑头颅、今尚如此。藤轮徙倚。半床乱帙,拥炉酣睡。

满庭芳　龙山咏寒鸦

衰草萦愁,夕阳破梦,一庭霜草平阶。归云不定,寒影共徘徊。好是期门按队,严城晚、笳鼓声催。前山紫,碧天空阔,万马逐云来。　枯杨初向暝,争栖未稳,直恁相猜。禁老莺雏鹊,佞口难开。留伴山翁醉后,荒烟里、绕树千回。残更断,半窗虚白,凉月印苍苔。

风流子　燕子楼

碧桃花下路,重门闭、几度见春归。想两点眉愁,黛螺浑减,半床尘锁,弦索都非。如今但,绕河黄叶渡,负郭白杨堤。数垛颓垣,销沉燕语,连天衰草,惆怅鸦啼。　香山偏多事,青衫湿,枉劳才子题诗。谁解深情忍死,巧护男儿。傍尚书邱垅,烟迷雾惨,旧家庭院,雨散云飞。魂断当年心事,蛮素应知。

酹江月　亚夫墓

群山万壑,阻浑河难挽、逝波东注。七十老翁偏好事,未肯忘情三户。戏下侯王,江东子弟,虎踞雄西楚。沐猴冠耳,将军徒自劳苦。　平生奇计何如。中分天下,付与君王自主。可惜荥阳几上肉,一旦猜疑恶具。抑气填膺,悲歌雪涕,忍见阴陵路。不如归去。一抔先覆黄土。

玉楼春　小春濠上

薄霜初冻犹无力。水面黄云扶晓日。一行鸥鹭忽飞来，点破岚光如雪白。
洪涛怒拥鲸鲵窟。不信人间罗网密。当时庄惠强安排，漫道此中真乐国。

水调歌头　黄茅冈

步屐凌绝险，孤亭郁危岗。晚秋万木黄落，云日正苍凉。眼前真景难道，为有仙翁佳句，乱石似群羊。本无轩冕意，胜赏寄沧浪。　山中客，闲无事，醉为乡。知他白鹤何处，笑指白云长。千古文章太守，往事清风皓月，回首一茫茫。拍手下山去，烟雾已沾裳。

玉珑璁　忆家

纱厨碧，凝妆立，小窗浓艳迎朝日。钩帘畔，桃花面。眉峰小蹙，颦来一点。浅，浅，浅。　云山隔，蓝桥客，断蓬飞絮闲踪迹。何由倩，春风便。雁儿已去，鱼儿不见。远，远，远。

减字木兰花　白门祖席别坐上诸公

飘蓬飞絮，却趁河流东下去。一片斜阳，千里蒲帆指故乡。
衔杯吊古，吕布当年人似虎。可惜饥鹰，一饱飞扬丧此生。

六州歌头　平山堂晚眺

海天空阔，南岸万峰青。晴沙外，寒烟里，暮潮生。打孤城。六代兴亡事，空回首，五百载，豺虎斗，鱼龙混，尽翻腾。王气销沉。铁镇终须断，天堑何凭。况临春结绮，玉树竞歌声。按拍初停。正销凝。　算北来敌，难飞渡，但烽火，隔江明。谁信有，韩与贺，占骁名。展戈旌。一片楼船影，指朱雀，下金陵。余涕泪，胭脂井，不胜情。半壁乾坤已矣，还惆怅、残月疏星。望雷塘宿草，曾有几长亭。两地凄清。

洞仙歌　晓登天中塔

晓风寒月，听竹西歌吹。江外遥峰郁螺髻。数归鸿、试登百尺浮屠，舟如叶、一抹残山剩水。　　孤踪随断梗，杨子桥头，屈指貂裘几回敝。镶刺久模糊，空倚尽危栏，疏砧罢、晨钟还起。知后会、何时更重来，但惆怅烟波，寸心千里。

满江红　大风渡江

白马银涛，长风卷、横空如雪。乌帽侧、短衣芒屩，渔舟一叶。却笑金山螺髻样，寒云乱拥时明灭。限东南，半壁小乾坤，人曾说。　　牛马走，风尘隔。鱼龙喋，烟波阔。尽潮轰浪打，江南江北。指点兴亡真露电，消磨身世闲风月。叹营营、白尽少年头，长为客。

渡江云　从北固信马南行、与仆相失，明日遇于丹阳

客愁今古道，暮云黯黯，水势杂风声。倦游成落魄，鸦路纵横，忽忽又南行。马迟人疾，空凝望、虎踞重城。漫垂头、奚囊蜡屐，早已过前林。　　凄清。惊禽肃肃，败叶翻翻，趁霜寒月冷。但小楼、红窗半掩，碧月初生。今宵独对床头剑，浑无寐、襆被残灯。乌帽侧，悄孤踪更促晨征。

应天长　大雪宿家祠下

庆留千叶，遗绪绵绵，春秋俎豆有楚。溯中兴南渡，仍仍好簪组。崇庙貌，依邱墓。六百载、衣冠如故。仰渊源、祖德青云，尺五皇路。　　谁信到而今，雪满荒村，错认丛祠鬼火。听社鼓蛮巫，苍凉陌头路。倚莓墙，肩竹户。灯半灭、拥炉堆絮。空留取，老柏长松，伴人寒沍。

剔银灯　病起

多少风欺雨打。春尚殢、小重楼下。抱膝微吟，扶头残酒，输与嫣红一架。银灯又也。浓愁似、春潮夜夜。　　只有钲铮铁马。伴我小窗幽话。象管休拈，凤团频碾，戏卜龙膏余焰。帘钩暗卸。预恐被、病魔牵挂。

四园竹　初夏宿外氏别业

林塘依旧，历乱数残花。春归何处，犹自逗遛，竹外人家。好风光，闲意

味、小欹惊枕，梦魂已到天涯。　　翠交加。南溪雨脚才收，西村日脚还斜。啼鸠声声寄恨，似惜潘郎、鬓又华。薰风破也。消受处，绕池喧暮鸦。

浣溪沙　不寐

一夜红楼梦不成，纸窗霜月又三更。起来搔首步空庭。

懊恼无多三两事，酒醒思着到天明。误人方寸是柔情。

如梦令　感旧

记得小帘微雨，绿在芭蕉深处。枕手背残阳，笑倚檀郎索句。人去，人去，情似落花粘絮。

记得卖花时候，惯趁饧香命酒。鲜鲙缕芹芽，总污玉窗纤手。生受，生受，梦里翠襟红袖。

记得络纬如织，藓砌秋虫唧唧。大妇理残机，小妇挑灯夜绩。相忆，相忆，霜冷吴刀声涩。

记得三春病渴，时把吟编拥褐。减絮复装绵，百种付伊寒热。凄切，凄切，枕畔玉箫声绝。

记得楝花风细，楼外碧天如洗。曲曲小屏遮，架上蕊兰初试。慵起，慵起，人在绿纱厨里。

记得穿针时候，檐角双窥牛斗。当户理红丝，乞巧年年成偶。今后，今后，独立秋宵残漏。

菩萨蛮　玉簪花

碧丛初破娇痕浅，一笑临风惊粉面。道是玉尖纤，绿窗朝卷帘。

晚来轻雨过，委顿怜钿朵。巫峡梦中寻，零星神女云。

青门引　泪限染字

暗洒珠千点，界破粉痕难掩。枝头啼血已无声，移来枕上，污却钗头燕。

怪他玉露零湘簟，渐把鲛绡染。无人更解幽意，但看衣带围新减。

贺新郎　竹，步稼轩傅君用山园韵

误了林间约。趁墙东、凉筛月白，伴人孤酌。帘影疏疏尘不到，蒙雾含烟池阁。把茅屋、三间藏却。万绿如云当步障，算东桥、不减西园乐。临翠幕，护红药。　　闲情不许容雕鹗。只消他、夜蝉叫噪，晓猿孥攫。百尺森梢横碍处，轻霭低迷岩脚。倒冒得、高崖石发。添个乔松擎翠盖，倚青云、上有孤栖鹤。天外影，照晴壑。

金明池　露限韵

糁粟空阶，零星残蕚，嗳嗳秋池向暝。弄夜色、霏霏黯黯，遍衰草败叶三径。裹花梢、未是金茎。也消减、西蜀文园多病。甚野鹊惊寒，啼蛄吊月，玉女泪珠初迸。　　目断长河纤云净。更一碧澄鲜，重帘晶莹。枉凝望、琼田万顷。却颠倒、枯荷千柄。渐迷茫、叫噪归鸦，透一抹荒烟，霜轮如镜。正罗袂凉生。锦衾香细，斜倚绿纱窗听。

千秋岁　霜夜，用谢无逸韵

候蛩吟砌。一缕残香细。惊绕树，啼鸦起。金窗溶素练，斗帐迎岚翠。花阴黑，芙蓉巧护鸳鸯睡。雁字无人寄。　　云淡天如洗。清冷处，空明里。带钩寒宝玦，砧杵愁罗袂。霏银粟，月中倒挽长河水。

相见欢　迎春，用朱希真韵

红楼试问江梅，几时开。春在四无人处，逗苍苔。
销魂事，千行泪，夜寒催。频向南枝寄信，唤春回。

谢池春　仲弟玉山移居梅湖先人旧宅

梅黄时候，沿溪曲、蓬门静。新月细于钩，远水明如镜。薄暮迎孤棹，旧雨访三径。夜烟浓，池向暝。蒲团竹几，酒伴聊相命。　　肩锄荷锸，好重把，荒园整。燕垒乌衣巷，雀乳青苔井。屋漏编茅厚，墙缺封泥泞。追欢处，浑难定。

眼中凄断，嘹唳孤鸿影。

洞仙歌　茉莉

碧纱厨外，识蕊珠宫路。曲曲屏山护深处。爱瑶池碎玉，梦入巫云，梢头露、满贮一泓香雨。交柯怜冷艳，低亚幽丛，不许游蜂暗偷去。　　向晓风庭院，密密疏疏，阑槛畔、百种萧闲记取。好占断、新秋早凉时，任蟾魄冰魂，倩伊留住。

念奴娇　白秋海棠

悄檐无语，倚栏干、一种妖姿奇绝。香露浣来云母面，蓦记旧时轻别。拾翠都非，洗红才了，金井秋烟白。广寒清冷，素娥飞下瑶阙。　　霜夜却背兰灯，窥人帘底，巧伴如钱月。试问三郎从去后，舞遍霓裳几阕。寒有谁怜，淡宜如此，底事愁孤洁。休文腰瘦，为伊还更心折。

清平乐　鸡冠花

红情绿意，小立西风里。蛮女簪花盘巧髻，相倚高冠长佩。
雨余珠露星星，谢家宝树盈庭。不许纤云暗度，欺他如玉如金。

鹧鸪天　秋意，用稼轩韵

梦到凉州归路遥。腾腾香散醉痕消。床头斗鼠俞儿舞，窗外啼莺越女娇。
秋寂寞，鬓飘萧。柴门草阁枕横桥。唾壶击碎书空了。捻断临风尘尾梢。

浣溪沙　秋夜

庭下黄葵倾叵罗，江天如黛放晴初。高秋寒意问姮娥。
池上枯莲初脱蒻，窗间败槲渐辞柯。月斜人散奈愁何。

翠楼吟　归燕

月冷危亭，露寒重幕，顿惊秋社。似向梁间留絮语，犹怅望、碧梧高榭。沧桑佳话。爱海日空蒙，瑶池不夜。催归也。内家姊妹，红襟相亚。　　翠楼羡尔蹁跹，记扁舟泛宅，五湖潇洒。此身原是客，休便说、烟波无价。浮云野马。贮一种春愁，待君舒写。挑灯罢。更寻旧梦，水边林下。

一落索　柳穿鱼

细雨斜风犹恶。春云池阁。鹅黄千缕试纤腰，更扑面、桃花落。

一片朱栏翠箔。娇柔难学。舞裙摇曳不胜情，甚拖逗、殷红萼。

南柯子　秋雨夜坐

蕉叶心才展，蛩吟恨未平。绕阶檐溜正泠泠。可惜半床幽梦，竟难成。

蟹眼铛中沸，鱼肠匣底鸣。枕边添得一声声。伴我酒醒无事，到三更。

玉楼春　中秋夜独坐

小池秋色蒙蒙雾。夜夜夜寒愁独坐。虾须乍卷冷云多，行到碧梧摇落处。

今宵玉镜才三五。辛苦吴刚修月斧。朦胧对影恰三人，毕竟姮娥谁是主。

木兰花慢　感旧

夕阳无限好，思往事，转凄然。向悄悄红楼，南池碧月，空对人圆。玉箫旧声何处，对竟床、长簟夜如年。小阁残灯耿耿，秋河寒影娟娟。　　燕归秋社又霜前。篱菊破朝烟。更划地西风，轻寒到枕，谁为装绵。文园近来消瘦，叹琴心、辜负七条弦。纵向平芜雪涕，泪珠不到重泉。

莺啼序　桃源

山前数声欸乃，向溪流深处。绿波涨、初酸葡萄，满身都惹红雨。待饭罢胡麻、小艇横斜，一径穿云去。甚飞泉，界破千年，隔断尘路。　　谷口晴霞烂熳，正鸡犬、初喧晓雾。偶相遇、野客衣冠，苍然还似太古。但花间、悠悠闲步，更竹间、盈盈笑语。问人间、未识炎刘，宁论典午。　　先秦旧腊犹在，耕田凿井，尽眠鸥浴鹭。亲串好，休羡王谢儿孙，朱陈嫁娶。花须柳眼，榆钱草甲，青山不改流年换，但烟窗月榭朝还暮。君今休问，洞天甲子何如，华胥梦游伴侣。　　焚坑历历，数到沙邱，指骊山抔土。谁信阿房瓦砾，一片凄凉，灞上旌旗，千堆烽火。残编断帙，萧条陈迹，抽寻犹耸旁人听，算沧桑、空自经三度。后回休订重来,万点苍烟,恨留渔父。

临江仙　水仙

玉佩珊珊风骨冷,天然束素腰肢。闲窗何处最相思。梅花初放后,燕子未来时。　　记得凌波罗袜好,蘸来一抹晴漪。阿谁堪许伴灵妃。天边邀月姊,空外着封姨。

减字木兰花　桐江

乱峰堆垛,偶然缺处秋云补。一种斜阳,半作山容半水光。

人生容易,樵斧渔竿为活计。拼却头颅,做得烟江一叟无。

聒龙谣　龙虱

万顷潮回,一痕月晓,数点寒星斜缀。蚁阵蜂衙,笑蛾儿成队。向涔蹄、蛮妇擎珠,似高浪、贾胡罗贝。记桄榔、树底携来,便争上,罟船买。　　春泥滑,海风腥。甚磊砢拥肿,荒茆之外。金膏绿髓,也着些光怪。倩茂先、瓮酿初浇,羡少伯、盘鲑新载。惹尘中,几许飞虻,负奇牛背。

诗词补遗二首

雨中花　咏老少年①

一夜霜风凄卉木。谁潜与、偷红换绿。丛棘篱边，荒苔庭际，百叶娇堪掬。烂漫秋容看不足。浑不似、春心拘束。添得凄凉，催将酪酊，未肯输黄菊。

任城南马上作②

浮云东北驰，游子西南行。马首苦不恋，前山空眼明。
昨夜东风发，庭花落无声。我纵不思归，那禁离别情。
惘惘且出门，千里复长征。故人劳思念，劝我驼蹄羹。
当杯虽痛饮，百忧纷纵横。身贱依人难，家贫远道轻。
孤生无长策，失路如飘萍。况此众芳出，万物方向荣。
踽踽仰高天，雪涕沾尘缨。

---

① 录自《叶变杂谈》。
② 《鞠业集》，录自《济宁直隶州志》卷三三《艺文·拾遗下》。

溧水濮氏诗文

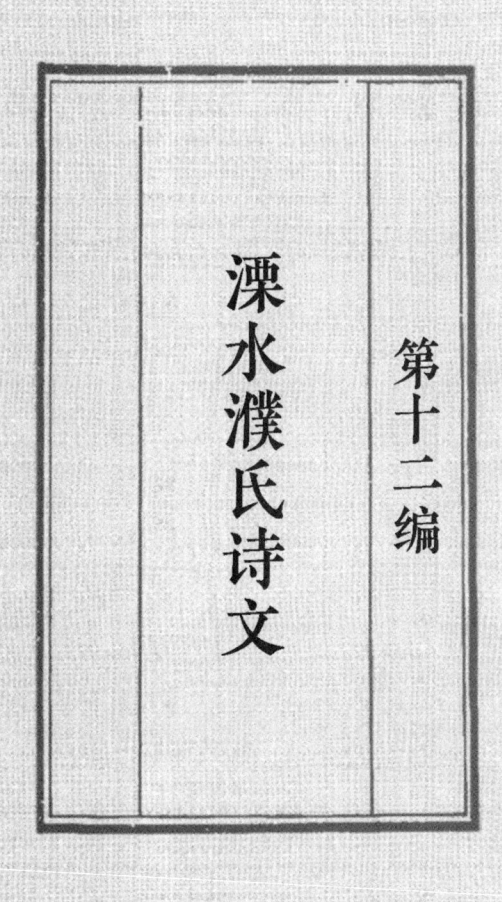

第十二编

濮氏家系

琅圃公濮瑗
|
蓬生公濮文升
|
濮贤娜继配李镛

濮瑗

濮瑗（1797—1856），又名世濂，字又蘧，号琅圃，江苏溧水人。道光元年（1821）辛巳恩科举人、六年（1826）丙戌科（朱昌颐榜）二甲进士，八年（1828）补四川安岳知县、十二年（1832）署犍为知县兼署嘉定府盐捕通判（亦驻犍为）、十五年（1835）署嘉定府峨边（厅）抚夷通判、十六年（1836）署成都知县（未就任），后代办彭县知县事，十七年（1837）任江津知县、十八年（1838）调华阳知县（告病，旋以忧回籍服阕，坐补原缺，回任江津），二十三年（1843）因在江津任上，拿邻境要犯，上宪提请议叙，部议引见，奉旨发往原省以知州用。二十六年（1846）委署温江，数月提补简州，二十七年（1847）履任，咸丰三年（1853）移任涪州知州，咸丰六年（1856）末卒于任上，年甫六十。曾协修道光《重庆府志》、主修咸丰《简州志》。道光十六年（1836），捐银两千两，重修祠堂，立对联"世守贤良思存方正，敬承德荫克振家声"遂用之为濮氏辈序，但"守"字辈因试避讳改为"文"。濮瑗，曾祖父临吉（字宏曜），曾祖母陈氏；祖父兰芬（字乾一，号明健），祖母甘氏；父绍辂（字浑斋），母谢氏；妻李氏；继张氏，江苏阳湖人；再继张氏，继配之妹；生四子二女，四子依长幼为濮文暹（字青士）、濮文昇（号蘧生）、濮文昶（字椿余）、濮文曦（字幼笙），二女为濮文湘（字芷绡），适江苏宝应朱策勋，有《怀香阁诗钞》；濮文绮（字弹绿），适浙江何镜海，有《弹绿词》。长子濮文暹和三子濮文昶同科中咸丰九年（1859）举人，后来又同科中同治四年（1865）进士，同年，濮文暹与濮文昶为《脂砚斋重评石头记》作题跋。

重修《安岳县志》叙

《安岳志》何为而作也？忆余下车之初，读《鹤坪太守志》，堂哉皇哉，体制非不光华也。后于听讼之下，得《仙山孝廉志》，典矣要矣，叙次非不质直也。心仪者久之，用是数年来有所见闻，辄随手抄录存之，以待补遗。甲午春，山长周孝廉吉卿及纂修诸君适以修志请余，既乐其先得我心，而又不能日事铅椠，如经生家也。乃出所藏书付山长及纂修诸君，俾之逐册翻阅，期于有典皆确，得人必真而后已。且期于有典必搜，有人必获而后已。继又得静山先生稿本，正校阅间，而抚夷之檄适下，又不欲留兹残缺以累后来也，因携往峨边，兵燹方靖，一切善后事宜，诸形旁午，修理城郭，缮制营房。稍暇，即率尔操觚，越数月始成，而规模渐觉美备。可以见天时有生焉，可以见地理有宜焉，可以见人官有能焉，可以见物曲有利焉，可以见圣天子之声教焉，可以见贤大夫之经纶焉，固未敢以无征不信者点窜成书也。所虑者古人之事，虽增入封建、理学、祥异、武事等类，尚惧书缺有间；今人之事，虽增入节孝、忠节、孝友、人物等篇，尤惧耳目未周。是则愿以俟诸君学者也。顾或者谓南氏简董狐笔，例皆谨严，斯独仿善善从长之意，似邻于宽，不知此志也，非史也。康对山《武功志》有议其僭者矣，有议其署者矣，诚以严，则三代下无全材，宽犹可以与人为善也。窃愿读是书者，父诏其子，兄勉其弟，烝烝然风气日趋于上，将必有大书特书且不胜书者，斯则余作志之苦心也。夫由此观之，成事在人。余七载岳阳，愧无德政及于烝民。乃年余之间，考棚成，节孝总坊成，今志书亦幸告成。区区之心，其可以差堪慰藉者。微岳阳人士之力不及此，余知勉夫。

赐进士出身，知安岳县事，署峨边抚夷府，琅圃氏濮瑗撰。

署四川嘉定府犍为县事濮瑗告示[①]

　　署四川嘉定府犍为县事、安岳县正堂、加三级、纪录六次濮，为恳赏示禁事。本年八月二十日，据牛华溪盐总尹正顺，灶户胡光秀、杨长明、陈福海、张永顺、袁泰和、刘裕盛、柯源发、萧长发呈称情：牛华溪犍厂，自井灶兴旺以来，凡兴利除害，业经八省公议，苦乐均匀，众灶相安，由来已久。所有井灶，相隔者甚多，自不得不用竹笕过引盐水，归灶煎烧。其过笕之地，如系粮业，每年每笕，一根租银八分。如系灶户于灶户地面，过笕概不索租。百家如是，从无过笕争竞之患。近因日久弊生，往往藉端勒索、滋扰，几酿巨案。并有一等不法之徒，窃取笕竿、梳木、幺滚、牵藤，以及过江筏、井灶尾片，为害匪浅。甚有井上放盐，一等无聊痞棍，乘人多拥挤，窃取灶房盐斤、铁器，动用各件。一经斥阻，反敢滋闹逞凶，酿祸不测。又有挑炭来灶，每于运挑沿途负炭潜逃，以及窃取炭斤，若被雇守看路之人瞥见、跟问，动辄凶横。种种弊窦，实为井灶深害。为此，禀乞示禁等情。据此，除移盐政厅一体清查办理外，合行出示严禁。为此示谕：

　　该处地主，以及脚夫人等，知悉尔等既将地土出卖与人凿井，自必得受地价，应任听其买主自便，不得横行霸阻，至过笕之地，自有久定成规，毋得格外苛索，致误课食。其脚夫人等，亦须各安本分，毋许乘间绺窃井灶器具等件，及窃取炭斤情事。自有示禁之后，倘敢不遵，一经该灶户等查获送案，定行照例治罪，决不姑宽，各宜凛遵，勿违特示。

　　遵右谕通知。

道光十二年八月二十七日
告示

---

① 本文录自四川犍为县《金犍为》第三期，向传君和王小波辨识于拓片。

重修《简州志》序

尝谓郡邑志乘与史书相表里，龙门扶风，高轶百代，尚已！后惟欧阳文忠《五代史》，博大精深，差堪继武，下此则得失互见，不无遗议。史才诚难，其人也然。如杜佑之《通典》、元和之《郡国志》，暨康对山之《武功志》，不事依傍，自成一家言，虽未足上追班马，亦庶几作志者之权舆乎。余阳安承乏，六载于兹，窃见其士，则秀而文，其民则愿而朴，其比闾族党之间，则姻睦任恤，相友相助。其敦古处，犹有先民遗风，未尝不叹。

国家深仁厚泽，涵养休息，俾斯人共享升平之福者，至深且远也。广哉熙熙，各得其所，爰取旧志，阅之而残缺失次，遗漏实多。考是志，成于乾隆五十八年，岁在癸丑。迄今世历五纪，过此弗修，则上下数十年间风俗之盛衰，时事之迁变，书缺有间，谓非守土者之咎欤？夫简固益州之一大都会也，上接天府，下达巴渝，数郡毗连，山川相望，非务为炳烺者可以率尔操觚也。庚戌春，州孝廉陈君星楣率诸生以重修请，爰设局于凤山书院。嗣陈君以足疾告归，黄君芃山总之，惟时秉笔削者有人，司采访者有人。搜断碣残碑于荒烟蔓草，觅名流芳躅于山巅水涯，凡前志之误者正之，阙者补之，其新增之数，殆不啻十之六七。至其分门别户，以类相从，井井有条，犁然不紊。诸君之从事于斯，其用心亦良勤矣。今岁仲夏，书告成，退食之余，细为校阅，纲举目张，无美不具，异时采风者，欲知斯郡之典，实将于是乎！在而不致慨，于文献之无征也，顾不懿欤。董事诸君，不予鄙弃，而来问序于余，余深幸诸君之有志竟成也，遂不辞而为之序。

咸丰二年岁在壬子，蕤宾月望日，赐进士出身，诰授奉直大夫知四川成都府简州事，高平濮瑗琅圃氏，序于阳安官署之拥翠轩。

书李毅庵先生守岳城事

予于咸丰二年续纂州志，访诸父老，得毅庵守岳城轶事。毅庵以举人大挑授岳池训导。值嘉庆三年，川省贼氛炽甚，王三槐等拥众数十万，分十余股，所在州县，多被攻陷。参赞德引兵追剿，过城下，毅庵谒之，言论风发，策堵御事甚详。参赞喜曰："得是人，岳城可无忧矣！"因札饬协办堵城事宜，毅庵辞以书生恐不谙军务。参赞曰："虞忠肃非书生乎，勉为国家出力，可耳，何让为！"毅庵因请曰："岳池驻防兵不过数十人，且老弱，城中居民又素不知兵，恐不可用。参赞为驰檄调兵二百，惟所指挥。毅庵料贼必至，先命众伐木运石，筑土城于后山。后山者，岳池城后之山也，高大峻削，顶方坦可容万人，凭高御下，势与城接，四郊动静，俯而瞰之，如列眉然。工甫竣，而贼突至，号十余万，围城三匝，烽火烛天。是时，县令朱老且病，忧惶无措，城中人人股栗，毅庵抚循之曰："若等无畏，吾稔知贼不持粮而野掠，利在急攻，但坚壁以待之，将自溃也。况参赞兵且至，贼畏之，必引去。"于是率民兵，登陴守御，激以忠义，搢绅列队伍中，为之长，众志益奋。且戒枪毋乱施，矢毋妄发，贼至则击，退则偃旗息鼓，以示不测。如是数日，贼无所得，而攻益急。毅庵戎服骑马，昼夜巡城，贼望见之，击以炮，风过帽落，马为之踣，复易马周行，了无惧色。亲冒矢石，濒于危者三，而贼围卒不解，毅庵乃谋于众曰："贼欲破吾城，盖利吾之粮，且易吾之无利器也，吾阳示之以弱，阴以大炮置南门，贼至，击之其可。"于是开关，佯与贼战，贼前锋突进，急发巨礟，继以强弩，殪杀数百人，贼少却。先是，役某与贼善，入贼营，诱贼至，言城无备，足破。故贼围六日不去，毅庵侦知之，使登陴者呼役某曰："汝言入贼营，杀贼首来献，何迟迟至今。"贼闻之，以为卖已也，碎其首。且惧城不可破，而大兵蹑其后，遂宵遁。围甫解，而参赞兵亦至，城遂得以无虞。后贼平缮后，策万言以进参赞，参赞器其才，言诸大帅，以军功卓异,将加升擢,毅庵辞以亲老,仍就教职。吾闻毅庵诚悫君子也,言语讷讷然,如不出诸其口。及其临大事,履危险,英风飒爽至如坚,城人之不易知,固如此乎。毅庵名仙芝,简之南乡人。

《重修普照寺》序

盖闻庙宇之建，土木之兴，创始者固难，守成者尤为不易。诚以人事代谢，往来古今，前之人虽美弗彰，后之人虽盛弗传，天下事其大较也。简有古刹，曰普照，在城东卧龙山，去州三十余里。枕山临水，茂林修竹，禅房花木，曲径通幽，骚人览胜，名士解骖，靡不于此。涉目成趣焉，而衲子勤修，梵宫仙唱，金绳开觉路，宝筏渡迷津，洵哉其为一州名胜之境矣！考之碑刻，称此寺建自宋嘉定戊寅，迄今七百余载，风霜兵燹之余，上栋下宇，日就倾颓。游其地者，徒见山高水长，荒烟蔓草，频眺悼叹已耳。于是两院住持力成培复，内装法像，外固垣墉，轮奂维新，丹青炳耀，珠宫绀宇，何殊鹿苑鹫峰，翠柏苍松，不让双林八水，俾千百年名胜之迹，不致湮没。而复旧观为沙门之护法，留象教于名区，厥功讵不伟欤？自道光八年培建之后，至今已历廿载。其僧鉴光本堂因历年渐久，金碧剥落，墙宇倾坍，拟复重为培修，以继两院禅师与见修上人之意，而来乞序于余。余嘉其克承先志而振宗风，以增佛日之光，而永往古之迹也，遂不辞而为之序。至其兴废之由，山水之胜，则其乡人邻水大廷尉甘秩斋前辈一序详哉，其言之矣，兹不赘。

江母陈宜人传

江母陈宜人者，籍隶粤东，系出名门。其夫渊明，因故乡家事中落，谋生不易，遂偕宜人来川，家于简州北关外之落带镇。未几，渊明殁。斯时宜人年仅三十有一，欲以身殉，恻念怀有遗腹，倘从夫地下，江氏之嗣于兹斩矣。忍泣吞声，摒挡丧葬。月有五日，而晋槐生。于斯时也，茕茕孑立，形影相吊，恩勤鬻子，备极劬劳。缘长于针灸，远近之来求治者，皆以其贫而孀也，多厚酬之。其于晋槐，幼则篝灯课读，长则令其学习贸易，于石桥镇货殖经营，家日以兴。遂于永兴街得安宅，迎母而居焉。卒于嘉庆戊午，享年六十有九。今因其孙援例州司马炳灵以续修州志，汇其祖母一生苦节，乞余立传以入志也。披阅之余，喟然有感，《柏舟》之诗，所谓"之死靡他"；《燕燕》之诗，所谓"先君之思，以勖寡人"者，宜人殆兼之矣。盖宜人心贯金石，节劲松筠，矢其志以完其节，本其德以辅其才，诚哉巾帼之英，闺阁之杰矣！观其终始，由苦节之贞，得甘临之吉，昌炽寿富，于今未艾，其贻厥孙谋，流芳奕祀，洵足辉增志乘，永为壸仪已。爰从炳灵之请，而为之传云。至其世系封典，则有诸公之铭赞在，兹不赘。

观风谕

　　星储井络，光分奎壁之精；壤接蓉城，彩共锦江之濯。简州天府锁钥，东道通衢。瞻白塔之巍峨，山因凤起；睹绛溪之澄洁，泉以龙名。蜿蜒既萃于地灵，清淑自钟夫人杰。过许氏状元之里，科第联辉；访刘公读书之台，谏章具在。名流芳躅，怡情折柳，桥边雅士，遗踪寄兴，碧波亭上，古既有之，今亦宜然。本州训凛鲤庭，名题雁塔。昔戚宦游西蜀，曾看旄节之花；今兹牧寄阳安，倍切骅骝之慕。维彼银袍，待问山下路，未免徘徊；自念红饼，叨尝过来人，何妨指点。值下车之伊始，觉问俗之弥殷。定于三月二十日，观风合属，制艺一篇，务合清真雅正之体；试帖八韵，无乖温柔敦厚之遗。骋秘抽妍，敲金曳玉。拟文澜之阔壮，苏海韩潮；协韵府之铿锵，潘花谢月。文章原于经术；学问本之婣修。将见浪暖桃花，北海则鲲鱼怒击；香飘桂子，南溟则鹏翼扶摇。宜尽一日之长，以觇寸心之得。瑶华满目，敢云月旦之真；笙磬同音，相赏风尘之外。当文教昌明之会，正人文蔚起之时。本州实于多士有厚望焉。

州中八景[1]

一、印鳌拱璧[2]

绕郭岚光扑绮寮,鳌山印岭总名标。岷峨远势蟠千里,奎壁祥辉接九霄。
云起晓含龙洞雨,峰回夜锁雁江潮。地灵自昔钟人杰,继武休嗟往哲遥。

二、金绛流虹[3]

谁分绛浊与金清,百丈虹霓抱简城。春雨涨添夔峡势,秋风涛作广陵声。
横桥倒影朱成碧,夕照浮江灭复明。民监不妨兼水监,濯缨濯足悟歌情。

三、应第莲池[4]

灵根谱不入群芳,别酿英华兆吉祥。几辈科名开蕊榜,一池菡萏舞霓裳。
莲台恍似翘材馆,泮水翻成选佛场。料得广寒攀桂手,桂花香带藕花香。

四、龙门锦浪[5]

江流屈曲绕双峰,涌起波澜几万重。尾烧春雷惊跃鲤,鳞翻锦浪喜登龙。
鲲鹏变化天衢近,风雨纷飞云气浓。知有河源通碧汉,乘槎一例许朝宗。

---

[1] 州:指简州。
[2] 简阳城区沱江东岸的印、鳌二山,两山相对,现已被简阳新城列入中央公园范围。
[3] 今简阳人民公园鱼嘴绛溪河汇入沱江处,每当夏季绛溪河涨水之时,含有大量泥沙的绛溪河水涌入沱江,就形成了一道独特的景色:一边是青绿的沱江水,一边是赤红的绛溪水。
[4] 今简阳市人民公园里的瑞莲池,据说原来科举的时候,只要有人中举,莲池里面的荷花就会开。
[5] 因宋代的状元许弈在这里读书而闻名,但具体地址不详,多数人都认为应该就是如今的夜月洞。

五、四崖泛月[1]

时清吏事少稽留,天许偷闲载月游。层浪中涵千岭翠,一轮圆印四崖秋。
清辉有客停琴佇,爽籁凭谁抆笛酬。良夜我嫌更漏促,呼僮缓缓荡归舟。

六、一塔凌云[2]

石幢铁座已成尘,一塔犹留古刹春。人说平原凭点缀,我于特立想精神。
空中掷笔书云锦,天外昂头捧日轮。每为登临征造诣,置身绝顶始完人。

七、渔村暮艇[3]

竹篱茅屋几人家,半依山隈半水涯。白板艇摇春浪软,绿荫网晒夕阳斜。
径通小市鱼争卖,人醉前村酒待赊。羡煞渔翁蓑笠稳,欲归未得鬓先华。

八、朝阳曙阁[4]

鸡声唱晓海天空,高阁辉腾日正东。井灶隔江烟散碧,云霞入座影飞红。
藏真洞古仙何在,绘景诗成句未工。谐律好教鸣凤集,傍岩手自种梧桐。

赠内(十首)

屈指归来十二春,爱如兄弟敬如宾。
房帏静好难言尽,一种深情最可人。

陶令篱边载酒行,也将醉笔赋闲情。
我今偶学邯郸步,领取春风绣阁生。

萧史箫吹弄玉台,蕊宫无梦到尘埃。
前身合是鸳鸯侣,分付群鸥莫浪猜。

---

[1] 原简阳老城四面都是悬崖,环列城郊,面临江水。由于城市发展需要,只能看到东崖,就是如今的鳌山,其他的悬崖已经推掉了。
[2] 简阳城南拥有八百多年历史的圣德寺白塔。
[3] 现人民公园鱼嘴处,古时居住着很多渔家。到了晚上,渔家纷纷点灯,就舟火通明,形成一幅美丽的渔舟江夜景。
[4] 朝阳洞,今为五皇洞。

不羡铅华与绮纨，柔肠侠骨古来难。
卿原巾帼奇男子，肯作寻常箕帚看。

薄宦蹉跎计转疏，簿书案牍总愁余。
等闲辜负香奁梦，京兆风流愧不如。

阳春何处觅知音，韵事新调绿绮琴。
最好天边良夜月，一轮常照两人心。

玉镜台前笑语时，此情未许别人知。
蓉城十里花如锦，争似兰陵五色芝。

小玲珑馆咏河洲，月夕花晨春复秋。
鹣自双飞鱼比目，一度一年笑牵牛。

连理枝头花并开，更无杨柳种章台。
东风薄幸非吾事，闲煞苏娘织锦才。

题扇诗成句未工，好凭玉指拂微风。
惜花心事怜香意，多在微风荡漾中。

见载于其曾孙濮良至所辑《濮氏承启堂一家言·小玲珑馆遗著》

濮文昇

濮文昇（生卒年不详），号蘧生，江苏溧水人。咸丰十年（1860）出任营山县知县，同治六年（1867）调署资阳县，次年回任营山，直至同治九年。《营山县志》载，濮文昇就任伊始，继修城垣，历经五载，"暑雨秋淋，屡筑屡圮"，共修城墙五百八十四丈，城楼四座，奎星楼一座。工甫竣，战事又起，凭墙固守，县城得以保全。营山绅民为前后修城有功的三位知县刘毓炉、刘英选、濮文昇合建三公祠，立碑撰铭曰：三公之德，正德厚生；三公之业，积谷修城；城坚食足，永卫编民；愿我三公，时念斯营。同治元年春，濮文昇导民重修骆市桥，完工后作碑记。同治十年出任涪州知州，次年因病离任；同治十二年回任涪州，年底奉旨会办闻名一时的黔江教案，因而次年离任。光绪元年（1875）出任峨边厅通判；光绪三年冬再度回任涪州，光绪八年卒于任上。在涪州知州任内，他重建涪陵文峰塔（俗称"白塔"），此塔原为木塔，毁于明朝末年。同治十年重建为砖塔，采用特制青砖，耗时四年竣工。白塔八角九层楼阁式砖石结构，总占地面积八百七十余平方米，有四重台基，连塔刹顶总高约四十米。同治十三年完工。濮文昇工诗词，精书法。他的白鹤梁题记，书隶体，遒逸疏爽，令人悦目。涪陵蔺市龙门桥东原来立有濮文昇德政坊，四柱三门五楼，高七米，坊上刻有"龙凤呈祥"字样，纪念濮文昇治理涪州的功绩，1961年冬拆除。曾祖父兰芬（字乾一，号明健），曾祖母甘氏；祖父绍辖（字浑斋），祖母谢氏。妻李氏；继张氏，江苏阳湖人；再继张氏，继配之妹。父濮瑗、母李氏；继母张氏，江苏阳湖人；再继母张氏，继母之妹。妻刘氏，子贤懋（字瓜农）、贤恺（字星桥）、贤忱（字丹吾）、贤恭（字寿铭）、贤怡（字云堪）、贤泌（字芋禅）；犹子贤愈（字君愈）；女贤婉（字柔杉）适浙江汪少和、贤媤（字诗环）适浙江徐石生、贤娜（号书华）适浙江李镛为继室。孙女中良容（字德华，贤忱出）适李镛三子道洋，孙子中良埙（字颂川，贤忱出）娶李镛长女道沅。

重修营山县城碑记

营山县城，重修于咸丰十年庚申，至同治四年乙丑而后竣事。计周围五百八十四丈，外墙除垛口，高一丈七尺，内墉高一丈四尺，厚一丈八尺，垛口八百七十洞，炮台十二尊，城楼四座，奎星楼一座，费钱三万九千层有畸。守土官濮文昇谨为之记曰：於戏！成事之难也，为政之不可苟也，民劳之莫恤也，而民财之易竭也，吾于斯役，益有疚心焉。国朝嘉庆之中叶，教匪勘定，全蜀乂安，上下恬嬉，相志太平，间有力役，率因陋就简，不足以资守御。迨咸丰以来，四方始多故矣。赖皇帝神武，特诏天下修城凿池，以备不虞，然残缺者已十之七，既颠沛无能为役，其幸不当贼冲者，民又贫弱不堪。科令以故营山三里之城，高不逾丈，以土代石，残缺于兵燹。后者迄今又将五十余年，前知县事刘英选慨然忧之，建议重修，取石于城北之天印山。然距城且十五里，负重致远，工资大耗。因又疏泉筑堰，以通舟楫，石运始便，乃规模粗立，功力未充，遂檄调去所治。升也不才，适当艰钜，初出为吏，既与民不相习，更拙于徭役，不能为先事之防，此吾所疚心于始者也。庚申辛酉间，黔匪乱蜀，分其死党数万，涂毒我郊野，凭陵我乳郭，新筑城基仅十之二三，女墙又猝不及备，赖国家之灵，及士民忠义之所激守，四十余日，而竟不为贼有。当是时，掘地道者十余穴，列垒者数百计，迫而攻者日且三四至。然而营山三里之城，高不逾丈，以土代石，残缺于兵燹，后者与五十年来形势无以异也。贼稍退，仓猝备匠石，严均输，谓经营之成可歌。不日乃暑雨秋霖，屡筑屡圮，功不逮半，事乃加倍，敬事之谓，何又重以困吾民，此吾所疚心于继者也。今幸完固矣，然旷日持久，几乎不得毕其役。今天子方忧勤兵食，岁费至千百万，何敢以弹丸小邑，上支国帑，而吾民加征赋，劝乐输，岁且数然矣。一寸之木石，万声之邪许，不啻脂膏而涕泪之，此吾所疚心于终者也。夫人情易与观成，而难于虑始，其倡之于先，使有基可乘者，前令刘君之功也。委曲劝谕，使吾民勤而不怨者，诸父老之力也。吾方以劳民伤财至再至三引为已责，故特列吾所以疚于心者，敬告来哲，俾因时制宜，有所取鉴，不至重吾过焉，足矣。而又敢自以为功，我其谓民何？民又其谓我何哉？！是役也，前任陕西洵阳县知县于钧、候选通判李玉荣、候选教谕李春与、候选教谕陈全模，从九王文辉、钟文毓、罗从纯，皆谨慎能任大役，而始终其事，则候选训导罗培荣、候选府经饶克昌，于大兴尤有足多者焉，例得备书。

重修骆市桥碑记

　　桥建于宋熙宁四年，在县治东偏之骆市场，盖通一方往来而已，非有洪流巨浸恶溪毒潭之艰且险也，又非四达九达为东西南北大都会也。行而习焉，民忘其利，一旦桥废，则行旅相望，农不便耕，而商不便市。虽别有四达九达可以东西南北之者，而此一方之往来，隔艰阻险，且与洪流巨浸恶溪毒潭等。故桥不可以不修，而适圮于咸丰辛酉间，是时蜀乱且三纪矣。滇贼李永和分其死党掠我郊鄙，陵我城邑，县城已恶，又圮于淫雨，百攻百备，木石几尽，而何有于斯桥。且市当贼营冲，又用武地也，贼负数万众，饮马而战，投鞭而渡，一桥之有无，既不足界之，今幸败去，则筑垣浚濠，大工斯急，民有复故土者，亦将坚砦堡，勤绚茅。区区市桥又谁晤计兴废哉？夫以民所不急之务，而得各以余力治之，且若无事焉，庶几大且远者之经营略备，而吾邑亦当复见太平矣。于戏！一桥之兴废，一邑之治乱，所见端也。宇内坦荡二百余年，遵道遵路，舟车相忘，斯桥即谓，当修责之，一乡善士足矣，勒石纪功，殊为多事？然而夷险殊辙，陵谷易位，俯仰兴废感慨，因之不有文章，后将失实。于戏！一桥之建替，又一时之盛衰，所见端也。劳民伤财，岁且数举，诚不欲重疲群力。而秋水时至，民乃病涉，非长宫之责欤！在《夏令》曰："九月除道，十月成梁。"今固其时也。至于富者忘吝，贫者忘劳，则此邦之俊彦有足多者焉。夫成败者，事相循也，桥再废不知何年再修，不知何人本。政通而民和，虽筑百雉之城，凿十丈之池，人且不以为怨，而成之易，几与修一桥无以异。苟其不然，即一乡邑间徒杠之设，亦力有不给，而事有未遑，而其他之颓而不振者，又何可胜道。为民父母，将何如。故书之以告来者。

丁长英碑文

孝烈女者，县之顺江场农家子也。父国珍，母廖氏，弟幼妹婴。女年十六，犹待字。事父母服勤劳，言笑不苟发，戚党钦之。道光十八年五月十八日，猓夷出巢焚掠燄甚炽。女举家窜避，甫及河而夷麕，父泅水免，母妹被磔，弃尸急流中。遂执女及弟走，女伤其母之惨死也，号痛不肯行，夷释其缚而诱之，女震怒，骂曰："汉家女岂受尔蛮奴污耶！遂投于河。数日抱母尸出，面如生，居人神其异，哀其情至，为涕泣吁。女之孝与烈，何其挚也！生奋常山之舌，死遂曹娥之志。须眉中亦所罕觏，况边荒之农女哉！虽附旌乐邑总坊，而幽光未阐于故土，何以为乡里风。

昇权事斯邑，责司风化，特志而寿诸贞珉焉，女姓丁名长英。

涪邑文峰塔记

夫谷邃崖楔，兰桂因之厚其植；山光川媚，珠玉从而振其华。骐骥产夫涯洼，征祥在德；麟凤游于郊薮，感召惟仁。人杰虽本乎地灵，世会不羁于土脉，故宜圣德大成之集，泗水为之却流；兴王有挥至之机，市州卒然特起。是岂秦隐君之筹划，图孝青囊，张子房之薪传，经陈赤霓者乎？所以项乔有崇理之辩，温公有乞禁之书。若乃肖形枕头，冀消氛稷，殚工壕股，屹立烟波，或宏。龛神涌地之称，倒影凌霄之概。是则皈依者，亦取决于文字乎？或关然而峻诋耆问者，光儒之倡也；艳谈形胜者，近代之常也。邑东之插旗山者，发脉汉葭，分疆桐梓，蜿蜒数百里，起伏十余岗，牙错对峰，鳞皱诸嶂，峦头回顾，山横陈以二水为襟裾，实全涪之关键。旧存塔址，早拓坯基，则乡贤向参政鼎之创始也。为同里输一年之赋，雀稽倾困；法代都扩七级之规，鸠工覆篑。无何罡风吹劫，峰火惊尘，争招新市之兵，渐弥平村之寇。樽橹初具，堕自天狼；爽垲重占，谁窥地鹤，盖蹉跎荏苒者垂二百年矣。于是荐绅先生、皎庠彦士．会谋于野，发言于庭。醵金满篝，庀材居肆。定方中而揆内，经营窃比夫灵台；移岁次之躔星，功德甫成乎宝杨。完矣美矣，仰之弥高；轮焉奂焉，岿然独立。笔尖蘸露，书空雁字之天；文陈回澜，挥破龙沱之浪。匪如山作八字，戴洋不慊于武昌；要知符应三公，羊祜终官夫太尉。从此雁王塔上，遍题甲族荣名；试闻鱼呗声中，亦诵丑年高弟。升邦忝牧，往迹应培。感言百废俱兴，且幸三时不害。爰效郭冲之条事，但输孙绰之能文。伐彼青珉，镂之紫篆，乃为铭曰：涪山崴袅，涪江浩瀚。磅礴扶舆，氤氲雨焕。云涌浮图，势侵霄汉。昔在先哲，眷怀乡邦。度其隰原，相其阴阳。功思运甓，贷概采囊。红羊突起，朱雀失光。有开娼先，于今为烈。是究是图，有典有则。突兀撑空，森盔疑削。渊汇砥平，林峦缥碧。高楼奎垣。大畅休风。科名举绿，旌节花红。嗟我农夫，岁稔年丰。多黍多禾，如菁如蓬。

凡兹嘉应，惟塔之功。不骞不崩，此山与同。

  特授　四川重庆府涪州知州濮文昇主建并撰

  署理　四川重庆府涪州知州施毓龄赞建

倡建：

  举人　潘文樽　贺太璞　赵宗宣　周　庄　周熙尧　彭光焯

     王应元　吕毓琳　文人蔚　李　瑞

  副榜　江炜心

  教职　赵衔宣　何葆瑛

  职员　刘　炤

监修：

  拔贡　李树滋

  监生　陈金声　余从宽　余世樽

    大清同治十三年甲戌岁仲秋月上浣吉旦邑廪生夏寿昌敬书

涪邑文峰塔联匾

横匾：贵相腾辉

上联：大雅广扶持，一柱擎天开泰运；

下联：斯文真主宰，三台立地庆升华。

白鹤梁题记

咸丰癸丑，先大夫琅圃公来治涪州，文昇与兄文逞、弟文昶、文曦侍，三载于兹，颇穷搜访，独以莫见石鱼为憾。同治辛未，文昇复承之是州，自时厥后，凡三至焉。江山云物，皆若有情，然终莫见斯石也。今年春，水涸鱼出，因偕诸友流览其上，让酒之暇，余兴未已。爰叙颠末，以志不忘。同游者霑益娄坛、婺源胡寿春、芜湖沈福曾、中江岳尚先、眉州何晋铣、归安吴瑜、乌程沈锌庚、昭文范观治、营山张元圭，及余弟文曦、子贤愿、贤忱、贤恭、贤怡、贤泌、犹子贤愈、妹夫顺德张思源、甥宝应朱学曾、顺德张元珏。

清光绪七年辛巳春正月甲子朔二十正癸未溧水濮文昇记

编外

昆明张氏诗文

张氏家系

海槎公张涛
|
小槎公张景仓
|
张兰生适李尧枚

张涛

张涛（1848—?），字湛僧，号海槎，斋号知错必改轩，云南昆明人，道光二十八年（1848）生于云南省云南府昆明县（世居城外，后因咸丰滇乱而迁城内）。同治九年（1870）庚午恩科云南举人。光绪三年（1877）"夏有合州管厘之行，冬有移创鄞厘之委"。五年八月署四川珙县知县，六年榷宁远府厘务，七年（1881）受四川总督丁宝桢檄委查要案，并襄赞盐茶道唐炯改革盐务，九年六月任四川南川知县至十九年，任内后期两调闱差，并升知州衔。张涛在珙县任上，对当地少数民族研究颇深；在襄赞丁宝桢、唐炯改革盐务时，曾有七天筹得白银十万两的佳话；在南川的十年任期内，更是成就甚多，尤其是他主持编修《南川公业图说》，开创中国地方志的一个新风格。丁宝桢对他的评价有洁己奉公、才具明笃、心地诚实、办事认真等语。在清季官员的"守、年、才、政"四格考核中，他获得的评价是"清壮优敏"，具体评语为"精明练达，有才有为，数术兼纯，循声夙著，堪膺保荐"。卒年不详。父德荣，母曹氏，子景仓字小槎，孙女张兰生适李尧枚（婚后改名张和卿）。

滇乱纪略
自序

不有倡乱者，而乱无由始；不有戡乱者，而乱无由平。人事也，不得诿之于天。方其始也，在倡乱者亦非必甘为罪之魁，而莫之致。而及其平也，在戡乱者亦未敢期为功之首，而莫之为而为。天意也，不得归之于人。盖天人之际，其感极微，其应如响，非身经阅历者不能会其通而晰其理。余于滇省之乱信之焉。

滇去京师七千余里，汉回杂处，受圣朝教养之恩相安者二百余年。自道光二十四五年，人心思乱，汉回疾如仇雠，械斗成风，势莫能遏。蹂躏遍三迤，黎民靡有孑遗。咸丰丙辰夏，会垣乱始作。迨至己巳秋，省围乃解，已十四年矣。又越三载，癸酉，西逆杜汶秀授首，戡定永昌腾越。首尾二十余寒暑，死亡不知凡几。

涛生当其时，诗所谓"不自我先，不自我后"。惜幼龄不知记载，于阖省离乱颠末，亦未全悉。迄今又廿余年，即目所睹耳所闻者，记忆亦多恍惚。兹之记略，特省城之大概耳。扩而充之，以俟归田时，拟再征文访献，更俟后之君子补其阙略。夫人生承平，饱食暖衣，不知稼穑之艰难若一惕。以祖若父之险阻艰危，虎口余生，未有不惶然思、悚然惧者。然则余之纪其乱略，非俟采风也，为欲我之子孙，知祖若父出死入生以有今日，而不敢不惧而思者，亦安不忘危之意云尔。

时在光绪十七年，岁次辛卯，昆明张涛、海槎氏序。

咸丰六年丙辰夏，滇省乱作。

先是道光二十五年，永昌汉回因小忿互斗惨杀，迤西各郡县响应，回民杜汶秀、丁灿廷京控。道光二十八年，滇督林文忠帅师西征，兼施剿抚，民情震慑，

663

械斗少息，汉回仇卒不释。是年，省垣谣言四起，金称回民纠众谋逆，其实无据。当路者，左右袒。邑绅少司马黄琮请终养回籍，奉旨团练众数万。琮书生，承平久，民不知兵，众无益也。有临安府匪众与回匪争石阳碻，互有杀伤。回纠其教与角逐，乘势抢掠距省二十里小板桥之当商。临匪追回至会城外麕聚。三义庙居民齐团久，家有军器。臬司青某出"格杀勿论"示，民误"格杀"为"各杀"，于四月十六日，省垣内外搜杀回民。强悍者逃之，文弱妇女老釋杀无算，督抚不能弹压。闭城三日，事定亦不查究。省乱自此始，滇督恒公名春，滇藩署巡抚桑公名春荣。

会垣小城内居民十之三，附郭十之七。涛家世居城外，是年闻乱，侨寓城内。城外民移寄人庑下者，妇女多口角，次年遂不入城，因此殉难者众。涛家于是年乱平，先祖母彭太夫人曰："乱未已也，宜移居城中，城存俱存。"吾父遵从之，所以免于难也。

咸丰七年丁巳夏，马如龙围省，总督恒春自尽。

先是会垣杀回民，三迤响应。永昌回民杜汶秀以报复为名，陷迤西州县数十城，称伪大元帅，踞大理府为巢穴。临安回武生马如龙陷迤南州县数十城，亦称伪大元帅，以新兴州等处为巢穴。省城人心惶惧，督府会同团练大臣出示，不准迁徙，并称决不闭城。马如龙至海口，团练大臣安居城内，督府亦不发兵，团首文生李端战殁。闰五月二十一日，贼直趋如入无人之境，团练无人督率，各鸟兽散。督抚及团练大臣皆一筹莫展，速闭城门。民不得入，死者数百万。众贼焚屋舍数百万间。如龙踞于距城五里之江西会馆。是日，总督恒春登南门城，置顶戴若干品，有杀贼者给之。兵杀难民首级冒赏，春弗能察，无一人与贼战者。春叹惜尔而已。归署被其夫人某氏詈责。夫人先自尽，春亦自缢。省围急，粮运无路，斗米市银二十，金一钱买蚕豆二枚，饥死无算。华山树皮，翠海浮萍，食俱尽。有饥毙于路者，腰间尚系有黄金。死者无葬地，堆积古庙，抛置于五华山者，不计其数。白日闻鬼哭声。挨户抽丁守城。民饥甚，终无降贼者。贼围城多时，蹂躏殆遍。

秋八月，元蒙营都司褚克昌等援省，攻开粮路，民庆更生。

诸克昌字俊生，云南云南县武举，任元蒙营都司。先奉调出征，是时会同赵德昌、何有保等分道援省，破西路贼垒数十，遂入省。粮运通，开北门易市，民庆更生。克昌文武全才，上马杀贼，下马作露布，且能爱民，秋毫无犯，治军严，民倚为父母。克昌坐镇北城，防范周密。出者印膊，验而后入。民间大小词讼，皆就克昌伸理。克昌有听断才，民尤悦服。当道主抚，独克昌主剿，议不合。贼久踞省之东南隅，然惮克昌盛名，不敢犯北城。克昌独能兼任，仍听督抚指挥，人以为有古纯臣风。

咸丰八年戊午春正月，川勇哗饷，乘机抢掠，都司褚克昌讨平之。

先是，六年丙辰，提督文祥调川勇助剿，克红岩图宾居。如龙围省，遂撤兵赴援。至是川勇哗饷，踞城内作乱，署督桑春荣束手无策。川勇肆行抢劫。克昌适充翼长，不动声色，立诛为首数人。余震慑求抚。克昌计驱出城，陆续遣散。是役也，内忧外患，岌岌可危，非克昌素著威名，几至不堪设想。督抚嘉其功，保署提督。克昌幕宾胡玉聪，亦余师范拙斋先生之弟子。胡道克昌事甚详，拙斋赞之曰："能文能武贤圣心。"胡以此语告克昌，克昌逊谢曰："此非武帝不足当此，我谨以一语对之曰：'为国为民忠爱志。'"当时传为美谈。涛拟异日书此联，敬悬于克昌专祠。

夏四月，省围解。

马如龙退踞澄江府之新兴州墅馆驿等处，东西南郡县多陷于贼。是年张亮基督滇黔，徐之铭由云南臬司升巡抚。

咸丰九年春二月，署提督褚克昌督办迤西军务，迭克名城，军威大振。张亮基给令深入，缓兵不援。秋入月，马如龙袭楚雄，克昌战殁，全军皆覆。褚克昌督办迤西军务，克复富民、易门、安宁、昆阳、禄丰、楚雄、广南等郡县，直抵云南驿，势如破竹，军威大振。至楚雄时，即函致督抚称："军势颇利，但孤军深入，势难首尾兼顾。倘我军前进东南，贼蹑其后，危可想矣。"张亮基给之曰："公前进楚雄，已派有援，当弗虑。"克昌信之，遂直抵云南驿，杜汶秀大惧，谋遁。亮基援不至。八月马如龙由馆驿绕道袭楚雄。楚雄陷，克昌战殁，全军皆覆。事闻，赠太子少保，谥武烈。克昌形貌瘦小，布衣马褂，出入军中必戴顶帽，讥之者以为似教官。而智谋沉毅，勇力过人，抚恤士卒，战必身先。倘非为张亮基所陷，滇变早平。滇人至今恨张亮基入骨。

　　咸丰十年庚申冬十月，马如龙二次袭省，未成。十日解围。
　　马如龙帅众袭省，先密谕贼众改装易服，藏军火器于篾篓之中，约至城内之三牌坊举火。前敌贼误南城外之忠爱坊为三牌坊，突树旗帜。城内毫无备，一民人闭城门，贼不得入。当事者尚不知也。自褚忠烈卒，以何有保之义子林自清署提督。自清骁勇善战，然纵恣不法。亮基与如龙议和，徐之铭、林自清均不可，遂嗾民哄督署。和议止。如龙袭省不利，踞十日，仍退归馆驿。省围解。

　　咸丰十一年辛酉十一月，马如龙三次围省，与徐之铭议和。同治元年壬戌，春二月，如龙率众入省城，授官有差。
　　如龙三次围省，署宜良县兼署路南州、兼摄澄江府、留滇补用同知直隶州。岑毓英援省，是时张亮基已告病去。滇新督张凯嵩逗留不进。革职。徐之铭兼署总督，如龙议和，遣毓英往说之。毓英亲诣如龙营，从者不十人，信宿饮食，谈笑自如。如龙颇敬重之。和议定，如龙交出所据新兴、昆阳、晋宁、呈贡、嵩明、罗次、易门、富民各城。壬戌二月，如龙率党入城，要求百端，之铭无不应。檄如龙署临元镇，奏赐回掌教马复初二品伯克，其党杨振鹏署中协，余均授官有差。如龙兼用大元帅衔，伪印大如斗，与镇印并列。回党占据民房，占聚民女，一时民间竞相嫁聚，不复成婚嫁之礼，街市不敢售猪肉。一时无赖争投回教，俗呼为"假回子"。之铭趋承如龙无所不至，纪纲扫地矣。
　　同治元年春三月，林自清私行出川。委候补同知直隶州岑毓英护理云南布政使司布政使，伪大元帅马如龙署提督。林自清恣睢不法，人皆侧目，和议成，民尤唾骂。遂决计出川，将提督印交马如龙署理。岑毓英者，广西附生，以候选县丞投效滇省，随何有保攻克赵州属红岩，事在咸丰六年。自将克宜良县城，斩城首马鸿先，奉檄权宜良县事，保留滇，以知县用，事在咸丰九年。会林自清剿路南州，兼权州事，保同知直隶州，又兼署澄江府，事在咸丰十年。带兵破澄江贼垒，材智迈众，坚苦耐劳。至是自清将行，调毓英至省。毓英语自清曰："我官卑，不足以资坐镇省城，事权已尽归如龙，非给充翼长，不足与之抗衡。"自清曰："可令巡抚檄汝署藩司，何只欲充翼长？"毓英以为非分。徐之铭久受自清指挥，言无弗听，遂以毓英护藩司，兼充翼长。是言亲闻于岑公者。

九月，署云贵总督潘铎到任。

铎字木君，江南进士，曾任湖北巡抚，治军有声，因公降调补湖北臬司。张凯嵩因逗留罢斥，朝庭加铎二品衔，署云贵总督。铎轻骑到成都，川督骆秉章遏饷不给。铎携饷仅万金，慷慨直入。至是到任下车，即整顿军旅。回众之骤得武职者莫不畏惮。惜饷项奇绌，未得展其所长。

同治二年癸亥春正月，贼杀云贵总督潘铎。马荣袭陷省城，徐之铭易僧服，逃匿于布政司署。

潘铎到滇后，见马如龙仍称大元帅，其党尤骄横不法，且与杜汶秀声息相通。官贼并处，军务无下手处。深思远谋，欲作先清内患之计。因询诸马如龙曰："剿贼应自何路始？"如龙与临安府城之梁士美有隙，请先除之。铎知士美守临安保境，非叛也。欲除如龙，遂诈许之。如龙率众往攻，铎密敕士美固守，弗与战。又密檄调昭通镇杨盛宗速赴临安，与士美夹击如龙。拟俟盛宗至省，先诛城内回党，扫清根本重地。如龙既率众赴临，省城首匪无多，仅有回掌教马复初、署中协杨振鹏等数十人，并各回匪眷属，本易图也。奈盛宗路远，一时未集。之铭知其谋，以为己与回和，誓不相害，今反而行之，无以对回众，遂密泄于马复初。复初惧，星夜调署寻沽营参将马荣率党五千，假称赴临安救援。正月初八日入城，马荣住五华书院，其党分踞城隍庙、翊灵寺、苌忠寺等处。民情骇惧，纷纷迁徙。铎于十五日亲至南门月城弹压，午后往拜马荣，意欲以权变胁令出城，马荣不敢请谒。铎传谕，催令速行。返至四牌坊，马复初闻之，遣贼目飞驰至书院，与马荣密谋，饬快卒持手版，追请铎回，面禀事件。铎误信之，回与至。马荣迎入。历时数刻，已哄传总督被戕。武巡捕沈国标见铎甫受伤，急负而逃，与铎同被害。监院教职华岳，昆明人，甲辰举人。骂贼被害。次日弃铎尸于书院照墙下，武巡捕郑秉璋哭尸，贼杀之。同日，云南府黄梅林、昆明县翟诒曾，均于途中遇贼被戕。黄死于西院街中，翟死于皇华馆旁。贼四散劫衙署。徐

667

之铭易和尚服，逃匿民间杨某家。臬司花咏春、粮道宋延春，均丐服逃入藩署。盐道夏家畤逾城遁。申刻，贼攻藩署。毓英率勇五百名，与贼战于辕门内。贼败，藩署独存。次日，徐之铭亦逃匿于藩署。贼抢劫民居，民多举火自焚。涛家于十五日夜间被劫，母曹太夫人与姑母均逃匿于穷邻杨木匠家藏匿，未回。祖母与涛听贼搜抢，不敢出声，一夜而罄。所余仅柴米也。十六日，父亦未回，不知所往。祖母目中流血，涛急欲寻父，祖母弗许。十七日黎明，祖母坐而卧，涛私出寻父。至城隍庙街。贼杀数人，悬首于栅门，不容人过。转而僻径往莱海子一路行走，人踪全无，胸中亦无惧怕。由洪化桥转西门，走西院街至西箭道，遇父执张五叔曰："历乱如此，汝何胆大，意欲何往？"涛对曰："寻吾父也。"张曰："往何处寻？"涛曰："不知所往。"张手白旗，遂与涛偕行。至督辕，因亲见马复初红示。至辕门口，适遇吾父，遂同归，是时年十五岁。护布政使司岑毓英只身诣贼营，与贼首马荣等会，饵以和计，权止抢劫。

　　正月十七日贼首马荣等齐集南门内之昭灵观，胁毓英往，欲除之。毓英告其家属曰："我勇无多，贼十倍于我。彼若以全力来攻，亦必死。曷往彼，见机而行。我若死，勇可护太夫人斫城出。否则尚可图。带人反示怯弱，不如独往。"遂单骑袖洋枪，诣昭灵观。贼见皆惊。毓英急挽马荣手，慷慨而言曰："汝等已得省城，必给我来，是欲迫我死也。我岂甘独死乎？但我已笼中鸟，尚何能为？倘需我为事，我尚能助一臂之力。"马荣曰："汝意如何？"毓英曰："得城以安民为主。兹城内多举火自焚，民胥亡，空城安用？"贼以为将附己也，遂释杀害之念，复问曰："安民奈何？"毓英曰："若称王称帝，且俟大元帅归，再为定议。我意行请老爸爸护总督，禁兵勇入民房。"马荣等曰："老爸爸不从奈何？"毓英曰："我令百姓亲往叩求，谅无不允。"议遂决。毓英仍挽马荣之手不释曰："尚有事商，君可与我同归。"马荣不得已，遂偕行，徒步至藩署门口。毓英急回，速下令：民间男妇年过六十者，手执香花，赴老爸爸公馆，叩求安民，并请署总督。民从之，老爸爸亦允所请。所谓大元帅者，马如龙之伪称也。所谓老爸爸者，回掌教马复初也。毓英此举，智勇均出人意表。总督者，朝廷之官也。马复初自护总督，非叛逆而何？毓英虽与同处，己仍是朝廷命官，名正言顺，权而不失于正，盖人杰矣哉！

　　贼马复初自署云贵总督，移踞督署。

复初陈执事，乘八人舆，首挽白布帕，入督署，红示曰："钦赐二品伯克滇南总掌教，护理云贵总督马，为上任事：兹本护督部堂，择于癸亥年正月十八日到任视事。"示末亦只书癸亥年，不用朝廷年号（此目睹者），真叛逆也。毓英短衣战靴，红顶花翎，往谒复初。复初喜。毓英密驰蜡丸书，责如龙以大义，趣令回援。如龙得书，痛哭誓师，必欲除贼。如龙之忠，毓英有以激励之也。

二月，署提督马如龙回省，会同护布政使司岑毓英剿贼。生擒伪将军李俊。马荣宵遁。省城克复。

如龙接毓英书，痛哭誓师曰："我前聚众复仇，未敢叛逆。今马荣戕官踞省，朝廷震怒，回教无遗类矣。"即日拔寨行，与梁士美书曰："我两，私怨也。我今援省讨贼，汝无蹑我后。"后士美复书曰："如系诱敌计，吾早防之矣。如确，我助汝兵三千。"如龙得书，即退。士美侦之实，遂派兵相助。如龙逊谢之。如龙于二月初一日到省。如龙勇敌万夫，待酋目厚，最得回心。马荣等预谋曰："如龙之心如何，未可知。派军十之三守城，以十之七迎如龙。倘如龙辞气间不合，遂与战。"如龙之兵勇入南城，如龙独入西门，贼无从窥察。如龙至督署，詈马复初曰："总督可自为乎？何不欲保首领也！"未归私第，遂会同毓英，分队攻五华书院、城隍庙、翊灵寺、荩忠寺等处贼营。火光冲天，杀声震地。初二日黎明，贼驱逐罄击尽。马荣宵遁。擒获伪后将军李俊，凌迟处死。如龙下令，毁大元帅印，去伪衔，禁止人呼为元帅。反邪归正，自此始。徐之铭出，暂兼摄总督，住督署。如龙住抚署。之铭捏词奏其事，奉旨革职拿问。简劳崇光督滇，命林鸿年为巡抚。鸿年逗留叙府不进，革职。另简贾洪诏，亦逗留成都不进，革职。之铭久无人代，遂病故，亦幸逃法网矣。

之铭之死，在后此三年。同治三年甲子秋九月，护布政使司岑毓英会同提督马如龙，生擒贼酋马荣、马兴才，解送省城囚禁。乱甫定。毓英统师西征，克复富民、安宁、罗次、嵩明、禄丰、武定、禄劝、广通、陆凉、南安各城，进捣楚雄。已攻至镇南州。因马荣逃回寻甸，与马联升踞曲靖府八属，犯马龙州，毓英分兵东下，破马联升于天生关，进攻曲靖。九月，会同提督马如龙，擒马荣、马兴才，解送省城。十月，克曲靖，斩马联升东路平。西路已克各城大半复陷。

同治四年乙丑春三月，马荣等伏诛，设潘忠毅公位，挖心以祭。民情大悦。毓英以西贼蔓延，猝难殄灭，宜于东路先立不拔之基，遂往扎曲靖，如龙仍回省。如龙部下多回教。如龙自反正后不论回汉,大彰公道,回民殊不悦。凌迟马荣,部下多谋变者。幸如龙亲往督之,始不敢动。然臬司设位致祭时,如龙之勇,胆敢以石击之,下如雨。臬司步逃。如龙怒喝之,始止(此目睹者)。是时,大权归如龙,徐之铭徒拥虚位,称如龙曰恩公。如龙大得民心,年岁亦丰稔。省城童谣云:"大门改小门,米卖八十文。如或不肯信,问门马大人。"省斗米重一百二十斤。时每米一升只售钱八十文,向所未有也。

同治五年丙寅春二月,云贵总督劳荣崇光,奏请以署提督马如龙督办迤内军务,以署藩司岑毓英督办贵州猪拱箐军务。

毓英谒崇光于平彝,详谘滇事。毓英陈以"用兵宜先东而后西""应收旁落之权"等语。崇光大奇之。是时毓英已保免升知府,以道员加布政使司衔(事在同治二年四月)。崇光密保甚优,始补云南迤南道,仍署布政使司。崇光到省,奏请以如龙办迤西军务,以毓英办贵州猪拱箐军务。

同治六年丁卯冬十月,杜汶秀遣贼众围省,众数十万。署提督马如龙歼除内奸,力支危局。

先是劳崇光督滇,问岑毓英曰:"迤西军务几载可以成功?"毓英对以十年,速亦五年。崇光曰:"我年迈,是不能亲见成功之日。"又以前言问马如龙,如龙对曰:"杜汶秀何足道也?百日内可擒以献。"崇光欲速,遂壮其言。因奏派马如龙督办迤西军务。如龙与毓英先为谗间,恐毓英在省不利于己,请于崇光。崇光乃奏派毓英督办贵州猪拱箐军务,各带军分驰。如龙所统多回部,皆与贼通。合国安、杨振鹏等密书致杜汶秀,告以"省城空虚",如派贼到省,"里应外合,省可陷也。"适崇光薨于位,如龙军抵定远,前军失利,遂卷旗而归,以李维述守楚雄。杜汶秀派贼婿杨骠骑、段成功等,统贼众十余万攻楚雄。维述寡不敌众,以计遁回省,失二十余城。贼围省垣三面,势甚鸱张。如龙查知合国安有献城之期,密授马忠、李维述机宜,将安国党马云龙、马学林诱至文庙,密斩之。维述统军至南城外鲁班庙,擒合国安。黎明抵国安营,适国安在营外便溺,维述绐之曰:"提督令尔入城有要差,饬我来代尔也。"行至相近,急诛之。以首级谕其众曰:"国安谋陷城,与尔等无涉。如有抗拒,遂尽诛之。"众皆伏服。如龙力持危局，致书岑毓英求援。毓英分一军派其弟毓琦，率以援省。贼百计环攻，如龙防守严密，无隙可乘。如龙散财济饷，于民间无派累之苦，民甚德之。是时，刘岳昭由藩司升巡抚，办贵州军务，未入滇境。臬司宋延春护总督篆，守印而已，延春由迤西道失守城池回省，署粮道。于癸亥年省城之变，丐服而逃。人甚轻之。有竹枝词云："人尽羡君长乐老，我偏怜汝未亡人。"每一见统兵武员，詟谀备至。后升布政司致仕，重宴鹿鸣，真长老也。贼有降诈者，如龙留住其公寓后面方家公馆。公馆正屋五间，楼上堆积火药火绳无数，诈降贼即寓于下。雷由火药中击贼，楼上下板均穿一眼，而火药弗燃，说者以为有神助云。

同治七年戊辰春二月，布政使司岑毓英自曲靖督师援省，鼻受枪伤。先是岑毓英督办猪拱箐军务。猪拱箐者，川滇黔交界之所。陶三春等踞以叛，已据险十三年，川黔军均束手无策。毓英百二十四日削平之，杀贼数万，救出老弱男妇四万余，军威大振。于六年丁卯冬十月，凯旋曲靖。知省围急，派军往援。至是亲率大军援省，扬言师出陆凉，而取道宜良七旬。连破大小石坝、小板桥、古庭庵、金马寺贼垒数十座，进扎大树营，与如龙会合。派军克复呈贡、武定、元谋、禄劝、罗次、晋宁等城，居中策应，四出督战。饷奇绌，勇丁日给米一斤，月给盐菜银三钱，尚多欠数。所以军心不变者，赖毓英驾驭有方，与士卒同甘苦，因以维持人心。毓英于军中常帕首草鞋，即其部下亦多不知为统帅。查营常日行数十里，或百十里。督攻杨林，回首与人言，适一枪子由鼻梁飞过，略受微伤。倘非回首，则枪子直入脑矣，乃天佑也。是年，刘岳昭升授云贵总督，毓英升巡抚。十月，乏饷，就省城内居民二万户，派捐十万两。十二月，又派捐十万两。民极贫，而捐输踊跃，有以首饰衣服布匹抵捐者。

同治八年己巳秋八月，省围解，省乱乃平。

先是，巡抚岑毓英会同提督马如龙，百计攻贼垒不下。如龙奋勇争先，小腹受大炮伤，炮子重六两余，幸不死。以西瓜炮轰贼垒，子落寂然，不解其故。至是，贼统将伪大司寇段成功与杜汶秀女婿杨骠骑不睦，成功统众降。一柱偶折，全厦皆倾。毓英会同如龙剿不降者，擒斩极多。送入抚辕门枭首者，不计其数。尸堆如山，血流成河。城外东西南三面，贼垒皆平。查贼垒星罗棋布，多踞村堡寺庙。取阶檐石为墙，墙之内外皆濠，营之中间开池，外濠密拼竹签鹿角，内濠住宿往来。池与外濠，水皆贮满，每营只守以数十人。我军不能逼攻。以大炮击之，贼伏内濠地窟。炮方过而人起，垒旋坏而旋修。以西瓜炮击之，落入池内，不复炸裂。贼粮运皆由地沟行走，东驰西突，飘忽无定。围省三年，官军动损精锐，破一垒难于拔一坚城。迨至段成功降，虽势如破竹，而五花寺之石炮台，官军已攻入台内下层，贼踞上层，犹倾火药伤我官军。鏖战至两日之久，无一降者，亦自古罕有之悍贼矣！巡抚岑毓英骁勇善战，且机警知兵，又善将将。于省围难解时，审度情形，谓必需避坚攻瑕，使贼失其所恃，方能展我所长。因分派杨玉科、李维述、张保和、何秀林、蔡标、马忠、黄文学、李廷骠等，各授机宜，抄出贼后。又深知腾越刘先瑍、永昌李凤祥、丽江张润，皆与贼力抗者，驰书奖励，令联络声势，剪贼羽翼，接应西征之师。杨玉科等先后克复富民、嵩明、易门、安宁、昆阳、禄丰、楚雄、南安、广通、大姚，定远等城，黑琅，元永、阿陋、草溪各井。凡围省之贼十余万，既无归路，且有内变，是以斩擒殆尽，省乱乃平。

自是杨玉科诸军军威大振，叠克丽江、剑川、永北、鹤庆、宾川、姚州，镇南等城。毓英率兵剿澄江、竹园、江川、馆驿、娄兮、新出、者乡踞贼。十一年壬申，东南南迤皆平。杨玉科各军又收复永昌、郑川、浪穹、赵州、云南县、永平，蒙化等城，进驻上下两关，逼抵大理府城。冬十一月，毓英西上，亲督各师，直薄城下。贼困独犹斗。官军每战皆胜。杜汶秀服毒后，诣营诈降。毓英趁其未死，斩之。谕杨玉科入城受降，给杨荣蔡廷练、马仲山、暨伪将参军等，赴营谢恩，皆擒斩之。内外夹击，毙贼数万。十二年癸酉，复遣兵攻永昌、腾越、大小围埂，始报一律肃清。毓英加太子少保世袭一等轻车都尉，马如龙、杨玉科等均头品顶戴，黄马褂，汶秀二子解京师。

自道光二十四年癸卯起，至同治十二年癸酉止，前后三十一年。省城自咸丰六年丙辰起，至同治八年己巳先后十四年，回汉死亡者十之七八，民间捐输助饷数万万。毓英奏以民间捐输千万，加广中额，特后数年之间耳。尚有未还借款，不在此数。民少而贫，元气大伤。乱定迄今，又二十年，省城内外仍一片瓦砾。浩劫也，不可不记。

三辨

苗夷辨

古三苗之国，左洞庭、右彭蠡，介荆杨二州之间。恃险为乱，舜窜之三危。左氏所谓"流四凶族，投诸四夷，以御魑魅是也。"首恶既窜，而在故都者仍顽，不即工迨命。禹徂征班师振旅，七旬来格，乃得考其善恶，而分北之此。其见于书传，班班可考者。拱之苗，谓是荆杨旧族欤？梁州去洞庭彭蠡已远，不可强而同也。谓是窜于三危者欤？雍州去蜀南尤远，亦不可强而同也。然则其在故都已格之后，三老黜陟，分北而去。因以徙居于此欤？抑又闻之西荒中有人焉，面目手足皆人形，胳下有翼，为人饕餮淫逸无体，名曰苗民。考春秋传，以饕餮为四凶之一，说者固谓即三苗矣。其俗男女吹笙和歌，情投意合，即为夫妇。尤西堂有"吹起芦笙来跳月，马郎争上竹梯楼"之句。淫逸类如此。独所谓胳下有翼者，其说似诞，不足信。今珙僰类俱尽，而苗族日蕃，生计渐蹙。路径高险，习熟如飞，易为窃盗。然其被化深者，亦几同忠顺之民矣。春秋之法，夷而进于中国，则中国之。吕刑言大舜"遏绝苗民无世在下"，亦以其叛服不常，大者投窜，小者分北。使不得负固为恶，庶可曲加保全耳。岂真有遏绝之心哉！然当唐虞之世，犹烦圣主区画，则其种类顽梗，夫固未可忽易矣。

僰夷辨

西南夷其先多僰种。汉遣唐蒙，使开其从入之地，曰僰道。僰道者，通僰之道也。王制简不率教者，一再不变，屏之远方。西方曰棘，棘即僰也。郑康成谓，在南诏东鄙是也。然则中土之人，屏处于此者，三代以来已有之矣。顾武王伐纣，从征者庸、蜀、羌、髳、微、纑、彭、濮八国，而僰不与。何哉？方秦灭汉兴，僰道未通。巴蜀民，或窃与商贾，取僰僮婢致殷富。会唐蒙略通夜郎西僰

673

中，喻以汉威德，乃听蒙约还报，汉武置犍为郡。僰于是隶中国。司马相如所谓西僰之长效贡职，不敢怠惰。延颈举踵，喁喁然皆争归义，欲为臣妾。固由贪汉缯帛，便市易利，要其向风慕义，不可没也。今珙邑僰类已尽，而县石岩犹多僰人棺。盖其俗亲死不葬，悬棺高岩累累峭壁间。以此观之，其无遗种也固宜。

猓猡辨

猓猡者，猓之别名。昔萧齐改越巂为猓郡，以其为猓夷所居，因而更名其地也。猓之变名为猓猡，不知昉于何时？猓与猓，不过字划增损之间，或称为罗罗。南诏又以为落兰部，字音讹传，名异实同耳。明时，奢崇明父子屠戮全川，为虐已甚。又有白猓猡者，能用虫毒人，相传为广西流蛮，居近芒部。景泰年间，纠合戎苗，残破各县。范守已撰次，诸夷称猓猡，性狠好杀，良不诬矣。旧传其俗，新妇见舅姑不拜，裸而进盥，谓之奉堂，其无礼如此。成化时，尝与都掌大壩蛮相攻。其土人，自谓獠，因名曰土獠，又转而为獠。其别种曰狢也。猓也，猓猡也；獠也，狢也，皆从乎犬而名之者也。去犬而为罗罗，则青虎也。山海经云：北海有兽，状如虎，名曰罗罗。盖其形类乎人，其性类乎兽，介乎人与兽之间。昌黎之言，于兹盖信。

《勉行录纪略》选（光绪戊子孟春开雕）
自序

余以光绪癸未秋，蒙大宪以南川县缺题补。部未覆，先饬履任。光阴如水，忽忽已四年矣。簿书鞅掌，覆悚时忧，教养未遑，愆尤毕集，今而知为民父母之不易也。然兴利除弊，未尝一日去诸怀。政暇之日，将已见施行各条，抄录成帙，存诸案头。以其所已行者，勉其所未行，亦言顾行行顾言之意云尔。

光绪十有四年春正月上元后二日，知南川县事昆明张涛海槎氏序。

凡例

一、纪略云者，纪其所行之大略也。一邑之政，繁如棼丝。日手判数十件，听断十余案。卷落九房，时集四载，纪不胜纪。兹所纪者，大纲耳。判断词讼，则有堂事簿，逐日抄存，可考而知，不在此例。

二、所纪者，皆其有案可考，已见施行者也。如到任之年，查出蠹役帅忠，殃民害政，恶积如山，提往城隍庙杖毙，事非一端，集隘难录。又如每年冬间，向章由甲差稽查田房税契隐匿者，报请签差，名曰税签。日久弊多，有不肖差役，闻有售田，尚未立约者，即争报匿契，或仇怨图报泄愤，或各役易名争签，扰累需索，莫此为甚。每年出签二千数百张，民间费巨万。余永远裁革，听民自便。既未具禀见好，亦未出示市恩，无略可录。又抬粮之弊，害民亦甚，余亦禁止不抬，民皆称便。虽见施行，而无案可考，故略附于此。

三、集分三卷，以四年中各禀稿等件作为一卷；文庙图考作为二卷；增修武庙节孝祠碑文、永增书院膏火、添养孤贫、施舍棺木作为三卷；内亦附有禀件、批示从其类也。

四、告文等件，为民请命，政也，而非文也，因以并录。

五、禀稿等件，多出幕友施瑞峰先生手存，其政亦可以显其文。有出自手著者，则注自稿二字，以示区别，然非显见施行者，不录。

六、祭丁文诚稿，无关政事所以录之者，见余之得行其政，皆公之知遇之隆也，言之不尽慨然。

目录

卷一

到任禀稿

祷雨告文 甲申六月十五日

复恒本府书

平粜报销禀稿 光绪甲申年

定书差规费告示稿

创设默诵五经告示 自稿

禀各宪历陈办事情形 自稿

办陈庵案禀稿

审解陈庵详稿

办陈庵案夹单

奉父母命捐助海防银两禀稿

户部奏稿

平粜禀稿 光绪丙戌年

平粜夹单禀稿

平粜示稿

存谷平粜札稿

积谷平粜札谕

平粜禁止囤积告示稿

赴贵州买米札稿

催办平粜札稿

论买填积谷札稿

催填积谷札稿

平粜报销禀稿

禀请添修空心炮台稿

禀粜余钱文仍买谷存储稿 丁亥年

禀复三费旧章稿

详请奏封龙神稿

恤嫠章程序 自稿

改定恤嫠章程 示稿

禀团练著有成效稿

禀遵办塔捐夹单稿

修路募资稿

设牛痘局示稿

祭丁文诚公 自稿

卷二

捐制圣庙祭器记 自稿

徐大昌南川学宫释奠记

徐大昌禀状 报销附

通禀各宪稿 批附

立案清册

祭期祭品呈设乐舞及仪注考乐章 乐谱祭文均附

礼器图

乐器图

舞图

卷三

禀体察情形捐养孤贫稿 批附

捐添示谕章程

改修武庙碑记

重修节孝祠碑记

徐大昌禀遵制军器稿_{清单附}

| 卷一 |

到任禀稿

敬禀者：窃卑职猥以庸愚，荷蒙委任，始权符于珙县，建树毫无，继权厘于泸沽，涓埃未报。兹复蒙宪德成全，饬赴南川县新任。叩辞后，遵即束装起程，于六月初三日到南接印视事。伏查卑县地方，东界涪州，西界綦江，南界黔省正安，北界涪境。东南界正安，西南界黔省桐梓，西北界巴县，东北界涪境。为巴渝之屏蔽，实黔蜀之关键。

自咸丰以迄同治，津綦南涪一带，屡被发逆滇匪之警。南邑未请一兵，未领一饷，竟能保全不至蹂躏者，皆已故王升令臣福，在任七年，生聚教训，有以致之也。夫地方元气，宜加培养。全在地方官视民事如己事，即以治家之法治之，斯痛痒相关而措施或不至失当。南邑风气，向称朴质。历任令承王升令辛苦艰难之后，皆思教养，休息其间，善举颇多。卑职初读儒书，读两《汉》《循吏传》，未尝不心向往之。况蒙训诲有年，一行作吏，岂敢遽违初心。举凡应办事宜，皆当实心实力，次第区画，以期无负委任。

惟甫□接篆情形，尚未周知。容俟悉心体察，从容就理。庶事不烦，而民不扰用。副大人慎重地方至意，除将交代清厘，依限结报，并将各仓谷石妥为经理外，所有初到情形，理合禀请宪台府赐察核示遵。再卑县民风俭约，食肉者少，并未举办肉厘，应请立案。永远免抽，合并声明。除通禀外，为此具禀，须至禀者。

祷雨告文　甲申六月十五日

城隍尊神位前，正堂全御为牒请祷雨事。窃照县属山田居多，全恃雨水均匀，方资沾足。近年收成歉薄，间阎已鲜盖藏。今值秋禾将成之际，若得大雨时行，则丰收可卜，藉补上年之歉缺。现在经旬不雨，田畴渐涸，秀而不实，殊切隐忧。夫为民求牧，有司之责也。为民请命，尊神之职也。名忝列此邦，愧无善政。爱民洁己，当自励于厥躬；捍患御灾，是所望于垂鉴。伏冀矜怜赤子，转达苍穹，沛三日之甘霖，咸歌大有；慰兆民之至愿，共乐丰年。名与在城僚属率同士民等，无任忱心，顶礼虔诚祷告之至，须至牒呈者。

光绪十一年六月□日，南川县知县张涛阖邑士庶人等，叩祷于龙王尊神位前。伏以帝德好生，顺三时而宏长养；神恩利济，胥万姓而仰滋培。今值秋禾将成，农田缺水，信官等职司求牧，念切析甘。伏冀泽被此疆，立沛连朝之雨。将见仁敷下土，咸歌大有之年。信官等率同士民，无任瞻天叩圣，激切屏营之至。谨疏。

维皇清光绪十年，岁次甲申六月十七日，南川县知县张涛率领士庶民等，谨以香帛酒醴再虔祷于龙王神前。曰：伏以聪明正直，御灾捍患，民有疾苦，祷无不应，人争祀之，馨香不替者，神也。嘘云吐气，普沛甘霖，苗稼资其灌溉，俾斯民击壤鼓腹，咸庆丰年者，龙神也。南邑金鹅洞，邑《志》传为前宋救火宫掖锡以封号。偶有灾歉，虔祷而如响斯应者。金鹅洞，龙神也。甲申季夏，秋禾将成，久晴不雨，沟洫皆涸，秀而不实，惕然有旱灾之惧。涛等于望四日，齐心引咎，设坛祈祷，亢阳愈甚，忧心如焚。神岂有祷而不应者乎？神盖有以示其警也，其或下车伊始，祀事未修，学校未振，而干天和耶？抑或积习相沿，赏罚未当，冤抑未雪，而罹灾患耶？不然即民之不孝、不弟、不仁、不让，有以致之耶？官之咎耶？民之咎耶？不可得而知也。

然一夫不获，实予之辜。百姓无罪，罪在长民。特再恭诣龙洞，疾首陈词，惟神宽其既往，予以自新，以御灾捍患之心，着嘘云吐气之异。一二日内，如蒙甘霖普沛，百宝告成。转灾歉而为丰年，民仍获击壤鼓腹之乐，是神之惠于斯邑，有加无已，馨香不替，固其常也。而崇德报功，有牧民之责者，敢不缕陈灵异，上之朝廷，请颁扁额，并加封号，以答神庥。其有祀事未修，学校未振者，知所图矣。其有刑赏未当，冤抑未雪者，知所改矣。民之不孝、不弟、不仁、不让者，知所教矣，再申祈祷。神之听之不胜，悚惶急切之至。

复恒本府书

敬禀者：窃卑职接奉钧函，以久旱不雨，亟宜清理冤狱。并蒙手谕，审断不平、在押瘐毙、吏役上蒙下欺数端，认真查办，推广而行，等因。仰见大人，敬修人事，以迓天和至意，下怀钦佩良深。伏思朝廷设官分职，原为敬天勤民而设，诚以民为天，民洽于民者，即顺于天。其间相感之理，有息息相通如向斯应者。后世昧于治理之原，以杂霸相尚，智取术驭，官与民相去愈远，遂有公门万里之叹。夫州县为亲民之官，所以宣布宪德，而勤恤民隐者也。一省一道一郡之大，各大宪不能家至日见也。所冀良有司，推广此心，以与小民休息，庶几治臻上理，民气咸和，民气和而人民和乐之气与天地中和之气，浑灏流行。其萃而钟之于人者，为忠孝节义，为循吏儒林；其散而钟之于物者，为嘉禾瑞麦，为百产充盈。尚何旱潦之有？所患各牧令，一行作吏，行与愿违，高坐衙斋，不理民事。或信任亲朋，或委诸仆从。一任胥吏蒙蔽，而莫之或恤，听断之不平，押候之瘐毙，是非之颠倒。豪猾之与差役狼狈为奸，欺凌乡曲，诚有若宪谕所言者矣。卑职来自田间滥厕，令长三榷厘金，一权珙县。兢兢焉以民事为重，不敢稍涉欺饰。自念才短政拙，未能学步古人万一。每以勤补拙，以俭养廉，以真实无伪冀感孚，持此以行，垂十余年，今幸得隶，骈孏有所秉承，以为遵循，或少愆尤耳。

县属自闰五月二十五日得雨后，旬日晴明，颇形亢阳。卑职到任时，正值早禾结实，晚禾扬花。农民望雨甚殷，设坛祈祷，未有征验，大惧为民之害。检查卷宗，有同治十二年，前督宪吴颁发大云轮请雨经，是精于易理者，依法设坛祈祷。复躬率所属虔诣，屡着灵异。光绪五年，经前署南川县牟令思敬，详蒙督宪奏奉谕旨赏赐"岁年大茂"匾额之金鹅洞龙神祠暨附近老龙洞龙神祠，以民事未修为己责，以甫经到任愿自勉。亲制疏文，为民请命，此六月二十一日事也。

该处距城八十里，祝毕回县。二十二日子时，未抵县治，而大雨若注，自子至辰，历四时之久。平畴高阜，一律普沾。二十三日一十七八等日，复得两三次，自是田谷滋润，可救十之六七矣。所有得雨日期分寸，已于旬报。晴雨日期，折内通详宪台暨各宪在案，然此皆赖宪台福星远庇，非敢谓有祷必应也。

至听断一事，最不容易。风气各有不同，情伪尤难尽悉。或有时其人木讷似曲而实直，或有时其人机变似直而实曲。令长精神，稍有不到，弊即随之。又况于矜才使气，臆断倒行，曲法徇私，严刑朘削，此尤不平之甚，上干天和者也。

卑职寒士起家，略识民间疾苦。回忆少年被无赖藉端重索，图告不审，此中况味，亦曾亲尝。己所不欲，勿施于人，是卑职之极不能忘者也。第百密一疏，贤者不免，矧以卑职才识剪陋，实不敢自信其无误。惟以诚求之念，时往复于胸中，或者相去不远。今奉明谕，益加勉励耳。至轻罪人犯，瘐毙囹圄，实为蜀中弊政。盖斩绞军流徒，各犯事问题，咨招解则倒有定限，病故则倒应议详。州县各顾考成，无不加意留心。惟此轻罪人犯，闭置外监，经年累月，秽气熏蒸。易成疹疠，或感患时疫，或遘疢痢疟。辗转传染，动致瘐毙。地方官以为因病身死，与人无尤。原可毋庸置议，殊不思漫不经心□□□□□此一□□□□□。夫和孽不在大，积少成多。常见曾任牧令娴习吏事，所在亦有能声不旋踵。而于孙凌夷，察其生平，并无大过来始，非轻罪人犯，瘐毙太多，漫不经心，阶之厉也。夫豪滑之徒、唆讼之辈、不逞之匪，有可诛之心，而无必死之法。此等在监在保病故者，无论已谁此罪不甚重，情尚可矜而竟死非其所者，岂尽有司之不良欤。其故有二，一由□亲事□，无故牵连；一由令长过于拘泥，蜀中风气，闻杀之案，原报必□，其平日有嫌隙者，列为帮殴。或指称主使。地方官察其无他，本可立予保释。而原告听唆图搕，晓渎不休，在明决者，原不容其妄扳，在拘泥者，忍或另生枝节。姑俟案定而后释，一押累月，瘐毙囹圄者有之矣。鼠窃狗偷之辈，例有初犯，刺字计赃笞杖之文。而蜀省风气，事主被窃，不论赃之多寡，必欲地方官置之死地而后已。否则谓官轻纵，令长恐拂舆情，计惟多捐粥米，待至年终而后发放。或署事期满乃已，加以捕役积习，每窃案一出，不拿正贼真赃，先择平日曾犯窃案友案，行素行不端之人，妄拿需索。所求不遂，则送官搪塞，其误买贼赃之人，亦必指为窝户销赃，辗转扳连，十问九虚。甚至不肖事主，亦乐与开花，冀其私相赔偿。否则案悬莫结，此等牵连人犯，合之赃轻，窃犯繁剧。州县多则百数十人，简者亦数十人以至一二十人不等。地方官每一按视，鸠形鹄面，累累相望。稍一清理，即有问呈踵至。固由事主捕役人等，狃于积习，亦由令长顾虑太深，不加详察，有以致之也。督宪每于年终遴选委员，清查积案，及押候人犯，用意良厚。

宪台复重申此意，十四属之民，其多所全活乎。至吏役蒙弊，颠倒是非，古今一辙。天下有不作弊之民，无不作弊之吏。役吏号为猾役目为蠹，由来久矣。欲求民无屈抑，必须官时加察。而察之之法，莫若官民相亲。官民相亲，则上下之情通，而壅蔽悉除，州县所以为亲民之官也。然亲非漫无区别也，贤者亲之，不肖者远之。闻见庶确，而措施鲜谬。特是晚近之秋，直道渐泯。延访所及，每以已之好尚相应对。是在令长详情酌理，不为所淆。卑职愚以为地方利弊，询之野老田夫，十可得其六七。询之士绅，十可得其三四。盖乡愚椎鲁，直言无隐，不过所见不大。士绅熟于世，所顾忌。非明体达用之人，不肯尽情实告。询之吏胥，直□粃耳，不若勿询。若辈不容置喙，虽欲颠倒是非而不能，是亦抑胥吏扶乡民之一端也。至差役与豪恶为爪牙，藉端欺凌，无辜受害。此是各属通弊，而差役较多之地方尤甚。卑县僻处岩疆，差尚不多。然与豪猾结纳，欺凌乡民，实不敢必其无。卑职到任后，查有光绪四年，前署县牟令思敬厘定书役条规，其法甚善。

曾经牟令禀明前宪，刊碑垂久有案。卑职恐其日久废弛，复申明旧章，饬令书役照办。遇有违犯条规，或被人控发，或自行访闻，立予严惩，俾知敛迹。以上各条，皆蒙宪台真知灼见，率属清厘，使尽能体而行之，推而广之。将见民无怨雠，户有欢声。其所以感召天和者，讵有涯耶。所有遵照办理，缘由合肃，具复仰副宪厪，再卑职叩辞时，仰蒙宪台暨道宪训诲，肫肫不敢不勉。可否俯予转禀道辕，仰求裁成教诲之处，统乞钧衡。肃丹恭叩福安，伏乞训示，卑职谨禀。

平粜报销禀稿　　光绪甲申年

督藩臬道府

敬禀者：窃查本年夏，县属米价昂贵，贫民买食维艰。前署县何令贻孙，会同教杂，倡率绅粮，捐资购米，设局减粜。何令首先倡捐钱一千钏文、教谕李起世倡捐钱三十八千四百文、典史杨作楫倡捐钱一百千文、绅粮张永璧等共乐捐钱七千一百三十三钏文。先据缴到钱三千六百八十九钏文，官绅所捐计有四千八百二十七千四百文。先经何令选派首士周仁发、骆仕龙、胡启春、韦福顺分赴合州、江津等州县，采买市小斗米一千一百四十二石二斗，挽运至于巴蜀木洞綦属蒲河等处。派绅蔡柄权、杨泽樟、王永佐、黄开甲等，分别由旱道转运县城，拨发城乡各局，减价平粜。城内总局则派首士金玉音、张凤阳等，总理收支。东路则派首士金为式、吴延聘等；西路则派罗炳义等；南路则派刘清如、傅麟书等；北路则派张大俊等。分别设局，一律举办。

县属市小斗每升需钱五十余文，合之市大石，已属斗米千钱有奇。何令由三十八文递减至三十六文，当将办理情形于五月初旬禀报在案。发禀后，据捐户张凤阳等，续平粜□书捐钱二千五百七十千文。又经何令拨钱采买过市小斗米二百七十四石三斗六升，以先后粜获钱文，辗转购粜，用济民食。正在办理间，旋于六月初二日，奉督宪批示嘉奖，惟念民力，务宜修养。饬将前办积谷平粜已收捐项，妥为办理。未收之项，可不必收，仍于事竣。将已收各捐户分晰造册，以凭核奖，等因。维时县属亢旱，米价益腾，贫民望济尤□。何令先期将续收捐项钱二千五百七十千文，陆续付绅采买米石，并支给运脚辛工等项。奉院批后，随即交卸。卑职于六月初三日到任，即将写而未缴之八百七十四千文，遵照停收。一面接办平粜，并因贫民谋食不易，复将每市斗小升由三十六文递减为三十四文、三十文。而川东一带亢阳，几于无处不旱，采买亦艰。县属久未得雨，民心惶惶，正拟遵办，动碾积谷。顾念节年岁歉，虫伤之后，户鲜盖藏。今夏又复干旱，设使积谷粜尽。又将何以为继，午夜思维，中心如焚。随诣"屡著灵异"，往前署县牟令思敬禀奉谕旨颁给匾额之金鹅洞龙神祠，及"屡著灵异"之老龙洞龙神祠。

自作疏文，以民事未修为己责，以甫经到任愿自勉。有不尽心民事，前后异辙者，明神殛之。是月二十一日，夜大雨，所有祷雨得雨日期，已于六月旬报晴雨报内申报在案。既得透雨之后，民心大定，岁则大熟。米价亦渐平减。遂于七月十二日，城乡各局一律止粜。查何令暨教杂倡捐钱一千一百三十八千四百文，绅粮先后缴到捐项钱六千二百五十九千文，二共钱七千三百九十七千四百文。自五月十七日，何令开局之日起，暨六月初三日卑职到任接办平粜，至七月十二日撤局之日止。除减价粜赈项下折耗钱一千八百三十千零七百六十七文，运脚项下支用钱一千三百八十四千七百一十七文，辛工项下支用钱五百九十八千八百九十五文，实存粜剩钱三千五百八十三千零二十一文，如数存储总局。卑职以本年仰叨福庇，虽庆有秋。然节年歉收，甫得一丰，又为接济邻境，搜罗一空。来年青黄不接，米贵不问。而知积谷本为救荒，而设第积存，只有此数。若不预为之谋，设使有粜无还，何以纾民困而副宪廑，随与殷实好义富绅金玉音、张凤阳、王永佐、王永仕、杨泽樟、傅麟书等，告以未雨绸缪之意。即以此项粜剩钱三千五百八十三千零二十一文，定买市小斗谷三千石，先领一半钱三千钏，其余一半钱文，俟来年粜获价值，如数找足。该富绅等均各乐从。现已分路，定就市小斗谷二千石，零各存四路富绅之仓。其有传而未到者，尽年内买齐另报，俟来年青黄不接，各就各路，动碾平粜，以期有备无患。且省采买转运之烦，如不敷粜，再行禀请。动碾积谷，似此宽为筹备，则民力稍休，而积谷亦不至全行动碾矣。除将收支数目，榜示通衢外。所有平粜总局，赍到收支，清册理合加盖印信。连捐户姓名，遵照分晰造册，禀请宪台俯赐核奖示遵。并请将捐户姓名数目，檄发榜示下县，俾众咸知，以昭核实，洵为公便。再查县属每市小斗一石，只有市大斗之半，每市小石合京斗一石三斗九升九合陆勺。又何令原禀绅粮王永佐写捐钱一百五十千文，因在蒲河经理转运，往返数月，自备资斧，既经缴钱一百三十千文，其余二十千文，免其再缴。现在据实造报，合并声明。除径禀总督部堂暨臬藩道宪外，为此具禀，须至禀者。

禀前署县何令任内官绅，捐资办理减粜，所有粜剩钱三千五百钏有奇。现在卑职定买市小斗谷三千石，以备来年青黄不接，减价平粜之需。并将平粜总局赍到收支清册，加盖印信。连捐户姓名造册，呈请核奖。并请将捐户姓名数目檄发榜示下县，俾众咸知，以昭核实，由督宪丁批。该县办理平粜官绅，共捐钱七千三百余钏之多，实属急公好义，可嘉之至。所有捐钱三百钏之张永璧等四户，应各给予匾额一道；其城乡各局首士，给予公共匾额一道。并加给五品空白功照二张、六品空白功照二张、八品空白功照二张、九品空白功照七张。由县查明各捐户，情愿移奖何人，即予填注结领，以示鼓励。并造册具报。其粜剩钱三千五百余钏，现拟买谷存储，事属妥善，应即照行。余均如禀办理，仍候分行司道府查照，给奖缴册，存禀各宪夹单。

敬再禀者：此次办理减粜，前署县何令贻孙倡捐钱一千钏文、教谕李起世倡捐钱三十八千四百文、典史杨作楫倡捐钱一百千文。原禀声明，不敢仰邀奖励。蒙宪台督宪批给，何令记大功三次。其已收各捐户，饬令分晰造册，以凭核奖等。因伏查例载，士民捐资修城十两以上者，赏给花红；三十两以上者，由县给匾；五十两以上者，由府宪台给匾；一百两以上者，由本道宪治道宪给匾；一百五十两以上者，由藩司宪台藩宪给匾；二百两以上者，由宪台督宪给匾；三百两以上者，题请给以八品顶戴，等因，今卑县绅粮捐资办理减粜，俾贫民不至失所地方，得以安静。实与修筑城垣，捍卫地方无异。拟请将捐资二百千文至三百千文之张永璧等四户，由宪台督宪给予匾额。捐钱一百五十千文之刘寿山等二户，由宪台藩宪给予匾额；捐钱一百千文以上之淳三福等七户，由本道宪台道宪给予匾额；捐钱五十千文以上之杨挺生等二十七户，由本府宪台给予匾额；捐钱三十千文以上之王太增等三十四户，由卑县给予匾额；其捐钱三十千文以下至十千文之符立暄等八十一户，由卑县给予花红。并刊碑泐石，以彰善举。

至此次绅粮捐助减粜为数至六千二百五十余千之多，实属急公好义，捍卫乡团。合无仰恳宪台督宪逾格施恩，除层次给匾外，加给各项功照，以示优异。惟该绅粮等多系已捐职衔贡监，拟请准其移奖子孙。所有捐资三百千文之张永璧、张凤阳二户，拟加给五品空白功照二张；捐资二百千文之金玉音、鲜云从二户，拟请加给六品空白功照二张；捐资一百五十千文之刘寿山二户，拟请加给八品空白功照二张；捐资一百千文以上之淳三福等七户，拟请加给九品空白功照七张。

檄发下县，由卑职查询各捐户，情愿移奖何人，即予填注，进册申报。至城乡各局及采买转运各首士等，于黄尘赤日中，往返奔走，时阅数月。多系自备资斧，昕夕从公，不无微劳，拟请宪台给予总匾一道，悬挂公所。俾昭激劝愚昧之见，是否有当，统乞钧定。除分晰造具清册外，肃禀恭叩福安，伏乞垂鉴，卑职谨禀。

定书差规费告示稿

全衔张为申明书役条规定章，以垂久远，而资遵守事。照得民间，词讼书役，传唤送审。牟任曾经酌定章程，刊碑大堂晓谕，固已弊绝风清矣。诚恐日久弊生，并不遵照定章，格外多索，致使善举废坠，合行申明示禁为此示，仰县属绅粮及书役人等，一体知悉。嗣后，民间一切词讼，已经准理者，其原被两造，应给书役纸笔饭食使费，悉照年前任碑内所载定章，按数付给，不准格外多索。倘敢不遵，一经访闻，或被告发，定行照例惩办。至两造人等，亦宜恪遵章程，勿得藉此延宕，致令枵腹从公，有所藉口。如书役人等，敢于额外加争，准尔等指名禀究，决不姑宽。各宜凛遵，毋违特示。

一、各房每案，原被两造，各给纸笔钱五百文，共钱一千文。无论复讯几次，只给此数，其钱俟案结后收取，不准预收重索。如有原被力能给出，逞刁不给者，准禀官追缴，贫者准分别减免，私自多索者革究。

二、房书承票每案，原被两造，各给钱一千二百五十文，共给钱二千五百文。其钱俟案结后收取，贫者分别等第减免，该书多索及预支者革究。

三、差役承票每案，原被两造，各给钱三千文，共钱六千文。其钱俟案，结后收取，贫者分别等第减免，该役多索及预支者革究。

四、差役承票下乡，以六十里为一站，每案每人，原被两造，日给饭食钱，共一百文。多索者革究。

五、本县考取代书，陋规悉予裁免，每案作词，盖戳誊写三项，通共给钱二百四十文。多索革究。

六、吏房到单录供，原被两造，各给钱二百五十文，共给钱五百文。不论人数多寡，均照此数，违者革究。

七、每案铺堂礼，原被两造，各出钱二千二百文，共钱四千四百文。即《周礼》禁狱两造，入束矢钧金，然后听之之义。此项钱文，作为奖赏衙署人等，办公勤慎，以示鼓励之需，官不提用。

八、案内被告，不得过二名，干证词照，均不得过一名，违者提代书重责。

九、代书只许依原告所说直书，不准架捏情节。其词状是否本身亲递，须于词面注明。且须问其情节是否属真，伤痕是否属实，在何部位？方为作词。倘本人并不知情，而他人窃名，以及好讼多事之辈，无伤而捏作有伤；轻伤捏作重伤；一事而牵连数事；一人而牵连一家；一人逞凶，而捏作数人共殴；细故而捏作重情；假命案捏作真命案；鼠窃而捏作强劫；欠债扣留而捏作抢夺；无过付见证而捏控赃款；无服制而捏作有服制；和奸而捏作强奸。代书并不询明，辄为捏砌装点，希图恳准者。本县于当堂收呈时，审出供情兴呈词不符，即系代书架捏，立提责惩，重者革究。

十、妇女宜顾恤廉耻，家无夫男之妇，遇有词讼，遭抱递呈。非有万不得已之事，不必亲身到堂，以免抛头露面。如代书不向告知，辄以妇女出头，或将无辜妇女捏词牵连罗织者，查出，提代书重责。

十一、传唤应定限期，本县定有新章，出示晓谕，即遵照新章办理。

十二、房书责成典吏稽查，散役责成，总役稽查。随时劝勉开导，安分学好。如有拈香结盟，窝赃窝赌。以及凌虐罪囚，私刑吊拷，籍案扫通，倚势奸淫，酿出命案者。除本犯从重惩办外，将典吏总役分别革究。

十三、被告人证传到，立递报单。无论传到一名、二名，原差即将本官刊发报单式样填写明白，径送门房，立即呈阅稽查。或人证已到，延不报明，私押滥食。一经查出，即行重惩革究。其到单由官判印，悬挂宅门，差役随时掣取填写，不准向人需索分文。如违，提究不贷。

创设默诵五经告示　自稿

为讲求实学，以挽士习而振文风，事照得经明行修，盛世昭优崇之典。器识文艺，儒修判先后之程。士不通经，不足致用。文非载道，难以立言。川省人才渊薮，化起文翁，代有贤豪，凤多隽彦。近则敦尚实学者，固不乏人；而空疏无据者，亦所在皆有，不特隆化一邑也。推原其故，只以幼工声调，即取科名。授受相承，习为捷径，以至文风日靡。士习日华，经术不明，儒行何立？间有一二崇尚实学者，不以为老生常谈，则以为腐儒迂论。积习相沿，势不至目不观书不止。伏思圣经贤传，炳若日星。自来觉牖斯民，纲维宙合。由胶庠以拔其萃，安耕凿以化其愚。所以治隆于上，俗美于下者，厥惟经术是赖。兹本县先为诸生筹一读书急程，胪列于左尔。诸生果有志力学，尤当竭罄愚忱，相与奖劝，为多士徐筹适用之方。庶期今日之儒生，可卜他年之师，相即独善与兼善，一致经济与文学。同优想诸生，当共有同心，是则本县之所厚望无穷也。

兹将书院肄业章程开列于左：

一、查南川书院，虽有其名，殊无其实。其弊由于膏火既薄，又不能按月发给，以致诸生罔资糊口。兹照旧章，取列超特数目。除应给谷石若干，由仓借出，按月发给外。所取优等，由本县捐廉奖赏，俾资住院读书用度。

二、由此次本县观风日始，所取超特等诸生，及上中取各童。各随平日所素习何经，及颖悟敏达，自行具限某经某日可期成诵。一样两分，一分存山长处，一分存县署。届期先执经，赴山长前背诵熟习。由山长开送来署，本县当随时较背。其考列次等，有志上进者，亦准自行具限报名，以免向隅，随于下次，月课择其文艺较优者，一并奖劝。

三、诸生童于《易》《书》《诗》三经能背一经及默写一二篇无讹者，每经酌奖银二两。至《春秋经传》及《礼记》全文、四子朱注本数较多能背诵默写者，每部酌奖银四两。如有并四子朱注《易》《书》《诗》《春秋》三传、《礼记》全行成诵，可望随时背默者，格外加奖银十二两。此项银两均系由本县捐廉发给，并将诸经熟习之生，移学举优，以示鼓励。

四、诸生童读书求益，固宜优奖。其间有始勤终怠，到限不能背诵，或节次逾限者，轻则黜扣膏火，重则移学记过，以示劝勉。

以上四条，系先为诸生筹其所急，以挽颓风。在诸生果有同心，奋志潜修，则本县为诸生远大之期，方兴未艾。愿多士勿为末俗习尚所溺，不胜跂予望之。

禀各宪历陈办事情形　自稿

敬禀者：窃卑职仰荷宪恩，题补斯缺。以心地诚实，办事认真，出具考语。旋饬先行赴任，自问何修沐兹拔识，栽培愈厚，报称愈难。到任迄今，已逾四月。治安乏术，愧怍良多。惟兢兢焉，以诚实认真，洁己自好，勉益加勉。其政教一切有待次第举行，非一蹴所能企者，不敢空言。上渎徒饰观听，其已见施行，不敢自以为是者。谨陈大概，伏冀裁成。

夫牧民之道，教养为先。居今之世，不必一夫授田百亩，而始有养也。但求以不烦不扰者，治之俾得。尽力农事，勿夺其时，斯即所以休养生息矣。烦吾民者，莫若书役。然词讼之烦，芟除尚易，书役之扰，几于无时无地无之。自非破除积习，鲜不为其所愚。

卑职以为：欲去差弊，先正己身。使彼无所藉口，到任时，首裁书役，伺□□马，及考取代书陋规。并查前署县牟令思敬所定书役规费章程，民极称便。日久不免懈弛，卑职复申明定章，违者重处。其传唤限期，严行比责。随到随审，随审随结。户婚田土，钱债细故。先审呈词，其有情节不符，或事理轻者，一批了结，或当堂发还。审理案件，无论犯奸犯赌，一切不直之事，依倒定断，从不滥罚。

数月以来，民知官长，意在息事，谎状遂稀。差知官长，志在安民，劣迹渐敛。是亦不烦不扰，以养民之一端也。保甲之法，禁暴诘奸。咸丰中，有前任县王升令臣福者，洁己爱民，留心经济。其时蜀中无事，即以保甲为先务。由保甲而团，由团而练，由练而成劲旅。生聚之，教诲之，官民一心，人乐为用。殆至蜀中多故，南防黔匪，北御滇氛，中间三战发逆，未请一兵，未领一饷。常以一邑团练，扼石逆数十万之众。于境上民不能忘，迄今父老犹能言其事。时过境迁，亦遂尽弃前烈。卑县界连黔省，实为川东屏障。现在大竹匪徒张濠仪滋事，虽经调派兵勇，扑灭余党，不无窜匿。当此时事多艰，尤应未雨绸缪。夫保甲之法，即古者寓兵于农之意。得其粗可以诘内奸，得其精可以御外侮。尤必勤政爱民，与小民有相亲相信之致。而后法立令行，可收指臂之效。否则貌合神离，遇有缓急，将何能恃？卑职采访舆论，窃慕王升令之为。即以王升令之治南者治之，所有保甲事宜，本有成法而率循之。昨因地方辽阔，禀请分渝听差之试，用县丞施得禄来县，帮同稽查，认真办理，薪水夫马，概由卑职捐筹，毫不派累民间。该员自到县帮办以来，卑职留心察看，洁己奉公，颇知大体。

今秋，黔省桐梓县有打毁教堂之谣，綦江响应，附近教民颇滋疑惧。本管道府切切然，以此为虑，手书劝勉。卑职与施县丞不动声色，藉办保甲为名，分路巡警，就便开导。务使民教相安，免生枝节。连旬以来，地方安静。民教耦居无猜，施县丞稽查弹压，不激不随，颇中机宜。又会同拿获窝留匪类之康海山等，严行惩办，以儆其余。拟俟着有成效，再行禀请宪台，给予奖励。

此又卫民以养民之一端也。二者之外，救荒为急。卑县山多田少，本鲜盖藏。节年干旱虫伤，迁徙流亡，迨无虚岁。夏间卑职到任，正值亢旱，虔心祈祷，幸得甘霖，秋收视邻境为丰然。附近各属荒旱，卑职遵示，不准遏籴，米粮大半出境。来年青黄不接，价必踊贵。积谷推陈出新，固足便民。但久歉之后，甫得一丰，又为邻境接济而去，窃虑有籴无还，必须宽为筹备，方于报部积谷无亏。查本年夏，何署令贻孙倡捐平粜，除折耗尚余钱三千余钏。其捐户姓名数目，另行禀报。卑职现传殷实好义粮户金玉音等，定买市斗谷三千石。卑县市斗较他处为小城乡，大小不一，近乡每市斗一石，只能折合仓斗一石三斗九升九合六勺。每市斗一石合价钱二千文，先发一半钱一千文，以备明年平粜之用。其余一半钱文，给予执照。俟明年粜谷获价，再为找发，不必另行筹捐，而已有此巨数，昔林文忠公每办平粜，必先清查保甲。宪台上年查办保甲，亦轸念贫户，用意良深。因与施县丞于编查之初，悉心区画。先查极贫次贫，注于册首，以免临时冒领。此又预筹荒政，以养民之一端也。至于教化之方，卑职德薄才疏，何足以言此。愚以为：士为四民之首，士习克端，民风斯变。卑县山居岩处，民情最朴。惟生监半出寒苦，往往以干预公文，包揽词讼为荣。其中有因以致富者，风气遂为之一变。失之于宽与驭之过严，均非正本清源之道。卑职到任后，除有地方公事接见外，概不单传。每逢月课，扃门考试。文理较优者，捐廉优奖，自四五千文至二三千文不等，每月约捐钱五十千文。又士习揣摩时文，圣经贤传束之

689

高阁，故于性命身心，茫无讲究。发而为言，既无根柢；施之于事，益鲜躬行。夫士先器识而后文艺，圣经贤传教人为人，非独为文而已也。卑职补授此区，崇俭黜奢，禄入有余。因创设默诵五经之课，有能默诵《诗》《书》《易》一部者，给银二两。默诵《礼记》《春秋左传》者，每经给银四两。默诵《五经》并《四书朱注》者，加奖银十二两。俟极熟之后，再与讲求精义，严定限期。现由山长考验后，开单过县。卑职于每月课士时，令其默诵。开课之初，生童中竟无一人能默诵一经者，近则争相濯磨，报名默诵者月见加多，干预词讼者，日见其少。以当干作证、廉隅不饬之士，变而为诵诗读书、扬风扢雅之儒。文教中多一实学，乡党中少一讼棍。卑职岁费不过千金，而士子改行率德者，当不下数十人。小民省烦除暴者，当不下数百人，差役之恃以党庇者，亦从可解散。行之二三年，士习其庶有起色乎？厚奖赏以养其身，读经传以改其心，潜移默化之方，或在是矣。如再不知自爱，则是甘心暴弃，自当择尤详革，以儆其余，劝惩用而宽猛兼，或亦教士之一端也。

礼乐为教，卑职何敢望，偃然残缺失次，有司之责。前谒文庙，窃见乐祭各器阙焉未备，卑职即捐钱二百余千文，鸠工照造，以示崇儒重道之意。复查县属乡学，向有十处，然皆虚名。徒拥半出营求，坐得束修，一足不至。卑职愚以为：童蒙者，圣功之基，基勿坏者根始固。与其虚耗经费，何如实力奉行。与其分散之，而馆谷不敷，何如合并之，而蒙养克正。现拟将各处乡学，以两处合并一处。由卑职考定，务令亲身到馆。其课读子弟姓名，所读何书，造册按月稽查。以学生之功课，验先生之惰勤。俾乡民子弟，无力延师者。得以有志上进，实惠均沾，此亦教士之一端也。其余如三费学田，宾兴义卷，成规可守，毋庸更张。恤嫠黄升令创而未办，拟自明春举行，为政不在多言，顾力行何如？卑职凡所施设，皆应办之事。而顾琐琐渎陈者，以受恩深重，宪台期望尤殷，自揣愚鲁，不敢自以为是。尚思更进一解，仰求训诲于宫保之前也。其余应办事宜，自当随时随事，体察情形，妥为办理。凛欲速见小之箴，持三畏四，知之戒断，不敢急惰欺饰，有负宪恩，致干咎戾。所有卑职治理地方，拟先自教养，措施缘由，是否有当，理合禀请。宪台俯赐察核训示饬遵，肃此敬请崇安，伏乞钧鉴，卑职谨禀。

办陈庵案禀稿

敬禀者：案奉宪檄，嗣后凡遇命案，限五日内先将验讯大概情形禀报，等因，遵奉在案。兹于光绪十年十月初一日，据县民陈天抬报称：本年九月三十日晌午，身同祖大功堂弟陈添从砍伐已业，枫树因身连界松枝，有碍盘运，用刀剃伐。身向斥争殴，身子陈兴连帮护，将陈添从殴伤。添从之子陈庵护父，将身子陈兴连殴伤身死。报乞，验究等情，并据约邻报，同前由。据此，卑职以关服制。当将凶犯陈庵立即拏获，一面带领刑仵前诣勘得陈添从业内有砍倒枫树一株，枝节解散在地。连界处松林系陈添抬管业，松枝有剃伐痕迹，勘毕。复至尸所，饬令移尸平地，如法相验。据仵作张泽国验报已死，陈兴连问年四十岁，仰面致命。偏左一伤，斜长七分、宽三分，皮破骨损，痕口不齐。腮门近左一伤，斜长九分、宽四分，紫红色不致命。左膝一伤，斜长九分、宽三分，皮破抵骨，痕口不齐，具系木器伤，合面致命。脑后一伤，斜长八分、宽三分，紫红色，系木器伤，余无故。实系受伤身死，报毕。亲验无异，饬取凶器木棒，比伤相符，填格取结尸。令棺殓又验得，陈添从左腮、膝有手掌批伤一处，右肩甲、右胳膊、右䏶䐐各有木器伤一处，开单饬医随讯。据该犯陈庵供称，伊与同曾祖小功服兄陈兴连，素睦无嫌。光绪十年九月三十日晌午，伊父陈添从砍伐已业枫树，因小功堂伯陈添抬连界松枝有碍盘运，用刀剃伐。陈添抬拢斥争角，用手掌将伊父殴伤。伊父拉住陈添抬，投人理论，陈添抬之子陈兴连帮护，将伊父殴伤。伊父逃僻，陈兴连在后追殴，伊见而拢护拾棒，将陈兴连殴跌在地。陈兴连向伊抓住衣襟，碰头拼命。伊一时情急用棒吓，殴致伤其脑后偏左倒地，延至是夜一更后，因伤身死等语。质之尸亲约邻人等供均相符，除将验讯缘由填格录供，绘具宗图，具文通报外。所有验讯大概情形，理合禀请宪台俯赐察核批示，只遵。再此案据报到日恭遇皇太后五旬万寿，奉文展限，刑鞫期内，是以验明。后于本月初讯供禀报合并声明，除径禀督宪暨臬巡宪外，为此具禀，须至禀者。禀卑县民陈添抬具报，伊小功堂侄陈庵安，因护父殴伤伊子陈兴连身死一案验讯，大概情形由。

审解陈庵详稿

光绪十年十月初一日，据卑县民陈添抬报称：本年九月三十日晌午，身同祖大功堂弟陈添从，越界剃伐身业松枝，身向阻争角。身子陈兴连帮护，与堂弟陈添从互殴。陈添从之子陈庵亦护其父，将身子殴伤身死。报乞验究等情，并据约邻报，同前由。随带刑仵前诣勘得陈添从业内有砍倒枫树一株，枝节解散在地。连界处松林系陈添抬管业，松枝有剃伐痕迹，勘毕。复至尸所，饬令移尸平地，如法相验。据仵作张泽圆验报已死，陈兴连问年四十岁，仰面致命。偏左一伤，斜长七分、宽三分，皮破骨损，痕口不齐。腮门近左一伤，斜长九分、宽四分，紫红色，不致命。左膝一伤，斜长九分、宽三分，皮破抵骨，痕口不齐，具系木器伤，合面致命。脑后一伤，斜长八分、宽三分，紫红色，系木器伤，余无故。实系受伤身死，报毕。亲验无异，饬取凶器木棒，比伤相符，填格取结尸。令棺殓又验得陈添从左腮颊有手掌批伤一处，右肩甲、右胳膊、右腴腋各有木器伤一处，开单饬医，随提犯集证研讯。

据陈添抬供：已死陈兴连是儿子，陈添从是同祖大功堂弟。陈添从的儿子陈庵是同祖小功堂侄。小的与陈添从分居各爨，业界相连。光绪十年九月三十日晌午，陈添从越界剃砍小的业内松枝，小的瞥见，拢阻陈添从分辩。小的不依，用掌打了陈添从一下。陈添从丢弃砍树尖刀，拉小的投族理论。儿子陈兴连拢来帮护，陈添从松手拾起地上砍就木棒，打了儿子一下。儿子夺棒过手，把陈添从打了几下。堂侄陈庵看见，也就赶来各护各父，用棒把儿子打了一下。儿子坐跌地上，抓住陈庵衣襟，碰头拼命，又被陈庵打了两下，儿子松手倒地。王三憘拢劝没及，向儿子问明情由，小的拢前同把儿子扶回医治，不好就是那夜一更后，因伤死了。次早小的投邻看明，赴案报验的，求究办。

据约邻秦三、陈天材同供：光绪十年十月初一日早，陈添抬投说。九月三十日晌午，他同祖堂弟陈添从越界剃砍他业内松枝，他拢阻争角。陈添从拉他投族理论，他儿子陈兴连拢来帮护，与陈添从互相殴打。陈添从的儿子陈庵看见，也就赶来各护各父。把他儿子打伤倒地，扶回医治，不好就是那夜一更后因伤死了的话。小的们忙拢，看明一同赴案报验的。

据见证王三憘供：光绪十年九月三十日晌午，小的路过陈添从业界。见陈庵把陈兴连打伤，坐跌地上。陈兴连抓住陈庵衣襟，碰头拼命。忙拢劝解，陈兴连已被陈庵打伤倒地，查问陈兴连。说是因他堂叔陈添从越界剃砍他业内松枝，他父亲陈添抬拢阻争角。陈添从拉他父亲投族理论，他赶拢帮护，争角起衅的。小的当同陈添抬把陈兴连扶回医治,不好就是那夜一更后,因伤死了。陈添抬投邻看明,赴案报验的,救阻不及是实。

据陈添从供：南川县人,年五十岁,陈添抬是同祖大功堂兄,分居各爨。光绪十年九月三十日晌午,小的砍伐已业枫树。因堂兄陈添抬连界松枝遮蔽路口,用刀剃砍。陈添抬瞥见拢阻,小的分辩。陈添抬不依,用掌打了小的左腮颊一下,小的丢弃砍树尖刀。拉陈添抬杖族理论,陈添抬儿子陈兴连拢来帮护。小的顺拾地上砍就木棒打了陈兴连腮门一下,陈兴连夺棒过手,连手小的右肩甲、右胳膊、右腴瞅几下。儿子陈庵看见拢来救护,顺拾拄路木棒打了陈兴连一下。陈兴连坐跌地上,抓住儿子衣襟,碰头拼命。儿子又用木棒,吓打两下。陈兴连松手倒地,王三憘拢劝没及,向陈兴连问明情由。当同陈添抬把陈兴连扶回医治,不好就是那夜一更后,因伤死了。陈添抬投邻看明,赴案报验的是实,各等供。据此质之,该犯陈庵亦据供认不讳。当将勘验,凡供缘由,填格录供,绘具宗图,具文通报。兹因例限将届,未及奉批,提集犯证,复加研讯。除各供同前不叙外,据陈庵供：南川县人,年十六岁。陈添抬是同曾祖小功堂伯,陈添从是父亲、母亲陈张氏,弟兄二人,小的行二,没娶妻室。与已死同曾祖小功堂兄陈兴连,分居各爨,素睦没嫌。光绪十年九月三十日晌午,小的在地工作,见父亲陈添从砍伐已业枫树。堂伯陈添抬连界松枝遮蔽路口,父亲用刀剃砍。陈添抬瞥见拢阻争角,用掌把父亲打伤。父亲丢弃砍树尖刀,拉陈添抬投族理论。陈添抬长子陈兴连拢来帮护,父亲拾起地上砍就木棒打了陈兴连腮门一下。陈兴连夺棒过手,连向父亲殴打。小的恐怕父亲吃亏,各护各父,忙拾拄路木棒。赶到陈兴连身旁打了他左膝一下,陈兴连坐跌地上。抓住小的衣襟,碰头拼命。小的挣不脱身,一时情急用棒吓殴,不料伤着他脑后偏左。陈兴连松手倒地,王三憘拢救没及,向陈兴连问明情由。当同他父亲陈添抬把陈兴连扶回医治,不好就是那夜一更后,因伤死了。陈添抬投邻看明,赴案报验的。实因救父有心干犯,并没起衅别故是实。各等供据,此该南川县知县张涛审看得。

县民陈庵因护父殴伤小功服兄陈兴连身死一案。缘陈庵籍隶卑县,已死陈兴连,系陈庵同曾祖堂兄服属小功,陈兴连之父陈添抬系陈庵之父陈添从同祖堂兄,服属大功。陈庵与陈兴连,分居各爨,素睦无嫌。光绪十年九月三十日晌午,陈添从在已业砍伐枫树,因陈添抬连界松枝遮蔽路口,用刀剃伐。陈添抬瞥见拢阻。陈添从分辨，陈添抬不依，用掌批伤其左腮颊。陈添从丢弃砍树尖刀，拉陈添抬投族理论。陈添抬之子陈兴连遞前帮护，陈添从顺拾地上砍就木棒殴伤陈兴连腮门。陈兴连夺棒过手，殴伤陈添从右肩甲、右胳膊、右脉瞅。陈添从之子陈庵在地工作，见而拢救，各护各父。亦拾地上挂路木棒，赶至陈兴连身旁，殴伤其左膝。陈兴连坐跌地上，抓住陈庵衣襟，碰头拼命。陈庵挣不脱身，一时情急，用棒吓殴，伤及其脑后偏左。陈兴连松手倒地，王三憘拢劝无及，向陈兴连问明情由。当同陈添抬将其扶回，医治不愈，延至是夜一更后，因伤殒命。陈添抬投邻看明。报验讯详因例限将届，未及奉批查验，陈添从伤已平复，提集犯证复鞫。据供前情不讳，诘系有心干犯，并无起衅别故，供无遁饰，查《律》载"卑幼欧小功兄死者，斩"等语。此案陈庵因见小功服兄陈兴连帮护其父，与伊父互殴。该犯拢救，各护各父，将陈兴连殴伤，坐跌地上。陈兴连抓住该犯衣襟，碰头拼命。该犯用棒将其殴伤身死。虽属衅起护亲，惟陈兴连已被该犯殴跌坐地，转向该犯抓住衣襟，碰头拼命，该犯系属功弟，并不住手，辄用木棒吓殴功兄致毙。既有互斗情形，不得谓之无心干犯，服制攸关，自应按律问拟。陈庵合依卑幼殴小功兄死者，斩律，拟斩立决，照例刺字。陈添从伤已平复，其殴伤小功服侄陈兴连腮门，殴非折伤，律得勿论。惟被大功服兄陈添抬掌伤，并不引身逃避，辄拉其投族理论，殊有不合。应请照不应重律，拟杖八十。折责发落陈添抬掌伤大功服弟陈添从，殴非折伤，律得勿论。陈兴连殴伤大功服叔陈添从，罪有应得，业已身死，应毋庸议。剃伐松枝，断令尸属，领回树株。各照分关，管业无干，省释尸棺。饬埋凶器，木棒解验，案结销毁。是否允协，理合具文连犯解候宪台俯赐审转。再此案应以光绪十年十月初一报官之日起，限该犯恭逢皇太后五旬万寿，例得展限刑鞫一月。自县至府，程限六日，扣至十二月初六日。县审分限届满，今审解系在限内，合并声明，为此备由另文册申乞照详施行须至册详者。

办陈庵案夹单

敬禀者：案奉宪檄以重庆府审转卑县民陈庵救父殴伤小功堂兄陈兴连身死一案，发委审讯，犯供翻异行，提人卷审办，等因，遵察此案犯父陈添从，因砍大功兄陈添抬业内松枝，被陈添抬用掌批伤其左腮膝。陈添从欲拉投族理论，陈添抬不依。陈添从拾棒殴伤陈添抬偏左，陈添抬之子陈兴连拢救，陈天从用木棒殴伤陈兴连腮门。陈兴连夺棒回殴，致伤陈添从右肩甲、右胳膊、右膞瞅。维时陈庵赴地工作，瞥见父被殴伤。赶拢救护，顺拾挂路木棒殴伤陈兴连左膝，坐跌地上。陈兴连抓住陈庵衣襟，碰头拼命。陈庵复殴其脑后偏左，毙命。陈兴连之弟陈兴河拢救，亦被陈庵殴伤腮门偏左等处。王三憘、秦珊路过，趋救无及。陈添抬投邻看明报县，验讯据供前情不讳。卑职以死系犯尊，固有应得之咎。而犯父陈添从殴伤功兄陈添抬，该犯陈庵殴毙功兄陈兴连，又殴伤功兄陈兴河，均属致命重伤，若不赶紧治痊，必致父子各毙一命，且有一家二命之虞。当即设法医治，陈添抬、陈兴河伤均平复。将该犯陈庵拟抵，因念该犯已罹重辟。若再将犯父陈添从拟以城旦，父子并办，情殊堪悯。陈添从酌拟不应重杖，以示矜恤。至该犯殴伤小功兄陈兴河，平复系属轻罪，不议，即未叙入正详，以省案牍计，自落膝初，供以至招解。卑职虚衷研鞫，并未刑求。提同犯父陈添从，尸父陈添抬，见证王三憘、秦珊三面环质。不特该犯陈庵无从狡辩，即犯父陈添从亦俯首无辞。此原案之实在情形也。兹奉前因遵传犯父陈添从，见证王三憘到案诘问，陈添从其子陈庵因何在省翻供。据称伊殴陈兴连腮门一伤，其余各伤伊子在省怎样，供系伊殴不知道是实等语。质之见证王三憘，供亦相同，正在具文申解。间据尸父陈添抬呈称：情去冬蚁，呈报大功堂弟陈添从之子陈庵将蚁子陈兴连殴伤身死一案，仁廉验讯明确。腮门一伤系陈添从所殴，左膝、脑后偏左三伤已据陈庵供认，系伊殴跌坐地复行一殴致毙，不讳。当沐解府审转兹闻陈庵在省陡然翻供，意欲伊父代认重伤，不胜骇异，窃思堂弟陈添从向蚁逞凶，蚁子兴连、兴河先后拢救，均被堂侄陈庵凶殴。蚁父子三人一死二伤，仁廉以孝治民，不忍伊父子俱罹于法。将蚁与次子兴河治痊，仅办正凶陈庵一人，添从酌拟杖罪。虽属从宽，蚁已甘心。今陈庵竟欲狡供脱法，设使生者漏网，岂不死者含冤。况蚁子被陈庵殴毙时，不惟蚁目击，并有添从所雇木匠王三憘、秦珊可证，诚恐伊等挟同混供。蚁愿邀秦珊赴质，虚甘坐诬等情，据此伏察。卑职原审本系实情，即拟议各罪，亦属准情，酌理未敢拘泥。今该犯翻异前供，自非提同尸亲见证人等一堂环质，不足以期折服而成信谳。除将尸父陈添抬、抱告陈兴潮、见证秦珊与奉提犯父陈添从、见证王三憘一并解质，并捡齐卷宗，封固钤印，另文申解外，谨将始末原由，缕晰具陈。则底蕴毕宣。卑职不敢枉纵之心胥在，宪台洞鉴之中矣。

再察死者陈兴连，系该犯陈庵之父陈添从有服，卑幼先将尊长殴伤，该犯目击其父受伤，情急救护，将其致毙，应否查照。同治九年续纂条例，救亲殴毙人命之案，确因救亲，起衅死者，系犯亲有服，卑幼先将尊长殴伤，其子目击父母受伤，情急救护，将其殴毙。不论是否，事在危急，及有无互斗情形。定案时，仍照本律定拟，援引孟传冉案，内钦奉谕旨声明，照例两请候旨定夺之处。伏乞钧定，肃禀恭叩金安，仰祈训示，卑职谨禀。

奉父母命捐助海防银两禀稿

敬禀者：窃卑职幼承庭训，长中乡闱，猥以菲材，备员邑令。今值海防用兵，需饷孔亟。卑职亲父四品封职张德荣、亲母曹氏愿捐银一千两，以助军饷。谕卑职于禀牍内声明，身受国恩，不敢仰邀议叙。除将捐银解赴宪局海防捐局上纳外，所有卑职父母捐助海防军饷银两缘由，理合禀请宪台俯赐察核示遵。除通禀外，为此具禀，须至禀者。

禀卑职亲父四品封职张德荣、亲母曹氏，捐助海防军饷银一千两。不敢仰邀议叙。由本府恒批。该县父母捐助海防军饷，具见心存大局，报效情殷，深堪嘉佩。既据通禀，仰候各宪批示，缴本道彭批。该令父母，因海防需饷，自愿捐银一千两，足征报效之忱，照例应得奖叙。既据通禀，仰候各衙门批示。缴首府黄批，现据海防需饷孔殷，该员父母，捐银千两以助军糈，并令声明。不敢仰邀议叙，足征共体时艰，深明大义，实堪嘉尚。既据通禀，仰候各宪批示。缴署藩宪游批，据禀已悉，仰候饬库弹收，缴督宪丁批。据禀已悉，仰候咨明。户部并行藩司知照，缴册存。

户部奏稿

户部谨奏，为遵旨核议具奏事。四川总督丁奏，道员沈守廉等助捐海防饷银，请奖一片。光绪十一年八月初四日，军机大臣奉旨户部核议具奏，钦此，钦遵。由军机处交出到部，查原奏内称据永宁道沈守廉禀，现因筹办海防需饷甚急，情愿捐银一千两，稍资接济。又据南川知县张涛，署达县事南江县知县张熙谷具禀，各愿捐银一千两，均解交司库专款存储备拨等情。臣查该员沈守廉等，捐银助饷均属出于至诚，仰恳天恩俯准，饬部酌给奖叙，以示鼓励等语。臣等伏查，外省大小官员捐银助赈，均经臣部奏准，给予虚衔封典，或移奖子弟，等因，在案。今永宁道沈守廉等，各捐助海防饷银一千两情事相同，自应援照办理，相应请旨饬下四川总督转饬该员沈守廉等，按照常例，十成银数，请给虚衔封典，或移奖子弟，造册咨部。再由臣部核办，所有臣等遵议，缘由理合恭折，具陈伏乞皇太后、皇上圣鉴谨奏。

平粜禀稿　光绪丙戌年

敬禀者：窃卑县山多田少，地瘠民贫。在丰稔之年，所产稻谷、包谷，足敷民用。收成稍歉，市价即昂，穷黎既多，艰食可虑。是以光绪九年、十年均办平粜。卑职于十年夏间，履任之初，正值雨泽愆期，粮价腾贵，民心惶惧。前署县何令饴孙督率绅粮捐办赈粜，卑职赶紧接办。一面竭诚虔诣"屡着灵应"金鹅洞、老龙洞两龙王庙，敬谨祈祷。幸蒙迭沛甘霖，转歉为丰，其一切办理情形，均经先后禀明，并蒙宪台督宪奏请。赏颁龙王庙匾额，并加封号，各在案。卑县十年分收成，询之绅粮父老，佥称多有于满收之外，加收一二成者。设使乡民能体古人耕三余九之义，遇此大丰，何虞偶歉。无奈彼时因值各邻封亦皆亢旱粮贵。卑县各乡恃其收成有余，邻邑价昂有利，趋之若鹜，粮食四溢，不思蓄积。去岁秋收稍歉，尚可敷衍。迨至本年入春以来，晴雨均属调匀。小春亦尚荣茂，乃米价渐次增涨，贫民买食维艰。推原其故，皆因前此，户乏盖藏，去秋仅能敷用，当此青黄不接，遂致粮少价昂。现在米价每一市小斗已涨至五百七八十文，合之每大斗已一千一百余十文，盖卑县街市小斗以两小斗为一大斗也。遍查各乡民情，均觉日形拮据。迭据绅耆徐大昌等禀恳设法粜赈前来。卑职责任养民，宜宣宪德。若不绸缪于未雨，或恐饥馑之荐臻。查光绪十年，官绅捐办平粜，余钱三千余钏。卑职谕令买储市小斗谷三千石，每石定价二千文，先行给钱一半，合大斗谷一千五百石，分存四乡。原为留备平粜而设，但为数无多。即以二谷一米计之，亦仅大斗米七百五十石。分拨各局，尚不敷半月之用。自应仍照上年旧案，动粜一年。积谷藉以出陈易新，一举两便。分别设局平粜，以期实惠普沾。特是买存之谷，本系捐备平粜，尚可将粜获之钱，随时买米接济，借资周转。其积谷粜钱，应饬随时缴存县库。一俟新谷登场，即当照数买补足额，以实仓储。四乡贫民既多，秋收之期尚远。若不分别贫富，定以限制，是以有限之谷济无限之民，诚恐市价未平，谷已告罄，徒有平粜之名，仍于贫民无益。

卑职议定简明章程，示谕照办。并严禁奸犯争买抬价，囤户勒揞居奇。其存谷一项，仍照上年城乡分设粜局七处积谷。粜局亦设于距储谷较近适中处，所以便乡民就近往买，均择殷实公正绅首经管局务。只准贫民买食，分别男单日、女双日轮流，自持门牌赴局，看明牌示粜价购买，该局首即按照门牌内丁口之多寡，酌量粜米，每次至多亦不得过二升。不准男女混杂，拥挤喧哗，及违示多买，希图转卖渔利，其力能自给之家。谕令自行赴市购买，不得贪图便宜，赴局蒙买。该局首亦不得徇情私卖。其粜价现定每米一市小升，粜钱四十四文。比市价每一小升可省钱十余文，如市价渐平，由卑职随时酌定减让。谕知各局照办牌示局门以昭画，一并饬各局设立循环簿二本，将每日粜米若干、获钱若干，以及买米贫民男妇姓名逐一登记，远者限半月，近者限十日，连粜获钱文赴县呈缴一次，以凭查核原簿。过朱发还，循去环来，周而复始。其存谷粜钱，仍陆续买米发局接济，积谷粜钱封存县库。秋后仍饬原管首人赴案领钱，照数买补，其盈余钱文遵照上年宪台督宪通饬，弥补折耗。余以三分之半津贴局首口食，及运谷碾米等费，统于事竣后，由各局据实开报核办。仍由卑职不时前往，严密稽查。倘有办理不善，及卖多报少，亏挪侵蚀，情弊查出，立即分别究追更换。务期颗粒不致安费，穷黎藉免呼庚。以仰副宪台子惠元元之至意。至动碾积谷，本应请示遵办，情因米价日昂，绅民待命甚殷。卑县偏远，诚恐奉批需时，缓不济急。是以卑职未敢拘泥肃禀之间，一面即行开办。现在民情安和，地方静谧，堪以上纾慈厪。除俟平粜事竣，秋谷登场，即由卑职勒限各局首领，价照数买谷还仓，取结禀报外。所有卑县现在办理平粜缘由，理合禀请宪台俯赐察核批示饬遵。再现请动一年积谷。计数不过市小斗三千石之谱，约合小斗米一千五百石。各局每日约共需米四五十石计算，不敷两月之用。刻下时方四月，距秋收尚有三月之久，如市价一时难平，粜局不能停撤。卑职自当随时查看情形，斟酌再行动粜。统俟秋后，买补足额，总期民食有赖，而积谷藉以更新，愈堪经久。合并声明，除径禀总督部堂暨藩道宪外，为此具禀，须至禀者。

平粜夹单禀稿

敬再禀者：窃卑职现因米价陡涨，将前年平粜余钱买存市小斗谷三千石，并动一年积谷举办平粜，已将办理缘由据实禀明，设局办理已将十日。每一市小升比市价少至十余文之多，而市价仍不减少，贫民日渐加增。询诸各乡绅民，佥称去岁卑县秋成稍歉，各邻邑亦均歉收。自去冬以迄今春，邻封纷纷来县贩运，遂至十室九空，存谷绝少。五六七等月，大有青黄不接之势，尤属可虑。卑职查一年积谷，仅三千余石，合之卑职买存之谷三千石，统计仅六千小石。设局七处，及各乡分卖积谷，每日约共需米百石，即合谷二百石。一月之期，即已卖完。即使将所存两年积谷全动，亦只能卖至六月初间。而自六月以至秋收，尚有四五十日，何以接济，此不能不未雨绸缪者也。卑职买储之谷，比市价每石少卖钱一千余百文，尚不大折本者。以每石只议钱二千，买价轻也。现虽有谷三千石，而当日仅给过买价一半，现在卖出，陆续归给一半余钱，仍不过三千余钏。卑县各乡既乏盖藏，涪綦等处粮价更贵。现拟设法派人赴江津、合州一带采买米数百石或千石，庶可接至秋收，贫民不至饥馑。惟两处均距卑县五六站，半系旱道，计算运费人工折耗，为数甚巨。现闻江、合各处价亦与卑县相仿，照此核算，譬如买卑县市小斗米千石，即需买本钱六千三四百钏，加以运费川资，约需钱一千四五百钏，共需钱八千余钏。以平粜之价售出，仅共得钱四千四百钏，即应折去钱三千六百钏。设使粜价再减，每升只卖钱四十文，直须折去一半，是所存之钱，不但不能归本，亦并不敷折耗也。据绅粮等面恳，仿照上年倡议劝捐，卑职当谕以再实之木其根必虚。现值岁歉，何忍重累吾民。劳心焦思，实无善计。不得已卑职自行捐钱一千钏。倘再不敷周转，设法由殷实商民中借贷，粜毕还本，一切折耗尽此余存。及卑职自捐钱一千钏，并余在田捐米粜出之项开销，庶贫富两无所损。此存谷平粜，概由卑职捐钱添办之一事也。

至积谷一项，原不敢妄议全粜。然卑职亲往各乡查看，情形又未便。固我仓储，而听民失所有，不能不缕晰渎尘宪听者，查卑县六七八三年积谷，如一并粜出，既可除陈易新，亦可救济穷黎。且散处七十余处，比存谷平粜更期周遍，诚一举而三善皆备。然其碍难之处，亦有三焉。全数动粜，固可多济一月。惟本年丰歉，未能预知。设万一歉收，必需赈济，则事更有重于今日者。冒昧粜完后将束手，碍难者，此其一。粜钱存乡处数太多，易于亏挪。现拟统缴县库存储，而路途远近不一，此项运费每千多则七十文，少亦二三十文。以钱万钏计之，即需费钱数百钏，为数甚多，无从弥补。碍难者，此其二。现定粜价四十四文，而各乡保正纷纷具禀，均以秋成恐其不敷买填，请示卑职饬令。现且遵示出粜，届时再作计议。此犹指一半之谷而言耳，若三年全动，其出入之数，更属不资。倘能仰托福庇，今年秋成丰稔，则买补自有盈余。万一秋成价贵，亦不能不筹画及之。碍难者，此其三。卑职现拟先尽一半积谷及存谷，并买米粜济，待至五月半或六月初查看，如果雨旸时若，秋成有象，约计将来买补，不甚掣肘，再饬将此两年积谷接粜。倘不幸而有水旱之虞，有秋难卜，自应从长计议，另筹办法。请示遵行，此又积谷平粜预筹秋后买补之一事也。

卑职才识迂拙，忝司民牧，凡事总竭其力之所能，尽以求其心之所可安。断不敢稍涉冒昧，致滋贻误。伏乞训诲，俾有遵循。再卑县远近秧苗，均已一律栽插。粮价虽昂，民心尚属安靖，差堪上慰宪怀。所有筹办接续，平粜及自行捐钱千钏，以资折耗。并拟将所余两年积谷，俟五月底间，再为酌量。动粜各缘由，理合附禀。再请钧安，卑职谨具附禀。

平粜示稿

为晓谕平粜以济民食事，照得本年入春以来，晴雨尚觉调匀，小春亦渐滋长。惟去秋收成稍歉，民间盖藏无多。当此青黄不接，又有外来奸贩运米出境，粮户因而囤积居奇，遂致米价日昂。力苦贫民，买食匪易，若不绸缪未雨，诚恐饥馑荐臻。念我小民，时殷轸恤。惟有预办平粜，庶免庚癸之呼。查上年劝捐粜存余钱，经本县谕令买储市斗谷石。原为留备平粜而设，但为数无多，难期周遍。自应仍照上年旧案，动粜一年积谷，藉此出陈易新。分别设局平粜，以期实惠普沾。特是买存之谷，尚可将粜获价钱，随时买米接济。其积谷粜钱，应收缴存库。一俟新谷登场，即当照数买补足额，以存仓储。四乡贫民既多，秋收之期尚远，若不分别贫富，定以限制，是以有限之谷济无限之民，诚恐市价未平，谷已告罄。徒有平粜之名，仍于贫民无益。今本县议定简明章程，以便一律遵办。除分饬经管积谷首事，设局平粜，并出示严禁奸贩抬价及囤积居奇外。合行示谕，为此示仰局首，及贫民人等知悉。现经本县议定，局中粜价每一市小升准粜钱四十四文，如市价涨落不一，随时酌定。谕知照办，以归一律。其粜局总以市价平减为止，尔贫民等务，须遵照后列章程，按期自持门牌，赴局购买。该局士即按照门牌内丁口多寡，酌量粜米，每次至多亦不得过二升。不准男女混杂，拥挤喧哗，及违示多买，希图转卖渔利。其力能自给之家，应自行赴市购买，不得贪图便宜，赴局朦混买食。该局首亦不得徇情私卖，侵蚀延误，同干究追。所有章程，开列于后，各宜凛遵毋违，特示计开简明章程：

一、此次平粜系动用积存谷两项，分设粜局，冀实惠普沾。该贫民等距何局为近，即赴何局购买。该局士等遵札设立循环二簿，将每日粜米若干，获钱若干，以及买米贫民男妇姓名，逐一登记。限十日连粜获钱文，赴县呈缴，以凭查核。过朱仍将原簿发还，循去环来，周而复始，不得逾延错漏。其存谷粜价，随时买米发局接济。积谷粜价封存县库，俟新谷登场，仍由原管首士，来县将钱领出，照数买补足额，以实仓储。

二、平粜原为济贫，只准贫民买食，议定男单日、女双日轮流赴局。以免男女混杂，拥挤喧哗。届期自持门牌赴局，遵照牌示粜价购买。该局士即按照门牌内所列丁口之多寡，酌量粜卖，换给木牌。填注丁口，仍于门牌上盖一某处平粜局图记以防两处混买，每人每日至多亦不得过二升，并不得不持门牌前往沽买。其力能自给之户，概不准朦混买食。倘有奸商殷富冒名混买，或囤积转售渔利，许该局首查实指禀，加倍示罚。若局首徇情卖与殷实之户，许禀明，立予追赔。但均不得挟嫌捏词妄禀，同干严惩。

三、现庶粜价每一市小升准粜钱四十四文，如市价涨落不一，该局首随时禀报，由本县酌定粜价，谕知各局照办，以归画一。不得高下其手，卖多报少，致干查究。其各局平粜之期，统以市价平减为止。

四、此次平粜其存谷一项，查照上年于本城及四乡分设七处粜局，仍派原日绅粮经理，以资熟习。其动碾积谷，亦照上年，陆续碾米运赴附近之场镇，设局平粜，即以经管积谷殷实绅粮办理局务，所有局绅书手每日口食，以及碾米运费，均于粜价盈余内核实开支。积谷粜价盈余并遵照前奉通饬，多购谷石弥补折耗，统于事竣后，由各局据实开列报销，均不得浮滥侵蚀，含混错漏，致干着赔。

以上各条，该局首及贫民人等务各一体遵照，毋违干咎。

存谷平粜札稿

为札饬设局平粜，以济民食事。照得本年入春以来，晴雨尚觉调匀，小春亦渐滋长。惟当此青黄不接，并有外来奸贩运米出境，以致米价日昂，贫民买食维艰，亟宜举办平粜。查上年劝捐粜存余钱，本县谕令买储市斗□石，原为留备平粜而设。但为数无多，难期周遍。自应仍将积谷出粜一年，借以出陈易新，分别设局粜卖。庶期实惠普沾，除严禁奸商囤积，一面札饬各乡积谷首事，遵照上年章程，将光绪六年分积谷动粜，并出示晓谕外。兹将买存谷石，仍照十年在本城及东南西北四乡，共设局七处。其存谷处所与何局相近，即拨归何局。并仍选派绅首经管局务，查该场应设局一处，每日许领粜若干石，每一市小升现在准粜钱四十文，如市价涨落不一，仍由本县随时酌定粜价，谕知照办，以归一律外，合行札饬，为此札，仰该绅知照，札到即便雇就妥夫将某处所存之谷，赶紧碾米，运赴该场。遵照现定章程设局减粜，只准贫民买食，按照男单日、女双日轮流，执持门牌赴局购买，随即照牌卖给，每次至多亦不得过二升。换牌丁口照门牌填注于门牌上，益一图记以某局粜买，以免他局混买，该局设立循环簿二本，将每日领谷碾米若干、粜米若干、获钱若干，及买米贫民男妇姓氏逐日分晰注簿，呈案查核过朱。循去环来，周而复始，所有粜获钱文，定限十日赴县呈缴一次。以凭陆续购米，发局接济，该绅等务须慎速妥办，实心将事，勿负委任，不得卖多报少，希图侵蚀，以及迟延贻误，另滋事端。大干未便，一面先将开局日期，及该处市价禀报备查。凛遵毋违，切速特札。

积谷平粜札谕

　　札饬设局平粜，以济民食事。照得本年入春以来，晴雨尚觉调匀，小春亦渐滋长。惟当此时青黄不接，并有外来奸贩运米出境，以致米价日昂，贫民买食艰难，亟宜举办平粜。查上年劝捐粜存余钱，经本县谕令，买储市斗谷石，原为留备平粜而设。但为数无多，难期周遍，自应仍照上年旧案动粜积谷一年，借以出陈易新，分别设局减粜。庶期实惠普沾，除将买存谷石仍照上年，在本城及东南西北四乡设局七处，札饬经管首事粜卖，并拟定简明章程，出示晓谕。一面严禁奸贩囤积外，合行札饬。为此札，仰该绅粮保正等知悉，札到尔等协同，即将光绪六年分积谷陆续碾米，运赴附近各乡场，设局平粜，遵照告示章程，每市升一小升现在准粜钱四十四文，如市价涨落不一，由本县随时酌定粜价，谕知照办，以归一律。只准贫民买食，按照男单日、女双日轮流执持门牌，赴局购买。每次至多亦不得过二升，并于开局时，设立循环簿二本，将每日碾米若干、粜米若干、获钱若干，及买食男妇姓名逐一登记，以一分存局，一分随同。巢获钱文赴县呈缴，以凭查核过朱。循去环来，周而复始，远者限半月一缴，近者限十日一缴。不准逾延，其巢局总以市价平减之日为止，一俟新谷登场，即仍赴县将价领出，照数买补还仓。盈余钱文仍遵前奉通饬，弥补折耗，并以三分津贴经手首事薪水，及运碾各工之费。该绅粮保正等务，须和衷共办。勤慎将事，勿负委任，倘经本县查有办理不善，及卖多报少，亏挪侵蚀情弊，定即提案，分别究追不贷。一面先将开局日期，及该处市价禀报查考。凛遵毋违，切速特札。

平粜禁止囤积告示稿

为示禁事，照得米谷最贵流通，囤积大干例禁。每场粮价之涨落，视粮食之多寡为衡。所以欲令市价均平，必须大众出粜也。本年以来，雨旸均尚应时，小春亦颇荣茂。乃米粮价值，日形昂贵。推原其故，皆由粮户闭粜不肯出售，而奸猾商贩遂藉势囤积居奇，粮价愈翔，勒掯愈甚。只图一己之渔利，不顾民食之艰难，言之殊堪痛恨。在牟利之人，以为待价而沽，其计甚得。岂知天听甚迩，食为民天。因绅富之囤粮，致穷黎于鲜食，居心不仁，已干天怒。特恐利未必获，而害且随之。其某乡某场囤户粮户，本县均已访悉，本应即将所囤谷米，一律封禁，勒令全粜，因不忍遽行示罚，特先晓谕。为此示仰粮户商贩人等知悉。嗣后，凡有业粮户除自存食米外，余积务即陆续粜卖，商贩人等尤须公平出售，不准抬价病民。每场所卖粮食，总须足敷一场之用，不得勒掯少卖。转瞬夏令，正青黄不接之时，但能源源粜卖，民间自无饥乏之虞。经此示谕之后，本县派人各处查访，倘敢仍前囤积，以致粮价不能平减，定将该囤户人等，拘案加倍究罚，并立饬将所积谷米，尽数减价出售，毋谓言之不预也。各宜凛遵，毋违特示。

赴贵州买米札稿

为札委赴正安州一带，采买米石，以济贫民事。照得本县现因米价昂贵，设局平粜。惟境内谷米空虚，自应遴选妥实绅粮赴各邻封地方采买米石，以资接济。除移明贵州正安州正堂，并札谕邻封保团勿得阻遏外。为此札，仰该绅等赴平粜总局，先行领银四百两，驰往该处地方，认真采办，雇觅妥夫运局粜卖。仍将遵办缘由，随时禀候查核。以便接续发银采买，该绅等务须小心妥慎，如能办理裕如，实于贫民有济，俟撤局时，自当禀请给奖，勿违特札。

为札知事。照得南川地方因米价昂贵，禀请大宪设局平粜，并禀明赴邻封采买米石。现经本县札委周仁发、韦才椿赴正安一带采买米石，运局平粜。除移明正安州正堂外，为此札，仰邻团保正人等知悉，一俟南川绅士到境买米，勿得阻遏，倘有挑夫、运脚及一切游民在途偷窃搂夺，即由该保正，查拿送究，事关接济贫民，不分畛畦，勿得故违，致干未便。此札。

催办平粜札稿

为札催速办事，照得前因米价昂涨，民食艰难。札饬该保正等速动一年积谷，碾米设局平粜，并议定简明章程，出示晓谕，在案。迄今日，久据各乡禀报，开局者甚属寥寥，本县昨亲赴各乡抽查积谷，察看平粜，询据各保正等面禀，因札内只令动粜一年积谷，目前为时尚早，恐日后米价更昂，是以迟迟未办等语，殊不知贫民谋生甚难，岂能坐待其再涨始行议粜。前札之饬动一年者，系谓先动一年以救目前之急，其余尚应续动若干或全数动粜，一面飞禀上宪请示饬遵，何得拘执延误，想各乡误会札意，尚未开办者，正后不少合再飞札速办，札到该保正等立即先动一年积谷碾米平粜，约计粜至一月之后，即可奉到上宪批示，应续动若干，彼时视市价之涨落，斟酌谕知遵办，该保正等务须查照章程，妥为办理，即将开局日期飞速禀报。仍将每日粜米若干，获钱若干，以及买米贫民男妇姓氏详细登注循环簿，连钱依限呈缴，毋再延不具禀，懈忽贻误，大干未便。本县不日仍当抽赴各乡查验，倘有办理不善，禀报不实，定即照章惩办，决不宽假，勿谓言之不预也。是为至要，切速毋违。特札。

论买填积谷札稿

为札饬一律定价以便买补而重仓储事。照得本年夏米价昂贵，贫民买食维艰。当经本县据绅粮等所请，将上年粜存余钱预买之谷。并光绪六年分四乡所积之谷，同时分局设粜，以济民食。嗣据绅粮以秋收尚远，六年分积谷恐不敷粜，请并三年所积之谷，接续出粜，亦经随时斟酌批示，饬各乡保正举办在案。现在新谷登场，年岁大稔，自应赶紧将原粜积谷，如数采买还仓，以实仓储而期有备。并由本县酌中定价，每市小斗一石定价钱一千五百文，以归画一。而免争多论寡，且免高下其手之弊。除分饬外，合行札饬，为此札，仰该保正遵照。札到即便查照现定价值，限十日内，如数买补还仓。并须颗粒干圆，风筛洁净，以期经久而免霉变。至储谷之法以干净为上，稍有升合受潮，必致累及全仓。为首事者不可不知，务于买补后即速禀报，并具实存无亏切结以凭查验，通报大宪，听候委员下县复加盘查，以明官绅一体认真。并该首士办事核实至枭剩钱文，着即悉数缴赴总局。由本县督绅采买谷石存于县署新仓，以为买谷防饥之用，本县为尔绅民救饥发粟平枭之外，捐助千缗。尔绅民当此乐岁丰年，更宜及早还仓，自足其食。切勿任听不肖之徒，从旁怂恿，浮支滥销，不以实缴，或买不足额，捏报填完，临时东支西吾。以他人之谷，混指搪塞，致干印委。查出重究，事关仓储，勿稍玩愒。果能事事认真，本县候督宪委员盘验后，当另详请奖焉。凛遵切速特札，仍将奉札日期并遵办缘由，先行具禀，备查。

催填积谷札稿

为飞札严催事，照得积谷重件，曾经大宪咨部有案，颗粒为重，不得虚悬。本年平枭动拨后，曾经本县定价，札饬买谷还仓，乃期限已过，而禀报买填者，仍寥寥无几。推原其故，或因近日谷价略涨，该保正等遂答□循，不知本县所以定价者，盖恐其浮报滥销耳。倘若市价卖不能买，只须实买实报，本县亦不至勒令赔垫。倘再任意宕延，将来谷价再涨，该保正等咎有攸归，恐难当此重咎。为此札再行严催，定限本月内，务须照时市价值，一律买填清楚，不准颗粒短少，立即禀报查考。亦不得因有此札，反为浮报。本县定于十月初间，亲临盘查。届时买不足数，大干未便。飞速、火速。特札。

平枭报销禀稿

敬禀者：窃查卑县今夏米价昂贵，卑职饬令城乡各保正将经管光绪六年分积谷，各就各地，动碾出枭，并因所动积谷仅止一年，不敷分布。将卑职上年定买市小斗谷三千石，选派妥绅在于城乡设立总散局七处减价枭卖，以济民食。卑职又捐廉一千钏，添入接济等情禀明在案。当是时，卑县谷价每市小斗一石涨至三千三四百文，邻封米价同时并昂，民食维艰，城乡各局每日约需米市小斗一百石，所动六年分积谷市小斗三千余石，折合仓斗谷四千余石，碾米枭卖尚不敷一月之食。卑县六七八三年积谷市小斗九千二百三十五石一斗,折合仓斗谷一万二千九百二十五石四斗四升五合八勺。全动则秋收丰歉莫必,后虑孔多,酌动则乡民待哺甚殷,情难膜视。卑职忝膺民社,有求牧与刍之责。言念及此,怵惕维厉,中夜以兴。好在光绪十年夏,卑职到任接办减粜事竣后,将何令倡捐粜剩钱三千五百八十三钏有零,向好义殷富分作四路定买市小斗谷三千石,预备粜赈。彼时谷价甚平,每市小斗谷一石合价钱二千文,三千石合价钱六千钏。卑职传集该富绅等优以礼貌,议明先交一半价值,余俟粜出找补而行,为日甚久,每米一升粜价钱四十四文,合谷价钱二十二文。比当时市价每米一升平减钱二十余文,系属半粜半赈。今兹年岁大茂,所动积谷不但无亏,而且有余。即另筹谷米,如此减价,仍复绰有余裕。卑职始愿实不及此,查积谷项下动碾过光绪六年分市小斗三千一百二十九石五斗八升五合,折合仓斗谷四千三百八十石零一斗六升七合一勺。秋收后据城乡七十二处保正具报,如数买补还仓。并声明县境丰收,比常加倍。每市小斗一石买价钱一千七百文,上下粜获钱文,除买谷还仓,并遵章弥补折耗支给局用外,尚有余钱呈缴。现据各保正缴到积谷项下存剩钱七百零九钏四百四十六文,卑职督饬绅耆照市采买市小斗谷四百零五石五斗五升六合,折合仓斗谷五百六十七石六斗七升六合一勺。本应存储备荒,第查今岁大熟,来春似可毋须接济,因思新章钱粮仓谷交代例限綦严,而鼠耗盘短在所不免。川省向无除耗之例,前后任每多争执,交案入悬。虽前宪、前督宪有前七後三分赔之文,彼时官管仅止常监二仓,今社济、积谷各仓均责成地方官督管。责愈重则累愈深,不得不预为之筹。愚昧之见拟请以此项余谷,以一半作为预筹常监社济老积各仓盘短折耗之需,以一半作为预筹积谷粜不敷买之用,可否之处,伏候钧定。至卑职另筹减粜项下,将上年何令倡捐粜剩钱三千五百八十三千零二十一文,定买市小斗三千石。卑职又自捐廉一千钏添入买米。又查出余在田擅动积谷,自认捐市小斗米二百石,合市大斗米一百石三项。并计辗转减粜,虽所耗不资,而当年定买之谷既贱且多,兼之秋收异常,丰稔谷价较之上年定买时尤为平减,所有粜剩钱文除定买之谷,上年已付过钱三千五百八十三千文,找补钱二千四百一十七千文,又总散局七处支给辛工等项钱六百四十二千三百零二文,尚余钱三千零五十四千五百二十九文。仰蒙宪台福星远荫,年岁丰收,人民乐业。回思开办之初,米价日增,谷有尽而粜无穷,正不知积谷项下折耗若干,尚须动碾若干。卑职另筹减粜项下，又能支持时日若干。迄今思之，犹觉心怦怦动也。此项粜余钱文，虽经卑职筹画，撙节所余，捐助所剩，惟究系地方余款。应当为民惜财，拟请仍留地方作为公用。现已饬存总局，以备缓急之需，除将各保正买填光绪六年分积谷造具，细数清册赍呈。并将另筹减粜余钱，饬局妥存，取具存结申赍外。所有今夏，卑县办理平粜积谷项下，动碾过光绪六年分仓斗谷四千三百八十石零一斗六升七合一勺，已据各保正如数买补还仓。余钱采买市小斗谷四百零五石五斗五升六合，折合仓斗谷五百六十七石六斗七升六合一勺。拟请以一半预筹常监社济老积各仓盘短折耗之需，一半预筹积谷粜不敷买之用。其另筹减粜项下，今秋年丰谷贱，除找补上年定买谷价，支给辛工等项外，尚余钱三千零五十四钏五百二十九文，如数存局。拟请仍留地方，作为公用各缘由，是否有当，理合禀请宪台俯赐察核示遵。再卑县边地多山，秋收较迟，卑职于各保正禀报光绪六年分积谷还仓后，亲诣验收，始行具禀。又另筹减粜项下，系以钱文谷米辗转粜卖，出入极其繁琐，邀免造报。又卑县市斗较仓斗为大，较他处市斗为小，故别其名曰市小斗，合并声明。除径禀督宪暨藩臬道府外，为此具禀，须至禀者。

计申赍各保正填还光绪六年积谷清册一本，另筹减粜余钱局绅存结一纸。禀卑县今夏办理平粜积谷项下，动碾过光绪六年分仓斗谷四千三百八十石零一斗六升七合一勺，业经如数买补还仓。余钱采买仓斗谷五百六十七石六斗七升六合一勺，拟请以一半预筹常监社济老积各仓盘短折耗之需，以一半预筹积谷粜不敷买之用，其另筹减粜项下，今秋年丰谷贱，除找补上年定买谷价，支给辛工外，尚余钱三千零五十四千有奇，如数存局，拟请仍留地方作为公用，分别请示遵办。由奉督宪刘批，该县去夏米价昂贵，民食维艰，动碾积谷办理平粜。并另筹减粜谷米，开办三月有余，民既溥沾实惠，款亦有盈无绌。具见该令关心民食，筹措得宜，殊堪嘉尚。本年该县较邻封加倍丰收，未始非该令实心为民有以感召至之也。所有平粜积谷余款，已采买市斗谷四百石。请以一半预备常监社济老积谷各仓盘短折耗之需一半，作为日后积谷粜不敷买之用。均应照行。至另筹减粜项下余剩钱三千零五十四千文有奇，请作地方公用，此款亟应列入交代。如有应行动拨之处，仍须专案禀报，奉批始准动拨。以杜日后不肖官绅任意侵挪之弊，方为周妥，余俱如禀办理。仍候行司知照缴册存。

禀请添修空心炮台稿

敬禀者：窃卑职昨将光绪十二年夏办理平粜，卑职另筹减粜项下余剩钱三千零五十四千五百二十九文，禀请仍留地方作为公用等情禀明宪，在案。兹据阁邑绅粮徐大昌等禀称情，南邑逼近黔疆，屏蔽渝郡，黔边有事，南邑先当其冲。咸同间，发滇苗号各匪，相继窜扰。实赖前县王防守之功。今秋黔省正安州土匪滋事，仁廉亲督团勇，驰往界上扼守。以我邑有备，不敢窥伺，旋即授首。夫兵可百年不用，不可一日不备。仁廉思患预防，于奉文颁发《团保条约八条》，饬令认真举行之外，复捐制抬枪二十杆，团枪一百杆，存储县城团保总局，饬团操演，洵足远树声威。惟炮台未修，武备尚缺，绅等悉心筹议，拟在治城四隅添修空心炮台八座，以为犄角之势，则正面两旁，均可声势相应，实于边防大有裨益。此项经费可否即在仁廉另筹减粜余剩钱文项下动拨？不必请领公项。设有不敷，由绅粮等自行筹捐足数，以重边防而节库储等情具禀前来。复查卑县负黔面渝，本属边疆重地，该绅粮等所请在于县城四隅添修空心炮台，以备不虞，系为未雨绸缪起见。其工程经费拟在卑职另筹减粜余剩钱文项下动拨，以重边防而节库储。虽系以民之财卫民之身，惟究系地方撙节余款，卑职未敢擅专，是否有当，理合遵填，预印空白。据情转禀宪台，俯赐察核示遵，如蒙允准，应请委员下县估勘，俾昭核实洵为公便，除迳禀督宪暨臬藩道宪外，为此具禀，须至禀者。

禀卑县绅粮徐大昌等，具禀县属逼近黔边，武备宜修，拟在县城四隅添修空心炮台，以备不虞，其工程经费拟在卑职另筹减粜余剩钱文项下动拨，以重边防而节库储，据情转禀，请示遵办，并请委员下县估勘，以昭核实。由奉督宪刘批：该县虽地接黔疆，现在邻氛尚靖，与其空修武备，何如实积仓储。仰将另筹减粜项下余钱全数买谷，以备荒歉，斯有实济而免虚糜，仍候行司知照缴禀。

禀粜余钱文仍买谷存储稿　丁亥年

敬禀者：窃卑职旧腊具禀县属平粜事竣，积谷项下粜剩钱文采买市小斗谷四百石，请以半预备常监社济老积谷各仓盘短折耗之需，一半作为日后积谷粜不敷买之用。至另筹减粜项下余剩钱三千零五十四千五百二十九文，拟请留作地方公用，均蒙批准照办。并以开办三月，民沾实惠，款有盈余丰收，又复加倍。

温谕嘉奖，伏读之次，感悚交并。先是发禀后据绅粮徐大昌等以县属逼近黔边拟于四门添修炮台以备不虞，其工程经费请在另筹减粜余剩项下拨动，卑职以事关地方余款未敢擅专，请示遵办。旋奉钧批，另筹减粜项下余钱全数买谷以备荒歉。仰见大人思深虑远，下怀曷胜钦佩。伏思卑县谷价旧秋因丰收加倍，每市小斗一石仅需钱一千七百文上下，今春豆麦成熟，谷价视旧秋尤贱。

宪谕买谷备荒，价廉费省，事半功倍，实为救荒善策。随传四乡富绅张凤阳、杨泽樟、明典谟、金玉音、杨肇矩等到署，每市小斗谷一石议给谷价钱一千五百文。其谷仿照前次办法，分存该富绅等仓内，以便将来就近碾粜，并因县属地方辽阔，转运维艰，议明每离预备脚价钱二百文，其钱存于津捐总局，将来平粜时，如运往远处接济，即赴局请领脚价。如附近设局，即将此钱添入买米，以昭平允而免虚廉。该富绅等均愿遵办。卑职当将另筹减粜项下余钱三千零五十四千五百二十九文全数动拨，以二千六百九十五千一百七十三文发交富绅张凤阳等，领买市小斗谷一千七百九十六石七斗八升二合，分存伊仓，以三百五十九千三百五十六文发交津捐局存储，预备运脚之费。据该绅等各具存结前来，理合将取到各结，赍请宪台俯赐查核立案示遵，并请列入交代以重民食，实为公便，除通禀外，为此具禀，须至禀者。

计申赍富绅实存谷石结，局绅实存脚价结各一纸禀卑县，另筹减粜项下余钱三千零五十四千五百二十九文。遵批买谷备荒，以二千六百九十五千一百七十三文发交富绅，领买市小斗谷一千七百九十六石七斗八升二合。分存伊仓，以三百五十九千三百五十六文发交津捐局存储，预备运脚之费。取具存结，禀请查核立案，并请列入交代，以重民食由。

禀复三费旧章稿

敬禀者：光绪十二年五月二十七日奉宪台札开奉臬宪批，据卑县文举徐大昌等以公费不足协恳作主等情具呈一案奉批，所呈是否实情，应否照办，仰重庆府督同南川县查明原案，体察情形，详晰禀候核夺，词发仍缴饬即查明禀覆核转，等因。奉此仰见宪台念切民瘼，核实饬办至意，下忱曷胜感佩。遵即详核原案，并传集绅粮悉心筹议。查卑县三费之设，始于同治九年，前升县黄令际飞任内因命盗案件，地邻受累无穷创办。三费初意亦拟抽收肉厘，嗣经绅粮陈明乡民，多系山居岩处，俭朴成风，饲猪无多，食肉更少，抽不敷支，适形烦扰。查得县属街市，向使九九钱文议于买卖田宅，由买主补足每钱一千底钱十文，以作三费，取之于民甚微，归之于公有济。仿照他邑厘定相验缉捕招解章程，禀准立案照办。十余年来地邻免累，民甚称便。光绪十年夏，卑职到任，因查三费，既有串底专支，恐后之治斯邑者未谙县属地瘠猪少，以为肉厘亦可筹作三费，设或更张，必多窒碍，于到任禀内声请立案，永远免抽肉厘奉前督宪丁批准永远免抽，当经绅粮录批刊碑以资遵守。嗣于十一年六月奉文筹办海防肉厘，半解军需，半作三费，谕令停抽契底，因海防大局要款攸关，不得不竭力筹办，勉顾要需。讵县属猪只本少，屠案亦稀，每月抽数不满百金，以此全作三费，尚不足敷数月开支，拨半解省，更属无济，全恃三费旧日节省底钱存款项下以作补苴。随于十月奉文停抽肉厘，而串底已无盈余，既不忍重累地邻，又不便停费不支。皆系挪垫支给，民间咸谓肉厘即在，已属不敷，并此俱无，扰累可待。假使串底尚存，何待外求。十余年不烦不扰之成规，因海防而一旦废弃，殊为可惜。巷议街谈，大都如是。卑职正切隐忧。十二年春间，蒙本任臬宪轸念民瘼，以川省命盗拖累地邻。当日兴设三费，实为有心世道之人，习见命盗案出，地邻之受害无穷，创巨痛深。始倡而为此举，会同藩宪详请前督宪，凡旧有肉厘之处，每宰猪一只，仍抽钱一百文。饬令各就地方情形，妥议禀办，至向未抽厘之处，不得因有此举添抽肉厘，致涉纷扰等因，遵即饬传绅粮妥议。去后旋据阖邑，绅粮徐大昌等佥称南邑僻远，不比巨邑通都，民鲜食肉。县属三费，向系抽取串底，并未抽收肉厘。去夏仁廉以海防肉厘事关大局，温语抚循，勉力举办，每月所抽无多，是其明征。其穹远乡场，甚至月抽钱一二千文或数百文，尚不敷缴厘之人往返口食，诚如札文所云，向未抽厘作费之处，事涉纷扰，即使每月阖邑抽至七八十千，一年亦不足千串。由县至省，几及廿站，一案解费，动逾百千。若发局审办，或犯供翻异，添提人证，在省守候，费更不资。一年所抽不敷数案之费，且案之多寡，难以预计，此外相验缉捕，更无款支。绅等再四思维，向来抽收串底作费行之已久，最为民便，惟有请仍取给底钱，以顺舆情而济公用，恳请转禀等语。卑职以该绅等所议虽系实情，惟奉文饬办肉厘以作三费，并未饬令复抽串底照转，恐干驳诘，不如遵照行文，姑且试办肉厘。俟一二年后，果系窒碍难行，再为禀请，规复串底，该绅粮等以肉厘无几而命件实多，且距省在一千数百里，数月之厘不敌一起之费，与其改抽肉厘而费难接济，不如仍抽串底而民乐从并，历陈向来补足底钱作为三费，约有四便，县属民间一切买卖，凡系整串均用九九钱文，且零星买卖仍给满钱，是扣底补底，亦民间自为风气，两各相安，今议买卖田宅，一律补足底钱。譬如价值百千，在卖主仍获百千之用，买主补底钱一千不以为难，其便一。买业之家其力较裕，每钱一千仅补底钱十文，亦觉行所无事，民间自昔年议此底钱捐作三费，地方亦无不乐从。去夏停抽，民心颇怀惴惴，今议仍复旧案，蚩蚩之氓，实觉如愿而偿，其便二。县属买业投税，均觅殷实钱铺交纳应给底钱，即由该铺照价核算汇缴，责有攸归，易为稽查。民间只向该铺交钱取契，并不自为完缴，非如肉厘按户催收，易滋扰累，其便三。此项底钱每年约有二千串内外，仁廉到任，力求撙节，尚有盈余，若非停抽，何致负累。此后以十年所节者，计之当可置业收租，一俟收租，足供应支，即将此项永远停止。地方有此经久之规，民间永免苛派之累，其便四。有此四便，因民之所利而利之，因向来所抽收而抽之，款系仍旧，事非添抽，与札文之意并不相悖，覆恳转禀等情。赴卑职处，沥陈一面，撮其大要。上赴臬辕，呈恳奉批，前因卑职传集阁邑绅耆覆议，佥称前禀均系实情，请仍照转。前来卑职覆查三费之设，为民除累，卑县僻在边陲，距省既远，解累尤甚。该绅粮等所称与其改抽肉厘而费难接济，不如仍抽串底而民愿乐从。明察暗访，皆系实情，其所陈仍复串底其便有四，均非虚揑，似应照办。卑职忝膺民社，为民求牧，既已真知灼见，即不敢壅于上闻。如蒙转禀，仍照向章抽取串底作为三费之用款，出自民心所愿，既觉简便易行。议定以置业为期，可冀历久不废。卑职详查原案，体察情形，不得不为民请命。宪台福疪全属，求通民隐，曩日查办三费，尚蒙垂念。卑县办理认真，禀留此款以备置业收租，今兹饬办三费，文内指明向有者而抽之，不必添抽致涉纷扰。是大宪意在恤民，重在向有，好恶同民，初未尝执定肉厘一端，所谓肉厘者，特举其抽作三费之多处言之耳。宪台胞与为怀，知大宪必有同心推广，此意倘荷采择，地方幸甚，全蜀之似此者幸甚。所有遵札查明该绅粮等所禀系属实情，拟仍以底钱作为三费缘由，理合据实禀请宪台俯赐核转立案，批示饬遵，为此具禀。须至禀者。禀遵札查明，卑县文举徐大昌等具呈公费不足等情一案，体察情形，该绅粮等所禀与其改抽肉厘而费难接济，不如仍抽串底而民愿乐从，均系实情，据实恳请察核转禀，立案照办。批示饬遵，由奉府宪恒批据禀已悉，仰候察核转,详俟奉批至日再行饬遵。缴枭宪黄批据详南川三费,向系抽取买业串底,并未抽收肉厘,曾经详奉批准刊碑有案,自应仍旧照办,以期经久,仰即转饬遵照缴原词存。光绪十二年九月二十六日由府奉批转行。

详请奏封龙神稿

南川县为申请详奏事案,查卑县金峨洞自前明建造龙神祠,屡著灵异,綦、南、江、巴及黔省之桐梓、仁怀等县农民,历年每遇干旱,祷雨辄应。迨光绪五年六月綦南两邑缺雨,前署县牟令思敬与前署綦江县费令秉寅率领两邑士民,虔诣金峨洞龙神祠致祷,立沛甘霖,转歉为丰。经牟、费两令据綦南两邑举人徐大昌、杨材选等合词转禀宪台督宪奏奉。上谕四川南川县龙神庙求雨灵应,本年夏间,川东一带缺雨,旱象将成,经南川县知县等诣庙虔祷,立沛甘霖,得以转歉为丰,实深寅感,着南书房翰林恭书匾额一方,交丁祗领,敬谨悬挂,以答神麻,钦此,等因,钦遵在案。十年夏六月,川东一带亢旸,卑县农民望雨甚殷。时逢卑职接任之初,忧心如焚,访问耆老,据称本邑金峨洞龙神祠屡著灵应,当经卑职率同文武及士民等诣庙虔祷,即日大雨如注,岁则大熟。所有祈祷灵应缘由,已于旬报晴雨折内声明在案。本年夏六月,川东一带又复缺雨,卑县田谷将次结实之时,骄阳浃旬,民心惶恐。卑职复诣该庙,再求默佑,又蒙叠沛甘霖,年谷得以顺成,凡兹农田之有秋,皆赖神灵之屡应。伏查《礼经》:"有功于民则祀之,能御大灾则祀之。"今卑县金峨洞龙神祠屡显灵应,实为能御大灾,有功于民,据阖邑绅粮举人徐大昌等吁恳奏请敕封。前来伏查金峨洞龙神祠,前显灵应,已经宪台奏请钦颁匾额。比年以来屡次显应,合无仰恳宪台奏请敕加封号,以答神庥而顺舆情。实为公便,所有据情详请缘由,理合其文申请宪台俯赐察核示遵,除径详总督部堂暨藩枭道宪外,为此备由另文详乞照详施行须至册者。奉藩宪札谕光绪十三年六月十五日,奉总督部堂刘札开光绪十三年六月初七日,准礼部咨祠祭司案呈本部具奏议复四川总督奏请敕赐南川县金峨洞龙神封号一折,于光绪十三年四月十三日奏,本日奉旨依议,钦此。当经抄录原奏移会内阁典籍厅,撰拟封号。龙神封号奉朱笔圈出宣仁,钦此。相应移咨该督钦遵可也等因,准此合就札,行为此札。仰该司即便钦遵,知照毋违等因。奉此合行札饬,为此札,该县即便遵照,毋违此札。

恤嫠章程序　自稿

嗟乎！事之难成易败者，其惟公款乎！其成也官率之而绅助之，得尺得寸，殚数年数任之精力，成矣犹未必尽美，美矣犹未必尽善，其难且迟如此也。其败也官与绅怠忽从事，漠不关心，甚或侵挪亏短，不崇朝而前功都弃，其易且速又如此也。创始者不计其难成而奋然以为之，守成者惟恐其易败而惕然以继之。创而兼守者知其难又惧其败，兢兢以图，维而扶持之，则其事或一成而不败，凡公款皆然，邑之恤嫠其最著者也。恤嫠之设，为青年守节，衣食无措，资其生活，俾完贞掺，法至善也。前任黄君鹤樵劝捐田业，邑多义士，欣然乐从，将有成效，未开局而擢任涪州。何君苣仲踵增田亩，章程未定，亦即瓜代。甲申夏，涛履任后，即清厘租谷，考核章程，只以田业散处，首士过多，且所举嫠妇多与恤嫠之意不符，所积租谷已间有中饱者。涛不辞辛劳，不避嫌怨，追比稽核，甫有端倪。丙戌岁，始开局发谷，局分四路，稽察难周。丁亥春，将原议章程手为改定，专派妥绅设局城内，按季散放，余款添置一契规模牺具，而心力已交瘁矣。鹤樵暨各捐绅创始者也，苣仲与余及现管绅董守而兼创者也，后之履斯土司是事者，守成者也。果皆不畏其难，不忽其易，庶几一成不败而嫠妇咸沾实惠焉，是所望于守成之君子也。涛不敢掩人之善，因叙其颠末如此。

光绪十有三年岁次丁亥仲夏月同知衔知南川县事昆明张涛撰并书

改定恤嫠章程　示稿

为晓谕事，照得恤嫠局，向章由四路支发节妇口食，原期便于节妇也，但自开办以来，首事太多，是否全发，势难稽查，不能不酌量变通。现经本县遴委绅粮刘龙书、周仁发在城内设立总局，每于正月十五日发给半年口食，至六月十五日又发半年。本年正月已过，即自三月十五日为始，先行发给三个月。六月十五日，再发半年，正、二两月，仍由原处请领。该节妇等每年只须往返两次，毋庸按月请领，较之四路发给，尤为便宜，为此示。仰该节妇等一体遵照，毋得临期自误，特示计开。

一、南路田业一股地，名陈家场接官坝，系王赵氏捐出，载粮二钱二分，年收租谷三十四小石，佃户张东轩佃耕押佃钱十钏，捐契一张。

二、西路兴隆场田业一股地，名贤畈岭，契价钱九百钏，载粮一钱八分零九毫，年收租谷五十三小石，佃户熊本足押佃钱二十五钏，契书一张。

三、西路田业一股小地，名回龙湾，契价钱六十钏，载粮一分五厘，佃户吴鼎元年收租谷四小石八小斗，契书一张。

四、西路田业一股小地，名王家嘴，契价钱一千钏，载粮二钱六分五厘，年收租谷五十四小石，佃户陈大兴押佃钱六十钏，契书一张，佃约一张。

五、西路田业一股小地，名赵家坝，契价钱六百三十钏，契书一张，年收租谷三十六小石，佃户陈贵生押佃钱三十钏，又佃户罗尚文押佃钱三十钏，各佃约一张。

六、西路观音桥田业一股小地，名，契价钱一千二百钏，载粮四钱，契书一张，年收租谷五十小石，佃户押佃钱佃约一张。

七、西路张在田、张书田、陈翰声三人共买业一股，在白沙井，契价钱二百四十钏，载粮年收租谷佃户押佃钱契书张佃约张。

八、西路田业一股地，名学堂湾，契价钱五百三十二钏，载粮，年收租谷二十七小石，佃户卢泽溥押佃钱三十钏，佃约一张，契书一张。

九、北路石牛溪田业一股地，名盐井沟新房子，契价钱二百二十钏，载粮六分，年收租谷十五小石，佃户李现章押佃钱三十钏，契书一张，佃约一张。

十、北路新场田业一股小地，名新房子，契价钱九百八十钏，年收租谷二十五小石，载粮四分，佃户聂先贵押佃钱一百七十钏，佃约一张，契书一张。

十一、北路石牛溪田业一股地，各放牛坡契价钱二百六十钏，载粮五分，佃户陈炳灿押佃钱三十钏，佃约一张，契书一张，年收租谷十五小石。

十二、北路石牛溪田业一股地，名盐井沟新房子，契价钱七百五十钏，载粮，佃户汪相臣押佃钱五十钏，年收租谷三十六石，佃约一张，契书一张。

十三、东城外由蔡柄权经买吴春山铺房一院，契价钱一百八十钏，佃户，年收租，押佃钱契书张，佃约张。

十四、恤嫠局总首周仁发刘龙书。

十五、恤嫠总局设在城内南街行一公所。

禀团练著有成效稿

敬禀者：窃查卑县地方，毗连黔边，东北紧接黔省正安州，东南紧接黔省桐梓县，山深箐密，道路分歧。而黔省遵义、思南两府所属正安、桐梓、婺川、湄潭等州县，自咸丰初杨滩憘倡乱以来，苗号各匪，相继肆扰，民俗犷悍，习与性成。虽经黔军抵定，无如寇乱之余，流风未泯，非彼此斗堡，即乘机焚掠川省，一有不备，侵轶随之。同治光绪间，县属屡受其害，甚至勾引苗匪，蹂躏县境，赖大兵痛惩，始获休息。卑县在边，号称难治。卑职自光绪十年夏到任后，周览边界形胜，采访耆老舆情，乃知自来治邑防边者，以咸丰间王升令臣福为最。盖其教民即戎，由保而团，由团而练，由练而成劲旅，以本境之财，养本境之练，卫本境之民。急则听调，缓则归农，有指臂之效，无哗溃之虞。历咸丰、同治黔滇粤逆之乱，未请一兵未领一饷，卒保危城，皆团练之力也。卑职初到，即拟师其意而行之，彼时专尚保甲于边地，情形不无窒碍。卑职不敢拘泥，屡次陈明前本道府，边防重地，必须兼办团练。自我宪台莅蜀，洞悉川省情形，明定条约，团与保合而为一，次条即仿嘉庆年间办团成案，富者出资、贫者出力之法。饬筹公费而要之以各保，收支按月榜示，胥役不准经手，此诚振古铄今，为治蜀第一良策。卑职益得有所措手，现在各团保因有公费，皆各制备梆锣器械，丁壮一律整齐，技艺亦渐娴熟，壁垒为之一新。夫兵可百年不用，不可一日不备。卑县僻在黔疆，尤宜加意。况国家经费有常，藩库协饷防夷，已属不遗余力，安能县置一军？是在各州县遵照奉颁条约，各就地方情形推广设施，善自为谋。卑县所属各保约有三百余团，每团挑选团勇一人，计可得三百余人。由各保在于所筹公费项下自备口食，配带军械，赴城合操。卑职督率同城文武分班简阅，无事教演枪炮杂技，有警调赴边隘驻防，以补边团之不足。并查有王升令旧部五品蓝翎千总韦才椿，即昨蒙宪台咨催荫恤阵亡州同衔韦绅卿之次子，该员父子弟兄效力疆场，忠勇素著，委令管带操防，俾团勇等皆知向义，除团勇口食各团自备外，所有管带、大旗、什长、字识薪水、口食及操防药铅旗帜等项，即由卑职筹支，以节民财而资训练。此卑职推广宪台团保条约，依照王升令治边成法，由保而团，由团而练，由练而成劲旅之实在情形也。八月初十日，准贵州正安州李牧上珍移称：婺川逸匪萧帼塘等，在于正属小里一带滋扰，已派练相机办理，移会堵御等。由查黔匪在正界滋扰之处，距县界仅四十余里。卑县小河场首当其冲，即沿边木鹿井、马嘴、鱼泉河、乐村、大有场、关口、木瓜台、元村坝一带，在宜防。当即飞饬沿边团保张霭廷、韦熙藻、陈清溪、张国梁、王家现、王荣邦、雷声扬、王命荣、韦辉远、童葆生、晏屏侯、李赐齐等一体严防。卑职于是月十六日亲带所操团勇驰往交界各隘，指授机宜，分命防守。并因小河场密迩贼氛，札委管带韦才椿拣选精锐驰往小河场督团扼截，与沿边各团保联络声势，以为犄角而树军威。又查黔省正安州与卑县交界处所自乐村起历鱼泉河、小河场、木鹿井、马嘴、大有场、关口、元村坝、木瓜台以至合溪场、草坝场，止绵亘二百余里大，小隘口数十处。非厚集团力，居间屯扎，不足以资策应。分别移委教谕六品蓝翎宋训导、元枢、沙典、史迪康督率团保王家现、韦熙藻、金品元等分屯适中之地，以为各路声援。驻防汛弁何把总源带领兵练在于所辖讯地往来巡警，以防奸匪勾结。九月初六日，卑职复与正安州李牧在于川黔交界之元村坝、邓家坝互相会哨，各励所属团丁以振军容而防窜突。部署已定，于初十日回城。日前先后接据各路探报，该匪萧帼塘等被正安州练勇击散，知我邑已有准备，无从窜越，退往婺川等处。正安州李牧现尚督练搜捕等语。卑职覆查无异，刻下卑县防务已松，边民安堵，此皆仰赖宪台整饬团练，听民自筹公费之明验也。惟是黔边土匪出入无时，卑职身任地方，自应随时防范，不敢稍涉疏懈，除仍督饬驻守小河场管带韦才椿暨沿边团保远探严防，并移行同城员弁策应巡警外，所有卑县遵照颁发团保条约，办理团练卓有成效。日昨黔边土匪滋扰，逼近边界，卑县督团堵御该匪等，旋被正安州李牧击散，退往婺川。卑职现仍督饬沿边团练，认真防范缘由，是否有当，理合禀请宪台俯赐察核示遵。再黔边土匪在正安州属滋扰，卑职闻信当即带勇亲赴沿边布置，先将大概情形略陈。本府因事在邻省，恐涉张皇，是以先未通禀，现在防务已松，足摅慈厪，合并声明，除通禀外，为此具禀，须至禀者。禀卑县遵照颁发团保条约，办理团练卓有成效，日昨黔边土匪滋扰，逼近边界。卑县督团堵御，该匪等旋被正安州李牧击散退往婺川。卑职现仍督饬沿边团保认真防范。由奉督宪刘批据禀已悉，该令能遵照通饬团保条约，因地制宜，实心办理，著有成效，殊属可嘉。现在该匪等虽经正安州击散退往婺川，仰仍随时督饬沿边团保认真防范，以期有备无患，毋稍疏懈，切切此缴。

禀遵办塔捐夹单稿

敬禀者：案奉本府宪王准宪台函开，以豫省河决，郑州饥黎待赈，奉督宪饬照塔捐册式劝办限封印前易银批解与原册同缴等因。伏查豫省水灾，需款孔亟，自应赶紧劝办，以应急需。当即传集殷实绅粮，优以礼貌，款以酒食，剀切劝导。自千文一愿起以至数十愿，共书塔捐钱将及一千钏。惟卑县僻在黔边，地方偏瘠，富户甚少，际此豫省望赈，如解倒悬。若拘于千文一愿，窃虑所劝无多，不若量为变通。饬令绅首领册转劝，听其由千文以至五百文、三百文不等，于捐项似可宽筹。且卑县窎远，奉饬已届封篆，所属跬步皆山。传集乡绅，非数日不能至。往返动经浃旬，连日催收，据书捐各户缴到捐项钱七百三十钏。照卑县市价仅易银四百金，若待已书未缴之二百余钏收齐始行批解，非特数仍无几，尤恐缓不济急，有负宪台暨各宪谆谆饬劝之盛心。拟由卑职先行筹垫，凑成银一千两，赶于正月初二日解赴宪辕，弹收汇解，其已书未缴之二百余钏，日内催齐，即连已书捐册随同申缴。其续劝之数，赶于元宵前后扫解，如果续劝捐项与现劝之九百三十钏先后合计在千金以外，即将捐项与续书捐册及未填之册补具文批，随银并缴。如果劝项通计不满千金，其不敷之数，即由卑职捐足，以成政体而副宪怀。至卑县劝办情形与章程，稍有未符，系属因地制宜，拟俟收齐，缮榜申请宪台钤印，檄发下县张贴，用昭核实。再卑县未奉饬办之先，阅洋报内附有公启，知好义士绅陈竹坪在于上海设立协赈公局，遍告同人，无论多寡，汇由该局，转寄豫省赈灾。卑职已于月日先期倡捐银一百两，交渝城天顺祥汇寄上海协赈公局查收，合并声明。先此肃禀，恭请福安，伏乞慈鉴。卑职谨禀。

修路募资稿

为募资修路事。窃查城东三十里曰西阳关，多大风，遇之辄仆，行者病之未甚也。又东四十里曰半河，两山壁立，中通一溪，路沿溪行，右尽则厉而左，左尽则厉而右，凡数十左右乃得竟。所谓四十里者，《通志》称四十八渡水是也。东民之有事于城，黔蜀公私之往来，莫能迂焉。春夏之交，山水暴发，急涨骤至，半涉辄为掩去，幸而登路，则已堑其先后，不可逾越。又或盛暑入水，甫暍而濡汗，湿乘而为病，岁有死亡。崖上似有旧路，试探之则危仄不盈尺，偶一蹉跌，人畜颠落天半，甚哉其病也。余甫莅任，以事东见之，而戚思所以免之者，以岁之不易，未可以事吾民也。兹者民食稍裕，四境安谧，亟维前功，乃属绅董韦君才椿、王君家现、张君蔼廷、张君国梁、伍君朝相，相其高下，度其险夷，旧路有可因者因之，可凿者凿之，将去其险以达吾民焉。五君复曰可哉。虽然，

717

经费宜裕也，人功宜勤也，富者出财，贫者出力，事乃得济。邑中类多好义之士，谅不无同志焉，矧亲受其病者哉。爰为说以告吾民，将以免其灭顶颠趾之凶，而治千万年不治之病也。夫平治道路，守土职也。计余莅任南川，自甲及戊，于兹五稔，道弗不行，私衷内愧。然苟令而不从，吝于出纳，本邑之疾苦，视同秦越，亲历之险阻，不计死生，则吏固不任受过，而自问更何如乎？好义急公无踰此役，我民勉乎哉！

设牛痘局　　示稿

照得小儿疾病，危险莫如天花。轻重均关性命，医术亦鲜专家。
近来点种牛痘，外洋传到中华。两臂共点六穴，半月即已结痂。
小儿如常行走，并无痛苦相加。本县家中子弟，屡试屡验无差。
推此诚求隐念，保赤欲遍迩遐。筹款延医设局，滋培小儿萌芽。
医药不取分文，薪水出自官衙。速负来局点种，并免他日疹痳。
莫待天花自出，束手空自咨嗟。军民一体遵照，庶几福惠无涯。

祭丁文诚公　　自稿

维清光绪十二年，岁次丙戌，月建甲申，朔日癸巳越九日辛丑，重庆府南川县知县张涛谨以香楮酒殽之仪，致祭于太子少保头品顶戴兵部尚书兼都察院右都御史总督四川等处地方兼理粮饷管巡抚事丁公之神位前。曰：呜乎痛哉，公之薨于位，十有八日矣，謡耗迭传，惊疑莫定，而今则信然矣。天何夺公之速，不为国家留一柱石之臣，不为全川留一保障之材，且不为区区留一知我之人哉。呜乎痛哉！夫公之泽被当时，声施后世，生则荣而死则哀，国有史传，民有口碑。涛不能尽述，亦有勿庸涛之尽述也。独公以人事君之心，拳拳瘽瘝，片长必录，簿技必庸。虽奔走下吏，亦得邀知遇之隆。其情不可昧，其恩不可忘，盖闻之泰山不让土壤，故能成其高，河海不择细流，故能成其大。夫泰山河海，自有容纳之量，非必需于土壤细流，而土壤细流之受其容纳者，自惟泰山河海是依。而一旦泰山崩、河海竭，凭依失所，能不悲哉！此涛之所以设位而哭也，忆涛捧檄权厘之始，适公奉命督蜀之日，初上游以厘差为调济，属吏以厘局为优差，上下弊蒙，商贾困惫，侵蚀中饱，视为固然无足怪者，饷需缺乏有由来矣。

公独力挽颓风，念当今之急务在理财，而蜀省之理财在厘金，严为整饬，不事姑容。涛以丁丑夏有合州管厘之行，谒公请训，其训之之言曰，厘金者，朝廷不得已而取之于民也，尔为我悉除积弊。涛志之不敢忘，不数月，公檄观察李君笏山查之，李以实告此。涛受知于公之始也。

是年冬，有移创丰厘之委，言必听，请必行，于公牍中判之曰，该员前管厘务，颇能洁己奉公务，当力求精进，勿负厚望。又于丰令禀牍中判之曰，该处委员办事实心，本部堂于查阅册报时，早已心焉许之。己卯夏以才具明笃，出具考语，奏委署理珙篆，复以连获巨匪，有缉捕认真，决不没其勤劳之誉。庚辰因事为谗所间，公疑之。涛具牍力辩，愤归田里。公察之，谕张太守子久曰：张令涛诚笃不欺，异日可期大用，汝曷为我招之。辛巳，涛返川，犹未及往谒。公檄委查要案，谕之曰，我遴汝，以汝可信也，夫谗言顿释而相信如初，此岂易求诸近世之长官哉。壬午，特檄管宁远厘务，先是府以养勇为名，就地设厘，半归囊橐，直二千石之私财也，相习者数十年，遽夺之，怨无所泄，遂迁怒于奉委之员，蜚书毁谤，百计相谗，且有当路者为之游说。公力持不为所惑，而事卒底于成。嗟乎！涛之盘根错节，皆公之扶正抑邪，有以成之也，涛独何心能不悲哉！甲申，涛循次得补南隆，公以心地诚实，办事认真，注考，部未复，先饬履任，公之遇涛厚矣！

公之知涛亦深矣，涛于途次谒公，奖诱备至，期许极殷，纵谈世事，殊多抑郁无聊之语，涛异之，呜乎痛哉！岂料其生别之年即其永诀之日哉！乙酉夏，涛复伤于谗，公不为之动。涛方冀敏黾从事以报知遇之隆，或公之知涛者不仅如今日而止，即涛之报公者亦不仅如今日而止也，呜乎痛哉！今已矣，复何望哉！仕路险虞，人心叵测，奔竞者升而廉静者阻矣，攀援者盛而孤立者危矣。我不敢知曰，后之代公者，即不能如公之片长必录，簿技必庸，而泰山仍不让土壤，河海仍不择细流矣。我亦不敢知曰，后之代公者，即能如公之片长必录，簿技必庸，而泰山未必不让土壤，河海未必不择细流矣。今既泰山崩矣，河海竭矣，土壤细流复何望矣！况涛也内无显贵之交游以为之誉扬，外无金帛之赠答以为之逢迎，而今而后，五亩归耕，长为农夫以没世矣！呜乎痛哉！尚飨！

（其他卷略）

《南川公业图说》选
禀稿

同知衔重庆府南川县知县张涛谨禀。

大人阁下。敬禀者：窃查地方公款，置买田业，原期经久，法至善也。乃日久弊生，遇有不肖首事，加押退租，滥支妄报，甚至契据遗失，边界侵占，亏空侵蚀，更有盗卖田业，全行废弃。种种弊端，难以枚举。伏思筹款之艰，创造之难，或历数年而后成，或历数任而后成。略不经理，弊即生焉。数人经营之而不足者，一人败坏之而有余。卑职到此五年，查县中旧有书院乡学，宾兴北上宾兴义卷学田，三费育婴养济、尹子祠诗古课、济仓文昌会、均有田产。虽多寡不一，均经各前任苦心孤诣，创办而成。分文皆民脂膏，最当爱惜。卑职于到任后，又开办恤嫠局，增添文庙祭田，于书院养济两项，永远每年捐铁厂陋规银六百两，分别支用。现又捐廉五百金，发商生息，专作养济院之用。又蒙宪台本府筹钱千串，发县生息。另立一课于宾兴，亦捐廉五百金。并宪台本府筹款之钱千串，银一百五十两，均发县生息支用。于三费则撙节用费，添买田业三千余串，均经先后禀明在案。县中善举，几至无一不备。惟公业多至十余项，经管首事诚不易选。地方绅粮贤否不一，实心经理者固不乏人，而相沿陋习，钻充首事，惯于舞弊者，正自不少。且报销到署，官幕均政务纷繁，卷又散于各房，零星散乱。勾稽核算，殊不易易，不得已或竟含糊了结。即使再为筹款，亦徒供漏巵而已。卑职反复思维，虽曰徒法不能以自行究之，徒善不足以为政，非筹一维持补救之计，无以垂久远而塞弊源。因饬现管各首事，于收租之便，各将公业查勘，明确计：某处田几坵，土几块，房屋几间，有无竹木山林。注明四至界畔，绘成图形，付梓刊刻成卷。图之次页，即摘录契约，并收租数目。又将各公业支销章程，传集绅粮首事，悉心改正，分门别类，附于图形之后。庶经理者有所遵守，督率者易于稽查，佃户田邻不至侵蚀界畔。并手定简明总章，刊于卷首。首事少一分侵蚀，士民多沾一分实惠。此项刊刻费用，筹提县中闲款，并不作正开支。阅六月而始成，名曰《南川公业图说》。兹当告竣装定成帙，恭呈宪览。所有卑职刊刻《南川公业图说》缘由，理合禀请宪台，察核批饬立案，实为公便。一俟奉批之日，再将批示补刻。除禀督宪暨臬藩巡本府外，为此具禀，须至禀者，禀卑职刊刻南川公业图说告竣，赍呈宪览。伏乞察核批示立案由。

附呈《南川公业图说》全部禀督藩臬巡本府。

总序

为政之要，不外养与教两端。三代以下，井田既废，所谓养者，惟期不侵不扰，民自为养。独于无告穷民，欲自为养而不得，司牧者不能辞其责。此恤嫠、育婴、养济之所宜急讲也。家喻户晓，诰诫谆谆，不但力所未逮，恐亦势所难周。惟于四民之首，助以膏火，资以诵读，筹以试费，使得优游餍饫于圣经贤传之中，更得鼓舞奋兴于登明选公之路。此书院乡学，宾兴学田义卷诗古课，所以养士，即所以教士；所以教士，即所以教民之大端也。此外如三费祭田，文昌会济仓，禁扰累以安民，兴礼乐以化民，备荒歉以卫民。非皆教养中事耶？南邑民风朴厚，多急公好义之人。故历任得藉手，以成此多端之善举。其中官捐者固多，而民捐者十之八九。所以养民教民者，罔非斯民之脂膏，司牧者何与焉？所患者数年而兴之，一二年而败之。积数十百人之赀财而成之，因一二下肖之侵蚀而黩之。补救将何及矣！涛承乏斯邑，教养未遑，深恐前人善举自我而废。用是兢兢焉有维持之意。幸时和岁稔，斗讼日稀。因得与地方绅民，竭数月之精力，将各公业确查绘图，并将章程一并悉心商定。分类刊刻成卷，名曰《南川公业图说》。以期经久而塞弊窦。因人成事教养云乎哉！

时光绪十五年，岁次己丑仲冬月。知南川县事，云南庚午科举人张涛海槎氏，序于南隆之知过必改轩。

札稿

  县正堂张谕县中各公款首事知悉。照得。县中公款，多系田业收租，遇有不肖首事，往往欺蒙侵吞，甚至加佃退租。年久且将田业盗卖，且每年查核报销，多因案牍系扰，官幕均政务孔多，难于逐佃稽查，遂至受其弊混。此皆由于立法未善之故。本县现思一垂久杜弊之法：各项公款田业，各由各首事收租之便，将田业是何地名，距城若干里；田共几坵，土共几块，房屋共几间，有无山林竹木；上下左右抵某人界，佃户某人，押佃若干，年收租若干；系某年月某人卖出或捐出，载粮若干。公业一股用纸一张，以前半页详细绘一图形。所绘之图，几坵几块，务与业符，注明上下左右界畔。后半页即细载前开各云云。俟各处汇齐，由本县派人覆查无异，合县内各公款，刊成《南川公业图说》一本。再将各项支销，会同地方绅粮，详细厘定，永远不准更改。又刊成南川公款永定支销一本，合成一部。无论何项公款报销时，官既不必查卷，一目了然；绅亦有所遵守，有所儆惧，不至公然欺蒙。复有添置田业，随买随添板片附入。永远有所考核。本县为清厘公业，整顿公事起见，该首事等，当亦与有同心。为此札仰即遵照办理。濡笔以待，事在必行，决不准推诿迟延，或置之不理，致干未便。就此收租之时，务须亲往查勘。本县俟该首事等遵办汇齐，仍须委绅复勘，万勿草率了事。毋违！切切特札。

规条

知南川县事张涛手定

  一、凡各公业契约，向存首事手内，日久交替，遂至遗失。兹既全行清查，一并交案存房。遗失者，补写钤印发房，不准擅动。

  二、凡各公业佃约，向存首事手内，遇有不肖首事，加押退佃，百弊丛生。经此次清查后，统缴存案。遇有换佃，具禀批示发给，仍将新佃约，立即缴存。

  三、各项支销章程，饬绅耆首事等，公同悉心酌定，询谋佥同，不准擅禀更改。凡章程所无，而首事滥支一文，均应追赔，方免弊混。

四、培修佃户房屋，固属必不可少之事，惟首事妄支，浮冒多在于此，最宜防范。以后总须具禀请示，先行估计，修后请勘，方准开报。违即追赔。

五、悬牌选充首事，准各请领图说一部，查照办理。一切账目，除写入万年簿外，仍须于次年二月间，造册报销一次。庶有稽考图说一部，递交下首。

六、首事所收租谷，于万年簿及报销册内，均须注明收某地名之业，租谷若干石，方好按图稽查。不准照前只写佃户之名，致滋含混。

七、新旧首事交替，统限每年二月内。新首事查明万年簿内，收租支销，是否与图说内章程相符；有无侵蚀、浮报、亏挪。有则逐条指禀，无则具结。倘结后经官查出，即惟具结之人追赔，迟不具结者撤换。

八、报销到署，官幕均有图说可考，毋庸查卷，最易稽核。且经此次具禀，将图说呈请督宪暨臬藩巡宪本府立案。倘本官并不稽核，任其混支滥销，遇有上控，即惟含糊批准之。本官追赔。

九、以后公业，每一项只派首事一名，以节靡费。

十、县中每有藉公业控告，图泄私愤。此后无论县控上控均最易于稽核，实则将首事重究；虚则将原告严惩。庶不肖绅粮无所借口，而正直端方者，亦不致视管理为畏途。

十一、地方绅粮管理公业，均有薪水。务须精白乃心，使善举不致废弛。尔等试思，从前侵吞公项之人，子孙有昌达者乎？以众人之赀财，饱一人之囊橐，废合县之公事，不惟王法不容，抑且鬼神诛殛。其各怵目惊心。

十二、县中向多因冠婚丧祭，向首事下帖邀请。遂于公款中，开支人情钱文。习焉不察以为常事。殊不知公款为地方之公，人情乃一己之私。以后以身作则，凡衙门喜寿，概不准公款送礼。一切人情，均不准支销公项，违者追赔。

十三、公业凡载入图说者，均免津捐，止完正粮。首事纳粮，须年清年款，不得蒂欠干究。

十四、公事遇有佃户欠租，或界畔不明，首事具禀，免其盖戳开单送审，免其一切案费。他事不得援以为例。一首事接管后，即刊一某项首事某人。图记收租时，凡收一处之租，出收条一张，佃户存以为凭，以便稽考而免弊混。

书院

批示一

此系并案具禀,因章程刊于书院,故汇于此。

南川县知县张涛禀。查看情形,恳请免设借钱局。申赍前此增设书院,奖赏孤贫口粮等项章程。恳请立案一案。奉督宪刘批:博施济众,尧舜揣病。所贵自尽者心耳。该县以铁厂规费银六百金,捐作文庙器具增设,书院奖赏,施舍棺木,又复捐廉添养孤贫,能尽心以创善举,实堪嘉尚。应即如禀立案,缴章程存。

藩宪崧批:据禀已悉。此等善举,本应就地斟酌。该县贫民,多以力营生,难权子母。自应免其举办。惟能以应得铁厂规费,赈恤士民,具见孳孳为善,求实际而不矫廉。良深慰佩。应候据禀立案,以垂永远。仰即知照,缴章程存。

臬宪游批:既据径禀仰候督宪暨藩司巡道批示缴。

道宪伊批:据禀借钱局一事。该县民人,贸易甚少,难以举行。且已加添膏火,以培寒士;添养孤贫,以济穷黎。均属地方善举,实惠斯民。仰即查照章程,妥为办理可也。仍候督宪暨藩汇司批示,缴册存。

府宪恒批:据禀该县地瘠民贫,不通商贾,无利可营,未能设局借钱,亦系实情。惟该令,已捐出铁厂规银六百两,为士子增膏火,孤贫增口食,并加设孤贫额缺。足征关心民瘼,筹济周详。章程亦均妥协,仰即如禀立案列入移交,以垂永远。仍候各宪批示,缴章程存。

批示二

批示此系并案具禀,因章程刊于书院,故汇于此。

南川县知县张涛禀。奉发宾兴暨书院膏火生息银两,合钱三千钏,发商生息。酌拟章程,呈请核定刊碑。即于本年九月开考恩课,并价值盈余,添养孤贫,恳请立案列交,以垂永久一案。奉府正堂王批:据禀已悉。查核所议宾兴膏火及添养孤贫各节,井井有条,均极周妥。具见该令办事,实心善教善养,地方受益良多。披阅之余,殊深佩慰。仰即如禀立案,由该县刊刻章程,俾众咸知。

遇有交卸，列入交代，以垂久远，而杜弊端。再查赍到原定章程，该令以铁厂陋规，捐办诸善举，化私为公，尤为难得。所冀养士爱民之念，始终不渝。此后善举日增，文风日振。本府有厚望焉！此缴章程各清折存。

碑记

此碑并序文庙及养济院施棺会各事。因碑建于书院，故汇于此。

钦加同知衔，特授四川重庆府南川县正堂加三级。纪录五次，记功十六次，记大功十三次，张为捐赀济公、示谕垂久事。照得教化，以礼乐为先。不备其器，无以昭诚敬。儒生为齐民之首，不厚其糈，无以励观摩。且爱民之端不一，而矜孤济贫，仁政所先。施惠之事无穷，而掩骼埋胔亦垂令典。从来隆庙祀、培寒畯、恤无告、泽枯骨诸大端，凡有守土之责者，所尤宜亟讲也。本县服古人官学治斯邑，窃欲以化民成俗，发政施仁之事，自加策励，稍尽职守。莅任之初，恭逢秋祭文庙。窃见礼器乐器，均属阙如。佾舞仪文，略而未备。良由前事经费难筹，有志未逮，若不及时修举，诚恐典祀就湮。惟事系创始，费颇不赀。禄入既属无多，县中又无闲款。筹画至再，查有铁厂陋规一款，每年由各号分夏冬两季，共缴县署银六百两，以作办公之需。历有年所，不知始于何时。本县向以清白盟心，所到之处，一应陋规，悉从裁革。此款本欲议裁，因思商号所出无多，裁之无益于彼。地方公事甚众，留之有济于公。爰将铁厂公费，自本县甲申年六月到任起，至年底冬季止，银三百两，乙酉全年银六百两，丙戌年夏季银三百两。共银一千二百两。此数作为本县捐项，归入文庙，制造礼乐各器。先由本县筹垫，以此款陆续归结，俟制造齐全，通禀大宪批示立案。将制造各器应用诸物，谨藏文庙。详列清册，移送儒学专管其事。遇有交替，列入交代出给申报。其宫墙殿门神座，所有倾圮剥蚀之处，亦即一律修葺完固，加饰丹漆，用肃观瞻，以冀春秋两祭典礼秩然。士民兴起，所以隆庙祀者如此。又自丙戌年冬季以后起，所有每年铁厂缴公费银六百两，全数捐作书院、养济院之用。均于光绪十三年丁亥为始，定有章程。每课生童，共需银四十二两，每年以十课计之，共需银四百二十两。既厚加其膏火，诸生当益自濯磨所以培寒畯者如此。又查养济院孤贫，向额六十名，每名每月给钱三百文。今每名每月拟加给钱一百文。每年计需钱七十二千文，外增孤贫三十名，每名每月亦给钱四百文，共需钱一百四十四千文。二共计钱二百一十六千文。约照市价每银一两，易钱一千六百文。合算共合银一百三十五两。加增孤贫，所以恤无告也。再查极贫之人，每至死无棺殓，尸骸暴露，沴气薰蒸，亦足干天和而酿疫疠。今拟设一施棺会，约以钱四百文制棺一具，每年制一百五十具，共需钱六十千文。派一首事经理，每年给卒力钱十二千文，共需钱七十二千文。亦照上约合银四十五两。施棺之数，虽觉过少，然先为之倡，以俟后有闲款，或好善乐施，再为增设。创办施棺，所以泽枯骨也。以上书院膏火银四百二十两，孤贫口食银一百三十五两，施棺经费银四十五两，每年共需银六百两。即以捐出铁厂应缴之银，永远作为定额。如此一转移间，闲款既已归公，地方不无裨益。惟事贵善始，尤贵图终，所有礼乐祭器，一成不易。事有专司，当不至遗失残缺，堕弃前功。其膏火孤贫等事，尚须按年收支，若不刊碑立案，诚恐相沿日久，或有废弛更张。兹特立定章程，勒石书院，以垂永久，俾众共知。后之履斯土者，好善之心，孰不知我？自能永远维持，不至废弃。为此，示仰合邑士绅商民人等，一体遵照办理。所有章程开列于后。

光绪十三年，岁次丁亥孟春月立

恤嫠

序

嗟乎！事之难成易败者，其惟公款乎！其成也官率之绅助之。得尺得寸，殚数年数任之精力成矣，犹未必尽美。美矣，犹未必尽善。其难且迟如此也。官与绅怠忽从事，漠不关心，甚或侵挪亏短，不崇朝而前功尽弃。其易且速又如此也。创始者，不计其难成，而奋然以为之。守成者，惟恐其易败，而惕然以继之。创而兼守者，知其难又惧其败，兢兢焉，以图维而扶持之。则其事或一成而不败，凡公款皆然。邑之恤嫠其尤著者也，恤嫠之设，为青年守节，衣食无措，资其生活，俾完贞操。法至善也。前任黄君鹤樵，劝捐田业，邑多义士，欣然乐从，卓有成效。未开局而擢任涪州。何君苣仲，踵增田亩章程禾定，亦即瓜代。甲申夏，涛履任后，即清厘租谷，考核章程。只以田业散处，首事过多，所积租谷，已间有中饱者。涛不辞辛劳、不避嫌怨，追比稽核，略有端倪，丙戌始开局发谷，局分四路，稽查难周。丁亥年，将原议章程，手为改定，专派妥绅，设局城内，按季散给余款，添置一契，规模粗备。而心力交瘁矣！鹤樵暨各捐绅创业者也，芑仲与余，及现管绅董，守而兼创者也。后之履斯土，司是事者、守成者也。不畏其难，不忽其易，庶几一成不败，而嫠妇咸沾实惠焉！是所望于守成之君子也。涛不敢掩人之善，因叙其颠末如左。

光绪十有三年，丁亥岁仲夏月，知南川县事，昆明张涛撰

养济院

禀稿

南川县知县张涛谨禀。

大人阁下。敬禀者：窃查卑邑地方，僻处边陲，寒士进取无资，穷民颠连无告。卑职忝膺民社，求牧与刍，是其分内之事；虽未敢矜言教养，要亦当自尽其心。其培植寒士也，不外书院宾兴两事。卑县书院，从前产业无多。每课生童取列超等者，每名仅得谷一小石，值钱千文或七八百文。特等只有其半。卑职到任后，查有向来铁厂陋规，每年银六百两，禀明永远捐出。于书院月提银四十二两，超等首名，于课谷外加银二两。余则每名加银一两，特等每名加银五钱。于向额外生童，各加额十名。去年蒙府宪筹发钱二千缗，由县发商，按月以一分生息。又月添一课，名曰府宪恩课。此外尚有卑职捐设之默诵五经课，尹子祠诗古课。果能认真诵读，颇足以资事畜，毋庸再为筹及。惟宾兴一项旧有田业，集三年之租谷，除用费外，每人不过得银二两。去年蒙府宪筹款千缗，又银一百五十两。由县发商，以一分生息。以三年计之，文武应乡试者，如有百名，每名约得钱四千文。惟卑县距省在千里以外，寒士赴省乡试，肩舆一乘，来往已费不赀，多有作望洋之叹者。卑职来自田间，用度节俭，禄入之余，撙作地方公用。现卑职捐廉银五百金，自十五年七月起发商，以一分生息。统计三年以百名计之，每名可得银二两。合计三项，约每名得银四两，钱四千文。如应试不到百名，均匀

摊给，尚可多得数两，于寒士不无裨益。此培植寒士之一端也。其矜恤贫民也，不外养济院，恤嫠局、育婴堂诸善政。卑县旧有育婴堂、养济院两处，卑职到任后，又添有恤嫠局。均定有章程。其恤嫠、育婴两处，只须随时留意稽查。惟养济院原额仅六十名，每名月给口粮钱三百文。卑职前以铁厂陋规，除加增书院膏火，施舍棺木外，另添养孤贫四十名。连原额每名每月共增为口粮钱四百文。去年蒙府宪筹款，盈余项下又添养四名。但地瘠民贫，鳏寡残废者，望济甚多，几有尧舜犹病之虑。现卑职再捐廉五百金，发商以一分生息，自十五年七月起，可添养二十名。合计前后所添，共一百二十四名。每名月给口粮钱四百文，永为定额，以后只许有增无减，不得捏故克扣。此又矜恤贫民之一端也。斯二者均卑职分内之事，非敢有沽名之心，非敢有求知之念。但恐日久弊生，稍有侵蚀亏挪，于寒士贫民，不无伤损。可否仰恳宪恩准，将此项宾兴、养济发商生息银两立案，遇有交替，列入交代，以垂永久。并不准借作他项公事之用。卑职愚昧之见，是否有当，伏乞训示遵行。除分别妥议章程，附入卑职现刊未就之《南川公业图说》，另禀请核示，以期经久而免日久废弛外，所有卑职捐廉一千金，发商生息，分作宾兴、养济两项，恳准立案，列入交代缘由，理合禀请宪台察核批示，实为公便。为此具禀，须至禀者。

批示

南川县知县张涛禀。卑职捐廉银一千两，发商生息，添作养济宾兴之用。恳请立案一案由。奉督宪刘批：该县捐廉银一千两，发商生息，以作宾兴养济两项之用，均属善举。殊堪嘉尚，准予如禀立案列入交代。嗣后不准擅行挪用，以期经久，并候行司知照。缴藩宪崧批：查培植寒士，养恤穷黎，本地方官分所应为。乃川省州县，动辄矜言教养，或请加抽契底，或提场市公款，甚至勒取寺产庙业，恬不为怪。今该令自捐廉银一千两，发商生息，留备宾兴养济等用。实心实政，阅禀良深佩慰。应准立案列入交代，永不许借作他项公用，以垂久远。仍候通饬各属知照，使贤有司闻风兴起，实惠及民。本司有厚望焉。仍候督宪暨各衙门批示缴。臬宪黄批：留心教养，捐廉添作宾兴养济，实为近今难得之举。无任欣慰，仰即如禀立案。遇有更替，列入交代，以垂久远。仍候督宪暨藩司巡道批示缴。巡宪伊批：据禀该令捐廉银一千两，发商生息，添作地方永远宾兴养济两项之需，洵于寒士贫民，均有裨益。实属可嘉之至。自应准予立案，列入交代，庶可日久不废。仍候督宪暨藩臬司批示缴。府宪王批：据禀已悉。该县捐廉银一千两，发商生息，分别增添宾兴养济经费，殷殷以培植寒士，矜恤穷民为念。深堪嘉尚，应准如禀立案列入交代，以垂永久而杜弊端。仍候各宪批示缴。

重刊《王畴五文稿》序

余不能文，而性喜论文。自甲申承乏南隆，下车伊始，先设默经课，以培其基。并厚给奖励，以作其气。复散给五经读本，小题明文，以诱其循序渐进之功。虽诸生争自琢磨，而文风之未变也如故。丁亥年始，又捐款永增膏火。举既废之诗古课，而重兴之。孜孜讲求，每课均有可观之卷，而文风之未大变也仍如故。岂持衡者之未尽厥心哉？抑岂操觚者之萎靡不振哉？皆非也。邑不乏聪明颖异之质。近时文风卑靡，所读半皆浮冗之作。童而习之，先入为主，无以启其性灵，故变易为难耳。天崇及以为诸生法，而又苦无暇晷。因思吾乡王畴五先生，文名噪海内，理法本之先正，而根底不外经史。神明变化，弃肤存液。诸生以此等文为胎息，得其神，不袭其貌。又何患变易之难哉？特滇省迭遭变乱，原板已成劫灰，因驰函托秋浦族叔祖，购觅稿本。秋浦仅寄一册，云滇中已不多得，嘱令重刊。余喜甚，如获珙璧。奈此本系先生原在江西学政任内所刻，年代久远，蠹食编残。因请宋宸东广文，同邑杨绚堂明经，悉心校正，重付枣梨。呜乎！吉光片羽，忍令湮没弗彰？朝渐夕摩，庶几取法乎上，既可永先生之令望，复足为多士之楷模。异日板片寄滇，俾吾乡倭进皆有所矜式，非一举而三善备乎？先生之文，有目共睹，不待余之赘及云。

时在光绪十四年，岁次戊子春正月吉旦
知重庆府南川县事，同邑后学张涛谨序

《念香馆遗稿》序[①]

戊子夏五月，余友李月秋州司马以其先大夫桐阶封翁诗集刊成，驰函问序于余。余自惭固陋，逊谢不遑。特与月秋交最深，于其家世知亦甚晰，势有不能已于言者，因欣然为之序。曰：造物爱才，造物亦忌才。才若听命于造物，而弗克自主。夫才生于造物者也，造物生之，造物使克展之，是造物之爱才也，才之幸也；造物生之，造物使终轭之，是造物之忌才也，才之不幸也。余于　封翁之不幸，犹以为有大幸焉。何也？　封翁幼负才名，又致力于学于书。无所不窥，诗尤笃好。远考汉魏，近法唐宋，入雅出风，专以性灵为主。其袁子才、张船山之流亚欤？弱冠出应童子试，与其弟槐阶先生分冠郡县两军，轼辙齐名，传为佳话。竟以丁艰未克院试。遭家多难，出游浙西。年未四旬，修文遽召。夫以怀瑾握瑜之士，不特科第无名，即一领青衿亦不可得。郁郁未申赍志以殁，不幸孰甚？然哲嗣挺生，大作刊布，封晋之阶，方兴未艾，其不幸中之大幸者，此其一。封翁以圭璋特达之才，不能和声以鸣　国家之盛；徒以忧思抑郁，著为歌咏，存之简篇，使后之读之者，思其才华、慨其际遇，皆咨嗟太息。憾造物之忌才，何至于斯？极则不幸，又孰甚？然咸同间，滇省变乱，吾邑如王畴五、戴云帆诸先达，稿久已脍炙人口者，尚不免遗篇零落；黄矩卿少司马未刊之作，尽付劫灰。其间可传可诵而片纸无存者，更指不胜屈。封翁之诗，以月秋珍护之力，裒然独存，其不幸中之大幸者，又其一。有此二大幸，又何论生前之不幸哉？余既喜　封翁之足为传人，又喜月秋之能光令德，因欣然序其事如左。

同知衔、知四川重庆府南川县事，世愚侄张涛海槎氏顿首拜序

[①]《念香馆遗稿、试帖》二卷（遗稿、试帖各一卷），李恩树撰，张涛、胡薇元序，李环裕跋。是书为光绪十四年李恩树之子李环裕所刻。李恩树（？—1858），字桐阶，昆明人；李环裕，字月秋，为同里张涛之好友。李环裕文采奕奕，有挽蔡锷两联传于世。

珙县诗存二首

予权珙篆将一载，簿书鞅掌，未暇作游观计。前因公调省，拟乞假回里数月，去珙有日矣。与友人话别于鱼孔洞中，因题以志。云：

嗜好分智仁，山水毓灵秀。此境抑何奇，源泉畔岩右。
寒潭清且深，绝壁峭而瘦。我来呼友朋，清风携两袖。

俯瞰龙所居，深藏匪自囿。为霖愿已偿，归卧忘昏昼。
譬如避地人，暂时隐林岫。雷雨会有期，膏泽遍宇宙。

附

增生黎烺

邑侯张海槎老父台将去任，题诗鱼孔，命工镌石壁。烺约学师郭崧生夫子暨友人杨聘三、邓伯平群往观之，偶题五古一章，以附骥尾。

为看贤侯诗，鱼孔群相约。石厂何玲珑，深藏在沟壑。
人静鱼沉浮，水流天活泼。我心如此泉，出山亦不浊。

南川诗存[①]七首

半河道中

壁立两山夹一水,湾还五倍蚁穿珠。偶从崖壑凿幽道,遂化崎岖为坦途。
春光新如客乍到,谷响似与人相呼。云程自此上无碍,昔日风波今有无。

马嘴道中

一片金山成赤壁,衷鸿满野动咨嗟。劝输义粟三千石,全活饥民四万家。
以富济贫我何与,私恩小惠政休夸。叮咛旷土多留种,坐待蹲鸱长嫩芽。

大锅厂道中

万壑高寒雪似银,鸠形鹄面苦边民。场名大有年仍歉,地涌金山富转贫。
谷已熟时偏遇雨,禾将枯处忽逢春。歌声一路如雷动,振我饥疲在此巡。

无题

春回人未觉,一路风雪严。饿鼠泣仓壁,栖鸦噤屋檐。
饥寒交受困,劝赈两相兼。鹤俸捐无几,平时太矫廉。

无题

大雾暗层岑,晴朝气亦阴。桥低挨浅水,路转隔深林。

---

① 据《明史·地理志》记载,南川城东南三十八公里的金佛山深处有一座马嘴山。龙岩城就修筑在这山顶之上。此山海拔近两千米,三面悬崖绝壁,惟有一独径通向城门,具有"一夫当关,万夫莫开"之势,被古人称作"南方第一屏障"。南宋宝祐六年(1258),蒙古大举攻宋,蒙军同时北攻钓鱼城、南攻龙岩城。蒙军两次重兵围攻龙岩城,却十八年久攻不下。钓鱼城"姊妹城"的名声由此而来。此诗还原了南川先民抗击蒙军的场景。

733

升降穷天地，风尘历古今。漫言山道险，尚不似人心。

留别南川县士民

蟋蟀善吟秋，鹧鸪善啼别。二物自微族，亦能识时节。
非必鸣不平，有感声凄切。入耳弗关心，心真石与铁。
我心既匪石，此别能无惜？骊歌已在门，回首怀夙昔。
下车迄今日，十年匪朝夕。素餐少建树，愆尤等山积。
士民遇我厚，相见皆以心。事关养与教，众撑方易行。
慷慨齐解囊，踊跃各输金。助我一臂力，弦歌有余音。
我思古良吏，所贵易风俗。食税还衣租，鄙人愧碌碌。
临别当赠言，近为邦人述。良田种稻粮，莫再植罂粟。
南俗素勤俭，奢惰非所忧。物力日已屈，道当反本求。
举室吸鸦片，禁烟当回头。本源能澄清，余者皆顺流。
诸生诵经史，要希贤与圣。为学博反约，操行大而正。
汉宋宜兼师，言行贵交慎。足不履公庭，儒生名乃称。
催科付里胥，最为间中害。扰扰鸡犬惊，衙蠹串无赖。
后之贤有司，自必深仁爱。犹望缙绅中，条呈相告诫。
我惭福禄薄，草木易衰朽。亲手调荻苓，弱质等蒲柳。
隐疾归故乡，故乡免奔走。士民饯我行，饮我一杯酒。
我辞士民去，归卧滇山巅。翘首望南邑，万山渺云烟。
极目不可见，掩面泪涟涟。士民如念我，聊寄诗一篇。

四十八渡山路竣工

两山壁立夹一水，回环有如蚁穿珠。四十八回厉弗已，百千万人忧无殊。
往来不时占灭顶，疾病相侵灾切肤。倏忽夏雨涨溪水，进退维谷栖莱芜。
昔有蒋公切民隐，大驱丁壮凿盘纡，计时当在属辰岁，迄今已是周甲余。
峰高路回飞隼落，年远石欹我马瘏。未能出险仍入险，竟舍新途觅旧途。
天定已觉人难胜，民颠知有谁能扶？前载巡行守边警，驱车过此愁仆夫。
缒幽凿险力区画，更张改弦心踌躇。土人偶献策士策，老夫窃慕愚公愚。

千寻赤壁开奥窔，兆亿青钱争乐输。警天炮震石全破，生风斧运木皆枯。
年经两载工毕集，耳听百姓同欢呼：经营不懈赖贤宰，崎岖始得达康衢。
我闻此语觉颜赧，毋乃斯言实面谀。群策群力吾何与，善颂善祷胡为乎！
我尚有言告父老，尔等且为立须臾。王道既平固足喜，人心之险尤可虞！
宰官与民互规勉，平心平政要与坦坦荡荡相合符。
吁嗟乎！平心平政果与坦坦荡荡相合无？

附

和张海槎明府修四十八渡山路歌

邑人　童友三

唐虞世兮水患洪，疏瀹厥为神禹功。西蜀咸称山险极，五丁亦复能开通。
漫云天定人难胜，人谋原可夺天工。底事山川不尽美，犹留缺陷在邑东。
屹屹两峰如夹壁，滔滔一水似弯弓。行人到此旁无径，只得抠衣涉水中。
旋左旋右随流转，蚁穿九曲将毋同。总计纡回凡几许？四十八折渡方终。
涉至中流逢暴雨，波涛陡涨雾密蒙。匆匆进退俱无及，骨骸每至葬蛟宫。
纵邀天眷得生渡，亦必难禁湿气攻；人不遭溺即遭病，咸嗟此患何日穷！
幸值生佛来填海，抚我南平称贤宰。为巡边境偶经过，即谓此途宜更改。
捐资命匠亟倡率，水势山形并审度。不堪波面卧长桥，惟向崖腰施斧凿。
询谋指画尽周详，斩棘披荆咸踊跃。石坚或难以金攻，匠巧尤能需火药。
炮声震似疾雷鸣，沙砾飞如骤雨落。俨然鬼斧与神工，峻岭崇山悉刬却。
凭高另取路迢迢，且喜危不同栈阁。行客攘往而熙来，担簦跨马亦宽绰。
回忆当日沿溪行，厉深揭浅苦何若？一朝顿免沉溺忧，万姓须知荡平乐。
贤宰力洵可回天，福星一路颂声作。岂若济人溱洧滨，仅为暂时之权略。

张景仓

张景仓（1875—?），字小槎，云南昆明人。光绪元年（1848）生于云南省云南府昆明县。光绪二十三年丁酉科云南乡试举人。光绪二十五年己亥四月吏部带领引进后，以试用知县发往四川候补。《南川县志》载："光绪廿七年知县雷橡荣就城西尹子寺创设海鹤书院，延云南举人候补知县张景仓主讲，招生研习经史古文，悉仿专经书院——为其父张涛创建于南川。"光绪三十二年丙午二月，以"年强才裕、奋勉有为"任四川省昭化县知县，同年转署中江县知县。光绪三十四年戊申护理川督赵尔丰奉旨办理江津案奏曰"查有昭化知县张景仓公正朴实堪以委派，当即饬传到署面谕，驰往江津等处严密确查"。同年差竣清溪县（今汉源县）知县，次年二月请假离任。宣统元年（1909）己酉十月，回任昭化县知县。后赴滇奔丧，回程中因突发颈痈病故于途中。清末民初四川著名云南籍官员赵藩有挽昆明张小槎大令景仓联："循绩嗣先人，阅历变迁，终得遄归正丘首；争难勖诸季，扶将细弱，莫令久郁望乡心。"

张景仓著述甚丰，有《鹃啼血稿》《旋滇咏（稿）》《矜慎吟（稿）》各一卷，惜今佚。父张涛，字湛僧，号海槎。娶黄氏，广东文昌人；子张纯武；女二，幼女张兰生适李尧枚（婚后改名张和卿）。

题汉源罗度祠联

公诚号神君,俎豆馨香固所宜也;
我亦司邑宰,慈禅恺悌非曰能之。

图录

滄音閣僅存畫

赵书卿 《澹音阁》存画之一

赵书卿 《澹音阁》存画之二

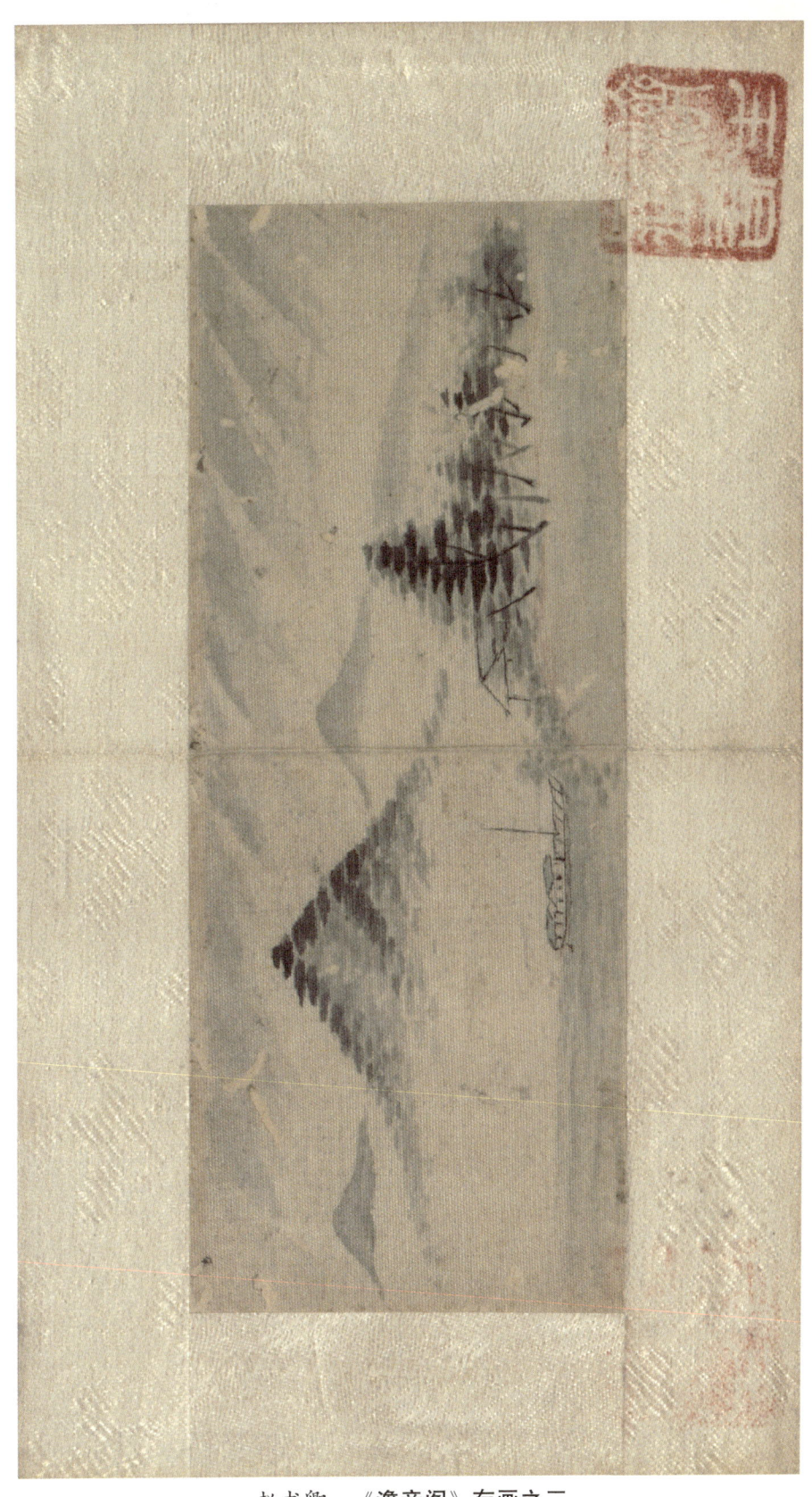

赵书卿　《澹音阁》存画之三

赵书卿 《澹音阁》存画之四

赵书卿　《澹音阁》存画之五

赵书卿 《澹音阁》存画之六

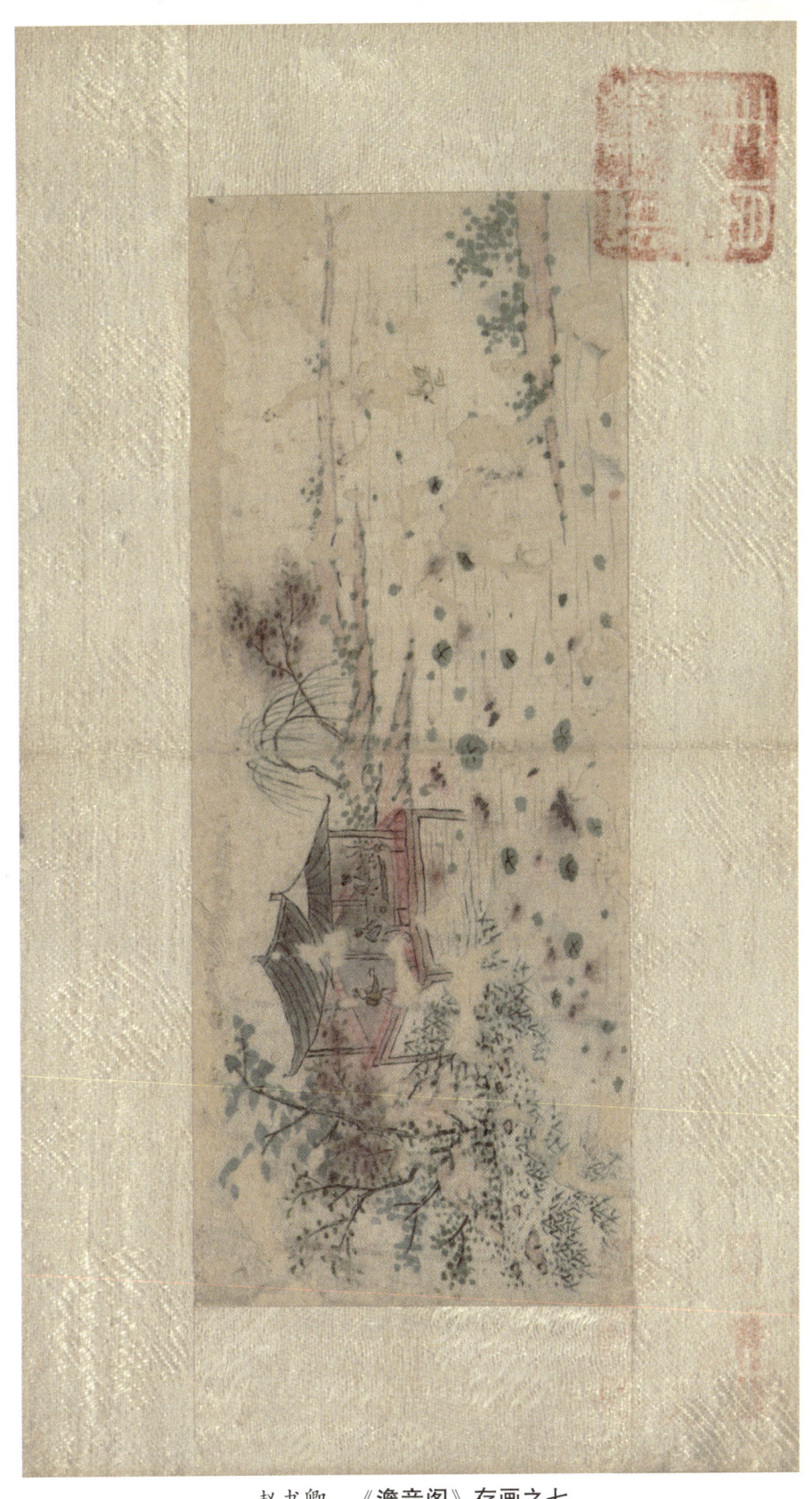

赵书卿　《澹音阁》存画之七

赵书卿 《澹音阁》存画之八

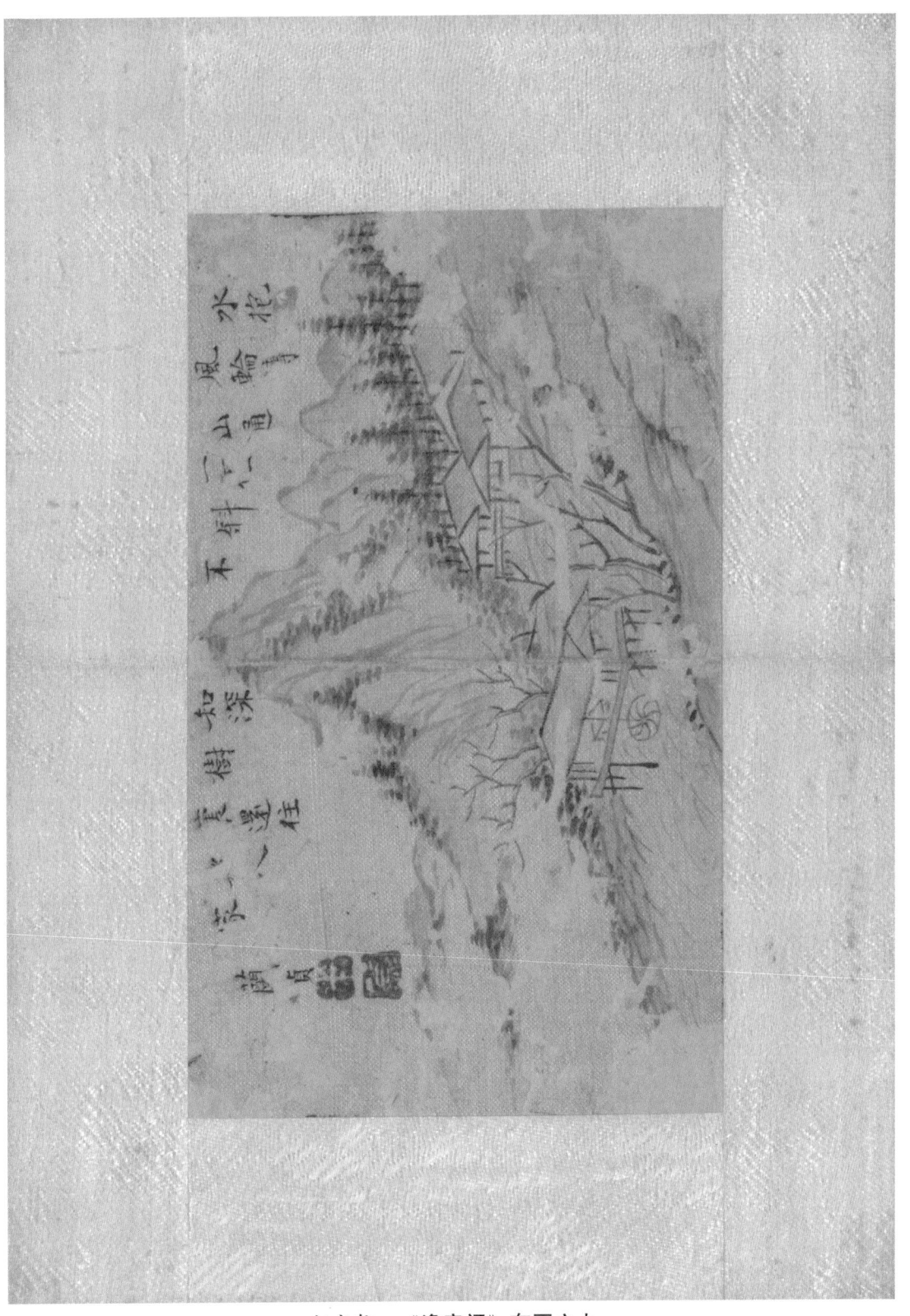

赵书卿 《澹音阁》存画之九

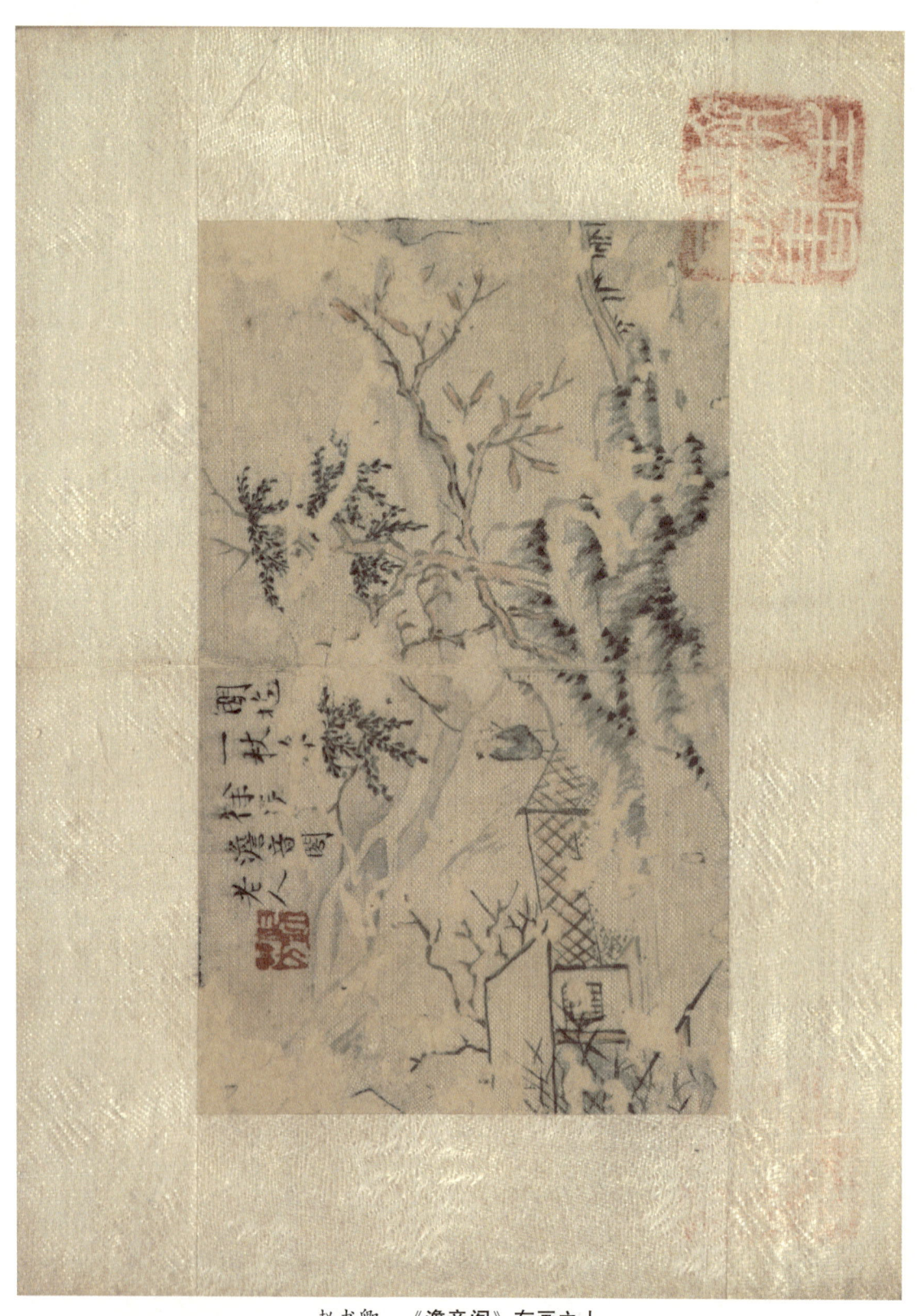

赵书卿 《澹音阁》存画之十

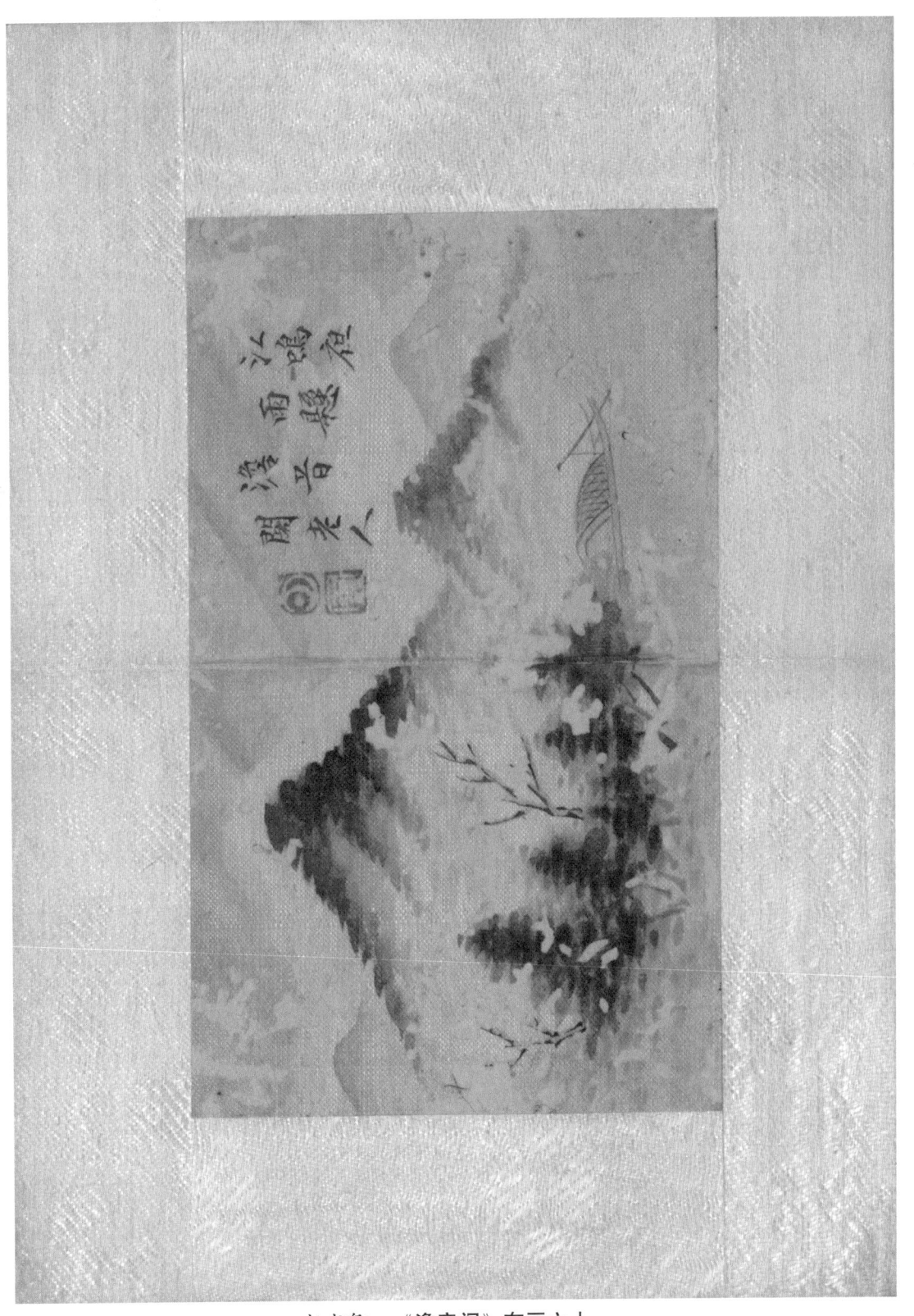

赵书卿　《澹音阁》存画之十一

赵书卿 《澹音阁》存画之十二

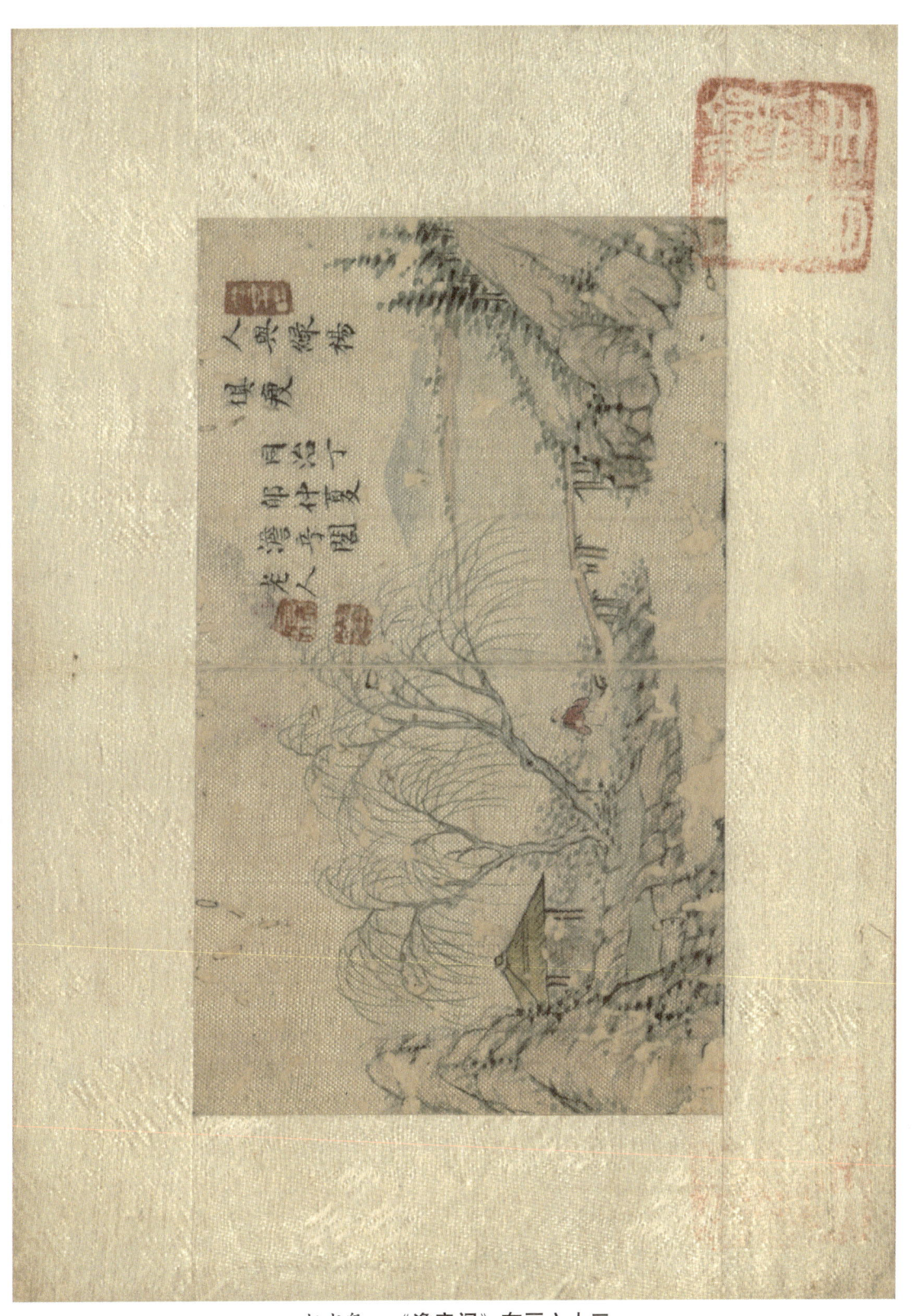

赵书卿　《澹音阁》存画之十三

赵书卿　《澹音阁》存画之十四

赵书卿 《澹音阁》存画之十五

赵书卿　《澹音阁》存画之十六

赵书卿　《澹音阁》存画之十七

赵书卿　《澹音阁》存画之十八

赵书卿 《澹音阁》存画之十九

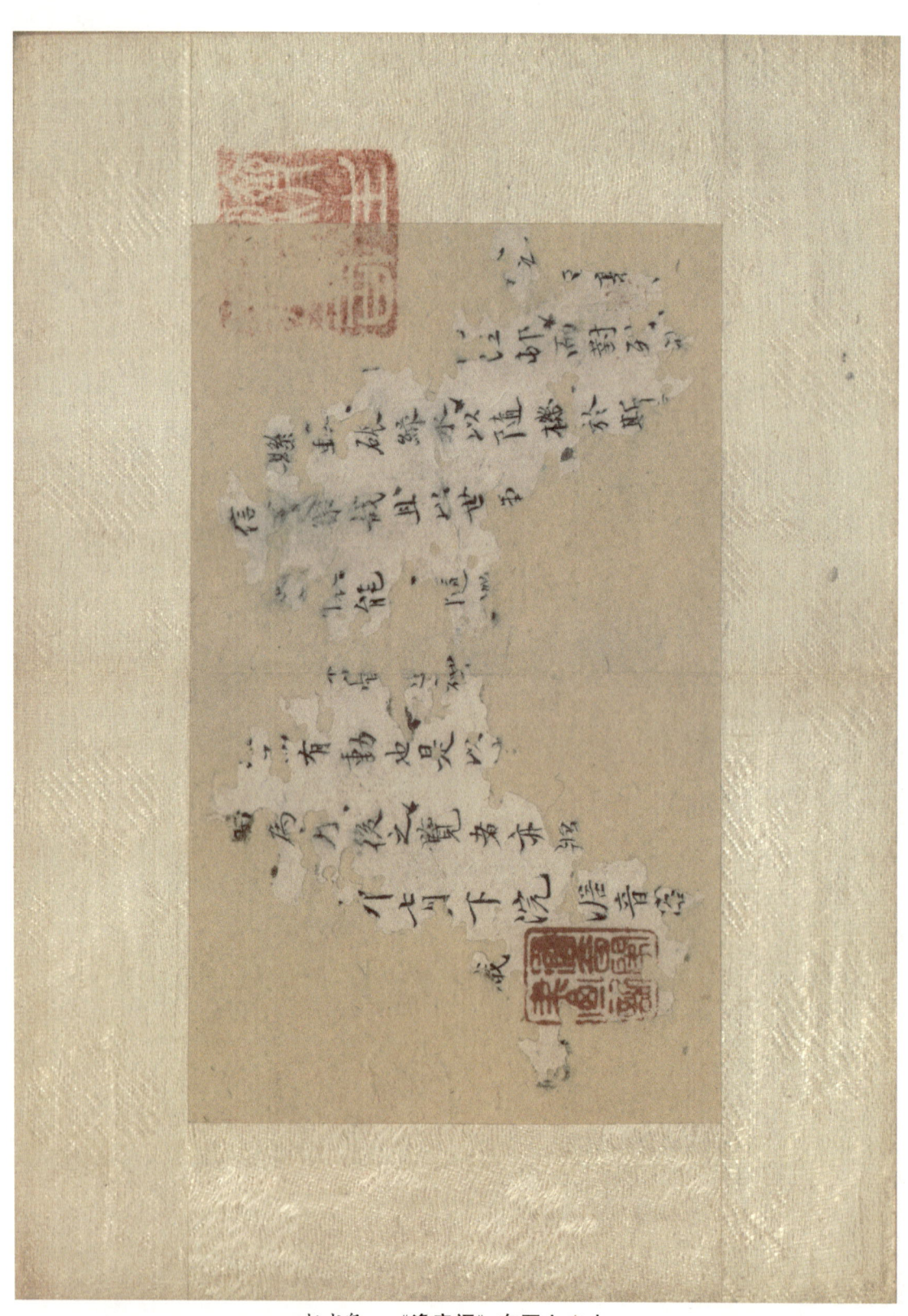

赵书卿　《澹音阁》存画之二十

赵书卿　《澹音阁》存画之二十一

赵书卿　戊辰团扇面　存画之二十二

赵书卿　《桐荫余韵》（1747）　存画之二十三

汤世樨　扇面之一

汤世樨　扇面之二

濮贤娜 《意眉阁》存画

附录

巴金家族历史简述

一、李氏家族——从一张百年老照片谈起

这是一张由巴金先生亲自保存下来的百年老照片。说到保存，还有一段插曲：这张照片上的破损依稀可见。1982年巴金先生把一批老照片交给他的侄子李致翻拍加印时说，这张照片曾经在"文革"中被抄走撕坏，"文革"后发还时经修补才成这样。所以这张照片，不仅历史悠久，而且饱经沧桑。

李氏家族

767

照片摄于清光绪末年，是李氏大家族人丁兴旺达到鼎盛时期时在成都东珠市街公馆前四世同堂的全家福。要把这张照片上记录着的李氏家族说清楚，还得从李氏家族的来龙去脉简单谈起。

李家的祖上世居浙江嘉兴，住在蜿蜒的甪里街上，靠近万里堰桥一带。据嘉兴市的薛家煜先生从《嘉兴府志》中考证，万里堰即鳗鲡堰。21世纪初嘉兴市为庆祝巴金百岁华诞命名的仰甘亭，就正好在甪里街上并且正对着鳗鲡堰，真是历史的巧合。

到了乾隆初年，这一代的李氏传人叫李南棠，号兰陔，曾入官学为郡庠廪膳生（用今天的话来说就是公费生）。兰陔公李南棠有五个儿子，长子李寅熙，字宾日，号秋门。李寅熙少年时师从于擅长诗词书画的名士曹秉钧（种梅）先生，并曾与同乡汪如洋（云壑）、胡世玘（江林）、吴旼（少陉）、施鸾坡（惺渠）、钱开仕（漆林）、钱楷（裴山）等结诗社，并被公推为"祭酒"，有过夜集"葭露山房"分韵赋诗的佳话。后来这批年轻人纷纷北上应试。父亲李南棠早年去世，家境日趋贫寒，靠母亲聂氏做针线活糊口。李寅熙还很年轻的时候就开始在乡里教授私塾。乾隆丁酉年（1777）后李寅熙也离乡北游，多居京城。旅居北京期间，他曾为官府校对，并曾一度回乡应试。这时期他结交的诗友还包括王复（秋塍）、梁同书（山舟）、洪亮吉（北江）等。李寅熙的那些少年诗友们多数科场得意，其中汪如洋还连中三元（解元、会元、状元），钱楷也中会元、并点传胪（殿试二甲第一名），而李寅熙本人却屡试不第，终不得志。乾隆己酉年（1789）李寅熙忧郁而病，卒于北京。李寅熙一生诗作甚丰，但是早期作品大多失散，仅存的诗稿由其四弟李文熙于嘉庆甲戌年（1814）辑为《秋门草堂诗钞》四卷，由吴锡麒（谷人）、查莹（映山）、张问陶（船山）作序，郭麐（祥伯）等诸名士题诗。他的诗作被选入《两浙輶轩录》（卷三一第40—44页）、《晚晴簃诗汇》（卷九九第19页）、《续槜李诗系》（卷三二第9—10页）等，并被《灵芬馆诗话》（郭麐）等著录介绍。其师曹秉钧评曰："笔朗润清华，俗尘不染，以旅食都门自伤不遇，穷愁之作，令人诵之辄唤奈何。"李寅熙亦工画，有《鸳湖雨泛图》等（今均佚），吴锡麒等为之题诗。李寅熙一生虽不得意，但是他著作等身，交际名士，风流跌宕。在父亲去世后，长兄如父，他教导弟妹，最后还把几个弟弟带出了嘉兴。他虽然没有子嗣，但是三弟四弟都先后把儿子过继给他，可见他在家族里的特殊地位，受到极大的尊重。回顾李氏家族历史，不能不从他开始。

李寅熙的四弟李文熙，字坤五，号介盦，即巴金的高祖父。他三岁丧父后，就和其他几个兄弟一起，在大哥的教导下读书。乾隆丙午年（1786），二十岁的李文熙到北京投奔李寅熙，从此开始了他的游历生涯。在北京李文熙得交吴锡麒、梁同书、汪如洋、张问陶等当朝名士，这对他的视野和经历都有很大的益处。大哥李寅熙去世后，李文熙应聘到山西马氏家族做私塾教师十余年，多次带着马氏子弟去应顺天乡试（清时北京的乡试有条件地不限考生籍贯），他的门人一个个中举，可是他本人的命运却像他的大哥一样，屡试不第。这期间，李文熙"颠倒京兆，奔驰南北"，往返于故乡和京晋之间。李文熙一生也著述丰富，可是漂泊动荡的生涯使这些著述未能保存下来，唯有他所校注的嘉庆戊寅版《鉴撮》（旷敏本编）至今可见。李文熙对这本书情有独钟，应当是对其"以史为鉴，撮其要义"宗旨的认同吧！后来马氏家族感谢李寅熙的教育之恩，为他捐了布政司的一个下层职官（照磨），被分发到四川。

嘉庆戊寅年（1818），年逾半百的李文熙举家来到了四川，先后任（射洪县）青堤渡盐场大使、崇庆州同、射洪县巡检、屏山县（驻石角营）巡检，并卒于任上。李文熙有三个儿子，以《尚书·舜典》中的"在璿玑玉衡，以齐七政"命名，分别为长子璿（号秉枢）、次子玑（号在衡）、幼子瑶（瑶字，意美玉）。因大哥寅熙无子，而且早年所嗣三兄之子李甄也早夭，所以李文熙把次子李玑过继给秋门公李寅熙。长子李璿"官甘凉"，在甘肃清水县当典史，有诗《消寒三十首》"脍炙人口，和遍陇蜀"（王侃号迟士语），今未见。次子李玑就学于太学，也有诗。幼子李瑶（巴金曾祖父）生于四川，比兄长们年龄小得多。所以他这一房的后人，都比大哥李璿在四川的后人小很多。李瑶有两个儿子，分别叫李洪钧和李忠清，他们的后人在家族中分别被称为老大房和老二房。李氏先人中以李瑶和李忠清（叔侄二人年龄接近）军功显赫，尤以忠清为最。忠清号蓉洲，历署理番厅同知、松潘厅同知、庆符县知县、城口厅通判、新宁县知县、越西厅同知、合州知州、邻水县知县、铜梁县知县、忠州知州等职，后升补打箭炉同知署泸州直隶州事。其间（光绪初年）丁宝桢在四川开办洋务，李忠清曾兼机器局委员。李忠清先后参加平定川滇边乱、剿灭石达开、处理藏务、处理教务、兴办洋务等多项历史事件，因此三代追赠一品虚衔。巴金先生的《塘汇祠堂记》就提到的蓉洲公李忠清出资重修李氏家族在浙江嘉兴府塘汇镇的李家祠堂，应该算是李忠清"功成名就"后的"光宗耀祖"吧！其兄洪钧号和衡，历署名山、彭水等县。

李璠字鲁珍，号宗望。十五岁丧父兄，奉母张氏居宜宾于贫寒中。早年在县试中，以一篇《王猛扪虱》脱颖而出，深得知县车锡侯（山东海阳人，乙丑进士）的器重，但因清制非原籍而不得入试，李璠孤儿寡母不可能千里迢迢回原籍。所以县试虽为第一名，但是结果无效。从此李璠放弃考试，而游交于名士公卿之间。后入南溪知县唐炯（鄂生）幕府为僚，从此走上仕途。咸丰十一年，川滇边界叛乱。李璠率兵击退"滇匪"，继代署南溪县令，并调署筠连、兴文等县，任富顺县丞，充筠庆营统领。同治己巳年（1869）丁母忧，复出后被提升为直隶州知州，核省府库银。事竣，授定远（今武胜）知县，并卒于任上，清代抗日将领罗应旒（星潭）为之作墓志铭。朝廷赠二品虚衔。李璠早年尊时任成都知府的浙江仁和籍叶树东（云塍）为师，风雅文字，交往于朱海门、叶桐君、王培荀（雪桥）、程廷桂（君月）、程廷杓、王侃（迟士）王吾高父子、牛树梅（雪桥）、杨引传（薪圃）、张宜亭、何恺堂（锦帆）、陈曦谷等人之间。一生著述甚丰，惜尽失散，后由故友赵心一寄回一卷文字，遂刻为《醉墨山房仅存稿》，含文集、诗集、诗话、公牍四种共两册。巴金先生晚年写到李璠："我曾祖不过是一百多年前一个封建小官僚，可是在大家叩头高呼'臣罪当诛''天王圣明'的时候，他却理解，而且赞赏文徵明的'诛心之论'，这很不简单！"[①]。

李璠有一子二女，儿子叫李振镛，后来改为李镛，号浣云。他这一系后来被称为老幺房（四川话老幺即为最小）。李镛就是巴金小说《家》《春》《秋》中高老太爷的原型。

从李镛下一辈起，李氏大家族采用了统一的名序。姓名中第二字按辈分分别为"道尧国治、家庆泽长、勤修德业、世守书香"，第三字的偏旁按辈分是五行相生：金生水、水生木、木生火……"道"字辈从水，老大房和老二房各有一子，即李道源（洪钧子）和李道江（忠清子），还有一女适张氏。老幺房（即李镛的子女）有"道"字辈六子三女：长子道河即巴金的父亲，次子道溥，三子道洋，四子道瀛早夭，五子道沛，六子道鸿，长女道沅，次女道湘，幼女道漪。

[①] 巴金：《思路》，《随想录》，生活·读书·新知三联出版社2018年版。

有了这些历史和人物的背景，我们就可以回到这张旧照了。这张照片中共有前后三排人。我们以与巴金先生的亲属关系来描述其中的人物。

中排正中是巴金的祖父李镛，这时候他已经是李氏家族的辈分最高的长者了。老大房和老二房的众多"尧"字晚辈们以四川话称呼他为幺爷爷。

中排李镛右侧以年龄依次为大堂伯李道源、二堂伯李道江、堂姑母（适张氏，故又称张姑妈）、父亲李道河、二叔李道溥、三叔李道洋、大姑母李道沅适濮氏（故又称濮姑妈）。

中排李镛左侧依次为：五叔李道沛（即站立的小孩）、继祖母（李镛继室）濮贤娜、道源夫人陈氏、道江夫人邓氏、道河夫人陈淑芬、道溥夫人吴氏、道洋夫人濮良容，最后一人不详。

后排八人应为道源和道江的儿子"尧"字辈们。道源和道江同为李璿之孙，他们的儿子一起排行。以李镛身后为中心，中右一为老大尧栋（号松生，道源长子），中左一为老三尧梁（号兰生，道源三子），中右二为老四（名佚号梅生，道源四子），中左二为老六李尧采（号寿眉，道源六子），中右三为老七尧模（号葵生，道源七子），中左三为老八尧楷（号质夫，道江长子），中右四为老九尧柱（号石青，道源八子），中左四为老十尧杜（号棣之，道江次子）。照片所缺的老二和老五均为道源子，皆早夭。

前排中间男孩也应当是"尧"字辈，正中应是李镛长孙尧枚，其左右不详；前排右侧两个女孩估计应当是李镛的次女道湘和幼女道漪；前排左侧远处还有一个小孩，是谁已不可考。

此照片应摄于19世纪90年代末期。以照片上李镛左侧身旁继配濮夫人所生之子道沛和前排正中李镛长孙李尧枚的大小来看，照片摄于1898年左右可能性最大，时值李镛四十五岁。这样算来这张照片迄今已有一百二十余年的历史了。另外据2022年12月仙逝的逾百岁老人李济生（巴金幼弟）回忆，这张照片应当是摄于成都东珠市巷李氏家族公馆大门内侧，而不是有人猜测的正通顺街李氏公馆内。当时李氏大家族居住在两所紧紧相邻的公馆，其中老大房和老二房（均为李璿后代）所居住的公馆，门开在东珠市巷；而老幺房（李璠后代）所居住的公馆，门开在正通顺街。由于李道江当时的显赫地位，并被称为"北门首富"，东珠市巷公馆明显比正通顺街公馆更豪华（据李济生回忆，东珠市巷公馆比邻近的

771

城墙还高），园子也被当时四川名宿林思进称为"西徐东李两名园"之一。旧时还有"南唐北李"的园林楼宅之说。清代体制严格，李道江当时以同知衔才能修这样的家宅。李氏家族在东珠市巷公馆大门内侧留影显然更"光宗耀祖"。

从巴金先生的书信与作品以及现存巴金大哥李尧枚的书信看来，当年的李氏家族无疑是专制没落的一个封建社会缩影。从这张照片也可见一斑，等级森严，辈分严明，男女有别。照片正中是李镛，辈分最高的家长老太爷；左侧按年龄依次为"道"字辈子女；右侧则是相应的女眷，也是依其夫君的辈分年龄严格为序；后排则是"尧"字辈子弟（并按传统右为尊）；女婿外孙一概不入。只有两个例外：一是李镛当时的幼子（五子）李道沛（其时四子李道瀛早夭，六子李道鸿尚未出生）站在父母之间，算是印证了一句民间俗话"皇帝立长子，百姓爱幺儿（四川话：小儿子）"；二是前排的几个孩子太小，根本无法按辈分理论，否则在后面既站不稳、又看不见。

关于照片中的不少人物，巴金先生在他的作品和回忆中都有介绍，我们不妨选择其要：

关于祖父李镛，巴金曾多次写到过他。"他是一个能干的人。……作了多年的（县）官，后来'告归林下'。他买了不少的田产，修了漂亮的公馆，收藏了好些古玩字画"。同时他又是"旧家庭制度的最后的卫道士"。"(《家》《春》《秋》中的）高老太爷是我的祖父，也是我们一些亲戚朋友的家庭中的祖父"，是封建旧家庭的专制家长，但是"他并不知道他的钱只会促使他的儿子们灵魂的堕落，他的专制只会把孙子们逼上革命的路"[①]。但是即使是这种家族及其家长也还有开明的一面。例如，在那个时代有一种迷信观

巴金祖父李镛

点，说照相会勾走人的灵魂。李氏家族的这张历史性照片就是对这种迷信的否定。另外照片上的李道溥、李道洋、李尧采、李尧楷等若干人，后来都曾赴日留学；不仅如此，李镛的子侄襄赞新政、参办实业，这都算得上是走在时代潮流的

---

① 巴金：《家庭的环境》，《巴金全集》第十二卷，人民文学出版社1989年版。

前沿。更为有趣的是李镛本人与被胡适誉为"只手打孔家店"的吴虞诗词往来，过从甚密。李镛历知宜宾、南部、南溪等县事，晚年定居成都，民国九年（1920）农历己未除夕病世。晚年李镛与"五老七贤"等在成都的名流诗书往来，包括方旭（鹤斋）、林思进（山腴）、邓元鏓（纯丰）、赵藩（樾村）、王永言（咏斋）、盛光伟（壶道人）、吴虞（又陵）等。并著有《秋棠山馆诗词》（见《李氏诗词四种》），其中词作若干首被选入《嘉兴词征》。

濮贤娜号书华，是李镛原配汤淑清故后所娶继室，李镛的前四个儿子和三个女儿都是汤氏所出，只有五子为濮氏所出。六子为濮氏故后李镛收房的姨太曾氏所出，另一位收房的黄姨太则无出。旧时的继室夫人往往是大家族的老闺女，濮贤娜就是来自当时成都望族濮氏。旧时还讲究"亲上加亲"，李镛的三儿媳也来自濮家，李镛还把大女儿李道沅嫁到濮家。濮氏祖籍江苏溧水，也是世代书香门第。濮贤娜工诗词画，与上辈文湘、文绮，同辈贤姐，精于诗词，同为濮氏四闺秀，被著录于多种诗目。《益州书画录（附录）》说她"天性夙惠，素耽艺事，主嗜'六法'，尤工花卉，有佳作累累，为世人珍赏"。她的《蝶恋花·画蝶》（晓梦醒来无觅处。幻影南华，笔底传消息。吮粉调脂谁省识，滕王旧谱翻新得。软翅才舒风约折。碎锦迷金，做就罗裙色。可惜一丛花影隔，娉婷飞去娇无力）被收入《南京诗文集》（该书收入濮家四人诗作）。此书系近四百位金陵历代文人墨客之撷英集萃。她的作品则被汇刻为《意眉阁诗词》，收入《李氏诗词四种》，近年来又被收入《江南女性别集·初编》（黄山出版社）。

巴金几乎没有写到过他的大堂伯李道源（号湘泉）；有关他的生平现在传下来的也不多，只知道他在光绪廿三年（1897）署四川达县知县，他的长子李尧栋（号松生）在宣统年间做过江油县典史。二堂伯李道江号青城，候补道员，早年曾任剑州知州，后受命参与兴建成都劝工场（旋改名"劝业场"）。当年成都的殷实富户有"南吴北李"之说，而"北门一带的首富"就是李道江一家[①]。巴金《塘汇》文中提到的二伯李青城就是他。但除这些以外，关于李道江生平现在能看到的也不多。李豫川著《现代禅门高僧圣钦法师的一生》一文记叙有一段与李道江相关的史事："民国六年（1917）四月，川军和滇军在成都进行巷战；迨至

[①] 巴金：《家庭的环境》，《巴金全集》第十二卷，人民文学出版社 1989 年版。

7月，川军又与黔军在成都展开巷战。繁华锦城沦为战场，弹雨纷飞，炮火遍地，虎兕横行，龟玉尽毁，死伤枕藉，呻吟载道。法师（俗名贺永茂）乃约李道江、谢子厚、张立生诸居士，以'四川佛教会'名义，向社会各界募捐，以救济难民。并分头穿街入巷，慰问罹难家庭。又购买大量药品，聘请中西医师十二人，为难民及伤病员诊治包扎。"（《禅刊》1997年第6期）。其妻邓氏（中排右五）为邓元鏸之女。邓元鏸不仅是一位官僚，也是一位围棋名家。

巴金的父母李道河和陈淑芬

巴金的父亲李道河在光绪廿八年到廿九年在四川大足县当过典史，后回省候补知县，同时入官班法政学堂本科班。光绪末年他以最优等资格毕业（共有最优等、优等、中等、差等、最差等五种），宣统年间任四川广元知县，其间他赈济灾民、筹备自治、增办新学、兴办行会、设改警局、选举孝廉。巴金曾记叙过李道河坐堂判案的情形，觉得他刑讯严酷，但是他"的确没有判过一个人的死罪"。幼小的巴金曾经向母亲抱怨，母亲又对父亲劝说，父亲也就再没有用过某种严刑了。巴金还写道"在家里父亲是很和善的，我不曾看见他骂过人"，他还写过一个讽刺剧《知事现形记》，让孩子们在家里演着玩。有意思的是辛亥革命后，巴金的祖父和叔父们都"感到悲哀"，唯独"父亲没有表示什么意见"，相反他却进入工商界，成为有名的成都商业场（劝业场后改为商业场）的董事。尽管"祖父从来不赞成送子弟进学校读书"，但是父亲李道河却把巴金的两个哥哥送进了中学，遗憾的是后来李道河去世，则使巴金失去了上中学的机会。直到后来祖父去世他才上了外国语专科学校，后来又到了上海南洋中学和南京东南大学附属中学就读。巴金的母亲陈淑芬（祖籍浙江海盐）则是巴金自己所说的"第一个先生"。巴金写道："使我认识'爱'字的是她。在我幼小的时候，她是我的世界的中心。她很完满地体现了一个'爱'字。她使我知道人间的温暖；她使我知道爱与被爱的幸福。她常常用温和的口气，对我解释种种的事情。她教我爱一切的人，不管他们贫或富；她教我帮助那些在困苦中需要扶持的人；她教我同情那些境遇不好的婢仆，怜恤他们，不要把自己看得比他们高，动辄将他们打骂。母亲自己也处过不少的逆境。在大家庭里做媳妇，这苦处是不难想到的。但是母亲从不曾在我的眼前淌过泪，或者说过什么悲伤的话。她给我看见的永远是温和的、带着微笑的脸。"①

巴金的二叔李道溥（号华封）早年中举，后留学日本，毕业于著名的法政五期速成班。回国后李道溥先到北京，在朝廷里任度支部（原称户部）行走郎中（大概相当于现在的司局级巡视员），实际工作经"法部调派高等检察厅行走"。李道溥回川省亲时，被四川总督赵尔巽看中，上奏朝廷调留李道溥回四川襄办新政。除了在司法、立法、自治方面襄办新政（坐办自治筹办处、参议审判庭筹备处，并兼任总督署会议厅审查科员等），他还执教于四川通省法政学堂，并向工商界讲授宪法草案。其间李道溥曾奉委票捐（总）局总办（宣统二年裁）。宣统三年上谕"李道溥以道员用"。辛亥革命后李道溥开始了完全的法律事务生涯。民国二年（1913）七月十八日李道溥取得了司法部发出的第一五七七号律师

巴金的二叔李道溥

证书（见司法总长梁启超颁发的部令，中华民国司法部布告第二十号）。李道溥继续在四川法政学校执教，教授民法概论与民法继承。洪宪时期，法政协会曾一度遭到严禁。民国五年十月，四川法政协会重新开设，选举出李道溥为会长。李道溥同时又自己开办法律事务所，成为当时成都赫赫有名的挂牌大律师。与其同时，成都南门指挥街有律师叶大丰开业，与北门李道溥（号华封）同享盛名，在

---

① 巴金：《我的几个先生》，《巴金全集》第十三卷，人民文学出版社1990年版。

民间素有"南北两峰（谐音）"之誉（《四川近现代文化人物续编》第 205 页）。民国十四年（1925）十二月李道溥在成都去世（《甲寅》），享年五十岁（虚岁）。李道溥擅长诗文，著有《箱根室集》，今佚。巴金早期一直把他当"守旧派，甚至把他写成《激流》（《家》最初连载时名《激流》）中的高克明"（巴金《怀念二叔》），还在文章中批评二叔把女儿嫁到有钱但是品德很坏的人家。晚年反思则看到了二叔当年优点的另一面：不仅鼓励和帮助过巴金与三哥李尧林出川念书，而且早年在家教巴金和三哥语文时也用历史故事教他们要讲真话、要有骨气。对于巴金在家中收发进步刊物，二叔客观上也采取了容忍态度。二叔先娶妻吴氏（中排右三）无出，吴氏故后继娶妻室也姓吴，子女多早夭，后来幸存的子女多为后来的继配刘氏所出。

巴金的三叔李道洋（号亮卿），随二兄留日，回国后也做了短暂的南充知县，辛亥革命弃印而去（见《南充县志》），民国初在四川高等巡警学堂任民事诉讼法教员，后在二哥律师事务所做事。巴金写道："（《家》中高克安的若干故事）都是从我的三叔那里借来的。我三叔虽然在外面玩小旦、搞女人、抽大烟，可是他写得一笔好字，又能诗能文，也熟悉法律，在二叔的事务所里还替当事人写过不少的上诉状子。"[①]"据说他在花去了自己分到的遗产之后，挖空心思，发挥剥削才能，抓回来一些东西，修建了这个宅子（'憩园'）。"另外"发起脾气来就喜欢打人（孩子）"。李道洋的妻子濮良容（中排右二），是李镛继室濮贤娜的侄女。

巴金的三叔李道洋

巴金的五叔李道沛（字若愚），在巴金的两部作品里扮演了原型，"克定还是我的五叔"[②]；"五叔的死"又使巴金"想出了一个杨老三的故事"[③]。五叔是祖父晚年得子，又是继祖母的唯一孩子，虽然绝顶聪明，但是从小娇生惯养，后来

---

① 巴金：《谈〈秋〉》，《巴金全集》第二十卷，人民文学出版社 1993 年版。
② 巴金：《谈〈春〉》，《巴金全集》第二十卷，人民文学出版社 1993 年版。
③ 巴金：《谈〈憩园〉》，《巴金全集》第二十卷，人民文学出版社 1993 年版。

"撒谎、骗人、偷钱、偷东西、打牌作弊、他无一不精,一切为了个人的享乐"。除了这些以外,巴金提到五叔的还有包养妓女、欺骗祖父。最后他病死在了监狱里。真实生活中巴金的四叔早夭,小说里则没有二叔。所以生活中的二叔三叔五叔的故事,反映到了小说里三叔四叔五叔的身上。

巴金的大姑母李道沅,被巴金他们这一辈称为濮姑妈,也有着《家》中姑母的影子,她的女儿就是巴金说的"也有过一个像梅那样的表姐"。后来"表姐做了富家的填房少奶奶",最后"成了一个爱钱如命的可笑的胖女人"。①

巴金一生中写得最多的家人可能就是他的大哥李尧枚了。巴金说"觉新是我大哥,他是我一生中爱得最多的人"②;又说大哥是"爱我最深的人"③。除了手足情深外,巴金还说大哥是给自己智力的最初发展提供帮助的两个人之一。巴金的幼弟李济生也说大哥"是我们这一辈接受新思想的启蒙人"。五四新文化运动唤醒了他被遗忘了的青春,他买回新书报,和三弟李尧林、四弟巴金、六堂妹、香表弟等一起阅读、接受新思想,并组织了一个研究会。

巴金的大哥李尧枚

后来他又为更年幼的弟妹们组织了一个驱驰学会(并且还自办了一个刊物《驱驰》),读新书报,学习新思想;他还创办了一个启明书店,专卖新书。他先是说服继母和二叔,帮助三弟和四弟离开四川外出求学;后来又把三个堂弟和表弟亲自带到上海;他在家庭已经陷入困境时,拿出钱来资助四弟赴法勤工俭学。但是大哥作为长子,生于那样的时代,那样的社会、那样的家庭,使他的一生充满了传奇般的悲剧色彩。尽管他自幼聪颖,是李家的第一个中学生,并以第一名毕业,梦想着到上海或者北京上大学,再到德国研修化学。但是这种梦想在那个时代是不属于长子长孙们的。以1911年底(12月28日)成都发生兵变为例,整个大家族撤走避难,只留下长子李道河和长孙李尧枚在家彻夜守护。所以长子长孙往往必须承担更多的责任,为家庭作出更多的牺牲,不得不放弃很多机遇,特别

---

① 巴金:《谈〈家〉》,《巴金全集》第二十卷,人民文学出版社1993年版。
② 巴金:《谈〈家〉》,《巴金全集》第二十卷,人民文学出版社1993年版。
③ 巴金:《做大哥的人》,《巴金全集》第十二卷,人民文学出版社1989年版。

是留学海外。他的父亲就是一个先例，两个叔叔（道溥和道洋）都留学东瀛，但是父亲道河作为长子就没有这样的机会。大哥尧枚自然也成了他们这一代的牺牲者。他不得不牺牲了自己的感情、牺牲了自己的梦想，奉命成亲，又到商行做事，"为了这二十四个银元就断送了自己的前程"。"他一面信服新的理论，一方面已久顺应旧的环境生活下去"。"（父亲去世后，来自）其他各房的仇视、攻击、陷害和暗斗都使他难于应付。他永远平静地忍受了一切"[1]，"含着眼泪忍受了一切不义的行为"，可是他却默默地保护着弟弟妹妹们，引导着他们接受新思想，奔向新生活。他为人宽厚，以德报怨。就连他办的启明书店，也由于一位并不善待他的叔叔的要求，用这位叔叔的儿子作经理，终因用人不当经营不善而关闭。"大哥终于作了一个不必要的牺牲者。……其实他是被旧制度杀死的"。出身地主家庭的大哥受新思想新时代的影响，先参加实业（商业场），后曾自办启明书店，最后卖掉地产从事金融投资。投资初期小有成功，远亲近邻们都托他代为投资。投资总会有赢有输，盈利给他人，亏损摊在自己身上，托他投资的人也就多了起来。最后因病出现巨大亏损，又进一步因病而血本无归。投资就有风险，最终导致大哥之死。

"（大哥）的三十多年的生活，那是一部多么惨痛的历史啊！（巴金《呈献给一个人》）""为我大哥、为我自己、为我那些横遭摧残的兄弟姐妹，我要写一本小说，我要为自己、为同时代的年轻人控诉、伸冤。"这本小说起初叫《春梦》、连载时叫《激流》，成书后叫《家》。《家》《春》《秋》也统称为《激流三部曲》。

还有一个照片上没有人物，需要补充于此。他就是巴金的三哥李尧林（他是巴金的亲二哥，但是按浣云公李镛的孙辈大排行，巴金一直称呼他三哥），因为他不仅是巴金作品中的一个重要角色，也是巴金早年生活中的一位重要人物。李尧林，笔名李林、杜华。教育家，翻译家，1903年生于四川成都。20世纪20年代，他和巴金一起离开成都求学。30年代毕业于燕京大学，并以优异成绩获得金钥匙奖，后在天津南开中学教授英语近十年，其学生不少后来成为各领域的学术大家或院士，这包括叶笃正、申泮文、关世聪、黄裳、黄宗江、周汝昌、周珏良等。抗战时期在孤岛（上海租界）从事翻译工作，译有《悬崖》《月球旅行》

---

[1] 巴金：《做大哥的人》，《巴金全集》第十二卷，人民文学出版社1989年版。

等作品，编入《李林译文集》（人民文学出版社 2005 年）。1945 年，李尧林病逝于上海。巴金说三哥是最关心他的人。

"我并不是写我自己家庭的历史，我写了一般的官僚地主家庭的历史。"[1] 这本小说描写的家庭代表着千千万万封建礼教下的专制家庭。而巴金先生亲自保留下来的这张百十余年旧照，就正是这个家族，这段历史最真实的写照！

二、历代母系家族

在中国叙述家史，往往只着笔于本姓，也就是父系。在漫长的中国历史上，家庭中男性的责任是通过科举走上仕途，而家庭子女教育承上启下的重大责任往往落在主妇肩上。这在清代尤其。这是由于清代的两项政策：做官一般不得在本地，科考则又必须回原籍。这样丈夫常常千里迢迢到外地做官，无论是否随行，主妇都成了家庭教育的关键人物。如果是留守，主妇的责任更重大。江南厚文重科举，很多大家族在选媳妇时特别注重品德和才学。这就是更高一个层次上的"门当户对"。巴金先生虽然生于四川，但是他的祖上，无论是父系，还是各代母系，能考证出来祖籍的绝大多数都来自江南。因此本书选用了能找到历代母系家族诗文，但由于篇幅，仅仅限于直系，而不涉及旁系。

（一）海盐陈氏。巴金的母亲陈淑芬，祖籍浙江海盐。据陈氏后人回忆，陈氏一家由陈淑芬的父亲子钦公（名不详）于咸丰年间父丧后与兄妹一起随母亲从湖南入川，投奔已在四川的伯父和叔父。子钦公后来在巴县、宜宾、南部等地做幕僚。子钦公娶汤氏（永仙）、龙氏、白氏，共有四子六女。长女陈淑芬适浙江李道河，生四男四女（三子李尧棠即巴金）；陈淑芬故后，继配邓景蘧生一男一女。次女陈淑莹，适浙江人高子诚（名椿荣），有子女八人。三女陈淑玉，适江西人李炜光，生一子。四女陈淑婉，已订婚未嫁而亡故。五女早夭。六女（名不详）适洪实生（汤永仙姨侄），生三子。子钦公长子陈仰祖字启田，宣统年间为四川通省劝业道邮传科典史，娶高氏，继配高雅君（原配之妹），共有子女十五人。次子陈荫祖，字越樵，长期担任西康省财政厅主任秘书并曾兼任西康省银行常驻监察人，娶浙江冯碧岑，又娶刘凤秋，共生子女十人。三子早夭。四子陈怀

---

[1] 巴金：《谈〈家〉》，《巴金全集》第二十卷，人民文学出版社 1993 年版。

祖字砚农，后改名陈林，在邮政部门任职多年。曾任贵州、山西邮务长，娶汤佩芬（汤永仙内侄女），生子女九人。目前了解到陈氏情况尚少，而且还没有发现祖辈诗文。陈氏资料有待于进一步考证。

（二）西营汤氏。巴金的祖母汤淑清（号菊仙）和外祖母汤氏（号永仙）都来自武进西营汤氏。她们共同的高祖父汤健业（号莳芥），是西营汤氏入川始祖。西营汤氏系常州名门望族。其始祖为汤廷玉。汤廷玉子怡菊公汤迪，明代弘治间任常州卫指挥佥事，并卒于任上。其子菊隐公汤冕在扶柩回乡常熟后，就落籍常州武进西瀛里。从此，该家族生生不息，代代相承，从"农耕之家"到"耕读之家"，从"耕读之家"到"诗书之家"，形成汤氏融入常州后特有的家族文化，涌现出了一大批名人雅士。汤氏四世祖思琴公汤日跻的《遗嘱》和五世祖琴川公汤元衡的《遗训》，在汤氏家族历史上起了重要的历史作用。汤氏的辈分排序为"大业贻名世，清心永孝思。本源惟水木，善守远垂之"。汤大奎、汤荀业、汤贻汾，祖孙三代殉国难。汤贻汾与其妻董婉贞和子女（长子汤绥名、次子汤懋名、四子汤禄名及女儿汤嘉名）共六人，都是杰出的画家。《清史稿》言：清画家闻人多在乾隆前，自道光后卓然名家者，唯汤贻汾、戴熙二人。其代表作品有《姑射停云图卷》《秋坪闲话图轴》《隐琴图轴》，均藏于故宫博物院。汤世澍、汤定之等也是近现代著名的画家。汤用中、汤成烈等则是著名的学者和诗文作家。

至第七世三房的汤自振有三子，汤大绅、汤大绪、汤大维。汤大绅字宾鹭，号狷庵，又号药冈，为乾隆七年壬戌会魁探花，授翰林院编修，其子汤修业便是常州词派创始人之一张琦的岳父。汤大绪子即为汤健业。汤修业无子，遂以堂弟汤健业第五子汤贻谟为嗣。汤大维的重孙汤成彦（号秋史，汤淑清在诗注称他为三叔祖父）是道光进士，晚年在四川。汤成彦所塾弟子缪荃孙亦为（光绪）进士。缪氏历主江阴南菁、济南乐源、南京钟山等书院，创办江南与京师图书馆，后被征任清史馆总纂（未赴任）。

正如汤健业自我描述的"浮沉西蜀，忽忽二十余年"，他宦游四川凡廿余年，历任四川龙安府经历，太平县、安县、南充、温江、新繁等县知县，"大计卓异"升巴州知州，因从征廓尔喀旋升署石柱直隶同知，后加署嘉定府通判仍署石柱厅，嘉庆初卒于任上。《嘉定府志》按云嘉定府通判总理嘉定犍为并川西井研等州县盐务督捕事务，实为盐官兼捕官，故《四川盐政史》又把汤健业记为犍为盐捕通判。汤健业不仅政绩卓异，而且军功累累，为维护中华疆域做出贡献。汤健业著述甚丰，其中《毗陵见闻录》广见著录。常州籍学者叶舟先生评论此书为目前所见唯一一部全面描绘常州风俗典故的笔记著作，其内容包括风土人情，民间传说，文人掌故等诸方面。并有《红杏山房集》今佚，还辑有《汤氏一家言》（署名汤时阶），见《清代毗凌书目》卷五，注"未见流传"。由于诗文集今佚，无法得知当时汤健业结交了哪些朋友。不过从清代四川大文豪李调元的《雨村诗话》中，可以看到汤健业与李调元（号雨村，罗江人，乾隆二十八年进士）和司为善（号乐斋，巫山人，嘉庆七年进士）等人诗词往来。李调元在长诗《题莳芥世长殳台旧照》中盛赞汤健业："我归于田几一年，布衣草屦游田园。杜门谢客百不问，惟闻人说按尹贤。问尹何贤清且廉，听讼往往得平凡。青天其号汤其姓，其名心知不忍言。我闻君子居邦也，事其大夫之贤者。步屣寻花一登堂，乃知相知十年且。世家鼎甲冠三江，独有刘蕡第竟下，平生至孝媲泷冈，我题爱日真堪诚。……"

汤健业有六子五女。汤淑清的祖父汤洪名是汤健业的孙子（汤健业次子汤贻泽出）；汤淑清的授业（诗词）恩师是她的外祖母赵书卿（字友兰，号佩芳，后改佩芸，室号澹音阁），也是汤健业的外孙女。汤健业的四女儿适同邑赵胜（字邦英），赵遐龄（字九峰）之子。汤四小姐与赵胜有四女一子，其中三女儿赵书卿与其二姊赵云卿（字友月，室号寄愁轩）和小妹赵韵卿（字友莲，号悟莲，室号寄云山馆）一起被称为"兰陵三秀"。巴金先生的父辈多数是汤氏舅舅授业，巴金和他的哥哥姐姐们早年读私塾时也是受业于汤氏舅公。

（三）毗陵庄氏。汤健业的妻子庄氏是同邑庄贻芑之女，他的祖母庄氏（汤自振妻）是同邑庄纬之女。这两位庄氏夫人，都是出于毗陵庄氏。汤自振妻庄氏的父亲叫庄纬号子达，汤健业妻庄氏的曾祖父叫庄绛号丹吉。庄绛与庄纬是亲兄弟，他们的父亲是毗陵庄氏第九世的耳金公庄鼎铉。毗陵庄氏为明清时期江南最著名的望族之一，康熙年间太子太傅保和殿大学士兼礼部尚书王熙说："大江以南，山川秀美，人文荟萃，毗陵庄氏家世尤盛。"毗陵庄氏，其世泽之绵长、功名之显赫、学问之宏深、道德之崇尚，名人之辈出，府第之辉煌，六者集于一族，是世所罕见的。毗陵庄氏源自安徽凤阳，经镇江、金坛，徙毗陵。始迁祖为秀九公。秀九的曾祖庄必强，字守长，号乂亭，又字弱翁，宋徽宗大观三年

(1109)己丑科贾安宅榜进士，先后任常州知府和翰林学士。秀九徙常，以务农经商为本，然传至第四世庄襗，考中明弘治九年丙辰科进士之后，毗陵庄氏子弟才转向功名仕途。庄襗，字诚之，号鹤溪，知宝坻，先后任吏部主事、员外郎、郎中，放河间知府，处处有德政，不媚权宦。庄襗著述甚丰，有《梦溪遗稿》（今佚），刊《书经六卷》《周易四卷》。再传至第八世庄起元和庄廷臣同祖兄弟，于万历三十八年庚戌科双双考中进士，分别徙居常州郡城西门织机坊和东门马山埠，人称"西庄"和"东庄"，从此家声大振，一发而不可收，累世科甲，门庭煊赫。庄廷臣，字龙翔，号凝宇，始任永嘉县知县，有惠政，卓异天下第一。历任礼部主事、员外郎、郎中，江西湖东道副使，湖广右参政分守下荆南道，广东按察使分守广南道，浙江右布政使分守金衢道，湖广右布政使分巡郧襄道，湖广左布政使。其分守郧阳时，纷纷议建魏珰生祠，廷臣独争之力，楚人重其气节。官至太仆少卿。著有《诗经逢源》八卷，并与其堂兄起蒙和起元同著《四书导窾》和《诗经导窾》。庄廷臣有五子五女，小儿子就是庄鼎铉。庄鼎铉与其兄庄履丰同撰《古音骈字续编》五卷（原编一卷为明杨慎撰），流传于世。庄鼎铉有二子，就是庄绛与庄纬。庄纬之女嫁给汤自振。庄绛虽以高才生补博士弟子员，考授同知，但是终生治学，有《著存堂诗文稿》（今佚）。他与继配董银台（广西苍梧道参政董应旸之孙女）特别重视教育子女。他们的五个儿子中，三进士、一举人、一副榜：楷（康熙癸巳进士，原配陆出，其余皆董出）、樸（康熙庚子举人）、敦厚（雍正甲辰会魁）、大椿（雍正己酉副榜）、柱（雍正丁未进士）。庄柱本已被殿试考官拟为状元，后被雍正皇帝调置二甲第二。故时有联戏云："几乎状元及第；也算五子登科"。庄绛孙多人，其中庄柱的两个儿子，一榜眼（庄存与，乾隆乙丑），一状元（庄培因，乾隆甲戌），人亦称其父子为"清代三苏"。庄存与的同榜状元是他的表兄弟钱维城，亦属罕见。庄敦厚的孙女（二子庄贻芭出）就嫁给了汤健业。毗陵庄氏与朝中权贵、地方名门如状元杨廷鉴、吕宫、赵熊诏、钱维城，以及唐顺之、刘纶、赵翼、洪亮吉、盛宣怀、瞿秋白、吴祖光之上祖等家均有姻亲关系，不在本文讨论范围内。从庄襗开始，庄氏家族特别注重子女的品德教育，他和历代传人的遗嘱成了武进庄氏的家规家训。因此几百年来，科甲蝉联，人才辈出，其中状元一名、榜眼一名、传胪一名、翰林十一名、进士三十五名、举人八十二名、贡生五十四名，受皇帝诰敕者计二百一十四人次，被誉为"中国第一科举家族"。2016年庄氏故事引起了中纪委高度关注，专门派员来常州调研，拍成纪录片。11月1日，中纪委和监察部网站在首页要闻的位置上推出了《江苏常州庄氏：读圣贤书做豪杰事》一文。

（四）闻湖盛氏。巴金的曾祖母（名佚）来自闻湖盛氏，郡望浙江秀水（嘉兴类似于成都，一府两县同治，成都府是与成都和华阳两县同治，嘉兴府是与嘉兴和秀水两县同治），是李氏同乡。她的父亲盛善沆入川为官。盛善沆与他的叔伯兄弟盛濂可以算作闻湖盛氏入川始祖。盛氏后人盛（承）平先生写道，"嘉兴盛氏先祖为广陵（今扬州）人。北宋靖康末年盛瑄扈跸南渡，初居临安（今杭州），传至盛辕为元代提举使，因赘于嘉兴朱张穹寿家，徙居嘉兴南汇廊下，为嘉兴盛氏之始祖。谱载：辕父佑仲仕元为制置使，公之先司谏瑄公靖康之难扈跸南渡居钱塘临官驿侧，朱张宣公亦值靖康之难从康王至建康又随定都临安居临官驿旁，两姓同从汴来，世通姻娅，后朱张梅趣公复自钱塘徙居嘉禾之墅泾，无嗣，公乃以季子讳辕赘焉。从十五世起，谱名取'本支百世，善积庆馀，敬承祖志，宝学珍儒'十六字，且多以五行相生列序，二十世前尤著。"

盛氏（直系）先祖盛周、盛万年、盛民誉为明清进士，盛枫则是文史大家，他们的作品都被收入本书下部。盛周为官，出知东昌府，不媚严嵩父子；为民，开办文湖书院，专心治学。盛万年官至广东、贵州、江西按察使，云南布政使。他不仅勤政（有《拙政篇》），而且知兵（有《岭西水陆兵纪》二卷），包括配备火炮的船上水兵，这在四百多年前的明代中国，是非常不容易的。盛民誉为官亲民，这在他的诗文中多有反映。盛枫著述甚丰，尤其是所集《嘉禾征献录》（又名《檇李先民录》），是研究嘉兴明代清初的重要历史文献，可谓嘉禾史料集大成者之一。

李盛两家在四川交往甚密。巴金的祖父浣云公李镛在四川南溪当知县前后近十年，他的表舅盛桢（号维周）就在南溪县衙做了十年刑名师爷。盛桢的长子盛兆麟（号伯庚），即李镛的表弟，也是李镛的幕友。在清末民初成都名人篆书大家壶道人盛光伟的印谱中，给李氏后人刻的印章比比皆是，亦为旁证。不仅如此，维周公盛桢还当过巴金祖母汤淑清的兄弟们的塾师（见汤淑清《晚香楼集》）。李、汤、盛三家关系密切交集，于此可见一斑。

（五）溧水濮氏。巴金的继祖母叫濮贤娜（号书华）。濮氏先祖于南宋淳祐年

783

间由河南卫辉迁溧水。濮氏家族在今溧水县柘塘镇地溪村有濮氏祠堂,建于明朝,堂号"孝友堂"。祠堂共三进,雕梁画栋,是方圆数十里内规模最大的祠堂。濮贤娜的高祖父濮兰芬字乾一号明健,曾祖父濮绍辒字浑斋,"世有隐德"(《江苏省地方志》第七十五卷文苑二)。祖父濮瑷于清道光六年(1826)考中进士,成为濮氏家族中第一代经科考而得官者,历任四川安岳、犍为、彭县、江津、华阳等知县,犍为、峨边通判,简州、涪州知州。濮瑷虽远离故土,但山高水远隔不住他的思乡之情。道光十六年,濮瑷捐银两千两,翻修了濮氏祠堂第二进院内的堂屋。堂屋门上原有块匾题:"孝友堂"。匾上落款是:"裔孙琅圃率子文暹、文昇、文昶敬立。"堂上有副对联:"世守贤良思存方正,敬承德荫克振家声"。濮氏沿用的十六字排辈便从那时起始,只是"守"字辈因试避讳改为"文"。作为濮氏家族中第一个进入官场的人,濮瑷一生勤学敦品,为政清廉。不仅多有政绩,而曾协修道光《重庆府志》、主修道光《安岳县志》和咸丰《简州志》。

濮瑷言传身教,不仅以身作则为后代树立楷模,而且曾刻有"清白吏子孙"图章世代传承。有一个濮瑷教育子女的故事:"诸子曾侍立大树下,辩论汉宋宗旨,濮瑷因指着大树对诸子说:'人必高于树也,始俯悉其全体。今有东仰者识树之陌日,吾尽之矣。复有西仰者识树之阴,亦日吾尽之矣。所见固亲切,然各得树之一面耳。群儒之窥圣人,何以异于是?'诸子受其启发,读书务于精进,后来先后成才"(张乃格《江苏民性研究》2004)。正是这样的启迪、这样的榜样,濮瑷的后人贤才辈出,至今不断。

濮瑷生四子二女,四子依长幼为濮文暹字青士、濮文昇号蓬生、濮文昶字椿余、濮文曦字幼笙,二女为濮文湘字芷绡,濮文绮字弹绿。长子濮文暹和三子濮文昶同科中咸丰己未(1859)举人,后来又同科中同治乙丑(1865)进士。濮文暹先供职于刑部,任主事、员外郎、郎中等职。十余年期间,濮文暹"居心平恕,察事精详",著有《提牢琐记》,当时被奉为成法。这是由于这段经历,他与近代武侠大刀王五和通臂猿胡七都成了朋友。京察一等简放河南开封府遗缺知府,题补南阳府知府,中间数经调署开封彰德,升用道员,赏戴花翎,加二品衔,"传旨嘉奖"。他治理黄泛,主政有方,"政声洋溢于中州,盛德之称满于人口"。濮文暹著有《见在龛集》《见在龛杂作存稿》《上元名宦录》存世。濮文暹是当代话剧表演艺术家濮思洵(苏民)和濮存昕的曾祖父和高祖父。

濮文昶曾任孝感知县、麻城县知县、汉阳县知县。任内曾赈济饥民，还主修《汉阳县识》并作叙。后以"才优识裕、气度端凝"调署随州知州。濮文昶著有《春渔诗集》和《味雪龛词稿》，其中九十九首词被选入《金陵词钞》。

二子濮文昇，咸丰十年出任营山县知县，同治六年（1867）调署资阳县，同治七年回任营山，直至同治九年。同治十年濮文昇出任涪州知州，次年因病离任；同治十二年濮文昇回任涪州，年底奉旨会办闻名一时的黔江教案，因而次年离任；光绪三年（1877）冬再度回任涪州，光绪八年卒于任上。濮文昇工诗词，精书法。他的白鹤梁题记，书隶体，遒逸疏爽，令人悦目。涪陵蔺市龙门桥东原来立有濮文昇德政坊，四柱三门五楼，高七米，坊上刻有"龙凤呈祥"字样，纪念濮文昇治理涪州的功绩，1961年冬拆除。

四子濮文曦，光绪二年（1876）丙子科（江宁府）举人。光绪十三年在四川候选知县时，曾随唐炯调员迅赴云南，办理矿务。光绪十六七年出任浙江绍兴府新昌县知县，"议修邑志"。著有《记穆珠索郎事》一卷。

濮瑗之后各代，人才辈出，无法一一加以叙述。但是特别应该提到的是濮瑗后代的女辈，其中也不乏英才。尤其是他的两个女儿和诸多孙女中的两位，精于诗词，长于书画，堪称濮氏四闺秀。长女濮文湘（适江苏宝应朱策勋）著有《怀香阁诗钞》，次女濮文绮（适浙江何镜海）著有《弹绿词》，孙女濮贤娜号书华（濮文昇出，适嘉兴李镛）著有《意眉阁集》并有画流传于世，孙女濮贤姐字荔初（濮文曦出，适长沙蒋寿彤）著有《拈花小社遗稿》二卷，都被著录于多种诗文编目。

濮瑗身后别无他物，仅有藏书千册。值得一书的是濮瑗的藏书中，有一册大黄封面的珍本《红楼梦》，当时此书可谓异端邪说，其中多有"触忌"或"碍语"，作为官宦世家藏有此书，也是罕见。无独有偶，"甲戌本"脂砚斋评《石头记》，刘铨福藏，为残十六回本。上有濮氏兄弟濮文暹（青士）和濮文昶（椿馀）二人之题跋。跋文不长，连款识、地点、时间共仅七十字，全录于下："《红楼梦》虽小说，然曲而达，微而显，颇得史家法。余向读世所刊本，辄逆以己意，恨不得起作者一谭。睹此册，私幸予言之不谬也。子重其宝之！青士、椿馀同观于半亩园，并识。乙丑孟秋（同治四年1865）"。自从胡适博士于民国十六年（1927）购得这部"甲戌本"以后，便深信此本是海内最古的《石头记》抄本，并称之为最近四十年内'新红学'的一件划时代的新发见,也被红学家们(顾颉刚、俞平伯等)奉若至宝,引发了经久不衰的研讨。由于《红楼梦》的版本问题是新红学的核心问题之一,本文就不加以更多讨论了。

蓬生公濮文昇这一支,与李氏结亲多重。濮文昇的女儿濮贤娜嫁给巴金的祖父李镛为继室;濮文昇的孙女濮良容号德华(濮贤忱出),嫁给了李镛的三子李道洋;濮文昇的孙子濮良埙字颂川(濮贤忱出),则娶了李镛的长女李道沅号芷卿;濮良埙和李道沅的长女濮思淮字桐仙,小名凤,就是巴金名著《家》中梅表姐的原型。

(六)昆明张氏。最后要提到昆明张氏,这是巴金大嫂张和卿的家族。大哥和大嫂都是巴金名著《家》的重要原型,因此本书收入昆明张氏文献,列为编外编。张氏世居云南省云南府昆明县城外,后因咸丰滇乱而迁入城内。张和卿的曾祖父张德荣在云贵总督衙门任职。祖父张涛,字湛僧,号海槎,斋号知错必改轩。同治九年(1870)庚午恩科云南举人。光绪三年(1877)入川为官,"夏有合州管厘之行、冬有移创鄨厘之委";五年八月署四川珙县知县;六年榷宁远府厘务;七年受四川总督丁宝桢檄委查要案,并襄赞盐茶道唐炯改革盐务;九年六月任四川南川知县至十九年,任内后期两调闱差,并升知州衔。张涛在珙县任上,对当地少数民族研究颇深;在襄赞丁宝桢、唐炯改革盐务中,曾有七天内通过云南商人王炽筹得白银十万两的故事传为佳话;在南川的十年任期中,更是成就甚多,尤其是他主持编修《南川公业图说》,开创中国地方志的一个新风格。丁宝桢对他的评价有"洁己奉公,才具明笃,心地诚实,办事认真"等语。在清季官员的"守、年、才、政"四格考核中,他获得的评价是"清壮优敏",具体评语为"精明练达、有才有为、数术兼纯、循声夙著、堪膺保荐",他自己的《勉行纪略》更是总结自尽一生为官从政的经历,为此他给自己起的室号叫知错必改轩。父亲张景仓字小槎,光绪廿三年丁酉科云南乡试举人,光绪廿七年辛丑任四川省重庆府南川县海鹤书院山长,光绪卅年甲辰四川昭化知县,绪卅二年丙午因"公正朴实、堪以委派",奉总督命到江津查案,同年中江知县,光绪卅四年改任清溪(今汉源)知县,宣统元年回任昭化知县。张景仓著述甚丰,有《鹃啼血稿》《旋滇咏(稿)》《矜慎吟(稿)》各一卷,今均佚。唯其同乡民国第一届国会议员、蔡锷尊之为师的赵藩"挽昆明张小槎大令景苍"之联流传至今,"循绩嗣先人,阅历变迁,终得遄归正丘首;争难勖诸季,扶将细弱,莫令久郁望乡心。"

国史、方志、家谱,是中华文明传承的重要内容。从以上的讨论,我们看到这些家族的历史如何浓缩到巴金的家族中。

李治墨
2008 年 7 月 22 日初稿拟就
2024 年 2 月 24 日增补修订

· 后　记 ·

2010年在出版《巴金祖上诗文汇存》影印本（以下简称《汇存》）编者后记中我写道：

　　搜集家族史料，编成此书，不仅经过了长期的努力，也得到了各方面的大力支持。
　　编者曾努力二十余年搜寻《秋门草堂诗钞》而不果，后承幼时同学美国爱荷华大学叶扬波教授鼎力协助，终于在某图书馆首次查到。扬波兄在此书编纂过程中一直是编者咨询的头号专家。我的研究生黄犇在图像技术处理上提供了高水平的帮助。
　　南京大学图书馆陈远焕先生与四川大学图书馆姚乐野馆长也在查询史料上作出全力支持。盛平君提供家传珍藏的赵书卿所画扇面。
　　巴金研究会陈思和、李存光、周立民诸君在本书立项时大力推荐。
　　巴蜀书社各级人员为此书出版作了优异的工作。
　　还有各种帮助，恕不一一言及，在此一并致谢！
　　　　　　　　　　　　　　李治墨谨记于附雅斋时值庚寅仲秋

《汇存》上下两册近千页。出版后的十多年，编者又搜集了大约两倍于《汇存》内容的新古籍资料，再出影印，已经不太可能。于是改为点校、排印。出版

后记

合同签字以后，我才发现七八十万字的断句标点，工作量之大真是难以想象。

首先感谢四川人民出版社的编审、四川省文史研究馆馆员谢雪老师，她安排了绝大多数文字的电脑输入。而且每当我找不到资料时，也是她像魔术师一样，把这些资料再翻找出来。对于我的进展迟慢，她总是包容和鼓励，这才使我没有半途而废。还要感谢尚未谋面的责任编辑邓泽玲，我的反复修改与增补，给她增添了不少麻烦。

四川省雅安市宝兴县灵关中学的退休特级语文教师桂明义先生是我的表叔，早在我搜索古籍的过程中，他就一直鼓励我。《巴金祖上诗文汇存》出版以后，他又给我了很多有价值的反馈。本书的断句标点工作，他是付出努力最大的人员之一，占去他退休后的不少宝贵时光。没想到他老人家没有等到本书出版，就在2018年初驾鹤西行了。这本凝聚了他心血的书的出版，首先是对他的纪念！

书中常州汤氏和庄氏等资料搜集得到常州市谱牒与祠堂文化研究会朱炳国会长的鼎力相助。

书中武进汤健业的《毗陵见闻录》，最早是在上海社科院叶舟博士处得到，校稿也曾与他点校的《清代常州地方史料汇编》核对确认。

书中闻湖盛氏部分的整理和校对得到了与我趣味相投的盛氏裔孙盛平先生和四川大学教授、四川省文史研究馆馆员何崝先生的帮助和指导。

近代李氏（忠清、道江、道溥、道洋）的一些碑文遗稿是陈光建先生和已故的向黄先生帮助辨识的。

还有许多帮助和各种支持。没有这些帮助和支持，此书成书出版都是不能的。在此一并感谢，发自内心！

李治墨谨记于附雅斋时值甲辰初春

扫码共享
走近巴金